普通高等教育“十一五”国家级规划教材

21 世 纪 高 等 学 校 通 识 教 育 系 列 教 材

http: //www.wdp.com.cn

诗词曲赋鉴赏

● 主编 叶树发 杜华平

武 汉 大 学 出 版 社

图书在版编目(CIP)数据

诗词曲赋鉴赏/叶树发,杜华平主编.—武汉：武汉大学出版社，2006.7(2018.8 重印)

21 世纪高等学校通识教育系列教材

ISBN 978-7-307-05112-6

Ⅰ.诗… Ⅱ.①叶… ②杜… Ⅲ.古典诗歌—鉴赏—中国—高等学校—教材 Ⅳ.I207.2

中国版本图书馆 CIP 数据核字(2006)第 063717 号

责任编辑:严 红 李 华　　责任校对:王 建　　版式设计:支 笛

出版发行:**武汉大学出版社**　(430072 武昌 珞珈山)

(电子邮件:cbs22@whu.edu.cn 网址:www.wdp.com.cn)

印刷:北京虎彩文化传播有限公司

开本:880×1230 1/32　印张:16.375　字数:419 千字

版次:2006 年 7 月第 1 版　　2018 年 8 月第 5 次印刷

ISBN 978-7-307-05112-6/I·298　　定价:28.00 元

21世纪高等学校通识教育系列教材

作者介绍

叶树发，江西师范大学文学院教授，出版有《中国戏曲简史》、《柳宗元评传》等著作。

杜华平，江西师范大学文学院古代文学教研室主任，副教授，出版有《黄庭坚诗文选译》、《聊斋志异：鬼狐神妖的梦幻》等著作。

总序

顾海良

进入新世纪，中国高等教育发展形成的共识之一，就是要着力教育创新。教育创新共识的形成，是以对时代发展的新特点的理解为基础的，以对当今世界和我国教育发展的新趋势的分析为背景的，以实现中华民族的伟大复兴和社会主义教育事业发展的历史任务为目标的，深刻地反映了高等教育确立“以人为本”新理念的必然要求。

教育创新的首要之义就在于，教育要与经济社会发展的实际相结合，要与我国社会主义现代化建设对各类高层次人才培养的需要相适应，努力造就具有创造精神和实践能力的全面发展的人才。为了达到教育创新的这些要求，高等教育不仅要实行教育理论和理念的创新，而且还要深化教育教学改革，着力提高教育教学质量和水平。特别要注重学科与专业设置的调整和完善，形成有利于先进科学技术发展和提高国民经济发展水平的学科专业和教学内容；要注重人才培养结构的优化，形成既能适应现代化建设对各级各类高层次人才的需求，又能体现和反映高校优秀的办学特色、办学风格和办学传统的人才培养模式。教育教学创新的这些措施，必然提出怎样对传统意义上的以“学科”、“专业”为主体的教育教学结构进行整合，并使之与现代社会发展要求相适应的“通识”教育相兼容和相结合的重大问题。

高等教育人才培养模式中的“专”、“通”关系问题，并不是现在才提出来的。至于与“专业”教育相对应的“通识”教育的思想，出现得更早些。在亚里士多德那里，就有与“自由”教育相联系的“通识”教育的思想。这里所讲的“通识”教育，通常是指对学生普遍进行的共通的文化教育，使学生具有一定广度的知识和技能，使学生的人格与学识、理智与情感、身体与心理等各方面得到自由、和谐和全面的发展。

世界高等教育的发展曾经经历过时以“通识”教育为主、时以“专业”教育为主，或者两者并举、并立的发展时期。从高等教育发展历史来看，早期的高等教育似倚重于“通识”教育。随着经济、科技和社会分工的不断发展和进步，高等教育也相应地细分为不同学科、专业，分别培养不同领域的专业人才，“专业”教育的比重不断增大。20世纪中叶以来，经济的迅猛发展、科技的飞速进步、知识的不断交叉融合，使学科之间更新频率加快，高度分化和高度综合并存，“专才”与“通识”的需求同在。但是在总体上，“通识”似更多地受到重视。这是因为，新时代高等教育培养的人才，应该具有很强的应变能力和适应能力，应该具有更为宽厚的知识基础和相当广博的知识层面，应该具有更强的信息获取能力和多方面的交流能力。显然，仅仅依靠知识领域过窄的专业教育，是难以培养出这样的人才的。

我国大学本科教育专业一度划分过细，学生知识结构单一，素质教育薄弱，人才的社会适应性多有不足。随着国家经济体制改革的深入、产业结构调整步伐的加快和国民经济的飞速发展，国家和社会对人才需求的类型和结构发生了急剧变化，对人才的规格和质量的要求也不断提高，划分过细的专业教育易于造成人才供给的结构性短缺。经济全球化发展和我国加入WTO，对我国高等教育人才培养提出了更为严峻的课题，继续走划分过窄、过细的专业教育之路，就可能出现一方面人才短缺、另一方面就业困难的严峻局面，将严重阻碍我国经济社会的发展，也将使我国高等教育陷于困境。我国教育界的有识之士和国家教育主管部门，已经深切地认识到这种严峻的形势。教育部前几年就在多方征求意见的基础上，推出了经大幅度修订的新的本科专业目录，使本科专业种类调整得更为宽泛些。各高等学校也在进一步加大教学改革力度，研究和修订教学计划，改革教学内容，努力使专业壁垒渐趋弱化，基础知识教育得到强化。这些都将有利于学生拓宽知识面，涉猎不同学科和专业领域，增强适应能力，全面提高综合素质。

在高等教育“通”、“专”关系的处理上，教育创新提供了解决问题的根本方法。通过教育创新，一方面能构筑高水平的通识教育的平台，另一方面也能增强专业教育的适应性，目的就是做好“因材施教”，实现“学以致用”。在这一过程中，除了要解决好选人制度即招生制度创新和教师队伍建设创新外，还要注重教学内容、教学方式和方法，以及教材建设等方面的创新。武汉大学有着坚持教育教学改革的优良传统，在教学内容、教学方式和方法改革、教材建设等方面做出了很多有益的努力。学校投入大量的精力和经费加强名师、名课、名教材建设，其中通识教育指导选修课程建设得到全国许多高校教师的积极支持和高度赞赏。

近些年来，我们经过精心组织与策划，奉献给广大读者的这套通识教育系列教材，力图向大学生展示不同学科领域的普遍知识及新成果、新趋势或新信息，为大学生提供感受和理解不同学术领域和文化层面的基本知识、思想精髓、研究方法和理论体系，为大学生日后的长远学习提供广阔的视野。我们殷切地希望能有更多更好的通识教材面世，不仅要授学生以知识、育学生之能力，更要树学生之崇高理想、育学生之创新精神、立学生以民族振兴志向！

（作者系武汉大学党委书记、教授、博士生导师）

序

刘世南

《诗词曲赋鉴赏》一书，由叶树发、杜华平两先生主编，江西师大文学院古典文学教研室各位先生共同撰写。

华平先生把提纲与第一章《中国韵文的人文精神》、第五章《中国韵文的艺术风格》交给我看，叫我写点读后感。

我仔细地读过了，十分高兴，因为大有收获。如果说，我这八十二岁专门研究古典文学的老人，都从此书得到很多教益，那广大的青年学人一定更会感到大有所得。

给我印象最深的是，谈人文精神如儒释道的内涵，如中国思想文化的特色，都概括得非常准确，表述得非常深刻。这最可见出撰写者的功力，我由衷地赞叹。特别是从韵文角度来说，这样提出人文精神，正是高屋建瓴，提纲挈领，因为这是木之本，水之源。不理解中国传统的人文精神，那对韵文的分析，只能是浅层次的，甚至只能是从形式到形式，作一种形而下的文字游戏。只有掌握了中国的人文精神、文化特色，才知道中国韵文何以具有如此深厚的内容，何以生发出如此多样的艺术形式。

中国文人的生存状况与精神诉求，正是在上述中国人文精神的哺育下，才合乎逻辑地呈现的。这部分的叙述同样准确而深刻。当然，生活在新时期的我们，当代的知识分子，如何批判地继承这份遗产，成为公民中的精英，从而不断推进民主政治的车轮，这还是一项艰巨的任务。

艺术风格，是非常抽象的，很难具体说明。而撰写者举重若轻，由理论而实证，虚实结合，使读者轻松地领悟到这几对艺术风格，它们相反相成，形成艺苑中丰富多彩的瑶草琼花。

无论是谈人文精神，还是论艺术风格，撰写者都吸取了古今中外的众多研究成果，而又推陈出新，作出自己的创新，作出自己的裁断。这些结论，读者读后，自会犁然有当于心。昔人云："匡说诗，解人颐。"我读这两章时，就不时发出会心的微笑。

重理轻文现象，由来已久。据资中筠先生说，它的成因，是鸦片战争后，我国备受列强欺凌，为了救亡图存，志士竞学声、光、化、电。直到现在，偏见依然。其实，人类社会的进步，不能单靠物质文明，缺少精神文明，这个社会是跛脚的。现在有些理工科大学也在强调普遍推行人文科学（包括传统文化）教育。这样看来，我们江西师大文学院古典文学教研室集体编写这本"通识课"教材，用意是深长的，它正能满足时代的需求。

由于参加编写者都是多年从事古典文学教学与研究的人员，所以本书是高质量的著作。不仅师大各系本科生，就是社会上一般爱好传统诗词的青年，也可以好好学习这本书。我相信，大家都会收益良多的。

2005 年 5 月 15 日于样本书库

目　录

前言…………………………………………………………… 1

第一章　中国韵文的人文精神…………………………………… 1
　第一节　中国儒释道思想文化的基本内涵…………………… 1
　第二节　中国文人的生存状况与精神诉求 ………………… 15
　第三节　几类韵文的现代价值 ……………………………… 35

第二章　中国韵文分体简史 …………………………………… 56
　第一节　诗史大纲 …………………………………………… 56
　第二节　词史要略 …………………………………………… 76
　第三节　曲史数百年 ………………………………………… 90
　第四节　辞赋简史 …………………………………………… 93

第三章　中国韵文的形式 ……………………………………… 98
　第一节　韵 …………………………………………………… 98
　第二节　词句形式………………………………………… 107
　第三节　对仗……………………………………………… 116
　第四节　平仄……………………………………………… 123
　第五节　命题与小序……………………………………… 138
　第六节　韵文与音乐……………………………………… 142

第四章　中国韵文的表现方法……………………………… 149
第一节　韵文中的叙事……………………………………… 150
第二节　韵文中的写景状物………………………………… 159
第三节　韵文与说理………………………………………… 171
第四节　其他常见的韵文表现手法………………………… 177
第五节　诗词中的用典……………………………………… 189
第六节　韵文的章法………………………………………… 195

第五章　中国韵文的艺术风格……………………………… 205
第一节　风格述要…………………………………………… 205
第二节　飘逸奔放与沉郁顿挫……………………………… 216
第三节　清空一气与秾挚缠绵……………………………… 230
第四节　典重深曲与俚俗平易……………………………… 241
第五节　奇谲谐谑与豪肆泼辣……………………………… 251

第六章　中国韵文的鉴赏方法……………………………… 265
第一节　咬文嚼字　辨明词义　品评语言美 ……………… 265
第二节　疏通文义　还原情境　体味意蕴美……………… 281
第三节　分析结构　熟悉手法……………………………… 291
第四节　知人论世　以意逆志……………………………… 297
第五节　诗无达诂　通圆为要……………………………… 305

第七章　韵文鉴赏实战（上）　……………………………… 310
第一节　鉴赏训练的方法与步骤…………………………… 310
第二节　近体律绝鉴赏……………………………………… 326
第三节　古体诗鉴赏………………………………………… 355
第四节　辞赋鉴赏…………………………………………… 372

第八章　韵文鉴赏实战（下） …… 393
第一节　小令词鉴赏 …… 393
第二节　慢词鉴赏 …… 416
第三节　散曲鉴赏 …… 434
第四节　戏曲曲文鉴赏 …… 445

附录一　诗词曲赋重要学习书籍介绍 …… 457
附录二　诗词写作指导 …… 478
后记 …… 497

前　　言

一

生活在当今这个时代是幸福的，因为社会发展迅猛，物质生活条件在不断改善和提高，精神生活在不断丰富。如今，人类大大突破了物理时空的限制，你可以随着科考队到南极探险，让旅行社带着穿行大沙漠，要是运气好，你甚至有机会到月球、火星去。如果不愿意走，你即使坐在家里，也可以方便地与地球上任何一个角落的人实时联系、双向交流，互联网把地球缩成了一个小小的村庄。人类诞生以来千万年间的许多最美丽的梦想，如今已变成现实。

然而，生活在当今这个时代也是不幸的。我们几乎再也没有了明净的湖水、湛蓝的天空、宁静的村落、悠扬的牧童口笛。校园里都换成了一色的西洋大草坪，修剪得齐刷刷的；塑胶运动场围着铁栏杆；泥土不见了，可以拔何首乌、摘覆盆子的百草园不见了，孩子爬到树上掏鸟窝、寻蝉蜕的乐趣变成了无休无止的作业和辅导班。下班后互相招呼着串门侃大山、就着一碟花生米喝酒，这已是需要用过去时叙述的事；永远都在应付没完没了的检查与评估，房价在一个劲儿地往上蹿，朋友们个个都在考驾照，同行都已经拿到了国家级项目、一本本的书在出……一身冷汗醒来，庆幸暂时还没有被炒鱿鱼。最怕上菜市场，看哪样菜都觉得不顺眼，转半天不知道该往篮子里放什么菜；最怕去体检，怕磅秤上显示出来的数字在以几何级数升高，怕血液检查参数中画上加号……

在辛劳、焦躁、烦恼、无聊、孤独中，在无眠的冬夜、夏日的清晨，当你茫然无措的时候，你应该读几句李白，这能让你忘却尘劳，找回自我的尊严；琢磨几篇杜诗，回味那位叼着烟斗，在夜晚走进课堂的闻一多先生，开口就说“痛饮酒，熟读《离骚》，便成名士”的掌故；寻思明代书画名家董其昌“撰述之家，有潜行众妙之中，独立万物之表者，淡是也。世之作者，极其才情不变，可以无所不能。而大雅平淡，关乎神明，非名心薄而世味浅者，终莫能近焉，谈何容易”（《诒美堂集序》）的道理，你会有不知身在何世、惟精神与天地往来的情怀。

这时，你就明白朱光潜《文学与人生》中以下这番话的意义，朱先生说：文学活动本是“无用的自由活动”，人之所以“不惮烦要作这种无用的自由活动”，是由此“才显得人是自家的主宰，有他的尊严，不只是受自然驱遣的奴隶；也才显得他有一片高尚的向上心。要胜过自然，要弥补自然的缺陷，使不完美的成为完美”。（《朱光潜美学文集》第2卷，第241页）同文，朱先生还说：

> 世间有许多对文艺不感兴趣的人干枯浊俗，生趣索然，其实都是一些精神方面的残废人，或是本来生机就不畅旺，或是有畅旺的生机因为窒塞而受摧残。(第243页)
>
> 凡是文艺都是根据现实世界而铸成另一超现实的意象世界，所以它一方面是现实人生的返照，一方面也是现实人生的超脱。在让性情怡养在文艺的甘泉时，我们霎时间脱去尘劳，得到精神的解放，心灵如鱼得水地徜徉自乐；或是用另一个比喻来说，在干燥闷热的沙漠里走得很疲劳之后，在清泉里洗一个澡，绿树荫下歇一会儿凉。(第243页)
>
> 文艺到了最高境界，从理智方面说，对于人生世相必有深广的观照与彻底的了解，如阿波罗凭高远眺，华严世界尽成明镜里的光影，大有佛家所谓万法皆空，空而不空的景象；从情感方面说，对于人世悲欢好丑必有平等的真挚的同情，冲突化

> 除后的谐和，不沾小我利害的超脱，高等的幽默与高度的严肃，成为相反者之同一。(第 244~245 页)
>
> 一个对文艺有修养的人决不感到世界的干枯或人生的苦闷。他自己有表现的能力固然很好，纵然不能，他也有一双慧眼看世界，整个世界的动态便成了他的诗，他的图画，他的戏剧，让他的性情在其中“怡养”。到了这种境界，人生便经过了艺术化，而身历其境的人，在我想，可以算得一个有“道”之士。(第 245 页)

如果说，文学是干燥闷热的沙漠里的休憩，那么，诗歌就是清泉和绿阴。它是文学中最精粹的形式，是炮火纷飞中孩童的眼睛，是出门时母亲塞进手里的百衲鞋。它来源于每个人童年的梦幻、青春期的冲动。

我们的大学生面对着很多现实的困境，每学期得修几十个学分，哪门都不能挂，英语还得过级，大学生人数越来越多，将来找工作的压力就更大了。面对着这一切，该怎么办呢？诗词帮不上忙，它们真的很无力。可是，它们能让你生命活跃起来，让你精神丰富起来。

一个社会应该由许多情感丰富、精神健全的人构成。

二

吴宓《空轩诗话》引英人安诺德的话，认为“当今世变俗易，宗教势难更存”，但“诗可永存，且将代替宗教，为人类所托命”。林语堂在《中国人》一书中甚至说：“我几乎认为，假如没有诗歌——生活习惯的诗和可见于文字的诗——中国人就无法幸存至今。”吴、林二人所用的“诗”都是广义的概念，不仅指《诗经》、《楚辞》、唐诗、宋词这样的诗，也指小令、慢词，甚至还包括表现在“生活习惯”上的诗心、诗情。上一节中说到的诗或诗歌，也是这样一个概念。

不过，这种含义如此广泛的“诗”的概念，中国古代似乎没有人用过。中国古代倒也有一个很大的概念：韵文。顾名思义，韵文是指注重押韵的文体。传统分类中的诗、词、曲、赋，一般就合称为韵文，这也就是本书的主要内容构成。当然，韵文与前面所说的大概念的诗并不是一回事，就中国古代而言，只有这个概念较近似。本书本拟使用“韵文鉴赏”的书名，但考虑到“韵文”的所指，有不少读者不了解，故还是使用了较为明了的“诗词曲赋鉴赏”这样一个题。除了这个原因，还有一个道理也是要说明的，韵文其实并不仅仅包括诗、词、曲、赋四体，四体之外的讲唱文学，特别是明清时期盛行的宝卷、鼓词、弹词也属于韵文大家族中的成员，而由于对这些通俗的、具有表演性质的韵文，历来研究很薄弱，我们没有把它们纳入本书的范围之中。

诗、词、曲、赋四体中，核心的是诗。后起的词、曲可视为新体的诗；四体中，赋既发源早（一般认为源于战国），又显得孤高，在性质上与诗、词、曲要远些。我国到汉晋时期，尚笼罩在很强势的经学语境中，诗在文人心中的地位不高，如曾使洛阳纸贵的左思，应是一位十足的诗赋作家，而他在《咏史》开篇说：“弱冠弄柔翰，卓荦观群书。著论准《过秦》，作赋拟《子虚》。”《三都赋》给他带来巨大声名的事实，说明时人看重辞赋，他本人也不会不在意；不过，跟“作赋”相提的只会是“著论”，不会是“吟诗”。也许赋家“苞括宇宙，总揽人物”（司马相如《答盛览作赋书》）之心，以及汉代“润色鸿业”的需要，为赋体奠定了夸饰为美的文体特征；也许汉代枚（乘）、马（司马相如）之徒的尴尬地位，为赋体确立了与政治若即若离的关系，使赋体成为最早的具有游戏性质或“纯文学”特征的文体；也许又是由于夸饰的特点、鲜明的游戏性质，赋体始终只能成为文士们自我玩赏的文体，而未能成为大众化的文学。

与赋相比，诗当然就更古老了，它最早的源头可以追溯到远古歌谣，那是在文字产生之前的时代。不过，由于《诗三百》的经学化，诗的意义曾经迷失。所以，汉魏时期，随着经学统治的松动，诗开始迅速发展，没想做诗人的左思也在诗的发展中作了不少重要的开拓。这就预示着诗的时代即将到来。

大约到唐代开始，文坛的轴心开始转移到诗。中宗时期，有“燕许大手笔”之称的张说、苏颋，制作均是当时正流行的四六骈文，但与同时的沈佺期、宋之问及“四友”、“四杰”比起来，在广泛的社会影响方面显然要逊色。至于孟浩然、王维、李白，则莫不以诗名自喜，又以诗才倾动天下。李白在《上安州裴长史书》中就有：“诸人之文，犹山无烟霞，春无草树。李白之文，清雄奔放，名章俊语，络绎间起，光明洞彻，句句动人。”他说的“文”，指的就是诗。到中唐，韩愈、柳宗元倡导古文，一时蔚为壮观，有古文运动之声势，然而，其影响力与元白唱和比起来尚难同日而语。白居易在晚唐五代被推为“广大教化主”，甚至出现所谓“白舍人行诗图”这样的“追星”现象(《唐摭言》)，这与韩柳身后古文中衰的事实形成鲜明的对照。相关的是，孟郊、贾岛为代表的“苦吟诗派”开始明确地把读诗、作诗视作生命的寄托，政治功利的追求让位于非功利的诗，其意味是深长的。

入宋，词体勃兴，至元，曲体独盛。这些新起的诗体，一旦出现，就迅猛发展，并且迅速流行，成为最大众化的文学。跟它们相比，古老的五七言诗，倒显得保守和陈腐，因而逐渐失去大众的喜爱。不过，总的来看，诗、词、曲由于篇幅一般较为短小，表现手段却异常丰富，而长期占据着中国文学的轴心地位。在过去，只要是读书人，几乎没有不会写诗的。不会写诗似乎是读书人的耻辱。方苞是中国散文史上一个很有影响的作家，据他本人在《鹰青山人诗序》、《乔紫渊诗序》中透露，他早年曾因不能诗而于心耿耿，是在父亲以及刘陂千等人的劝告下，才放弃学诗，专力于古文，并最终在古文领域中卓有建树的。更多的人，包括大批学者、一些粗通文墨的各界名流，都总不愿接受“不能诗”这个事实，一直到现代仍然如此。据浦江清先生《清华园日记》记载，著名教授吴宓的诗虽然“佳者甚少”，却“努力不懈”，浦先生以为：“可怪也。”又据胡山源《文坛管窥——和我有过往来的文人》所记，中国现代著名的剧作家、文艺批评家阿英公开发表的七言绝句，“平仄不调，押韵错误，语句也没有诗意或诗味，只是七言一句的杂文”。可是他不仅要拿去发表，而且当别人批评他时，还很不高兴。可见，诗，在中国文人心目中的地位。这应该是中国独有的现象吧。不管是诗心强烈地渗透进生命，还是干枯的生命渴盼诗来润泽，包括词、曲在内的诗，都是中国文化最重要的载体。

诗词曲赋是沟通古今的重要途径。现代化的进程需要回头到传统中寻求动力、寻找资源，那么，学习并熟悉诗词曲赋就不仅仅是个人的癖好而已，它应该是时代的需要。

三

韵文的鉴赏并不是玄妙莫测的，它有一定的技术性和可操作性、可传授性。但是，也并非简简单单地以用词精练、意境优美、情景交融等放之四海而皆准的赞语所能了却的。

韵文的写作源于诗情、源于生命的意趣，韵文的鉴赏则应是诗心与诗心的对话，一个生命与另一个生命的携手。这样，每阅读一首诗，都将是对自己精神的一次洗礼。它是充满乐趣的，是有益身心的事情。

根据我们的理解，对中国韵文的学习与鉴赏需要从以下几个方面逐步进行：

中国韵文是在博大精深的中国传统文化土壤中生长、发育和成熟、发展的，它最深的底蕴是中国的人文精神。叶嘉莹先生在《唐宋词十七讲》中说过：“我以为古典诗词里边所充满洋溢着的是我们中华民族的一种美好的精神，一种品格，一种操守和修养。所以，我们一定要从这种精神感情来认识才是对的。”（第 37 页）

可是，中国传统文化内容太博大了，思想太深邃了，许多人穷一生之力也未必能搞清楚其中的某一个领域，而普通读者又非常需要粗略地了解，于是，我们根据前贤的研究，并主要结合中国文人和中国韵文的实际情况，尝试作出一个粗线条的勾勒。

中国各体韵文经历了千百年的发展，都取得了非常突出的成就，要在简短的篇幅中描述出它们各自的轨迹并非易事。但是，了解中国各体韵文的发展历史和整体特点，是学习和鉴赏具体作家作品的重要前提。利用已有各种文学史的资料，融会我们的理解，这里提供了一个有一定特色和个性的各体韵文发展简史。

以前人们总是不愿过多地纠缠于形式，因为形式的精巧往往掩盖了内容，形式的过于讲究可能被视为形式主义。然而，形式是任何事物存在的样态，形式的背后隐藏的是内容。了解事物的形式，就自然了解了该事物的内容。中国韵文经过长期的发展，形成了一套精美的形式。这些形式有些在一般书上介绍过，但到目前为止，尚未见系统综合介绍中国韵文形式的专书。

表现方法，这是人们向来比较关注的方面。古人常说“有法，而无成法”，当我们把某种方法落实下来，津津乐道地说这方法多高妙的时候，实际上它就开始在落入窠臼，开始变成程式，否定它的一天就快要到来。我们梳理出的这几种方法，既不是把它视为作家创作的铁律，也不是当做鉴赏的套路，而是作为对前人创作经验的一种归纳。这样的归纳，对于了解艺术表达的规律显然是有益的。

了解一位作家，需要把握他的基本风格；理解一篇作品，需要体认它的基本特点。古人在这方面已经做了很多工作，为我们留下了许多精言妙语。但是，风格的体认，是很微妙、很难说清的。我们选择了中国韵文较为重要的几对风格概念加以例析，力求把抽象的概念具体化，深奥的内容浅显化。实际上，每个作家、每篇作品都是一个独特的世界，没有哪种粗线条的概念能涵盖所有的作品，为此，读者应从我们的分析中领略到风格体认的基本路径，对所读的作品作出自己的判断。

鉴赏方法和技巧，是本书的最终落脚点。这里既需要了解鉴赏的一般性方法，又还要有具体的训练技巧，我们根据多年学习和教学的经验，总结了若干行之有效的自我训练方法，运用这套方法，可以较快进入韵文之门。

以上便是本书的基本内容。

为了给读者进一步学习提供点线索和帮助，本书还编入了两个附录：

1. 诗词曲赋重要学习书籍介绍。本书所介绍和选录的作品毕竟很有限，所涉及的专业知识也往往只是举例式的，如果想更深入地学习中国韵文，那么就应该参考其他专门的书籍。附录一就提供了 50 馀种重要书籍。

2. 诗词写作指导。中国韵文是历史的存在，但它们如今还活着，其中一个重要原因是，它的创作仍然还在继续。我们不会要求今天的读者都去学习写旧体诗词，而如果你有这个愿望，想入门，那么这里提供的指导意见是比较切实的。

第一章　中国韵文的人文精神

中国古代文学是传统文化、民族精神的载体，中国传统文化的内蕴、中华民族的精神风貌在这里得到生动、具象的反映，而韵文又以短小精悍的形式成为现代人认识、了解中国古代文学，进而深入理解和接受中国文化的最佳途径。

第一节　中国儒释道思想文化的基本内涵

中国文化最初是多元的，春秋战国时期有所谓“诸子百家”，其中儒、墨为“显学”。到战国后期，道、法二家逐渐盛行。入汉以后，独尊儒术，奠定了儒学在中国文化中的主导地位。后来，魏晋思想大解放，儒、道两家交融互济，出现玄学；东晋以迄隋唐，佛学昌盛，唐代以其博大开放的气度，儒、释、道三家并尊，确定了中国文化儒、释、道既互相斗争又共生互补的特征。此后，宋明理学兴起，则形成了以儒学为主导，以释、道为补充、作调剂的思想文化格局。那么，欲把握中国文化的精髓，就需要对各家学说有具体了解，也需要对各家学说合成之后作整体的观照。

一、儒学

在春秋时期由孔子创立的儒学，作为中国主流意识形态的基本地位自汉以来没有大的动摇。作为一种主流意识形态，它必然长期、深刻和多层面地在广泛的社会人群中支配、决定着他们的思想、行为和各种社会与文化活动，最终为中国文化塑形。在这一过程中，它自身也不断丰富、发展、演变，并因此变得异常复杂。这里，我们最简要地列出三个主要方面：

1. 社会人与社会责任

无论是孔、孟还是后世大儒，他们的学说都有一个明确的理论起点，即：人是动物界中最高贵的。这是因为，人在社会活动中结成了各种关系，为了维护这些正常关系，为了促进社会群体的发展，形成了协调个体之间关系、个体与社会群体之间关系的社会秩序、文明规则。儒学的一些重要思想范畴如“仁”、“义”、“礼”、“智”、“信”、“廉”、“耻”等等，都是在此基础上形成的。《尚书·泰誓》说：“惟人，万物之灵。”孟子更反复强调人优越于“兽”的特性，这都是进入文明社会后具备的自觉意识。

人与人之间由于所处的位置也即角色分工等的不同，自然存在着地位、职分上的悬殊，儒学注重维护现存的社会秩序，强调个体的自律和安分，要求个人遵循群体社会的仪式、规范、制度。把家、国、民族的利益，放在个人利益之上。可见，一切以社会群体为重，突出人的社会属性，强调人与社会和谐发展，是儒学的思想内核，也成为中国文化的重要特征。

然而，人不是先天具有这样一种自觉，于是，政治教化、人伦教化就是儒者伟大而崇高的事业，也是各种文化活动，包括文学艺术活动的天职。换言之，各种文化活动的价值，就由它（1）是否有益于社会和它有益的程度如何；（2）具体说，是否具有教化作用以及它的教化效果如何来判定。

2. 从“内圣”到“外王”

儒学一方面要求个人服从集体，鼓励“以礼节情”甚至“杀身成仁”，似乎冷酷无情，另一方面通常又并不以集体利益为借口取消个人的情感欲求。相反，它承认日常世俗生活的合理性和人的身心需求的正当性，由人的自然本性（如对食色的需求、趋利避害的需求）推扬出生命之间的相互感通，进而衍生出以博大的同情心、宽容精神为基本表现的“仁学”体系。这样，成“圣”成

“贤”，并不表现为人情的剥落，而是一种人性的升华，这就是所谓的“内圣”。“内圣”是道德培育、修养与砥砺的结果，但又须落实到社会活动中，按宋儒“民，吾同胞；物，吾与（交往的朋友）也”（张载《西铭》）的理念，向外推扩，为大众服务，“经世致用”，效力于社会，建立事功，就为“外王”。由“内圣”而“外王”，儒学的社会理想具有了非常亲切和笃实的特性。

相应地，儒学还确认了个人的人格价值，孔子说：“三军可夺帅也，匹夫不可夺志也。”这种对人人都具有的独立意志的肯定，为儒学注入了强劲的可以实践的活力。

3. 积极有为的倾向

儒学有高远的社会理想和人生目标，宋儒张载概括说：“为天地立心，为生民立命，为往圣继绝学，为万世开太平。”（《近思录》卷二）试想，没有积极进取的态度、顽强坚毅的品格、宽广博大的胸怀，如何去为人民造福、为天下谋太平，进而为宇宙建立最佳秩序呢？所以，《周易》乾卦的《象传》说：“天行健，君子以自强不息。”由此确立的积极有为的人生观，是实践性很强的儒学之主旨所在，也是中华民族精神的最重要部分。

二、道家

道家虽然没有得到官方的帮助，难以在中国文化中占据主导地位，但它焕发的生命智慧、艺术精神，却深深地吸引着许许多多的古代文人，因而，它实际是中国文人生命的一极，这一极表现的是他们的生命情调、个性追求。

道家学术思想是由老子和庄子确立的。本来，《老子》、《庄子》二书在思想倾向上有较大差异，但在思维方式、写作风格，尤其是思想范畴上，后者对前者有明显的继承性，它们同时都对后世文人产生了不容低估的影响，因此，虽然在先秦没有“道家”这名称，但从司马谈到班固都把他们合称为道家。道家对后世文人影响最大的思想是：

1. “道”与自然无为

老子和庄子创设了一个“道”的概念，《老子》开篇第一章就说：“道可道，非常道。”《庄子·大宗师》也说：“夫道有情有信，无为无形，可传而不可受，可得而不可见。自本自根，未有天地，自古以固存，神鬼神帝，生天生地，在太极之先而不为高，在六极之下而不为深，先天地生而不为久，长于上古而不为老。”以上表述非常深奥，神秘难测，这个“道”究竟是什么呢？既“有情有信”、“可传”、“可得”，则显然是实有的存在物，但为何却“不可受”甚至“无为无形”、“不可见”呢？在我们的经验世界中有这种既实有又虚无的东西吗？尤其奇妙的是，它还“生天生地”、“神鬼神帝”，这不等于说它是天地、鬼神的主宰吗？它“自本自根”，更分明是宇宙的第一存在物。于是，我们似乎可以这样解读：“道”虽然看似无形无象，但却是类似基督教中的“上帝”那样的实体存在物，它是宇宙万象的创始者、派生者。

然而，以上只是表象，“道”的根本特征是超越时间和空间、超越语言表象、超越有限，这样的“道”才是包括人类的宇宙万物的真正的源泉。原来，无论老子还是庄子，他们提出“道”这个概念不是因为他们对哲学本体论有多大的兴趣，他们并不着眼在阐述宇宙自然的产生及其规律。他们真正的核心在于总结社会历史、人生经验，“道”是这一认识的抽象物。从本质处看，“道”是他们生命体验的抽象物。老子另一表述更明确：“人法道，道法自然。”在老子看来，“道”的根本属性是“自然”，即摒弃人力，任物自在，随物自为，而这便是使生命获得解放与自由的妙义。

2. “逍遥”与精神自由、人格独立

本来，“先秦各派哲学基本上是社会论的政治哲学。道家老学亦然。”（李泽厚《中国古代思想史论》，人民出版社 1986 年）这点，汉代班固就挑得很明，他在《汉书·艺文志》中说：“道家者流，盖出于史官，历记成败、存亡、祸福、古今之道，然后知秉要执本，清虚自守，卑弱以自持，此君人南面之术也。”不过，班固所说的道家应该加个括号，里面注明“老子”。因为，老子“似乎满怀恐惧和慨叹在总结着历史上的‘成败、存亡、祸福、古今之道’”。(李泽厚《中国古代思想史论》，人民出版社 1986 年）他以“无为”为南面术的核心，以“小国寡民”为其追求的理想社会蓝本。

显然，同是政治哲学，儒家是满腔热情、积极入世，道家却是满怀恐惧、消极应世。在这个意义上，儒与道甚远，而老与庄甚近。但说老子是“社会论的政治哲学”没有问题，说庄子也是如此，恐怕就与事实相悖谬了。庄子对黑暗混乱的现实社会不是“满怀恐惧”而是满腔愤恨，他不想寻找改造社会的良方，他一心只在思考个人如何在这黑暗浑浊的社会中自全，进而获得精神的解脱和自由。可以说，老子是消极“应世”，庄子则为“避世”、“逃世”。

《庄子》中，一边是孔孟的仁义之说蔚为当世显学，另一边“窃钩者诛，窃国者为诸侯，诸侯之门，而仁义存焉”（《庄子·胠箧》)。普遍的社会图景是：“殊死者相枕也，桁杨者相推也，刑戮者相望也。”（《庄子·在宥》）人类在创造社会文明的同时，却把多少人置于死亡和刑戮的边缘！这是社会进步吗？这样的社会文明有意义吗？庄子心目中的“至德之世”是：“民结绳而用之，甘其食，美其服，乐其俗，安其居，邻国相望，鸡狗之声相闻，民至老死而不相往来。若此之时，则至治已。”（《庄子·胠箧》)文明时代的人类创造物诸如先进的生产设备、社会礼仪制度等等都不见了，展现的是远古时代自然原始的生存状态，一种与动物界相似的自生自灭状态。

庄子当然知道，这幅图景只不过是他拿来与残酷的现实社会相对比的虚幻图景，人进入文明社会之后，是不可能再重新“回归自然”了。很明显，庄子提出来的解决方案只能是精神层面的。《庄子》开篇即是“逍遥游”，这是庄子解决方案的目标，也是他的方法。他认为，藐姑射仙子，“不食五谷，吸风饮露，乘云气，御飞龙，而游乎四海之外”，这种潇洒、自由之境，便是人生最高的境界。这一目标具体的指标是：(1)“物莫之伤”，即文明社会的种种问题得到解脱；(2)“无待”，即没有任何外界依凭、限定、控制，也即获得自由。这一目标的实现方法是：不“以物为事”，蔑视并抛弃掉文明社会制定的种种规范、准则（“物”），像齐天大圣那样“跳出三界外，不在五行中”，这样，个体生命就解放了。这一思路可间接地概括为：先有人格的独立，然后获得精神的自由。

三、中国佛教

佛教发源于印度。佛教的教义可概括为“苦集灭道”四字（称为“四谛”或“四圣谛”）。首先，佛教的创立是由于现实人生的痛苦，生、老、病、死皆苦，此外，“求不得苦”、“爱别离苦”、“怨憎会苦”、“五蕴取苦”等（以上诸苦，总称“八苦”），这诸般痛苦与烦恼无法解脱而需要解脱。其次，佛教的目标就是把人从无边的痛苦与烦恼中彻底解脱出来，此为“灭”，解脱之境称为“涅槃”或者“入灭”。再次，佛教的中心课题是研究痛苦产生的根源(“集”）以及摆脱痛苦、获得解脱之“道”。

佛教认为，世间万法、众生的生命都是因缘和合而成（诸方面条件具备才形成一物)，且无不受因果律控制。任何一个生命存在都是前世的“业果”，现世的作为(“造业”）又影响与决定着来生。可见，痛苦的原因就在自身。不断往前追究，还发现：痛苦真正的根源在于“无明”。“无明”就是对世间万法实相的愚妄无知，以为眼前所见、此身所得都为实体，不知一切其实都是梦幻泡影，并无自性，并不常在，却偏要执虚为实，苦苦追求，且守之不置。“无明”产生贪、嗔、痴“三毒”，此为“三大根本烦恼”，此外还有慢、疑、见等诸多烦恼，“烦恼惑障”，于是，造种种恶业，并进一步堕入“六道轮回”中。

佛教的“道谛”是关于解脱痛苦的修习方法，从佛陀悟道后的第一次说法提出“八正道”开始，这方面的内容不断发展，形成最为庞杂的方法系统，不过，这些方法又围绕着戒、定、慧三学展开，各种方法虽在顺次、侧重和细密程度上有别，但都以慧为究竟。

佛教在印度经历了由小乘而大乘的发展，形成两大门派。渗入中国主流文化中的佛教，基本上属于大乘佛学系统。佛教进入中国后，先是依附和借助儒、道两家原有思想加以传播，后又吸收两家思想改造自身，到隋唐时期，佛教全面创造发展，基本完成了中国化的过程，逐渐融入中国文化的机体中。与早期佛教相比，融入中国主流文化的佛教烙上了深厚的中国印记，与早期佛教有了不小的变化，实际上属于佛教发展的新阶段。反观佛教发源地的印度，大约到 12 世纪，由于未能适应印度的社会需要，加上伊斯兰教诸王的入侵，佛教迅速走向消亡。

中国佛教对早期佛教有扬弃有发展，扬弃最明显的有：（1）减淡了认识现实人生时的悲观厌世情调；（2）降低了对涅槃世界的迷狂追求；（3）解脱法门中则削减了戒、定的分量，那种以坚强的意志、自残般的苦行求得个人解脱的小乘佛学特征基本被抛弃。而在中国佛教的一些门派，特别是禅宗那儿，其发展与突破是极为明显的：（1）“佛即众生，众生即佛”观念的强化；（2）“佛法不用学”、“平常心是道”、“顿悟成佛”修学方法的发展；（3）慈悲为怀、普救众生的“人间佛教”的发扬。这几个特征在各门派中有或多或少的反映，在禅宗那儿则得到集中的体现。

中国佛教的形成及其完全纳入中国文化系统之内，是中国思想文化史上的大事，从此，中国思想文化进入更为成熟的阶段。季羡林先生在《我和佛教研究》一文中说：佛教“公元前传入中国以后，经历了试探、适应、发展、改变、渗透、融合许许多多阶段，最终成为中国文化、中国思想的一部分。”“抛开消极的方面不讲，积极的方面是无论如何也否定不了的。它几乎影响了中华文化的各个方面，给它增添了新的活力，促其发展，助其成长。这是公认的事实。”(《文史知识》1986年第10期) 粗略地看，作为中国思想文化有机组成部分，中国佛教的以下特点是值得重视的：

1. 破除执着，淡泊功名

佛教教导需要解脱的信众，放下一切，回归自己的本心。这样的行为取向，与儒、道都是迥异的。儒家总是鼓励人们为了功名、为了理想、为了社稷苍生去不懈奋斗，道家和后世的道教则描绘出一个纯朴自然、不受污染的纯净世界、仙乡神界来诱惑那些为了全生、养身、长寿的人们去不断追求。儒、道都是执着的或有所执着的，“奋斗”、“追求”是它们题中必有之义。惟有中国佛教，它虽有目标（涅槃、成佛做菩萨），但却并不让人去苦苦追求。相反，它还警告你：你愈是执着，就愈会事与愿违。你想从痛苦中解脱，那么，把财富、物质、功名利禄，把一切理念、思想，乃至一切知识、概念，都抛弃吧。你想悟道成佛，那么，把“道”、“佛”等也一并忘掉吧。这就是中国佛教。禅宗有一个重要比喻，叫“桶底子脱”。水桶装着水的时候，你总在担心水溢出、水桶有漏等问题；可是，一旦桶底子脱去，所有的问题都不复存在，正是所谓“一了百了”，精神痛苦就彻底消失，显得轻轻松松。

显然，中国佛教在告诫人们去追问生命的意义，要求人们从外在的攀援回到自我，以内心的醒觉、通透张扬出生命的灵光。中国的佛教信士，虽然并不经意于世事，也可能不为社会创造什么物质性的东西，但却并不一定消极，因为他们以心灵的纯净和安详、精神的自足和解放，为生命的意义作出了符合其本源的诠释。同时，从积极的方面看，也对民族心灵的净化产生了不小的影响。

可以说，儒家在教人有所就时，表现入世的执着、济世的热忱；佛教则在劝人有所舍时，显示出世的精神、淡泊的味道。而朱光潜先生说：“以出世的精神，干入世的事业。”(《谈艺书简》) 因为你必须从纯功利的欲求中摆脱出来，才不致堕入低俗、恶毒，才不致迷失人性。显然，淡泊不是生命的弱化，而恰恰是人性的回归。

2. 即色即空，无常无我

佛教对事物间的关系有很细密的研究，以此构成了其理论的框架。这套理论的核心是"缘起说"。缘起，佛经的解释是："此有故彼有，此生故彼生。"（《杂阿含经》卷十）讨论的就是事物间的因果关系问题。其主要观点可归纳为："缘起性空"、"无常"、"无我"。

"无常"即不断运动变化。佛教认为，一切事物和现象都始终处于由生而灭的迁流变化之中，没有刹那停息，这一秒钟的"我"就不是上一秒钟的"我"。"有"只是事物的一种暂时状态，它不会"常"住、不会"常"有，这是世界的真实本相。你只有看清这个本相，才不会执"有"为"常"，才不会起贪、嗔、痴之心，徒生烦恼。

在"无常"基础上，佛教又进而有"无我"义。"我"代指实在的自体，即我之为我的根本性存在。按照缘起说，人的身体器官是由地、水、火、风等四大自然物质元素组合而成，人的心理、思想等精神性存在则由色、受、想、行、识"五蕴"聚合所成，换言之，人的身心全由别的东西构成。人之外的其他事物亦同此。手上的杯子是由玻璃所制成，玻璃又是由更小的构成它的物质分子组成。可见，世界上没有一种真正为"我"的存在，我这个人是这样，我手上的杯子也是这样。我们所看到的这个"我"和这只"杯子"，都是在一定条件下由别的元素偶然聚合形成的"假有"（因缘和合而起即"缘起"），是一个偶然性的存在，它的本质是"空"（"性空"）。这就是佛教所说的"无我"、"缘起性空"。

以上教义，在大乘佛教一部二百多字的《般若波罗蜜多心经》（简称《心经》）中有一段很著名的阐述，云："色不异空，空不异色，色即是空，空即是色，受想行识，亦复如是。"粗略地说，就是"五蕴皆空"的意思，但这里包含着很重要的佛教思维方法，它也是中国佛教核心所在。"五蕴"中的"色"相当于物质存在。任何事物都有它的相状和功用，因而是可以感知的，故称为

"色"，但任何"色"都"无我"，所以它又是"空"。而且，不是离开"色"而另外有"空"，而是"当体即空"。换言之，从其可以感知的意义上才称之为"色"，而从它"无我"即没有实体或自性的角度看，它又是"空"。再换言之，"色"必然是"空"，而"空"只有借助"色"显现，中国佛教简捷地概括为"即色即空"。因色观空，不堕"顽空"，是中国佛教的一大理论支点。

四、中国思想文化的特色

中国文化以上三大最重要的思想资源，各有一套自己的理论，它们之间互相斗争、交互影响、不断发展，它们共同作用，构成了中国文化深厚博大的景观。综合起来看，中国思想文化具有以下几大特色：

1. "以人为本"和"以民为本"

中国有过类似宗教的东西，如殷商时期对"天"、"神"的敬畏，以及春秋墨家对"鬼神"的态度，都类似于宗教感情，但战国以来，中国人一般不再有那种对神、对异己的神秘力量的信仰和崇拜，以人为本是中国思想文化的要义。

儒家是典型的"以人为本"，孔子在面对着神秘的非自然力量时，不是畏服和崇拜，采取的态度是"敬而远之"（《论语·雍也》），是"不语怪、力、乱、神"（《论语·述而》）。在这种思想的影响下，中国古代从政体、制度到日常行为，都没有落入"以人事神"、蔑视人的权利和幸福的地步，人的价值始终是社会关注的中心。而在中国文化中，人的价值主要表现在立德、立功、立言三方面，其中最高的价值是立德，即做一个崇高的人，一个垂范千秋的圣贤。其次是立功，即建立功业，为大众服务。然后是立言，即著书立说，创造思想，创造文化。总之，无论是完善道德，建立功业，还是创立学说，都是人的事业，都是有益于社会的，也是体现人的自我价值的标尺，属于人文的范畴。中国文化的主要功能即在于提倡和鼓励人们实现自我价值，体现人的力量，高扬人文精神。

道家力主自然，反对一切"人文"，与儒家迥异其趣。但是，道家中的庄子，反对异化，追求自由，其本质是人生哲学。道教虽然属于宗教，但却以现世成仙为目标；追求超逸和享受人生，是道教的基本特色，显然它也是以人为本。佛教以寂灭为究竟，把与世俗疏离作为主要特征，但是，中国佛教并不厌世，不否定人生。而且中国佛教通常并不承认有造物主，不把佛陀看做是凌驾于佛徒与众生的最高主宰，普通人的存在仍然是独立自主的，其命运、归宿依然掌握在自己手中。

以人为本的中国文化，还有以民为本的特色。这是在战国风云变幻的时代形成的。当时，有些政治家认识到，各国较量的结果往往取决于民心的向背。《左传·哀公元年》记载，逢滑对陈怀公说："臣闻国之兴也，视民如伤，是其福也。其亡也，以民为土芥，是其祸也。"后来的孟子，则更明确地倡导民本思想，他一再提出要"与民偕乐"、"与民同乐"、"乐民之乐"，"忧民之忧"，甚至说"民为贵，社稷次之，君为轻"（《孟子·尽心下》）。这样的思想，成为中国文化的主要内容，后代的士人多以"济苍生"、"安社稷"、"忧天下"为自己的政治理想。这是中国文化的优良传统。

2. 天人合一与整体思维

与世界各大文化传统相比，注重天人关系，主张人与自然和谐统一、共同发展，是中国文化的显著的特点。

印度诗哲泰戈尔曾惊叹"中国文化的美丽精神"，他说："中国文化使人民喜爱现实世界，爱护备至，却又不致陷于现实得不近情理！他们已本能地找到了事物的旋律的秘密。不是科学权力的秘密，而是表现方法的秘密。这是极其伟大的一种天赋。因为只有上帝知道这种秘密。"据此，宗白华先生在1946年写成《中国文化的美丽精神往哪里去?》一文指出，东西古代哲人都曾仰观俯察探求宇宙的奥秘，但中国古代哲人却是通过"默而识之"的观照态度，去体验宇宙间生生不已的节奏，《论语·阳货》记述道：

> 子曰："予欲无言。"子贡曰："子如不言，则小子何述焉?"子曰："天何言哉? "四时行焉，百物生焉"，天何言哉?"

"四时行焉，百物生焉"，这就是宇宙的旋律，这是无需语言、逻辑，不必分辨，就能感受和体验的，先哲往往又称其为"道"。与孔子一样，老子也是在澄心静虑中去观照宇宙的运化、去把握最幽深最玄远却又弥纶万物的生命本体："致虚极，守静笃，万物并作，吾以观其复。"（《老子》十六章）庄子、孟子则进而把人的精神生命体合于自然的旋律——"静而与阴同德，动而与阳同波"（《庄子·天道》）、"天地与我并生，万物与我为一"（《庄子·齐物论》）、"上下与天地同流"（《孟子·尽心上》）。中国先哲对自然运化节奏的体认、赞美与和合，即泰戈尔所说的"本能地找到了事物的旋律的秘密"，是"中国文化的美丽精神"。

这种天人合一的"中国文化的美丽精神"，渗透到中国古代文化一切领域。司马迁撰述《史记》，以"究天人之际，通古今之变，成一家之言"为宗旨；宗炳爱山水、喜绘画，具"澄怀观道"的意趣；刘勰论文，说："文之为德也大矣，与天地并生"（《文心雕龙·原道》）；陆游言诗，说："学不通天人，行不能无愧于俯仰，果可以言诗乎?"（《渭南文集》卷一三《答陆伯政上舍书》）

天人合一的"中国文化的美丽精神"，实际上也是一种宏观的整体思维。如《周易》讲抽象的阴阳八卦，但其中却包含着《周易》创制者把握世界的整体思维方法。《说卦》阐释说："立天之道曰阴与阳，立人之道曰仁与义，兼三才而两之，故《易》六画而成卦。"这是对《周易》的八卦及六十四卦内蕴的解释。意思说，天地自然的属性是阴与阳二极，而与之相对应的人，也恰好具有仁与义两大根本特征。《周易》的八卦有三爻，象征的是天、地、人三才，六十四卦中卦画六爻，也有三才之道，包含对天、地、人既互相矛盾、又和谐统一的关系的体认。中国的中医，根据对宇宙自然的把握来反观人，从寒热、燥湿、虚实、阴阳等角度来把握人的身体状态，又把人当做一个整体来辨证施治。这种宏观、整体而模糊、直觉地把握世界的思维方式，与西方缜密、严谨、尚实证、重分析的逻辑思维迥异其趣。宇宙万象、自然与人生，纷纭复杂，变幻莫测，难以把握，但中国人却"本能地把握了"其内在的秘密，并且又把这种把握与发现落实在生活的各个领域。

3. 艺术精神与诗化人生

中国的哲学、中国人的思想和生活，是很艺术化的。

徐复观先生所撰《中国艺术精神》一书，对中国艺术精神作了深刻的揭示，他认为：道德、艺术、科学，是"人类文化中的三大支柱"。古代中国由于缺乏强烈的征服自然的意识，没能使自然科学得到充分的发展，而另一方面，道德、艺术却成为中国文化的"两大擎天支柱"。根据中国的道德精神，人在自身"发掘出道德的根源、人生价值的根源"，找到使自我"能在自己一念自觉之间，即可于现实世界中生稳根、站稳脚"的东西，从而，"解决人类自身的矛盾，及由此矛盾所产生的危机"。与此同时，中国文化还在人自身"发掘出艺术的根源，把握到精神自由解放的关键"。在中国艺术精神中，"由孔子所显的最高仁与音乐合一的典型，这是道德与艺术在穷极之地的统一，可以作万古的标程"；而"由庄子所显出的典型，彻底是纯艺术精神的性格"。

儒家一系的艺术是"为人生的艺术"，它既强调艺术的"载道"功能，亦讲究融艺术于人生。《论语·先进》篇记孔子让弟子们各言其志，子路、冉有、公西华言志毕，孔子要求曾点表白时，《论语》记道：

鼓瑟希，铿尔。舍瑟而作，对曰："异乎三子者之撰。"子曰："何伤乎？亦各言其志也。"曰："莫春者，春服既成，冠者五六人，童子六七人，浴乎沂，风乎舞雩，咏而归。”夫子喟然叹曰：“吾与点也。”

乍一看，不禁要质疑：曾点描述的是人生理想吗？在暮春三月，换上春衫，与五六个成人，六七个孩子一道，到郊外去玩玩水、吹吹风，高兴了吟着诗唱着歌就回家了。这挺平常，但这又是多么闲适幽雅、潇洒自如而又充满艺术趣味的生活境界啊，也是人与人、人与自然的和合两忘的境界。孔子对此倍加赞赏，不仅因为这人生境界，恰恰是人生意义的最高体现，而且它也指示了艺术的真谛。后世的理学家于此亦往往颇有会心，程颢《秋日偶成》：“万物静观皆自得，四时佳兴与人同。道通天地有形外，思入风云变态中。”（《二程全书·文集》卷三）由此看来，儒学所追求的，实为一诗化的人生。

道家中的老庄，“在他们思想起步的地方，根本没有艺术的意欲，更不曾以某种具体艺术作为他们追求的对象”，而若“从他们由修养的工夫所到达的人生境界去看，则他们所用的工夫，乃是一个伟大艺术家的修养工夫；他们由工夫所达到的人生境界，本无心于艺术，却不期然而然地会归于今日之所谓艺术精神之上”。特别是庄子，他采用大量的比喻和象征的形象，以“卮言、重言、寓言”的形式，发为“恣纵、瑰伟、俶诡”的文章，展现出动人的艺术风采。并且，他“所追求的道，与一个艺术家所呈现的最高艺术精神，在本质上是完全相同的。所不同的是：艺术家由此而成就艺术的作品；而庄子则由此而成就艺术的人生。庄子所要求、所待望的圣人、至人、神人、真人，如实地说，只是人生自身的艺术化罢了”。后来，中国艺术，特别是山水画，“只要达到某一境界时，便于不知不觉之中，常与庄子的精神相凑泊”。当然，“在庄子以后的文学家，其思想、情调，能不沾溉于庄子的，可以说是少之又少；尤其是在属陶渊明这一系统的诗人中，更为明显”。（徐复观《中国艺术精神》，华东师范大学出版社2001年，第30、34、80页）

在中国先哲思想的启迪和上述两种艺术精神的感染下，中国人——典型的是文人，但并不限于文人——的生活方式往往表现出浓厚的诗化色彩。

第二节　中国文人的生存状况与精神诉求

中国古代文人，是中国文化的精英。他们的思想、性格，他们的痛苦、迷惑或者欢乐，他们的遭际和命运，代表、体现着我们这个民族。

文人是一类什么样的人？这个词在《尚书》和《诗经》中都有，《诗经·大雅·江汉》："厘尔圭瓒，秬鬯一卣，告于文人。"根据毛传的解释，此处"人"特指先人（先祖），"文人"指具有文德的先人。《尚书·文侯之命》用法同此。但后来，"文人"泛指读书能文之人，如曹丕《与吴质书》就有一名言："观古今文人，类不护细行。"从此之后，凡常与"文"打交道的，都叫文人。

需要辨析的是，如果"学而优则仕"，却仍保持读书与写作习惯的人，如北宋的王安石、晚清的曾国藩，当然是文人，即具有政治家身份的文人。不过，事实上，一个读书人一旦从政，往往就开始远离书和笔，从此便融入政治机器中，这样的人，在每一个时代都常见，他们不应算作纯粹的文人。

最为典型的文人是把读书、写作当成自己的主要工作或基本生活，书卷是他们生命的必需。

一、优越与快意的古代文人

这些人多不参与物质生产（即"不事产业"），在古代中国，他们通常也并不"生产"（创造）思想。他们多信守孔子"述而不作"之说，只是继承道统，通过"注经"、"释经"的方式，在维护固有文化不使坠失的同时，根据客观条件的许可，尽自己所能，使传统文化发扬光大起来。可就因为肩负着“载道”的重任（此“道”经常被看做是宇宙的秩序），直接作为传统文化的代言人或继承者，文人历来享有很高的地位。于是，生产文人也就势在必然了，一大批劝学文字或口头谣谚，就这么出现了。身居九五之尊的宋真宗，据说也亲自写过《劝学诗》，云：“富家不用买良田，书中自有千钟粟；安居不用架高堂，书中自有黄金屋；出门莫恨无人随，书中车马多如簇；娶妻莫恨无良媒，书中有女颜如玉；男儿欲遂平生志，六经勤向窗前读。”

具体来说，文人往往在政治地位、物质待遇上享有不少特权，不要说为官做宰、身居高位，就是一介书生，做幕僚、掌书记甚至当清客，他们也多属于“生常免租税，名不隶征伐”的行列（杜甫《自京赴奉先县咏怀五百字》），更不用说精神上的优越感了。

翻翻古代文人自己的集子或者别人的记载，我们可以看到他们活得的确很自在、很快乐。这些人当中有的是酒仙，在酒力的作用下，脱略形骸，忘世忘我。杜甫《饮中八仙歌》就描写了开元到天宝早期文人的群像：

> 知章骑马似乘船，眼花落井水底眠。汝阳三斗始朝天，道逢麹车口流涎，恨不移封向酒泉。左相日兴费万钱，饮如长鲸吸百川，衔杯乐圣称避贤。宗之潇洒美少年，举觞白眼望青天，皎如玉树临风前。苏晋长斋绣佛前，醉中往往爱逃禅。李白一斗诗百篇，长安市上酒家眠，天子呼来不上船，自称臣是酒中仙。张旭三杯草圣传，脱帽露顶王公前，挥毫落纸如云烟。焦遂五斗方卓然，高谈雄辩惊四筵。

这个群像实际上就是古代士大夫生活的略带夸张的漫画。饮酒，让他们的生命力得以焕发，让他们的个性得到张扬，文人的魅力就这样鲜活地呈现在人们面前。

很多文人都是自然山水的热爱者，他们或者似李白，“五岳寻仙不辞远，一生好入名山游”（《庐山谣》），或者如陶渊明，“天气澄和，风物闲美，与二三邻曲，同游斜川。临长流，望曾城，鲂鲤跃鳞于将夕，水鸥乘和以翻飞。彼南阜者，名实旧矣，不复乃为嗟叹。若夫曾城，傍无依接，独秀中皋，遥想灵山，有爱嘉名。欣对不足，率尔赋诗”（《游斜川·序》）。在与山水自然的亲密接触中，陶渊明、李白们心灵回归宁静，臻于人天冥契的妙境，又用他们的笔，把这种妙境传递给后世读者。

文人的快乐和自在还不止于此，他们最奇妙的是能化平凡的世俗生活为赏心乐事。颜回在“一箪食，一瓢饮”，“人不堪其忧”的贫困、俭朴的生活中，却依然能保持一个“乐”字，这固然是修炼到一定境界后才能到达；而在夏之晨、冬之夕，负手吟哦于花前树底，或清溪浅水泛舟，或凉雨竹窗夜话，莫不欣慨交心，这等闲适、快慰的生活，却是文人的胜境。金圣叹不懂曲律，却妄批滥改《西厢》，颇为通人所讥，但在《西厢》拷红一折的批语中，他列出自己三十三则“不亦快哉”，则为文人精彩的生活写照，抄四则于下：

其一，夏七月，赤日停天，亦无风，亦无云；前后庭赫然如洪炉，无一鸟敢来飞。汗出遍身，纵横成渠。置饭于前，不可得吃。呼簟欲卧地上，则地湿如膏，苍蝇又来缘颈附鼻，驱之不去，正莫可如何，忽然大黑车轴，疾澍澎湃之声，如数百万金鼓，檐溜浩于瀑布，身汗顿收，地燥如扫，苍蝇尽去，饭便得吃。不亦快哉！

其一，十年别友，抵暮忽至。开门一揖毕，不及问其船来陆来，并不及命其坐床坐榻，便自疾趋入内，卑辞叩内子：“君岂有斗酒如东坡妇乎？”内子欣然拔金簪相付，计之可作三日供也。不亦快哉！

其一，子弟背诵书烂熟，如瓶中泻水。不亦快哉！

其一，重阴匝月，如醉如病。朝眠不起，忽闻众鸟毕作弄晴之声，急引手搴帷，推窗视之，日光晶荧，林木如洗。不亦快哉！

看金圣叹的“不亦快哉”，人们不觉也叫出一声：不亦快哉！其实，金圣叹在这三十三则“不亦快哉”里还遗漏了文人最感快意的读书作文之乐，请看陶渊明《读山海经》其一：

孟夏草木长，绕屋树扶疏。众鸟欣有托，吾亦爱吾庐。既耕亦已种，时还读我书。穷巷隔深辙，颇回故人车。欢言酌春酒，摘我园中蔬。微雨从东来，好风与之俱。泛览周王传，流观山海图。俯仰终宇宙，不乐复何如？

是啊，在如此美好的季节、天气和心情下轻松地读书，在一俯一仰中，上下古今(“周王传”即《穆天子传》，写的是往古神话)，宇宙六合(“山海图”即《山海经》，是天下地理之书)，尽收眼底，如此读书，不是无尚的快乐吗？后来李清照在《金石录后序》中叙写夫妻俩“每饭罢，坐归来堂烹茶，指堆积书史，言某事在某书某卷第几叶第几行，以中否角胜负，为饮茶先后。中即举杯大笑，至茶倾覆怀中，反不得饮而起。甘心老是乡矣！故虽处忧患穷困而志不屈”的生活，则在快乐中充满着文人的雅趣。

至于说到作文，更是很多文人最为成就感的所在。赵翼《瓯北诗话》评论苏轼时说：“才思横溢，触处生春。胸中书卷繁富，又足以供其左抽右旋，无不如意。其尤不可及者，天生健笔一枝，爽如哀梨，快如并剪，有必达之隐，无难显之情。”这样的写作当能获得极大的快乐和满足。苏轼本人也颇为自负，他对人说：“某平生无快意事，惟作文章，意之所到，则笔力曲折，无不尽意，自谓世间乐事，无逾此矣。”（何薳《春渚纪闻》卷六）

在精神的世界里，若有充沛的生命激情、生动的生命意趣，他就能调动自己的感官，去享受生命的快意，去创造快乐的人生。这或许就是文人的可爱吧。

二、不幸的古代文人

明眼人知道，古代文人看上去快快乐乐、疯疯癫癫，潇洒得很，浪漫得很，骨子里也显得很高贵、很优越，而实际却穷愁潦倒，常常是一肚子的牢骚、不满无处排解，无人倾诉。在痛苦的折磨下，多少文人美丽的生命之花过早地凋谢，李国文先生所著《中国文人的非正常死亡》虽有不少错误并遭来批评，但它对古代文人的恶劣生存境遇的提醒还是有意义的。这里，没有必要再去重复罗列名单，且来读读白居易的《悲哉行》：

> 悲哉为儒者，力学不能疲。读书眼欲暗，秉笔手生胝。十上方一第，成名常苦迟。纵有宦达者，两鬓已成丝。可怜少壮日，适在穷贱时。丈夫老且病，焉用富贵为。沉沉朱门宅，中有乳臭儿。状貌如妇人，光明膏粱肌。手不把书卷，身不擐戎衣。二十袭封爵，门承勋戚资。春来日日出，服御何轻肥。朝从博徒饮，暮有倡楼期。评封还酒债，堆金选蛾眉。声色狗马外，其馀一无知。山苗与涧松，地势随高卑。古来无奈何，非君独伤悲。

元（稹）、白之诗尚通俗，老妪能懂虽未免言过其实，庶几近之。这首《悲哉行》即一读能懂，寒士的辛酸倒不在少壮的穷贱，也不在力学的艰苦，而在年华虚度，蹉跎岁月以至老病。最让诗人感到不平的是，那些朱门中的纨绔子，虽“声色狗马外，其馀一无知”，却承荫袭爵，坐享富贵。西晋的左思在《咏史诗》中就发出过寒士的悲鸣，说：“郁郁涧底松，离离山上苗。以彼径寸茎，荫此百尺条。世胄蹑高位，英俊沉下僚。地势使之然，由来非一朝。金张藉旧业，七叶珥汉貂。冯公岂不伟，白首不见招。”山上稚弱的小苗，就凭它所处的地势，遮覆着涧底的巨松，这是门阀时代无可奈何的事，左思的抗争完全是徒劳的。而处于中唐的白居易，却仍然发现一个贫寒书生的人生是那样的艰难。他记得年轻时第一次到长安拜谒前辈诗人顾况，老诗人闻其名，就笑道："长安百物贵，居大不易。"等读到"野火烧不尽，春风吹又生"的诗句，才赶紧纠正说："有句如此，居天下有甚难。老夫前言戏之耳。"(《唐摭言》卷七）可是，几十年过去之后，白居易发现，居天下真是太不易了！不要说偶尔道出野火春风的妙句，就是能写《新乐府》、《秦中吟》或者《琵琶行》、《长恨歌》，又怎样呢？还是李白说得透："吟诗作赋北窗里，万言不值一杯水！"(《答王十二寒夜独酌有怀》)

归纳起来，中国古代文人的不幸主要表现在以下两个方面：

1. 求仕道路上的辛酸

古代读书人的活路很少，最通常的是：读书→为官。为了生计，或者按照社会的惯性，读书人都免不了要为功名而奔走道途。而设若有更远大的理想与抱负，要实现自己的文化价值，完成"修齐治平"的人生蓝图，则更需要积极主动地去获取功名。

获取功名，从隋唐开始就有了通途，这就是科举考试。隋唐所确立的科举制度，是中国社会制度的重大进步，从此，来自社会底层的普通士子开始有了进入社会高层的途径。

但是，唐代从初唐到中唐都是充满机会的时代，有不少士人或者不参加科举，或者没有中第却得以入仕。如陈子昂的友人，后来为陈编集的卢藏用，"初举进士选，不调"，于是，隐居终南山，学辟谷、练气之术，但隐居之志并不坚定，《旧唐书》本传云："往来于少室、终南二山，时人称为'随驾隐士'。"他的往来奔走果然奏效，并因此创造了一条号称"终南捷径"的求仕之路，中宗朝他累居要职。此后，李泌、吴筠在考而不中时也走了这条捷径。李白两次进京，广泛结交各界名流，又与吴筠等人一起隐居，从未赴举，但却令名闻于主上，终于在天宝元年，奉旨入京，与吴筠一并待诏翰林。此外，陈子昂的入仕经历更富传奇色彩，《独异记》记载，他到长安后，四处奔走，投献行卷，均不果。于是，入市以百万钱购得胡琴一把，引来众多围观者。当众人聚集着等他演奏时，他却将胡琴当场击碎，对着众人说："蜀郡陈子昂有文百轴，驰走京毂，碌碌尘土，不为人知。此乐工之役，岂宜留心哉！"于是将诗文遍散众人。这件事一日之内，传遍京城，建安王武攸宜见他的诗文果真不凡，即辟为书记。不久，陈子昂还考中进士。

比起上述诸人，杜甫更惨，二十四岁由州县推荐参加进士试，他满怀希望而来，却失败而去。经过多年的学习与漫游，当他再次来到京城时，已经三十五岁，据《资治通鉴》记载，这年，"上欲广求天下之士，命通一艺以上皆诣京师。李林甫恐草野之士对策斥言其奸恶，建言：'举人多卑贱愚聩，恐有俚言污浊圣听。'乃令郡县长官精加试练，灼然超绝者，具名送省，委尚书覆试，御史中丞监之，取名实相副者闻奏。既而至者皆试以诗、赋、论，遂无一人及第者。林甫乃上表贺野无遗贤"。杜甫与元结都在这场政治骗局中上当了。五年之后，在李林甫死后，杜甫在《奉赠鲜于京兆二十韵》中说到这次应举失利的事，说："破胆遭前政，阴谋独秉钧。微生沾忌刻，万事益酸辛。"此后，他不得不像别人一样到处投献诗文，如汝阳王李琎、尚书左丞韦济、翰林学士张垍、京兆尹鲜于仲通、开府仪同三司哥舒翰等人的宅第他都去敲过门、投过文，但这些努力都没起作用。奔走长安的这些年里，他生活的狼狈和心灵的苦痛，在《奉赠韦左丞二十二韵》一诗中有极真实、深刻的描绘，抄录其中一段于下：

> 甫昔少年日，早充观国宾。读书破万卷，下笔如有神。赋料扬雄敌，诗看子建亲。李邕求识面，王翰愿卜邻。自谓颇挺出，立登要路津。致君尧舜上，再使风俗淳。此意竟萧条，行歌非隐沦。骑驴三十载，旅食京华春。朝扣富儿门，暮随肥马尘。残杯与冷炙，到处潜悲辛。

显然，奔走权门、干谒贵幸的屈辱，正在消磨他的壮志、摧残他的生命。如果说，二十四岁那次的失败，他并不很在意，在“放荡齐赵间，裘马颇轻狂”的漫游中，他的壮心得到培养，那么，此时，备尝生活困顿之苦、人情冷暖之态的诗人，再也轻狂不起来了，他像一只受伤的鸟垂着翅膀从青天落在尘土中。还好，当他向玄宗“延恩匦”投献三大礼赋后，“文采动人主”，“一日声炫赫”，玄宗命宰相在集贤院考他的文章，于是，“集贤学士如堵墙，观我落笔中书堂”（《莫相疑行》）。不过，他只获得一个“参列选序”的资格，几年之后，他才被授右卫率府兵曹参军，一个管理东宫宿卫、仪仗的卑官。一个一再自比稷契的人，经过十年的挣扎，最终为了生计接受了一个从九品的微官，这就是杜甫艰难求仕之路的结局！

当然，唐代一般的文人对进士科考试很看重，把进士及第比为“登龙门”，在他们的幻想中，一个读书人经过十数年的苦读，一旦登科，就能青云直上，“拟迹庙堂”。因此，多数人屡败屡战，一直在这条道路上摸爬滚打。中唐的孟郊就很典型。他早年家庭贫困，蹉跎岁月，到四十一岁时，从湖州到长安应进士试，结果连遭两次落第。他在“冠盖满京华”的长安，受尽冷落和白眼，刺激很大。在《落第》、《夜感自遣》、《长安旅情》、《再下第》、《下第东归留别长安知己》、《失意归吴因寄东台刘复侍御》、《下第东南行》等诗中，他一再慨乎言之，如《长安旅情》一诗中，他悲愤地写道：“尽说青云路，有足皆可至。我马亦四蹄，出门似无地。玉京十二楼，峨峨倚青翠。下有千朱门，何门荐孤士。”此后，直到四十六岁他第三次应试，才中了进士。他兴奋地写了《登科后》一诗：“昔日龌龊不足夸，今朝放荡思无涯。春风得意马蹄疾，一日看遍长安花。”深深地吐出了胸中积郁的闷气。当然，一第的荣光并没有彻底结束他贫病交加的生涯，他五十岁后陆续做过溧阳尉、河南水陆转运从事、试协律郎等小官，但终于贫寒至死。

举子们在长期应试道路上的辛酸，可以在《唐摭言》卷八以下一则记述中见其一斑：

> 公乘亿，魏人也，以辞赋著名。咸通十三年，垂三十举矣。尝大病，乡人误传已死，其妻自河北来迎丧。会亿送客至坡下，遇其妻。始，夫妻阔别积十馀岁，亿时在马上见一妇人，粗缞跨驴，依稀与其妻类，因睨之不已。妻亦如是，乃令人诘之，果亿也。亿与之相持而泣，路人皆异之。

这简直是绝好的唐传奇的素材，但又并非出于杜撰，而是极有代表性的古代科举考试中的悲剧。唐代进士科所取的人数，前后期有所不同，但大致在三十人，录取的人数为百分之二三。明经科较多，一百人到二百人之间。进士、明经加起来，也不过占考试者总人数的十分之一。唐以后各代，文人入仕的道路更窄，科考中录取的人数有所增加，但有幸及第的终归是非常少的。就是说，风尘仆仆奔波于仕途的读书人，绝大部分是落第者。要了解科举制度下读书人的痛苦与挣扎，最好读读《儒林外史》和《聊斋志异》。后者是一个考了一辈子功名而终究不果的文学家心灵的幻影，完全可以当做古代科举的风俗画来观看。

2. 宦海风波中的屈辱

科举是险途，有幸走过了这一程的，也并非如天真的文人幻想的那样就登了龙门，从此青云得路，托身庙堂，不，最为艰难的人生之路才刚刚开始呢！

许多文人年少时都以天下为己任，立志很高，但他们得到的却往往是卑微的职位，有的甚至一辈子都沉沦下僚，这样的职位与他们的目标实在相差太远。处于盛唐之际的边塞诗人高适，早有“白身谒明主，待诏登云台”（《宋中遇刘书记有别》）的志愿和“公侯皆我辈，动用在谋略”（《和崔二少府登楚丘城作》）的自信，年二十馀求仕不遇，近四十岁应制科，又无成，北上蓟门，漫游燕赵，希望立功边塞，也无果，长期贫困落拓。直到近五十岁，因张九皋的举荐，才从“有道科”中举。中举后，高适获得的却仅为封丘尉。县尉为从九品的卑职，繁琐的日常事务、复杂的上下关系，令浪漫惯了的诗人极为痛苦，在名篇《封丘县》中，他感慨万千地说：

> 我本渔樵孟诸野，一生自是悠悠者。乍可狂歌草泽中，宁堪作吏风尘下？只言小邑无所为，公门百事皆有期。拜迎长官心欲碎，鞭挞黎庶令人悲。

远大理想与卑微处境的巨大落差，文人自由心性与繁剧事务之间的强烈矛盾，纯真善良的思想与官府鱼肉百姓的现实之间难以弥合的天壤之距，使诗人异常痛苦，难以忍受。几年之后他终于弃官而去。高适晚年官运亨通，做过淮南节度使和蜀、彭二州刺史，后又入朝为刑部侍郎、转左散骑常侍，进封渤海县侯。但这是安史乱后高适乘时而起，把握住了机会。意味深长的是，从此之后，唐代多了一名良吏，却少了一位成就卓著的诗人。

而风尘作吏的难堪，是古代文人很普遍的现实。高适和陶渊明、杜甫，因不堪忍受，曾选择弃官；而更多的人却往往只能强迫自己忍受痛苦的煎熬，北宋著名诗人黄庭坚就是如此。他入仕后，曾长期沉沦下僚，为太和县令期间，他是非常负责，非常勤勉的，但面对着繁杂的公事，他非常郁闷。在《寄袁守廖献卿》中他用自我解嘲的笔墨写道：“公移猥甚丛生笋，讼谍纷如蜜分窠。少得曲肱成梦蝶，不堪衙吏报鸣鼍。”县令的案前永远都堆满了各种诉讼文案、官府往来文书，这些东西，简直就像春天丛生的竹笋，像蜂巢上不断新增的窠，任凭你如何费力，都无法处理完。一眠未稳，往往就被衙鼓惊醒了。在名作《登快阁》中，诗人又借《晋书·傅咸传》“生子痴，了官事，官事未易了也”的话，自笑勤勉为官的无谓，而在“朱弦已为佳人绝，青眼聊因美酒横”句中，更为近无知音而慨叹。相似的是，李商隐《无题·昨夜星辰昨夜风》(原文见本书第七章)也是在旖旎温馨的情场对照下，突出频繁迁徙的卑官生活之无奈、无谓。文人的心性，使他们追求精神的慰藉、情感的满足，而生活却迫使他们接受这种辛苦、繁琐而无谓的工作，他们内心的痛苦和挣扎该有多么难熬！

晚唐诗人姚合进士及第后，任武功县主簿，随后又为富平、万年尉，他都是默默承受着煎熬，反映他此时心理的《武功县中作》成为他的代表作，其一云："县去帝城远，为官与隐齐。马随山鹿放，鸡杂野禽栖。绕舍惟藤架，侵阶是药畦。更师嵇叔夜，不拟作书题。"这里倒不是事务繁多，而是荒县僻邑的凋敝与萧条，在这描写中，诗人理想的失落、心绪的萧索不难想见。

跻身于朝廷，进入了权力中心的文人，情况又怎样呢？他们当然可以尽享人间的富贵和尊荣了，李白待诏翰林时，就经常伴随着唐明皇、杨贵妃一道，富贵、排场都经历了，"云想衣裳花想容"这类的诗篇就是在这时写成的。但是，还有一类富贵中人，他们的文人心性让他们敏感地意识到人生的寂寞和悲哀，晏殊和纳兰性德就是两个突出的例子。晏殊十四岁即以神童荐于宋真宗，廷试赐同进士出身。此后仕途显达，历真宗、仁宗两朝太平盛世，备受君主宠信知遇，历居显宦要职，可谓位极人臣，志得意满。据吴处厚《青箱杂记》，他批评那些一说到富贵就是"金玉"的人，认为那是"乞儿相"，他本人则"每言富贵，不言金玉锦绣，而惟言其气象"，并对自己"梨花院落溶溶月，柳絮池塘淡淡风"颇为自矜，以为这才是真正的富贵气象——"不言金玉锦绣，而惟言其气象"的晏殊，对纯粹物质性的富贵不感兴趣，而对雍容闲雅的富贵气象，却是很在乎的。

而另一面，翻读晏殊的《珠玉词》，看到的却根本不是富贵气，而恰恰是满纸的愁绪。他最著名的《浣溪纱》即是代表：

一曲新词酒一杯，去年天气旧亭台，夕阳西下几时回？无可奈何花落去，似曾相识燕归来。小园香径独徘徊。

黄昏庭院，香径亭台，听一曲新歌，饮几杯美酒，在这儿哪是富贵和闲雅？你看，花谢花飞，旧燕归来，这一切都无法把握、不可逆料，人生又能如何？无边的悲哀，袭上心头。这种悲哀因何而起？也许连词人自己也说不清，但我们知道，这一定与他无法左右的官场积习，还有他难以实现的早年梦想有关。一个人纵然伟大，在庞大的政治机器面前，也是渺小和微弱的。在别人看来，好像要风得风，要雨得雨，但个中人深知：人世有太多的遗憾、太多的无奈。

作为贵公子的纳兰性德，出生在绮罗丛中，从小享尽人间奢华。而且天赋绝世，十四岁已通六艺，十八岁便中举，此后一路升迁，加官晋爵，鱼牙绯袋，貂珥朱轮，前途正无可限量。然而，我们不知道是“伴君如伴虎”的古训在提醒他，还是妇亡的悲痛在折磨他，抑或是龚岚老师所分析的“完满的空虚”在袭击着他（原文载“江西师大古代文学课程网”），总之，我们在他的词中读到：

> 残雪凝辉冷画屏，《落梅》横笛已三更。更无人处月胧明。　我是人间惆怅客，知君何事泪纵横。断肠声里忆平生。（《浣溪纱》）
>
> 昏鸦尽，小立恨因谁？飞雪乍翻香阁絮，轻风吹到胆瓶梅。心字已成灰。（《忆江南》）

人生的凄寒和空虚，穿透时空，从纳兰词中传递给了每一位读者。这是一些身居高位的古代文人的情感。诗词的表现方法，使人们无法从中看到他们全部的政治生活，诸如官场倾轧和腐败、帝王的喜怒无常等等现象，都在虚灵的文字中淡去了，但封建政治机器下文人的呻吟和呐喊，他们的无奈和悲愤，还是清晰可见的。

佛陀告诫人们：“诸行无常！”权力自我而得又自我而失的人，对这一告诫的意义是容易理解的。贬谪或罢官，正是古代文学中最为常见的主题。刚刚还在快意挥毫："名花倾国两相欢，常得君王带笑看"，转眼间，李白就被"赐金还山"，"体面"地离开了长安。早年"功成还旧林"（《留别王司马嵩》）的算盘，只好改成"人生在世不称意，明朝散发弄扁舟"（《宣州谢朓楼饯别校书叔云》）。放眼整个古代，可知：李白的"还山"是体面的，其方式是人所难以企及的。

汉代的贾谊和梁鸿，便是千古文人的缩影。

西汉贾谊，年十八，因能诵诗作文称于郡中；二十馀，为博士，提出改革制度的一系列主张，得到文帝的赏识，超升为太中大夫。但因守旧派的诋毁、排挤，被远放为长沙王太傅。带着悲伤自悼的心理，他借屈原的酒杯自浇块垒，写了《吊屈原赋》。一次，鹏鸟飞入他居舍，想起占书中"野鸟入室，主人将去"的话，他悲不自胜。《鹏鸟赋》中他虽然借道家听任自然的道理自我宽解，但终难掩饰和排解内心的凄楚。后来，汉文帝求贤，把贾谊召回朝廷，任为梁怀王太傅。期间，贾谊又多次上疏议政，都未被文帝采纳，梁怀王偶然丧命后贾谊抑郁而终，年仅三十三。

东汉梁鸿，扶风平陵人。家贫好学，以高义为人所称。与妻孟光隐居霸陵山中，以耕织为业，咏诗书、弹琴以自娱。后出关过洛阳，有感而作《五噫歌》，曰：

> 陟彼北芒兮，噫！顾瞻帝京兮，噫！宫室崔嵬兮，噫！民之劬劳兮，噫！辽辽未央兮，噫！

并不热衷于仕宦的梁鸿，对帝王的奢侈、人民的艰辛却颇为敏感。短短几句，首言登高眺远，中将华屋与民劳对比，末致不堪设想之情，全诗五个"噫"字，诗人的惊诧、愤疾、悲悼、感喟，和盘托出。汉章帝读到此诗，下令缉查。仅仅因为批评朝政，尚未正式进入仕途的梁鸿便不得不改姓易名，与妻子亡命于东海之滨，终身不敢复出。

王勃脍炙人口的《滕王阁序》，对为人臣者不幸的命运有这样的感慨："呜呼！时运不齐，命途多舛。冯唐易老，李广难封。屈贾谊于长沙，非无圣主；窜梁鸿于海曲，岂乏明时！"是的，生活于汉唐盛世、有"明主"在朝的冯唐、李广、贾谊、梁鸿、王勃尚且命途多舛、有志不骋，其他时代的人们还能有什么幻想呢？宋以来的文人，在理性地认识到这一现象之后，形成了坚毅顽强的品格，范仲淹在谪知邓州后写的《岳阳楼记》即以"不以物喜，不以己悲"为线索，表现出"先天下之忧而忧，后天下之乐而乐"的政治情怀。在他的影响下，有宋一代的文人，虽然仕途的艰险并不在汉唐之下，但迁谪之叹却被淡化，像秦观这样在遭到政治打击之后，悲观抑郁，使生命之花过早凋谢的名家，倒显得很特别了。

从根本处看，一个社会，文人应该是精英，是灵魂，但是由于他们往往骨瘦如柴、手无缚鸡之力，没有也无力参与社会的物质生产，因此，对社会似乎毫无用处。《史记·郦生陆贾列传》载，汉初书生陆贾，动辄在不读书的刘邦面前称引诗书，刘邦不耐烦，骂道："乃公居马上而得之，安事诗书！"历来轻视文人，都是来源于这同一种心理，即短视的功利心理。

关于文人的生存境遇，钱锺书《论文人》有犀利透辟的评述："文学是倒霉晦气的事业，出息最少，邻近着饥寒，附带了疾病。""我们只听说有文丐，像理丐、工丐、法丐、商丐等名目是从来没有的。至傻极笨的人，若非无路可走，断不肯搞什么诗歌小说。因此不仅旁人鄙夷文学和文学家，就是文人自己也填满了自卑心结，对于文学，全然缺乏信仰和爱敬。"（《写在人生边上·写在人生边上的边上·石语》，三联书店2001年，第52页）这话说得多痛切！

三、古代文人的精神诉求

一个人只有无路可走才当文学家，这话，验之往古有征，当了文学家，而"对于文学，全然缺乏信仰和爱敬"的职业文学家也并不少见。但，把文学当成自己生命一样来珍爱的也大有人在。中晚唐的“苦吟派”，苏轼颇为不满，他读孟郊的诗觉得像吃小鱼，“所得不偿劳”，又像吃小蟛蟹，“竟日嚼空螯”（《读孟郊诗》）。但孟郊、贾岛等等却是对诗歌充满着“信仰和爱敬”的一群人，贾岛《戏赠友人》以玩笑口吻说：

> 一日不作诗，心源如废井。笔砚为辘轳，吟咏作縻绠。朝来重汲引，依旧得清冷。书赠同怀人，词中多苦辛。

联系当时的“推敲”故事、“一字师”故事，我们知道，《戏赠友人》所反映的创作态度是他们很认真、很真实的写照。他们是宁愿让自己的生命之花在诗卷中寂寞地开放，也不去蹚政治的浑水。这是苦吟诗人的共同之处，本质上也是所有古代诗人的基本人生选择。在《法言·吾子》中说过“雕虫篆刻，壮夫不为”的扬雄，却依然草《太玄》、赋《甘泉》、《长杨》、《羽猎》；在诗中写过“岂学书生辈，窗前老一经”（《送赵都督赴代州得青字》）的王维，最终也还是在“行到水穷处，坐看云起时”（《终难别业》）中安心地做他的山水田园诗人。

文艺是非功利的，诗歌不能拿来换饭吃。但是，正有许多这样的人，在他们饥寒冻馁之时，不是去学杀猪屠狗，不是跟着老农到田间地头流汗，也不是随着琵琶女的丈夫到浮梁做茶叶生意，倒是抱着发黄的诗卷在窗前哼唧，或者负一只破了的锦囊，骑一头瘸了的驴，在西风古道上不时地投一张纸条到那锦囊中，任凭母亲心疼地念叨：“是儿要当呕出心乃已尔。”（李商隐《李长吉小传》）而他们过早凋谢的生命，在诗史中得到了延长。古往今来长寿的帝王将相汩没于荒草古冢的时候，王勃、李贺、王令这几位只走过27个春秋的诗人，却永远地活在了中国诗歌爱好者心里。中国古代诗歌因有了这些不计世俗功利的人，而持久地焕发着感人的魅力。

在儒家教化中长大的文人们，像贾岛、李贺等人那样把文艺放在最崇高位置的人不太多，但多数人仍然相信《礼记·乐记》中

"乐也者，圣人之所乐也，而可以善民心。其感人深，其移风易俗易"的话，于是，用他们的笔与喉参与社会政治。大批"感于哀乐，缘事而发"的乐府、拟乐府、新乐府，以及在乱离之际"雅好慷慨"的建安、正始、陈子昂、陆游、辛弃疾等等诗词，都来自一种强烈的报国爱民之志和不甘寂寞的用世之心。这种文艺观，在一般年代，以"补察时政"（白居易《策林》）的面目出现。白居易《寄唐生》一诗写道："非求宫律高，不务文字奇；唯歌生民病，愿得天子知。"意思最为显豁。在民族存亡之秋，则发挥着激励民心、鼓舞斗志的重要功能，陆游的爱国诗是这样，抗日战争时期的许多新诗、旧诗也是这样。梁启超在《读陆放翁集》绝句中说："诗界千年靡靡风，兵魂销尽国魂空。集中什九从军乐，亘古男儿一放翁。"便充分认识到了陆游在高扬民族精神方面的价值。可以这样说，在战争岁月，在民族危亡之时，文艺是战斗的武器，是前进的号角，它的作用是巨大的；而在和平年代，文学经常是逆耳的忠言，是苦口的良药，因此，其社会作用是微弱而难见实效的。但是，保持与现实政治的紧密联系，并直接作用于社会现实，始终是古代文学的重要特点。

当然，文学要发挥直接的社会作用并不容易。白居易《与元九书》说，他的那些讽喻诗问世后"众口籍籍"、"众面脉脉"，有的还至于"权豪贵近者相目而变色"、"执政柄者扼腕"、"握军要者切齿"，为此，作者慨乎言之地质问道："何有志于诗者不利若此之甚也？"

诗文中常见的怨愤之气，大多是强烈的用世之志不得其用而憋出来的。魏晋玄学培养出来的，号称"口不臧否人物"的名士，像阮籍，其诗钟嵘以为"厥旨渊放，归趣难求"（《诗品》），李善以为"百代以下，难以情测"（《文选注》），而在满纸孤独、忧思的字眼中，仍然透出一种难以排遣的郁闷之情，虽然很难弄清楚这一切因何而起、指向何方，李善却依然发现了其"志在讥刺"的秘密。当然，还有一些"道行"更高的文人，最有代表性的是宋以来在究性理、崇节操的文化氛围中成长的一批士人，他们多能“开口揽时事，论议争煌煌”（欧阳修《镇阳读书》），如庆历中的新旧党争，先有范仲淹上《百官图》与四论，后有尹洙《自讼》、欧阳修《与高司谏书》，都是以文字直接参与政治斗争；后来王安石以诗论政、为变法张本，苏轼以诗“讪谤朝政”、反对变法，往往情辞激切，不避利害。这是宋人积极参政的一面。但另一面，宋人的“道心”往往能战胜“功利心”。“不以物喜、不以己悲”不单是范仲淹，也成为宋人一般性的修养目标。苏轼多次远贬，但他始终泰然淡然，用“饱吃惠州饭，细和渊明诗”（黄庭坚《跋子瞻和陶诗》）的方式来回应政敌。黄庭坚受苏轼牵连，先贬为涪州别驾、黔州安置，后又徙戎州，直到晚年还被除名，羁管宜州，饱饫艰辛，备受折磨。但他却浩然自得，口不停吟，手不辍书，并写起了日记，题为《宜州家乘》。

逆境中见品节，顺境中显“道力”。王安石就是有很深“道力”的清节之士，他及第入仕后，“慨然有矫世变俗之志”（《宋史》本传），而且既上过万言书，又试行过一些小改革，但他在拜相的当日，据魏泰《东轩笔录》卷十二记，“百官造门奔贺者无虑数百人”，他却不愿意接见，“颦蹙久之”，还取笔在窗上写了这样的句子：“霜筠雪竹钟山寺，投老归与寄此生。”眼看着酝酿已久的改革，就能付诸实施了，他不是欢呼雀跃、喜上眉梢，涌上心头的却是期待有朝一日卸去肩上的担子，过上自由自在的生活。这真叫“居庙堂之高，而志在山林”。王安石新政虽然遭到包括苏轼在内的诸多文士反对，但其为人却始终受到东坡的敬仰；其诗精深超拔，远迈流俗，还在宋代就有李壁为之注。这不是偶然的，他对于世俗功利的超脱、对于简朴的平民生活的真心向往，给他的人格增添了魅力，给他的诗文贯注了灵魂。朱光潜先生所说的“以出世的精神，干入世的事业”（《谈艺书简》），王安石似乎达到了这种境界。

《汉书·王贡两龚鲍传》有言：“山林之士往而不能反，朝廷之士入而不能出，二者各有所短。”然而，纵观各代，入仕后不思抽身而退的人是大有人在，往山林，却重新回到尘俗的也并不少见。可见，古代士人的入世情结相当深重。但这并不意味着中国缺少隐士或缺乏出世意识，实际上，隐逸和出世倒是中国文化一大深刻的主题。

隐士怎么来的？传说帝尧时代的巢父在树上筑巢而居，尧要把天下让给巢父管理，巢父不愿接受。还有住在颍水之滨的许由，也视天下为敝屣，尧欲授为九州长，许由跑去河边洗耳。这二人大概是史书上记载最早的隐士。由于巢由的示范，隐逸之士在中国古代相当多。论其类型，《后汉书·逸民列传》梳理出了六类：“或隐居以求其志，或曲避以全其道，或静己以镇其躁，或去危以图其安，或垢俗以动其概，或疵物以激其清。”归纳未免琐碎，要而述之，大约只有三类：（1）曲避以全其道、去危以图其安近似，可算是避害全身的隐；（2）隐居以求其志、静己以镇其躁为一类，属于逍遥适性的隐。而垢俗以动其概、疵物以激其清，过于微末，也不好算什么类型，可以不计。但后来还新出了一类，即（3）等待时机、暂栖岩穴的隐。第二类隐士为“性分所至”，属于天生“乐林草”之人，巢父、许由与两汉之际的严光最为典型，“少无适俗韵，性本爱丘山”的陶渊明亦庶几近之。第一和第三类隐士却并非出自本愿，或为无奈，或以隐为暂时的调剂，甚或以隐为进身之资。当然，这样的分类只是就其粗者而言，具体就事论事时，难免有扞格，《论语》中所记的“耦而耕”的长沮、桀溺，从他们平静的劳动看，似乎为陶渊明一类人，但他们却又被视为“辟世之士”；楚狂人接舆，从孔子边上高歌，然后扬长而去，歌曰：“凤兮！凤兮！何德之衰？往者不可谏，来者犹可追。已而，已而！今之从政者殆而！”大约是看透了世事的高人，朱熹却一眼瞧出他“佯狂辟世”的真相；再说唐高宗时的田游岩，地方长吏已经把他推荐入朝了，他却称病入箕山，居许由祠旁，自号“由东邻”，频召不出。高宗驾幸问候，他却说：“臣所谓泉石膏肓，烟霞痼疾者。”应属巢由、严光一类的隐士，但却终于接受了崇文馆学士的位置，后来还升任太子洗马。

所当注意的是，倘若要从史籍中寻找完全、彻底的隐逸之士，其数量一定少而又少。在以儒家为主流的中国文化语境中，以天下为己任，是广大文人基本的人生价值观。在这一主旋律之下，隐逸和出世，只是一种变奏而已。

更为重要的是，中国文化中的隐逸，主要是一种精神、一种心态，甚至只是一种姿态，往往并不是一种实际行为。王安石拜相之日写下“霜筠雪竹钟山寺，投老归与寄此生”之句时，只是一个模糊朦胧的未来打算；后来，写作《思归》这一短赋时，他表达的也是一种意念：

> 蹇吾南兮安之，莽吾兮亲之思。朝吾舟兮水波，暮吾马兮山阿。亡济兮维夷，夫孰驱兮亡巘。风翛翛兮来去，日翳翳兮溟蒙之雨。万物纷披萧索兮，岁逶迤其今暮。吾感不知夫涂兮，徘徊彷徨以反顾。盍归兮？盍去兮？独何为乎此旅？

仕途的艰险曲折，早使他的政治热情降温了，时令已到岁暮、人生迫近晚景的他，对前程感到一片茫然，思归之情就显得异常强烈了。此后，他虽然主动表示要撤身而去，但主要还是新旧党争的形势逼使他退出了朝廷。因此，他退居金陵期间，虽然一边安心读佛经，在优游中写诗，却始终无法忘怀政治，当他得知新法的最后几项内容也被废止时，即忧愤而死。

最有意思的还有这样的事例，晚唐诗人许浑，长期为仕途奔波，可是在一首题为《秋日赴阙题潼关驿楼》的诗中，他却写道：“帝乡明日到，犹自梦渔樵。”离开中国文化的特殊语境，这样的心态实在是匪夷所思，入仕明明是他多年追求的目标，但在这个目标垂垂可见之时，他不是带着无限的憧憬和对前程的幻想，继续向前赶路，而是在长亭下，饮一瓢浊酒，看着萧萧飘落的晚叶，听着渐渐淡去的江声，追想起樵风渔唱的生活，脸上泛起一丝苦笑。

中国古代文人就是这样。最高的位置好像总留给那些“不事王侯，高尚其事”的人，朝廷借此来激浊扬清，净化官场浊气，士人以此为进境，既给自己将来功成身退埋下伏笔，又为万一官场受阻准备好知足知止的退身台阶。

所以，当中国文人说到“隐”这个词时，其实际内容五花八门。当有人对以滑稽著称的东方朔说：“人皆以先生为狂。”东方朔据地而歌：“陆沉于俗，避世金马门。”这就是“隐”，后人称之为“吏隐”。东方朔的本领在于通过游戏朝市的方式把朝廷当做了世外。竹林七贤的“酒隐”，与东方朔极为相似。晋人王康琚的《反招隐诗》甚至据此区分出等次：“小隐隐陵薮，大隐隐朝市。”

此后，吏隐又演变为多种形式，初唐李峤《和同府李祭酒休沐田居》：“列位簪缨序，隐居林野躅。徇物爽全直，栖真昧均俗。若人兼吏隐，率性夷荣辱。”平时在朝，休沐之期田居，在不同的时间段进行角色转换，既能栖真、率性，又不悖物、违俗。还有一种更方便的形式：在退朝之后，在公事之馀，就在城中，甚至在斋前，用心灵营造一个山林的环境，如晚唐林宽《和周繇校书先辈省中寓直》：“古木重门掩，幽深只欠溪。此中真吏隐，何必更岩栖。”王维则更是以上诸种形式的集大成者，他在嵩山、终南山有过别业，在蓝田辋川还买得宋之问的田庄，休沐之时，或“兴来每独往，胜事空自知。行到水穷处，坐看云起时”（《终南别业》），或闲居山水之窟，在“渡头馀落日，墟里上孤烟”的时候，“倚杖柴门外，临风听暮蝉”（《辋川闲居赠裴秀才迪》）。而在长安，则“日饭十数名僧，以玄谈为乐。斋中无所有，唯茶铛、药臼、经案、绳床而已。退朝之后，焚香独坐，以禅诵为事”（《旧唐书》本传）。如果说，别人的吏隐，“隐”大约只是一种为官的调剂，其作用还有限，那么，在王维这儿，“隐”是对为官生涯的超脱或者改造，隐为主、官为奴，官即是隐，隐不碍官。这是在朝隐居最为圆融的方式。

除以上形式外，南朝谢朓外守宣城，感受到在山水形胜之地为官的意义："既欢怀禄情，复协沧州趣。"(《之宣城出新林浦向板桥》)而白居易晚年认识到"人生处一世，其道难两全。贱即苦冻馁，贵则多忧患"，或官或隐，他都无法选择，家累让他不能放弃官禄，当时的朝政又容不得王维式的以官为隐。于是，他看准了做闲官。他发现，"似出复似处，非忙亦非闲"的闲官生活，正是最佳的解决方案，他称之为"中隐"(《中隐》)。这样的"中隐"，混世的意味太浓，利禄的要求太显，古代文人多不大以为然。白居易的选择有其苦衷，一般家境较好的人，宁愿疏离官场，如元末明初的诗画名家倪瓒，《明史·隐逸传》记载："家雄于赀，工诗，善书画。四方名士日至其门。所居有阁曰清闷，幽迥绝尘。藏书数千卷，皆手自勘定。古鼎法书，名琴奇画，陈列左右。四时卉木，萦绕其外，高木修篁，蔚然深秀，故自号云林居士。时与客觞咏其中。"这正是名士的隐逸，幽迥绝尘的生活环境，精致清雅的文人生活，处处透出一种风雅、高逸和自足。

第三节　几类韵文的现代价值

中国韵文经过几千年的发展，出现了多种品类，各种品类都有独特的传统，若以此例彼地评价，大则可能南辕北辙，风马牛不相及；小也往往差以毫厘，失之千里。具体了解和全面熟悉各类韵文的源流，是理解、欣赏和评价的前提。本节将以现代人的生存境况和精神需求为视角，从几类常见韵文的自身传统出发，彰显各自的价值。

一、反映世相，抒怀言志

中国韵文以《诗》、《骚》为源头，以反映世相、抒怀言志为最主要的功能。每个作家都会写下很多这样的作品，如果由本人在晚年编订诗文集时，其他无关宏旨的作品可能会被删剔一些，而这类作品因为是他们在直面社会与人生后，所作出的严肃而认真的思考，一般都会较完整地留存下来。

韵文由于文体的特点，难以完整、具体地展示波澜壮阔的社会生活与历史剧变。但每到历史转折的关头，韵文都会掀起创作的高潮，产生一批名家名作。汉末大动乱产生了建安诗歌，安史之乱使盛唐诗歌趋于高潮，明末清初、清末民初、抗日战争时期都是民族生死存亡的关头，也是韵文创作的高峰期。

这一类型最有代表性的是杜甫。从大的方面看，正如叶燮《原诗》外篇上所言："如杜甫之诗，随举其一篇与其一句，无处不可见其忧国爱君，悯时伤乱，遭颠沛而不苟，处穷约而不滥，崎岖兵戈盗贼之地，而以山川景物、友朋杯酒抒愤陶情，此杜甫之面目也。我一读之，甫之面目，跃然于前；读其诗一日，一日与之对，读其诗终身，日日与之对也，故可慕可乐而可敬也。"杜甫遭逢乱世，大半生处"崎岖兵戈盗贼之地"，而忧国忧民爱君之心不改，这样的思想情感贯穿于整部杜诗，甚至在登山临水、朋友杯酒交往中都时时透出。不过，表现得最集中的则是"三吏"、"三别"和"二悲"(《悲陈陶》、《悲青坂》)、"二哀"(《哀江头》、《哀王孙》)等篇章。这些篇章继承了汉乐府"感于哀乐，缘事而发"的传统，由具体时事触发，又能全面展示战乱给社会造成的巨大破坏、给人民带来的深重灾难。如《悲陈陶》：

> 孟冬十郡良家子，血作陈陶泽中水，野旷天清无战声，四万义军同日死。群胡归来血洗箭，仍唱胡歌饮都市。都人回面向北啼，日夜更望官军至。

诗实写至德元年（756）十月宰相房琯率兵与叛军战于陈陶斜而大败的事。战争的惨象是那样惊心动魄：十郡良家子，四万义军，旦夕之间就血流为泽，尸横遍野。另一边，带着沾满鲜血的箭回到长安的叛军，正在纵酒狂欢，庆祝胜利。此时，京城市民流泪北望，日夜翘盼着官军的到来。诗中所写只是陈陶斜之败这一具体的战事，但却可看做当时整个时局的缩影，既反映了世相，又表现了广大人民希望早日结束战乱、恢复和平的感情。

杜甫这些以汉乐府精神写时事的诗篇，对后人有直接的示范作用。元稹、白居易的讽喻诗是新乐府，晚唐皮日休、陆龟蒙、聂夷中等反映民瘼，揭露时弊的诗篇走的也是同一道路。到南宋，范成大也是一位较全面而深刻地反映了民生与世相的诗人，其《四时田园杂兴》六十首、前后《催租行》达到此类诗歌新的高度，举《前催租行》以概其馀：

> 输租得钞官更催，踉跄里正敲门来。手持文书杂嗔喜："我亦来营醉归耳！"床头悭囊大如拳，扑破正有三百钱："不堪供君成一醉，聊复偿君草鞋费。"

这里，"钞"是交过了租的凭据。此诗采用的是乐府叙事的写法，寥寥几笔，即描画出善良畏事的农民和敲诈勒索的虎官狼吏的形象，用笔简约而含义深刻。范成大在《雪中闻墙外鬻鱼菜者求售之声甚苦，有感三绝》中有"汝不能诗替汝吟"之句，正是这类反映民生的诗篇思想精神所在。古代诗人们代人民立言、为人民请命的精神是中国文学宝贵的遗产。

反映世相是韵文的中国特色，抒怀言志则是韵文文体的根本要求。二者当然并不能截然划界，如杜甫的《佳人》写的是一位流落于荒山幽谷的绝世佳人，诗中说："绝代有佳人，幽居在空谷。自云良家子，零落依草木。关中昔丧败，兄弟遭杀戮。官高何足论，不得收骨肉。"在战乱中，高官被杀、贵家妇女被遗弃，这是个别现象，但不也概括了整个社会的悲剧吗？诗的后半又写道："在山泉水清，出山泉水浊。侍婢卖珠回，牵萝补茅屋。摘花不插发，采柏动盈掬。天寒翠袖薄，日暮倚修竹。"这位妇女独处空谷，不入尘世，茅屋为家，珠宝尽卖，摘花不插，却采柏盈掬，此刻，天寒日暮，她穿着单薄的衣裳，倚修竹而立。在这里，诗人对这位遭遇虽苦、品性却极为高贵的佳人既有深切的同情，又有由衷的尊敬。仔细品味，也许还能感受到白居易《琵琶行》“同是天涯沦落人”的感慨吧（当时杜甫正流落在秦州）。看来，这也是一首抒怀之作。

另一面，抒怀言志之作也往往或多或少、或显或隐地要涉及世态、时局。陆游于乾道九年（1173）春权理蜀州通判期间在驿店所作《三月十七日夜醉中作》云：

> 前年脍鲸东海上，白浪如山寄豪壮；去年射虎南山秋，夜归急雪满貂裘。今年摧颓最堪笑，华发苍颜羞自照。谁知得酒尚能狂，脱帽向人时大叫。逆胡未灭心未平，孤剑床头铿有声。破驿梦回灯欲死，打窗风雨正三更。

此诗回忆平生经历，慨叹目前处境。他最为得意的有两段，一是秦桧死后，朝廷主战派逐渐抬头，陆游得到宋孝宗亲自召见，特赐进士出身，通判镇江，参与北伐大计；诗中以他这期间任为福州宁德县主簿时泛海之事加以概括。二是上一年陆游入王炎军幕，在南郑这一抗战前沿积极筹划北伐；诗中以南山射猎作暗示（隐含李广射虎南山的典故），可转眼间朝廷把王炎调回中央，幕府解散，一切北伐的筹划全被搁置，陆游内迁至成都。此时的诗人苍颜白发，意志消沉，他心底“报国欲死无战场”（《陇头水》）的悲愤，只有借助酒才能得到宣泄。这既是诗人悲愤难抑的抒怀之作，又是南宋抗战形势的缩影。

曹操的《短歌行》纯为抒怀之诗，开篇道：“对酒当歌，人生几何。譬如朝露，去日苦多。慨当以慷，忧思难忘，何以解忧，惟有杜康。”抒发的是悲慨、低沉的情绪，结合下文可知，诗人值此乱离岁月，虽欲奋起有为，又因时不我待而深感焦虑，其中明显隐含了乱离的时局。故篇末所表达的主旨便格外厚重：“山不厌高，水不厌深。周公吐哺，天下归心。”这是诗人广纳贤才以建功立业的壮志雄心，也是那个年代一切有志之士的深心期望。

由上可知，文人关注或干预现实，表达自己个人的襟抱、忧思，最直接的言说方式便是指点世事，自道所思。

二、写物咏史，自浇块垒

《文心雕龙·物色》：“自近代以来，文贵形似，窥情风景之上，钻貌草木之中。”说的是在六朝时期，诗赋创作中兴起的物色描写的风气。这股风气是在铺采摛文、极貌写物的汉大赋影响下出现的。魏晋以来，诗、赋中同时刮起了描写之风。辞赋体中，仅收入《昭明文选》的鸟兽类名篇就有张华《鷦鷯赋》、颜延之《赭白马赋》、鲍照《舞鹤赋》等，六朝的咏物诗更是数量大增，形成规模。这种风气甚至延续到唐宋，初唐诗人李峤就是一位喜好咏物的诗人，他以《风》为题的诗就有几首，有名的是：“解落三秋叶，能开二月花。过江千尺浪，入竹万竿斜。”风本身无形无象，作为咏物诗，这是一个难写的题，诗人采用的是谜语式的笔调，不仅借助几种有形的物来暗喻风的存在，而且还构成一幅优美的画面。从形似的角度看，不能不说这是很不错的一首诗。然而，实际上，中国诗学中这类咏物诗没有市场，袁枚《随园诗话》卷二：“咏物诗无寄托，便是儿童猜谜。”李峤的《风》毕竟近于儿童猜谜，属于较为低级的智力游戏性质，要使咏物由智力游戏进入诗的圣境，就必须有寄托。

咏物应该是咏怀。

怎样咏物才好？换言之，咏物怎样咏怀才好？有人拿这个问题问晚清词学名家况周颐，况回答说：“未易言佳，先勿涉呆。一呆典故，二呆寄托，三呆刻画、呆衬托。”（《蕙风词话》卷五）写有形之物过于注重刻画形似，写无形之物，拘泥于衬托其风姿如李峤的《风》，这没有逃脱一个“呆”字。其次，不着意于刻画事物的外形，而着力于搜求和堆积大量的典故，显示作者的博物，这更为恶劣，也属于“呆”。另外，即使有寄托，如果强行比附，是为拙劣，也即“呆”。明乎这“三呆”的实质，咏物的进境就不言自明：就写物说，宜在似与不似、切与不切之间把握；自寄托观，应是性情寓含于物理之中，寄托之意深蕴于物态之内。

蝉是诗词中常见的题。李百药“清心自饮露，哀响乍吟风。未上华冠侧，先惊翳叶中”，蝉的形象中寄寓有自己“清高自守”的志节，是符合中国咏物诗审美标准的。虞世南“垂緌饮清露，流响出疏桐。居高声自远，非是藉秋风”，虽是句句说蝉，而“居高”两句一语双关，诗人的立身和精神追求，全在形象中自然融入，则是很出色的咏蝉名句。骆宾王“露重飞难进，风多响易沉。无人信高洁，谁为表予心”，为狱中咏蝉，高洁自守之志，自伤自怜之情毕现，在咏蝉之作中又上层楼。李商隐咏蝉则更是“以我观物”的典范，在“五更疏欲断，一树碧无情”两句中，只见：深碧的树和声气欲无的蝉，这便写尽了蝉可怜的“身世”，然而，“欲断”的不分明是诗人自己的心声、心魂吗?“碧无情”则更是诗人身世潦倒、举目无亲的象征，钟惺以为“冷极幻极”（《唐诗归》），旨哉是言!

苏轼《书鄢陵王主簿所画折枝》有几句名言，是：“论画以形似，见与儿童邻。赋诗必此诗，定非知诗人。”根据苏轼的理论，那么可以说李百药过于黏着于对象，看来他算不得诗家里手，而另外三人，同一咏蝉，内涵各别。虞世南属“清华人语”，骆宾王是“患难人语”，而李商隐则为“牢骚人语”（施补华《岘佣说诗》），三人同臻佳境。其要诀全在既不离蝉又能跳脱。能跳脱，方见出性情，显出咏怀本义；不离蝉，则有物态，见物理，故为咏物而非一般咏怀。

再看咏史怀古。

中国有悠久的历史，我们是个重视历史的民族，说史、研史、著史是严肃、崇高之事。韵文不太适合论史，但文人的思古幽情却还是在韵文诸体中弥漫。

历史是一维的时间概念，当它进入诗赋或词曲之时，已然是追忆。而作为历史见证的江山胜迹，却往往依然故我，在江山胜迹中，文人发现了历史的遗存，通过这些遗存，他们在追想历史的意义。

> 人事有代谢，往来成古今。江山留胜迹，我辈复登临。水落鱼梁浅，天寒梦泽深。羊公碑字在，读罢泪沾襟。（孟浩然《与诸子登岘山》）

在孟浩然的家乡附近有岘山，此山是因为“堕泪碑”而出名的。据《晋书·羊祜传》载，羊祜因在襄阳有德政，死后，当地百姓为他在岘山建碑立庙，杜预为这座碑命名为“堕泪碑”。原来，羊祜喜爱山水，佳日往往到岘山“置酒言饮”，一次，他慨然落泪，对身边陪从说：“自有宇宙，便有此山。由来贤达胜士登此远望，如我与卿者多矣，皆湮灭无闻，使人悲伤。如百岁后有知，魂魄犹应登此也。”羊祜在襄阳的德政，和他对先辈贤达的凭吊，感动了历史，历史记住了他，没有让他湮灭无闻。如今，孟浩然又来到了岘山，来到这个充满着历史记忆的地方。当年羊祜在此为先辈堕过泪，多少年以来，人们又为羊祜和更远古的先辈堕泪，现在，轮到了孟浩然和他的朋友们了，依然是堕泪。这一代代人的泪都是为时间瞬息即逝、人生转头成空而堕的。

对过去的追忆，通常都源于现实性的情感。如果不是在自然的永恒中体认到人生的短暂，羊祜和孟浩然的堕泪就太做作了。

陈子昂在向建安王武攸宜进谏而不被采纳时，他登蓟北楼，有感于乐毅受到燕昭王的爱赏后建立不朽业绩之事，心中不平，因而悲慨地写下了“前不见古人，后不见来者。念天地之悠悠，独怆然而涕下”（《登幽州台歌》）的名篇，尽情宣泄有志不得骋的内心苦闷。同时所写的《蓟丘览古》七首与此近似，有一首是这样的：

南登碣石坂，遥望黄金台。丘陵尽乔木，昭王安在哉？霸图怅已矣，驱马复归来。

诗人登临碣石，凭吊历史遗迹，然而，当年的黄金台淹没在参天古木之下，燕昭王更是酣眠地下近千年了，一切雄图霸略都成为过去了！仰慕霸图、幻想建立功业的陈子昂，面对历史心中是怎样的激荡难平！不难看出，陈子昂隐然以乐毅自况，而慨叹不逢燕昭其人。同样，苏轼来到黄州赤壁，在如画的江山面前，内心进入了历史的隧道："遥想公瑾当年，小乔初嫁了，雄姿英发。羽扇纶巾，谈笑间、樯橹灰飞烟灭。"等词人的思绪跌落到现实时，古人的历史业绩已矣，自己呢，"多情应笑我，早生华发"，于是，由古今对比而激发的人生苦闷，便逼出"人生如梦，一樽还酹江月"的深深叹息(《念奴娇·赤壁怀古》)。

以上实例说明，作家们发思古之幽情，不同于学问家。作家并不试图去研究或者还原出历史的真相，他们怀古、他们对历史的追忆，是源于现实人生的困惑。可是，历史给了诗人遐想的空间，却不能帮他们摆脱现实人生的困境。

文学中的历史，如果指向的是作者自己，那么，这样的咏史与怀古，实际就是咏怀。

还有一类咏史怀古诗直接指向现实社会的问题，它们可视为一种特殊形式的讽世之作。

历史上有许多人为造成的悲剧，而且由于历史的教训没有被后人记取，许多悲剧还一再重复上演。熟悉历史的诗人们，于是便通过咏史来提醒人们，这就是借古讽今。在这方面，李商隐的成就是令人瞩目的。他的七言律绝中，便有很多咏史绝唱，现各举一例于下：

永寿兵来夜不扃，金莲无复印中庭。梁台歌管三更罢，犹自风摇九子铃。(《齐宫词》)

> 海外徒闻更九州，他生未卜此生休。空闻虎旅传宵柝，无复鸡人报晓筹。此日六军同驻马，当时七夕笑牵牛。如何四纪为天子，不及卢家有莫愁。(《马嵬》)

前者咏的是六朝史事，南齐废帝东昏侯荒淫昏暗，自取覆亡，可是梁朝建立后，又重蹈齐的覆辙，此诗后二句说，当年挂在东昏侯妃子寝殿椽角的九子铃，依然在夜半歌舞之后，在风中摇曳，铮铮作响。从历史深处传来的铃声，仿佛还在诗人耳畔回响。诗人对现实朝政的讽刺不着一字，但却尽在不言中。后一首咏的是中唐以来的热点题材，即马嵬事件。作者使用了当时流行的传闻材料，包括(1)白居易《长恨歌》中写到的“七月七日长生殿，夜半无人私语时。在天愿作比翼鸟，在地愿为连理枝”之事；(2)马嵬坡悲剧；(3)杨贵妃死后临邛道士被遣至仙山访寻之事。这些事白居易在《长恨歌》中全都歌咏过，但是，由于李商隐以“此日六军同驻马，当时七夕笑牵牛”为主干，把相隔多年看似毫不相干的两件事加以对照，然后把这种对照贯穿到全篇各联，在冷讽中，所寓的现实感慨极为深沉。

李商隐的咏史诗不直接说到现实，但由于诗人的主观情感特别浓烈，其对现实的指斥之意昭然若揭。而在文网甚密的时代，许多文人不得不把自己的情感和态度隐藏起来。顾炎武《咏史》就是如此，诗云：

> 永嘉一蒙尘，中原遂翻覆。名胡石勒诛，触眇苻生戮。哀哉周汉人，离此干戈毒。去去王子年，独向深岩宿。

诗人写道：在永嘉之乱后，晋室过江，江北之地为各少数民族政权所分割。后赵的石勒，因为是羯族人，而明令不准说一个胡字，结果，胡饼、胡荽、胡荳这些当时习见的东西不得不改称麻饼、香荽、国荳；前秦的苻生，由于盲一目，则明令不得使用不足、不具、少、无、缺、伤、残、毁、偏、只等字词。可是，由于所禁的都是常用字词，大批汉人无意中犯忌被杀，当此之时，似乎只有像王嘉那样隐居起来，才能保全性命。这样的诗，如果不是在此处的语境下读，读者也许会以为这不过是议史论史之作，然而，明眼人知道，诗人实际是借咏史表达对满清统治者实行文字禁讳的讽刺。

三、山水田园，悠然忘我

山水自然，是人类的家，是人类快乐的所系，《庄子·知北游》云："山林与，皋壤与，使我欣然而乐与!"不过，大约在陶渊明、谢灵运之后，山水田园才以精神家园的意义成为文人墨客最后的归宿。精神的寄托、感情的宣泄，在现实生活中没有合适的渠道，于是，山水田园充当了这一角色。山水田园也因此成为文学中必不可少的题材，唐代，山水田园诗更是异常发达，引人注目。

早期的山水之作，曾经像咏物、咏史诗一样，附丽有言志抒怀的内容。如谢灵运《登池上楼》写诗人病后逢春，带着惊异之情发现了自然美，其中，"池塘生春草，园柳变鸣禽"为千古名句。然而，结尾的"索居易永久，离群难处心。持操岂独古，无闷征在今"，分明提示着全诗的意旨。谢惠连《雪赋》对雪景的描写是极为出色的："其为状也：散漫交错，氛氲萧索。蔼蔼浮浮，瀌瀌弈弈。联翩飞洒，徘徊委积。始缘甍而冒栋，终开帘而入隙。初便娟於墀庑，末萦盈于帷席。既因方而为珪，亦遇圆而成璧。眄隰则万顷同缟，瞻山则千岩俱白。于是台如重璧，逵似连璐。庭列瑶阶，林挺琼树。皓鹤夺鲜，白鹇失素。纨袖惭冶，玉颜掩姱。"但末尾归结到"节岂我名，洁岂我贞。凭云升降，从风飘零。值物赋象，任地班形。素因遇立，污随染成"的玄理，从而说明"纵心皓然，何虑何营"的情志。

上述二例说明，山水自然在六朝尚没有成为完全独立的审美观照物。也许是在陶渊明的示范下，唐代山水田园诗在咏怀系列之外形成了一个新的传统。是山水田园自身，而不是它背后的哲理、玄思或者人的意志，构成了诗；是诗人的审美之眼、自然之心，而非政治的功利、世俗的欲求，驱动着诗的创作。

山水田园诗在盛唐进入高潮，其最卓越的代表是王维和孟浩然。他们都在现实社会碰了壁，追求自由、爱好自然的天性使他们走向自然：

空山不见人，但闻人语响。返景入深林，复照青苔上。(王维《鹿柴》)

木末芙蓉花，山中发红萼。涧户寂无人，纷纷开且落。(王维《辛夷坞》)

人闲桂花落，夜静春山空。月出惊山鸟，时鸣春涧中。(王维《鸟鸣涧》)

移舟泊烟渚，日暮客愁新。野旷天低树，江清月近人。(孟浩然《宿建德江》)

尘世中所贵的是一个“有”字，大而言之为了有所作为，小而言之为了功名利禄，你必须打拼，这当中不免要发生人与人之间在利益上的矛盾冲突，王维倦了，孟浩然厌了。当他们走进山水之后，他们第一个感觉就是“空”。这种“无人”、“不见人”的空寂山林，让偶然到此的诗人放松了、闲适了。他们静静地赏玩着，赏玩不足，他们又用诗句描绘出一幅幅清空淡远、不着匠气的画卷。

读王维、孟浩然的山水田园诗，处处都能感受到一种轻松、自在、愉悦乃至沉醉：

清川带长薄，车马去闲闲。流水如有意，暮禽相与还。荒城临古渡，落日满秋山。迢递嵩高下，归来且闭关。(王维《归嵩山作》)

我家南山下，动息自遗身。入鸟不相乱，见兽皆相亲。云霞成伴侣，虚白侍衣巾。何事须夫子，邀予谷口真。(王维

《戏赠张五弟諲》)

第一首的关键词是“归”，第二首是“亲”，感觉仿佛是陶渊明的《归园田居》、《归去来兮辞》一般，流水有意，鸟兽相亲，云霞为伴，衣襟生白。这里简直就是诗人真正的家，他找回了自我，又忘记了自我。

这种大自在、大解放，使王孟的山水田园之作全部化作了晶莹澄澈的琉璃世界：

> 晚年惟好静，万事不关心。自顾无长策，空知返旧林。松风吹解带，山月照弹琴。君问穷通理，渔歌入浦深。（王维《酬张少府》）
>
> 斜光照墟落，穷巷牛羊归。野老念牧童，倚杖候荆扉。雉雊麦苗秀，蚕眠桑叶稀。田夫荷锄至，相见语依依。即此羡闲逸，怅然吟式微。(王维《渭川田家》)
>
> 山光忽西落，池月渐东上。散发乘夜凉，开轩卧闲敞。荷风送香气，竹露滴清响。欲取鸣琴弹，恨无知音赏。感此怀故人，中宵劳梦想。(孟浩然《夏日南亭怀辛大》)

苏轼说王维“诗中有画、画中有诗”，贺贻孙以为孟浩然“情景悠然，尤能写生”（《诗筏》），我们则说，王孟诗中的画境色调是淡逸的，气氛是安闲、宁静的。在自然面前，诗人自己仿佛已化入其中，自己化成了自然美的一个分子。其中能明显地感到陶诗的影子，但又少了陶诗中艰难忧勤的内容，和安贫乐道、纵浪大化的儒家潇洒自在的圣贤境界，却更多了几分高士出尘脱俗、返璞归真的清高、幽雅与满足。读这样的诗，我们不啻经历了一次探幽、访隐，心灵还得到一次彻底的洗涤。

王、孟超功利的审美情趣，使他们的诗充溢着宁静的自然气息，而他们笔下的自然胜境又渗入他们的生活，使他们的生活增添更多的逸气。一般人很难达到这种境界，但在王孟的启迪下，却能够在走进山水田园时“境与心会”、“神与景合”，体味到如同《庄子》所说的“天地与我并生，万物与我为一”的境界。南宋词人张孝祥的一首《念奴娇·过洞庭》就有这个神韵：

> 洞庭青草，近中秋、更无一点风色。玉鉴琼田三万顷，着我扁舟一叶。素月分辉，明河共影，表里俱澄澈。悠然心会，妙处难与君说。　　应念岭海经年，孤光自照，肝肺皆冰雪。短发萧骚襟袖冷，稳泛沧溟空阔。尽挹西江，细斟北斗，万象为宾客。扣舷独啸，不知今夕何夕。

张孝祥主张抗金，反对议和，备受排挤，他在桂林“治有声绩，复以言者罢”（《宋史》本传），这首词就是他自桂林归家经过洞庭时作。然而词中没有一丝的颓丧，三万顷碧波、漫天星月，显出表里澄澈，词人在悠然心会中，越发对自己高洁、旷达的情怀充满自信。黄蓼园认为：“此词开首从洞庭说至玉鉴琼田三万顷，题已说完，即引入扁舟一叶。以下从舟中人心迹与湖光映带写，隐现离合，不可端倪，镜花水月，是二是一。”（《蓼园词选》）体认是准确的，评价却未免有点玄。究其实质，这首词的妙处在于：（1）物我两忘的观照态度；（2）水、月、人三者的浑然一体。这首词显然是有得于王、孟诗中三昧。

更多的人是因偶然的机缘暂时抛弃了尘累，获得了人与自然的亲和，但终究无法从现实痛苦中解脱。杜甫漂泊到成都后，在严武、高适等故交的资助下，有短暂的一段安定日子，于是《江亭》一诗便有了“坦腹江亭暖，长吟野望时。水流心不竞，云在意俱迟”这样闲适自得的诗句。可是，闲适中，他并没有忘怀世事，他也无法放下精神上的重负，在心不竞、意俱迟之时，一股来自心底的闷气却像小虫悄悄地爬出：“故林归未得，排闷强裁诗。”柳宗元贬于永州、柳州之时，山水成为他排遣苦闷的重要载体，在优游山水中，他的确不时感受到“悠悠乎与颢气俱，而莫得其涯；洋洋乎与造物者游，而不知其所穷……心凝形释，与万化冥合”的神飞意得、人天合一的境界(《始得西山宴游记》)，也能体味出田园纯朴、闲适的意趣：

> 久为簪组累，幸此南夷谪。闲依农圃邻，偶似山林客。晓耕翻露草，夜榜响溪石。来往不逢人，长歌楚天碧。(《溪居》)

可是，当他进行自我的心理调适，告诉自己官场受困太久，谪此南夷之地为“幸”之时，当他栖居野处、以农圃为邻、作客山林而发出“清夷淡泊之音”的时候，“来往不逢人，长歌楚天碧”的孤寂、失落之感却无法掩抑地生起，沈德潜评点道：“处连蹇困厄之境，发清夷淡泊之音，不怨而怨，怨而不怨，行间言外，时或遇之。”

不过，山水自然的性格是多方面的。沉静的人，在山水自然中优游自得，只觉清空自在、一片化机；失意、伤心的人，在自然中舒解幽愤、洗涤尘累，发现纯朴清寂、无机无为；浪漫的、不受世俗束缚的人，在自然中笑傲、陶醉，看见的是峥嵘磅礴、飞动壮观。每一类人，都赋予山水田园以自我的特色。

李白的山水诗就与上述诸人大不一样，他眼中的山水多是宏阔壮大、气势强劲的，华山、黄河在他笔下是“西岳峥嵘何壮哉，黄河如丝天际来”（《西岳云台歌》）、“黄河西来决昆仑，咆哮万里触龙门”（《公无渡河》）。庐山则更是神奇无比，他的《庐山谣寄卢侍御虚舟》（原文见第七章）一诗的开头自比为楚狂人接舆，并且揭橥平生寻访名山的用意是“寻仙”，末尾渲染游仙的况味，流露的是诗人浓厚的道教思想。而李白道教思想的背后，实际是对独立不羁、不受约束的自由人生的向往。本诗的主体是对庐山的描写，这段描写分两层，先写屏风叠、金阙岩、三叠泉，表现的是庐山的形胜；然后描写登上庐山，放眼四望所见开阔的视野、壮观的气势，意境飞动。“登高壮观天地间，大江茫茫去不还。黄云万里送风色，白波九道流雪山”四句，更是李白胸襟、气魄和不受约束的自由人生理想的集中体现。凡手无此襟抱，自不能为此壮观之句。

四、个人情感的林林总总

爱情、亲情、友情是人类最美好的情感，它们牵动着人类每一根心弦，也维系着人类的基本生存，因而成为一切艺术永恒的主题。中国文化重人伦、重友谊，诗词曲赋中表现这各类情感的名篇更是层出不穷。

《周易·序卦》称：“有天地然后有万物，有万物然后有男女。”男女之情是自有天地万物以来就开始的，表现男女之情的诗歌也是从出现诗歌的那天起就开始了，最早的诗歌“候人猗兮”据说就是涂山之女表达对禹的思念之情的。《诗经》中爱情诗特别多，类型多种多样，涉及爱情的方方面面：写幽会情状的有《邶风·静女》，写情侣春游欢快的有《郑风·溱洧》，写两情野合欢娱的有《召南·野有死麇》，这都是愉快的。爱情的苦涩也是《诗经》中常写的，如《王风·采葛》写思念之苦，《郑风·狡童》写一对情侣闹别扭，《秦风·蒹葭》表现爱情中难以言表的间阻，《郑风·将仲子》则写家长对爱情限制与约束。而《王风·大车》“谷则异室，死则同穴。谓予不信，有如皦日”，竟是对爱情的宣誓。阅读这些作品，就是分享《诗经》时代青年男女爱情的酸酸甜甜。

后世民歌往往以爱情之作最为脍炙人口，如明代无名氏的散曲《锁南枝·捏人儿》：

傻俊角，我的哥，和块黄泥儿捏咱两个。捏一个儿你，捏一个儿我。捏的来一似活托，捏的来同床上歇卧。将泥人儿摔碎，着水儿重和过。再捏一个你，再捏一个我。哥哥身上也有妹妹，妹妹身上也有哥哥！

虽说有比喻，有形象，但其大胆直率的抒情风格，正是爱情诗中最本色、最地道的。文人的诗词曲写爱情当然与此有别，不过，在爱情诗中仍以少做作、多白描为佳。李调元《雨村词话》卷二曾说："词中白描高手，无过石孝友。"其例证是石氏一首写爱情的《卜算子》，词云：

见也如何暮，别也如何遽。别也应难见也难，后会无凭据。　去也如何去，住也如何住。住也应难去也难，此际难分付。

石孝友其人，普通读者未必熟悉，他是南宋初期词人，南昌人，与张孝祥有过交往。他的小令，陈廷焯《云韶集评》以为可与晏几道媲美，晏婉丽、石雄秀，"真先后两雄也"。这首《卜算子》，李调元借用《二十四诗品》"不著一字，尽得风流"的话头来称赞，所指应该包括两个方面：(1) 类似民歌的浅近、质朴的语言表达特色；(2) 删繁就简的情事。此词表现的是相见恨晚，相识太迟，相识、相爱后，还不得不分离的情感。此刻：别，既不可免，又舍不得；留，有所愿，却不可能，正是"此际难分付"（分付，发落也。宋人口语）。这种爱情体验真写得委曲尽致。

文人诗词中的爱情，一般更为含蓄。如恋爱中初见时的印象，这是很多人都有的深刻记忆。纳兰性德就深深地惦记着头一回经历的"临去秋波那一转"：

正是辘轳金井，满砌落花红冷。蓦地一相逢，心事眼波难定。谁省？谁省？从此簟纹灯影。(《如梦令》)

在落红满地的晚春时节，在井栏阶前，男女主人公蓦然相逢，刹那的相对，相对中突然闪出的情感火花，都凭眉目传送。可是这毕竟是短暂的相逢、瞬间的一瞥，流盻顾盼中，少女的心事到底是爱、是羞、是喜、是恼，都难以捉摸、无法猜测，而顾盼之后，又该如何，更没有凭据。但那一瞬之缘，却的确在他的心湖泛起了层层涟漪，那灯光烛影之下、簟波席纹之中，不也仿佛飘闪着她的身影吗？这情境，与晏几道和小蘋初见就大不一样，晏几道是在风流云散、一片空虚之后，抚弄他依然珍藏的“记得小蘋初见，两重心字罗衣。琵琶弦上说相思”（《临江仙》）。这是单纯的画面、单纯的相思。

爱情是在阻隔中显示它的伟大、它的魅力。文人笔下的爱情阻隔往往显得扑朔迷离。李商隐的爱情诗，就大多表现在阻隔中爱情的苦涩，《无题》中“相见时难别亦难，东风无力百花残”，情境与石孝友《卜算子》相近，而更为凄迷。更为特别的是，这种凄婉欲绝的情感体验竟发生在近在咫尺的情人之间：“此去蓬山无多路。”《春雨》中“红楼隔雨相望冷，珠箔飘灯独自归”，依然是欲罢不能的苦恋：我们的主人公，隔着濛濛细雨，痴痴地望着灯火通明的红楼。时间在悄悄地流逝，他也越望越冷。在凄神寒骨中，他只好拎着珠箔灯，一脚重一脚轻地离开，恋恋不舍地离开了。此时，红楼中的伊人隔着窗帷，只见珠箔灯影在细雨中飘，灯影越来越淡。

爱情中最美丽的是别后的思念。吴文英的《风入松》是这样写的：

> 听风听雨过清明，愁草瘗花铭。楼前绿暗分携路，一丝柳、一寸柔情。料峭春寒中酒，交加晓梦啼莺。　西园日日扫林亭，依旧赏新晴。黄蜂频扑秋千索，有当时、纤手香凝。惆怅双鸳不到，幽阶一夜苔生。

这是一首伤春念人之作。上阕通过暮春之景烘托离情。正是清明前后，细雨迷蒙的时节，词人听风听雨、愁风愁雨。好不容易熬过了这样的时节，天气晴朗了，当他踏出门槛来到西园时，看到的却是满地落花，多情惜花的词人，竟像庾信，不仅扫花、葬（瘗）花，而且还写一篇《瘗花铭》。蓦地，当他在葬花的柳树下，眼光落在轻风中摇曳的柳丝上，他的眼前幻现出当时携手赏景，又执手相别的画面。下阕以幻象写思念之情，秋千庭院，这里有他们的欢笑，此刻，他“见秋千而思纤手，因蜂扑而念香凝”（陈洵《海绡说词》）。这个天真无理的幻象，实是真情痴心的表征。“惆怅双鸳不到，幽阶一夜苔生”，语意夸张，但词人的惆怅、幽怨，非如此不足以尽之。

爱情中有一类悼亡的题材，最是令人心碎。中国的悼亡诗虽可远溯到《诗经·豳风·绿衣》，但明确以悼亡为题的则始自西晋潘岳的《悼亡诗》五首，其“望庐思其人，入室想所历”的句子，概括了许多未亡人共同的心态。入唐，元稹的《遣悲怀》最为感人，孙洙《唐诗三百首》选了这三首诗，并指出：“古今悼亡诗充栋，终无能出此三首范围者，勿以浅近忽之。”举第三首为例：

> 闲坐悲君亦自悲，百年都是几多时。邓攸无子寻知命，潘岳悼亡犹费词。同穴窅冥何所望，他生缘会更难期。惟将终夜长开眼，报答平生未展眉。

诗中所说的邓攸是晋人，曾官河东太守，战乱中舍子保侄，后终无子。本首就是从“自悲”角度抒发无子而丧妻之痛。他说：自己转眼就到知命之年（五十岁），可是还像无子而后又丧妻的邓攸那样，现在纵使像潘岳，写了《遣悲怀》这几首悼亡诗，也没有任何意义。将来，死葬同穴或他生重聚，更是遥遥无期，窅不可及。一切希望，全属渺茫；一切思念，全都徒然。他想，惟一实际而能报答患难与共的深情的，便只有夜夜无眠。全诗情痴语挚，吟来催人泪下。

此后，苏轼那首悼亡的《江城子·乙卯正月二十日夜记梦》，亦是传诵人口之作，词云：

> 十年生死两茫茫。不思量，自难忘。千里孤坟，无处话凄凉。纵使相逢应不识，尘满面、鬓如霜。　　夜来幽梦忽还乡。小轩窗，正梳妆。相顾无言，惟有泪千行。料得年年肠断处，明月夜、短松冈。

苏轼十九岁与同郡王弗结婚，嗣后出蜀入仕，夫妻琴瑟合谐，甘苦与共。十年后王弗亡故，归葬家乡。这首词是苏轼在密州梦见王弗后写的，距王弗之死又是十年了。此词以幽明永隔、感情长在为内核，表现自己绵绵不绝的哀伤和思念，是悼亡的绝唱。

悼亡一词因潘岳诗而被专用于夫妻，但哀逝惜殇之情实为极普遍的现象。伤悼手足、子女、故交的作品，往往都是最动情的（中国几无伤悼父母去世之诗，此因“至情无文也”）。如向秀悲悼嵇康、吕安的《思旧赋》，短短几行，从穷巷空庐犹存，斯人永逝，写到麦秀、黍离的易代之悲，凸现出二人不为世容、先后被杀的时代背景。其中，“昔李斯之受罪兮，叹黄犬而长吟；悼嵇生之永辞兮，顾日影而弹琴”，不仅影射了司马氏的刻薄、残忍，也衬托了嵇康高逸绝尘的人格，表现了作者对社会恐怖的危惧以及对故友深挚的悼惋之情，可谓语短情长。

因骨肉至亲亡故而作的诗，举二例于下：

> 一闭黄蒿门，不闻白日事。生气散成风，枯骸化为地。负我十年恩，欠尔千行泪。洒之北原上，不待秋风至。（孟郊《悼幼子》）

> 自小偏怜慧亦殊，女红辍手事充奴。指挥才念身先到，缓急常资债易逋。细数劳生宁早脱，时忘已死尚频呼。雏孙不解

酸怀剧，啼绕床前索阿姑。（郑珍《三女蒉于端午翌日夭，越六日，葬先妣兆下，哭之》其三）

两诗虽有呼天抢地之情，但都是在痛定后思痛而作，故均于白描中见真情，朴实中见沉痛。孟诗前半写一个死字，见出惋惜之意，后半“负我十年恩，欠尔千行泪”直抒痛悼之情。郑诗全诗把女儿的“慧”和自己的痛惜结合起来，“细数劳生宁早脱，时忘已死尚频呼”更极为凝练地写尽了情和事，读之令人鼻酸。郑珍为晚清诗界大家，对道光以来许多诗人都有深刻影响。胡先骕推其为“有清一代冠冕”（《读郑子尹巢经巢诗集》）。仅从这首哭亡女的诗看，胡评亦为不虚。

专门写手足之情的诗篇，苏、黄为多为妙。苏轼、苏辙兄弟友于情深，经统计，仅四部丛刊本《集注东坡先生诗》正文部分就有170页出现“子由”，诗题中写到“子由”的有174首。如《初秋寄子由》中回忆的一段：“忆在怀远驿，闭门秋暑中，藜羹对书史，挥汗与子同。西风忽凄厉，万叶穿户牖，子起寻夹衣，感叹执我手。朱颜不可恃，此语君勿疑，别离恐不免，功名定难期。”事情至为琐细，但在回忆中却别见情思，末句“雪堂风雨夜，已作对床声”，以夜雨对床表达常聚的期望，则是东坡寄子由诗中最为常见的用法。黄庭坚和兄黄大临（字元明）之间也是感情极笃。庭坚贬黔南，大临送其至贬地，留数月始别去，临别之际兄弟二人赋诗相赠，用的是觞字韵，庭坚《和答元明黔南赠别》云：

万里相看忘逆旅，三声清泪落离觞。朝云往日攀天梦，夜雨何时对榻凉。急雪脊令相并影，惊风鸿雁不成行。归舟天际常回首，从此频书慰断肠。

诗从黔南共处写起，接写离别的难忍，由此勾起昔日同上巫峡，道途艰险，相依为命的回忆，然后说：从今分手之后，再会必难。颈联以脊令并影、鸿雁断行以见兄弟情挚。脊令，出自《诗经·小雅·常棣》："脊令在原，兄弟急难。"其中，脊令是一种生活在水边的小鸟，当它困处高原时，就飞鸣寻求同类，《诗经》中以此比喻兄弟在急难中，也要互相救助。这一联形象鲜明，感染力很强。末联希望多通书信，这是无可奈何之中，聊以相慰的最后一点希望罢了。

现代社会由于科学技术的高度发展，社会物质条件、医疗水平都是古人无法梦见的，生离死别的悲剧少了；现代文明中，古代广泛存在的许多对个人情感的约束和限制，现在也都不复存在了。因此，古代爱情诗、亲情诗中的许多内容，都已从现代社会中消失，但是，人类对美好感情的向往，仍使那些诗章焕发出永远的魅力。

第二章　中国韵文分体简史

中国古代各体韵文的兴起、发展并非同时进行的，而是在不同的历史时期兴起、发展并繁荣的。根据保存下来的中国各体韵文文献来看，诗的兴起与发展是最早的，其次是赋，再次是词，最后是曲。本章对中国韵文各体的发展历史作一简单叙述。

第一节　诗史大纲

一、先秦两汉诗

诗在中国各体文学的兴起、发展中是最早的。早期的诗歌与我们现在所常见的五七言诗有很大的不同。由于文字的发明晚于诗歌的产生，因此，早期的诗歌流传到现在的很少。从某些古籍保留下来的早期诗歌作品来看，早期的诗歌节奏简单，一般只有两个音节。如：

断竹，续竹；飞土，逐宍。(《弹歌》)

这是记载在汉人赵晔《吴越春秋》中的据说是黄帝时期的歌谣。它表现的是当时人们的狩猎生活。在这篇作品中，诗人描写了砍断竹子，制作弹弓以及狩猎的整个过程，流露出制作新式捕猎工具的自豪与欣喜。这首民谣是两个字一句，反映了语言在最初的发展阶段句式简单、结构单一的情形。

随着社会与语言的发展，诗歌的句式与结构也渐趋复杂了，原有的二言句式与单一结构已不适合于内容日渐丰富的表达需要了，于是出现了以四言为主的诗歌。以四言为主的诗歌的代表性作品是《诗经》。《诗经》是我国古代最早的一部诗歌总集，它保存了自周初（公元前11世纪）到春秋中叶（公元前6世纪）约五百年共305篇诗歌作品，因而被称为《诗》或《诗三百》。《诗经》由“风”、“小雅”、“大雅”、“颂”四部分组成，因而后人又将之称为四诗。“风”即国风，基本上是周王朝各地的民歌；“大雅”、“小雅”总称为“雅”，是用在正式场合的朝会、宴飨的乐歌；而“颂”，是用于祭祀的乐歌。

《诗经》中的诗歌在句式上以四言为主，采用联章复沓的方式。如《诗经》中的《秦风·蒹葭》：

> 蒹葭苍苍，白露为霜。所谓伊人，在水一方。溯洄从之，道阻且长。溯游从之，宛在水中央。
>
> 蒹葭凄凄，白露未晞。所谓伊人，在水之湄。溯洄从之，道阻且跻。溯游从之，宛在水中坻。
>
> 蒹葭采采，白露未已。所谓伊人，在水之涘。溯洄从之，道阻且右。溯游从之，宛在水中沚。

这是一首怀念恋人的诗歌，全诗由三章组成，每章的句式基本相同，只有每章的最后一句是五言句，其馀均是四言；而且，每章的字句也变化不大，更换的只有几个字、词。因此，随着音乐的伴奏，在循环往复的歌唱中，人们不难感受到诗中所抒发的思念恋人之情的不断加深。像《蒹葭》这类联章复沓的诗歌作品，在《诗经》中大量存在，如《王风·黍离》、《陈风·月出》、《魏风·硕鼠》等。与二言诗比较起来，四言诗的句式加长了，容量也大为扩充了，能够吸收汉语中双音词与连绵词入诗，大大地丰富了诗歌的表现力。可以说，四言诗的出现，是中国诗歌在艺术形式与表现方面的一大进步。

《诗经》中的诗虽然是以四言为主，但不限于四言，前引《秦风·蒹葭》中就有五言句。此外，还有二言句、三言句、六言句、七言句，八言句等，但这属于变格。

继《诗经》之后，是《楚辞》。楚辞是产生于公元前四世纪中国南方楚国的一种新型诗歌，屈原（公元前339～约公元前278）是这种新型诗歌的代表作家。这种新型的诗歌，褚斌杰将之称为楚辞体（褚斌杰《中国古代文体概论》第2章）。在形式上，楚辞体虽然仍采用四言，但其四言句式在全部作品中不像《诗经》那样具有绝对的优势，而五言、六言、七言、八言等句式亦有很大的比重。如《湘夫人》："袅袅兮秋风，洞庭波兮木叶下。"《离骚》："朝饮木兰之坠露兮，夕餐秋菊之落英。"而《天问》、《招魂》等基本上是四言句式。而且，楚辞体诗歌的句中或句尾大多含有语气词"兮"、"些"。如《离骚》："兰芷变而不芳兮，荃蕙化而为茅。何昔日之芳草兮，今直为萧艾也？岂其有他故兮，莫好修之害也。"再如《招魂》："娱酒不废，沉日夜些。兰膏明烛，华镫错些。结撰至思，兰芳假些。人有所极，同心赋些。酎饮尽欢，乐先故些。魂兮归来！反故居些。"此外，还大量地吸收楚地的方言入诗。如"汩"、"搴"、"灵"、"娃"、"冯"、"羌"等。由于"楚辞"产生于楚地，因而楚辞体诗歌深受楚地巫歌或巫风的影响，洋溢着原始宗教的神秘气氛和神话色彩，因而楚辞体诗歌作品富于幻想性、神话性，一般呈现出恍惚迷离的意境。如《山鬼》第二节：

> 余处幽篁兮终不见天，路险难兮独后来。表独立兮山之上，云容容兮而在下。杳冥冥兮羌昼晦，东风飘兮神灵雨。留灵修兮憺忘归，岁既晏兮孰华予！

屈原根据楚地的民歌和巫歌创造出来的楚辞体诗歌在当时产生

了很大的影响。司马迁在《史记·屈原列传》中说："屈原既死之后，楚有宋玉、唐勒、景差之徒者，皆好辞而以赋见称。"尽管宋玉等人流传下来的作品不多，但对后世文学，也有相当大的影响。

二、汉魏六朝诗

中国诗歌发展到汉、魏时期，以《诗经》为代表的四言诗尽管还没有退出文学领域，但所占的空间已逐渐缩小，在形式上，古典诗歌已发生新变。在这一时期，首先出现的是乐府诗。这是一种形式与先秦古诗有很大差异的诗歌。乐府诗歌的形式以五言为主，杂有三言、四言、六言、七言等。

乐府诗是可以入乐的，在两汉甚至六朝时期是可以歌唱的。汉乐府诗歌的题材十分广泛，抒情、叙事都有，更多的是对现实生活的直接反映，抒写个人与群体的喜怒哀乐，所谓"感于哀乐，缘事而发"（《汉书·艺文志》）。到了南北朝时期，乐府诗呈现出明显的地域色彩。一般说来，南方的乐府诗清新、柔婉，以表现男女风情的作品居多，而且大量运用双关隐语。如《西洲曲》："开门郎不至，出门采红莲。采莲南塘秋，莲花过人头。低头弄莲子，莲子青如水……"其中"莲子青如水"中的"莲"谐音"怜"，"青"谐音"情"，在表达上具有双关的意义。相比较而言，北方的乐府诗明朗、刚健，如人所共知的《木兰诗》。乐府诗的出现，对汉魏六朝文人五言诗的形成与发展、繁荣产生了极为重要的影响。

由于乐府诗以五言为主，因此，当时的文人多模仿、学习乐府诗，从事五言诗的创作。据学者们研究，汉代著名史学家班固（32~92）是第一个可以被明确确认从事文人五言诗创作的作者，他的《咏史》抒写的是西汉孝女缇萦上书救父的事迹，钟嵘（468~518）在《诗品》中认为这首诗"质木无文"，艺术性不高。在东汉中期以后，出现了一个文人五言诗的创作高潮，这以收入萧统（501~531）《文选》的《古诗十九首》为代表。《古诗十九首》主要表现的是游子思妇的复杂心态，并且对人生社会进行了多方面的思考，显示了较高的抒情艺术。如《回车驾言迈》：

> 回车驾言迈，悠悠涉长道。四顾何茫茫，东风摇百草。所遇无故物，焉得不速老？盛衰各有时，立身苦不早。人生非金石，岂能长寿考？奄忽随物化，荣名以为宝。

诗人在旅途中目睹事物的迁改，感觉到时光的流逝与人生的短暂，因而想到及时建功立业。全诗基调看起来是积极进取，但隐含着哀伤的情绪，写景、抒情，层次分明，具有较强的艺术感染力。《古诗十九首》的其他作品，与此大致相类。钟嵘在《诗品》中称赞《古诗十九首》“惊心动魄，可谓几乎一字千金。”

东汉末年至三国鼎立时期，文坛上出现了以曹操、曹丕、曹植父子与以孔融为首的建安七子为代表的文人五言诗的创作高潮。曹操的诗歌创作大多是借乐府古题写时事，在悲凉之中显跌宕慷慨之气。其子曹丕的《燕歌行》抒写一女子在不眠的秋夜思念滞留在他乡的丈夫，情思深曲委婉，极为感人，这是我国现存的第一首成熟的七言诗，极大地影响了后世歌行体诗的创作。而曹操的另一子曹植是第一位大力从事五言诗创作的文人。其诗“骨气奇高，词采华茂，情兼雅怨，体被文质”（钟嵘《诗品》）。在五言诗的创作上，曹植形成了自己独特的风格，完成了乐府民歌向文人诗的转变，对后世的诗歌创作产生了极大的影响。与三曹同时的建安七子孔融、王粲、刘桢、应玚、陈琳、徐幹、阮瑀也各自以自己的诗歌创作，为当时的诗歌繁荣作出了自己应有的贡献。对这一时期的诗歌创作，后人有“建安风骨”之誉。刘勰在《文心雕龙·时序》中说：“观其时文，雅好慷慨，良由世积乱离，风衰俗怨，并志深而笔长，故梗概而多气。”较为准确地概括了“建安风骨”的特征。继三曹与建安七子之后，在曹魏的正始年间，由于当时玄学兴起，诗歌逐渐与玄理结合，诗风由建安时期的慷慨悲凉一变而为词旨渊永、寄托遥深。其中，代表性的诗人是阮籍与嵇康。阮籍（210~263）的代表作是五言诗《咏怀诗》八十二首。《咏怀诗》并非阮籍一时所作，在这些诗中，阮籍抒感慨，发议论，写理想，倾吐了自己在政治高压下内心的苦闷与愿望。其诗的风格隐约曲折，“虽志在讥刺，而文多隐避，百代之下，难以情测”（李善《文选注》）。嵇康（224~263）现存诗五十多首，四言、五言、七言、杂言都有，而以四言的成就最高，是曹操以后最有成就的四言诗人。如其四言诗《赠秀才入军》之十四：

息徒兰圃，秣马华山。流磻平皋，垂纶长川。目送归鸿，手挥五弦。俯仰自得，游心太玄。嘉彼钓叟，得鱼忘筌。郢人逝矣，谁与尽言？

诗题中的“秀才”指兄长嵇喜。在这首诗中，嵇康想象其兄在行军休息时渔猎弹琴、神情悠然的高超境界，最后两句表现了自己在兄长远离后的寂寞之情。而“目送归鸿”等四句，向来为人所称道。嵇康的诗大多表现自己追求自然、高蹈隐逸的情怀。

西晋虽是中国诗歌发展的一个过渡时期，但中国诗歌仍有新变。在西晋时期，陆机（261~393）和潘岳（248~300）是当时诗坛的代表人物，他们在诗歌技巧方面进行了多方面的探索，使诗歌形成了与汉、魏古诗不同的艺术风格：繁缛。具体而言，这一时期诗歌的语言由汉魏时期的古直朴素趋向华丽藻饰，描写由简单趋向繁复，而句式由散行开始趋向骈偶（袁行霈主编《中国文学史》第2册，第2章）。如陆机《赴洛道中作》之二：

远游越山川，山川修且广。振策陟崇丘，安辔遵平莽。夕息抱影寐，朝徂衔思往。顿辔倚嵩岩，侧听悲风响。清露坠素辉，明月一何朗。抚枕不能寐，振衣独长想。

这首诗不过十二句，其中有六句是对仗的，骈偶化较之汉魏古诗大大加强。而且，山水描写的成分也大量增加了，也比较注意辞藻。后来南朝山水诗歌的发展与对仗、声律艺术技巧的讲究，陆机与潘岳具有导夫先路的作用。

与陆机同时的左思（生卒年不详）以《咏史诗》饮誉后世。他是以咏史来抒发自己在门阀制度下的磊落不平之气。如其二：

> 郁郁涧底松，离离山上苗，以彼径寸茎，荫此百尺条。世胄蹑高位，英俊沉下僚。地势使之然，由来非一朝。金张藉旧业，七叶珥汉貂。冯公岂不伟？白首不见招。

在这首诗中，左思对门阀制度对社会造成的不公进行了深刻的揭露，为英俊之士的沉沦下僚而鸣不平。稍晚于左思的郭璞（276~324）以《游仙诗》为时所称。他以游仙作为诗歌题材，并非表达求仙访道、企图长生不老的意旨，而是抒发自己仕途坎坷、壮志难酬的感慨与苦闷情怀。因此可以说，郭璞的《游仙诗》与左思的《咏史诗》是殊途同归。

东晋时期，受魏晋玄学及清谈的影响，创作玄言诗蔚为一时的风气。玄言诗的代表人物是孙绰（314~371）与许询（生卒年不详）。刘勰在《文心雕龙·时序》中论及这一时期的文学时说："诗必柱下之旨归，赋乃漆园之义疏。"这两句是互文，对玄言诗的题材及其主旨作了极为精到的概括。玄言诗以抒发老、庄玄理为主，而且往往借山水以言玄理，大多是"理过其辞，淡乎寡味"（钟嵘《诗品》），形象性不强。尽管如此，仍极大地推动了稍后山水诗的兴起与繁荣。

在玄言诗仍兴盛之际，诗坛上崛起了以抒写田园生活为主的大诗人陶渊明。

陶渊明，名潜，又字元亮，号五柳先生。在中国诗歌发展史上，可以说陶渊明开创了田园诗派。陶渊明的田园诗是通过描写田园生活，表现自己悠然自得的心境。如《归田园居》：

> 少无适俗韵，性本爱丘山。误落尘网中，一去三十年。羁鸟恋旧林，池鱼思故渊。开荒南野际，守拙归园田。方宅十馀亩，草屋八九间。榆柳荫后檐，桃李罗堂前。暧暧远人村，依依墟里烟。狗吠深巷中，鸡鸣桑树颠。户庭无尘杂，虚室有馀闲。久在樊笼里，复得返自然。

在这首诗中，陶渊明通过描写自己归隐田园后所见到的一切，表达了自己的喜悦之情与恬淡的心境，把田园景物诗化了。陶渊明的田园诗大多是将田园生活诗化，并将之提升为审美的至境。他被推为"古今隐逸诗人之宗"（钟嵘《诗品》），在很大的程度上是源于此。陶渊明开创的田园诗派，对后世的诗歌创作影响很大，成为一种典范，是后代诗人汲取不尽的源泉。

南朝是中国诗歌发展的转捩时期，南朝诗人对诗歌艺术的追求，将诗歌从"淡乎寡味"的玄理中解放出来。在陶渊明之后，谢灵运（385~433）开创了山水诗派。在谢灵运的诗作中，山水第一次作为独立的审美对象而进入诗歌的题材。谢灵运以富丽精工的辞藻，生动细致地描绘了自己目睹到的山水自然景色，有许多垂范后世的名句，如"白云抱幽石，绿筱媚清涟"（《过始宁墅》）；"林壑敛暝色，云霞收夕霏"（《石壁精舍还湖中作》）；"春晚绿野秀，岩高白云屯"（《入彭蠡湖口》）等。但是，其诗有句无篇，诗的意境不够浑成，而且还拖着玄言尾巴。如《石壁精舍还湖中作》，在描写了山水景色之后，结尾四句即是："虑淡物自轻，意惬理无违。寄言摄生客，试用此道推。"用玄理作结，不能不说是一种缺憾。尽管如此，但自此以后，山水诗日渐兴盛，并影响到盛唐诗风的形成。由此可见谢灵运的开创之功。当时在诗坛上与谢灵运齐名的有颜延之，其诗喜欢搬弄典故，堆砌辞藻，成就不如谢灵运。而稍晚于颜延之的鲍照（约414~466），在诗歌创作上有多方面的成就，在乐府诗、边塞诗、山水诗等诗歌领域均有杰出的表现，对后世影响最大的是他的歌行体。他把逐句押韵的歌行体改造为隔句押韵，而且还可以自由换韵，丰富了七言歌行体的表达，为七言歌行体在唐代及以后的发展与繁荣作出了卓越的贡献。

齐梁时代，形成了一种与汉魏古体诗有别的新体诗——“永明体”。永明体诗是把汉语的四声用于诗歌的创作中，使不同声调的字词按照一定的规则排列起来，增强了诗歌的音乐美。永明体的代表是沈约、王融、谢朓等。永明体诗的形成与发展为后来近体诗的定型奠定了基础。在永明体诗人中，谢朓（464～499）最为杰出，他在继承谢灵运山水诗的基础上，对山水诗的发展作出了新的变革。他通过对山水景物的描绘，抒发自己的感慨，情景交融，避免了谢灵运山水诗的情景割裂之弊，剔除了玄言尾巴，形成了一种清新流丽的诗风。谢朓不仅在当时诗坛享有盛名，而且影响了后来唐诗的繁荣。李白在诗中说：“蓬莱文章建安骨，中间小谢又清发。”诗句中的“小谢”，即谢朓。这两句诗高度地评价了谢朓在六朝诗史中的地位。齐梁诗人中，除上述三人外，范云、江淹、何逊等，也大力创作“永明体”诗。

梁陈之际，创作宫体艳情诗在诗坛上蔚为风气，代表作家有梁简文帝萧纲、徐摛、张正见等。宫体诗主要抒写宫廷生活，题材大多为咏物与描写女性，情调轻艳，风格柔靡。但是，宫体诗注意吸收永明体诗歌的形式技巧，注重辞藻，对唐代律诗的形成具有促进作用。

与南朝对立的北朝，诗歌创作成就总体上不如南朝，但是，在北周时期，出现了一位集六朝文学之大成的文学家庾信（513～581）。庾信是由南朝进入北朝的著名诗人，诗文创作兼南北之长，杜甫说：“庾信文章老更成，凌云健笔意纵横。”即是指此。由于因出使而被迫留于北朝，乡关之思是庾信诗作中的重要主题。在表现这一主题时，庾信显示了高超的诗歌艺术。如《寄王琳》：

玉关道路远，金陵信使疏。独下千行泪，开君万里书。

短短二十字，表达了自己对故国的深沉思念，真挚感人，精巧浑成。《四库全书总目》卷一八四评庾信羁留北朝以后的作品“华实相扶，情文兼至，抽黄对白之中，灏气舒卷，变化自如”，可谓的评。

三、唐诗

唐代是中国诗歌发展的黄金时期。唐前的隋代，统治时间极为短暂，虽间有诗人创作，如薛道衡、杨素等，但成就有限，可以置而不论。唐诗的发展，按一般的说法，可以分为四个时期：初唐、盛唐、中唐、晚唐。时期不同，诗歌风格也迥然有异。

初唐的诗风，受南朝影响很大，代表性的诗人是初唐四杰王勃、杨炯、卢照邻和骆宾王。这四人中，卢、骆长于歌行，而王、杨以五律著称。他们抒发个人感慨，诗作初步显示出阔大的气象，如人所共知的王勃的《送杜少府之任蜀州》：“城阙辅三秦，风烟望五津。”境界壮阔，情调刚健。他们的诗作，比较注意对偶声律，如杨炯的有些诗竟完全符合稍后的近体的粘式律（袁行霈主编《中国文学史》第2册，第225页）。在促进五言律诗定型的过程中，杨炯是有所贡献的。

与初唐四杰约略同时的诗人有杜审言、沈佺期、宋之问等。杜审言现存的28首诗中，除一首失粘外，另27首完全符合近体诗的粘式律（引同上）。这说明他在五言律诗的创作方面，在当时达到了很高的艺术水准，五言律诗最后定型于宋之问与沈佺期的手中。如宋之问的《度大庾岭》：

度岭方辞国，停轺一望家。魂随南翥鸟，泪尽北枝花。山雨处含霁，江云欲变霞。但令归有日，不敢恨长沙。

这首诗的平仄与对仗十分工整，是极为典范的五言律诗。在五言律诗的基础上，形成了七言律诗。沈佺期的《遥同杜员外审言过岭》，即是早期七律的代表。

在唐诗的发展史上，陈子昂批评当时的诗歌创作是“汉魏风骨，晋宋莫传”。主张恢复比兴风雅传统。他的这一诗学主张，在其诗作《感遇》中得到了实践。陈子昂的诗学主张与创作实践，极大地影响了后来唐诗的发展。

盛唐诗歌分为两个流派：一是以王维、孟浩然为代表的山水田园诗派，一是以岑参、高适、李颀、王昌龄等为代表的边塞派诗人。这两派诗人的诗歌风格有明显的不同：前者淡静明秀，后者刚健慷慨，甚至带有几分苍凉。这两派诗人以自己的努力，为当时及后世创造了不同风格的诗歌之美，对此后的诗歌创作具有很大的影响。

盛唐时期，出现了两位大诗人，即李白与杜甫。李白（701~762），字太白，号青莲居士。他是盛唐时期诗歌艺术个性最为鲜明的一位。他的诗歌气魄宏大，想象丰富、奇特，极富浪漫主义色彩。如“白发三千丈，缘愁似个长”（《秋浦歌十七首》之十五）。“狂风吹我心，西挂咸阳树”（《金乡送韦八之西京》），简直是匪夷所思。杜甫称赞李白的诗是“清新庾开府，俊逸鲍参军”（《春日忆李白》）。总体上说，其诗风格清新俊逸，并以表现出的独有的人格力量和个性魅力对后世诗歌创作产生极大的影响。杜甫（712~770），字子美，京兆杜陵人。在中国诗歌发展史上，其诗有“诗史”之称，即以诗反映当时社会的动荡变化。这类诗著名的有“三吏”、“三别”。而杜甫最为人称道的是其在律诗上精深的造诣，他拓宽了律诗的表现范围与表现手法，在固定的格律内，他极尽变化，显示了很高的艺术技巧。如《登高》：

风急天高猿啸哀，渚清沙白鸟飞回。无边落木萧萧下，不尽长江滚滚来。万里悲秋常作客，百年多病独登台。艰难苦恨繁霜鬓，潦倒新停浊酒杯。

全诗八句皆对，但并不板滞，而且洋溢着流动感，可见他在律诗的艺术表达方面是何等的炉火纯青了。杜甫的诗歌风格基调是沉郁顿挫，但也有萧散自然的一面。总之，杜甫的诗歌集六朝、盛唐诗歌之大成，有“诗圣”之誉，在中国诗歌发展史上所产生的影响无与伦比。

安史之乱以后，唐朝开始走向衰落，诗风也相应地发生了变化。这一时期，具有个人独特风格的诗人较多，如诗风冲和平淡的韦应物，被誉为“五言长城”的刘长卿，俗奇并兼的顾况，独树一帜的边塞诗人李益等。而韩愈（768～824）与孟郊（751～814）两人相互影响，与追随他们的诗人一起，形成了一个韩、孟诗派。韩、孟诗派力避平熟，勇于创新，表现出对怪奇之美的追求。相比较而言，韩愈诗境雄奇，而孟郊诗境清冷、幽僻，如孟郊组诗《秋怀十五首》之二以下几句：

秋月颜色冰，老客志气单。冷露滴梦破，峭风梳骨寒。

意境幽冷，充满寒意。天才诗人李贺（790～816），也属于韩、孟诗派。其诗想象奇特，在他的想象中，天上银河的流云也会发出响声，如“银浦流云学水声”（《天上谣》）。李贺常常以自己独特的思维方式，创造出诗歌中通感的艺术效果，营造出的意境大多幽凄冷艳，但难免有阴森、晦涩之处。与此同时，刘禹锡、柳宗元也颇著诗名。刘禹锡诗风俊爽、明快，尤以咏史诗为当时及后世所称，最著名的作品有《西塞山怀古》、《金陵五题》等。而柳宗元的诗风淡泊简古，由于遭受政治上的打击，被贬到边徼荒地，其诗境大多清寂幽冷，他的那首被誉为唐人五言绝句之冠的《江雪》“千山鸟飞绝，万径人踪灭。孤舟蓑笠翁，独钓寒江雪”足以为代表。

稍晚于韩孟诗派，以元稹、白居易为代表的元、白诗派崛起于中唐诗坛。这派诗人在诗歌创作上重写实，尚通俗，发扬《诗经》中的“风”诗传统与古乐府的创作精神，主张“文章合为时而著，歌诗合为事而作”（《与元九书》），用诗歌反映社会现实，揭露与批判政治的黑暗，表现了与韩孟诗派不同的美学追求，代表性的作品有白居易的《秦中吟》、《新乐府》等。这派诗人除元、白二人外，较著名的还有张籍、王建等。白居易（772～846），字乐天，在唐代是与李白、杜甫齐名的诗人，存诗2 800多首，是诗作保留至今最多的唐代诗人。他除了写作反映社会现实的诗歌外，还写了许多感伤诗，以歌行体形式出现的《长恨歌》与《琵琶行》，是其感伤诗中最著名的作品。

晚唐时期，诗歌创作呈现出与中唐时期不同的风貌。在这一时期，怀古咏史之作大量涌现，情调也颇为伤感，这与唐帝国走向末世有关。以抒写怀古咏史诗而著名的诗人颇多，杜牧（803～852）可以作为代表，其著名的咏史怀古之作如《江南春》、《泊秦淮》、《赤壁》等，伤悼繁华易逝，有时在伤悼中借题发挥，隐寓哲理与表现自己的政治见解。

李商隐（812～858）是晚唐时期与杜牧齐名的诗人，当时有“小李杜”之称，但其诗歌成就高于杜牧。李商隐在创作爱情诗与开拓心灵世界等方面，作出了卓越的贡献，并把诗歌的艺术表现力提升到一个新的高度。像杜甫一样，李商隐也是一位七律圣手，他艺术成就最高并最著名的诗作基本上是七律，如《锦瑟》以及众多的《无题》诗、怀古诗等。一般说来，李商隐的诗具有多义性和朦胧美，由于身世坎坷与爱情的不幸，他用哀婉的情调与华美的辞藻，形成了一种凄艳浑融的独特诗风，为中国诗歌贡献了一种新的美学型态。

李商隐、杜牧二人之外，以贾岛、姚合为代表的苦吟派诗人在当时颇著声名。他们的诗作清新奇僻，境界空灵，但往往有句无篇，为格律所缚。唐代末期，战乱频仍，诗人为避战祸，纷纷趋隐，因此，表现隐逸情怀与乱离之感是这一时期一个重要的诗歌主题，以此而著诗名的诗人有陆龟蒙、皮日休、司空图、罗隐、郑谷、韦庄等。

四、宋辽金元诗

五代时间短暂，虽间有诗歌创作，但实无可称述者。赵匡胤（927～976）陈桥兵变，建立宋朝，中国历史步入了一个新的时期，由于佛学与传统儒学在中唐以后的融合，造成了北宋时期性理之学日渐兴盛，蔚为风气，并以各种方式影响着这一时期的文学创作，因而使中国诗歌在这一时期的发展呈现出与此前不同的文学风貌：瘦劲。

北宋初期的诗歌，学习晚唐，在当时诗坛影响较大的诗歌流派有以贾岛、姚合为规仿对象的晚唐体与模拟李商隐的西昆体。前者的代表性诗人有林逋、魏野、寇准，后者代表性的诗人有杨亿、刘筠、钱惟演。西昆体是以《西昆酬唱集》而得名。宋真宗景德年间，翰林学士杨亿等奉命编书，闲暇时在一起酬唱，后来，杨亿将他们酬唱之作编为一集，即《西昆酬唱集》。他们师法李商隐诗的用典与辞藻，因而诗作表现出典丽、整饬的风格特征。这种诗体在当时影响很大，有“杨、刘风采，耸动天下”之称。由于题材狭窄，缺乏创新，虽能风行一时，但不久亦告衰落。

西昆体衰落之后，梅尧臣（1002～1060）、欧阳修、苏舜钦等展开了诗风革新运动。

梅尧臣极力倡导诗歌的平淡之美，主张从日常生活中提取诗歌题材，努力用诗歌反映社会现实，开辟了宋诗贴近日常生活的倾向。欧阳修与苏舜钦同梅尧臣一起力矫僵而不死的西昆诗风，积极地探索宋诗的发展道路，给后来者以有益的启示。

王安石（1021～1086）是梅、欧之后的诗学大家。他的诗作可以分为前后两个时期，前期诗作注重反映社会现实，其中，咏史诗尤为出色，对历史人物与事件表现了自己独特新颖的看法，如传诵一时的名作《明妃曲二首》，其中有语“意态由来画不成，当时枉杀毛延寿”，为毛延寿翻案。其后期诗作以表现自己退出政坛后的闲情为主，其中最有代表性的是写景抒情的绝句，“选字用句，间不容发”（《石林诗话》），被称为“王荆公体”，这些诗韵味隽永，表现出向唐诗复归的精神。稍晚于王安石的苏轼（1037~1101），以其博学与天才，开辟了宋诗的新境界。在诗歌风格上，苏轼兼收并蓄，学习并模拟陶渊明、李白、杜甫、韩愈、孟郊甚至同时代的黄庭坚的诗风，而且很为逼真。在题材上，现实生活、哲理与人生感慨，几乎无所不有。如人所熟知的《题西林壁》“不识庐山真面目，只缘身在此山中”，从自然景物中发现深刻的哲理。在艺术上，苏轼的表达得心应手，即使难于处理的题材，他都能化难为易，找到最恰当的处理方式。总之，其诗阳刚之美与阴柔之美彼此融合，具有“清雄”的风格特征。

而最具典型宋诗风格的，不得不推黄庭坚与江西诗派的创作了。黄庭坚（1045~1105），字鲁直，号山谷道人。在诗歌的艺术成就上，他与苏轼齐名，并称“苏、黄”。黄庭坚倡导诗歌创作应师法杜甫，主张点铁成金，在借鉴前人的基础上力求创新，从而形成自己独特的艺术风格。黄庭坚重视“诗法”的独特诗论，与其自成一体、生新廉悍的诗歌艺术风格，以及卓越的诗歌艺术成就，对当时青年诗人影响很大，在他的周围有许多追随者，如陈师道、潘大临等，形成了一个同声共气的诗歌流派。由于黄庭坚及这一诗歌流派的多数成员是江西人，因而这一诗歌流派在文学史上被称为江西诗派。除黄庭坚外，陈师道以及稍晚的陈与义两人在诗歌创作方面也有很高的艺术成就。江西诗派自黄庭坚以后，一直在诗坛上占主流地位，这种局面，直到南宋中期才被改变，江西诗派后期著名的诗人有曾几、吕本中等，即使南宋不属于江西诗派而独成一家的著名诗人如陆游、杨万里等，在早年都曾有过师从江西诗派的经历。

南宋时期，陆游等中兴四大诗人以全新的艺术风貌与卓越的艺术成就，改变了江西诗派在诗坛上占主流地位的格局。陆游

(1125~1210)，字务观，号放翁，存诗近万首。其诗内容极为丰富，抗敌复国的精神与隐逸的情趣在其诗作中兼而有之，诸体兼善，以七言诗的艺术成就最高。他在诗中表现出的复国情怀，曾感动了其后的历代读者。如临终前的《示儿》：

死去原知万事空，但悲不见九州同。王师北定中原日，家祭毋忘告乃翁。

复国的热望，临终不泯，令人感慨不已。整体而言，陆游的诗歌将李白的飘逸奔放与杜甫的沉郁顿挫融为一炉，形成了自己独特的艺术风格，但是，其诗亦存在缺点，即不少诗作往往流于浅近滑易。杨万里（1127~1206），字廷秀，号诚斋，其诗以表现自然风物与日常生活的情趣为主，将浓郁的生活气息与丰富的理趣融为一体，活泼灵动，创造了与众不同的诚斋体。如《晓行望云山》：

霁天欲晓未明间，满目奇峰总可观。却有一峰忽然长，方知不动是真山。

语言浅近，富有情趣，活泼而灵动，这是诚斋体的最大特色，但是，其有些诗作粗率浅俗，缺乏诗味。范成大存诗近两千首，尤以退隐石湖后所写的《四时田园杂兴》60首七言绝句为人所称，如其中的第三十首：

昼出耘田夜绩麻，村庄儿女各当家。童孙未解供耕织，也傍桑阴学种瓜。

诗歌语言自然清新，富有农村生活情趣。尽管其诗具有很高的艺术成就，但创作个性不够鲜明。中兴四大诗人另一位是尤袤，存诗不多，其诗风近于范成大。

南宋后期的诗坛，两个诗歌流派先后更替。在陆游、杨万里的创作进入晚期的时候，“永嘉四灵”诗派开始在诗坛上出现。永嘉地区（即今温州）的四位诗人徐照、徐玑、赵师秀和翁卷，各人的字中都有一个“灵”字，著名学者叶适称他们为四灵，并编有《四灵诗选》，为他们揄扬。“四灵”诗歌题材狭窄，内容单薄，以晚唐时期的贾岛、姚合为诗学典范，以五律为主要诗体。他们在艺术上注重雕琢，诗境玲珑雅洁。虽然他们以五律见长，但他们的七绝颇有传诵的佳作，如翁卷的《乡村四月》：“绿遍山原白满川，子规声里雨如烟。乡村四月闲人少，才了桑麻又种田。”清新自然，很富生活气息。江湖诗派的出现稍晚于永嘉四灵。南宋后期杭州书商陈起，为他结交的江湖游士刻印诗集，总称为《江湖集》，这是江湖诗派得名之由。江湖诗派是一个松散的诗人群体，他们擅长的诗歌题材是写景抒情，不少作品艺术相当粗糙。江湖诗派较著名的诗人有刘克庄、戴复古等。

南宋灭亡前后，民族英雄文天祥（1236~1283）用诗歌抒写自己的战斗历程与爱国情怀，直抒胸臆，令人感动，较著名的作品有人所共知的《过零丁洋》、《正气歌》等。而谢翱、谢枋得等遗民诗人在南宋灭亡后，用诗歌抒写人们在异族统治下的哀痛之情，真切地记述了那一段伤心的历史。

与北宋约略同时的辽代，在诗歌创作上的艺术成就不足称述。金朝的元好问（1190~1257），身历金代的灭亡，用诗记述自己经历亡国的惨痛，在苍莽雄阔的意境中表现悲怆慷慨之情，风格遒劲苍凉，具有较高的艺术成就，颇为后人所称。元代的诗歌创作远逊两宋，值得称道的仅是“元诗四大家”虞集、杨载、范梈、揭傒斯以及萨都剌与以“铁崖体”而闻名的杨维桢数人而已。杨维桢（1296~1370），字廉夫，号铁崖，其诗融汉魏乐府及李白、杜甫、李贺等人乐府诗之长，想象丰富奇幻，是元代一个具有鲜明个性的诗学大家，但其诗有时流于晦涩。

五、明清诗

明清两代，以复古求革新，是这一时期诗歌发展的主潮。

明初诗坛，大多承元诗之馀习，虽不乏佳作，但艺术成就有限，惟有高启（1336~1374），用诗反映元明之际的战乱与个人感慨，兼有古人之长，艺术成就为一代之冠。与高启同时的另一位诗人袁凯，以《白燕》诗而知名当时，有“袁白燕”之称。其《白燕》诗云：

> 故国飘零事已非，旧时王谢见应稀。月明汉水初无影，雪满梁园尚未归。柳絮池塘香入梦，梨花庭院冷侵衣。赵家姊妹多相忌，莫向昭阳殿里飞。

虽是咏白燕，而无一字及白燕，但是，白燕的形象却跃然纸上，这显示了他具有很高的表现艺术。在明朝前期，随着经济的恢复与社会的安定，诗坛上以粉饰太平盛世的台阁体占主导地位。台阁名臣杨士奇、杨荣、杨溥等用诗歌“颂圣德，歌太平”，诗风雍容、典丽、平正，内容贫乏，缺乏创新与鲜明的个性，尽管台阁体盛行一时，但在成化、弘治年间便衰落了。

这时候，以李东阳为代表的“茶陵诗派”便崛起于诗坛。李东阳提出诗歌创作师法汉唐的复古主张，他的这一主张得到了谢铎、张泰等人的认同。由于李东阳是湖南茶陵人，因而这一诗歌群体被称为茶陵诗派。李东阳的师法汉唐的创作主张对明中期的复古运动有很大影响。

明代中期，诗坛复古风气最盛。以李梦阳、何景明为代表的“前七子”不但不满意此前的台阁体，而且对宋代的诗歌成就也全盘否定，他主张师法唐诗，在诗中表现个人的性情。但是，在诗歌创作实践中，前七子大多只注重从法度格调方面模拟唐诗，缺乏创新精神，因而落入古人窠臼，艺术成就很有限。而以李攀龙、王世贞为代表的“后七子”在前七子相继谢世后，继续在诗坛高举复古的大旗，在强调法度格调的同时，对诗歌表达情感的功能给予了相当的重视。王世贞在后七子中最负盛名，其诗作虽不脱拟古气习，但比较而言，时寓变化，成就较高。

晚明时期，针对前后七子的拟古弊病，一些有识之士大加抨击，提出了许多变革的办法，如以袁宗道、袁宏道、袁中道为代表的“公安派”，以学习白居易、苏轼相号召，标举“性灵”，使诗歌从前后七子的拟古怪圈中解放出来，整个诗坛面貌为之一新。但是，公安派末流之粗率俚俗，亦引起人们的不满。而后钟惺、谭元春为代表的“竟陵派”以所选的诗歌选本《诗归》一书作为诗学的典范，倡导清冷幽远的诗风，以纠正公安派之俚俗。然而，竟陵派却将诗带入了奇僻险峭、孤深幽寒之境，缩小了诗歌表现的范围，因而很快引来不少讥评，不久也走向了衰落。

清朝定鼎北京以后，中国诗歌进入了一新的发展时期。

清初的遗民诗，虽然抒写了亡国之痛和民生疾苦，但艺术成就不高，惟有杜浚的五言律诗为时所称。在这一时期，真正有成就的诗人，是被后世目为贰臣的钱谦益、吴伟业。

钱谦益擅长七律，其七律情词怆恻，沉雄苍凉，颇得杜甫的神髓。受其影响，其家乡有一批人追随他，形成虞山诗派。吴伟业，号梅村，在清初诗坛上与钱谦益并称，他以七言歌行见长，在继承中唐诗人元稹、白居易等的基础上，形成了具有自己鲜明个性的“梅村体”。梅村体以歌行的形式，辅以采藻和情韵，表现了明清易代的黍离之悲与身世荣辱，细腻的描绘与委婉的抒情融为一体，展现了明清易代之际的史实，因而被号为“诗史”。另外，与吴伟业同时的龚鼎孳亦有诗名，与钱、吴二人并称“江左三大家”，但诗歌艺术成就实不如钱、吴。康熙时期，王士禛与朱彝尊颇著诗名，当时诗坛有“南朱北王”之称。王士禛的诗崇尚神韵，以王维、孟浩然作为学习对象，追求诗歌含蓄空灵、言近旨远的意境，具有很高的艺术成就，是清诗一大家。除上述诸人外，清初诗歌艺术成就较高的诗人，还有查慎行、赵执信等。

清中叶的诗坛，流派纷呈。沈德潜倡格调说，尊唐抑宋，立论虽高，但其个人的诗歌创作雍容典雅，有唐诗的格调，而无唐诗的风神。同时的厉鹗（1692～1752）主张作诗师法宋人，参以书卷，其诗意境空灵，重视学问，是浙派诗的典型风格特点。晚于厉鹗的袁枚，标举“性灵”，认为诗歌应抒写性灵，表现自我的独特个性。在这一理论的影响下，袁枚周围有一批追随他的人，形成了颇有影响的诗歌流派，即“性灵派”。袁枚自己的诗歌创作新颖活泼，句式灵巧，具有独特的风格，在当时颇有影响。与袁枚同时的赵翼、蒋士铨也颇著诗名，同袁枚一起称为“乾隆三大家”。而同时的翁方纲提出诗歌的“肌理”说，主张以学问为诗，极大地推动了当时渐成气候的学人之诗与宋诗运动。独具风格的诗人黄景仁，其诗在“乾隆六十年间，论诗者推为第一”（包世臣《齐民四术》）。在黄景仁的诗中，嗟叹贫苦与倾诉生计窘迫是其诗歌的一个很重要的主题。

晚清时期，因应世变，诗歌中的政治色彩渐浓，表现出与清中叶诗歌不同的特色。龚自珍（1792～1841）以其想象奇特、文辞瑰丽的诗歌，在 19 世纪的中国诗坛有如奇峰突起，令人目眩。在《己亥杂诗》、《秋心》等篇什中，龚自珍呼唤时代风雷与人才，将忧时伤世与建功立业的情怀融为一炉，对诗境作了极大的艺术创造。晚清诗坛，可以说基本上是宋诗派占主流。这一时期，作为宋诗派的重要诗人郑珍（1806～1864）在诗中主要表现自己的贫士生活，在题材上对诗歌具体生活方面作了许多艺术开拓。他的诗朴瘦坚劲，自成一家，对后来的同光体产生了深刻影响。同治、光绪年间，宋诗派嬗变为同光体。同光体是当时诗坛上“同、光以来诗人不专宗盛唐”者，代表诗人有沈曾植、陈三立、郑孝胥等。此外，还有汉魏六朝诗派、晚唐诗派等。

在晚清后期，梁启超提出“诗界革命”，而黄遵宪（1748～1905）以自己的诗歌创作实践，成为当时诗歌革命的旗帜。黄遵宪用诗描写海外世界与近代科学产品，扩大了古典诗歌的表现领域，可谓是“以旧风格含新意境”。随着这一变化，此后的中国诗歌渐进入新文学时代。

第二节 词史要略

一、晚唐五代词

词的起源，从时间上讲，晚于古近体诗。词最初源于民间，与民歌以及历代燕乐有很深的渊源关系。中晚唐的文人，对词这一新的诗体表现出强烈的兴趣，并开始尝试创作。

如唐肃宗时的张志和，作《渔父词》五首，其中有云：

西塞山前白鹭飞，桃花流水鳜鱼肥。青箬笠，绿蓑衣，斜风细雨不须归。

描绘了渔父令人向往的悠然自得的生活。元和以后的白居易、刘禹锡等，在作诗之馀，也染指作词。白居易有《忆江南》三首，第二首云：

江南忆，最忆是杭州：山寺月中寻桂子，郡亭枕上看潮头。何日更重游？

表现了对自己曾生活过的杭州及其美景的深深思念。到了唐末，以温庭筠、韦庄为代表的“花间”派词人开始有意识地作词。“花间”派得名于后蜀赵崇祚编辑的《花间集》。《花间集》是最早的文人词总集，其中的词大多写花柳风月，男女情爱，词风婉媚香艳。温庭筠在《花间集》中被列为首位，入选词作66首，是花间派的鼻祖。他的词的风貌大多给人秾艳香腻的感觉。而西蜀词人韦庄，词作入选《花间集》48 首，与温庭筠齐名。一般来说，其词疏朗，同时具低回深婉之致。如其作《菩萨蛮》之二：

人人尽说江南好，游人只合江南老。春水碧于天，画船听雨眠。　　垆边人似月，皓腕凝双雪。未老莫还乡，还乡须断肠。

词作从风景与人物两方面描绘了江南之美，令人无限神往。而结句的“还乡须断肠”，暗示了中原战乱、有家难回的隐痛。全词韵调悠扬，而内含悲郁之情。

五代时的南唐词坛，在词风上与花间体迥然有别，相比较而言，艺术品位较雅。冯延巳是五代时词作数量最多的词人，他虽然也写花柳情怀、风月相思，但偏重于刻画人物的心理。如《谒金门》：

风乍起，吹皱一池春水。闲引鸳鸯香径里。手挼红杏蕊。　　斗鸭栏干独倚，碧玉搔头斜坠。终日望君君不至，举头闻鹊喜。

此词虽是表现女子怀人之苦，但不像温词那样着意细致地描写女子的容颜与服饰之美，而是透过一二细节，展现该女子的心理，从心理这一层面刻画人物。南唐后主李煜，由一国之主而沦为阶下囚，他在词中所写的亡国之痛，感人至深。如《虞美人》：

春花秋月何时了，往事知多少。小楼昨夜又东风，故国不堪回首月明中。　　雕栏玉砌应犹在，只是朱颜改。问君能有几多愁，恰似一江春水向东流。

在词中，李后主深深地表达了自己的故国之思。尤为后人所称道的是，他把自己的哀愁比喻为“一江春水”，抽象的情感化为具体的物象，既表现了自己的哀愁像江水一样无穷无尽，同时又具有深切绵远的感染力。他用词抒写自己的真切体验，诚如王国维所指出的那样："词至后主而眼界始大，感慨遂深，遂变伶工之词而为士大夫之词。"(《人间词话》)王国维的评论高度地肯定了李煜在词史上的重要意义。

二、北宋词

宋初词坛，因袭五代词风，但因袭中有变革，不断地开拓了词境。在北宋初期，晏殊（991～1055）词名最著，被后人推为"北宋倚声家初祖"。其词在主题上，以表现男女之情与离愁别恨为主，雍容舒缓，间或流露出人生苦短的淡淡忧愁，语言雅丽温润。

与晏殊同时的范仲淹在词境上作了新的开拓，他把边塞生活作为词的表现对象，使词更切近于个人的生活，如其常被人提起的《渔家傲·塞下秋来风景异》。而同时的张先，在北宋词人中最为老寿。张先对词所作出的贡献主要在三个方面：一是用词酬赠，赋予了词的实用功能；二是最先用题序；三是开始有意识地写作慢词。

在宋词的发展史上，第一个大力创作慢词的词人是柳永。柳永字耆卿。他存词213首，而慢词有87调125首，在其全部词作中占57%。而且，柳永是中国词史上创作词调最多的词人，在宋代近九百个词调中，有一百多调是柳永首创或首次使用。在词的风格上，柳永变雅为俗，大量采用民间口语，使词更加切近生活。因此，柳永的词在底层社会最受欢迎，"凡有井水饮处，即能歌柳词"(叶梦得《避暑录话》)。陈振孙说柳永"尤工羁旅行役"(《直斋书录解题》)。羁旅行役是柳永词中的一个重要主题。如其名作《雨霖铃》：

寒蝉凄切。对长亭晚，骤雨初歇。都门帐饮无绪，留恋处，兰舟催发。执手相看泪眼，竟无语凝噎。念去去千里烟波，暮霭沉沉楚天阔。　　多情自古伤离别。更那堪、冷落清秋节。今宵酒醒何处，杨柳岸，晓风残月。此去经年，应是良辰、好景虚设。便纵有千种风情，更与何人说？

柳永运用铺叙衍情法，抒写了整个别离场景，别情在具体细致的描绘中一一展现，情事相生，具有很高的艺术性。此词在艺术上的这一特点，也是柳永部分词作的共同特点。

由于柳永对词作了全面的革新，晚于他的著名词人如苏轼、周邦彦、秦观、黄庭坚等，都在不同程度上受到柳永的影响。可以说，没有柳永，词的发展会是另外的态势。

一代文宗欧阳修也“以其馀力作词”（李之仪《跋吴思道小词》）。在创作词方面，欧阳修虽然沿袭了五代词人传统，但有新变。他的词作中，既有艳词，也有抒写个人独特人生感受的篇什。如《朝中措·平山堂》：

平山栏槛倚晴空，山色有无中。手种堂前垂柳，别来几度春风。　　文章太守，挥毫万字，一饮千钟。行乐直须年少，尊前看取衰翁。

在词中，欧阳修展现了自己潇洒旷达的精神风貌。这种在词中表现自我体验的方式，促进了词摆脱花间艳体。而稍晚于欧阳修的政治家、古文家王安石也以馀力作词，他虽然存词不多，但别具创新，他用词怀古，在怀古中表现自己对历史的反思。如其名作《桂枝秋·金陵怀古》：

登临送目。正故国晚秋，天气初肃。千里澄江似练，翠峰如簇。征帆去棹残阳里，背西风、酒旗斜矗。彩舟云淡，星河鹭起，画图难足。　　念往昔、繁华竞逐。叹门外楼头，悲恨相续。千古凭高，对此漫嗟荣辱。六朝旧事随流水，但寒烟、衰草凝绿。至今商女，时时犹唱，《后庭》遗曲。

反思六朝兴亡，把自己对社会的感触也融入词中，意境高远。而且，就风格而言，此词近于诗。

而真正视诗词为一体并有意识地在创作中贯彻这一观念的词人是苏轼（1037~1101）。苏轼字子瞻，号东坡。他在柳永之后，对词体作了革新，将传统的以表现婉约柔情的词改造为豪情之词，使词像诗一样，能够自如地抒写个人的怀抱和个性。如《江城子·密州出猎》：

老夫聊发少年狂，左牵黄，右擎苍。锦帽貂裘，千骑卷平冈。为报倾城随太守，亲射虎，看孙郎。　　酒酣胸胆尚开张。鬓微霜，又何妨！持节云中，何日遣冯唐？会挽雕弓如满月，西北望，射天狼。

用词记述自己的一次出猎活动。在词中，苏轼表现了自己驰骋疆场、杀敌报国的壮志豪情。

词在苏轼的手中，不再是歌筵绮席的“艳科”，而是抒发个人感慨与怀抱的诗了。苏轼其他的词作如《念奴娇·赤壁怀古》、《水调歌头·明月几时有》等，均是如此。苏轼的“以诗为词”，使词不再是音乐的附属品，而成为独立的抒情诗体了。在苏轼的周围，黄庭坚、秦观、晁补之等颇著词名。其中，秦观成就尤高。秦观（1049~1100），字太虚，后改字少游，著有《淮海词》。秦观的词作被认为是最为本色当行。他像柳永一样，擅长写离情别恨，但情感真挚，出语优雅，具有深婉的意境，是婉约派词的典范。如其名作《满庭芳》：

山抹微云，天粘衰草，画角声断谯门。暂停征棹，聊共引离尊。多少蓬莱旧事，空回首、烟霭纷纷。斜阳外，寒鸦数点，流水绕孤村。　　销魂。当此际，香囊暗解，罗带轻分。谩赢得、青楼薄倖名存。此去何时见也，襟袖上空惹啼痕。伤情处，高城望断，灯火已黄昏。

秦观的这首词抒写的是别情，伤感、柔情、思念这三种情感交织在一起，而不时以景物点染，使所表达的情感相当克制，含而不露，颇有蕴藉之妙。秦观其他的慢词，风格与这首词大致相同。秦观不但慢词创作成绩斐然，而且小令亦多名作佳句，如《鹊桥仙》“两情若是久长时，又岂在朝朝暮暮”，《浣溪沙》的“自在飞花轻似梦，无边丝雨细如愁”等。总之，秦观的词自成一家，在词的发展史上具有独特的地位。

晏几道与贺铸是两位各具独特风格的词人。晏几道（生卒年不详），如其父晏殊一样，以写小令见长。其词虽是写男女的悲欢离合之情，但语淡情深，回肠荡气，具有独特的艺术魅力。

晏几道在词史上的贡献“是把《花间集》以来的艳词小令艺术推展到极致”。（袁行霈主编《中国文学史》第3册，第110页）贺铸（1052~1125）在两宋词坛上，词风非常奇特，他把英雄豪气与儿女柔情集于一身。如其《六州歌头》展现的是自己的豪侠情怀，而其《青玉案》则是儿女柔情了：

凌波不过横塘路，但目送芳尘去。锦瑟华年谁与度？月桥花院，琐窗朱户，只有春知处。　　碧云冉冉蘅皋暮，彩笔新题断肠句。若问闲愁都几许？一川烟草，满城风絮，梅子黄时雨。

词中用“烟草”、“风絮”、梅雨比喻“闲愁”，新奇别致，贺铸因此而获得“贺梅子”的称号。这首《青玉案》是贺铸《东山词》中婉约风格的典范之作，据学界研究，后世仿效此词者多达25人，足见此词影响之大。贺铸喜欢在词中化用李贺、李商隐、温庭筠等人的诗句，因而形成了一种深婉密丽的词风。

周邦彦（1056~1121）是两宋词坛最杰出的词人，王国维说："词中老杜，非先生不可。"(《清真先生遗事》)他对宋词所作的贡献，主要表现在两个方面：创制词调，协调声情与音色情调。周邦彦新创、自度了50多调，创制的词调虽不及柳永之多，但声腔醇雅圆美，尤受南宋雅士的推崇。其词声情不同，往往所选宫调也不相同，而且，出于表现声情的需要，他常常运用拗句，用字造句在拗怒中追求音律的和谐，使拗怒与和谐在矛盾中有机统一，因而其词在音律上形成了"调美，律严，字工"(袁行霈主编《中国文学史》第3册，第119页）这一特点。另外，周邦彦还善于点化前人的诗句。如其名词《西河·金陵怀古》：

> 佳丽地。南朝盛事谁记。山围故国绕清江，髻鬟对起。怒涛寂寞打孤城，风樯遥度天际。　断崖树，犹倒倚。莫愁艇子曾系。空馀旧迹郁苍苍，雾沉半垒。夜深月过女墙来，伤心东望淮水。　酒旗戏鼓甚处市。想依稀、王谢邻里。燕子不知何世。入寻常、巷陌人家，相对如说兴亡，斜阳里。

全词化用了谢朓的《入朝曲》、刘禹锡《金陵五题》中的《石头城》、《乌衣巷》和古乐府《莫愁乐》这四首诗的诗句。而其《瑞龙吟》则化用了杜甫、李贺等十多人的诗句。用前人诗句入词，不但表现博学与工巧，而且在很大的程度上使词雅化。由于周邦彦在词的创作上取得了巨大的艺术成就，在当时具有很大的影响，颇有追随者，如万俟咏等。而后世师法周邦彦者，更是难以胜数。

三、南宋与金元词

南宋时期，词坛名家辈出。在南、北宋之交，由于金人南侵，词家纷纷用词抒写自己在国破家亡时的感慨，词的抒情言志的功能与现实感得到了加强，词风因而发生了深刻的转变。在这一时期，女词人李清照的出现，尤为引人瞩目。李清照（1084~1151）处于南北宋之际，是这一时期的历史见证人。她的词分为前后两个时期。前期她在词中所表现的是“一种相思，两处闲愁”（《一剪梅》），是闺愁闺怨。而后期，她在词中虽仍抒写自己的愁绪，但蕴涵了国破家亡的深沉感慨，如《武陵春》：

风住尘香花已尽，日晚倦梳头。物是人非事事休，欲语泪先流。　　闻说双溪春尚好，也拟泛轻舟。只恐双溪舴艋舟，载不动，许多愁。

因为战乱而漂泊流浪，“物是人非”，因此，她的心绪是慵懒的，她的愁已不是前期的个人“闲愁”了，而更多的是对何时回到故乡的期盼与对未来漂泊生活的忧虑，具有了深广的社会内容。李清照善于提炼口语、书面语入词，而其词在语言上清新自然，而形成清疏淡雅的审美意境，《武陵春》这首词即能充分体现这一特点。与李清照同时的朱敦儒、张元幹等人，用词抒发自己国破家亡的感慨与忧愤，使词进一步加强了抒情言志的功能。

辛弃疾（1140~1207），字幼安，号稼轩，是两宋存词最多的词人，与苏轼并称，为豪放词的代表作家。在词境上作了新的开拓，他在词中刻画了豪气干云的英雄形象，并表现田园生活，这是此前词作所不曾有的。然而，辛词最大的特色在于“以文为词”，这是对词的表现方法上的一大革新。以文为词，不但从前代经史诗赋中汲取语汇，而且，还把散文的表现方法也带进词中。如以下这两首词：

甚矣吾衰矣。怅平生、交游零落，只今馀几。白发空垂三千丈，一笑人间万事。问何物、能令公喜。我见青山多妩媚，料青山、见我应如是。情与貌，略相似。　　一樽搔首东窗里。想渊明、《停云》诗就，此时风味。江左沉酣求名者，岂识浊醪妙理？回首叫、云飞云起。不恨古人吾不见，恨古人不

见吾狂耳。知我者，二三子。(《贺新郎》)

杯汝前来！老子今朝，点检形骸。甚长年抱渴，咽如焦釜；于今喜睡，气似奔雷。汝说刘伶，古今达者，醉后何妨死便埋。浑如此，叹汝于知己，真少恩哉！　更凭歌舞为媒，算合作平居鸩毒猜。况怨无大小，生于所爱；物无善恶，过则成灾。与汝成言，勿留亟退，吾力犹能肆汝杯。杯再拜道：麾之即去，招亦须来。(《沁园春·将止酒,戒酒杯使勿近》)

前一词的首句和结尾四句，分别从《论语》、《南史》中化出，汲取经史等散文的语汇，而后一首所写的是词人与酒杯之间的对话，富有寓言色彩，运用的是散文的表现方法。这两首词，颇能体现辛词的艺术特点。与辛弃疾约略同时而颇著词名的词人有张孝祥、陆游、陈亮、刘过等人，他们或为辛词先驱，或师法辛弃疾。

姜夔（1155~1221?），字尧章，号白石道人，与辛弃疾同时。他开创了宋词的“骚雅”派，但对传统婉约词的艺术表现作了改造。在抒写恋情方面，他对炽热的柔情进行冷处理；而在咏物词创作方面，往往中含寄托。因此，其词一般写得清虚醇雅，空灵蕴藉，呈现出别具一格的美学形态。如其名作《暗香》：

旧时月色，算几番照我，梅边吹笛。唤起玉人，不管清寒与攀摘。何逊而今渐老，都忘却、春风词笔。但怪得、竹外疏花，香冷入瑶席。　江国，正寂寂。叹寄与路遥，夜雪初积。翠尊易泣。红萼无言耿相忆。长记曾携手处，千树压、西湖寒碧。又片片、吹尽也，几时见得？

姜夔词中的梅花，常常是恋人的象征。这首词虽是咏梅，但隐含怀人之意。而词中所怀之人到底是谁，很难确指。此词意境清寒落寞，风格醇雅蕴藉，流露出对年华逝去的伤感。此外，姜夔还擅长自度曲，他是先作词，后度曲，因词制曲。因此，其词情感的律动与音乐的节奏是一致的。他所存之词 17 首自注有工尺谱，而且是“传承下来的惟一的宋代词乐”（程千帆、吴新雷《两宋文学史》，上海古籍出版社 1991 年，第 403 页）。由于姜夔在词的创作方面取得了杰出而独特的成就，当时即有不少追随者，如史达祖（字邦卿，号梅溪）、高观国（字宾王，号竹屋）等，后世的浙派词人更是“家白石而户玉田”（朱彝尊《静惕堂词序》）了。

吴文英（1212？~1272？），字君特，号梦窗，是南宋一个颇具独创性的词人，其词密丽深幽，有如李商隐的诗。而且，章法之间跳跃性很大，往往通过艺术联想，营造出如梦如幻、扑朔迷离的艺术世界。他的自度曲《莺啼序》，是词史上最长的词。这首词时空多变，交错穿插，跳跃性很大，有如西方现代文学的意识流。在语言上，他喜欢根据主观感受组合词句，如“听风听雨过清明，愁草瘗花铭”（《风入松》），“飞红若到西湖底，搅翠澜、总是愁鱼”（《高阳台》）。由于在章法与造句上的别开生面，其词在其身后是有弹有赞的。不过，在艺术独创性方面，可与姜夔抗衡。周密字公谨，号草窗，与吴文英合称“二窗”。其词受吴文英影响较大，词风典雅清丽。

在宋元之际，王沂孙（字圣与，号碧山，又号中仙）以咏物著称。他长于运用象征与拟人的手法，赋予所咏之物以人的性格特点。如其名作《齐天乐·咏蝉》（原作见第八章），从表面上看咏的是蝉，但实际上，词中的蝉象征着宋室的衰亡与自己身世的凄凉，蝉与宋室的命运、词人自己的身世融为一体，显示了很高的艺术技巧。而张炎（字叔夏，号玉田）由于历经宋元易代的变故，其词多身世感慨。其中，《解连环·孤雁》最能表现其宋亡后的心境：

楚江空晚。怅离群万里，恍然惊散。自顾影、欲下寒塘，正沙净水枯，水平天远。写不成书，只寄得、相思一点。料因循误了，残毡拥雪，故人心眼。　　谁怜旅愁荏苒？谩长门夜悄，锦筝弹怨。想伴侣、犹宿芦花，也曾念春前，去程应转。暮雨相呼，怕蓦地、玉关重见。未羞他、双燕归来，画帘半卷。

这首词表面上虽是咏雁，但实际上词人是“以失群的孤雁自比，一方面写出了自己飘零潦倒的心理状态，另一方面也寄托了失去家园故国的沉痛哀思”（程千帆、吴新雷《两宋文学史》，第443页），因而有“张孤雁”之称。张炎不但在词的创作方面取得了令人瞩目的成就，而且，他还是一位词学理论家，他撰写的词学理论著作《词源》对后世产生了很大的影响。此外，宋元之际较著名的词人还有文天祥（字履善，号文山）、刘辰翁（字会孟，号须溪）、蒋捷（字胜欲，号竹山）等。

而金元时期的元好问，也是一位著名的词人，存词300馀首。其词风格与诗相近，雄浑阔大。他的《迈陂塘·雁丘》中有“问世间，情为何物？直教生死相许”之语，尤为脍炙人口。

四、明清词

在中国词史上，明词不振，毋庸讳言，而有清一代，词乃中兴，名家辈出，流派纷呈，词的数量与质量，足可与两宋抗衡。

明词虽然中衰，但明末的陈子龙，却是一位杰出的词人，著有词集《湘真阁词》。著名词学家谭献在《复堂日记》中说：“有明以来，词家断推《湘真》第一，《饮水》次之。”

《饮水》即纳兰性德的词集名。谭献将陈子龙在词史上的地位置于纳兰性德之上，虽然不无过誉之处，但也指出了陈子龙在词史上的重要意义。对于陈子龙在词史上的意义，龙榆生在《近三百年名家词选》中揭示得极为深刻：“词学衰于明代，至子龙出，宗风大振，遂开三百年来词学中兴之盛。”陈子龙的词，早年大多是咏物或抒写“美人”，但其中有寄托，而明亡后的词凄怨激楚。如

《唐多令·寒食时闻先朝陵寝，有不忍言者》：

> 碧草带芳林，寒塘涨水深。五更风雨断遥岑。雨下飞花花上泪，吹不去，两难禁。　　双缕绣盘金，平沙油壁侵。宫人斜外柳阴阴。回首西陵松柏路，肠断也，结同心。

词中的抒情主人公形象比较鲜明，不像早期那样隐藏在抒写的意象之后，相当隐蔽。这首词在婉丽的词句中，表现了自己对故国的依依深情与兴亡感慨。陈子龙因抗清事败而被捕，不屈而投水自杀，享年 39 岁。如果天假以年，他取得的词学艺术成就也许会更大。

与陈子龙同时的吴伟业，明亡后被迫仕清。他不但以诗名，词也写得相当出色，但被诗名所掩。被列名“贰臣”的龚鼎孳，其诗虽为“江左三大家”之一，但成就实不如词。他的词集《定山堂诗馀》，有不少力作，抒写了自己在明清易代的感慨与隐微心曲，功力很深，在当时很著词名。

在清初的词坛上，出现了两大词派，即以陈维崧为代表的阳羡词派与以朱彝尊为代表的浙西词派。陈维崧（1625~1682），字其年，号迦陵，存词 1 800 多首，词作数量居古今词人之冠。他在词史上的贡献有二：一是重振自宋末已衰微的豪放派词，并大放异彩，形成一种与此前豪放词不同的风格：霸悍，为中国词学提供了一种新的美学形态。吴梅在《词学通论》中语及陈维崧的词时云：“即以壮语论之，其气魄之壮，古今殆无敌手……虽其间不无粗率处，而波澜壮阔，即苏辛复生，犹将视为畏友。”可见陈维崧在豪放词发展过程中的地位。二是他赋予了小令以豪放雄浑的风格，改造了小令的传统风格。小令由于容量小，一般不能表现雄浑阔大的意境，因而其传统风格以婉约为主。而陈维崧则以自己雄肆的才力与笔力，使小令的传统风格被改变。如其名作《点绛唇·夜宿临洺驿》：

晴髻离离，太行山势如蝌蚪。稗花盈亩，一寸霜皮厚。赵魏燕韩，历历堪回首？悲风吼，临洺驿口，黄叶中原走。

虽是寥寥数语，但境界壮阔雄浑，风格豪健，已不是传统的小令了。在陈维崧的周围，集结了一批词人，以陈维崧为典范，形成了一个词派。由于陈维崧是阳羡（今江苏宜兴）人，因而这个词派称做阳羡词派。朱彝尊（1629～1709），字锡鬯，号竹垞，著有《静志居琴趣》、《江湖载酒集》等词集。朱彝尊是浙西词派的开创者，与陈维崧合称为朱陈。在词学上，他崇尚醇雅，以姜夔、张炎作为师法对象。他的词一般写得蕴藉空灵，清醇高雅。如其名作《桂殿秋》：

思往事，渡江干，青蛾低映越山看。共眠一舸听秋雨，小簟轻衾各自寒。

写男女爱情，深秀莹洁，清雅含蓄而不浅俗，饶有花间风味而无其艳，是朱彝尊的代表作。由于朱彝尊重在声律字句上下功夫，因而他给浙西词派在创作上带来纤巧之弊。除朱彝尊外，浙西词派还有李良年、李符、沈皞日、沈岸登、龚翔麟诸人。

满族词人纳兰性德在清初词坛别树一帜。其词真挚自然，而为其妻所写的悼亡词，深情款款，缠绵悱恻，具有极强的艺术感染力。与纳兰性德一起被誉为“京华三绝”之一的顾贞观，在当时亦以词著称，他“以词代书”安慰因科场案而遭流放到宁古塔的吴兆骞的两首《金缕曲》尤为脍炙人口，被近代著名词学家陈廷焯论为“纯以性情结撰而成”，“虽非正声，亦千秋绝调”（《白雨斋词话》卷三）。

清中叶的词坛，厉鹗为大家。厉鹗（1692～1752），字太鸿，号樊榭，浙派词的代表作家。他的词以“幽隽”著称，发展了朱彝尊以来浙派词的醇雅之风。就厉鹗的全部词作来看，其词内容多为记游、写景和咏物。在对山光水色的描绘中，呈现出清逸幽隽之美。最能体现这一美学特点的词作是《百字令·月夜过七里滩，光景奇绝。歌此调，几令众山皆响》：

> 秋光今夜，向桐江，为写当年高躅。风露皆非人世有，自坐船头吹竹。万籁生山，一星在水，鹤梦疑重续。拏音遥去，西岩渔父初宿。　心忆汐社沉埋，清狂不见，使我形容独。寂寂冷萤三四点，穿过前湾茅屋。林净藏烟，峰危限月，帆影摇空绿。随风飘荡，白云还卧深谷。

这是一首记游之作，词人抒写了自己月夜下乘船游历富春江的感受。全词意境清幽空灵，表现了词人对清空美学境界的追求。厉鹗在词学上的这种美学追求，在当时有不少追随者。谢章梃在《赌棋山庄词话》卷十一中说："雍正、乾隆年间，词学奉樊榭为赤帜，家白石而户梅溪。"可见厉鹗对当时词坛的影响是何等之大了。

在嘉庆初年，词坛崛起了常州词派。常州词派的开创者张惠言，主张推尊词体与比兴寄托，使词具有更深广的社会内容。他特选《词选》一编，作为填词的典范，并以比兴说词，为学词者指示门径。张惠言本人的词作语言洗练，词旨隐约，贯彻了自己意内言外、比兴寄托的理论主张。如其名作《木兰花慢·杨花》：

> 偬飘零尽了，何人解当花看？正风避重帘，雨回深幕，云护轻幡。寻他一春伴侣，只断红、相识夕阳间。未忍无声委地，将低重又飞还。　疏狂情性，算凄凉、耐得到春阑。便月地和梅，花天伴雪，合称清寒。收将十分春恨，做一天、愁影绕云山。看取青青池畔，泪痕点点凝斑。

词中"未忍无声委地，将低重又飞还"流转无定、托身无着而又具“疏狂情性”的杨花，可以说是对自己这类“寒士”的生动写照。这首词表面上虽然是咏物，但实含比兴寄托，通过咏叹杨花，抒写了在当时社会中漂泊流转的寒士形象。透过这首词，我们不难认识到张惠言在词学上高妙的艺术造诣。张惠言的词学主张与艺术实践在其身后拥有许多追随者，从而形成了常州词派。嘉、道以至民国初年的词坛，词学名家辈出，如谭献、文廷式、王鹏运、郑文焯、朱孝臧、况周颐等，其中王、郑、朱、况向被推许为“清季四大家”，他们的成就各自不同，但大多受常州词派笼罩。

第三节　曲史数百年

曲，原是音乐名称。后来根据乐曲填词，而所填之词，即曲词或曲辞，具有诗歌的性质。具有诗歌性质的曲主要有两种，即剧曲与散曲。剧曲从属于戏剧，而散曲虽然包含了音乐成分，但在元明时期，已逐渐地成为一种独立的诗体，并有许多作家从事于创作，在中国诗歌史上成为一道独特的风景。在艺术个性与表现手法上，散曲与传统的诗、词不同。散曲的句式伸缩自如、灵活多变。句式短则一两字，长可达几十字，这主要是由于散曲采用衬字的方式形成的。在语言上，散曲崇尚浅俗和口语化，与诗、词崇尚典雅的语言风格不同。在美学风格上，散曲的审美取向是明快酣畅、自然显豁。在体制上，散曲主要有小令、套数与介于两者之间的带过曲等。

散曲产生于金、元时期，并很快地繁荣起来。在元代，有姓名可考的散曲作家有200多人，存世的小令3 800多首，套数470多套。

在元代前期，关汉卿不但是著名的戏曲家，同时也是一位具有杰出成就的散曲作家。他写得最多的散曲题材是男女恋情。但是，他的套数【南吕·一枝花】《不伏老》最为著名。在这一作品中，关汉卿自称自己“是个蒸不烂、煮不熟、捶不扁、炒不爆、响珰珰一粒铜豌豆”，并集中而又十分夸张地刻画了自己作为一个无所顾忌的“浪子”形象，表现了自己突破传统道德规范的叛逆个性。

马致远像关汉卿一样，除了从事杂剧创作外，还从事散曲创作，他是元代创作散曲最为丰富的作家之一，今存小令 115 首、套数 22 篇。他的散曲创作成就很高，并有“曲状元”之誉。他的小令【天净沙】《秋思》是广为人知并脍炙人口的作品。

在元代后期，散曲作家大多为南方人或流寓到南方的北方人。在这一时期，散曲创作成就最高的两位作家是张可久与乔吉。

张可久（生卒年不详），浙江庆元人，专门致力于散曲创作，著有《苏堤渔唱》、《小山乐府》等散曲集，今存小令 855 首，套数 9 篇。他创作的散曲取材广泛，表现了文人生活的各个方面。在他的散曲中，以写景之作居多，而且，这类散曲作品最能充分表现其清丽典雅的风格。如【黄钟·人月圆】《春晚次韵》：

> 萋萋芳草春云乱，愁在夕阳中。短亭别酒，平湖画舫，垂柳骄骢。一声啼鸟，一番夜雨，一阵东风。桃花吹尽，佳人何在，门掩残红。

这支散曲曲辞典雅工丽，风格蕴藉清华，意境芊眠。他的这类散曲，反映了散曲风格由俗向雅的转变。

乔吉，字梦符，也是一位杂剧与散曲创作兼善的作家。他的散曲同样以清丽见长，常常间杂俗趣，雅俗兼采。如名作【水仙子】《寻梅》清新雅致而又自然质朴，在很大程度上代表了乔吉的散曲风格。

在上述诸人外，元代著名的散曲作家还有张养浩、睢景臣、刘时中、贯云石、徐再思等。张养浩的散曲多写隐逸生活，但他的【中吕·山坡羊】《潼关怀古》，对历史的兴亡进行了反思，指出无论朝代是怎样的更迭，但老百姓受苦的命运是同样的。睢景臣的作品虽然存世不多，但他的【般涉调·哨遍】《高祖还乡》从一个乡巴佬的眼中，以诙谐戏谑的笔墨，展示了汉高祖刘邦在为皇帝前的无赖行径。贯云石与徐再思两人，一个号酸斋，一个号甜斋。后人把他们的作品合辑在一起，称为《酸甜乐府》。

明代的散曲成就虽不能与元代相比，但从内容到艺术风貌，都有一时代自己的特色。明初的散曲创作比较沉寂，值得一提的散曲作家只有朱有燉。而在明代中期的宏治、正德年间，散曲创作渐趋兴盛，出现了几位具有特别艺术成就的散曲作家，他们以自己的散曲创作在当时的文坛上获得了颇高的声誉。

冯惟敏是这一时期散曲创作的大家，著有散曲集《海浮山堂词稿》。他的散曲作品反映了较广的社会生活，而且现实感较强。就风格而言，冯惟敏的散曲爽直豪迈，自然俊逸，是北方作家散曲创作的风格典范。如《河西六娘子·笑园六咏》其二、其六：

> 人世难逢笑口开，笑的我东道西歪。平生不欠亏心债。呀，每日笑胎嗨，坦荡放襟怀，笑傲乾坤好快哉！
>
> 名利机关没正经，笑的我肚儿里生疼，浮沉胜败何时定？呀，个个哄人精，处处赚人坑，只落得山翁笑一生。

这两支小令基本上用的是口语，表现了作家豪迈旷达的情怀，风格爽直自然，代表了北方散曲作家的散曲风格。稍晚于冯惟敏的梁辰鱼，既是一位戏曲家，著有传奇《浣纱记》，也是一位散曲作家，著有散曲集《江东白苎》。梁辰鱼的散曲作品讲究锻炼字句，文辞典雅华美，并把词的写作手法吸取到散曲的创作中，因此，他的散曲作品词味浓而曲味淡。如《暮秋闺怨·白练序》：

> 西风里，见点点昏鸦渡远洲。斜阳外，景色不堪回首。寒骤，漫倚楼，奈极目天涯无尽头。销魂处，凄凉水国，败荷衰柳。

这支小令近于北宋时期的令词，辞藻华美，并具有典雅的风格，表现了与冯惟敏散曲不同的风格特征。与梁辰鱼同时的沈璟，也是一位散曲与传奇创作兼善的作家。与梁辰鱼相比较，他注重散曲的声律，并像梁辰鱼一样对当时的散曲创作产生了很大的影响。明代后期散曲创作偏于辞藻、声律，是受这两人影响的结果。

晚明时期，重要的散曲作家有施绍莘。他著有散曲集《秋水庵花影集》。他的散曲题材多样，能够独造新境，而且情感自然，在当时的曲坛上独树一帜，具有自己独特的风格。

晚明以降，虽然偶尔有作家从事散曲创作，并有个别很具影响力的作品，但艺术成就实在有限。倒是民国时期的卢前（字冀野，江苏南京人，曲学专家），著有散曲集《饮虹乐府》，在民国时期产生了较大的影响，他的这些散曲作品写景抒怀，有独到之处，具有较高的文学价值，是值得在中国散曲史上大书而特书的。

第四节　辞赋简史

在诗词曲赋诸文体中，赋的起源之早仅次于诗。而作为一种独立的文体，赋在战国时候就已经产生了。荀子是现今我们知道的最早创作赋体作品的作家。在《荀子》一书中，有5篇是赋，但文学色彩不强。而战国末期的宋玉，所写的赋最具文学色彩，并对后世包括赋在内的文学创作产生了极为深远的影响。宋玉的赋被班固《汉书·艺文志》著录了16篇。萧统《文选》选录了宋玉4篇赋。宋玉的赋大多采用问答的形式，这一形式上的特点被汉大赋所继承，并发扬广大。

两汉是赋发展的黄金时代，赋成为两汉时期代表性的文体。两汉的赋采用主客问答、屈客伸主的形式，这一形式是对宋玉赋的继承。在两汉时期，著名的赋家有贾谊、司马相如、枚乘、枚皋、王褒、扬雄、班固、张衡等。

司马相如的赋富有文彩，气势宏伟。他现存的诸赋中，以

《子虚》、《上林》两赋最为著名。在这两篇赋中，司马相如虚构了子虚、乌有先生、亡是公三人，并通过他们描述齐、楚与天子畋猎的盛况，委婉地批评了诸侯及其臣子竞相侈靡、不尚德义的思想、行为，表现了作者对畋猎活动的否定态度及对人民的关心。这两篇赋在结构上都以散文开头，中间用韵文铺叙，篇末又用散文作结，气势恢弘，波澜壮阔，而且转换自如，气脉贯通，是两汉大赋的典范之作，成为后来赋家不断摹仿的楷模。在赋体文学的发展过程中，晚于司马相如的王褒发挥过重要的作用，他的《洞箫赋》是西汉中后期出现的“辩丽可喜”、“虞说耳目”这类赋作的代表作。在这篇赋中，作者从几个不同的方面，具体细致地描绘了洞箫在演奏时音调的美妙与非凡的艺术魅力，以及形成这一艺术魅力的原因。这篇赋作的出现，对后来以乐器及音乐为题材的赋体作品的产生具有重要的启迪作用。扬雄是司马相如之后最重要的赋体文学作家。他与司马相如一样，同是四川人。他的《蜀都赋》为后世京都大赋之滥觞。而他最著名的赋是《甘泉赋》、《羽猎赋》、《河东赋》、《长杨赋》。在《甘泉赋》中，扬雄铺叙描绘了离宫甘泉宫的美轮美奂，中含讽喻意旨。而《羽猎赋》、《长杨赋》，抒写了游猎之盛与山川之美，但针对的是汉成帝的好猎，文字中隐含了讽谏之意。扬雄是一位把自己全副身心与创作热情倾注于赋体文学创作的作家。他的赋想象丰富，铺排夸饰，与司马相如有一脉相传之处，体现了汉赋的基本特征。但是，在风格上，他的赋语词典丽深湛，而又不失蕴藉，与司马相如可以说得上是异曲同工。

与西汉的赋体文学创作相比，东汉赋体文学的创作呈现出不同的特色。在题材上，东汉赋体文学创作以京都大赋与抒情小赋为主。创作京都大赋取得卓越成就的，不得不推班固了。班固是一位史学家，他创作的《两都赋》，是京都大赋的典范。在《两都赋》中，班固虚拟了“西都宾”与“东都主人”两个人物，通过他们两人的问答对话，铺叙抒写了长安与洛阳的繁华、壮丽，并在结尾处寓以讽喻的意旨。后来张衡的《二京赋》与西晋时左思的《三都赋》都师法于班固的《两都赋》。班固《两都赋》在赋体文学的发展意义由此可知了。抒情小赋包括两大类：纪行赋与述志赋。纪行赋是通过记述旅途的见闻从而抒发作者个人的感慨。如班彪的《北征赋》、蔡邕的《述行赋》，都是记述自己沿途的见闻，抒写自己对社会动乱的感慨，表现了作者对社会现实的关心。而述志赋是赋家抒发自己对社会人生的感慨。这类赋著名的作品有班固的《幽通赋》、冯衍的《显志赋》、张衡的《思玄赋》、《归田赋》与赵壹的《刺世嫉邪赋》等。在这些述志赋中，作家常常流露出个人不能把握命运的怅惘，对人生社会表现了比较深入的思考。

魏晋南北朝时期，抒情赋大量涌现，在形式上，赋体文学渐趋向骈俪化，这是魏晋时期文学的自觉与文学本体意识张扬的结果。

在三国时期，著名的赋家有王粲、曹植等。王粲今存赋 27 篇，尤以《登楼赋》为世所称。在这篇赋中，王粲一方面表达了“虽信美而非吾土兮”的故园之思，另一方面也抒写了自己“惧匏瓜之徒悬”的郁郁不得志的情怀。王粲在赋中表现的这种感慨，是长年漂泊在外的文人士大夫所遭受的普遍的实际感受，因而获得了历来文人士大夫在清寒上的共鸣。曹植是三国时期最杰出的文学家。他不但具有很高的诗名，而且在赋体文学的创作上取得了辉煌的成就。他的《洛神赋》是中国文学史上脍炙人口的作品。在《洛神赋》中，作者通过对洛神以及对洛神的追求与幻灭过程的抒写，表现了自己衷情不能通达的苦闷。这篇赋中的许多辞藻如“翩若惊鸿，婉若游龙”、“肩若削成，腰如丸素”、“凌波微步，罗袜生尘”等，一直被后世不同的文学作品所袭用。

曹植的赋骈俪的成分比较多，而到了南北朝时期，骈俪化的程度进一步加大，甚至赋的通篇是骈文了。赋体文学在这一时期的这一变化，庾信的《哀江南赋》可以作为代表。《哀江南赋》结构宏伟，全文七千多字，“它以个人的身世经历为线索，以历史事变为中心，描写、叙述与抒情融为一体，文彩富丽，情韵苍凉”（马积高《赋史》，上海古籍出版社 1987 年，第 244 页）。在文学史上具有特别的文学价值。庾信现存的赋虽然只15篇，不多，但由于他在赋体文学及骈文创作上取得了无与伦比的杰出成就，对后世的赋体文学及骈文创作具有极为深远的影响。可以说，庾信是南北朝赋体文学的集大成者。

唐代的赋在继承汉魏六朝传统上又有新的发展，产生了律赋与俗赋。律赋与俗赋与传统的赋比较起来，是一种新的赋体文学。律赋是唐宋进士考试的科目。宋人所纂修的《文苑英华》收入赋作一千多篇，其中三分之二是律赋。可见律赋在当时是何等的风行了。虽然律赋以典雅见长，但由于拘于格律，这类赋的文学价值一般不大。俗赋是清末在敦煌石室中发现的用接近口语写成的赋。从文体形式上看，俗赋有人物，有故事，有对话，与其说是赋，倒不如说是小说更确切些。虽然唐代著名的文人学士都从事过赋的创作，但值得称道的并不多，赋的文学价值远不能与同时的诗歌及古文相比，甚至也不能与同时的传奇小说相比。

与唐代不同，宋代的赋一方面沿袭前人的创作路数，一方面朝散文的方向发展，这是赋体文学的新变。这种散文化的赋既有传统赋作的一些基本特征，如铺叙手法的运用，同时在表达上更为自由，更能自如地表现作家个人的情志。宋代赋作的这一新的特点，使赋更个人化了，接近于诗，像诗一样地表达个人的感触。如欧阳修的《秋声赋》，既保留了骈赋、律赋的一些基本特点，如铺叙、偶句等，但是，又融进了较多的散文表达技巧，整、散结合，与骈赋、律赋比较起来，更富于灵活变化。苏轼的《前赤壁赋》与《后赤壁赋》，更是散体赋的典范之作。在这两篇赋中，苏轼主要用骈文来描写、铺叙，而用散文来叙事、议论，骈散兼采，既描写了长江月夜景色的优美，同时又抒发了自己的人生感慨与领悟，像诗一样的抒情，自我色彩很浓。写得如行云流水，确如苏轼自己所说的那样“文理自然，姿态横生”(《答谢民师书》)。可以说，苏轼的这两篇赋是中国赋史上的奇作，不仅前无古人，而且后无来者。以文学史的眼光来看，欧阳修与苏轼等人创造的文赋，在一定的程度上改变了中国赋体文学的发展方向，因而具有特别的历史意义。元代虽然也有作家写赋，但总体成就不高。

明清时期，尤其是明末，由于文学崇尚复古，赋体文学的创作呈现出繁荣的局面。这一局面的形成，得力于张溥与陈子龙对六朝文学的推崇。抗清志士夏完淳虽然在17岁那年殉难，但他所作的《大哀赋》堪与庾信的《哀江南赋》媲美。在这篇赋中，夏完淳抒写了明王朝的由盛转衰，农民军的兴起，满洲铁骑的入关与弘光小朝廷的灭亡，以及自己抗清与起义失败后亡命江湖的经历、感触。此赋文辞的练达与力度虽然逊于庾信的《哀江南赋》，但赋中洋溢着的凛然正气却远非庾信所及，因而具有较强的艺术感染力。

清代的古文家与骈文都不同程度地从事过赋的写作，但以骈文家取得的艺术成就最高，涌现了不少名家，如陈维崧、汪中、洪亮吉等。洪亮吉的《七招》，融枚乘的《七发》而形成的“七”体与《楚辞》的《招魂》为一体，较为广泛地抒写了当时士大夫的生活风尚与精神风貌，真切生动，是很值得称道的赋体作品。而晚清时的王闿运，可以说得上是中国赋体文学的殿军。王闿运(1833~1916)，字壬秋，号湘绮，著有《湘绮楼诗文集》等。他崇尚汉魏六朝文学，在自己的文学创作中，也以六朝文学作为自己努力的目标。他在咸丰年间，写了不少赋，尤以《哀江南赋》、《上征赋》、《愁霖赋》最为著名。在《哀江南赋》中，王闿运描写了太平天国起义后五年间江南的动乱与战事，展现了不同阶层的人物在大动乱中的精神风貌以及民生的凋敝，自己的怀才不遇之感也灌注其中。这篇赋无论是就文学还是史学而言，都具有相当高的价值。但是，由于步庾信《哀江南赋》的原韵，未免使自己的艺术表达受到某种程度的限制。不过，能够步庾信的原韵，把当代大事抒写得波澜壮阔、真切生动，由此可以看出王闿运具有非凡过人的艺术才力。总之，在晚清文坛上，王闿运是一个大家，他的文学才华不仅仅表现在赋体文学的创作上，也表现在赋体文学以外的文学创作方面，甚至包括学术创造。

第三章 中国韵文的形式

第一节 韵

韵文的特征是押韵。所谓韵，大体相当于我们所说的汉语拼音中的韵母，但和韵母并不完全相同。它指的是韵腹相同或相近的韵母，如有韵尾则韵尾相同，韵头可以不同。把同韵的字放在某些固定的位置上便是押韵。押韵的目的是为了使声音和谐优美，便于吟诵记忆。因为同韵的声音在一定位置上的重复，能够构成声音回环往复之美。一般总是把韵放在句尾，所以又叫“韵脚”。在北方戏曲中，韵又叫辙，所以押韵也叫合辙。诗、词、曲、赋都讲究押韵，但形式各不相同，我们下面一一讲解。

一、诗韵

诗歌有古体诗与近体诗之分。两者之间的押韵并不相同。近体诗又称今体诗，也就是我们常说的格律诗，包括律诗和绝句。它发端于南北朝的齐梁时期，到唐初成熟。唐以前和唐以后不合近体格律的诗，一般被称为古体诗或古风。

近体诗是严格按照韵书来押韵的。韵书的鼻祖是隋代陆法言所写的《切韵》，它把同韵同调的字归并成类，同类的字可以互相押韵，即是一个韵部，宋人增广《切韵》，编成《广韵》，共有 206 韵。南宋时，平水人刘渊编写了《壬子新刊礼部韵略》，将 206 韵合并为 107 韵。因刘渊是平水人，后人则将其称为“平水韵”。但是，刘渊的平水韵也已佚失。在平水韵佚失之前，金代王文郁编写了《平水新刊韵略》一书，又把平水韵的107韵改并为106韵。这就是后来通行的“平水韵”。以后的诗人用韵也大抵根据《平水韵》。

《平水韵》包括平声30韵，上声29韵，去声30韵，入声17韵。其中平声韵又分为上平声和下平声各15韵。各部的韵目（每韵的第一个字）如下：

上平声15韵：

一东、二冬、三江、四支、五微、六鱼、七虞、八齐、九佳、十灰、十一真、十二文、十三元、十四寒、十五删

下平声15韵：

一先、二萧、三肴、四豪、五歌、六麻、七阳、八庚、九青、十蒸、十一尤、十二侵、十三覃、十四盐、十五咸

上声29韵：

一董、二肿、三讲、四纸、五尾、六语、七麌、八荠、九蟹、十贿、十一轸、十二吻、十三阮、十四旱、十五潸、十六铣、十七筱、十八巧、十九皓、二十哿、二十一马、二十二养、二十三梗、二十四迥、二十五有、二十六寝、二十七感、二十八俭、二十九豏

去声30韵：

一送、二宋、三绛、四寘、五未、六御、七遇、八霁、九泰、十卦、十一队、十二震、十三问、十四愿、十五翰、十六谏、十七霰、十八啸、十九效、二十号、二十一个、二十二祃、二十三漾、二十四敬、二十五径、二十六宥、二十七沁、二十八勘、二十九艳、三十陷

入声17韵：

一屋、二沃、三觉、四质、五物、六月、七曷、八黠、九屑、十药、十一陌、十二锡、十三职、十四缉、十五合、十六

叶、十七洽

各韵之中所包含字数是不等的，有的韵部多些，有的韵部少些。近体诗只押平声韵，所以我们只看平声韵。以包括字数多少、意义常用与否为标准，王力《汉语诗律学》中把平声韵30种分为4类：

第一，宽韵——包括四支、一先、七阳、八庚、十一尤、一东、十一真、七虞共8韵，这些韵部的韵字最多。

第二，中韵——包括十三元、十四寒、六鱼、二萧、十二侵、二冬、十灰、八齐、五歌、六麻、四豪共11韵，这些韵部的韵字较多。

第三，窄韵——包括五微、十二文、十五删、九青、十蒸、十三覃、十四盐共7韵，这些韵部的韵字较少。

第四，险韵——包括三江、九佳、三肴、十五咸共4韵，这些韵部的韵字最少。

一般来说，作诗时选用宽韵比较容易，因为有较多的韵字可供选择，而险韵，可用的字最少，写起来就难一些。但是作诗选韵，还要考虑其他条件，如：

（1）字音与声情的关系。例如，七阳显得豪放开朗，五微显得委婉沉郁，如果情意恰好是委婉沉郁的，那就宜于选用窄韵的五微而不用宽韵的七阳。

（2）常用与否的关系。如五微的衣、归、飞，十二文的云、裙、君，十五删的山、关、还，与诗的意境关系密切，作诗常常要用，因而虽然不是宽韵，也是很常用的韵部。

具体而言，近体诗押韵的规则是：

（1）只押平声韵。

（2）一韵到底，不能换韵。即使是窄韵，也不能掺杂其他韵部的字，否则叫做出韵，是近体诗的大忌。

（3）押偶数句韵，首句可押可不押。如五律第一句，多数是不押韵的；七律第一句，多数是押韵的。

（4）一般情况下不能邻韵通押。但如果是首句押韵，则可以借用邻韵，叫做借邻韵发端。由于第一句押韵与否是自由的，所以第一句的韵脚也可以通融一下，用邻近的韵也行。如宋代林逋的《山园小梅》："众芳摇落独暄妍，占尽风情向小园。疏影横斜水清浅，暗香浮动月黄昏。霜禽欲下先偷眼，粉蝶如知合断魂。幸有微吟可相狎，不须檀板共金樽。"这首诗用的是十三元的韵，但是第一句韵脚却用了一先韵中的"妍"字。

此外，近体诗押韵还忌重韵，即同一个韵字在一首诗的韵脚里重复出现，即使是同义字相押，也是要尽量避免的，如一首诗中同时使用"花"、"葩"、"芳"、"香"等韵字。

而古体诗除了押韵之外，几乎不受任何格律的束缚，且在用韵上也比今体诗要宽：

（1）可用平声韵，也可用仄声韵。在仄声韵中，还要区别上声、去声和入声。

（2）可以换韵。每首可用一个韵，也可以用两个或两个以上的韵，而且可以多次换韵。换韵的方法也是多种多样的：可以每两句一换韵，四句一换韵，六句一换韵，也可以多到十几句才换韵；可以连用两个平声韵，连用两个仄声韵，也可以平仄韵交替。

（3）可以邻韵通押。即可以把两个以上的邻近韵部的韵通用。如一东和二冬、四支和五微等，可以混在一起使用，称为通韵。这种通押的情况，实际上是合并了韵部里相同或相近的韵。王力《汉语诗律学》将平上去三声各分为十五类如下：

第一类：平声东冬；上声董肿；去声送宋。
第二类：平声江阳；上声讲养；去声绛漾。
第三类：平声支微齐，上声纸尾荠，去声寘未霁。
第四类：平声鱼虞，上声语麌；去声御遇。
第五类：平声佳灰，上声蟹贿，去声泰卦队。

第六类：平声真文及元半，上声轸吻及阮半，去声震问及愿半。

第七类：平声寒删先及元半，上声旱潸铣及阮半，去声翰谏霰及愿半。

第八类：平声萧肴豪，上声筱巧皓，去声啸效号。

第九类：平声歌，上声哿，去声个。

第十类：平声麻，上声马，去声祃。

第十一类：平声庚青，上声梗迥，去声敬径。

第十二类：平声蒸。

第十三类：平声尤，上声有，去声宥。

第十四类：平声侵，上声寝，去声沁。

第十五类：平声覃盐咸，上声咸俭豏，去声勘艳陷。

入声单独使用，可分为八类：

第一类：屋沃。

第二类：觉药。

第三类：质物及月半。

第四类：曷黠屑及月半。

第五类：陌锡。

第六类：职。

第七类：缉。

第八类：合叶洽。

此外，在合并之后，仍然有七个韵是独用的。即：

歌　麻　蒸　尤　侵　职　缉

在诗中还有所谓“唱和”的说法，唱和就是依照别人诗中所使用的韵字来押韵做诗，叫做“和韵”或“步韵”，主要有三种方式：

（1）次韵：又称步韵，即用原诗相同的韵字，且前后次序都必须相同，这是最常见的一种方式。

（2）用韵：即使用原诗中的韵字，但不必依照其次序。

（3）依韵：即用与原诗同一韵部的字，但不必用其原字。

此外，我们还要注意古音和今音是大不相同的。有些在古代属于不同韵的，现在已看不出差别。如东和冬，江和阳，鱼和虞，真和文，萧、肴和豪，先、盐和咸，庚和青，寒和删，等等。而古人认为属于同一韵的，在今天读来完全不押韵。比如杜牧的《山行》：“远上寒山石径斜（xié），白云深处有人家（jiā）。停车坐爱枫林晚，霜叶红于二月花（huā）。”xié 和 jiā，huā 不是同韵字，但是，唐代“斜”字读 siá（s 读浊音），在当时和“家”、“花”是属于同一韵的。

古、今音的不同，有时可以借助方言加以区分，但并不是十分准确，有兴趣者可以研究。

二、词韵

词有不同词牌，每个词牌对韵脚都有明确规定。总体来看词的押韵方式比诗复杂，而且变化很多。我们大体上可以把它们分为以下五种形式：

（1）平韵格。全词在韵脚通押平声韵，且一韵到底，中间不能换韵，与近体诗相同。如《南歌子》、《浣溪沙》、《破阵子》、《沁园春》等。

（2）仄韵格。全词在韵脚通押仄声韵，也是一韵到底。同一韵部的上声和去声，可以通押，而入声一般是单独使用的。如《如梦令》、《蝶恋花》、《念奴娇》、《摸鱼儿》等。

（3）平仄韵转换格。不同韵部平仄声转换着相押韵的。如《南乡子》、《清平乐》等。

（4）平仄韵通叶格。同一韵部平声字和仄声字互相押韵的。如《西江月》、《曲玉管》等。

（5）平仄韵错叶格。与平仄韵转换格相似，都是一首词里面既押平韵又押仄韵。但是转换格是前平韵后仄韵，或前仄韵后平韵，而错叶格是平仄声交错着叶韵。如《诉衷情》、《相见欢》等。

有些词牌强调用入声韵，如《忆秦娥》、《念奴娇》、《满江红》等。词人们认为，这些词牌用入声韵，方能产生特殊的抑扬顿挫之效果，更显得声情激越。

据王力《汉语诗律学》考证，唐代以及词最盛行的宋代，一直没有关于词韵的韵书。唐代基本上是按诗韵填词。宋代突破了诗韵的限制，倾向使用口语，叫“依声填词”。明代以后，开始有人总结宋词用韵的实际规律，编写词韵。所以，实际上是先有宋词，后有词韵。清朝道光年间，戈载编著的《词林正韵》，较为精密，为后来词界所遵用。《词林正韵》把平上去三声分为14部，入声分为5部，共19部。其实这19部不过是把诗韵大致合并，和上面所述古体诗的宽韵差不多。这19部韵如下：

（甲）平上去声14部

（1）平声东冬，上声董肿，去声送宋。

（2）平声江阳，上声讲养，去声绛漾。

（3）平声支微齐，又灰半；上声纸尾荠，又贿半；去声寘未霁，又泰半、队半。

（4）平声鱼虞；上声语麌；去声御遇。

（5）平声佳半，灰半；上声蟹，又贿半；去声泰半、卦半、队半。

（6）平声真文，又元半，上声轸吻，又阮半；去声震问，又愿半。

（7）平声寒删先，又元半；上声旱潸铣，又阮半；去声翰谏霰，又愿半。

(8) 平声萧肴豪，上声筱巧皓，去声啸效号。

(9) 平声歌，上声哿，去声个。

(10) 平声麻，又佳半；上声马，去声祃，又卦半。

(11) 平声庚青蒸，上声梗迥，去声敬径。

(12) 平声尤，上声有，去声宥。

(13) 平声侵，上声寝，去声沁。

(14) 平声覃盐咸，上声感俭豏，去声勘艳陷。

(乙) 入声5部

(1) 屋沃。

(2) 觉药。

(3) 质物锡职缉。

(4) 物月曷黠屑叶

(5) 合洽。

上面注明“半”字的韵目，表明该韵目中的一半字与此部通用，另一半与另一部通用。

词韵与诗韵比较，有两个突出特点：

(1) 韵目有较多的合并。诗韵的韵目分得太细，很多不能通押。词韵则合并了多数韵母相同或相近的韵，使之可以通押。

(2) 平仄声合并。词韵不分平仄，多数韵部中既包含平声字也包含仄声字。这样分类，有利于平仄通押等词牌的用韵。

此外，随着时代语音的发展，词韵也在发展，如在某些词人的笔下，第六部早已与第十一部、第十三部相通，第七部早已与第十四部相通。

三、曲赋之韵

曲赋的押韵规则，我们只作一个简单的了解。

元人按实际的语音来写北曲，并没有统一规定的什么韵书，因此，曲韵是相当宽的，一般据《中原音韵》所列，把北曲的韵部分为19部。即：

(1) 第一部东、钟
(2) 第二部江、阳
(3) 第三部支、思
(4) 第四部齐、微
(5) 第五部鱼、模
(6) 第六部皆、来
(7) 第七部真、文
(8) 第八部寒、山
(9) 第九部恒、欢
(10) 第十部先、天
(11) 第十一部萧、豪
(12) 第十二部歌、戈
(13) 第十三部家、麻
(14) 第十四部车、遮
(15) 第十五部庚、青
(16) 第十六部尤、侯
(17) 第十七部侵、寻
(18) 第十八部监、咸
(19) 第十九部廉、纤

平、上、去三声通押，在北曲是很普遍的，但也并不是说每个曲调都可以自由通押，因为某些曲调的韵脚是有严格规定的。此外，由于曲的句末无重音，情貌词或语气词在句末作韵脚，一定要念重音。

关于北曲押韵的基本规则，还要了解以下几点：

(1) 套数要求一韵到底，不得转韵。曲可以重韵，即在一支曲子中，有几处韵脚可用同一字。

（2）每一曲调，何处用韵，某处韵字应为平、上、去，在曲谱中都有规定。曲的韵脚，有一句一韵，二句一韵，三句一韵，至于四句一韵及五句一韵的，则少见。一般地讲，曲的用韵比诗词都密，接连几句用韵和两句一韵的现象很普遍，这在很大程度上是由于曲是口头文学，要用来吟唱的缘故。凡曲谱上末字注明“平煞”、“上煞”、“去煞”的，则是指明须用平、上、去声。

（3）借韵：即邻韵通押，在元人作品中，不但存在邻韵通押的现象，而且少数作品中，还存在不是邻韵也可通押的情况。

（4）暗韵：即句中韵。句中韵又称短柱式，元曲中的暗韵，有些是作者故意这么用的，有些则是无意的。如：杂剧《西厢记》第一本第三折第九曲首句“我忽听一声猛惊”，其中“听”、“声”、“惊”即是暗韵或句中韵。

最后我们提一提辞赋的用韵。辞赋是有韵的，其中最常见的是奇句不用韵，偶句用韵，奇句也有用韵的，那是全篇的首句，或换韵的开头，当句末是语气词时，往往是语气词的前一个字押韵。汉赋和唐宋古文家所作的赋，押韵比较自由，有句句韵，隔句韵，也有隔二、三句才押韵的，同时还常以散文与韵文兼行，因此，有些地方，也可以不用韵。

第二节　词句形式

一、诗的句式、语法

常见的诗歌形式有四言、五言、六言、七言、杂言等。大体来说是偶字句和奇字句两种类型。所谓偶字句，主要是四言和六言；所谓奇字句，主要是五言和七言。《诗经》和《楚辞》的《离骚》、《九章》等是偶字句的一类。《诗经》以四字句为主要形式，《楚辞》以六字句为主要形式（“兮”字不算在六字之内）。汉魏之后则是五言、七言的奇字句逐渐兴起，但不管是近体诗也好，古体诗也好，其五言七言的句式都没有多少不同的地方。五言七言的一般句式，既适合古体诗，也适合近体诗。

具体来说，四言诗一般是上二下二。如：

窈窕/淑女，君子/好逑(《诗经·关雎》)
秋风/萧瑟，洪波/涌起（曹操《步出夏门行·观沧海》)

五言诗一般是上二下三。如：

郁郁/涧底松，离离/山上苗（左思《咏史》)
大漠/孤烟直，长河/落日圆（王维《使至塞上》)

二三又可细分为二一二或二二一：

仰手/接飞猱，俯身/散马蹄（曹植《白马篇》)
金张/籍旧业，七叶/珥汉貂（左思《咏史》)
(以上各例可以细分为二一二)

迢迢/牵牛星，皎皎/河汉女（古诗《迢迢牵牛星》)
借问/谁家子，幽并/游侠儿（曹植《白马篇》)
(以上各例可以细分为二二一)

七言总的节拍为“四三”，这是五言的扩展，细分起来，又有如下节奏类型：

秋风/萧瑟/天气/凉（曹丕《燕歌行》)
昔人/已乘/黄鹤/去，此地/空馀/黄鹤/楼（崔颢《黄鹤楼》)
(以上各例可以细分为二二二一)

明月/皎皎/照/我床，星汉/西流/夜/未央（曹丕《燕歌行》）

城上/高楼/接/大荒，海天/愁思/正/茫茫（柳宗元《登柳州城楼寄漳汀封连四州刺史》）

（以上各例可以细分为二二一二）

要注意的一点是，近体诗的句式，往往是以三字结尾，这三字尾有相当的独立性。虽然它们还可以细分为二一或一二，但是它们总是构成一个整体：如果是五律，后三字和前两字是分成两个较大的节奏；如果是七律，后三字和前四字是分开成两个较大的节奏。因此，汉魏六朝诗和唐以后古体诗中某些句式一般是不能用于近体诗的。例如：

黄泉下相见。（古诗《焦仲卿妻》）

（这是二字尾，最不可能用于近体诗）

且共欢此饮。（陶渊明《饮酒》其三）

（这是四字尾）

家在虾蟆陵下住。（白居易《琵琶行》）

（这是五字尾）

我们再来看近体诗的语法特点。汉魏六朝诗和唐以后的古体诗在语法上和散文是一致的。近体诗就不同了，近体诗有一些语法是散文所不能有的，特别是省略和倒装。

先说省略。近体诗的字数有一定的限制，因此语言要求特别精练。主语、连词、介词经常省略，有的时候甚至连谓语动词也会省略，从而形成特有的名词句，即由几个名词或名词性词组组合而成的句子，这一类诗句往往内涵丰富，耐人寻味，如：

山中一夜雨，树杪百重泉。（王维《送梓州李使君》）

渭北春天树，江东日暮云。（杜甫《春日忆李白》）
浮云游子意，落日故人情。（李白《送友人》）
细草微风岸，危樯独夜舟。（杜甫《旅夜书怀》）

有的时候，诗句中会保留副词，省略动词。副词后省去了什么动词，很难确定，但意思是很清楚的。例如：

故国犹兵马，他乡亦鼓鼙。（杜甫《送远》）
江山故宅空文藻，云雨荒台岂梦思。（杜甫《咏怀古迹》其二）

此外，还有在一个复合句中，一个分句有谓语，另一个分句没有谓语的情况，如：

香雾云鬟湿，清辉玉臂寒。（杜甫《月夜》）
暮钟寒鸟聚，秋雨病僧寒。（白居易《旅次景空寺》）
晴川历历汉阳树，芳草萋萋鹦鹉洲。（崔颢《黄鹤楼》）

这几种省略的情况，在近体诗里都常常出现。

再说倒装。近体诗为了适应声律的要求，往往可以把语序作适当的变换，这是句法上的倒装。散文虽然也有倒装的句法，但是比近体诗少，而且远不如近体诗自由。近体诗的某些倒装句，在散文里是不允许的。例如：

绿垂风折笋，红绽雨肥梅。（杜甫《陪郑广文》）
（风折笋垂绿，雨肥梅绽红。）
竹怜新雨后，山爱夕阳时。（钱起《谷口书齐寄杨补阙》）
（新雨后怜竹，夕阳时爱山。）
香稻啄馀鹦鹉粒，碧梧栖老凤凰枝。（杜甫《秋兴》

其八）

（鹦鹉啄馀香稻粒，凤凰栖老碧梧枝。）

永忆江湖归白发，欲回天地入扁舟。（李商隐《安定城楼》）

（永忆江湖白发归）

这种语序的变换，从散文的语法来看都是不好理解的。但是，在近体诗里既适应了声律的要求，又能增加诗的情味。

二、词的句式、语法

词在形式上的突出特点就是长短句，即句式参差错落不齐，每句从一字、二字到十字、十一字不等，故而词也被称为“长短句”。因为长短不一，后人把词大致分为三类：58 字以内为小令，59~90 字为中调，91 字以外为长调。这种分法虽很不科学，但还是比较方便，易于掌握的。

词的格式和律诗的格式有很大不同，律诗只有四种格式，而词有一千多个格式。人们为了进行区别，给它们起了一些名字。这些名字就是词牌。所以我们通常所谓的词牌，就是词的格式的名称。有时候，几个格式合用一个词牌名，它们属于同一个格式的若干变体；相反，也有同一个格式有几种名称的，称为词牌的别名。词在形式上还有单调、双调、三迭、四迭的分别。单调的词不分阕，往往就是一首小令。双调就是把一首词分为前后两阕，它是词中最常见的形式。三迭就是三阕，四迭就是四阕。每一词牌的具体格式，叫做词谱。依照词谱所规定的字数、平仄以及其他格式来写词，叫做“填词”。

同样一个词牌，可以有不同的名称，《忆江南》又名《望江南》、《江南好》、《春去也》、《望江楼》、《梦江南》、《望江梅》等。《菩萨蛮》又名《子夜歌》、《重叠金》、《梅花句》等。《卜算子》又名《缺月挂疏桐》、《百尺楼》、《楚天遥》、《眉峰碧》等。

这就是同调异名。还有一种情况，两首词的词牌名一样，可是格式迥然不同，这属于同名异调。例如：《如梦令》和《阮郎归》都有一个别名叫《宴桃源》，《浪淘沙》和《谢池春》都有一个别名叫《卖花声》。

文人词深受律诗的影响，所以词的特点之一就是全部用律句或基本上用律句，不但五字句、七字句多数是律句，连三字句、四字句、六字句、八字句、九字句、十一字句等，也多数是律句，这些律句的节奏自然是和诗的节奏一样的。但是，词在句式上也有自身的特点，其中最需要注意的是领字。有时它也被称做“一字豆”或“一字逗”。在词谱上，有的句子是上一下四，这第一个字就是领字。这种五字句相当于一字豆加上一个四字句，和律诗中的律句是不一样的。例如：辛弃疾《沁园春》“正惊湍直下”应该读成“正/惊湍直下”而不能读成“正惊/湍直下”。一字豆常用仄声，仄声中又常用去声，很少用平声。领字有时是二字或三字，如“渐霜风凄紧，关河冷落，残照当楼”中的“渐”一字（柳永《八声甘州》），“那堪片片飞花弄晚，蒙蒙残雨笼晴”的“那堪”二字（秦观《八六子》），“更那堪鹧鸪声住，杜鹃声切”的“更那堪”三字（辛弃疾《贺新郎》），都属于领字。张炎《词源》卷下有《虚字》一条，他说：“词与诗不同。词之句语，有二字、三字、四字至六字、七八字者，若堆叠实字，读且不通，况付之雪儿乎？合用虚字呼唤。单字如‘正’、‘但’、‘甚’‘任’之类。两字如‘莫是’、‘还有’、‘那堪’之类。三字如‘更能消’、‘最无端’、‘又却是’之类。”以上从一字到三字的虚字，多用于词意转折处，使上下句结合，起过渡或联系作用。在清人的论词著作中，这一类的虚字都称为“领字”，因为它们是用来领起下文的。领字多用于慢词。领字的作用，在单字用法上最为明确。因为单字不成一个概念，它的作用只是用在句首领起下文。单字领字，亦比二三字领字用得更多。

单字领字有领一句的，有领二句的，有领三句的，至多可领四句。分别举例如下：

但暗忆江南江北。(姜夔《疏影》)

纵芭蕉不雨也飕飕。(吴文英《唐多令》)

以上一字领一句。

叹年来踪迹，何事苦淹留。(柳永《八声甘州》)

正思妇无眠，起寻机杼。(姜夔《齐天乐》)

以上一字领二句。

渐霜风凄紧，关河冷落，残照当楼。(柳永《八声甘州》)

算只有殷勤，画檐蛛网，尽日惹飞絮。(辛弃疾《摸鱼儿》)

以上一字领三句。

渐月华收练，晨霜耿耿；云山摛出，朝露漙漙。(苏轼《沁园春》)

正惊湍直下，跳珠倒溅；小桥横截，缺月初弓。(辛弃疾《沁园春》)

以上一字领四句。

一字领二句的句法，在词中为最多，如果这二句都是四字句，最好用对句。一字领三句的，此三句中最好有二句是对句。如柳永《八声甘州》那样用三个对句，就显得情调更好。一句领四句的，这四句必须是两个对句，或四个排句，不过这种句法，词中不多，一般作者，都只用《沁园春》和《风流子》两调。

三、曲与赋的句式、语法

曲有剧曲、散曲之分。散曲又分为小令（也叫“叶儿”）和套数（也叫散套）两种。小令是单支的曲子，相当于一首单调的词。但它与词的小令不同，词的小令专指一首词字数在58字以内的，而曲中所谓“小令”，并不计字数的多少，只要是表达一个完整意思的单调曲子都称“小令”，如长达百字的《百字折桂令》等也称为小令。套数是由若干支单调的曲子，按一定的联缀格式组织起来的。套数中的短套，有的只有两个曲子，如【仙吕·赏花时】加一【尾声】，就可成为一首套数。长套则有用30多个曲牌的，如刘时中的【正宫·端正好】《上高监司》。另外，还可以把宫调相同而音律恰能衔接的两三个曲调连接在一起来填写（最多只能填三调），称为“带过曲”。带过曲用的是不同的曲牌，组合也有一定的规律，不能随便搭配，元人使用过的有三十来种，其中最为常见的有【中吕·醉高歌过红绣鞋】、【双调·雁儿落过得胜令】、【南吕·骂玉郎过感皇恩、采茶歌】等。

一支曲子有一个名称，即曲牌。根据清初李玉《北词广正谱》，曲牌有447个。至于实有的名称，那就比此数为多了。因为有的曲牌有异名。例如《一半儿》又称《柳外楼》、《忆王孙》。不过曲牌的数目，北曲大致不出《广正谱》所列之数。

曲的句式有律句和非律句两类。每个曲牌的句式都是按照不同的板式来定的，因此，要知道一个曲调的定格的句式（衬字除外），只能查阅曲谱。（常用的曲谱有《钦定曲谱》、《元词正律》、李玉《北词广正谱》、吴梅《南北词简谱》、王力《汉语诗律学》等）。

曲中最值得注意的是“衬字”。所谓“衬字”，就是某一曲调在曲律规定的字数之外增加的一些字，其目的是为了更加口语化，使句意更明白和唱起来更动听。在曲谱中它是用小字侧写的。从意义上讲，衬字常常是些比较无关重要的字。词谱中，每一词调都注明了多少字，但曲谱却不注明某一曲调多少字，就是因为曲可以自由衬字。把衬字除开以后，曲文中句子的字数，由一字到十馀字不等。每一曲调的句数，多少也不等，少的只有三句，多的如【正宫·九转货郎儿】则有106句。每一曲调的字数也不一样，少的只有十几字，多的如【正宫·九转货郎儿】，则达700馀字等。此外，曲是按曲调乐谱来配词，而曲的乐谱比词的乐谱有更大的活动馀地，同一曲调字数可以增损，有些曲调甚至可以增句或减句。因此，有的曲调多至十格以上，这点与词的同调异体相类似。

曲文中衬字的位置是有讲究的。衬字一般多用于句首，也可用于句中，但不可用于句末（偶有例外），尤其不能用为韵脚。衬字用虚字、实字均可，不拘平仄，一般地，若句中用衬字，多用虚字。至于每句衬字的多少，并无明确的规定，通常是小令衬字少，套数衬字多，杂剧则更多。其字数由衬一字到衬几十字都有，但以衬三、四字为常见，有些句子，衬字多于曲字的现象，也较常见。如关汉卿【南吕·一枝花】《不伏老》“我是个蒸不烂、煮不熟、捶不扁、炒不爆、响珰珰一粒铜豌豆”，这里面只有“我是一粒铜豌豆”七字是曲谱所规定的，其馀都是衬字。衬字是由于歌唱的需要而增加的，通常加在板式紧密之处。在加衬字的时候，要注意按句读句法，做到不害文理。关于衬字，还应说明一点：前面说的衬字不能用于句末，但有一种语法上的衬字，没有什么意义，按曲谱的规定，却可用于句末，如【叨叨令】的“也么哥”：“（枉将他）气杀也么哥，（枉将他）气杀也么哥！（告哥哥）临危好与（人）行方便……”（关汉卿《窦娥冤杂剧》第三折）

最后简单说一说辞、赋的句式。《楚辞》的句式与《诗经》的句式不同，而赋的句式是不拘字数的，但大多以四字句、六字句为主，特别是六朝的赋，故而又被称做“四六”。赋的特点正如《文心雕龙·诠赋》所指出的，它是“铺采摛文，体物写志”。因为咏物叙事的成分多，抒情的成分少，它的性质在诗和散文之间，这就使它的句式比诗自由得多。

第三节 对 仗

对仗即诗词中的对偶。所谓对偶，就是把同类的概念或对立的概念并列起来，要求句型一致，词性相同，实词对实词，虚词对虚词，在平仄上则必须相反。作为一种修辞手段，对偶的作用是形成整齐的美。汉语基本是单音词，复音词的词素也有相当的独立性，故而特别适宜于对偶。

一、诗的对仗

对仗是律诗的显著标志之一。律诗的四联，各有一个特定的名称，第一联叫首联，第二联叫颔联，第三联叫颈联，第四联叫尾联。一联中的上句叫出句，下句叫对句。按照规定，颔联和颈联必须对仗，首联和尾联可对可不对。绝句的两联也是可对可不对。排律的首联可对可不对，中间各联都必须对仗，最后一联不对，以便结束。律诗中对仗的特点是：

（1）句法要相同。如杜甫《旅夜书怀》诗中首联“细草微风岸，危樯独夜舟”，其出句是没有谓语的名词句，对句也用了无谓语的句式相对。

（2）同字不能相对。词里面有像“人有悲欢离合，月有阴晴圆缺”这种对仗，这是词、曲中允许的。但近体诗中则绝不允许出现同字相对的情况。扩而言之，除非是特别的需要，在整首近体诗中都必须避免出现相同的字。

（3）词性要相对。也就是名词对名词，动词对动词，形容词对形容词，副词对副词，代词对代词，虚词对虚词等。

如果要对得工整，还必须用词义上属于同一类型的词（主要是名词）来相对，比如天文对天文，地理对地理，数目对数目，方位对方位，颜色对颜色，时令对时令，器物对器物，人事对人事，生物对生物，等等，但不能是同义词。前面所举的“星垂平野阔，月涌大江流”，“星”对“月”是天文对，“野”对“江”是地理对，而“垂”对“涌”，“平”对“大”，“阔”对“流”，也都是在词义上属于相同类型的动词、形容词的相对。像这样的对仗，叫做工对。

而有一些对仗，是借用了同音字或多义字来形成工对，这叫做借对。

（1）借用同音字的称为借音对。这多见于颜色对，例如借“篮”为“蓝”，借“皇”为“黄”，借“沧”为“苍”，借“珠”为“朱”，借“清”为“青”等。如杜甫《野望》“西山白雪三城戍，南浦清江万里桥”，“西”对“南”是方位对，“山”对“浦”是地理对，“三”对“万”是数目对，而“白”对“清”，则是借用“清”的同音字“青”构成颜色对。

（2）借用多义字的称为借义对。有一些对仗，表面上看起来不对，实际上是用了这个字的别义相对，这就是借义对。比如杜甫《曲江二首》之二“朝回日日典春衣，每日江头尽醉归。酒债寻常行处有，人生七十古来稀。穿花蛱蝶深深见，点水蜻蜓款款飞。传语风光共流转，暂时相赏莫相违”，颔联以“寻常”对“七十”似乎不对，其实“八尺曰寻，倍寻曰常”，“寻常”两字也可当成数目字，与“七十”对得相当工整。这种要拐一个弯才看得出来的借对，往往被认为是不俗的佳对。

一联之中对仗的上下两句，一般内容不同或相反。如果两句完全同义或基本同义，叫做“合掌”，是作诗的大忌。有时上下句有相承关系，讲的是同一件事，下句承接上句而来，两句实际是一句，这称为“流水对”。如杜甫《闻官军收河南河北》尾联。即从巴峡穿巫峡，便下襄阳向洛阳”，下句描述的是紧接上句的行程，即属于流水对。流水对一般也被认为是佳对。

有时候一句之中也有对仗。如杜甫《登高》通篇四联全都用了对仗，而首联“风急天高猿啸哀，渚清沙白鸟飞回。句中又有对仗，第一句“风急”对“天高”，第二句“渚清”（“清”谐音

“青”）对“沙白”，是先在本句自对，再跟对句相对。

下面我们就对仗的具体运用情况分别作一些介绍。

（1）中间两联用对仗的。这是最常见的情况，也是格律的规定。如下面这个例子：

离离原上草，一岁一枯荣。野火烧不尽，春风吹又生。远芳侵古道，晴翠接荒城。又送王孙去，萋萋满别情。（白居易《赋得古原草送别》）

这首诗里面中间两联对仗的情况是：颔联“野火”对“春风”，是名词对名词；“烧”对“吹”，是动词对动词；“不”对“又”是副词对副词；“尽”对“生”，是动词对动词，颈联“远芳”对“晴翠”，是名词对名词；“侵”对“接”，是动词对动词；“古道”对“荒城”是名词对名词。两联都是工整的对仗。

（2）首联用对仗的。按照格律规定，律诗首联并不要求对仗。但是五律以首句入韵为正例，容易构成对仗，所以五律首联用对仗的较多；七律以首联不入韵为正例，所以七律首联用对仗的较少。例如：

城阙辅三秦，风烟望五津。与君离别意，同是宦游人。海内存知己，天涯若比邻。无为在歧路，儿女共沾巾。（王勃《送杜少府之任蜀州》）

这首五律首联就是工整的对仗。

（3）尾联用对仗的。按照格律规定，律诗尾联也不要求用对仗。因为一首律诗只有八句，写到尾联时诗意也快结束了，是以尾联用对仗的比首联为少。如果尾联要用对仗，经常是用流水对收住全诗。如前面所举杜甫《闻官军收河南河北》一诗的最后两句。

（4）颈联单独用对仗的。这是唐代以后诗人仿古的一种作法。

唐以前的古体诗是不要求用对仗的，后来诗人仿古，有时也尽量少用，所以在一首律诗里有时就只用一联对仗。在只用一联对仗的情况下，往往只用之于颈联，颔联不用。例如：

> 五月天山雪，无花只有寒。笛中闻折柳，春色未曾看。晓战随金鼓，宵眠抱玉鞍。愿将腰下剑，直为斩楼兰。（李白《塞下曲》）

这种只用一联的对仗，主要是指它字面相对。至于平仄，颔联不用对仗时也是平仄相对的，这点不能改变。

最后我们简单提一下绝句的对仗问题。绝句实际上就是截取律诗的四句：或截取前后二联，不用对仗，或截取中间二联，全用对仗；或截取前二联，首联不用对仗；或截取后二联，尾联不用对仗。

二、词的对仗

与律诗中的对仗相比，词的对仗有不同的特点：

（1）可用可不用。填词没有必须用对仗的规定。即使同一位诗人在同一个词牌中，也是有时用对仗，有时不用。如苏轼在一首《水龙吟》中用的是对仗句："永昼端居，寸阴虚度"，在另一首《水龙吟》中写的则是"清静无为，坐忘遗照"，没有用对仗，这是都可以的。

（2）位置可前可后。律诗的对仗，标准位置是在中间两联，词的对仗却没有固定位置。凡是连续出现两个字数相同的句子的地方，都可以用对仗。如"纤云弄巧，飞星传恨"（秦观《鹊桥仙》）对仗在词之首，"青云路稳，白首心期"（赵彦端《芰荷香》）对仗在词之尾。对仗在中间某位置的更是很多。

（3）字数可多可少。只要连续两句字数相同，那么，每句字数不拘多少均可以对仗。

三字句对。如："左牵黄，右擎苍"（苏轼《江城子》）

四字句对。如："纤云弄巧，飞星传恨"（秦观《鹊桥仙》）

五字句对。如："月上柳梢头，人约黄昏后"（欧阳修《生查子》）

六字句对。如："相见争如不见，有情还似无情"（司马光《西江月》）

七字句对。如："忽有微凉何处雨，更无留影霎时云"（辛弃疾《浣溪纱》）

八字句对。八字句对，常常是前面两个四字句与后面两个四字句相对，而且常常是第一个四字句前面带有一字豆（第一句实际是五个字，只是首字不算在内罢了）如："似谢家子弟，衣冠磊落；相如门户，车骑雍容"（辛弃疾《沁园春》）

（4）不要求平仄相对。律诗中的对仗，出句与对句之间必须以平对仄、以仄对平，特别是第二、四、六字和最后一字必须如此。但词的对仗无此要求。如"花影乱，莺声碎"（秦观《千秋岁》），"三十功名尘与土，八千里路云和月"（岳飞《满江红》）。以上对仗句的句尾都是仄声字，亦不妨对仗。词的对仗实际上只要求文字相对，平仄符合词谱规定就行。

（5）有重复字的句子，或两个均带韵脚的句子，也可以对仗。这种情形在律诗中不可以，但在词中允许。如"人有悲欢离合，月有阴晴圆缺"（苏轼《水调歌头》），"春到三分，秋到三分"（吴文英《一剪梅》）。

由于词的对仗没有严格的规定，因此就产生这样一种现象：凡不要求用对仗的句子，如果用了对仗，或是在一般要求用对仗的地方而某词却不用对仗时，这里往往就是作者刻意琢磨，别具匠心之处，特别值得细心玩味。

词中对仗的应用，也有几点讲究：

（1）凡相连的两句字数相同时，词人经常运用对仗手法，特别是在两片开头的地方。如晏殊《踏莎行》上下片首二句："细草愁烟，幽花怯露……带缓罗衣，香残蕙炷……”辛弃疾《西江月》上下片首二句：“明月别枝惊鹊，清风半夜鸣蝉……七八个星天外，两三点雨山前……”

(2) 用与不用对仗，视内容和表达的需要。如苏轼《木兰花令》六首词中，有三首在第三、四两句用对仗，而另外三首则不用。像“园中桃李使君家，城上亭台游客醉”这两句用了对仗，相比而言就使醉眼看花的情态更加真切；“夜凉枕簟已知秋，更听寒蛩促机杼”这两句没用对仗，但下句把人在寒秋中的感受更逼进了一层，不用对仗，更觉深沉。

(3) 有些句子，上句除了开头有个一字豆或两三字领字以外，其馀的部分与下一句字数相同，往往也用对仗。这种对仗，有时不限于两句，可以连对三、四句，气势颇盛。如秦观《行香子》“正莺儿啼，燕儿舞，蝶儿忙”这样连续对仗，就成了排比。又如刘克庄《沁园春》“唤厨人斫就，东溟鲸鲙；圉人呈罢，西极龙媒”这样隔句相对，称做扇面对。诗中少见，但在词中很常见。

总之，长短句的词使用对仗，错落与严整结合，参差中见均齐，更富美感。好的对仗使词生色不少，所以词人乐于使用对仗。

三、曲的对仗

曲的对仗，是曲律所规定的，曲谱中有时加以说明，但更多的情况不是在谱中注明，而是以所引曲文为准，凡所引曲文作对仗句的地方，应该认为即曲律规定作对仗的地方，原则上应该遵守。作曲，俗有“逢双必对”的说法，可见对偶在曲中用得特别频繁。前后两句或数句句法相同，就要做成对偶句。如马致远【双调·夜行船】《秋思》套数中的最后一支《离亭宴煞》（原文见第八章），此曲散句只有三句，对偶句计十四句。其中“密匝匝蚁排兵”三句、“和露摘黄花”三句都以三句为一组，互为对仗，构成了不同于诗词的“鼎足对”，使散曲另具一种泼辣奔放的风格。

一般来说，曲的对仗，既可平仄相对，也可同声相对。如

“啼鸟关关，流水潺潺”。还可同字（词）相对，如“涨一篙春水，带一抹寒烟，棹一只渔舡”等。关于曲的对仗的主要形式，可分为如下几种：

（1）两句对：亦称“合璧对”，例子很多，也最常见。

（2）三句对：亦称“鼎足对”或“三枪”；“救尾对”也用三句对。例：【南吕·感皇恩】“一帘风，三月雨，五更寒”。

（3）扇面对：如第四句对第六句，第五句对第七句之类。

（4）四句对：亦称“连璧对”，此种对仗方式见于很少的曲调中，较少见。如“云黯黯，水迢迢，风凛凛，雪飘飘”即四句对。

（5）长短句相对：亦称“隔句对”。若不除去衬字，曲中长短句相对的现象很普遍，若除去衬字，在曲文中作长短句相对则少见。

（6）联珠对：即在一首曲中，作对仗的句子占压倒多数，只少数句不对，对仗句之多如联珠，故名之。此种对仗方式也不多见。

（7）两韵对：即出句末字和对句末字同一韵部，两句韵脚同为平声或仄声；只要同一韵部而又两句相对，也属“两韵对”。如上例“啼鸟关关，流水潺潺”。

（8）首尾相对：亦称“鸾凤和鸣对”。明初朱权《太和正音谱》注称：“如《叨叨令》所对者是。”按【正宫·叨叨令】，在元人作品中，首句和尾句相对的现象并不多，只有少数作品才是“首尾相对”。如杨朝英【正宫·叨叨令】《叹此》首句作“（想他）腰金衣紫青云路”，末句作“（那里也）龙韬虎略擎天柱”，即首尾相对。

（9）其他：《太和正音谱》把“三句对作一句者”称为“燕逐飞花对”，这在曲中很少见。又，周德清《中原音韵》以【越调·鬼三台】为例，把“第一句对第二句，第四句对第五句，第一、二、三句却对第四、五、六句”的，称为“重叠对”。李玉的《北词广正谱》所引【越调·鬼三台】前六句曲文“（两家局）安营地，施智谋，(似) 挑军对垒。等破绽，用心机，(色几似) 飞沙走石"即是，但这样的"重叠对"在曲中也是少见的。

曲的对仗方式，在语言的运用和词序的组合上，有相当的特点，而这些特点，在元曲的对仗中具有普遍性，主要表现在：

(1) 有工对也有宽对，但宽对的现象更普遍，在宽对中，还出现了似对非对，即在"对与不对之间"的句子。

(2) 句中自对，在元人的作品中常见。

(3) 错综成对或倒字 (词) 为对，在元曲中也常见。

(4) 以俗语入对的现象很普遍。在元曲中以俗语入对的，还应注意几点：

一是形容词作动词用，与动词相对。如："(火不登) 红了面皮，(没揣的便) 楸住髭髻"，"红"对"楸"者。

二是变词性后为对。如："寒烟生古渡，(兀良便是你) 茅舍旧乡闾"，"生"对"旧"者。

三是字面不对而意义实对。如："玄 (都) 观为头树，彭泽 (庄) 第一株"，"为头"对"第一"者。

第四节　平　　仄

汉语是有声调的，因此在韵文中要讲究平仄，为的是要使诵读时声调铿锵。这里还涉及古代汉语的四声的问题。古代汉语有平上去入四个声调，但和今天普通话的声调种类不完全一样。其中平声到后代分化为阴平和阳平两个声调；上声到后代仍是上声，但有一部分变为去声；去声到后代则仍是去声。这其中，最复杂的是入声的问题。入声在现代普通话里已经消失了，称"入派四声"，指的是入声分化到了普通话里的四个声调里，古代的入声字，现代既可能读平声，也可能读上声、去声。大体来说，入声是一个短促的调子，读来好像喉咙给阻塞了一下。现代南方不少方言里都还保存着入声。

四声和韵的关系是很密切的，在韵书中，不同声调的字不能算是同韵；在诗词中，不同声调的字一般不能押韵。什么字归什么声调，在韵书中是很清楚的，在今天还保存着入声的汉语方言里，某字属某声也还很清楚。特别应该注意的是一字两读的情况，有时候一个字有两种意义，往往词性也不同，同时也有两种读音；例："为"字用作动词的时候，解作"做"，就读平声（阳平），用作介词的时候，解作"因为"，"为了"，就读去声。在古代汉语里，这种情况比现代汉语多得多，有些字本来是读平声的，后来变为去声，但是意义、词性不变，"望"，"叹"，"看"都属于这一类。我们只有先辨别了四声，才能在此基础上辨别平仄。

所谓平仄是汉语韵文中，尤其是诗词中所讲究的一个术语，古代把四声分为平仄两大类，"平"就是平声；"仄"，按字义解释，就是不平的意思，包括上、去、入三声。这样它们就成了两大类型。

一、诗的平仄

汉语虽有四声，但在近体诗中，并不需要像词、曲那样分辨四声，只要粗分成平仄两声即可。要造成声调上的抑扬顿挫，就要交替使用平声和仄声，才不单调。汉语基本上是以两个音节为一个节奏单位的，重音落在后面的音节上。以两个音节为单位让平仄交错，就构成了近体诗的基本句型，称为律句。

对于五言来说，它的基本句型是：

平平仄仄平
仄仄平平仄

这两种句型，首尾的平仄相同，即所谓平起平收，仄起仄收。我们若要制造点变化，改成首尾平仄不同，可把最后一字移到前面去，变成了：

平平平仄仄
仄仄仄平平

除了后面会讲到的特例，五言近体诗无论怎么变化，都不出这四种基本句型。

七言诗只是在五言诗的前面再加一个节奏单位，它的基本句型就是：

仄仄平平仄仄平
平平仄仄平平仄
仄仄平平平仄仄
平平仄仄仄平平

七言近体诗无论怎么变化，也都不出这四种基本句型。

这些句型有一个规律，就是逢双必反：第四字的平仄和第二字相反，第六字又与第四字相反，如此反复就形成了节奏感。但是逢单却可反可不反，这是因为重音落在双数音节上，单数音节相比而言就显得不重要了。我们写诗的时候，很难做到每一句都完全符合基本句型，这时就要牺牲掉不太重要的单数字，而保住比较重要的双数字和最重要的最后一字。因此就有了这么一句口诀，叫做"一、三、五不论，二、四、六分明"，就是说第一、三、五（仅指七言）字的平仄可以灵活处理，而第二、四、六以及最后一字的平仄则必须严格遵守。这个口诀不完全准确，在一些情况下一、三、五必须论，在特定的句型中二、四、六也未必分明，在后面我们会谈到。先来看看如何由这些基本句型构成一首完整的诗。

近体诗的句子是以两句为一个单位的，每两句（一和二，三和四，依次类推）称为一联，同一联的上下句称为对句，上联的下句和下联的上句称为邻句。近体诗的构成规则就是：对句相对，邻句相粘。

对句相对，是指一联中的上下两句的平仄刚好相反。如果上句是：仄仄平平仄，下句就是：平平仄仄平。同理，如果上句是：平平平仄仄，下句就是：仄仄仄平平。除了第一联，其他各联的上句不能押韵，必须以仄声收尾，下句一定要押韵，必须以平声收尾，七言的与此相似。第一联上句如果不押韵，跟其他各联并无差别，如果上、下两句都要押韵，都要以平声收尾，这第一联就没法完全相对，只能做到头对尾不对，其形式不外以下两种：

平起：平平仄仄平
　　　仄仄仄平平
仄起：仄仄仄平平
　　　平平仄仄平

再来看看邻句相粘。相粘的意思本来是相同，但是由于是用以仄声结尾的奇数句来粘以平声结尾的偶数句，就只能做到头粘尾不粘。例如，上一联是：

仄仄平平仄
平平仄仄平

下一联的上句要跟上一联的下句相粘，也必须以平声开头，但又必须以仄声收尾，就成了：

平平平仄仄
仄仄仄平平

为什么邻句必须相粘呢？原因很简单，是为了变化句型，不单调。如果对句相对，邻句也相对，就成了：

仄仄平平仄
平平仄仄平
仄仄平平仄
平平仄仄平

第一、二联完全相同。在唐以前的所谓齐梁体律诗，就是只讲相对，不知相粘，从头到尾，就只是两种句型不断地重复。唐以后，既讲对句相对，又讲邻句相粘，在一首绝句里面就不会有重复的句型了。

根据粘对规则，我们就可以推导出五言绝句的四种格式：

（一）仄起首句不押韵

仄仄平平仄
平平仄仄平（韵）
平平平仄仄
仄仄仄平平（韵）

（二）仄起首句押韵

仄仄仄平平（韵）
平平仄仄平（韵）
平平平仄仄
仄仄仄平平（韵）

（三）平起首句不押韵

平平平仄仄
仄仄仄平平（韵）
仄仄平平仄

平平仄仄平（韵）

（四）平起首句押韵

平平仄仄平（韵）
仄仄仄平平（韵）
仄仄平平仄
平平仄仄平（韵）

五言律诗跟这相似，只不过根据粘对的原则再加上四句而已。四种格式如下：

（一）仄起首句不押韵

仄仄平平仄
平平仄仄平（韵）
平平平仄仄
仄仄仄平平（韵）
仄仄平平仄
平平仄仄平（韵）
平平平仄仄
仄仄仄平平（韵）

（二）仄起首句押韵

仄仄仄平平（韵）
平平仄仄平（韵）
平平平仄仄
仄仄仄平平（韵）
仄仄平平仄

平平仄仄平（韵）
平平平仄仄
仄仄仄平平（韵）

（三）平起首句不押韵

平平平仄仄
仄仄仄平平（韵）
仄仄平平仄
平平仄仄平（韵）
平平平仄仄
仄仄仄平平（韵）
仄仄平平仄
平平仄仄平（韵）

（四）平起首句押韵

平平仄仄平（韵）
仄仄仄平平（韵）
仄仄平平仄
平平仄仄平（韵）
平平平仄仄
仄仄仄平平（韵）
仄仄平平仄
平平仄仄平（韵）

七言是五言的扩展，扩展的办法是在五字句的前面加一个两字的头。仄仄前加平平，平平前加仄仄。如：

五言仄起仄收“仄仄平平仄”变成七言平起仄收就是“平平

仄仄平平仄”

五言平起平收“平平仄仄平”变成七言仄起平收就是“仄仄平平仄仄平”

五言平起仄收“平平平仄仄”变成七言仄起仄收就是“仄仄平平平仄仄”

五言仄起平收“仄仄仄平平”变成七言平起平收就是“平平仄仄仄平平”

由此我们也可以推导出七言的格式。七言绝句的四种格式如下：

（一）平起首句不押韵

平平仄仄平平仄
仄仄平平仄仄平（韵）
仄仄平平平仄仄
平平仄仄仄平平（韵）

（二）平起首句押韵

平平仄仄仄平平（韵）
仄仄平平仄仄平（韵）
仄仄平平平仄仄
平平仄仄仄平平（韵）

（三）仄起首句不押韵

仄仄平平平仄仄
平平仄仄仄平平（韵）
平平仄仄平平仄
仄仄平平仄仄平（韵）

（四）仄起首句押韵

仄仄平平仄仄平（韵）
平平仄仄仄平平（韵）
平平仄仄平平仄
仄仄平平仄仄平（韵）

七言律诗的四种格式如下：

（一）平起首句不押韵

平平仄仄平平仄
仄仄平平仄仄平（韵）
仄仄平平平仄仄
平平仄仄仄平平（韵）
平平仄仄平平仄
仄仄平平仄仄平（韵）
仄仄平平平仄仄
平平仄仄仄平平（韵）

（二）平起首句押韵

平平仄仄仄平平（韵）
仄仄平平仄仄平（韵）
仄仄平平平仄仄
平平仄仄仄平平（韵）
平平仄仄平平仄
仄仄平平仄仄平（韵）

仄仄平平平仄仄
平平仄仄仄平平（韵）

（三）仄起首句不押韵

仄仄平平平仄仄
平平仄仄仄平平（韵）
平平仄仄平平仄
仄仄平平仄仄平（韵）
仄仄平平平仄仄
平平仄仄仄平平（韵）
平平仄仄平平仄
仄仄平平仄仄平（韵）

（四）仄起首句押韵

仄仄平平仄仄平（韵）
平平仄仄仄平平（韵）
平平仄仄平平仄
仄仄平平仄仄平（韵）
仄仄平平平仄仄
平平仄仄仄平平（韵）
平平仄仄平平仄
仄仄平平仄仄平（韵）

根据粘对规律，还可以十句、十二句……无限地加上去，而成为排律。一般来说，排律以五言常见，而七言少见。

诗中的粘对有一定的灵活性，基本上遵循“一三五不论，二四六分明”的口诀，也就是说，要检查一首近体诗是否遵循粘对，一般看其偶数字和最后一字即可。如果对句不对，叫失对；如果邻句不粘，叫失粘。失对和失粘都是近体诗的大忌。相比而言，失对要比失粘严重。粘的规则确定得比较晚，在初唐诗人的诗中还经常能够见到失粘的，即使是杜甫的诗，也偶尔有失粘的，比如名诗《咏怀古迹》的第二首“摇落深知宋玉悲，风流儒雅亦吾师。怅望千秋一洒泪，萧条异代不同时。江山故宅空文藻，云雨荒台岂梦思。最是楚宫俱泯灭，舟人指点到今疑”，第三句就没能跟第二句相粘。对的规则在齐梁时就确立了，所以在唐诗中很少见到失对的。

但“一三五不论”又不完全正确，在某些情形下，一三五必须论。比如五言的平起平收句：

平平仄仄平

这一句的第三个字是可以不论的，用平声也可以。但是第一字如果改用仄声，就成了：

仄平仄仄平

除了韵脚，整句只有一个平声字，这叫“孤平”，是近体诗的大忌，在唐诗中极少见到。如果第一字非用仄声不可，怎么办呢？可以同时把第三个字改成平声：

仄平平仄平

这样就避免了孤平。这种作法，叫做拗救，意思就是避免了拗句。例如杜甫《复愁十二首》其三“万国尚戎马，故园今若何？昔归相识少，早已战场多”，第二句本该是“平平仄仄平”，现第一字用了仄声“故”，第三字就必须改用平声“今”了。七言诗与此相似，也即其仄起平收句“仄仄平平仄仄平”的第三字不能改用仄声，如果用了仄声，必须把第五字改成平声，才能避免孤平。如杜甫《绝句漫兴九首》其一“眼见客愁愁不醒，无赖春色到江亭。即遣花开深造次，便教莺语太丁宁”，第一句本该是“仄仄平平仄仄平”，现在第三字用了仄声“客”，第五字就改用平声“愁”来补救（注意“醒”是平声）。所谓“孤平”，是专指平收句（也就是押韵句）而言的，如果是仄收句，即使整句只有一个平声字，也不算犯孤平，至多算是拗句。例如把“仄仄平平仄”改成“仄仄仄平仄”，这不算犯孤平，是可以用的。

还有一种情况，是五言的仄起平收句：

仄仄仄平平

在这种句型中，第一字是可平可仄的，但是第三字不能用平声字，如果用了平声字，成了：

仄仄平平平

在句尾连续出现了三个平声，叫做“三平调”，这是古体诗专用的形式，作近体诗时必须尽量避免，而且无法补救。同样，七言平起平收句“平平仄仄仄平平”，第一和第三字都可平可仄，但是第五字不能用平声，否则也成了三平调。

凡平仄不依常格的句子，叫做拗句。律诗中如果多用拗句，就变成了古风式的律诗。总的来说，律诗一般总是合律的，有些律诗看来好像不合律，其实是用了拗救，凡“拗”须用“救”，如上句该平的用仄，下句该仄的则用平。这种拗救的作法，以唐诗较为常见。平拗仄救，仄拗平救，一拗一救，协调平仄，使音节和谐，称为拗救。

拗救大致可分为两大类：一类是本句自救，即孤平拗救。律诗五言“平平仄仄平”句型因第一字用了仄声、七言“仄仄平平仄仄平”句型第三字用了仄声而“犯孤平”时，则在五言第三字、七言第五字改用平声字来补救。另一类是对句相救，有两种情况。其一，大拗必救，指出句五言“仄仄平平仄”句型第四字、七言“平平仄仄平平仄”句型第六字拗时，必须在对句五言第三字、七言第五字用一个平声字作为补救。其二，小拗可救，可不救，指出句五言“仄仄平平仄”句型第三字、七言“平平仄仄平平仄”句型第五字拗时，可在对句五言第三字、七言第五字用一个平声字作为补救，也可以不救。本句自救和对句相救，往往同时并用。试举一些例子：

眼前扰扰日一日，暗送白头人不知（许浑《旅怀作》）

对句的“人”，平声，既救了本句该平而仄的“白”字，避免了孤平，又救了出句该平而仄“日一”双拗字。

一身报国有万死，双鬓向人无再青（陆游《夜泊水村》）

对句的“无”，平声，既救了本句该平而仄的“向”字，避免了孤平，又救了出句该平而仄“有万”双拗字。

五更归梦常苦短，一寸客愁无奈多（黄庭坚《次韵王稚川客舍》）

对句的“无”，平声，既救了本句该平而仄的“客”字，避免了孤平，又救了出句该平而仄的“苦”字。

霜林染出云锦灿，春色并归风露秋（元好问《游友泉寺》）

对句的“风”，平声，既救了本句该平而仄的“并”字，避免了孤平，又救了出句该平而仄的“锦”字。

拗救的情形比较复杂，我们这里不作详细说明，有兴趣的可以参见有关诗律书籍。

二、词曲平仄

每一词调的字句、声韵、平仄有其不同的规定，也即所谓的“词有定调，调有定字，字有定声”。所以词的平仄具体依词调的不同而不同，我们只需参照词谱即行。但是要注意的是，填词不仅要区分平声与仄声，往往还要分出四声，有更严格的要求：

（1）某些词调的某些句子，要求仄分上、去、入声；这种仄分三声的要求，在词的末句较多，尤其是末字要求更加严格，因为结句乃声律吃紧处、结声为全词音节所注，故用字宜严。直到现在，曲艺中的某些曲牌，仍然保留着末句末字要严守四声的传统。

（2）去声在词中的特殊作用，有的词调规定“转折跌宕处多用去声，当用去者非去则激不起”等，所谓“转折跌宕处”指词中换韵处、承上启下的领句或上下相呼应的字而言，因此，词中的领句格字常常是用去声字以发调者。

（3）某些词的句子，还要分出字的五音、阴阳。在词中，这种要求严分四声的地方，也往往是这个词调的音律最紧要、最美听的地方，是乐谱所规定的；一般在结尾处较多，再者词中的拗句，也往往是音律吃紧处，不能随意改拗为顺等。

词的句子多数是律句，但也有例外的，那就是特种律和拗句。特种律句主要指的是比较特别的仄脚四字句和六字句。仄脚四字律句是“平平仄仄”，但是特种律句则是“仄平平仄”（第三字必平）；仄脚六字律句是“仄仄平平仄仄”，但是特种律句则是“仄仄仄平平仄”（第五字必平）。《忆秦娥》前后阕末句，依《词律》就该是特种律句。如李白《忆秦娥·箫声咽》“灞陵伤别”，“汉家陵阙”。《如梦令》的六字句也常用特种律句。如李清照《如梦令·昨夜雨疏风骤》“昨夜雨疏风骤，浓睡不消残酒”，“却道海棠依旧”，“应是绿肥红瘦”等。此外，大多数的词牌都是没有拗句的。但也有少数词牌用一些拗句。例如《念奴娇》前后阕末句（“一时多少豪杰”，“一樽还酹江月”），《水调歌头》前阕第三句上六字（“不知天上宫阙”），后阕第四句上六字（“一桥飞架南北”），都是“平平平仄平仄”，就是拗句。词的拗救也和律诗有所不同。诗拗了，往往必须救，而词往往是拗而不救。词中仅有本句自救，即律诗中孤平的自救，用“平平仄仄平”的地方，第一字用了仄声（孤平，即：仄平仄仄平），第三字应该补偿一个平声，变成“仄平平仄平”。七言则是由“（仄）仄平平仄仄平”换成“（仄）仄仄平平仄平”。

曲和词类似，每一曲调的字句、声韵、平仄也有其不同的规定，所以曲的平仄也须具体参照曲谱来作。由于曲要配合音乐来歌唱，很大程度上是口头文学，故对声韵、平仄的要求，在某些方面，要比诗词严格些，这是曲的本身特点所规定的（而诗和词，在当时即有一部分不用于歌唱了），如在关键地方字音的升降急徐（即平仄）必须与唱腔的高低转折相适应，于是同一平声还要分阴阳，同一仄声还要分上去（北曲无入声），如此等等……可见曲在某些地方对声韵平仄的严格要求，是从歌唱的需要出发的。但从总体上看，曲律并不比诗律、词律更严，因此只能说，有一些律严过诗与词，而不能笼统地说曲对声韵、平仄的要求比诗词都严。

一般地讲，曲的每句末一字，尤其是用为韵脚的时候，其声调常是固定的，同时，曲的末句对声韵、平仄的要求也是较严格的，严的表现，不但要求分平仄，而且有时还要平分阴阳，仄分上去。另一种情况，虽不是末句，但对每句的末字，尤其是对韵脚的要求，也同样比较严格，如【山坡羊】一、二、三句的韵脚，曲谱规定必须用去声韵（只偶有例外），这种对韵脚要求比较严格的传统，也同样保留在今天曲艺的某些曲牌中，如【梆子佛】的第一句要求用平声韵，而【倒推船】的第一句则要求用上声韵之类等。此外，由于歌唱的需要，在某些地方阴平声字和阳平声字是不能混用的。

第五节　命题与小序

文学作品一般都有篇名，这就涉及作品的命名问题。作品的命名总是千差万别的，难以尽述，我们这里只说一说基本性的东西。

以诗歌而论，古代的歌谣大多口头创作，而且口头流传，本是有篇无名，后来被文人录入各种典籍之中。翻检《诗经》篇名，都是取自篇中，少的一个字，多的五个字，“名篇之例，义无定准”，其原因是“作非一人，故名无定目”，说明《诗》之作，不是按题作诗，而是诗成后由作者或他人加上篇名，所加之篇名往往不能概括、或不能尽括诗意。这一类诗歌本没有篇名，即使后人勉强加上篇名，也与篇章内容相去甚远，篇名仅是充当一篇文章的名称。我国古代不少诗歌都像《诗经》一样，以诗的开头二字为题，如李商隐《碧城》、《锦瑟》等。在白居易之前的前辈诗人顾况，曾根据《诗经》的讽喻精神写了《上古之什补亡训传十三章》，这些诗形式上模拟《诗经》四言体，但能自立新题，描写时事。他效法《诗经》“小序”体例，取诗中首句一二字为题，并标明主题，如“囝，哀闽也”、“采蜡，怨奢也”，这也开了白居易新乐府“首章标其目”的先例。有时诗歌以《感遇》、《述怀》、《遣兴》等篇名，这种篇名几乎可以用于一切抒情诗；或者以《拟古》、《即事》、《偶作》、《杂诗》、《本事》、《宫词》、《琴歌》等为篇名，说明诗的风格和题材；或者干脆就以《无题》、《失题》或《阙题》为篇名，如李商隐、王昌龄的某些诗。

但在多数时候，诗题是较为具体直观，能够概括诗意的。诗人写诗，或抒情、或写景、或言志、或咏史、或咏物、或应答酬唱，因此在诗题之中往往交代了这一首诗是对何人所写，为何事而写，写于何时，写于何地，所写何物等信息。而这些信息，对理解全诗是很有帮助的。题目是文章的眼睛，诗歌也不例外。古人十分重视诗题的制作，或用诗题概括全篇内容：如李白的《听蜀僧浚弹琴》、李约的《观祈雨》；或交待写作对象和写作意图：如杜牧的《赤壁》、贺知章的《咏柳》；或用诗题直抒胸臆：如柳中庸的《征人怨》、陆游的《书愤》等。

除了诗题以外，诗作有时还会有一个小序。小序往往交待了写作的背景、经过和意图，概述了作品的主要内容，奠定了全诗的感情基调。如白居易的新乐府诗，每首诗题都有小序，用以表明该诗的创作意图。有时候，一首诗的序往往多达几百字，交待非常详细，但多数情况下是枯燥无味的。陶渊明的《桃花源记》，本是《桃花源诗》的小序，诗和小序的内容一致，但序比诗歌更详细，有了具体的故事情节，反而比本诗更著名，这是较为特别的例子。

词曲的情况远远比诗复杂。一首词或曲在标题的形式上往往是既有调，又有题，还有序。这里我们以词为例来说明。每首词都有一个调名，又称“词调”、“词牌”。一首词的调名，与一首诗的诗题并不相同，诗题是诗的内容题材的规定与揭示，词调则是乐曲内容及其性质的标志。唐五代人填词，词的内容往往与曲调内容相符合，古人称之为“赋咏本调”或“缘题而赋”，这种情况下，词的调名实际上具有代词题的作用。后来，词的内容与曲调内容逐渐分离开来，调名则只表示它的音乐性质与格律特征，于是有些词人便在调名下另加题目或小序，以揭示创作缘起及其所表现的思想内容。词的内容与曲调内容的分离，有各方面的原因。主要来说，是因为唐五代至北宋初期的词都是小令，它们常用于酒楼歌馆，为侑酒的歌词。词的内容，不外乎闺情宫怨，别恨离愁，或赋咏四季景物，文句简短明白，词意一看就知，自然用不着再加题目。但这之后，词的作用扩大，成为文人学士抒情写怀的一种新兴文学形式，于是词的内容、意境和题材都繁复了。有时光看词的文句，还不知道为何而作。于是作者有必要给加一个题目。例如东坡《更漏子》

词调名下有“送孙巨源”四字，《望江南》一首的调名下有“超然台作”四字，都是用来说明这首词的创作动机及其内容，这就是词题。有了词题，就表明词的内容与调名没有关系。但曹勋《松隐乐府》中有几首词，调名为《月上海棠》、《隔帘花》、《二色莲》、《夹竹桃》、《雁侵云慢》，词的内容也就是赋咏这些花卉。这样，调名也就是词题了，本来可以不再加题目，可是，当时的习惯，调名已不是词题，故作者还得加上一个题目“咏题”，以说明“月上海棠”等既是曲名，也是词题。王国维《人间词话》有一条谈到词题的，他说：“诗之三百篇、十九首，词之五代、北宋，皆无题也。诗词中之意，不能以题尽之也。自《花庵》、《草堂》每调立题，并古人无题之词，亦为之作题。如观一幅佳山水，而即曰：此某山某河，可乎？诗有题而诗亡，词有题而词亡。”王国维反对诗词有题目，这一观念是违反文学发展的自然规律的。《诗》三百篇以首句为题，不能说没有题目。《古诗十九首》是早期的五言诗，正如唐五代的词一样，读者易于了解其内容，故无题目。但毕竟不便，故陆机拟作，仍然以每首诗的第一句作为题目。魏晋以后，诗皆有题，题目不过说明诗的主旨所在，本来不必完全概括诗意。王国维说“诗有题而诗亡，词有题而词亡”，可谓“危言耸听”。不过他这一段话，多半是针对《草堂诗馀》而说的。明代人改编宋本《草堂诗馀》，给每一首原来没有题目的小令，加上了“春景”、“秋景”、“闺情”、“闺意”之类的题目。明代人自已作词，也喜欢用这一类空泛而无用的词题。这是明代文人的庸俗文风，当然不足为训。

“词序”其实就是词题。写得简单的，不成文的，称为词题。如果用一段比较长的文字来说明作词缘起，并略为说明词意，这就称为词序。苏轼的《满江红》、《洞仙歌》、《无愁可解》、《哨遍》等词，调名下都有五六十字的叙述，类似一段词话，这就不能认为是词题而是词序了。南宋词人中姜夔最善作词序，其《庆宫春》、《念奴娇》、《满江红》、《角招》等词序，宛如一篇篇小品文。序与词合读，犹如陶渊明的《桃花源》诗及序。序与诗词，相得益彰。但是也有人不欣赏词序。清代周济在其《论词杂著》中说："白石（姜夔号白石）小序甚可观，苦与词复。若序其缘起，不犯词意，斯为两美已。"又说："白石好为小序，序即是词，词仍是序，反复再观，味同嚼蜡矣。词序作词缘起，以此意词中未备也。今人论院本，尚知曲白相生，不许复沓，而独津津于白石词序，一何可笑。"周济既知道白石词序"甚可观"，又笑人家"津津于白石词序"。这倒并不是观念有矛盾。他以为白石词序孤立地看，是一篇好文章，但如果与词同读，便觉得词意与序文重复。这意见虽然不错，可不适用于姜白石的词序，因为姜白石的词序，并不与词相犯。至于周济以"曲白相生"比喻，这却不伦不类了。在戏本里，道白与唱词各不相犯，因为道白和唱词互相衔接，剧情由此发展。如果唱词的内容就是道白的内容，观众听众当然嫌其重复。词序并不同于道白，唱词的人并不唱词序。词序是书面文学，词才是演唱文学，所以词序与词的关系，并不等于道白与曲词的关系，词的内容即使与词序重复，其实也没有关系。

北宋中前期词坛，从张先到苏轼，词题、词序的运用开始逐渐增多，至南宋才进一步流行起来。这样，一首词在标题的形式上有调、有题、有序，比之传统的诗歌较单调的标题形式（极少数诗篇题下有序）显得更为新颖多姿；比之大多数诗题（尤其是宋代诗题）的冗长乏味来，词调大多以三数字为题，而且优美动听，也能令人产生更丰富的审美联想；同时，词序的写作也更注重艺术性和抒情性，与词作本文的配合更密切，颇具相映成趣之美。如姜夔词的小序，它不仅起交代创作缘起的辅助作用，小序自身也具有独立的艺术价值，如同韵味隽永的小品文，与歌词珠联璧合。后来的周密也常用篇幅较长的小序叙事写景，是直接受姜夔的启发和影响，不过周密词的小序韵味稍显逊色。我们且以姜夔的《念奴娇》词序为例：

予客武陵，湖北宪治在焉。古城野水，乔林参天。予与二三友日荡舟其间，薄荷花而饮。意象幽闲，不类人境。秋水且涸，荷叶出地寻丈，因列坐其下。上不见日，清风徐来，绿云自动。间于疏处窥见游人画船，亦一乐也。朅来吴兴，数得相羊荷花中。又夜泛西湖，光景奇绝。故以此句写之。

其词则云：

闹红一舸，记来时、尝与鸳鸯为侣。三十六陂人未到，水佩风裳无数。翠叶吹凉，玉容销酒，更洒菰蒲雨。嫣然摇动，冷香飞上诗句。　日暮青盖亭亭，情人不见，争忍凌波去。只恐舞衣寒易落，愁入西风南浦。高柳垂阴，老鱼吹浪，留我花间住。田田多少，几回沙际归路。

词序写景清新幽美，具有散文诗般的意境，不在其词之下。且能与词互为生发，从不同角度进行概括抒写，可谓相得益彰。

第六节　韵文与音乐

《诗经》、《楚辞》、乐府、词、曲等都是和乐可歌的艺术形式。元稹《乐府古题序》谓乐府有：“因声以度词，审调以节唱。句度短长之数，声韵平上之差，莫不由之准度。而又别其在琴瑟者为操引，采民氓者为讴谣。备曲度者，总得谓之歌、曲、词、调。斯皆由乐以定词，非选词以配乐也。后之审乐者，往往采取其词，度为歌曲，盖选词以配乐，非由乐以定词也。”这段话说明乐曲与歌词的互相形成，极其简明扼要。《宋书·乐志》云：“吴歌杂曲，并出江东，晋宋以来，稍有增广，凡此诸曲，始皆徒歌，既而被之管弦。又有因弦管金石，造歌以被之。”也同样是说明歌词与乐曲的关系。

所谓“由乐以定词”，是指先有乐曲，然后依这个乐曲的声调，配上歌词。这在古代，叫做“倚歌”。《汉书·张释之传》云：文帝“使慎夫人鼓瑟，上自倚瑟而歌。”颜师古注云：“倚瑟，即今之以歌合曲也。”唐、宋人叫做“倚声”，《唐书·刘禹锡传》云：“禹锡谓屈原居沅湘间，作九歌，使楚人以迎送神，乃倚声作竹枝词十篇，武陵人悉歌之。”张耒序贺铸词云：“余友贺方回博学业文，而乐府之词，高绝一世，携其一编示馀，大抵倚声而为之词，皆可歌也。”宋人也有称为“填曲”的。沈括《梦溪笔谈》云：“唐人填曲，多咏其曲名，所以哀乐与声，尚相谐合。”宋元以来一般人则通称“填词”。宋仁宗对柳永有“且去填词”之语，可见这个名词在北宋时已有。

所谓“选词以配乐”，是指先有歌词，然后给歌词谱曲，即《尚书》所谓“声依永，律和声”。以歌词配乐曲，古代称为“诵诗”。《周礼》记载大司乐以乐语教国子，其三曰“诵”。郑玄注曰：“以声节之曰诵。”《汉书·礼乐志》云：“乃立乐府，采诗夜诵。”这是说，以白天采集到的各地民歌，晚上为它们谱曲。汉代称为“自度曲”。《汉书·元帝纪》谓帝“多村艺，自度曲，被歌声。分刌比度，穷极窈眇。”这就是说皇帝能够给歌词作曲。到了宋代，就称为“填腔”。胡仔《苕溪渔隐丛话》后集卷三十九引《复斋漫录》云：“政和中，一中贵人使越州回，得词于古碑阴，无名无谱，不知何人作也，录以进御，命大晟府填腔。因词中语，赐名《鱼游春水》。”由此可知宋人为歌词作曲，称为“填腔”。

自古以来一切音乐歌曲，最初是随口唱出一时的思想情感，腔调都没有定型。后来这个腔调唱熟了，成为统一的格律，于是一个曲子定了型。再以后，有人配合这个曲调另制歌词，于是一个曲调可以谱唱许多歌词。“填词”与“填腔”是互相起作用的。方成培《词麈》中说：“古人缘诗而作乐，今人倚调以填词，古今若是其不同。”他以为古人都是为诗配乐，而今人则都是跟着曲子的腔调配词。这样提法，未免片面，从唐代的五七言诗发展到宋代的词，这些文学形式的改变，已说明了诗歌随时都在受音乐的影响。不能说唐代的诗乐关系是先有诗、后有曲调；宋代的诗乐关系是先有曲调，后有词。不过，宋代词人，精通音乐的人不多，故多数人只能填词而不能填腔。

不懂音律，当然不会填腔作曲；但宋人所谓填词，最初也还是需要懂一点音律。一个曲调的转折、节奏、快慢，如果不能听懂，所作歌词就不能选字、协韵、合拍。这样做出来的歌词就会使歌唱者拗口、失律、犯调。在宋代，歌楼伎席传唱的词调，文人都已听得很熟，因此都能够一边听唱，一边选字定句，所谓“依声撰词，曲终而词就”。或者是先随意写一首长短句歌词，也往往可以配合现成的歌曲。这是因为平时听得多了，虽说随意撰词，其实心中已摹拟着一个曲调。例如苏东坡作《江城子》词，其序云：“乃作长短句，以《江城子》歌之。”又《阳关曲》序云：“本名《小秦王》，入腔即《阳关曲》。”这两段词序是东坡故弄玄虚。如果他撰词觅句的时候，心中没有想到《江城子》或《小秦王》的腔调，他随意写出来的词怎么能谱入《江城子》或《小秦王》呢？他又知道《小秦王》可以过入《阳关曲》，故作《小秦王》词而令乐师唱时过腔，便题作《阳关曲》。由此可知东坡填词，亦有音律知识为基础。如周邦彦、姜夔等深通音律者，就非但能填词，也能填腔了。杨缵《作词五要》，其三为“按谱填词”，沈义府《乐府指迷》亦说“按箫填词”。前者要求按乐谱作歌词，后者要求依箫声作歌词，这些例子，都说明填词非懂音律不可。

但是南宋后期，词家都已不晓音律，故沈义府教人作词，惟注意于紧守去声字，及平声可以入声替，上声决不可以去声替等规律，这是就前辈名家词中，模拟其四声句逗，依样画葫芦，也就是杨缵所谓“依句填词”。可是，杨缵还说：“自古作词，能依句者少，依谱用字，百无一二。”可知宋词虽盛，词家能按歌者并不多。

由此看来，“填词”这个名词，可有三种解释。第一种是“按谱填词”，这些作家都深通音律，能依曲谱撰写歌词。他们也能“填腔”，即作曲。柳永、张先、周邦彦、姜夔等都属于这一类。第二种是“按箫填词”。这些作家不会唱曲打谱，但能识曲知音。他们耳会心受，能依箫声写定符合于音律的歌词，但他们不会“填腔”。苏轼、秦观、贺铸等都属于这一类。第三种是“依句填词”。这些作家不懂音律。词对于他们，只是一种纸上文学形式。他们依着前辈的作品，逐字逐句的照样填写，完全失去了“倚声”的功效。南宋以后，大多数词家都属于这一类，但由于才情有高下，文字有巧拙，这些词家的作品仍有很大的区别。

以上我们说的是歌词与乐曲之间的关系。音乐是一门专门的学问，诗、词、曲等韵文皆与不同的音乐形式相配合，形成自己独特的面貌。这其中，词的起源发展及文体特质，都与其所配的音乐形式密切相关。我国在隋朝以前，一直流行清商乐。清商乐即唐人杜佑在《通典》中所说的清乐。清乐分清调、平调和侧调。自晋代五胡乱华以后，由于战争、通商、外交、婚姻或其他原因，从西域传入了燕乐杂曲。燕乐又叫宴乐，用以供宴会或举行典礼时演奏，和国内固有的清商乐不同。在隋朝建立以后，南北分裂的局面重归统一，原来从西域传入的燕乐杂曲流传到内地，和内地的民间歌曲相结合，开始创造出新的乐曲。既然有了乐曲，就得有词来配合演唱，于是这种为配合乐曲而写的长短句开始出现，称为曲子词，以后就简称为词。词就是配合这种特定的起源于隋唐间的“燕乐”而歌唱的曲词。燕乐是一种“北方中国音乐被胡乐化的抒情音乐”(刘尧民《词与音乐》)，是一种具有很强的感人作用的通俗音乐。它是一种不同于传统雅乐的新型音乐，它清新活泼，哀乐极情，不是那种从容和雅的华夏正声所能比拟，更遑论典重有馀，情致不足的庙堂音乐。一般来说，燕乐具有如下特殊的声情品格：

（1）音乐类型：是世俗心音，真正的抒情音乐。

（2）音乐功能：强烈的感官愉悦功能，突破儒家功利主义音乐理论的束缚。

（3）传播环境：征歌选舞，传播于歌舞享乐环境中，多在公私宴会、贵族笙院、富家豪门、酒肆瓦舍、秦楼楚馆。

（4）歌唱要求：独重女音（李贽《品令》："唱歌须是玉人，檀口皓齿冰肤，意传心事，语娇声颤，字如贯珠。……老翁虽是解歌，无奈雪鬓霜须。大家且道，是伊模样，怎如念奴？"）

总之，隋唐燕乐的特性就是世俗性、愉悦性和狭媚性。虽然宋词大多数由于乐谱失传，已经脱离音乐而独立，但词的音乐性也仍然是很强的。这种音乐感主要是来自于词调规定的有规律的字声平仄组合，句式的错落和音节、韵位的丰富变化而造成的抑扬顿挫的旋律和节奏感。如李清照的《声声慢·寻寻觅觅》词，开头七组迭字，以独特的音节、压抑的声调，强化渲染了凄苦、孤独、冷清、无聊的心情，特别富于音乐的节奏感。词中用字，又有意识地用语音表现出悲苦的情绪，较多地使用舌音字和齿音字，并押入声韵脚，都造成了一种独特的音律效果，从字词的声音上就可以体会到词人压抑悲苦的心情。宋词词调丰富，声律体式变化多样，清康熙年间的《钦定词谱》共收录826调、2306体。不同的词调有不同的音律节奏和声情风格，词人创作可以根据抒情内容的不同，选择不同的词调，达到声与情的完美结合。宋词的声律节奏变化比一般格律诗歌更为丰富多彩，这也是宋词作为音乐性很强的文学在艺术上的独特之处。故而我们说填词要注意择调之声情。词调的声情，从音乐上讲，词调就是腔调，每一个腔调都表现一定的感情，或喜或怒，或哀或乐，不同的腔调表现不同的感情。如声情激越的，宜抒豪壮情感的，有《满江红》、《沁园春》等；声情低抑，宜于表现凄婉情绪的，有《一剪梅》；《凄凉犯》等；表现欢快情调的，有《南浦》、《洞仙歌》等；表现闲雅情调的，有《霓裳中序第一》等。

最后再说说曲。曲有南曲、北曲之分。所谓北曲，即是中原的音调；南曲，即是大江以南的音调，今天所说的元曲，指的就是北曲。北曲与南曲在音乐形式上就有很多不同之处，如北曲有十二宫调，南曲有九宫十三调；北曲字较多因而节拍较快，南曲字较少因而节拍较慢；在板式上，北曲板拍的缓急，变动不拘，常有一字而下三、四板的，南曲则每宫每支都有一定的格式；北曲的衬字多，南曲的衬字少，有所谓的“衬不过三”；北曲用七音阶，无入声字，南曲用五音阶，有入声字；北曲早期演出以鼓、笛、拍为伴奏乐器（后以弦乐伴奏为主），南曲则以箫、笛伴奏。音乐的不同，带来了南北曲风的差异。一般来说，北曲活泼灵动、浅俗袒露、粗豪放诞，而南曲则柔婉动人、清丽缠绵。

此外，曲牌虽有四百几十个之多，并不是随便拈出一支就可以填写小令，或任意联缀若干曲牌就可以填成套数。只有少数曲牌可以作小令，所以作小令要用小令曲牌去填。作带过曲的小令，也不能随便拈两三个曲牌连接起来就填，首先要考虑这几个曲牌是否在同一宫调中，音律是否相衔接。在套数中，曲牌的排列都有规定，《北词广正谱》在每类宫调之前都列有“套数分题”，在套数分题之后，又举出作品（或为元杂剧，或为元套数的曲牌联套例）。

根据《北词广正谱》，可作小令的曲调约有 50 个，其中一部分并不常用。常用的大致有：《一半儿》、《人月圆》、《小桃红》、《小梁州》、《天净沙》、《四块玉》、《叨叨令》、《红绣鞋》、《沉醉东风》、《金字经》、《凭阑人》、《清江引》、《梧叶儿》、《普天乐》、《水仙子》、《朝天子》、《喜春来》、《黑漆弩》、《塞鸿秋》、《殿前欢》、《满庭芳》、《落梅风》、《庆东原》、《醉太平》、《醉中天》、《醉扶归》、《拨不断》、《蟾宫曲》等。至于可作套数的曲牌，以及套数的联套形式，这里不能列举，有兴趣的可以参阅《北词广正谱》的“套数分题”等。

曲题前一般都标有宫调。宫调是音乐上的术语，就是调子。宫调的种类，隋唐时较多，后来有些不用了。到元代芝庵作《唱论》时，还说：“大凡声音……分于六宫十一调，共计十七宫调。”“六宫”即正宫、中吕宫、道宫、南吕宫、仙吕宫、黄钟宫；“十一调”即大石调、双调、小石调、歇指调、商调、越调、般涉调、高平调、宫调、角调、商角调。和词一样，不同的宫调有不同的“声情”，有的宜于表现欢快之情，有的宜于表现悲哀之感。芝庵在《唱论》里说：

> 仙吕宫唱清新绵邈，南吕宫唱感叹伤悲，中吕宫唱高下闪赚，黄钟宫唱富贵缠绵，正宫唱惆怅雄壮，道宫唱飘逸清幽，大石唱风流酝藉，小石唱旖旎妩媚，高平唱条物滉漾，般涉唱拾掇坑堑，歇指唱急并虚歇，商角唱悲伤宛转，双调唱健捷激袅，商调唱凄怆怨慕，角调唱呜咽悠扬，宫调唱典雅沉重，越调唱陶写冷笑。

这里他并没有把具体的每个宫调所适合的情感说清楚，但我们大致能够看出一些端倪。作曲尤其是作套数时，就要先选择宫调。看要表达的是何种感情，选择一个适合这种情感描绘的宫调。择调时还要注意的是：在一首套数里，只能用一个宫调中的曲牌，不能忽而用黄钟宫的曲牌，忽而又用商调或越调的曲牌。也有些宫调，可以借用其他宫调的某些曲牌，但这也有一定的规定，可参阅《北词广正谱》。

第四章　中国韵文的表现方法

表现方法是指作家在反映生活、抒写情意时所运用的各种具体的艺术手法。它一般包括叙述、描写、虚构、渲染、夸张、象征等。表现方法是作家在长期的文学创作实践中不断探索、逐渐积累而成的。作家如能自觉而恰当地运用表现方法，将有利于增强作品的表现力和感染力，使作品具有更高的审美价值。

对于韵文中所运用的表现方法我们的古人早有认识。汉代儒生在解释《诗经》时已将《诗》之"六义"中的"赋、比、兴"视为表现方法，其中赋是直接叙事、抒情、议论、描写；比和兴是指运用比喻，托事于物，是一种更具体形象、更具有联想作用及感发力量的间接的表达方式。后汉的王逸在《离骚经序》中也曾对屈原《离骚》的表现方法作出过分析，他说："《离骚》之文，依《诗》取兴，引类譬喻。故善鸟香草，以配忠贞；恶禽臭物，以比谗佞；灵修美人，以媲于君；宓妃佚女，以譬贤臣；虬龙鸾凤，以托君子；飘风云霓，以为小人。"可以说，每当一种韵文的体式发展到一定的，尤其是繁荣的时期时，都会有对其作法的阐述随之出现。这类对诗、词、曲、赋作法的评论，一方面促进了韵文各体自身的发展；另一方面也对读者鉴赏作品具有重要的参考价值。

韵文的表现方法是丰富多样的，掌握这些方法是我们读懂诗、词、曲、赋的一条重要途径，它能帮助我们更快、更好、更深入地领会作品的意蕴，获得写作韵文的一些基本技巧。

第一节　韵文中的叙事

叙事是文学创作的基本表现方法之一。在不同的文体中，叙事所占的比重是不一样的。一般地说，在小说、戏剧、散文这三大文体中叙事往往是主体部分，占据了作品的大部分篇幅；而在以抒情为主的韵文中，尤其是篇幅相对短小的诗词里，叙事则不是其优势，创作时往往不展开叙事，有时甚至有意隐去情感背后的具体事件，即使要叙事，所占篇幅也极为有限。这里，我们以诗词为主，间及散曲，分析一下韵文在叙事上的主要特点。

一、概括性

叙事在小说等文体中一般要求详细、清楚，对事情的起因、发展、结局要作具体的叙述与交代，要让读者看了之后对事件的来龙去脉有完整的了解。而在诗词中则有所不同。中国古代的诗词以抒情为其根本特征，以借景抒情、托物言志为其主要抒情方式，往往借助意象的组合、意境的创造来暗示所要表达的情意，而不对情因何而起作具体的交代。加上中国古代的诗词大多篇有定句，句有定字，追求句式的整齐划一，这样也不利于甚至很难对事件作详细的叙述。因此，诗词中的叙述大多零散不完整，具有一定的概括性。诗人词家在对事件作必要叙述的时候，往往抓住其主要特征，而汰去其细枝末节。由于叙事的展开需要一定篇幅的支持，故相对而言，诗词叙事的概括性特点更多地体现在诗体中的律诗、绝句、五七言短篇古诗和词体中的小令、中调中。先看诗例：

蒿里行

曹　操

关东有义士，兴兵讨群凶。初期会孟津，乃心在咸阳。军合力不齐，踌躇而雁行。势利使人争，嗣还自相戕。淮南弟称号，刻玺于北方。铠甲生虮虱，万姓以死亡。白骨露于野，千里无鸡鸣。生民百遗一，念之断人肠。

人日思归

薛道衡

入春才七日，离家已两年。人归落雁后，思发在花前。

蜀　相

杜　甫

丞相祠堂何处寻？锦官城外柏森森。映阶碧草自春色，隔叶黄鹂空好音。三顾频烦天下计，两朝开济老臣心。出师未捷身先死，长使英雄泪满襟！

江南逢李龟年

杜　甫

岐王宅里寻常见，崔九堂前几度闻。正是江南好风景，落花时节又逢君。

曹操是著名的军事家和文学家，他亲历了汉末的社会大动荡，又具有出色的文学才能，汉末这段纷纭复杂的历史遂被浓缩为十六句诗，讨伐董卓的群雄之间的互争权力，社会、百姓所受到的破坏、灾害，全在其中，让人读后能强烈感受到曹操那颗忧时伤乱之心的剧烈跳动。

薛道衡是隋代著名诗人。他的《人日思归》只有20个字，在简洁而平常的叙述中，由于抓住了思归人典型的心态——对时间的特别计较，因而非常有力的写出了思归之情，语短情深。

杜甫是唐代最伟大的诗人之一。在他的诗歌中有极出色的叙事作品，如《自京赴奉先县咏怀五百字》、《北征》等。就叙事而言，他的能力在唐代几乎无人可比。他能将丰富而复杂的事件叙述得波澜起伏、婉转多态，也能对头绪纷繁的人事进行高度的概括。

在上引的三首诗中，《蜀相》以“三顾频烦天下计，两朝开济老臣心”两句对诸葛亮的一生功绩伟业作了高度的概括；《江南逢李龟年》以今昔的对比叙述写尽盛衰之感，而个人的身世沉浮也在充满感慨的诉说中暗示无遗。这就是诗歌中的叙述，它需要凝练，需要概括。

词的写作是依声填词，即根据一定的曲调填写相应的歌词，所以词在最初被称为“曲子”或“曲子词”。因曲调有长短，填写的词句也就长短不一，参差不齐，所以词又有“长短句”的称呼。词的这些特点一方面决定了它抒情的特征，不以叙事为长；另一方面，句式的长短不一又较诗的整齐句式更宜于叙事，所以，当慢词大量出现以后，柳永、周邦彦等词人便将铺叙展衍的手法运用于词的创作中。不过在小令、中调中，受篇幅限制，叙事依然不是其擅长，即使要进行叙事，也要力求简洁、概括。

女冠子

韦　庄

四月十七，正是去年今日，别君时。忍泪佯低面，含羞半敛眉。　　不知魂已断，空有梦相随。除却天边月，没人知。

破阵子

李　煜

四十年来家国，三千里地山河。凤阁龙楼连霄汉，玉树琼枝作烟萝。几曾识干戈。　　一旦归为臣虏，沈腰潘鬓消磨。最是仓皇辞庙日，教坊犹奏别离歌，垂泪对宫娥！

鹧鸪天

辛弃疾

有客慨然谈功名，因追念少年时事，戏作。

壮岁旌旗拥万夫，锦襜突骑渡江初。燕兵夜娖银胡䩮，汉箭朝飞金仆姑。　追往事，叹今吾，春风不染白髭须。却将万字平戎策，换得东家种树书！

从以上三首词中可以看出，无论是韦庄的写离别，李煜的写国亡，还是辛弃疾的忆往事，都不可能将其时发生的事情一一叙出，而只能抓住给自己留下印象最深的事件或情景予以突出的表现。而且，为了超越叙述时的时空限制，使较短的篇幅中能容纳更多的内容，这一类词作往往借助梦境或回忆来结构全篇，将今昔的变化全部浓缩在极为有限的词句中。

当然，诗词叙事的概括性是相对而言的。在有的作家那里，有时为了突出自己要表达的事情，或以文为戏时，也会对所写的事情叙述得极为详细，甚至不嫌琐碎。如韩愈的《落齿》（诗文见第五章）所写的落齿本是一件很平常的事，是人生理上的正常变化，几无诗意可言。但当韩愈把它与当时的社会风气、言论环境相联系，与自己因言论而得罪、又因得罪而过早衰老的遭遇相联系时，面对落齿他就有牢骚不平了。于是他以文滑稽，左说右说，颠倒反复，有意将落齿之事写得极为具体，以达到突出乃至放大的艺术效果，让读者在他有些啰嗦的叙述中逐渐品出苦涩之味来。

所以，概括性只是韵文中的诗、词、曲三体在叙事上表现出来的一个共同特点，但不能用它去衡量所有的作品。

二、抒情性

抒情性是中国古代诗词的基本特征。在一般的情况下，诗人词家写诗填词的主要目的是为了抒发郁积于内心的深悲巨痛，或表达对人和物的赞美之意、喜悦之情。诗词中虽然不排斥叙事，也必然会有叙事，但叙事存在的意义除了对背景或对事件本身作必要的交代外，更多的要服从于抒情的需要，服务于抒情的宗旨。为了增强诗词的抒情意味，诗人词家常常寓情于叙事之中，让感情流贯于叙事的字里行间，达到既是叙事也是抒情的双重效果。

《归园田居五首》是陶渊明最重要的作品之一，诗中主要抒发了他归园田后重返自然、获得自由的轻松愉悦之情。全诗没有过多的内情表白，而是将这种喜悦之情寓于对田家日常生活及环境的叙写之中，让读者在他朴素甚至有些琐碎的叙述中感受到他对田园生活的向往和能在田园生活的自足自在。如“开荒南野际，守拙归园田。方宅十馀亩，草屋八九间。榆柳荫后檐，桃李罗堂前。暧暧远人村，依依墟里烟。狗吠深巷中，鸡鸣桑树颠。户庭无尘杂，虚室有馀闲”（其一）；“时复墟曲中，披草共来往。相见无杂言，但道桑麻长”（其二）；“山涧清且浅，遇以濯我足。漉我新熟酒，只鸡招近局。日入室中暗，荆薪代明烛。欢来苦夕短，已复至天旭”（其五）。尽管此时的陶渊明也有担心、怅恨，但字里行间透出的更多的是愿暂无违的轻松自在。

中唐白居易的新乐府诗大多是为时事而作。因为重在揭露时弊，所以表达直白，甚至“卒章显其志”。其实，即使没有最后的揭明，读者也常能通过他寓有褒贬的叙述中体会到他的爱憎感情。如《杜陵叟》：

> 杜陵叟，杜陵居，岁种薄田一顷馀。三月无雨旱风起，麦苗不秀多黄死 。九月降霜秋早寒，禾穗未熟皆青干。长吏明知不申破，急敛暴征求考课。典桑卖地纳官租，明年衣食将何如？剥我身上帛，夺我口中粟，虐人害物即豺狼，何必钩爪锯牙食人肉？不知何人奏皇帝，帝心恻隐知人弊。白麻纸上书德音，京畿尽放今年税。昨日里胥方到门，手持敕牒牓乡村。十家租税九家毕，虚受吾君蠲免恩。

像这样的叙事诗，就是没有诗前的小序“伤农夫之困也”，没有诗中的饱蘸情感的议论，没有诗末“虚”字的提示，读者仍可从叙述中读出诗人对农夫的同情和对横征暴敛的贪官污吏的指斥。

词中的叙事也是如此，往往会带上抒情主人公的感情色彩。如苏轼的第一首豪放词《江城子·密州出猎》：

> 老夫聊发少年狂，左牵黄，右擎苍，锦帽貂裘，千骑卷平冈。为报倾城随太守，亲射虎，看孙郎。　　酒酣胸胆尚开张，鬓微霜，又何妨。持节云中，何日遣冯唐。会挽雕弓如满月，西北望，射天狼。

词人从眼前的狩猎叙起，绘声绘色地写了整个的出猎过程，结尾还展望了未来，表达了愿意为国效力的志向。全词以叙事为主，而充满豪迈之情。

词虽多借景抒情，叙事较少，但运用得当，同样可以借事传情。如北宋著名词人晏几道的名作《临江仙》的下阕："记得小蘋初见，两重心字罗衣。琵琶弦上说相思。当时明月在，曾照彩云归。"字面上虽没有点明作者回忆时的心情，但借助于回忆叙述中的相关字眼，读者还是能感受到别后相思带来的怅恨之情，即在对"当时"情景的追忆中已暗含了词人眼下的失落之感。

在诗词的叙事中，为了凸显爱憎好恶之情，作者常在句首或句中使用"却"、"又"、"竟"、"徒"、"空"一类的虚词。如陈子昂名句"岁华尽摇落，芳意竟何成"；李煜名句"小楼昨夜又东风，故国不堪回首月明中"；李清照名句"此情无计可消除，才下眉头，却上心头"；辛弃疾名句"是他春带愁来，春归何处，却不解、带将愁去"；陆游名句"胡未灭，鬓先秋，泪空流。此生谁料，心在天山，身老沧州"；等等。

与诗词相比，散曲中的叙事成分明显增多。散曲虽也描写景物，但主要是通过叙事抒情。且举元代有"曲状元"之称的马致远的【般涉调】《耍孩儿·借马》和后期的代表作家乔吉的【双调】《折桂令·荆溪即事》为例。前者写道：

近来时买得匹蒲梢骑，气命儿般看承爱惜。逐宵上草料数十番，喂饲得膘息胖肥。但有些秽污却早忙刷洗，微有些辛勤便下骑。有那等无知辈，出言要借，对面难推。

【七煞】懒设设牵下槽，意迟迟背后随，气忿忿懒把鞍来备。我沉吟了半晌语不语，不晓事颓人知不知。他又不是不精细，道不得“他人弓莫挽，他人马休骑”。

【六煞】不骑啊西棚下凉处拴，骑时节拣地皮平处骑，将青青嫩草频频的喂。歇时节肚带松松放，怕坐的困尻包儿款款移。勤觑着鞍和辔，牢踏着宝镫，前口儿休提。

【五煞】饥时节喂些草，渴时节饮些水，着皮肤休使粗毡屈。三山骨休使鞭来打，砖瓦上休教稳着蹄。有口话你明明的记：饱时休走，饮了休驰。

【四煞】抛粪时教干处抛，尿绰时教净处尿，拴时节拣个牢固桩橛上系。路途上休要踏砖块，过水处不教践起泥。这马知人义，似云长赤兔，如益德乌骓。

【三煞】有汗时休去檐下拴，渲时休教侵着颓，软煮料草铡底细。上坡时款把身来耸，下坡时休教走得疾。休道人忒寒碎；休教鞭飐着马眼，休教鞭擦损毛衣。

【二煞】不借时恶了弟兄，不借时反了面皮。马儿行嘱咐叮咛记：鞍心马户将伊打，刷子去刀莫作疑。则叹的一声长吁气。哀哀怨怨，切切悲悲。

【一煞】早晨间借与他，日平西盼望你，倚门专等来家内。柔肠寸寸因他断，侧耳频频听你嘶。道一声“好去”，早两泪双垂。

【尾】没道理，没道理；忒下的，忒下的。恰才说来的话君专记：一口气不违借与了你。

后者叙述说：

> 问荆溪溪上人家：为甚人家，不种梅花？老树支门，荒蒲绕岸，苦竹圈笆。寺无僧狐狸样（按：似应作“漾”）瓦，官无事乌鼠当衙。白水黄沙，倚遍阑干，数尽啼鸦。

马致远在曲中是想通过“借马”这件事的叙述，刻画借马与人者吝啬的性格，但作者不点明，反而用大量的篇幅叙写他对马的“爱护”，仿佛在向人传授养马之道。作家的褒贬完全暗含在叙述之中，读者若细细品尝就能悟出其中的讽刺意味。乔吉的这首曲虽然只是就眼前所见之事加以叙写，但对异常情况的关问，已透露出作者对现实的不满，且和《借马》一样，深含反讽意味。

童庆炳先生在《文体与文体的创造》一书中谈及语体中的“抒情语体”时，说到过诗歌中的叙事与小说中的叙事的不同，他说：“当我们说诗歌采用抒情语体时，仅指语言体式的抒情性而言，并不是说诗歌中就根本不涉及事件和行动，实际上诗歌写情往往要借助于写景……这里所说的‘景’，并非独指自然风景，人间世情、事件行动也可以是‘景’，而且是更重要的‘景’。然而诗歌不但在直接抒发情感时，而且写景时，甚至在描写人间世情时，都必须用抒情语体。诗歌中的叙事不同于小说中的叙事，其根本不同在于小说在‘讲’故事，而诗歌在‘歌唱’故事，而‘歌唱’则必须有韵律、有节奏，从语体表层看，有韵律有节奏的语体就是抒情语体”。童先生举了杜甫的《兵车行》为例，认为此诗写的也可以说是“一个事件，但全篇语体却是抒情体”，字里行间贯注了“情”。童先生的分析有助于我们更好地理解诗词中叙事的抒情性特征。

三、叙事往往与抒情、议论结合在一起

任何人的情感总是在一定的由人和事构成的情境关系中产生的，对于所接触到的人和事如果不是麻木不仁，也总会产生这样或那样的认识、看法，并伴有或强或弱、或悲或喜的情感意绪，因

此，文学作品中人事与情理常常是相伴相生，融合为一体。

诗词中的叙事一般不是独立存在的，在叙事的基础上，诗人词家往往有情要抒，有理要说。尤其是在叙述中感情积累到不可遏止的时候，如果不让感情先行发泄出来，作者是无法再叙述下去的，这就是杜甫在《自京赴奉先咏怀五百字》中所表白的："朱门酒肉臭，路有冻死骨。荣枯咫尺异，惆怅难再述。"所以，叙事抒情、夹叙夹议，事、情、理结合在一起，是诗词中叙事的常有形态。如王安石的《明妃曲》（原文见第七章），写于宋仁宗嘉祐四年（1059）作者提点江东刑狱时。退相前的王安石一直积极从政，系心现实。他歌咏王昭君的故事，不过是借叙写王昭君的不幸遭遇来表达自己对现实的看法，抒发自己人生失意的深沉感慨。此诗并不着眼于对历史作具体、生动的叙述，而是在此基础上升华出深刻道理，在他从已有的结论中翻出的新意。全诗叙写、议论融为一体，而对昭君的同情、对自身的感伤也寓于其中。再如韩愈的《山石》：

> 山石荦确行径微，黄昏到寺蝙蝠飞。升堂坐阶新雨足，芭蕉叶大栀子肥。僧言古壁佛画好，以火来照所见稀。铺床拂席置羹饭，疏粝亦足饱我饥。夜深静卧百虫绝，清月出岭光入扉。天明独去无道路，出入高下穷烟霏。山红涧碧纷烂漫，时见松枥皆十围。当流赤足踏涧石，水声激激风生衣。人生如此自可乐，岂必局束为人鞿？嗟哉吾党二三子，安得至老不更归！

这是韩愈"以文为诗"的代表作品之一。诗以时间为线索，叙写自己从"黄昏到寺"到"天明独去"这一时段的所见所闻所思所感，完全是一篇用诗体写成的游记散文，且具有游记常有的写作特点——叙议结合，夹叙夹议。

纵观中国古代诗词尤其是诗歌的发展历程，凡是以反映现实、揭露时弊为主旨的作品，其表现手法大多是叙事、抒情、议论相结合。最典型的例子当然应首推新、旧乐府诗。

第二节　韵文中的写景状物

如前所析，中国古代的韵文并不以叙事见长。无论是诗、词，还是曲、赋，其抒情达意的主要方法是借助于写景状物。如果说叙事是在时间上的延续的话，那么，写景状物则更多的是在空间上的展开。时间以其有序而使作品的叙事具有一定的条理性、连贯性，空间以其广大而使写景状物具有一定的层次性、选择性。时空融为一体，创造出韵文广远博大而又丰富多彩的表现天地。

一、写景状物是韵文主要的表现方法

韵文因讲究节奏、音律等形式要素而具有很强的音乐性、抒情性，这也是韵文区别于散文的一个重要特征。不过，韵文中的抒情往往不是直接的，而多是借助于景和物。在韵文的发展变化中，借景抒情、托物言志日益成为其常见的表现方法。历来的评论家对此有过许多的论述。例如：

> 夫情景相触而成诗，此作家之常也。
>
> 作诗本乎情景，孤不自成，两不相背。
>
> 景乃诗之媒，情乃诗之胚，合而为诗。（［明］谢榛《四溟诗话》）
>
> 情为主，景是客。说景即是说情，非借物遣怀，即将人喻物。（［清］李渔《窥词管见》）
>
> 情、景名为二，而实不可离。神于诗者，妙合无垠。巧者则有情中景，景中情。不能作景语，又何能作情语邪？（［清］王夫之《姜斋诗话》）
>
> “昔我往矣，杨柳依依。今我来思，雨雪霏霏”。雅人深

致，正在借景言情。若舍景不言，不过曰春往冬来耳，有何意味？（［清］刘熙载《艺概·诗概》）

词或前景后情，或前情后景，或情景齐到，相间相融，各有其妙。（同上《词曲概》）

大家之作，其言情也必沁人心脾，其写景也必豁人耳目。其辞脱口而出，无矫揉妆束之态。以其所见者真，所知者深也。诗词皆然。持此以衡古今之作者，可无大误矣。

昔人论诗词，有景语、情语之别。不知一切景语，皆情语也。（［清］王国维《人间词话》、《人间词话删稿》）

借景抒情，古已有之，对情景关系的考察也由来已久。以上论述从创作的角度一再强调了情景之间相互生发、难以截然分开的密切乃至合而为一的关系，对读者理解韵文尤其是诗词中的情景关系大有帮助。其实，从阅读的角度看，也可以说读不懂“景语”就不能很好地读懂甚至根本读不懂“情语”。在古代诗、词、曲的阅读中，我们常有这样的困惑：面对一篇作品，没有一个不认识的字，却读不懂，或读不太懂。这在一定程度上就是读不懂其中的“景语”造成的。

从古代诗歌的发展历史来看，情和景的弥合交融经历了一个非常漫长的过程。《诗经》、《楚辞》中虽然已有情景交融的佳句，但那多是诗人伫兴而发时自然形成的。到了魏晋南北朝时期，无论是情的丰富、发展，还是景物的描写，都有了很大的进步。不过，从谢灵运的山水诗创作中我们仍然看到，有佳句而少佳篇的局面还没有得到完全改变，情或理与景之间还常处于游离状态。这种情况到了小谢——谢朓的山水诗中又有了可喜的变化，情和景进一步融合了。谢朓往往以情观景，由景入情，景已经成为诗歌乃至诗人生活的一个有机组成部分。情景普遍以相融的状态出现，或说诗人在创作中自觉而有效地追求情景交融以创造诗歌的意境，是在入唐以后，特别是盛唐时期。有关意境创造理论的出现也许可以视为情景完全融合的一个标志：诗人们已经知道该如何处理情景之间的关系了，借景抒情、托物言志的诗歌表现方法已经成熟，甚至已经达到完美的境地了！

古代诗词重视借景抒情，托物言志，与诗人词家追求含蓄蕴藉的创作境界有关，是创作上追求“言外之意”、“韵外之致”的艺术效果在表达方法上的自然选择。

写景状物是韵文的主要表现方法几乎是常识，不需要举例细加说明。

为了叙述的方便，下面我们将诗、词、曲与赋分开，具体分析各自在写景状物上的主要特点。

二、诗词曲中的情景关系

借景抒情是对诗词曲常用表现方法的一个总概括，仅仅知道要借景抒情，这对实际创作和读者阅读并没有多大帮助。对读者来说，更重要的是必须懂得作家是如何借景抒情，以及怎样写景状物才能更有效地抒情达意。从历来的具体创作和理论总结中，我们可以归纳出两种基本的情景关系：一是以乐景写乐情，以哀景写哀情；二是以乐景写哀情，以哀景写乐情。

(1) 以乐景写乐情，以哀景写哀情，相辅相成

人和物之间、景和情之间在长期的交往、发展中，已建立起一种相互依存、相互促进、相互生发、相互融合的基本关系。人的生存环境与人的心情之间具有千丝万缕、难分难解、也难以说清的相互关系。人事、人情与景物之间往往具有相类似的结构和相近的特征。这些相通相似之处为借景抒情手法的运用提供了前提和条件。生活在一定境遇中的主人公往往会在所见的景物中发现自己的人影或心影，并且把自己的感情投注到所见的景物之上，产生“移情”现象。如果在这时进行创作，他就会以明快的景物来表达自己的喜悦之情，以凄凉暗淡的景物来抒发自己的悲哀之情，与所见景物同悲共乐。南朝梁时的诗评家钟嵘在《诗品·序》中写到过这种情

况，他说：“若乃春风春鸟，秋月秋蝉，夏云暑雨，冬月祁寒，斯四候之感诸诗者也。嘉会寄诗以亲，离群托诗以怨。至于楚臣去境，汉妾辞宫，或骨横朔野，或魂逐飞蓬；或负戈外戍，杀气雄边；塞客衣单，孀闺泪尽；或士有解佩出朝，一去忘反；女有扬蛾入宠，再盼倾国。凡斯种种，感荡心灵，非陈诗何以展其义，非长歌何以骋其情？”这段铺陈将诗人的创作动机和景物与诗情之间相互生发的关系表述得极为生动。同一时期的刘勰在《文心雕龙·物色》中也曾写道：“春秋代序，阴阳惨舒，物色之动，心亦摇焉……岁有其物，物有其容；情以物迁，辞以情发。一叶且或迎意，虫声有足引心；况清风与明月同夜，白日与春林共朝哉！”正如俗话所说：一草一木总关情。

我们先看以乐景写乐情的作品：

在第一章已引的陶渊明《读山海经》就是一个很好的例子。陶渊明一生，身心充满矛盾，过得极为艰难，很少有快乐的时候。只有当现实与他的愿望、性情不相违背的时刻，如有酒可饮、有书可读、有可心人在身边、有可观赏的景色在眼前之时，他才能暂时获得“悠然”、“欣然”之心。而这个时候，他笔下的景、事也变得可欣可乐：茂盛的草，枝叶扶疏的树，宁静的小巷，清爽的微雨和好风，还有可以娱心的书，可以醉心的春酒，可以饱腹下酒的时鲜蔬菜。这一切是如此地和谐，如此地让人身安心宁。这才是“吾”所爱的“庐”！你看，为了突出此时的“乐”情，诗人把景物写得多美啊，色彩多清秀明丽啊！

再看下面两首作品：

采 桑 子

欧阳修

群芳过后西湖好：狼藉残红，飞絮濛濛，垂柳栏杆尽日风。　笙歌散尽游人去，始觉春空。垂下帘栊，双燕归来细雨中。

【越调】天净沙·春

白　朴

春山暖日和风，阑干楼阁帘栊，杨柳秋千院中。啼莺舞燕，小桥流水飞红。

伤春悲秋是古代文学作品中写得最多的内容之一。可是在上引的一首咏春之词和一首咏春之曲中，欧阳修、白朴借助“狼藉残红”、“流水飞红”要抒发的却是、至少主要是赏悦之情。那在细雨中归来的双燕也并不像晏殊、晏几道父子俩词中的“似曾相识”之燕、“双飞”之燕，它们并不触发人的孤独之感、相思之情。在欧阳修、白朴心目中，那满地的残红，那随流水而去的飞红，也是极富观赏价值的美景。

有句话说“境由心生”。的确，景物色调的冷暖很大程度上取决于心之哀乐。

相对以乐景写乐情的作品数量来说，以哀景写哀情的作品就不知要多多少。有人曾说，一部中国文学史实际上就是一部作家以各种形式、各种作品哭泣的历史（参阅刘鹗《老残游记·自叙》），而这众多的形式中诗词曲恐怕占了大半部分。翻开任何一个作家的作品集子，浏览任何一部诗词曲作品选，都可以碰到许多以哀景写哀情的篇章。如：

登柳州城楼寄漳汀封连四州刺史

柳宗元

城上高楼接大荒，海天愁思正茫茫。惊风乱飐芙蓉水，密雨斜侵薜荔墙。岭树重遮千里目，江流曲似九回肠。共来百越文身地，犹自音书滞一乡！

八声甘州

柳　永

对潇潇暮雨洒江天，一番洗清秋。渐霜风凄紧，关河冷落，残照当楼。是处红衰翠减，苒苒物华休。惟有长江水，无语东流。　　不忍登高临远，望故乡渺邈，归思难收。叹年来踪迹，何事苦淹留？想佳人、妆楼颙望，误几回、天际识归舟。怎知我、倚阑干处，正恁凝愁！

【中吕】山坡羊·潼关怀古

张养浩

峰峦如聚，波涛如怒，山河表里潼关路。望西都，意踟蹰。伤心秦汉经行处，宫阙万间都做了土。兴，百姓苦；亡，百姓苦。

柳宗元诗中写的是怀念挚友之情和愤懑不平之气；柳永词中咏的是思乡之情和羁旅失意之苦；张养浩是元代著名的散曲作家，他在作品中是借怀古之思表达对百姓的深切同情。与三首作品所抒发的哀情相对应的无一不是哀景，如惊风、残照、红衰翠减、怒涛，还有冷落的关河、无语东流的江水、已化为土的宫阙等。景的存在为情的抒发创造了一种浓烈的悲凉氛围，情景在这里相互映衬，相互生发，已浑然一体。

（2）以乐景写哀，以哀景写乐，相反相成

事物之间既可以相辅相成，也可以相反相成，在对比之下，事物各自的特点会更鲜明地体现出来。情景的关系也是如此。如果能将对立的双方——乐景与哀情或哀景与乐情统一起来，使之形成一个有机而和谐的整体，那一定会取得更好的表达效果。所以清代的诗评家王夫之说：“‘昔我往矣，杨柳依依；今我来思，雨雪霏霏。’以乐景写哀，以哀景写乐，一倍增其哀乐。”（《姜斋诗话》卷上）

据宋代计有功编的《唐诗纪事》记载，中唐时期的诗人崔护“举进士不第，清明独游都城南，得村居花木丛萃，叩门久，有女子自门隙问之。对曰：‘寻春独行，酒渴求饮。’女子启关，以盂水至，独倚小桃柯伫立，而意属殊厚。崔辞起，送至门，如不胜情而入，后绝不复至。及来岁清明，径往寻之，门庭如故而户扃锁矣。因题‘去年今日此门中’之诗于其左扉。”显然，这次平常生活中的“奇遇”给崔护留下了深刻的记忆。他题在门上的全诗是：

去年今日此门中，人面桃花相映红。人面只今何处去，桃花依旧笑春风。

“只今”一作“不知”。诗中抒发的是崔护重游故地却不知“人面何处去”后的失望、惆怅之情，但所写景物则是不知人事已改，而依旧在春风中绽放的桃花。一暗一明，一冷一暖，相反相衬，意味悠长。

无独有偶，宋代的欧阳修（一说是朱淑真）的《生查子》词也写到类似的情事，词曰：

去年元夜时，花市灯如昼；月上柳梢头，人约黄昏后。
今年元夜时，月与灯依旧，不见去年人，泪满春衫袖。

词脱胎于崔诗的痕迹十分明显，也是在今昔的对比中突出今年沉重的失落感。而以依旧灯月相辉的热闹之情景为反衬。

以上说的是以乐景写哀情。以哀景写乐情，我们可以杜甫的律诗《喜达行在所》为例：

西忆岐阳信，无人遂却回。眼穿当落日，心死著寒灰。雾树行相引，连山望忽开。所亲惊老瘦：“辛苦贼中来”。（其一）

愁思胡笳夕，凄凉汉苑春。生还今日事，间道暂时人。司隶章初睹，南阳气已新。喜心翻倒极：呜咽泪沾巾。（其二）

死去凭谁报，归来始自怜。犹瞻太白雪，喜遇武功天。影静千官里，心苏七校前。今朝汉社稷，新数中兴年。（其三）

诗题、正文中一再提示读者：诗写的是自己在“安史之乱”中冒着生命危险逃出长安、到达行在所——凤翔后的喜悦之情。可是诗中用了大半的篇幅写自己“辛苦贼中来”的情景，写其时所怀之“灰心”，所历之险境，所见之落日，所闻之胡笳。正是这一切使读者可以见出作者昔日的辛苦，愈见出眼前喜悦的来之不易。

三、赋体中写景状物的特点

赋作为一种文体，它滥觞于楚辞，其名称最早出现于荀子的《赋篇》，其体制到汉代才最终形成。

“赋”有铺的意思，它是《诗经》的主要表现手法之一，是指创作时直接铺叙所要表达的内容。与此相关，赋体的主要特点也是“铺采摛文，体物写志”（刘勰《文心雕龙·诠赋》），即用有文采的华美的语言直接描摹事物，抒写情志。比刘勰更早的陆机也曾在《文赋》中概括地说道：“赋体物而浏亮”，据《辞源》的解释，“浏亮”是“清楚明朗”的意思，所以，我们可以说，赋在写景状物上的主要特点，就是以大量的华美的语言从多个方面对景和物作精细的摹写。

最能体现赋的这一“体物”的特点的当属作为赋体正宗的汉代大赋。而且由于汉代大赋在对物态的摹写方面太铺张扬厉，花费的笔墨太多，还引来了“劝百而讽一”（《汉书》卷一一七《司马相如传赞》）的批评。其实，不要说汉代的大赋，两晋南北朝流行的骈赋，唐代出现的律赋，就是宋代已经散文化的文赋，也仍然保持了赋体重在“体物”也擅长“体物”的特点。如欧阳修的名作《秋声赋》中对秋声的描状就很具体、生动：

> 盖夫秋之为状也：其色惨淡，烟霏云敛；其容清明，天高日晶；其气慄冽，砭人肌骨；其意萧条，山川寂寥。故其为声也，凄凄切切，呼号愤发。丰草绿缛而争茂，佳木葱茏而可悦；草拂之而色变，木遭之而叶脱；其所以摧败零落者，乃一气之馀烈。夫秋，刑官也，于时为阴；又兵象也，于行为尽；是谓天地之义气，常以肃杀而为心。

秋声本是可以听到而无形可以触摸的东西，要将它写得具体可感并不容易。欧阳修不愧为大家，他先从色、容、气、意四个方面对秋声进行刻画，然后从秋声产生的破坏作用来显示秋声的威力，最后由外物收回到人事上，借人们对秋的种种观念来反映秋声的“肃杀”之心，从而为后文的议论作了铺垫、过渡。从语言上看，讲究了押韵，句式以整齐的排比、对偶句为主，杂以散句，整散结合，既加强了节奏感，又造成了一定的文势，使整段文章读起来有声有色，极富感染力。

清代的刘熙载在《艺概·赋概》中有“诗为赋心，赋为诗体”的看法，并一再称引李仲蒙的话：“叙物以言情谓之赋”（按：李仲蒙的话见于胡寅《斐然集·与李叔易书》）。这实际上认识到了赋体写景状物的另一个特点——抒情性。赋体在艺术表达上，不但要讲究词藻的华美，色彩的明丽，而且讲究声韵之美、结构之美。这使它在一定程度上仍具有诗歌的抒情意味。刘熙载说，“赋必有关着自己痛痒处”。又说：“赋与谱录不同。谱录惟取志物，而无情可言，无采可发，则如数他家之宝，无关己事。以赋体视之，孰为亲切且尊异耶?”请记住：赋长于体物，却不只是体物，它还言志，还抒情。读读庾信《小园赋》中的一段吧：

> 一寸二寸之鱼，三竿两竿之竹。云气荫于丛著，金精养于秋菊。枣酸梨酢，桃榹李薁。落叶半床，狂花满屋。名为野人

> 之家，是谓愚公之谷。试偃息于茂林，乃久羡于抽簪。虽有门而长闭，实无水而恒沉。三春负锄相识，五月披裘见寻。问葛洪之药性，访京房之卜林。草无忘忧之意，花无长乐之心。鸟何事而逐酒，鱼何情而听琴？

整篇《小园赋》表面上是写景赋物，实则是自悲身世。

四、韵文中写景状物的基本要求

韵文中的写景状物并不是随意的。选择什么样的景物，被选的景物以什么样的状态存在，这些在作家创作之时是颇费心思的。我们不否认有伫兴而发、冲口而出的时候，但必须指出，创作更多的时候是要作者呕心沥血地去结撰，甚至如苦吟诗人那样，为了“吟安一个字，捋断数茎须”。

那么，怎样才能写好景，状好物呢？最基本的要求应该有以下三点：

(1) 要抓住景物的特征

无论是自然景物，还是社会人事，都是纷纭复杂的。作家既不可能把所知人事全部写进作品中，也不可能将所见景色毫无遗漏地描摹下来。即使所写的是一个对象，也不可能涉及它的方方面面。作家必须有所选择，在选择时他应该抓住所写事物的特征。

就自然景色而言，一年四季各有不同。春天是花开花落的时候，夏天是草木茂盛的时候，秋天是叶凋月明的时候，冬天是雪花飘飞的时候。同是花开，桃李与梅菊不一样。同是雪飘，内地和边塞有区别。当你行进在沙漠中的时候，看到的是“大漠孤烟直，长河落日圆”。当你漫步于江南大地的时候，耳闻目睹的则是“千里莺啼绿映红，水村山郭酒旗风”。作家写景状物时，就要能抓住其特征。

这里尤其要提到咏物的作品。咏物之难，历来共叹。究其所难，就在于要在似与不似之间求一个平衡，一个切合点，即既要像所咏之物，能得其形态和神理，又要不止于所咏之物，还能融入作家的情思。因此，把握好所咏之物的特征就成为咏物之作创作的前提。如苏轼的咏物名作《水龙吟·次韵章质夫杨花词》（原文见第八章），王国维《人间词话》评道："咏物之词，自以东坡《水龙吟》为最工。"分析其理由，无非是这首词既抉得杨花之情状，又神会离人之情思，亦花亦人，相映成趣。

（2）要服从于抒情达意的需要

景物本身虽然也有审美价值，甚至有它一定的意义，但是，韵文中的写景状物毕竟是为了抒情达意，所谓"借景抒情"，抒情是目的，借景是手段，只是这个手段是一种具有审美意味的形式。

如前所说过的，景物和人事之间往往具有相似的特征，具有一定的可比性。因此，情和景之间也有一种对应关系。陆机《文赋》说："遵四时以叹逝，瞻万物而思纷；悲落叶于劲秋，喜柔条于芳春。"刘勰《文心雕龙·神思》中说："登山则情满于山，观海则意溢于海。"当有情要抒之时，当情被景物触发之后，如果要创作，你就必须像"到什么山上唱什么歌"那样，依"情"选"景"。

如果你要怀古伤今，就可以写"朱雀桥边野草花，乌衣巷口夕阳斜。旧时王谢堂前燕，飞入寻常百姓家"（刘禹锡《乌衣巷》）；可以写"吴宫花草埋幽径，晋代衣冠成古丘"（李白《登金陵凤凰台》）；可以写"于今腐草无萤火，终古垂杨有暮鸦"（李商隐《隋宫》）；可以写……

如果你要抒发隐逸之情，就可以写"独坐幽篁里，弹琴复长啸。深林人不知，明月来相照"（王维《竹里馆》）；可以写"千山鸟飞绝，万径人踪灭。孤舟蓑笠翁，独钓寒江雪"（柳宗元《江雪》）；可以写……

如果你要诉说相思离别之情，你可以写红豆，写垂柳，写明月，写流水；如果你要哀悼国家的灭亡，你可以写荒草，写夕阳，写落花，写残叶；你还可以写……

总之，情因景动，景随情迁，依情选景，景乃合情。

（3）所写景物要有主次、有层次，要能构成一个和谐有序的画面

古人云："诗是有声画，画是无声诗。"诗画同是艺术，本有相通之处。且不说王维的"诗中有画"、"画中有诗"，就是一般的诗歌创作也要求写景如画，让人读后有身临其境的感觉。欧阳修在《六一诗话》中曾引梅圣俞论写诗的话说："必能状难写之景，如在目前，含不尽之意，见于言外，然后为至矣。"可见，如画之景对提升诗歌的审美价值，提高诗歌的表达效果，具有重要的意义。

为了构成画境，首先必须讲究主次，有主景，有次景，围绕主景设置次景。如张若虚的《春江花月夜》，诗中虽写到春、江、花、月、夜等众多景物，但惟有月亮贯穿始终，是全诗的主要景色。在月色的笼罩下，春江潮水、花林、汀上白沙等景物陆续展开，共同构成一幅绝美的夜景图。

其次，所写景物要有层次感。或者由上而下，先天空，后地面；或者从远至近，先纵目远眺，后近视细寻；或者从内到外，先身边，后周边；或者由视觉及听觉，先写所见，后写所闻；种种情况，难以一一细数。写景只有按照一定的层次顺序展开，并且上下、远近、内外、视听等结合起来，才能构成一个立体的、声色相映相辉的画面。王维的《山居秋暝》就有很强的画境，读者不妨试着分析其画面的层次感。

再次，写景状物还要注意色彩的搭配，明与暗，浓与淡，红与绿，白与黑，各种色彩设置若能恰当，就可以使画面和谐、鲜明，给人留下更深刻的印象。在这方面，王维、杜甫、李贺等诗人都是行家里手。且以李贺的《雁门太守行》为例：

> 黑云压城城欲摧，甲光向日金鳞开。角声满天秋色里，塞上燕脂凝夜紫。半卷红旗临易水，霜重鼓寒声不起。报君黄金台上意，提携玉龙为君死。

八句诗中，出现了黑、白、黄、紫、红五种颜色，构成一个色彩斑斓的场景，再加上“角声”、“鼓声”，极大地渲染出战争危苦的氛围，礼赞了将帅誓死报国的斗志。

最后，要综合运用一切手段，努力做到写景如画，使景物的特征鲜明地呈现在读者面前。

第三节　韵文与说理

抒情是韵文中各式文体的共同特性，尤其是诗词的长处。韵文中可以说理，韵文中也有说理。而且就古代诗歌的发展来看，宋代诗人甚至在杜甫、韩愈“以文为诗”的基础上，还进一步将“以议论为诗”发展成为一种普遍的诗法。尽管如此，我们仍必须认识到：就文体的特性来说，说理不是韵文的，尤其不是诗词的擅长。

拿诗歌来说，议论很早就有。《诗经》中有议论的篇章就不少，如《氓》这首诗里当弃妇说到自己的不幸遭遇时，就插入了一段以泪水写成的议论：“于嗟女兮，无与士耽。士之耽兮，犹可说也。女之耽兮，不可说也。”但到了魏晋以后，随着抒情意识的自觉，诗歌宜于言情的认识被普遍接受，诗中的议论除了在部分诗，如玄言诗中有所发展外，是比较少了。入唐之后，借景抒情已成为最主要的抒情方式；情韵兼胜已成为唐诗最显著的特点。诗评家们甚至把唐诗尤其是盛唐诗当成了诗歌的典范，并以之作为衡量一首诗好坏的惟一标准。正因此，中唐以后出现的越来越明显的“以文为诗”的倾向受到非议。而以思理见长的宋诗甚至被指责为“非诗”。这样评诗虽有些偏激，但也从另一个方面说明诗歌是不宜于议论说理的，至少是要慎重使用这一诗法。

诗中议论如运用不当，就会削弱诗体的特征，将诗写得像宣传文字，从而使诗缺少独立的审美价值。推而及词、曲、赋，情况也大致如此。那么，如何才能做到既说理而又使韵文不失去其隽永的韵味呢？

一、说理必须与形象结合

文学是一门语言艺术，它的语言的艺术性，就主要表现在讲究遣词造句，要通过一定的技巧使语言的表达具体形象、生动有力。正是在这个意义上，有人说文学是一种诉诸心灵、诉诸感性的有意味的形式。而韵文是文学中最精粹的样式，它在语言上的要求更高。与散文、小说、戏剧相比，它的语言更应凝练、形象、生动。这是韵文的文体特点。

议论是诉诸大脑、诉诸理性的，它具有抽象、难以捉摸的性质。宜于议论的文体是散文。韵文中若要议论就必须与具体的叙事、描写结合起来，使之形象化。换句话说，韵文尤其是诗歌中的理更多地不是喋喋不休地说出来的，而是在一定或特定的情境中用心悟出来的。因为是用“心”悟得的，所以，即使说出来也是带有或强或弱的感情的，而不会流于空洞，仅仅成为“押韵的散文”。

宋诗因好说理，历来受到的非议最多，那我们就以它为例来作些分析。请看作品：

村　行

王禹偁

马穿山径菊初黄，信马悠悠野兴长。万壑有声含晚籁，数峰无语立斜阳。棠梨叶落胭脂色，荞麦花开白雪香。何事吟馀忽惆怅？村桥原树似吾乡。

画　眉　鸟

欧阳修

百啭千声随意移，山花红紫对高低。始知锁向金笼听，不及林间自在啼。

古 瓦 砚

欧阳修

砖瓦微贱物，得厕笔墨间。于物用有宜，不计丑与妍。金非不为宝，玉岂不为坚？用之以发墨，不及瓦砾顽。乃知物虽贱，当用价难攀。岂惟瓦砾尔，用人从古难！

钟山即事

王安石

涧水无声绕竹流，竹西花草弄春柔。茅檐相对坐终日，一鸟不鸣山更幽。

过松源晨炊漆公店　六首（其五）

杨万里

莫言下岭便无难，赚得行人错喜欢。正入万山圈子里，一山放出一山拦。

春　　日

朱　熹

胜日寻芳泗水滨，无边光景一时新。等闲识得东风面，万紫千红总是春。

这些是从各种宋诗选本中摘录下来的名作，无论是重在说理，还是只是含有议论，都不空发，或建立在叙事的基础上，叙议结合；或建立在描写的基础上，因景生理。尤其是朱熹的《春日》，不知就里的读者很可能完全把它看成一首到郊外去寻春的诗作，而实际上作者是借寻春为比，阐发学道的深刻道理。朱熹是大理学家，而据《史记·孔子世家》记载，孔子死后就“葬于鲁城北泗上”。诗中说“寻芳泗水滨”，就是暗示要努力去探寻孔子的思想，并将它发扬光大，使之如“万紫千红”的春天一样，充满新意，充满生机。

我们今天之所以还有些喜欢宋诗，还会在有人批评它的时候替它辩护，就因为它在说理的时候还没有完全失去诗味，还有象可观，有情可感，尤其有理可明。而且因为要把道理说得形象，宋代诗人往往将景物拟人化，把描写对象视为有感有知、可以对话的存在，从而使诗歌多了一份童稚般的情趣。

诗歌说理如此，词曲中要发议论也多借助于写景叙事。苏轼咏中秋的词——《水调歌头》我们太熟悉，不用举。我们看一首辛弃疾的诙谐词《卜算子·齿落》：

> 刚者不坚牢，柔的难摧挫。不信张开口角看，舌在牙先堕。　　已阙两边厢，又豁中间个。说与儿曹莫笑翁，狗窦从君过。

辛词进一步发展了自苏轼以来在词中存在的议论化倾向，喜欢用词抒发人生感慨，表达对人事的看法，故有人将苏词称为“词诗”，而把辛词视为“词论”（参见毛晋《稼轩词跋》）。所幸的是，辛弃疾的大部分词都是结合具体的景物或人事来谈论人生，评说是非。就拿上引的这首词来说，词人要说的是“刚者不坚牢，柔的难摧挫”这一富有辩证意味的哲理，但他不空发议论，而借“齿落”这件日常之事来发挥，让人在笑谑之中有所领悟。

二、韵文中的说理往往与抒情、叙事结合在一起

在上一点的论述中，我们主要从说理的形象化要求出发，说了韵文中的说理必须建立在叙事或描写的基础上。现在我们再从历代韵文创作的实际情况来进一步分析韵文中说理存在的状况。

仍以诗歌为例来说明。情和理从理论上说是两个不同的概念，是可以分开的。但在实际生活中，情理又总是连在一起，难以截然分开。一个作家当他在人生旅途中遭遇挫折时，他自然会产生失落之感，会痛苦，而同时吃一堑，长一智，他也会因此加深对社会的认识，甚至悟出一些人生的道理。其实，我们每个人都是这样长大的，都是这样走过来的。当诗人把人生中这一段受挫的难忘的经历记录下来的时候，他笔下的文字能不既入情又入理吗？

唐玄宗天宝七载（748），三十七岁的杜甫已在求仕的道路上走了十三年。在这个漫长的求仕过程中，他吃了苦头，忍了耻辱，却一无所获。他被残酷的现实刺痛了，激怒了，于是，他在《奉赠韦左丞丈二十二韵》一诗中写道：

> 纨袴不饿死，儒冠多误身。丈人试静听，贱子请具陈。甫昔少年日，早充观国宾。读书破万卷，下笔如有神。赋料扬雄敌，诗看子建亲。李邕求识面，王翰愿卜邻，自谓颇挺出，立登要路津。致君尧舜上，再使风俗淳。此意竟萧条，行歌非隐沦。骑驴十三载，旅食京华春。朝扣富儿门，暮随肥马尘。残杯与冷炙，到处潜悲辛。主上顷见征，欻然欲求伸。青冥却垂翅，蹭蹬无纵鳞。甚愧丈人厚，甚知丈人真。每于百僚上，猥诵佳句新。窃效贡公喜，难甘原宪贫。焉能心怏怏，只是走踆踆。今欲东入海，即将西去秦。尚怜终南山，回首清渭滨。常拟报一饭，况怀辞大臣。白鸥没浩荡，万里谁能驯！

由于诗人内心郁积了太多的愤懑不平，不吐不快，所以诗一开篇就是两句满含情感的议论："纨袴不饿死，儒冠多误身。"纨绔富儿凭出身就可以青云直上，而自己十三年来苦苦追求，想靠才志"致君尧舜上，再使风俗淳"，却青冥垂翅！儒家谆谆教导的思想又体现在哪里呢？全诗主要的议论虽然只有两句，但一针见血地揭露了已变坏了的现实，揭示了全诗的主旨。诗中虽然主要是杜甫对自身遭遇的具体陈述，但在叙述时诗人的情感也溢注于字里行间。议论、叙事、抒情在诗中已融为一体。

如前已述，这一特点在杜甫的长诗《自京赴奉先县咏怀五百字》、《北征》等诗中也有突出的表现，可以参看。

三、韵文中所说的道理往往具有哲理性

韵文不长于说理，因此，除少数诗人也用诗歌等韵文体式说玄理、谈性理之外，多数诗人一般不轻易用韵文说理。就诗歌而言，杜甫以后这种情况虽有所变化，但并未改变诗歌抒情的基本特征。如果在诗歌之中只是泛泛谈论日常生活中的是是非非，或只是代圣人立言，没有自己对生活的深刻认识，那诗歌就失去了存在的价值。这样的诗歌数量再多，也没有多少意义。

说理诗之所以还能引起读者的阅读兴趣，除了它在表达方面的特点外，还在于它所揭示的道理非常深刻，具有很强的哲理性，足以启人心智，发人深省。如：

蝉噪林逾静，鸟鸣山更幽。（［梁］王籍《入若耶溪》）

文章憎命达，魑魅喜人过。（［唐］杜甫《天末怀李白》）

沉舟侧畔千帆过，病树前头万木春。（［唐］刘禹锡《酬乐天扬州初逢席上见赠》）

不畏浮云遮望眼，只缘身在最高层。（［宋］王安石《登飞来峰》）

看似寻常最奇崛，成如容易却艰辛。（［宋］王安石《题张司业诗》）

不识庐山真面目，只缘身在此山中。（［宋］苏轼《题西林壁》）

书当快意读易尽，客有可人期不来。
世事相违每如此，好怀百岁几回开！（［宋］陈师道《绝句四首》其四）

纸上得来终觉浅，绝知此事要躬行。（［宋］陆游《冬夜读书示子聿》）

也许可以说，正是这一类的说理名句为以思理见长的诗歌增添了理性的光辉，一定程度上也提高了宋诗的品质。

第四节　其他常见的韵文表现手法

叙事、描写、议论是韵文的基本表现方法，除此之外，韵文还有其他一些常用的表现手法，如白描、象征、比喻、夸张、对比等。恰当地运用这些手法，将有助于丰富作品的文采，增强作品的艺术表现力，提高作品的审美价值。这一节我们将择要予以介绍。

一、白描

白描，《辞源》的解释是："用墨勾勒轮廓不着颜色的画法，称白描。多用于人物、花卉画。唐吴道子、北宋李公麟（龙眠）、元张渥皆以白描名家。"《辞海·文学分册》的解释是："中国画技法之一。源于古代的'白画'。用墨线勾描物象，不着颜色的画法。也有略施淡墨渲染的。多数指人物和花卉画。也泛指文学创作上的一种表现手法，即使用最简练的笔墨，不加烘托，勾勒出鲜明生动的形象。"从两书的解释中可以知道，白描原是一种画法，后来才引进到文学创作中，成为创作时描绘形象、刻画人物的一种手法。

在我们的印象中，以塑造人物为能事的小说常用白描手法，如鲁迅的小说就以白描见长，往往能在三言两语中将人物的神貌刻画得活灵活现。而在以抒情为主的韵文中白描手法的运用相对较少。不过，语言高度凝练、篇幅相对有限的诗词如果要写人的话，白描倒不失为一种经济有效的手法。

在古代韵文作家中，东晋的陶渊明、盛唐的王维、中唐的韩愈、南唐后主李煜、宋代的李清照、元代的马致远、清代的王士祯等都是白描的高手。我们以李煜、李清照的词为例：

点绛唇

李清照

蹴罢秋千，起来慵整纤纤手。露浓花瘦，薄汗轻衣透。见有人来，袜刬金钗溜，和羞走。倚门回首，却把青梅嗅。

如梦令

李清照

常记溪亭日暮，沉醉不知归路。兴尽晚回舟，误入藕花深处。争渡，争渡，惊起一滩鸥鹭。

一斛珠

李煜

晓妆初过，沈郎轻注些儿个。向人微露丁香颗。一曲清歌，暂引樱桃破。　罗袖裛残殷色可。杯深旋被香醪涴。绣床斜凭娇无那。烂嚼红茸，笑向檀郎唾。

菩萨蛮

李煜

花明月暗笼轻雾，今宵好向郎边去。刬袜步香阶，手提金缕鞋。　画堂南畔见，一晌偎人颤。奴为出来难，教郎恣意怜。

乌夜啼

李煜

无言独上西楼，月如钩。寂寞梧桐深院锁清秋。　剪不断，理还乱，是离愁。别是一般滋味在心头。

一一读下来，我们可以感知到，不管是写景，还是写人，是写人的情态，还是写人的心理，作者都能抓住其最富个性的特征，予以简洁而传神地勾勒，一点也不雕饰，只是将真景、真情用朴实自然的语言写出，便真真切切，形象动人。作为女性，李清照笔下写的那个"倚门回首，却把青梅嗅"的多情而又害羞的女子，那个"争渡，争渡，惊起一滩鸥鹭"的活泼而贪玩调皮的女子，就与李煜笔下那个"绣床斜凭娇无那。烂嚼红茸，笑向檀郎唾"的妩媚娇艳的歌女不同，也与那个"剪不断"离愁的深闺女子截然有别。

白描手法运用得好，可在一定程度上加强诗词在刻画人物上的表现力，使诗词在抒情的同时，能更好地凸显所写景物和人物的特征。

二、比喻和象征

比喻和象征是两种既有相同又有不同的表现手法。韵文中的比喻和象征几乎随处可见，它是作家增加作品的形象性或暗示性的重要手段。

先说比喻。从概念上说，比喻是一种借助具有相似特点的彼物来表现此物的修辞方式。根据存在方式的不同，比喻可以分为明喻、隐喻、借喻三种。若是明喻，比喻的双方均出现，且有"像"、"如"、"似"、"若"等喻词连接。如李煜名句"离恨恰如春草，更行更远还生"（《清平乐》）；刘禹锡名句"花红易衰似郎意，水流无限似侬愁"（《竹枝四首》）。徐幹名句"自君之出矣，明镜暗不治。思君如流水，何有穷已时"（《室思》）。若是隐喻，比喻双方是相合关系，不出现喻词，而常用"是"字相连，或用平行相似的句式代替。如杜牧名句"娉娉袅袅十三馀，豆蔻梢头二月初"（《赠别二首》其一）；贺铸名句"试问闲愁都几许？一川烟草，满城风絮，梅子黄时雨"（《青玉案》）。若是借喻，则既无本体，也无喻词，只出现喻体。如李商隐名句"沧海月明珠有泪，蓝田日暖玉生烟"（《锦瑟》）。比喻构成的关键在能发现彼此之间的相类相似的特征。

韵文中出现的比喻与一般日常生活说话运用比喻有所不同。日常的比喻更多的是为了使自己说的话更通俗，更明白，更容易让对方听懂。因此，比喻双方尤其是喻体让人越熟悉越好。当然，有时通过比喻也可以增加些说话的情趣。而韵文中的比喻则主要是一种说话的讲究、技巧，是为了让内在的无形的感情外化为具体的、可以感触的形象，或将读者的理解引向深入，将读者的联想、想象引进一个新的天地。因此，韵文中的比喻构思往往更费工夫，更具匠心，且喻体愈陌生就愈有可能产生更佳的抒情效果和审美效应。如：

> 我心匪石，不可转也。我心匪席，不可卷也。威仪棣棣，不可选也……日居月诸！胡迭而微？心之忧矣，如匪瀚衣。静言思之，不能奋飞。（《诗经·柏舟》）
>
> 北风卷地白草折，胡天八月即飞雪。忽如一夜春风来，千树万树梨花开。（《白雪歌送武判官归京》）
>
> 抽刀断水水更流，举杯销愁愁更愁！（李白《宣州谢朓楼饯别校书叔云》）
>
> 昨日春如十三女儿学绣，一枝枝不教花瘦。甚无情，便下得雨僝风僽，向园林、铺作地衣红绉。　而今春似轻薄荡子难久。记前时、送春归后，把春波都酿作、一江醇酎，约清愁、杨柳岸边相候。（辛弃疾《粉蝶儿》）
>
> 满城烟水月微茫，人倚兰舟唱。常记相逢若耶上，隔三湘，碧云望断空惆怅。美人笑道：莲花相似，情短藕丝长。（杨果《越调·小桃红·采莲女》）

有的比喻只是作品的一个有机组成部分；有的则整个作品都是由比喻构成。不管是哪一种情况，也不管是哪一类比喻，都为作品的艺术性增色不少。

象征与比喻有所不同。象征是“通过某一特定的具体形象以表现与之相似或相近的概念、思想和感情”（《辞海》）。一般地说，比喻多为临时性的，而象征具有相对的稳定性。所以，当一个比喻运用得多了，慢慢沉淀下来，有了相对确定的所指，那它就可能转为象征。如夕阳，最初的时候人们只是意识到“正在走向衰落的国家、朝代就像夕阳西下一样”，这只是一时的比喻。但当这轮夕阳总出现在叙述国家即将灭亡的事件之中时，或出现在抒发亡国之痛的韵文中时，它就具有象征意义。如李商隐的名句“夕阳无限好，只是近黄昏”；辛弃疾的词句“闲愁最苦！休去倚危栏，斜阳正在、烟柳断肠处”(《摸鱼儿》)。中国古代的文人之所以总是伤春悲秋，其实就是基于一种象征或说文化积淀：花之落，叶之凋，象征人间、人生美好事物的逝去。

再则，比喻往往是出现在部分句子里，而象征带有全局性，贯穿整个作品。一般作品中意象往往不止一个，是一群或一组；而象征性的作品常常只有一个意象，或以一个意象为中心。试比较以下两首诗：

吁嗟篇

曹　植

吁嗟此转蓬，居世何独然！长去本根逝，宿夜无休闲。东西经七陌，南北越九阡。卒遇回风起，吹我入云间。自谓终天路，忽然下沉泉。惊飚接我出，故归彼中田。当南而更北，谓东而反西。宕宕当何依，忽亡而复存。飘摇周八泽，连翩历五山。流转无恒处，谁知吾苦艰？愿为中林草，秋随野火燔。糜灭岂不痛，愿与株荄连。

使至塞上

王　维

单车欲问边，属国过居延。征蓬出汉塞，归雁入胡天。大漠孤烟直，长河落日圆。萧关逢候骑，都护在燕然。

两首诗都写到“蓬”，但在曹植的诗中“蓬”是中心意象，它象征的是曹植迁徙不断、进退维谷的人生遭遇和踪迹。在王维的诗中，“蓬”只是意象之一，只是暗喻作者这次的行踪。转蓬的象征意义应该是“人生如转蓬”这个比喻长期使用而逐渐积淀形成的。

最后，比喻的意义基本是确定的，而象征的意义则往往是模糊不确定的，甚至是多义的。象征手法写成的诗歌人们常常觉得不好懂，觉得难以理解其确切的含义。这种阅读的困惑正是由于象征只是一种暗示性的表达方式。从作者的角度讲，运用象征，一是因为有的情和事不便直言，不能直言，不敢直言，或要说的事太多，太复杂，无法直言；二是出于艺术上的考虑，以含蓄求意味深长。如李商隐著名的无题诗的创作有不少就是用了象征的手法。尽管很多无题诗我们读不懂，但我们依然喜欢，总觉得它有说不清也说不完的意蕴。

应该承认，要将象征与比喻尤其是暗喻分开，有时是很困难的。好在比喻也好，象征也好，都是使表达更形象、更有力的手法，一时的区分困难，并不至于影响我们对作品的准确理解。

三、对比与比拟

对比是一种常见且非常有效的表现手法。许多韵文名句都是由于对比鲜明而广为流传。如“昔我往矣，杨柳依依；今我来思，雨雪霏霏”；“战士军前半死生，美人帐下犹歌舞”；“珠玉买歌笑，糟糠养贤才”；“朱门酒肉臭，路有冻死骨”；“悲莫悲兮远别离，乐莫乐兮新相知”等。通过对比，事物的特征更加鲜明，所抒的感情更加深挚，所说的道理更加深入浅出。

在韵文写作中，往往有以对比来结构全篇的。古今对比，借古伤今已成为常用的一种构思。如果一个作家他的人生可以分为前后两个截然不同的时期，那他创作时也很容易拿他的过去来与现在比，在遇与不遇、幸与不幸、欢乐与痛苦的对比中来感伤人事的变迁，感慨命运的难以把握。典型的如李煜、李清照等。人总是喜欢回忆，作品中也总在叙写那些难以忘怀的记忆，而记忆中或哀或乐的往事又总能在现实中激起或喜或悲的感情，两相对比映衬，便生出许多妙文：

丑奴儿

辛弃疾

少年不知愁滋味，爱上层楼。爱上层楼，为赋新词强说愁。　　而今识尽愁滋味，欲说还休。欲说还休，却道天凉好个秋。

【古调蟾宫】元宵

王　磐

听元宵，往岁喧哗，歌也千家，舞也千家。听元宵，今岁嗟呀，愁也千家，怨也千家。那里有闹红尘香车宝马？只不过送黄昏古木寒鸦。诗也消乏，酒也消乏，冷落了春风，憔悴了梅花。

南宋爱国词人辛弃疾一生壮志未酬，他虽想“了却君王天下事”，却在仕途中屡遭打击，结果功业未就，人已先衰，让他尝尽了愁苦的滋味。这时再想起少年时的“为赋新词强说愁”，自然会如打翻了多味坛罐，不知是何滋味了。如果说辛词中抒写的主要是自己的生活和情感的变化的话，那明代散曲家王磐这首以“元宵”为题的作品写的则是社会的情况的日益糟糕。他与李清照一样，截取的是元宵这个一年中最热闹的节日的情景，如果在此时都欢乐不起来、热闹不起来的话，那个人和社会的状况便可想而知。一往一今，一歌舞一愁怨，真如李煜所说：“流水落花春去也，天上人间。”

对比之于文学，真是功莫大焉。

比拟是将物拟做人或将人拟做物的一种表现手法。一般拟人多，拟物少。拟人实际上就是把物人格化，将它看成是与人一样地有生命，有喜怒哀乐之情，可以言说，也可以行动。如“多情只有春庭月，犹为离人照落花”（张泌《寄人》）；“明月不谙离恨苦，斜光到晓穿朱户”（晏殊《蝶恋花》）；“无情最是台城柳，依旧烟笼十里堤”（韦庄《台城》）；“长安陌上无穷树，唯有垂杨管别离”（刘禹锡《杨柳枝词》）。同是柳、月，而有“多情”、“无情”之别，显然是作者将自己的哀乐之情投注到了所咏的事物上了，即把物拟人化了。自从人可以有“闲”心来观赏自然，可以以一种审美而非功利的眼光来观察山水的时候，人与自然之间的关系就大大拉近了。从魏晋到唐代，再到宋代，文人们对山水自然的审美意识得到了极大地提高，作品中咏山水的也越来越多，宋代的杨万里甚至提出过“诗在山林”的主张。在这种趋势下，以山水为代表的自然万物在作家的心目中，在作家的笔下活起来了，有灵性了。作品中尤其是诗词中比拟的运用多了，诗人词家们往往像孩童一般充满好奇地、专注地看着自然界的一切，笔下的花草虫鸟有情趣、有意味了。

吴沆《环溪诗话》中曾记载过这样一段对话：

> 环溪仲兄问：“山谷诗亦有可法者乎?”环溪曰：“山谷除拗体似杜而外，以物为人一体最可法。于诗为新巧，于理亦未为大害。”仲兄云：“何谓‘以物为人’?”环溪云：“山谷诗文中，无非以物为人者，此所以擅一时之名而度越流辈也。然有可，有不可。如‘春至不窥园，黄鹂颇三请’，是用主人三请事。如《咏竹》云：‘翩翩佳公子，为政一窗碧。’是用正事，可也。又如‘残暑已趋装，好风方来归；苦雨已鲜严，诸峰来献状。’谓‘残暑趋装’，‘好风来归’，‘苦雨鲜严’，‘诸峰献状’，亦无不可。至如‘提壶要酤我，杜宇赋式微’，则近于凿，不可矣。”

吴沆的观点有助于我们进一步理解黄庭坚的诗歌，理解宋诗，理解将物拟人的手法。宋代诗词中的情趣在一定程度上与比拟手法的大量运用有关系。如：

晚风寒林（其一）

杨万里

已是霜林叶烂红，那禁动地晚来风。寒鸦可是矜渠黠？踏折枯梢不堕空。

落　花

杨万里

红紫成泥泥作尘，颠风不管惜花人。落花辞树虽无语，别倩黄鹂告诉春。

水调歌头　盟　鸥

辛弃疾

带湖吾甚爱，千丈翠奁开。先生杖屦无事，一日走千回。凡我同盟鸥鹭，今日既盟之后，来往莫相猜。白鹤在何处？尝试与偕来。　破青萍，排翠藻，立苍苔。窥鱼笑汝痴计，不解举吾杯。废沼荒丘畴昔，明月清风此夜，人世几欢哀。东岸绿阴少，杨柳更须栽。

仔细品味，不难觉出其新奇可亲的特点。这是比拟的好处之一，它拉近了人与自然的距离，让在尘世中感到疲倦的人们有了一个去处，有了一个可以倾诉的对象。还是辛弃疾说得好：“一松一竹真朋友，山鸟山花好兄弟。”

也许可以说，人与自然亲近的日子，就是拟人手法产生的时候。

四、夸张与细节

《辞海》对“夸张”的解释是：“文艺创作的一种表现手法。以现实生活为基础，并借助丰富的想象，抓住描写对象的某些特点加以夸大和强调，以突出所反映事物的本质特征，加强艺术效果。”从定义中可以看出，运用夸张，一不能脱离生活，凭空捏造，要夸而不诬，夸而有信；二是通过夸张要能突出事物的本质特征；三是要能使表达效果更好。

不过，就韵文尤其是诗词曲来说，夸张的目的主要是为了突出所抒发的情感，强化抒情效果。只有基于情感的夸张，才可能真实自然。从这个角度说，夸张不是有意将对象说大或说小，而是情之所至，不能不然。

夸张是一种特别能凸显主观情感色彩的手法，因此，相对而言，在具有浪漫气质的作家那里运用得更多些。“情人眼里出西施”，在主观情感的强烈作用下，眼中的景物就如哈哈镜里的人像一样，全变形走样了。所以，所谓的“夸而不诬，夸而有信”，说的是艺术的真实，是情理上的可信。

说到韵文中的夸张，自然躲不开李白。李白自己在《上李邕》诗中早就表白过：“时人见我恒殊调，见余大言皆大笑”。李白生逢大唐盛世，具有雄才大略，立有大志，很想大有作为，也曾“仰天大笑出门去”过，不料却大失所望！这大起大落的遭遇带来的情感大潮，没有“大言”怎么发泄得了呢？让我们再听听这些足以惊天地、泣鬼神的诗句吧：

君不见黄河之水天上来，奔流到海不复回！君不见高堂明镜悲白发，朝如青丝暮成雪！（《将进酒》）

于阗采花人，自言花相似。明妃一朝西入胡，胡中美女多羞死。（《于阗采花》）

屈平词赋悬日月，楚王台榭空山丘。兴酣落笔摇五岳，诗

成笑傲凌沧州。(《江上吟》)

鸬鹚杓，鹦鹉杯。百年三万六千日，一日须倾三百杯。(《襄阳歌》)

人道横江好，侬道横江恶。一风三日吹倒山，白浪高于瓦官阁。(《横江词》)

燕山雪花大如席，片片吹落轩辕台。(《北风行》)

狂风吹我心，西挂咸阳树。(《金乡送韦八之西京》)

在古代文学史上，李白恐怕是运用夸张手法最多也最好的诗人。由于七言诗，或以七言为主的杂言体更适合表达他那波澜起伏的感情，故夸张手法也多出现在这一类诗中。

夸张不仅指将对象夸大，也包括把事物往小处说。如李贺在《梦天》一诗中就曾写道："黄尘清水三山下，更变千年如走马。遥望齐州九点烟，一泓海水杯中泻。"在梦境里，在想象中，广大无边的中国如"九点烟"一样渺小，渺无边际的海水竟如杯中之水那么少。李贺的浪漫情怀由此可见一斑。苏轼的《澄迈驿通潮阁二首》也有"杳杳天低鹘没处，青山一发是中原"的夸张描写，同样是往小里"夸"。

韵文中的夸张当然不止于加强抒情效果，有时也是为了突出所写对象的特征，尤其在以体物见长的赋中。如相传为宋玉所作的《登徒子好色赋》中对"东家之子"美貌的描写就是一例，文曰："天下之佳人，莫若楚国；楚国之丽者，莫若臣里；臣里之美者，莫若臣东家之子。东家之子，增之一分则太长，减之一分则太短；著粉则太白，施朱则太赤；眉如翠羽，肌如白雪，腰如束素，齿如含贝，嫣然一笑，惑阳城，迷下蔡。"经作者如此细致入微地一番夸张描写，东家美女的特征已深深地印入了读者的心中。

又如司马相如《子虚赋》中对楚国七泽之一——"云梦"的描写，其中就有不少夸饰之处。乌有先生在听过之后说了自己的感受，他评论道："是何言之过也！足下不远千里，来贶齐国；王悉发境内之士，备车骑之众，与使者出畋；乃欲戮力致获，以娱左右，何名为夸哉？问楚地之有无者，愿闻大国之风烈，先生之馀论也。今足下不称楚王之德厚，而盛推云梦以为高；奢言淫乐，而显侈靡，窃为足下不取也。必若所言，固非楚国之美也；无而言之，是害足下之信也。”虽然乌有先生这里所说的“言之过”、“夸”、“奢言”不完全是指我们所说的“夸张”，但他实际上指出了赋体在描写上喜欢用夸张的特点。扬雄《法言·吾子》中曾概括说：“诗人之赋丽以则，辞人之赋丽以淫。”所谓“淫”就是形容太过。

如果说夸张是把点说成面或将面看成点的话，那么，细节描写则是抓住最能显示作家性情的那一细微之点，作深入肌理的刻画。韵文尤其是诗词中不常用细节描写，但运用得恰当，往往最能表现出抒情主人公的真实处境、真实感情。略举几例如下：

> 白头搔更短，浑欲不胜簪。（杜甫《春望》）
>
> 驱却坐上千重寒，烧出炉中一片春。吹霞弄日光不定，暖得曲身成直身。（孟郊《答友人赠炭》）
>
> 倚门回首，却把青梅嗅。（李清照《点绛唇》）
>
> 柳外画楼独上，凭阑手捻花枝。放花无语对斜晖，此恨谁知。（秦观《画堂春》）

《春望》是“安史之乱”起后杜甫在长安写的。其时乱军已占领长安，杜甫被困在城内，既忧心如焚，又无可奈何，诗人以头发越搔越少这样一个生活细节吐露自己的深重忧思。与杜甫相比，孟郊似乎更多地是说自己的苦寒，鸣自己的不平。一句“暖得曲身成直身”形象地写出了自己饱受“千重寒”侵袭的生活困境。李清照词中那含情脉脉的花季少女的心事则通过一“回首”、一“嗅梅”的细节透露无遗。在以上四例中，最令人玩味的恐怕得数秦观词中那“放花无语对斜晖”的动作，正是这看似不经意却又不由自主的“放花”之举，将读者探询的目光带进了主人公那充满怨恨的内心世界。

第五节　诗词中的用典

中国古代诗词一贯追求含蓄，并通过含蓄的表达来获致隽永的韵味，来达到耐人琢磨的效果。诗词中用以达到含蓄的途径、方式是多种多样的，除了最常见的借景抒情，托物言志外，用典（或称使事）是一种在诗歌发展的过程中逐渐发展起来、且运用日广的重要方式。这里所说的“典故”是指“诗文中引用的古代故事和有来历出处的词语”（《辞源》）。诗词中典故用得多了，讲究也就多了，渐渐也成为一种艺术，一门学问。

一、古人关于用典的基本看法

在古代的诗文评中有不少关于用典的论述，在这些论述中实际上涉及作家对待用典的态度和用典的一些基本要求。

南宋的魏庆之曾编有一部《诗人玉屑》，在该书的卷七中他专列“用事”一门，录载了前人关于用典的一些说法，从中我们可以归纳出用典的一些基本要求：第一，诗不贵用典，尤其不可有意用典。如钟嵘在《诗品》中就曾说过：“夫属词比事，乃为通谈；吟咏情性，何贵用事！‘思君如流水’，既是即目；‘高台多悲风’，亦为所见；‘清晨登陇首’，羌无故实；‘明月照积雪’，讵出经史；古今胜语，多非补假，皆由直寻。”第二，用典要如水中撒盐，用而无迹，要事如己出，天然浑厚。据《西清诗话》记载，杜甫曾说：“作诗用事，要如禅家语‘水中着盐，饮水乃知盐味’。”《石林诗话》也说：“诗之用事，不可牵强；必至于不得不用而后用之，则事辞为一，莫见其安排斗凑之迹。”第三，用典要灵活、巧妙，要使事，而不为事使，用典的方式要多样，要富于变化。书引《蔡宽夫诗话》的记载说：“荆公尝云：诗家病使事太多，盖皆取其与题合者类之，如此乃是编事，虽工何益！若能自出己意，借事以相发明，变态错出，则用事虽多，亦何所妨!”第四，用典要精确得当，一字不苟，不可率尔用事，不能用事失实，误用甚至乱用。魏庆之实际上是借他人之口阐明了自己对使事用典的基本观点。后世诗评家论及用典，其看法也大致如此。

二、用典的基本方式

诗词中用典的具体情况是非常复杂的，用典也以富于变化为贵。如果要对用典的具体情况进行分析的话，我们可以从意义使用的角度分出以下几种方式来作介绍：

(1) 正用

正用即使用典故的正面意思或说在原意的层面上使用典故。这是典故使用最常见、最一般的方式。如李白《行路难三首》其一写道：

> 金樽清酒斗十千，玉盘珍羞直万钱。停杯投箸不能食，拔剑四顾心茫然。欲渡黄河冰塞川，将登太行雪满山。闲来垂钓碧溪上，忽复乘舟梦日边。行路难，行路难，多歧路，今安在？长风破浪会有时，直挂云帆济沧海。

诗中有多处使用了典故。“停杯”两句化用了南朝著名诗人鲍照《拟行路难》中的意思：“对案不能食，拔剑击柱长叹息。丈夫生世会几时，安能蹀躞垂羽翼。”“闲来”两句一用姜太公吕尚的典故，一用伊尹的故事。传说姜太公在没有遇到周文王之前，曾在渭水之滨垂钓，且用的是直钩，其意在等待风云际会的时机；而伊尹在没有遇见商汤之前，也曾梦见自己乘舟经过日月之旁。李白在这里合用这两个相似的故事，意在表明自己虽然失意彷徨，但还没有完全放弃，仍在等待时机，希望最终能得到君王的赏识。最后两句则用了宗悫的故事，据《南史·宗悫传》记载，宗悫年轻时，叔父宗炳问他的志向，宗悫回答说：“愿乘长风破万里浪。”“乘风破浪”后来成了一个常用之语。李白用这个故事显然是要重申自己的抱负。以上六句都是在原意上运用典故，所以，只要知道该典故的出处，能正确理解原典故的意思，就能准确把握诗人词家用这个典故所要表达的具体含义。

（2）反用

所谓反用，就是在相反的意义上使用典故。与正用相比，反用典故有时能出奇制胜，取得意想不到的表达效果。

宋代诗人为了使诗意出新而常用的“翻案法”其实就是对典故的一种反用。南宋诗人杨万里在《诚斋诗话》中曾举了一些例子来说明苏轼喜用此法，他说：

> 孔子、老子相见倾盖，邹阳云：“倾盖如故”。孙侔与苏轼不相识，乃以诗寄坡，坡和云：“与君盖亦不须倾。”刘宽责吏，以蒲为鞭，宽厚至矣。东坡诗云：“有鞭不用安用蒲。”老杜有诗云：“忽忆往时秋井塌，古人白骨生青苔，如何不饮令心哀。”东坡则云：“何须更待秋井塌，见人白骨方衔杯。”此皆翻案法也。

清代刘熙载在《艺概·诗概》中也曾指出：“东坡诗推倒扶起，无施不可，得诀只在能透过一层及善用翻案耳。”在宋代，不仅苏轼，江西诗派及其他作家也喜欢反用典故。如《左传》定公十三年记载齐国高强的话说：“三折肱，知为良医。”而黄庭坚在《寄黄几复》一诗中则以“治病不蕲三折肱”来称赞好友的治世才干；《淮南子·说林》中有云：“临河而羡鱼，不如归家织网。”黄庭坚在《池口风雨留三日》诗中则表白“翁从旁舍来收网，我适临渊不羡鱼”；杜甫诗中曾说“来书细作行”，黄庭坚在《新喻道中寄元明用觞字韵》则反说道：“但知家里俱无恙，不用书来细作行。”南朝梁王籍《入若耶溪》诗有“蝉噪林逾静，鸟鸣山更幽”之句，王安石在《钟山即事》中却反其意而用之，认为“一鸟不鸣山更幽”等。反用典故不仅是翻新诗意的需要，也是宋代诗人作诗好出奇逞能的一种表现。当然，其中多少也反映了宋代文人思维的活跃和精深。

（3）透进一层而用之

用典讲究、用典方式丰富多样是唐尤其是杜甫以后的事。在杜甫那里，用典精审已然成为他诗歌创作的一大特色。而到了晚唐的李商隐诗中，用典又有发展。宋代出现的西昆体实际上是专学李商隐用典的功夫。而以黄庭坚为首的江西诗派则如有人所评，是以西昆功夫来达到老杜的诗歌境界。黄所提出的著名的“夺胎法”、“换骨法”，说到底是为了“以故为新”、“点铁成金”，是一些关于如何用古即如何用典的方法。所以，用典到了黄庭坚手里，可以说已达登峰造极的境地。正如前引刘熙载的话所说，苏、黄他们不仅能正用，又擅长且喜欢反用，有时还可“透过一层”而用之。

如黄庭坚《次韵王炳之惠玉版纸》诗开头两句写道：“王侯须若缘坡竹，哦诗清风起空谷。”句中用了王褒《僮约》中的故事，不过，《僮约》中只是说髯奴的胡须“离离若缘坡之竹”，是一个比喻，而黄则先化虚为实，将比喻变成真的，说它就是“缘坡竹”，然后在这层意思上再进行形容，于是才有“哦诗清风起空谷”的描写。

又如《汉书·孝武李夫人传》记载李延年的歌曰：“北方有佳人，绝世而独立，一顾倾人城，再顾倾人国。”后人便用“倾城倾国”来形容女子的美貌。而黄庭坚在《次韵刘景文登邺王台见思》中则先将对方的诗比成美色，然后形容说“公诗如美色，未嫁已倾城”，赞美的程度更进了一步。

以上所列及的三种方式相对来说是用典的主要方式。在具体的运用中，各种方式是交错的，如辛弃疾的名作《水龙吟·登建康赏心亭》词的下阕所用三个典故中，就既有正用，也有反用，而且用桓温一典时还有意隐去要说的意思——“人何以堪”，而只提示它的上句——“树犹如此”，表现出对典故运用技巧的熟练把握。

三、诗词中喜用典故的原因

诗词中喜用典故除了艺术上的考虑即为了表达的含蓄之外，还有政治上的因素，往往与缺少言论自由的环境有关。

中国文人在走上仕途、成为人臣之后，不管是遇到治世还是乱世，也不管身处顺境还是逆境，他实际上都居于服从的地位，高度的集权专制，密布的繁文缛节，使文人几乎没有自由言论的可能。为了说几句真话，为了当面劝阻君主，有的人丢了官，罢了职，有的人甚至付出了生命的代价。唐以前情况可能还好一些，到了宋以后，事情就变得日益严重了。所以，南宋的洪迈在《容斋随笔》中说过一段话："唐人歌诗，其于先世及当时事，直辞咏寄，略无避隐，至宫禁嬖昵，非外间所应知者，皆反复极言，而上之人亦不以为罪。如白乐天《长恨歌》讽谏诸章，元微之《连昌宫词》，始末皆为明皇而发。杜子美犹多，如《兵车行》……今之人不敢尔也。"这话显然有所指。在北宋，苏轼就因被诬为作诗讪谤朝廷而几乎送了性命，这就是著名的"乌台诗案"，有人说这是文字狱的开始。这种因言论而获罪的情况历元、明而延及清朝，并在清朝达到令人发指的地步。也许正是险恶的言论环境，迫使诗人词家不得不将目光从现实中收敛起来，将其放回到内心深处，而将话语引向历史，让批判现实的锋芒在裹上一层古人的外衣之后重新指向当今。黄庭坚之所以反对在诗中"怒邻骂坐"，而提出"以故为新"的一套诗法，其深层原因恐怕也在这里。高压的政治环境使文人不敢直说，而久郁难抑难堪的情感又使他不能不说，于是只好使用典故来曲折地说，隐约地说。政治原因是用典更为主要、更为直接的因素。通过用典而借古说今，可以在一定程度上躲过政治迫害。

诗词中喜用典故的另一个原因是通过用典可以大大丰富诗词的内涵。前面我们一再说过，诗词的篇幅再怎么长也总是非常有限的，要表达的思想情感往往是丰富多样，乃至说不完的。因此，诗人词家必须不断地寻找能容纳更多思想情感的艺术表达方式。而典故正是这样一种言说方式，它只需用极为有限的一个或几个词语、一句或两句诗（词）就能暗含一段历史、一个故事，并借助这段历史、这个故事又可以生发出更多能与现实关联起来的意思。以少总多，这是典故的一大长处。

四、使用典故应注意的三个问题

典故使用是个牵涉面极广的问题。从历来用典的实际来看，有三个方面应该引起重视：

一是要用好典故，必须“读书破万卷”。典故出自古代典籍，内容涉及经、史、子、集等方方面面，如不博览而精读，积累丰富的知识，烂熟于心，就无法在用典时做到准确无误，更不能达到左右逢源、游刃有馀的水平。南宋周密《弁阳诗话》曾引高复古的话说：“胸中无千百家书，乃欲为诗，如贾人无资，绝不能致奇货也。”诗词中用典都在宋代达到极致（诗可推苏轼、黄庭坚、陆游，词则是辛弃疾），这与崇尚读书、读书风气浓厚、多饱学多识之士有密切关系。

二是要用自己的情和识去激活典故。正如咏史诗是为了借古伤今或借古说今一样，用典也是为了表达在现实中产生的情意。典故在没有经过作者的情感浸染之前，在没有和作者的思想碰撞之前，它只不过是过去发生的故事或前人用过的词语、说过的意思，它因与现实无关而失去意义，甚至是没有生命力的一堆死物。只有当它成为了作者抒写自己情意的手段时，它才能变得有意义，才能重新获得表意的功能。

三是要力戒借用典来逞才使能的不良文风。在现存的典故中，就有一个名为“掉书袋”的典故，《辞源》中对它的解释是：“讥人喜引用古书，卖弄渊博。”在所举例子中提到了陆游、辛弃疾有时患这毛病。可见，使用典故要从表情达意的实际需要出发，该用才用，不能为用典故而用典故，不能为了炫耀自己的学问大，在作品中堆垛典故。堆砌典故只会造成表达的障碍，造成文意的晦涩。

总之，典故很难不用，但也不宜多用，更不能乱用。

第六节　韵文的章法

文无定法。优秀的作家在创作时，总能如苏轼在《答谢民师推官书》中所形容的那样，行文“如行云流水，初无定质，但常行于所当行，常止于不可不止，文理自然，姿态横生”。不过，对初学者、对尚处于摹仿阶段的作者来说，又希望学有所依，学有所法。而文学在长期的发展过程中，又自然地积累、形成了一些可供借鉴的章法，因此，历来探讨、介绍谋篇布局、遣词造句的著述也为数不少。这种情况的客观存在，让作家们渐渐认识到文章既有一定的章法可依，又无固定不变的死法可守。还是如苏轼在《书吴道子画后》中所言，真正的大师要能“出新意于法度之中，寄妙理于豪放之外”，既中规中矩，又游刃有馀。

下面就前人已有的总结，对韵文的章法择要作些分析。

一、关于诗歌的起承转合

“起承转合”是关于诗歌章法最流行的说法之一。《辞源》对“起承转合”的解释是：“诗文结构的一般顺序。元范梈《诗法》：‘作诗有四法：起要平直，承要春容，转要变化，合要渊永。’清王应奎《柳南随笔》一《宋人论文》：‘冯已苍（舒）批《才调集》，颇斤斤于起承转合之法。何义门（焯）谓若著四字在胸中，便看不得大历以前诗。’”在这个解释中有两点值得注意：一是起承转合只是诗文结构的一般顺序，而不是惟一的结构方式，且是在律诗出现之后才逐渐形成的一种结构方式；二是起承转合都有其自身的相应要求，创作时应根据要求来安排结构。

如果以绝句和律诗为例，那起承转合的具体情况和基本要求大致是：

“起”就是即题起头开篇。起句又可称为发句，指绝句的第一句或第一、第二句和律诗的第一联。起句要平实直接而又不平凡，要能笼罩全诗，能关合诗中要表达的思想感情。

“承”即紧接起句对要表达的意思作补充或发展。一般指绝句的第二句或律诗的第二联。诗写到承的部分，要表达一个相对完整的意思，但全诗的中心意思还没有透露出来。承句要求从容不迫。

“转”是转折，一般是由写景转到写人或由写人转到写景，也可以由一个意思转到另一个意思。转出现在绝句的第三句、律诗的第三联。转句是全诗的关键句子，要求富于变化。全诗的中心意思到转句就已经显露出来了。

“结”是完成意思的表达，照应起句，结束全诗。结句又称落句，指绝句的最后一句和律诗的最后一联。结句要水到渠成，能引发隽永的回味。通过结句，要能振起全篇，能使诗转折前后的意思贯穿起来，从而使全诗成为一个整体。

举例来说：

闺　怨

王昌龄

闺中少妇不知愁，春日凝妆上翠楼。忽见陌头杨柳色，悔教夫婿觅封侯。

南园（其五）

李　贺

男儿何不带吴钩？收取关山五十州。请君暂上凌烟阁，若个书生万户侯？

观　猎

王　维

风劲角弓鸣，将军猎渭城。草枯鹰眼疾，雪尽马蹄轻。忽过新丰市，还归细柳营。回看射雕处，千里暮云平。

伤 春

陈与义

庙堂无策可平戎，坐使甘泉照夕烽。初怪上都闻战马，岂知穷海看飞龙。孤臣霜发三千丈，每岁烟花一万重。稍喜长沙向延阁，疲兵敢犯犬羊锋。

王昌龄有“七绝圣手”之称。《闺怨》是他这一类题材的代表作之一。第一句即题而从相反的意思写起，起得不一般，“不知”二字尤具引发下文之力；第二句具体说明“不知”的表现，一个“凝”字透出闺中少妇此时无忧无虑的心理状态，暗示了她想外出游春的念头；这两句是一层。第三句急转直下，以一“忽”字将少妇从“不知愁”的情感状态中拽出，把她带回到很久以前和她夫婿离别的情景之中。不经意间抬头看见的青翠杨柳色，终于又唤起了她几乎已尘封的离别相思之情，让她不由自主地滋生出深深的悔意。第四句即自然落到“闺怨”，从正面揭示主旨。从整首诗的结构来看，第三句的转折是一个关键，它将起句的“不知愁”与结句的“悔”紧紧连贯起来，使全诗如一气呵成。

李贺的《南园》诗共有十三首，是李贺乡居时的即兴之作。南园是李贺福昌故居的田园。李贺虽说过“长安有男儿，二十心已朽”的伤心话，且一生多病、失意，但他本也是有青云之志的人。这首诗抒发的正是他欲弃文从武、早建功业的慷慨之情。第一句以问句起始，直接点明男儿在这个藩镇割据、国家面临分裂之时应立的志向；第二句承第一句之意，补充说明“带吴钩”的目的；前两句已表达出一个完整的意思。第三句以祈请的口吻将读者的目光引向铭记功臣勋业的凌烟阁，由对现实中男儿事业的期盼转到对历史中英雄的钦仰，同时暗含第四句的意思；第四句以一个反问句照应开头，揭明全诗的主旨，让读者在对反问的思考中进一步理解全诗各句在意思上的关联。正是基于对历史和现实的深刻认识，才使李贺明白了一个道理：在一个需要拿起武器去战斗的年代，仅做一个书生是没有建功之时、封侯之望的。

《观猎》是王维五言律诗的代表作之一。首联点题而起，“风劲角弓鸣”一句起势不凡，有力渲染出狩猎的紧张气氛，暗示不是平常之辈的狩猎，故接以“将军猎渭城”之句。颔联紧承首联，具体写猎场的情况和猎鹰、猎马的敏捷轻快，暗示骑马擎鹰之将军的俊逸风姿。颈联由写物转到写人，描写将军狩猎凯旋而归的情景。尾联关合颈联，照应开头，用猎后回首见到的景色虚写射雕时的场面，在无边的暮色中结束全诗。诗从“风劲”写起，以“暮云平”结束，中间是风起之后云涌的壮阔过程。将军的风采正是在狩猎这个如风起云涌般的行动中“观”出来的。

陈与义是两宋之际的著名诗人。《伤春》写于北宋灭亡之后，诗题取意于杜甫写于“安史之乱”中的同题诗。诗的首联从议论“伤春”的原因开始，“庙堂无策”四字是一篇之眼。颔联紧承首联，揭示面临外族入侵危局而“庙堂无策”的必然结果，“初怪”、“岂知”两个短语，见出局势的日益严峻。颈联由对国势的担忧转到对伤春之人自身心境的叙写，在白与红、多与少的鲜明对比中将伤春之旨作了充分的表露。尾联以赞扬向子諲、对比“庙堂无策”结束。“稍喜”之情如星星之火，照亮了一点“孤臣”那撩拨不开的心中愁雾，也照见了最高统治者内心的怯弱和昏聩，看似宕开一笔写“喜”，实则是更进一步诉说忧伤。

从以上的分析可以看出，在律诗和绝句中的确存在一个相对固定、有一定普遍性的结构模式——起承转合。对这一结构模式的最初总结也许是为了教习初学作诗者，但观念一旦形成，就会在以后的诗歌创作中产生或大或小的影响。以此去析诗，有一定的合理性，会有所收获。

当然，在古代诗评中也有人对“起承转合”的说法持激烈的批评态度。王夫之在《姜斋诗话》卷下中就曾说：“起承转收，一法也。试取初、盛唐律验之，谁必株守此法者？法莫要于成章；立此四法，则不成章矣。且道‘卢家少妇’一诗作何解？是何章法？又如‘火树银花合’，浑然一气；‘亦知戍不返’，曲折无端。其他或平铺六句，以二语括之；或六七句意已无馀，末句以飞白法飏开，义趣超远：起不必起，收不必收，乃使生气灵通，成章而达。至若‘故国平居有所思’，‘有所’二字，虚笼喝起，以下曲江、蓬莱、昆明、紫阁，皆所思者，此自《大雅》来；谢客五言长篇用为章法；杜更藏锋不露，抟合无垠：何起何收，何承何转？陋人之法，乌足展骐骥之足哉？”又说：“起承转收以论诗，用教幕客作应酬或可；其或可者，八句自为一首尾也。塾师乃以此作经义法，一篇之中，四起四收，非蠚虫相衔成青竹蛇而何？两间万物之生，无有尻下出头，枝末生根之理。不谓之不通，其可得乎？”王夫之是明末清初著名的思想家、学者、文学家，他的意见值得参考。只有看到“起承转合”这一概括的不足，才能更好地理解诗歌章法的丰富多变。

总之，“起承转合”只是古代诗歌的章法之一。

二、关于诗词前景物后情理的常有布局

景与情结合，情与景交融，可以说是诗词中最常见的抒情乃至说理的方式。在作品中，景物与情理如何结合、以什么结构形式存在往往是不确定的、变化多端的。范晞文在《对床夜语》卷二中曾以杜甫诗为例，对情景关系的多变作了具体分析，他说：“老杜诗：‘天高云去尽，江回月来迟。衰谢多扶病，招邀屡有期。’上联景，下联情。‘身无却少壮，迹有但羁栖。江水流城郭，春风入鼓鼙。’上联情，下联景。‘水流心不竞，云在意俱迟。’景中之情也。‘卷帘唯白水，隐几亦青山。’情中之景也。‘感时花溅泪，恨别鸟惊心。’情景相触而莫分也。‘白首多年疾，秋天昨夜凉。’‘高风下木叶，永夜揽貂裘。’一句情，一句景也。固知景无情不发，情无景不生，或者便谓首首当如此作，则失之甚矣！”不过，在众多变化中也有不变，有常态，即一般以先景物后情理的结构方

式为多见。

先景物后情感的结构方式应该与情感产生的基本方式有密切关系。古人论及情感的产生时曾一再说到触景生情、感物动情的意思。如《乐记》中说："凡音之起，由人心生也。人心之动，物使之然也。感于物而动，故形于声。声相应，故生变，变成方，谓之音。"钟嵘《诗品序》说："气之动物，物之感人，故摇荡性情，形诸舞咏。"刘勰《文心雕龙·物色》篇说："春秋代序，阴阳惨舒，物色之动，心亦摇焉……岁有其物，物有其容；情以物迁，辞以情发。"南宋的理学家朱熹在《诗集传序》中也说："人生而静，天之性也，感于物而动，性之欲也。夫既有欲矣，则不能无思，既有思矣，则不能无言，既有言矣，则言之所不能尽，而发与咨嗟咏叹之馀者，必有自然之音响、节奏而不能已焉。此诗之所以作也。"因是"感物而动情"、"为情而造文"，作品的结构自然也随情而生。中国古代的诗词之所以走上一条借景抒情的路子，说到底是"情"势所趋。

就律诗而言，先景后情的结构是指前四句以写景为主，后四句以抒情为主。若仅从中间两联来看，则往往是一联景，一联情，可以先景后情，也可以先情后景，但以先景后情为多。一般地说，前面的写景为后面的抒情作些铺垫、渲染以创造氛围，有时也可以借助景物对所抒之情有所暗示。例如：

临洞庭赠张丞相

孟浩然

八月湖水平，涵虚混太清。气蒸云梦泽，波撼岳阳城。欲济无舟楫，端居耻圣明。坐观垂钓者，徒有羡鱼情。

过 苏 州

苏舜钦

东出盘门刮眼明，萧萧疏雨更阴晴。绿杨白鹭俱自得，近水远山皆有情。万物盛衰天意在，一身羁苦俗人轻。无穷好景无缘住，旅棹区区暮也行。

登金陵凤凰台

李　白

凤凰台上凤凰游，凤去台空江自流。吴宫花草埋幽径，晋代衣冠成古丘。三山半落青天外，一水中分白鹭洲。总为浮云能蔽日，长安不见使人愁。

就绝句而言，往往两句写景，两句抒情或说理，同样以前景后情为多。如：

绝句二首（其二）

杜　甫

江碧鸟逾白，山青花欲燃。今春看又过，何日是归年。

十五夜望月

王　建

中庭地白树栖鸦，冷露无声湿桂花。今夜月明人尽望，不知秋思在谁家？

丰乐亭游春三首（其一）

欧阳修

红树青山日欲斜，长郊草色绿无涯。游人不管春将老，来往亭前踏落花。

寄　内

孔平仲

试说途中景，方知别后心：行人日暮少，风雪乱山深。

江　上

王安石

江水漾西风，江花脱晚红。离情被横笛，吹过乱山东。

如果是词，则上阕写景，下阕抒情，或只是在部分之中存在先景后情的结构顺序。如：

苏幕遮

范仲淹

碧云天，黄叶地，秋色连波，波上寒烟翠。山映斜阳天接水，芳草无情，更在斜阳外。　黯乡魂，追旅思，夜夜除非、好梦留人睡。明月楼高休独倚，酒入愁肠，化作相思泪。

相见欢

朱敦儒

金陵城上西楼，倚清秋。万里夕阳垂地、大江流。　中原乱，簪缨散，几时收？试倩悲风吹泪、过扬州。

清平乐独宿博山王氏庵

辛弃疾

绕床饥鼠，蝙蝠翻灯舞。屋上松风吹急雨，破纸窗间自语。　平生塞北江南，归来华发苍颜。布被秋宵梦觉，眼前万里江山。

望海潮

秦　观

梅英疏淡，冰澌溶泄，东风暗换年华。金谷俊游，铜驼巷陌，新晴细履平沙。长记误随车，正絮翻蝶舞，芳思交加，柳下桃蹊，乱分春色到人家。　　西园夜饮鸣笳，有华灯碍月，飞盖妨花。兰苑未空，行人渐老，重来是事堪嗟。烟暝酒旗斜，但倚楼极目，时见栖鸦。无奈归心，暗随流水到天涯。

相对而言，先景后情的结构顺序比较多地出现在律诗和令词中。必须指出的是，这一归纳虽具有一定的普遍性，但不能也无法包括诗词中的全部景情关系。从总体看，诗词中景与情的关系是错综复杂的，鉴赏时必须进行更为具体细致的分析。

三、主客问答——赋中一种较常见的结构方式

与诗词曲章法的变化无穷相比，赋体文学在漫长的发展过程中形成的一些结构方式具有相对的稳定性，如汉赋（主要指汉大赋）中主要以主客问答的方式来结构全篇的章法，即使到了唐宋以后出现的文赋中有的也仍然保留着，无论是欧阳修的《秋声赋》，还是苏轼的前、后《赤壁赋》，都沿用了主客问答的结构方式，在不断的问答中将要描写的事物层层剥开，把想表达的意思引向深入，直到最后把问题解决。又如在六朝骈赋中形成的骈四俪六的造句方式，也逐渐成为流行的句式结构，常出现在各体赋文中。

汉大赋篇幅太长，不便举例。现以对汉大赋的体制等产生过直接影响的宋玉的作品——《风赋》为例，对主客问答的结构方式略作说明，赋中写道：

楚襄王游于兰台之宫。宋玉、景差侍。有风飒然而至。王乃披襟而当之，曰："快哉此风！寡人所与庶人共者耶？"宋玉对曰："此独大王之风耳，庶人安得而共之？"

王曰："夫风者，天地之气，溥畅而至。不择贵贱高下而加焉。今子独以为寡人之风，岂有说乎？"宋玉对曰："臣闻于师：枳句来巢，空穴来风。其所托者然，则风气殊焉。"

王曰："夫风始安生哉？"宋玉对曰："夫风生于地，起于

青萍之末。侵淫溪谷，盛怒于土囊之口。缘泰山之阿，舞于松柏之下……此所谓大王之雄风也。”

王曰：“善哉论事！夫庶人之风，岂可闻乎？”宋玉对曰：“夫庶人之风，塕然起于穷巷之间，掘堁扬尘。勃郁烦冤，冲孔袭门……此所谓庶人之雌风也。”

引文中省略了对“雄风”、“雌风”所作的形容。全赋由楚襄王的四问和宋玉的四答构成，而以宋玉回答中对“雄风”、“雌风”的解说为主。作者意在借风为喻，进行讽谏，曲折反映统治者与百姓在生活上的差异。

第五章　中国韵文的艺术风格

风格是文学在形式、方法之外更高的、具有统括性的特征，它是文学中能够互相区别、可让人辨认的那些东西。与形式、方法相比，风格显得更为抽象。文学鉴赏如果只停留在形式、方法的了解上，那所得还是皮表，站在风格高度的鉴赏才能得其腠理。

古人在文学欣赏实践中就特别注重风格的辨析，而尤以诗词风格的辨析最有成就，在大量的诗话、词话著作中都有众多关于风格的精妙言论，钟嵘《诗品》、司空图《二十四诗品》、袁枚《续诗品》则更是专门论风格的著作，但是，古人关于风格的言论基本都是用比喻的方式所作的要言不烦的描述，今天的普通读者看那些描述时，常常觉得云里雾里，茫然无措。本章在吸收前人经验的基础上，将避免玄虚，注重把有关概念解说清楚，以企给读者更具体的指导。

第一节　风格述要

一、风格是什么

元好问《论诗绝句》有道："有情芍药含春泪，无力蔷薇卧晓枝。拈出退之《山石》句，始知渠是女郎诗。"元好问在此评价了秦观的诗，前两句直接引用秦观《春日》中的原句，后二句说只要拿韩愈《山石》来对读，立即就知道秦句属于"女郎诗"。这里涉及的问题，早在北宋就是热门话题，晁补之、张耒在谈论秦观、苏轼时曾说，秦观“诗似小词”，而苏轼“小词如诗”。这些议论仅仅是感性的体认，其实，诗、词、曲同属诗歌，但由于形式上的差异，它们在风格上必然有明显的区别。古人常说“诗庄词媚”，任中敏《词曲通义》又辨析说：“词静而曲动，词敛而曲放，词纵而曲横，词深而曲广，词内旋而曲外旋，词阴柔而曲阳刚。词以婉约为主，别体则为豪放；曲以豪放为主，别体则为婉约。词尚意内言外，曲则言外而意亦外。”姑且不论以上辨析是否有可再加斟酌之处，也不论这种辨析的立场是否保守，一个公认的事实是：每一文体都有自己特有的、区别于其他文体的一些精神气质，这即是风格，这风格为文体的风格。

“关关雎鸠，在河之洲。窈窕淑女，君子好逑”，这是《诗经·关雎》，为先秦诗；“行行重行行，与君生别离”，这是收入《文选》的《古诗十九首》中的第一首，是八代诗。二者绝不相乱。“气蒸云梦泽，波撼岳阳城”，是孟浩然《临洞庭湖赠张丞相》中的名句，为典型的唐诗；“长淮忽迷天远近，青山久与船低昂”，是苏轼《出颍口初见淮山是日至寿州》中的两句，则为明显的宋调。“昔闻洞庭水，今上岳阳楼”，是杜甫《登岳阳楼》中的起句，是唐味；“痴儿了却公家诗，快阁东西倚晚晴”，是黄庭坚《登快阁》的首联，却是宋句。以上所辨，是由于不同时代政治形态、社会风尚等方面的差异而出现的时代风格的不同。

但是，艺术风格最主要的是指作家精神、个性深深烙在作品中的那种能与其他作家区别开来的特殊性。

可以这样设想，如果在残简上读到“独坐幽篁里，弹琴复长啸。深林人不知，明月来相照”、“兴酣落笔摇五岳，诗成笑傲凌沧州”、“入门闻号咷，幼子饿已卒。吾宁舍一哀，里巷亦呜咽。所愧为人父，无食致夭折”、“古今如梦，何曾梦觉，但有旧欢新怨。异时对，黄楼夜景，为余浩叹”这样几个断句，即使没有作者名，一定有很多人能辨认出它们的作者分别是王维、李白、杜甫和苏轼。所以，人们常引布封的话说：“风格即人。”舒舍予（老舍）的《文学概论讲义》第76页有这样一段话：

> 我们读——就说杜甫的诗吧，我们于那风景人物之外，不由的想到杜甫的人格。他的人格，说也玄妙，在字句之间随时发现，好像一字一句莫非杜甫心中的一动一颤。那“无边落木萧萧下，不尽长江滚滚来”的下面还伏着个“无边”、“不尽”的诗人的心。那森严广大的景物，是那伟大心灵的外展；有这伟大的心，才有这伟大的景物之觉得，才有这伟大的笔调。

舒舍予读杜诗，能在2 000多首内容丰富、体式多样的杜诗中，在经过了几十年发展和变动的杜诗里，处处感受到“杜甫心中的一动一颤”，处处都发现有一颗“伟大的心”在背后。这正是：“在读者面前的不是一束印着黑字的白纸，而是一个人，一个读者可以听到他的头脑和心灵在字里行间跳跃着的人。”（柳九鸣译《法国自然主义作品选》，天津人民出版社1987年，第785页）

这说明，杜诗的众多作品中有一个统一的东西，这个东西就形成为他的风格。这一风格，最内在的根源是他的性情，这正如刘勰所说：“各师成心，其异如面。”（《文心雕龙·体性》）世间没有两片完全相同的叶子，这种人人各具的面目是不可重复、不可模仿的。即使最善于“作秀”的作家，也不可能完全逼肖他人的风格，韦应物、白居易拟陶（渊明），苏东坡和陶，却只得陶诗的一鳞半爪，依然还是韦、白、苏自己的风格，而宋人和明人的学杜（甫），所得则往往为杜之皮毛而已。

不过，不是每个作者都能有鲜明的风格，如果他写得少，或者虽然常写却仍然未掌握文学的基本形式手段，他将无法自如地驾驭手上的笔，让文学成为自己人格的外化物和象征。

总之，风格是在一个作家为数众多的作品中反复地体现出来的具有较强一贯性的特征。对一个作家来说，具有鲜明的艺术风格，这是他形成独特创作个性的标志，是他与众不同的对文学的奉献，也是他的作品具有艺术魅力的关键。

二、风格的构成与体认

可是，呈现在读者面前的仅仅是文字而已，尤其是那些古代的作家，他们甚至连肖像都没有留下，如何从字里行间看出背后的作家之音容笑貌，进而体认出风格的存在、辨认出风格的具体特征呢？

这个问题是不容易回答的。有经验的人会说，只要读读就够了，沈德潜《说诗晬语》卷下：“读太白（李白）诗，如见其脱屣千乘；读少陵（杜甫）诗，如见其忧国伤时。其世不我容，爱才若渴者，昌黎（韩愈）之诗也；其嬉笑怒骂，风流儒雅者，东坡之诗也。即下而贾岛、李洞辈，拈其一章一句，无不有贾岛、李洞者存。”当然，风格是个综合的统一体，或者说是一个体系，有经验的人就凭他如秋水的双眼，不劳分辨，就能洞察到这种综合性的统一体。不过，这说法未免欺人，风格既是综合统一体，就必然有可以分析的因素。虽然分析、割裂之后，未必就是那个综合。

大致说来，风格的构成有内在和外在两个层面，内在的有意趣、情调、格力、题旨，外在的有题材、形象（韵文中为意象）、体裁、结构、笔触、色泽、音调等。辨析风格，就可以从这些方面一一进行，内在的较难把握一点，可以从外在的层面入手，单个方面难以着手，可以从某个方面切入后再综合相关方面。下面结合实例作点操作示范，读者可据此进一步细致地对其他作家作品进行风格描述与分析。

要说明的是，作家写了什么内容、主观意图是什么，固然与风格有关，但题材、形象、题旨等方面，相对来说，较容易伪饰，清人宁都魏禧《杂说》卷二说：“古人文章无一定格例……至于后世，则古人能事已备，有格可肖，有法可学，忠孝仁义有其文，智能勇功有其文，孰者雄古，孰者卑弱，父兄所教，师友所传，莫不取其尤工而最笃者，日夕揣摩，以取功名于时，是以大奸能为大忠之文，至拙能袭至巧之论。”（《魏叔子文集》，中华书局 2003 年，第 1123 页）魏禧所说的是文章，但诗中情形也相近。如严嵩、阮大铖二人为明末大奸，但《钤山堂诗》、《咏怀堂诗》二集却颇为识者所称道，胡先骕《读阮大铖咏怀堂诗集》说：“惟咏怀堂诗，始时能窥自然之秘藏，为绝诣之冥赏……必爱好自然、崇拜自然如宗教者，始克为之。且不能日日为之，必幽探有日，神悟偶会，‘形释神愉’，‘百情有触’时，始能间作此等超世之语也。”但即使如此，胡先骕仍然看出他“阿附权奸”、“绝无道德观念”，只是“貌为恬退”，实为“言不由衷”，钱锺书则更从他的文字中找到了“佥壬心术”。钱先生以下观点值得玩味：“所言之物可以饰伪：巨奸为忧国语，热中人作冰雪文是也。其言之格调，则往往流露本相；狷急人之作风，不能尽变为澄澹，豪迈人之笔性，不能尽变为谨严。”（《谈艺录》第 163 页）“格调”一语，与“作风”、“笔性”互文，大约即我们所说的风格。钱先生的话告诉我们，风格主要不是作家写了什么，而是作家怎么写，写出了什么味道。

不过，题材、题旨比较容易看清，一般风格描述可从这个角度切入。如有的人爱写儿女柔情，有的人多表现家国之感，写儿女柔情往往主要在表现男女情感中那份美丽而忧伤的样态，表现家国之感则不免要关注社会、抒写抱负，这一不同就可能意味着一者是细腻、幽微、婉约，一者是粗放、明快、雄阔、刚健，那么这同时就涉及了意趣、格力和笔触等多方面的因素。举例来说吧。明末清初云间派的李雯，就是那位在甲申国变后为了全孝不得已留在北京，在几乎要饿死的情况下接受了中书舍人职位的李雯，他在国变前有一首写初夏的《山花子》，词云：

乳燕初飞水簟凉，菖蒲叶满小池塘。七尺虾须帘半卷，杏衫黄。　　竹粉新黏摇翡翠，荷香欲暖睡鸳鸯。正是日长无气力，倚银床。

用的小令词的形式。满眼是清新、活泼的初夏景致，学飞的乳燕，新换上的竹簟，虾须帘后穿着杏黄衣衫的娇慵的女子，还有池塘边浓绿的菖蒲，池塘里已经散发香气的荷，以及荷边栖息的水鸟，都是那么富有生气，而笔触又那么细腻。还是这位李雯，国变后，所作简直敻然二人，如有一首诗，为《东门行》，云：

> 出东门，草萋萋，行入门，泪交颐。在山玉与石，在水鹤与鹈。与君为兄弟，各各相分携。
>
> 南风何飂飂，君在高山头。北风何烈烈，余沉海水底。高山流云自卷舒，海水扬泥不可履。
>
> 乔松亦有枝，落榛亦有心。结交金石固，不知浮与沉。君奉飴背老母，余悲父骨三年尘。君顾黄口小儿，余羞三尺童子今成人。
>
> 闻君誓天，余愧无颜，愿复善保南山南；闻君痛哭，余声不续，愿复善保北山北。
>
> 悲哉复悲哉，死不附青云，生当同蒿莱。知君未忍相决绝，呼天叩地明所怀。

这是寄送友人陈子龙的诗，采用的是乐府诗的形式。被迫失身投敌的屈辱，和呼天抢地的悲哀，通过乐府的音调和形式传达出来。大量的比喻，反复的对比，表现的是两人的友谊以及自己在友人面前耳热心哀的复杂情感。虽然同是一人，但《山花子》和《东门行》风格就大不相同，前者是日常题材，写来细腻、温婉，后者所用的材料主要为比喻材料，写得激越、深沉。

诗词曲赋中的意象是与风格关涉很深的方面。先要解释一下“意象”这个概念，简单地说，“意象”就是“意”+“象”，即主观的“意”融入客观的“象”之后形成的新的形态，也即是象征主义诗人庞德所说的“一个意象是在瞬息间呈现出的一个理性和感情的复合体”（见黄晋凯《象征主义·意象派》第135页）。譬如，在陶渊明诗中最为常见的是南山西田、茅屋村舍、鸡埘井灶、归鸟停云、松菊桑麻等“象”，如第一章所引的那首《读山海经》写的是穷巷中的茅庐，庐边的浓阴茂树、树上的鸟巢、种有蔬菜的园地，当时正是初夏时节，又是“微雨从东来，好风与之俱”的天气，这一切就构成他耕馀读书的环境，并作为他既平淡自然又意蕴深远的诗风的要素。下面也是他晚年所作：

庚戌岁九月中于西田获早稻

人生归有道，衣食固其端，孰是都不营，而以求自安。开春理常业，岁功聊可观。晨出肆微勤，日入负耒还。山中饶霜露，风气亦先寒。田家岂不苦，弗获辞此难。四体诚乃疲，庶无异患干。盥濯息檐下，斗酒散襟颜。遥遥沮溺心，千载乃相关。但愿常如此，躬耕非所叹。

此诗通篇是漫议的笔调，类似说理诗，但它与后世理学家的说理诗不同，仍然体现着陶诗的基本风格。这是因为它笔调虽为说理，但有山中、田园、檐下、霜露、风气等陶诗常见的“象”，又有晨出、日入、负耒、躬耕、盥濯、饮酒等“田家事”，这些象与事，丝毫未加涂饰，保持着最自然、最平淡的本态，与他整个诗是协调、统一的。全诗语言朴实，虽然说理，但理体认得亲切、真实，其悠远的意趣是可以感知的，这恰恰是后人难以模仿的说理高境。

再看号称“诗鬼”的李贺。打开他的诗集，首先扑入眼帘的是奇特而陌生的造语、迷人而可怖的意象。他诗中“老”、“死”、“瘦”、“枯”、“硬”等词语使用频率很高，同时，秾艳斑斓的色彩、壮大华丽的场面，也往往是李贺诗中所有，“浓暗与艳丽、衰残与惊耸、幽冷与华美，共同构成了李贺诗歌意象的特殊美感”（章培恒、骆玉明主编《中国文学史》中卷第152页）。且看他的

《南山田中行》：

> 秋野明，秋风白，塘水漻漻虫啧啧。云根苔藓山上石，冷红泣露娇啼色。荒畦九月稻叉牙，蛰萤低飞陇径斜。石脉水流泉滴沙，鬼灯如漆点松花。

在这里所见是：秋日荒芜的山野一片惨白，塘水清清，虫声啧啧，从石缝中流出的泉水滴在细沙上，长满苔藓的山石上云雾缭绕，山上点缀着朵朵红花，花上缀着露珠，就像红妆美人在啜泣。田里稻子稀稀拉拉，长短不一，夜里只见萤火虫低低地在田垄地头飞行，跟不远处墓地周围、松林间闪闪的鬼火互相呼应，共同构成一幅幽冷凄艳、阴森可怖的意境。李贺诗的冷艳、奇诡的风格，这首诗是一个很好的例证。李商隐与李贺在绮艳这点上相近，却少了阴冷的色调、奇诡的意味，而多了婉曲幽约的笔触、朦胧迷幻的色彩，如《圣女祠》写荒山废祠的句子“一春梦雨常飘瓦，尽日灵风不满旗”，细雨飘飘，灵风拂拂，似有似无，如梦似幻，与李贺的诗风不同。

在风格描述与分析时，以下两点需要加以注意：

（1）由于风格的表现有多个层面、多个角度，对它的描述会因着眼点的不同而有差异。李白诗有人说是“清雄奔放”，更多人则说是“飘逸奔放”，然而二者都没错，原因是前者主要着眼于情态，后者却偏重于意趣。因此，风格描述通常都不是终极描述，一种描述往往只是对作家作品某些方面面貌的把握而已。对作家作品认识不断加深，风格的描述也将不断丰富和接近本质。

（2）用于描述风格的传统概念，大多都是既形象、传神，义界却又很不明确的词语如清雄、清丽、飘逸、闲逸、横逸、峭拔、放逸、古拙、硬语盘空、潜气内转、沉郁顿挫等，对这些传统概念，我们一要在结合语境、熟悉其指称对象的基础上，理解其内涵；二要善于用新的比喻来描述风格，善于在比较中，用更明确的简洁语言描述出作家的风格。本章以下各节旨在通过具体实例设法把几对重要的传统风格概念说清楚，其中就有必要的现代阐释和新的描述。

三、风格的两个特征：稳定统一性、复杂多样性

一个作家的风格能被辨识，前提是在他的众多作品中，有一种具有统摄作用的特征存在，这种特征还颇稳定，有较强的一贯性。如，超妙是苏轼的风格，指的是苏轼作品中所具有的超卓不凡的见识、新颖独特的感受、巧妙妥贴的比喻、出人意外的联想，这样一些特征超越文体、超越时间，表现在他整个诗、词、文中。早期的诗《和子由渑池怀旧》为怀念故人故地之作：

> 人生到处知何似，应是飞鸿踏雪泥；泥上偶然留指爪，鸿飞那复计东西。老僧已死成新塔，坏壁无由见旧题。往日崎岖还记否？路长人困蹇驴嘶。

这类内容，一般人写来总要着笔于当年老僧的热情款待，和如今老僧死后的物是人非的感慨。这是常情。但苏轼却仅“老僧已死成新塔”一句就了却，而真正入怀的倒是由此而生的人生感受：往事如烟云、人生如梦幻，就像雪地上飞鸿留下的爪印，依稀微漠。这是首七律，写作却不循故常，劈头四句一气连贯，只是一个比喻，六、八两句是两个小镜头，共同烘染面对无常人生的那份充满哲理的感慨。全诗新颖超卓而又妙趣横生，正是苏轼诗中有代表性的。词不太适合表露浓厚的“妙趣”，但如小序为“丙辰中秋，欢饮达旦，大醉，作此篇兼怀子由”的《水调歌头》把酒问天、今夕何年的感兴，从天际“转朱阁，低绮户，照无眠”的想象视角，清人先著与程洪《词洁》卷三以为是“天仙化人之笔”，是有道理的，所体现的风格仍属超妙。

另一方面，一个作家不仅要风格鲜明，而且还应丰富多样。奔

放飘逸是李白的主导性风格，但他也还有清新自然、含蓄深挚、韵味悠长等特征。沉郁顿挫是杜诗的最大特色，但杜诗不是就此而已，他早年也有很浪漫、放旷的表现，他一生保持着对美好人、事、景从容欣赏的态度，即使在艰苦的岁月仍然不失些许幽默。如最能代表他思想和艺术成就的五古长篇《北征》，沿途满目尽是疮痍，但于此之时，诗人却能调转笔锋，写青云之高兴，幽事之可悦，山果之红如丹砂、黑如点漆；归家后，明明是囊空无帛、饥寒凛冽，却能在幼女晓妆、一片娇痴之态中抱几分欣赏的态度。流离秦州时，百日风霜中，他竟有《空囊》之作，于“不爨井晨冻，无衣床夜寒”的艰苦中，竟还能保有“囊空恐羞涩，留得一钱看”的自嘲式幽默感。翻翻杜诗的目录，“戏为”、“戏赠”、“戏简”、“戏作”类的题目很多，足见他的幽默感不是偶尔有之而是出自性情的。叶嘉莹《杜甫秋兴八首集说》指出：“使其有如此强大的担荷之力量的，则端赖他所有的一份幽默与欣赏的馀裕。”又说：杜甫“才性健全”，“所以才能有严肃中之幽默与担荷中之欣赏，相反而相成的两方面的表现”。

提出“神韵说”的清代大诗人王士禛，以淡远清新、含蓄蕴藉的“神韵诗风”为其基本特色。如《瓜州渡江》：“昨上京江北固楼，微茫风日见瓜州。层层远树浮青荠，叶叶轻帆起白鸥。”《荆山口待渡》：“西连丰沛走中原，风色萧萧野渡昏。一望孤城天接水，乱山合沓是彭门。”这类山水诗便最能代表他超功利的审美态度，两诗都是眺望中的浩茫远景，语言自然平淡，心境闲适冲淡。但如《晓渡平羌江，步上凌云绝顶》一首：

> 真作凌云载酒游，汉嘉奇绝冠西州。九峰向日吟江叶，三水分潮抱郡楼。山自涪翁亭畔好，泉从古佛髻中流。东坡老去方思蜀，不愿人间万户侯。

诗人的目光由平视而下注，“九峰向日”、“三水分潮”两句写远景，“涪翁亭”“古佛髻”两句写近景，这正是他一贯的特色。不过，首尾两联化自苏轼《送张嘉州》，苏诗有云：“少年不愿万户侯，亦不愿识韩荆州。颇愿身为汉嘉守，载酒时作凌云游。”两相对照，可知：王诗实际以苏诗为主干，中间四句只是第二句“汉嘉奇绝”的具体描写。这种援前人诗入己诗的做法，是学人之诗的特点，本与神韵无涉，但就这首诗看，袁枚“一代正宗才力薄”之讥未免门户之见。实际上，王士禛谈艺向重根柢，有“学力深始能见性情”之说。此诗虽出自苏诗，但不同于原作。《送张嘉州》是苏轼53岁作，当时他心身俱瘁，思乡、归隐、游世的情绪正浓，而王士禛此时典试蜀中，仕途正顺，诗中的主体是纵情山水的意兴。用典而不掩性情，在淡远清新、含蓄蕴藉之外，使王士禛诗增加了厚实感。

此外，既然风格即人，“诗的出发点就是诗人的内心和灵魂”(黑格尔《美学》第2卷第192页)，那么随着作者经历的变化，艺术的不断成熟，其风格自然应该有变化和发展。再以苏轼为例，他的诗词文，在超妙之外，尚有豪健、清雄的特色也是贯穿始终的，说明他作品的风格较为多样。此外，他的各体创作，都还有丰富得多的具体形态，下一章第四节对他词风的多样性还将有具体的阐述，请参看。作为一个大作家，苏轼的风格还有明显的变化轨迹。陆游《跋东坡诗草》曾举一例很能说明问题，这是东坡通判杭州时所作《湖上夜归》“清吟杂梦寐，得句旋已忘”和谪惠州时《和陶归园田居》“春江有佳句，我醉堕渺莽”。陆游认为这是“近世诗人，老而益严”的显例(《渭南文集》卷二七)。两相对照，前作谓沉迷于诗，竟至梦中得句，可是梦醒又忘，未曾捕获，遗憾中不免有矜持之态，这正是他早期为诗尚才而自矜的表现；后作谓面对春江，佳句自涌，只是此时已醉，已不能也不必去寻觅了，则大有陶潜“此中有真意，欲辨已忘言”风味，意趣之自然悠远，正是他晚期诗风在豪健清雄之外，开始融入陶诗自然玄远的特色的表现。如果更全面地看，则知苏轼晚期虽慕陶、和陶，但由于他天性活泼、才气横溢，在创作中他是无法掩盖的，元好问《跋东坡和渊明饮酒诗后》举“三杯洗战国，一斗消强秦”例，云：“渊明决不能办此。”这个例句诚足说明东坡超妙精锐之笔性至老不变，元好问云“东坡和陶，气象只是坡诗”（《遗山集》卷四〇），是知言者也。

第二节　飘逸奔放与沉郁顿挫

在诗词中，飘逸奔放与沉郁顿挫是一对很重要的风格概念，前者以李白为代表，后者杜诗最典型。真正理解好这对概念，需要认真研读李杜和相关的诗词，反过来说，要把李杜的诗风理解准，又需要弄清楚这对概念的准确内涵。

一、飘逸奔放

飘逸，描述的是：情感或形象飘然而来，忽然而去，潇潇洒洒，不留痕迹；精神意态则或如闲云野鹤，逍遥自在，随意从容，或“浩浩乎如冯虚御风，而不知所其止；飘飘乎如遗世独立，羽化而登仙”（苏轼《前赤壁赋》），亭亭物表，俯视尘寰。

吾爱孟夫子，风流天下闻。红颜弃轩冕，白首卧松云。醉月频中圣，迷花不事君。高山安可仰，徒此揖清芬。

这是来自四川江油县的年轻诗人李白在出川后不久，拜晤前辈老诗人孟浩然之时的赠诗，题即为《赠孟浩然》。布衣终身的孟浩然，早已是盛唐人心目中的名流高士，王维曾替他画像，张垍给题像，说他“状颀而长，峭而瘦，衣白袍”。此诗就专门表达了自己对孟浩然极为仰慕的感情。诗中，孟浩然毕生敝屣功名、高卧松云，花使他迷、酒令他醉、月让他痴，他全然没有一点功利心、浊俗气，超尘轶世、独立物表，浑身透出几分孤云野鹤的潇洒、从容、闲逸。他描绘的是孟浩然，但毋宁说正是李白本人追求的人生，是他的一种精神意态。

这种意态，除了仙人和真的高士，现实中人当然几乎是不存在的，但借助酒力，在艺术中，却可以创造出这样生动的飘逸的形象，且看李白的《月下独酌》：

> 花间一壶酒，独酌无相亲。举杯邀明月，对影成三人。月既不解饮，影徒随我身。暂伴月将影，行乐须及春。我歌月徘徊，我舞影零乱。醒时同交欢，醉后各分散。永结无情游，相期邈云汉。

在月下花间酌酒，这不正是《赠孟浩然》中描写的孟浩然形象吗？可如今是李白。所不同的是，高士孟浩然似乎不会有孤独，而李白却耐不得这个寂寞。最具李白特色的是，诗人带着八分醉意举起酒杯，邀月共饮，转身看到地下自己的影子，他觉得不孤独了。放声高歌，起舞婆娑，这回快乐的场面出现了：随着歌声的节拍，月儿在徘徊，影子在摇曳。于是，他与月说：未醉之时，共同欢聚；酒醉以后，各自分散；今天在此，一夜共聚；将来相约，云天再会。这真是酒仙之诗。有了酒，李白便有了仙气和童真；有了仙气和童真，便有了飘逸的诗。

葛立方《韵语阳秋》说："李太白古风两卷，近七十篇，身欲为神仙者，殆十三四：或欲把芙蓉而蹑太清，或欲挟两龙而凌倒景，或欲留玉舄而上蓬山，或欲折若木而游八极，或欲结交王子晋，或欲高揖卫叔卿，或欲借白鹿于赤松子，或欲飡金光于安期生。"这些满是仙气的诗，是李白道教信仰的反映，但《月下独酌》和其他不少诗又是使他从孤寂苦闷中解放出来的一种手段。

《宣州谢朓楼饯别校书叔云》（题一作"陪侍御叔华登楼歌"）也是一首写烦忧的诗，但更突出地表现了无端而来、飘飞无影的情感特色，诗云：

> 弃我去者，昨日之日不可留，乱我心者，今日之日多烦忧。长风万里送秋雁，对此可以酣高楼。蓬莱文章建安骨，中间小谢又清发。俱怀逸兴壮思飞，欲上青天览明月。抽刀断水水更流，举杯销愁愁更愁。人生在世不称意，明朝散发弄扁舟。

开头没有任何交代或铺垫，便是破空突兀而来的两个长句，直抒年华虚度，没有出路的苦闷。但下面却不接住前面的话头，完全撇开"烦忧"，转而放眼万里秋空，写登楼的现境。随即，又由楼名转而追想六朝风流，在浪漫的遐想中，诗人仿佛转换成了南齐那位高贵、倜傥风流的山水诗人（以建安风骨评价对方，而以谢朓自比），于是，"俱怀逸兴壮思飞，欲上青天览（揽）明月。"但是，当壮思欲飞、兴奋不已的诗人突然意识到自己的现实处境后，立即又跌入更深的痛苦中。这种无从消解的痛苦，只有喊叫、宣泄出来之后，才得以平息，才能有"明朝散发弄扁舟"的最后出路。（其实这种五湖泛舟的生活是李白早有的打算，但选择这条道路就意味着他彻底放弃社会理想，这他又始终不情愿，李白许多诗里的这种表示，恐怕只是说说而已。）总之，全篇情感突如其来，联翩而去，直起直落，没有任何承转过渡的痕迹。《唐宋诗醇》评论这首诗说："遥情飚竖，逸兴云飞，杜甫所谓'飘然思不群'者，此矣。千载而下，犹见酒间岸异之状，真仙才也。"

这种起伏无迹、跳跃跌宕而又变幻莫测的思绪，有很浓的仙气，是典型的李白特色。

李白还有一个特色：狂劲。这股狂劲表现在诗中就是奔放。

奔放是指感情不受约束，尽情迸发，迸发时如烈火腾空而起，直冲云霄；若飓风卷地而来，山呼海啸；似江河猛浪若奔，一泻千里。

李白诗的奔放大多是用以表现痛苦与失意之情的。这样的情感，不少诗人是很舒缓、很有节制地表现，欧阳修就是如此，他因积极支持改革被贬夷陵，在贬地所作的《黄溪夜泊》云：

楚人自古登临恨，暂到愁肠已九回。万树苍烟三峡暗，满川明月一猿哀。非乡况复惊残岁，慰客偏宜把酒怀。行见江山且吟咏，不因迁谪岂能来！

开篇就是低沉的调子，从一千年前的屈宋说起，引到自己，并点出“愁肠百结”。情感并不宣泄，写愁绪，却落笔于凄暗的三峡烟树、哀鸣的江岸猿猱。甚至末三句还自我宽慰：酒慰愁怀，转换角度看待眼前的挫折。他说：应该好好欣赏此地美丽的江山，如果不是迁谪，这方天赐美景本来是欣赏不到的。李白与欧阳修是完全不同的。读李白的诗，可以感到强烈的感情总是突然喷涌而出。情感一旦爆发，就再也没有任何闸门能节制住，它一定如决堤的洪水，冲决而出，滔滔滚滚，顷刻千里。

批判和抨击现实的黑暗，他毫不留情：

鸡聚族以争食，凤孤飞而无邻。蝘蜓嘲龙，鱼目混珍。嫫母衣锦，西施负薪。若使巢由桎梏于轩冕兮，亦奚异乎夔龙蹩躠于风尘。哭何苦而救楚，笑何夸而却秦。吾诚不能学二子沽名矫节以耀世兮，固将弃天地而遗身。(《鸣皋歌送岑征君》选段)

鲜明对照的比喻一个接一个，没有迟疑，不容争辩，全数倾倒而出，一口气历数现实的丑恶，倾泄自己的不满与牢骚。诗人的情感，没有任何的掩饰与含蓄，强烈的批判直接呈现。

表现自己的处境和痛苦，他更是以排山倒海般的气势出现：

将 进 酒

君不见黄河之水天上来，奔流到海不复回。君不见高堂明镜悲白发，朝如青丝暮成雪。人生得意须尽欢，莫使金樽空对月。天生我材必有用，千金散尽还复来。烹羊宰牛且为乐，会须一饮三百杯。岑夫子，丹邱生，将进酒，杯莫停。与君歌一曲，请君为我侧耳听。钟鼓馔玉不足贵，但愿长醉不复醒。古来圣贤皆寂寞，惟有饮者留其名。陈王昔时宴平乐，斗酒十千恣欢谑。主人何为言少钱，径须沽取对君酌。五花马，千金裘，呼儿将出换美酒，与尔同销万古愁。

诗一开篇就把正常的时空秩序彻底颠覆，千万里的空间、毕生的光阴，竟转换成眼前可见的瞬间。时光如矢、人生短暂的喟叹，于是变得格外震撼人心。通过夸张、排比所形成的壮健气势和“万古”愁绪共同交织在诗中，像潮水般一遍又一遍地拍击、涤荡着读者的心胸。

再如第四章第五节所引《行路难》其一，它明显受鲍照《拟行路难十八首》其六影响，鲍诗云：

对案不能食，拔剑击柱长叹息。丈夫生世会几时，安能蹀躞垂羽翼。弃置罢官去，还家自休息。朝出与亲辞，暮还在亲侧。弄儿床前戏，看妇机中织。自古圣贤尽贫贱，何况我辈孤且直。

两诗都抒发世路艰难的愤懑和不平，两者起笔都不凡，以动作行为宣泄愤慨难平的情绪，但总的看，鲍诗笔致深沉婉曲，情绪激荡中带点冷峭的意味。而李白的愤慨之情，却更为淋漓尽致地加以抒发，剑拔弩张的内心情绪，雕塑般的造型动作，大跨度的时空跳跃，和主题短句的不断重复，使情感起伏跌宕，一波未平一波又起，一直到末尾，矛盾才在幻想中似乎得到解决，他说：抱负终究会实现的。

飘逸奔放的李白是诗的精魂，后世多少诗人仰慕他的风采，在“晴空一鹤排云上，便引诗情到碧霄”（刘禹锡《秋词》）、“端州石工巧如神，踏天磨刀割紫云”（李贺《杨生青花紫石砚歌》）、“明月几时有？把酒问青天。不知天上宫阙，今夕是何年？”（苏轼《水调歌头》）、“三万里河东入海，五千仞岳上摩天。遗民泪尽胡尘里，南望王师又一年”（陆游《秋夜将晓出篱门迎凉有感》）、“老夫渴急月更急，酒落杯中月先入”（杨万里《重九后二日同徐克章登万华川谷月下传觞》）、“请将诗卷掷江水，定不与江东向流”（黄景仁《笥河先生偕宴太白楼醉中作歌》），乃至“去吧！提起你的酒壶/挟起你的诗册，诗册中的清风和明月/边走边饮去游你的三江五湖/去黄河左岸洗笔/右岸磨剑/让笔锋与剑气/去刻一部辉煌的盛唐……”（洛夫《李白传奇》）和“酒放豪肠，七分酿成了月光/馀下的三分啸成剑气/口一吐就半个盛唐”（余光中《寻李白》）等等的诗句中，李白的身影始终隐隐约约地闪现在人们面前。

然而，在李白之外，有飘逸特色的诗人诗作虽少却有，有奔放特色的还相当多，同时具备飘逸与奔放的，李白之外难寻。李白是不可重复的典范，你可以而且应该学李白，但你不要指望学到李白。这是因为“太白胸怀，有高出六合之气，诗则寄兴为之，非促促然诗人之作也”（吴乔《围炉诗话》），谁能有“高出六合之气”呢？

二、沉郁顿挫

沉郁一词，刘歆《与扬雄书》即有：“非子云淡雅之才、沉郁之思，不能经年锐精以成此书。”（《方言》卷十三）据班固《汉书·扬雄传》所记，扬雄是一个“用心于内，不求于外”、“默而好深湛之思”的学人，可见，“沉郁之思”即深湛之思。沉指深沉；郁指积聚，合而言之是指：向内积聚的深与厚。这个词用到文学鉴赏与批评中，是指蕴涵深厚、内容广博、语言凝重、表达蕴藉。这是中国文学中特别被推重的一种文学品格，因杜诗而著称。

沉郁的风格是以儒家文化人格为基础。以杜甫为例，他之所以成为后人心中最高的典范，有“诗圣”之称，是因为他出身于“奉儒守官”的家庭，先辈的影响、家庭的教育使他很早就树立了“致君尧舜上，再使风俗淳”的儒家政治理想，艰难备尝的生活又让他对现实社会的深层问题有敏锐的觉察。他对社稷苍生有强烈的责任感，对社会苦难有坚毅的担荷勇气。儒家忧道不忧贫的操守、民胞物与的情怀，在他苦难的人生中化成了最切实的行动、最真诚的诗篇。

杜诗的沉郁，首先表现为思想情感的执着坚定。张戒评杜甫说：“忠义之气，爱君忧国之心，造次必于是，颠沛必于是。”(《岁寒堂诗话》)周紫芝也说：“少陵有句皆忧国。”(《太仓稊米集》卷十）这些说法不免过头，但撇开细节就其精神来说，这些话说得是对的。杜甫名篇《自京赴奉先县咏怀五百字》第一段自述平生之志：

> 杜陵有布衣，老大意转拙。许身一何愚，窃比稷与契。居然成濩落，白首甘契阔。盖棺事则已，此志常觊豁。穷年忧黎元，叹息肠内热。取笑同学翁，浩歌弥激烈。非无江海志，潇洒送日月；生逢尧舜君，不忍便永诀。当今廊庙具，构厦岂云缺？葵藿倾太阳，物性固莫夺。顾惟蝼蚁辈，但自求其穴；胡为慕大鲸，辄拟偃溟渤？以兹悟（一本作“误”）生理，独耻事干谒。兀兀遂至今，忍为尘埃没。终愧巢与由，未能易其节。沉饮聊自遣，放歌破愁绝。

这个段落，一写自比稷契的志向，二写志向的落空、同辈的嘲笑，三写不愿实行“穷则独善其身”的古训，不愿盛世为隐者，更不愿向“蝼蚁辈”看齐，只顾个人利益，四写“亦余心之所善兮，虽九死其犹未悔”（屈原《离骚》)般坚定的人生追求。此诗是杜甫经过十年旅食京华，获得一个管理东宫宿卫、仪仗的卑职后，赴奉先县探家的途中所作。后来，时代的巨变，谠言受贬、穷途漂泊的人生遭际，依然没有改变他的这种性格。“胡命其能久？皇纲未宜绝”（《北征》），这是杜甫疏救房琯，触怒肃宗，被放还鄜州探家时作，依然对前途充满信心。“此生那老蜀，不死会归秦。公若登台辅，临危莫爱身”（《奉送严公入朝十韵》），这是在蜀中送别严武所作，不仅对结束动乱充满希望，而且还希望严武“为国不爱身”。“不眠思战斗，无力正乾坤。”（《宿江边阁》）漂泊到夔州、穷困潦倒的诗人，仍然在期望报效朝廷。一直到他人生的最后几个年头，在《江汉》中说：

江汉思归客，乾坤一腐儒。片云天共远，永夜月同孤。落日心犹壮，秋风病欲苏。古来存老马，不必取长途。

流落江汉孤舟中的诗人，是那样的孤独寂寞，在这不眠的长夜里，惟有天上的孤云、孤月才是他的伴。这样的日子，对这位年老多病的诗人意味着什么，读者是不难感受的。可是，我们的诗人生命力真的很强大，即使在此落日晚景，他依然雄心不死，仍然期望朝廷还能拿他当一匹识途的老马，让他为国出一点馀力。甚至，在这种期望的幻想中，他觉得自己的肺病、风痹都在好转。疲惫衰老时热情犹存，苍凉中显悲壮，惨淡中存希冀，这是杜甫坚韧意志的表现，是杜诗沉郁的本色。

杜诗的沉郁，还表现为感情基调的悲慨。杜诗是充满着深沉忧思的，万方多难的时代、满目疮痍的世象、潦倒不幸的身世、侘傺去国的遭遇，一有感触，则悲慨满纸。这种悲慨无论是缘于生民疾苦、怀友思乡，还是发向个人的穷愁潦倒，都不是低回缠绵的忧思，更不是心灰意冷的意绪，而是苍凉悲壮、慷慨淋漓的陈词。《羌村三首》其一写动乱岁月的社会心态：

峥嵘赤云西，日脚下平地。柴门鸟雀噪，归客千里至。妻孥怪我在，惊定还拭泪。世乱遭飘荡，生还偶然遂。邻人满墙头，感叹亦歔欷。夜阑更秉烛，相对如梦寐。

全诗用实写的方法，叙写一次令人百感交集的家庭聚首。这是一个乡村的黄昏，鸟雀还没有栖定，但却突然躁动起来，原来是远客来了。这个客就是杜甫。然而，当杜甫站在妻子面前时，妻子是什么反应呢？怪→惊→拭泪。到这里，才补写了原因："世乱遭飘荡，生还偶然遂。"兵荒马乱的年月，人人性命不保。飘荡在外的人，天天让家人牵挂、担心。时间长了，消息全无，最后，家人已不敢对他的生还抱什么指望了。这是此二句的潜台词。"偶然遂"三字，含义非常深。在正常年月，"生还"应属当然之事，现在却显得那么特别、意外和难以置信。"邻人"二句陪衬，强化世事沧桑感。此诗最令人叫绝的是末尾，在"惊定"、感叹之后的夜半，"惊"其实还没有"定"，烛下相对，还恍如梦中。全诗都是不动声色的朴实叙写，可背后的感慨是多么深沉。

白帝城最高楼

城尖径仄旌旆愁，独立缥缈之飞楼。峡坼云霾龙虎卧，江清日抱鼋鼍游。扶桑西枝对断石，弱水东影随长流。杖藜叹世者谁子，泣血迸空回白头。

这是一首拗体七律，"句法古体，对法律体，两者兼用之"（沈德潜《唐诗别裁集》）。开头两句点明登楼。白帝城城墙依山势而筑，诗人独立于城楼最高处，上面是风中摇曳的旗子，下面是一条逼仄的小径，他觉得似乎整个城楼缥缥缈缈，也像那面旗子一样在摇曳着。这是当前的登楼所感，但也是漂泊身世的象征。下面四句写登楼纵目所见。近旁，夹岸高山皆生寒树的瞿塘峡，云雾迷漫；怪石嶙峋，就像一只只蹲伏江边的猛虎；一江若带，犹如高山坼裂。日照清江，大大小小的滩石在波光中浮荡，恍若鼋鼍游于江中。极目东眺，山峡之高似可远接东海扶桑之西枝，西望，长江之远犹可连极天昆仑之弱水。两联既注目于近旁细部石块，又纵览东西，以想象之笔，纳扶桑、昆仑于眼前，江峡之险、气势之雄，宛在眉睫。末联故意转换为第三人称：拄着藜杖在那叹世的人是谁呢？他泣血迸空，频频回首，痛苦欲绝。诗中第二、七两句节奏怪异，前者二五分节，后者五二分节；而除了首句、末句，中间三个叶韵处全为连续三平声，又犯“三平调”大忌；这些，造成了音节的奇崛拗峭，与诗中郁勃难平的内心情绪恰为表里。整体上看，这首拗体诗郁勃沉雄，个人遭遇的孤危与忧世情怀紧密结合，是诗人一首具有代表性的作品。

杜诗的雄浑悲壮、沉郁苍凉，还表现在语言的凝重和表达手法上的蕴藉，以上所选各例已能见出，就不再费笔墨了。

杜诗的沉郁还与顿挫相关。如果说沉郁虽包含语言的凝重、技法的蕴藉，但正如袁行霈主编本《中国文学史》第2卷所言，主要指“感情的悲慨壮大深厚”，那么，顿挫则是指“感情表达的波浪起伏、反复低回”。《中国文学史》阐述道：“他的诗，蕴含着一种厚积的感情力量，每欲喷薄而出时，他的仁者之心、他的儒家涵养所形成的中和处世的心态，便把这喷薄欲出的悲怆抑制住了，使它变得缓慢、深沉，变得低回起伏。”

从字面上看，顿即停顿，挫即遏抑，顿挫即前进中的间歇、上扬之前的下抑。这个词最早用于形容声音，《后汉书》卷七十：“北海天逸，音情顿挫。”李贤注云：“顿挫犹抑扬也。”用到文学鉴赏和批评中，是指情感表达的波浪起伏、曲折变化。这种情感不是一气而下、一览无馀，而是尽可能把情感往心底迫压，使本应向外发露的情感流程转而向内。根据这个特征，人们又创造了一个很形象的词来表示，叫：潜气内转。只有等这样潜伏在心底的情感积聚到了足够的能量时，才让它慢慢地、迂回百折地发露出来。

举例说，《自京赴奉先县咏怀五百字》的末段：

老妻寄异县，十口隔风雪。谁能久不顾？庶往共饥渴。入

> 门闻号咷，幼子饿已卒。吾宁舍一哀，里巷犹呜咽。所愧为人父，无食致夭折。岂知秋禾登，贫窭有仓卒。生常免租税，名不隶征伐。抚迹犹酸辛，平人固骚屑。默思失业徒，因念远戍卒。忧端齐终南，澒洞不可掇。

诗人顶风冒雪回家与亲人团聚，不料到家的第一幕便是幼子的夭折。诗人欲哭无泪，欲号无声，但如此悲惨之事，按人情之常，诗中应该是长歌当哭了，杜甫却强行把悲痛之情压下去，一句“吾宁舍一哀”轻轻避过，紧接着，“里巷犹呜咽”一句为曲笔，从对面着墨，以邻里的呜咽来显示惨痛之情。“所愧”两句，转为自责，是深一层用笔。“岂知”八句，推己及人，由自己痛失爱子转思平民百姓的艰难，寄个人痛苦于浩茫无穷、深厚博大的忧国忧民之情中。类似的情况还有《茅屋为秋风所破歌》，诗人写到茅屋为秋风所破、淘气的村童将茅草抢走，家里无以遮风挡雨的苦况，却并不沉陷于个人的苦恼中，而是迅速收拾起对自家生活的感叹，转而推己及人，呼唤“安得广厦千万间，大庇天下寒士俱欢颜，风雨不动安如山。”他甚至说，倘真有广厦万间，天下寒士都不受冻，则“吾庐独破受冻死亦足”。个人的痛苦被置换成了博大深厚的悲悯之心，有人说，杜甫是具有儒者胸怀的菩萨，还是有道理的。

杜诗的沉郁顿挫在七律中有最集中的体现。《咏怀古迹五首》、《秋兴八首》是其中最突出的代表。后者是八首一组，各首既互相独立，又互相支撑，构成为一个整体。冯钟芸先生曾有很精辟的讲述，录一小节如下：

> 八首诗是不可分割的整体，正如一个大型抒情乐曲有八个乐章一样。这个抒情曲以忧念国家兴衰的爱国思想为主题，以夔府的秋日萧瑟，诗人的暮年多病、身世飘零，特别是关切祖国安危的沉重心情作为基调。其间穿插有轻快欢乐的抒情，如

"佳人拾翠春相问，仙侣同舟晚更移"；有壮丽飞动、充满豪情的描绘，如对长安宫阙、昆明池水的追述；有表现慷慨悲愤情绪的，如"同学少年多不贱，五陵衣马自轻肥"；有极为沉郁低回的咏叹，如"关塞极天惟鸟道，江湖满地一渔翁"、"白头吟望苦低垂"等。就以表现诗人孤独和不安的情绪而言，其色调也不尽相同。"江间波浪兼天涌，塞上风云接地阴"，以豪迈、宏阔写哀愁；"信宿渔人还泛泛，清秋燕子故飞飞"，以清丽、宁静写"剪不断、理还乱"的不平静的心绪。总之，八首中的每一首都以自己独特的表现手法，从不同的角度表现基调的思想情绪。它们每一首在八首中又是互相支撑，构成了整体。这样不仅使整个抒情曲错综、丰富，而且抑扬顿挫，有开有阖，突出地表现了主题。王船山对此说："八首如正变七音旋相为宫而自成一章，或为割裂，则神态尽失矣。"（《船山遗书·唐诗评选》卷四）

《秋兴》八首中，杜甫除采用强烈的对比手法外，反复运用了循环往复的抒情方式，把读者引入诗的境界中去……循环往复是《秋兴》的基本表现方式，也是它的特色。不论从夔府写到长安，还是从追忆长安而归结到夔府，从不同的角度，层层加深，不仅毫无重复之感，还起了加深感情，增强艺术感染力的作用，真可以说是"毫发无遗憾，波澜独老成"（《赠郑谏议十韵》）了。（见《唐诗鉴赏辞典》）

这里以第一首为例：

玉露凋伤枫树林，巫山巫峡气萧森。江间波浪兼天涌，塞上风云接地阴。丛菊两开他日泪，孤舟一系故园心。寒衣处处催刀尺，白帝城高急暮砧。

本篇写客里逢秋的悲感。前四句极写江峡的秋色秋气，一片萧森肃杀，俯视江水，则谷底波浪拍天，纵观峡岸，则天际风云匝地。诗人滞留夔府孤城的寂寞心绪，被自然意象悄然勾起，这便有了后四句。颈联两句，似初无巴鼻，因漂泊天涯的孤苦与深刻的故园之思相连，故互相对举，而漂泊的辛酸由丛菊两开引出，即止；故园的思念在孤舟独系的现境中展开，则绵绵不绝。这一联把八年漂泊陇蜀、两年滞留夔府、身在天涯心系故园的广远的时空、复杂情感，集中浓缩在十四字中，眼前景即心中境，极深沉博大、吞吐抑扬之致。末尾，正沉浸于回忆与思念之中，忽又为当前砧声所惊断。于是，满腹忧思的诗人形象从画面中慢慢淡去，与此同时，画外传来一阵紧似一阵的哀砧急杵之声。

总的来说，杜甫远大的政治理想、壮伟的胸襟抱负，以及不幸的人生经历、不甘沉沦的坚毅性格、渊博的学识、精深的艺术修养，使杜诗形成了壮伟而悲慨淋漓、沉雄而波澜老成的风格。从意境构造看，杜诗雄浑壮阔、元气淋漓。从艺术表现看，他的诗千变万化、一波三折，精细处往往丝丝入扣、回环往复，而又以小见大；奇诡处则起无常轨，承如峰回，转若天变，合似云屯，意象虽随意跳跃，时空关系虽打乱重组，但起伏变化，有迹可寻，首尾照应，完整严密。

沉郁顿挫，本是杜甫《进雕赋表》中自陈时对自己作品的自评："臣之述作，虽不能鼓吹六经，先鸣数子，至于沉郁顿挫，随时敏捷，扬雄、枚皋之徒，庶可企及也。"但他早期作品尚未完全成熟，最能体现这种风格的是他后期的各体诗歌。由于杜甫的示范，沉郁顿挫成为中国文学一个极为重要的艺术追求。一直到清代，"扬州八怪"之一的郑板桥《潍县署中与舍弟第三书》仍然说："文章以沉著痛快为最。"（"沉著"即近于沉郁顿挫）然而，后世能完全达到这一境界的，几乎没有。就其粗者而言，韩愈、黄庭坚得杜之劲健拗峭，李商隐得杜之雄浑婉曲，陆游得杜之悲慨健举。

诗之外，由梁朝入北的庾信，官高位重，但亡国思乡之痛、屈辱仕敌之悲使他此时所作的《枯树赋》、《小园赋》和《哀江南赋》思想复杂、感情苍凉，特别是《哀江南赋》以密集的典故，讲究的文词，表现萧瑟悲凉的时代氛围、悲哀无告的情感，风格沉郁苍劲，历来推为骈赋的集大成之作。杜甫《咏怀古迹》其一说："庾信平生最萧瑟，暮年诗赋动江关。"《戏为六绝句》其一又说："庾信文章老更成，凌云健笔意纵横。"

词至晚清，陈廷焯出，论词力主沉郁，其《白雨斋词话》卷一开宗明义地说："作词之法，首贵沉郁。"然后具体阐明了沉郁的内涵："沉则不浮，郁则不薄。顾沉郁未易强求，不根柢于风骚，乌能沉郁。十三国变风、二十五篇楚词，忠厚之至，亦沉郁之至，词之源也。不究心于此，率尔操觚，乌有是处。"这一理解过于强调从《诗经》变风和"楚辞"中学习，没有提及生活的磨练，有不太妥当之处，但大体来说还是精当的。词史上，足以沉郁顿挫来评价的词人，清人多以为当推周邦彦，周济评云："美成思力，独绝千古。"(《介存斋论词杂著》)冯煦借用他人之语，以周词为"沉挚"、"浑成"(《宋六十一家词选例言》)晚年王国维在《清真先生遗事》中更说："词中老杜，非先生不可。"今人多以为周邦彦虽有沉郁顿挫之致，但与杜甫的博大厚重尚难同日而语。

被《白雨斋词话》誉为"词中之龙"的辛弃疾，"沉郁苍凉，跳跃动荡"、"悲愤慷慨，郁结于中。"（卷一）一腔报国热诚，却不得其用；昂扬奋进、不甘屈服的精神，惟有借词吐露。如《水龙吟·登建康赏心亭》云：

> 楚天千里清秋，水随天去秋无际。遥岑远目，献愁供恨，玉簪螺髻。落日楼头，断鸿声里，江南游子，把吴钩看了，阑干拍遍，无人会，登临意。　　休说鲈鱼堪脍，尽西风，季鹰归未？求田问舍，怕应羞见，刘郎才气。可惜流年，忧愁风雨，树犹如此！倩何人、唤取红巾翠袖，揾英雄泪！

这是淳熙元年（1174）辛弃疾在建康任江东安抚司参议官时所作。心怀爱国壮志的词人，南归已经十多年了，可是，他的理想却无法实现，他的军事才能不得施展。此刻，寥落的清秋江山，正好成为他发抒悲怀的契机，“落日楼头，断鸿声里”，“把吴钩看了，阑干拍遍”的词人形象，生动地呈现在读者面前。上阕以“无人会，登临意”两个表现悲愤之情的短句歇拍。下阕转借几个典故来表现自己进退失据、虚度年华的悲苦，再以“倩何人”的问句增强孤愤之情。总之，热切的追求，失路的悲慨，跳宕的笔致，使全词苍凉之气、沉郁之情愈转愈奇，愈行愈深。陈洵评云：“纵横豪宕，而笔笔能留，字字有脉络。”（《海绡说词》）

第三节　清空一气与秾挚缠绵

一、清空一气

宋元之际的词学家兼词人张炎，在他晚年的词学论著《词源》中，首先提出“词要清空”一说，在历代词论中占有一席之地。张炎之说本是就南宋中后期姜夔（号白石）和吴文英两位词人比较而论。我们可以先看一下这段论述：

> 词要清空，不要质实；清空则古雅峭拔，质实则凝涩晦昧。姜白石词如野云孤飞，去留无迹。吴梦窗词如七宝楼台，眩人眼目，碎拆下来，不成片段。此清空质实之说。……白石词如《疏影》、《暗香》、《扬州慢》……等曲，不惟清空，又且骚雅，读之使人神观飞越。”

夏承焘对此校注云：

> 清空与质实相对而言，张炎举出姜夔、吴文英两家词作具

体对比。大抵张炎所谓清空的词是要能摄取事物的神理而遗其外貌；质实的词是写得典雅奥博，但过于胶着于所写的对象，显得板滞。

吴调公《说清空》则云：

（清空）主要是指一种经过艺术陶冶，在题材概括上淘尽渣滓，从而表现为澄净精纯，在意境铸造上突出诗人的冲淡襟怀，从而表现为朴素自然的艺术特色。它说明作家立足之高和构思之深，也说明画面的馀味和脉络的婉转、谐和。但最最主要的，恐怕还是含蓄与自然的交织、峭拔与流转的交织。

对此，我们还可以看清人戈载评论姜夔的几句话，他的《七家词选》有云：

白石之词，清气盘空，如野云孤飞，去留无迹，其高远峭拔之致，前无古人，后无来者，真词中之圣也。

吴调公《说清空》又云：

“清气”，说明诗人审美情趣之高。“盘空”，说明诗人的想象、情思和韵味不仅横溢太空，而且纡回萦绕，竭尽形象的曲折婉转之美。“野云孤飞”、“去留无迹”，说明标志着古代文人耿介潇洒，“落落欲往，矫矫不群”（司空图：《诗品·飘逸》），超逸不凡，涉笔成趣，有点类似我们今天所说的形式美的和谐、变化。“高远峭拔”，则说明取境之深、笔力之遒，饶有馀味，富于顿挫。

综上所述，我们可以看出，“清空”、“骚雅”，两者是紧密联系在一起的，所谓清空，就是用笔灵动，虚处落墨，不着实处，重视烘托陪衬；而骚雅，就是有比兴寄托，含蓄蕴藉，馀韵悠长。质实则是和“清空”相对立的审美范畴。词论家显然不是在探讨词的内容有无以及多少、正确错误等问题，而是在于揭示诗人表达主观思想感受时的艺术能力问题。这自然不单是语言问题，而是和诗人的秉赋、才能、修养等都有关系。这方面修养差，必然造成作品的艺术因素的低下，不能给读者高度的美的享受。这就是张炎提出的“质实”的关键所在。他在评论姜夔词时，对清空的特点比喻作“野云孤飞，去留无迹”。这和严羽论姜夔词所提出的“羚羊挂角”是一脉相承的。可见，他是就词的整体艺术特性着眼，特别着重于词的审美角度。而“清气盘空”之说，最能说明白石词的特色，不仅是清雅峭拔，而且中有气脉流转，刚健清朗。这也就是我们所说的“清空一气”。

具体分析姜夔词，我们可以发现，“清空”的理论内涵有这样几个层面：在词的创作构思上，想象要丰富，神奇幻妙；所撷取或自造的词之意象，要空灵透脱，而忌凡俗；由这些意象所构成的意象结构整体，构架要疏散空灵，不能筑造太密太实，这样的词作，表现出来的审美风貌就会自然清新，玲珑剔透，使人读之，神观飞越，产生丰富的审美联想。而姜夔词，无论言情咏物，还是写人状景，其作都清虚疏朗，古雅峭拔，在情感上主要抒发高洁的士大夫情怀，艺术表现上避实就虚，侧重于空灵的境界，色彩上则偏于素净幽冷。其具体表现又有多种：

一是善于提空描写。不论何种题材，姜词都不作过多的质实描写，而是从空际摄取其神理，点染其情韵，并将自己的感受融合进去。如写梅的《疏影》，基本上不对梅花作质实的描写，只是设想它是王昭君的幽魂所化，遗貌取神，可和苏轼的《水龙吟·似花还似非花》将杨花比作妇人之梦相媲美。

二是善于将各种题材、各种情感，聚拢于统一的风格之中。如善于用清笔写浓愁，用健笔写柔情，用空笔写实情。如写恋情的

《长亭怨慢》下阕："日暮，望高城不见，只见乱山无数。韦郎去也，怎忘得玉环分付：'第一是早早归来，怕红萼无人为主。'算空有并刀，难剪离愁千缕!"虽是传统的离愁别怨题材，但写得颇为健朗，予人清空一气之感。

三是善于用诗人笔法，特别是江西诗派瘦硬健劲的语言风格。如善用"冷"字来写通感，除《扬州慢》中"冷月无声"外，又如："淮南浩月冷千山，冥冥归去无人管。"(《踏莎行》)"竹外疏花，香冷入瑶席。"(《暗香》)"嫣然摇动，冷香飞上诗句。"(《念奴娇》)这个"冷"字正可以代表姜词清空的语言特色。

下面，我们再以姜词的代表作《扬州慢》为例，具体来分析其"清空"之特色所在。

> 淮左名都，竹西佳处，解鞍少驻初程。过春风十里，尽荠麦青青。自胡马窥江去后，废池乔木，犹厌言兵。渐黄昏，清角吹寒，都在空城。　　杜郎俊赏，算而今、重到须惊。纵豆蔻词工，青楼梦好，难赋深情。二十四桥仍在，波心荡、冷月无声。念桥边红药，年年知为谁生?

此调序言云："淳熙丙申至日，予过维扬。夜雪初霁，荠麦弥望。入其城则四顾萧条，寒水自碧，暮色渐起，戍角悲吟。予怀怆然，感慨今昔，因自度此曲。千岩老人以为有黍离之悲也。"词开头三句交代地点，点明作者初到该地。"过春风十里"两句，写扬州的自然景色，但笔锋一转，马上道出兵燹后的扬州"废池乔木"，到黄昏"清角吹寒"，一片凄凉。当时离胡马窥江已十六年，但当地人"犹厌言兵"，即还怕谈起那回兵事，从一个侧面来揭露金统治者的暴行，同时也显示了自己无限的感慨。"黍离之悲"，说明其思想之高；而"荠麦青青"、"废池乔木"，则更以"胡马窥江去后"的山河寥落，印证了、深化了特定的"黍离之悲"的感受，就纷繁意象中，淘去渣滓，剔除烦琐，不蔓不枝地点染了面对

“空城”的隐痛。不止是繁华事散的“空城”，而且恰恰是“渐黄昏，清角吹寒”时分的“空城”。不但是在暮色渐浓时所听到因而分外加深苍茫和寒意的“空城”，而且还把那印证着“黍离之悲”的“空城”和有感于“空城”的诗人的忧思融成一气，使得一切人和物，都沉浸在苍茫情境中，写出了“都在空城”的深刻内涵。至于如何由金兵破坏，落下了这一座空城，或者扬州这一个名城的轻轻断送，恰恰说明南宋小朝廷如何不思恢复，或者宋王朝就凭着这样一座空城来防边，如何荒唐等等，即使画龙点睛式地抒发感慨，也都完全被省略了。后片颇多化用唐杜牧在扬州的诗句，如：“娉娉袅袅十三馀，豆蔻梢头二月初。春风十里扬州路，卷上珠帘总不如。”（《赠别》）“十年一觉扬州梦，赢得青楼薄倖名。”（《遣怀》）“二十四桥明月夜，玉人何处教吹箫？”（《寄扬州韩绰判官》）总的意思无非是今日的“淮左名都”已成一荒凉冷落之城市，纵令才华出众的杜牧再到这里，也难以表达我此时悲怆之心情。娓娓道来，不着痕迹。问题是写“黍离之悲”时利用这类侧艳诗句太多，反使全词的基调显得软弱。惟“波心荡，冷月无声”句，通过晃荡在水中的清寒月光来烘托凄冷的气氛，以同杜牧当年笔下的二十四桥的繁华景色作一强烈对照，既绘声绘色，又能脱去秾艳，显出姜词的清空特色，而成为千古名句。

以清空风格擅长的诗词，往往是以空灵、灵动取胜，而与板重相背离。所谓灵动者，指的是作品节奏给予人们以和谐流动、浑然一气的美感。如司空图《二十四诗品》所云：“不着一字，尽得风流。”严羽《沧浪诗话》所云：“镜中之花，水中之月，羚羊挂角，无迹可求。”感情富于曲折，而以质朴明快的语言出之。结构饶有层叠，但却统一在一气贯注的境界氛围之中。关于这点，我们可以李白的《夜泊牛渚怀古》一诗为例：

牛渚西江夜，青天无片云。登舟望秋月，空忆谢将军。余亦能高咏，斯人不可闻。明朝挂帆席，枫叶落纷纷。

诗写牛渚江上的夜晚，青天上没有一片云。作者步出船舱眺望天空中的明月，空想着当年在这里赏识袁宏的谢尚将军。他也能以袁宏一样的音调咏诵史诗，可谢将军再也不能闻听。作者怀才不遇，故而感叹当世再无谢尚一样的识才之人。结句写道明早就要扬帆远行，看来能够见到的只是江边枫叶的纷纷飘零了。唐汝询《唐诗解》卷三三云："此以袁宏自况而叹世无谢尚也。言牛渚夜景清绝，正袁宏咏史之时。所以登舟望月而怀谢公者，以我亦高咏，无减于宏，而谢不可复作，所为空忆也。及旦而挂席以去，所睹惟落叶纷纷，盖无复有相邀者矣。"

李白夜泊牛渚，感怀前事有所叹而作，是为怀古。全诗感情郁勃，一气直下，而语言明快质朴，不事雕琢，情胜于词，给人流转挥洒之美感。这首诗在格律上也值得注意，它纯乎律调而通体不对，一气挥洒，妙极自然。而初学者往往讲究对仗，不能臻此化境。施补华《岘佣说诗》就说："五律有清空一气不以炼句炼字求者，最为高格。如太白'牛渚西江夜'、'蜀僧抱绿绮'……诸首，所谓羚羊挂角，无迹可求。"

二、秾挚缠绵

秾，指的是辞采浓丽。挚，指的是感情深挚。秾而能挚，且又写来缠绵悱恻，一往而深的，诗人中有李商隐，词人中有吴文英。

文学语言注重锤炼，诗词尤其如此。语言的锤炼有两种，一是清水芙蓉，洗尽铅华，即质朴古拙一路；一是浓妆艳抹，采丽竞繁，即铺饰渲染一路。词为艳科，以妩媚修饰为正。秦观"虽饶情致"，李清照仍嫌他出语寒伧，没有富贵态（见李清照《词论》）。清冯金伯《词苑萃编》说："词者古乐府之遗，原本于诗，而别自为体。夫惟思通于苍茫之中，而句得于构索之后，如孤云淡月，如倩女离魂，如春花将堕，馀香袭人。"所以，词的语言锤炼以第二种为依归。"秾"，首先的要求便是语辞富丽精工，罗织出的意象宏丽丰满。但“秾”又要求秾而不腻，秾而不滞。繁乱腻滞非但不能给人以美感，反而会引起人的厌恶。对语辞的磨练和对丰腴之境的追求，很容易使诗词流为俗艳。词堕入俗艳之恶道有两种表现：一是语言追琢，文字胜于情致，只有官能的艳冶气息，浓得化不开、顿不脱。以女性妆饰为例，脂粉本意是为了突出优点，而不是以浓妆艳抹掩盖生人应有的活气，呈现一派非生命的香艳。二是物象繁丽缛密，但冗赘堆垛，枝叶丛蔓，“如七宝楼台，眩人耳目”（张炎《词源》）。物象浮离题外，杂乱不堪。

故而秾艳之辞不可或缺的正是深挚逼真的情致，即王国维《人间词话》中所谓的“真感情”。都是要求词在社会人事的充分渲染中、自然风物的完整铺饰中流动着真实的生命力。明艳流丽的境象，绝非堆垛铺排的自然结果，而应是作者依其情致剪辑形成的意境。所以说，“词忌堆积，堆积近缛，缛则伤意；词忌雕琢，雕琢近涩，涩则伤气”（吴衡照《莲子居词话》卷一）。“缛”是指失于繁重而意不豁朗；“涩”是指过分刻琢而生硬钝滞，情致不自然、不流畅。二者都是由于自矜自炫繁缛而窒息了真性情，使词作在整体风貌上缺乏生命力和感发气象。

在这一点上，温庭筠是有代表性的词人。词史上对温词辞藻秾缛、意象密丽是有定评的。如周济《介存斋论词杂著》谓词笔有“轻重之别”，并说“飞卿下语镇纸”。胡仔《苕溪渔隐丛话》亦云：“庭筠工于造语，极为绮靡。”都指出了温词秾丽的特点。从《菩萨蛮》之“水精帘里颇黎枕”、“小山重叠金明灭”、“杏花含露团香雪”、“玉楼明月长相忆”诸首可以看出，温庭筠好用浓艳的颜色字，好取物象直写，其语言往往浓郁得使人心醉神迷，但其词品并不高，王国维《人间词话》谓温氏词品似“画屏金鹧鸪”，“金”是华美富艳的象征，而画在屏风上的“金鹧鸪”，生就一幅“大富大贵之相”，然而相比自然界自由翱翔的鹧鸪，后者拥有阳光和白云，自由奋发远胜于笼中金雀，前者拘滞于画屏之中，虽流光溢彩、斑驳迷离，终不免缺乏生气。正是由于缺乏清新真实的活力，辞象的富艳排列便只剩下香喷喷的甜腻的官能体验了。曲子词源于花间，历代词论家对词写艳情这样的问题持较宽容的态度。但是，“词之雅郑，在神不在貌。永叔、少游，虽作艳语，终有品格”（王国维《人间词话》卷四）。作艳语而强调品格，就是要求虽涉笔艳情却须力避肥腻浮滥，更重要的是词要在“真”或“贞”的根本问题上站稳立场，要有生命感、有活力。这是我们理解辞秾的基础，也是理解词品的前提。

将“秾”与“挚”合为一词，出自清周济《宋四家词选序》：

> 清真，集大成者也。稼轩敛雄心，抗高调，变温婉，成悲凉。碧山餍心切理，言近指远，声容调度，一一可循。梦窗奇思壮采，腾天潜渊，返南宋之清泚，为北宋之秾挚。是为四家，领袖一代。

这段话里的论述我们今天并不全都同意，但他用“秾挚”一词指称吴文英（号梦窗）的词风，却是得到了人们一致首肯。在艺术风格上，梦窗词确实以秾挚缠绵为主要特征。具体来说，就是喜用质实丽密之笔写深微窈远、缠绵沉挚之情，意境奇丽凄迷，结构绵密曲折，设色秾艳，造语凝涩。张炎在《词源》中说：“词要清空，不要质实。清空则古雅峭拔，质实则凝涩晦昧。”吴文英有论词四法则：“词之作难于诗：盖音律欲其协，不协则成长短之诗；下字欲其雅，不雅则近乎缠令之体；用字不可太露，露则直突而无深长之味；发意不可太高，高则狂怪而失柔婉之意。因此则知所以为难。”（沈义父《乐府指迷》引）可见他亦以骚雅为宗旨。但诚如张炎所评，他的骚雅又以秾挚质实为特色，与姜夔的清空又不同。纪昀《四库全书总目提要》谓：“梦窗天分不及周邦彦，而研炼之功过之。词家之有吴文英，如诗家之有李商隐。”李商隐之诗亦以语辞浓艳华丽、抒情缠绵真挚见长。但我们前面既然说到姜夔，这里就以吴文英而论。

比较而言，在语言上，吴词除了喜欢用一些浓艳的字面外，还喜欢用怪字、代字。如“箭径酸风射眼，腻水染花腥”（《八声甘州》），“红情密，腻云低护秦树”（《宴清都》），“半掩长蛾翠妩”（《扫花游》）等。这种语汇、句法，有时“能令无数丽字，一一生动飞舞，如万花为春”（况周颐《蕙风词话》），有时又“太晦处，人不可晓”（沈义父《乐府指迷》），读起来使人产生“隔”的感觉。

在结构与立意上，吴词太注重抒发自己深微窈远的心绪，虽然这种感情是深挚难遣的缠绵之爱，但他却不太注重读者的可接受性，因而不按客观时空的自然顺序，只以自己心理变化和感情逻辑为构思线索，以心理时空来安排篇章。这样就使他的词深曲难测、朦胧凄迷，甚而使读者如坠于“娇尘软雾”（见吴词《莺啼序》）之中。如《高阳台》下阕云：

> 伤春不在高楼上，在灯前倚枕，雨外熏炉。怕舣游船，临流可奈清臞，飞红若到西湖底，搅翠澜，总是愁鱼。莫重来，吹尽香绵，泪满平芜。

时而在“高楼上”，时而在“灯前倚枕”，时而在“游船临流”，时而又随“飞红”潜到“西湖底”，既感慨现在已“吹尽香绵”，又预感着未来会“泪满平芜”，结构与立意极为深曲。但即便如此，他的词仍不失深邃缜密、沉挚浩瀚的特色。

最能体现吴词特色的是他大量怀人的爱情词，大都写得情思婉转，莺歌燕舞，缠绵悱恻。恋情之作，只要发自本心，本来就最容易有真感情在内。而吴文英的这类词，多是有感而发，词中饱含着他自己恋情生活的体验和哀伤。这些词作表面上结构起伏跳跃，时间和空间也寻不见我们所习惯的逻辑和理性，过渡和照应隐约可见，转眼间却又不明就里。但实际上却多是以词人自己的心理情感为线索而织构的。最能体现这种艺术特色的，是他的长达240字的长调《莺啼序·春晚感怀》：

> 残寒正欺病酒，掩沉香绣户。燕来晚、飞入西城，似说春事迟暮。画船载、清明过却，晴烟冉冉吴宫树。念羁情，游荡随风，化为轻絮。　　十载西湖，傍柳系马，趁娇尘软雾。溯红渐、招入仙溪，锦儿偷寄幽素。倚银屏，春宽梦窄，断红湿、歌纨金缕。暝堤空，轻把斜阳，总还鸥鹭。　　幽兰渐老，杜若还生，水乡尚寄旅。别后访、六桥无信，事往花委，瘗玉埋香，几番风雨？长波妒盼，遥山羞黛，渔灯分影春江宿。记当时、短楫桃根渡。青楼仿佛，临分败壁题诗，泪墨惨淡尘土。　　危亭望极，草色天涯，叹鬓侵半苎。暗点检、离痕欢唾，尚染鲛绡；亸凤迷归，破鸾慵舞。殷勤待写，书中长恨，蓝霞辽海沉过雁，漫相思、弹入哀筝柱。伤心千里江南，怨曲重招，断魂在否？

《莺啼序》是词中最长的调，乃吴文英自度。据夏承焘《吴梦窗系年》：“梦窗在苏州曾纳一妾，后遭遣去。在杭州亦纳一妾，后则亡殁。”又据夏承焘《吴梦窗系年》，梦窗三十岁左右曾在苏州为仓台幕僚，居吴地达十年之久(《惜秋花》词云：“十载寄吴苑”)。而又有“春晚感怀”，可见作者是怀恋“遣去”和“亡殁”两妾。如此长调，有人斥之为“炫学逞才”，“难中见巧”，恐失偏颇。作者于词中描红刻绿，寄情托思，于委婉细腻的笔触中悼念亡妾，希冀与亡妾邂逅相逢的脉脉深情，以真挚感人的浓浓情丝恣肆倾吐内心深处积淤的生死相隔的深悲苦痛，读来刻骨铭心，其缠绵沉挚之情令人动容。作者呕心创制这一长调，更见其才思摇荡和驰骋想象与施展铺叙的能力。

全篇四片。第一片写作者独居伤春的落寞情怀。以“残寒”点起，铺叙作者触景生情所思所想，思绪随晚来青燕从绣户——西城——过往之画船——吴宫——羁旅，想象奔腾跳跃，在过去、现实和个人感慨中来去穿行，使读者置身于一种孤独无依又寒冷萧索的氛围中，同时也为下文营造了回忆和抒情的气氛。第二片怀恋旧人。由“十载”叙起，将十年旧事平空排起，将复杂的情感倾注到“傍柳系马”这一意象上，深情款款写出作者与恋人相知相处得令人羡煞的诗情画意般的过往旧事。而“倚银屏，春宽梦窄，断红湿、歌纨金缕”，又道出相别后的苦苦相思，依依深情，徒自令人黯然销魂！第三片写别后作者追寻芳迹之事。故地重游，物换星移，只记得当时“短楫桃根渡、惨淡尘土”。缠绵悱恻，痛入心髓，在“泪墨”中忍把一腔心曲收束。第四片写眼前实景、个人感慨和处境。草色遥遥与天相接，鬓边却半数华发。“暗点检、离痕欢唾，尚染鲛绡；亸凤迷归，破鸾慵舞。”睹物思人，本以为可求得丝丝慰藉，却反而因此更加令人痛心，并以受到伤害的鸾凤自比，形只影单，踽踽孤行，失去生活的一切欢趣。“殷勤待写，书中长恨”，只可惜“辽海沉过雁”，无奈又“漫相思、弹入哀筝柱”以招魂，怕只怕“伤心千里江南，怨曲重招，断魂在否”？

通观全篇，浓辞丽句如“七宝楼台”者俯拾皆是，如“别后访六桥无信，事往花委，瘗玉埋香”，这里“花”、“玉”和“香”都代指亡妾。在这里，作者并没有不厌其烦地交代亡妾生前琐事，没有将自己深思眷念娓娓道来，仅就以“花”、“玉”、“香”三字和“委”、“瘗”、“埋”三字巧妙的有机组合，寓千言万语于寥寥两句中，言有尽而意无穷，也确实“眩人眼目”，但却不能说“碎拆下来，不成片断”。从上面的分析我们可以看出，作者的情思是连贯和一致的，即因思亡妾而借酒浇愁到末尾的书恨弹筝以寄哀思，正是在这种情感的串叠中，词作显出了其整体性，而不再是繁复密丽的一大堆词藻的堆砌。作者的意识活动随着情感跳荡奔腾，伸缩演进，词的字句和意象不断被情感一线拉回来，于纷乱中更见作者对亡妾思之深，念之切，这就达到了我们所说的“秾挚缠绵”的境界。

第四节　典重深曲与俚俗平易

一、典重深曲

宋代女词人李清照除了在词的创作上取得了卓越的成就外，在中国的词史上，她还是较早提出和触及词学理论的作家，这些理论集中的体现在她所写的《词论》一文：

乐府声诗并著，最盛于唐。开元、天宝间，有李八郎者，能歌擅天下。时新及第进士开宴曲江，榜中一名士，先召李，使易服隐姓名，衣冠故敝，精神惨沮，与同之宴所。曰："表弟愿与坐末。"众皆不顾。既酒行乐作，歌者进，时曹元谦、念奴为冠，歌罢，众皆咨嗟称赏。名士忽指李曰："请表弟歌。"众皆哂，或有怒者。及转喉发声，歌一曲，众皆泣下。罗拜曰：此李八郎也。"自后郑、卫之声日炽，流靡之变日烦。已有《菩萨蛮》、《春光好》、《莎鸡子》、《更漏子》、《浣溪沙》、《梦江南》、《渔父》等词，不可遍举。五代干戈，四海瓜分豆剖，斯文道息。独江南李氏君臣尚文雅，故有"小楼吹彻玉笙寒"、"吹皱一池春水"之词。语虽甚奇，所谓"亡国之音哀以思"也。逮至本朝，礼乐文武大备。又涵养百馀年，始有柳屯田永者，变旧声作新声，出《乐章集》，大得声称于世；虽协音律，而词语尘下。又有张子野、宋子京兄弟，沈唐、元绛、晁次膺辈继出，虽时时有妙语，而破碎何足名家！至晏元献、欧阳永叔、苏子瞻，学际天人，作为小歌词，直如酌蠡水于大海，然皆句读不葺之诗尔。又往往不协音律，何耶？盖诗文分平侧，而歌词分五音，又分五声，又分六律，又分清浊轻重。且如近世所谓《声声慢》、《雨中花》、《喜迁莺》，既押平声韵，又押入声韵；《玉楼春》本押平声韵，又押去声，又押入声。本押仄声韵，如押上声则协；如押入声，则不可歌矣。王介甫、曾子固，文章似西汉，若作一小歌词，则人必绝倒，不可读也。乃知词别是一家，知之者少。后晏叔原、贺方回、秦少游、黄鲁直出，始能知之。又晏苦无铺叙。贺苦少典重。秦即专主情致，而少故实。譬如贫家美女，虽极妍丽丰逸，而终乏富贵态。黄即尚故实而多疵病，譬如良玉有瑕，价自减矣。

李清照在文中叙述了词的源流演变，总结以前各家创作上的优缺点，并指出了词体的特点及创作的标准。《词论》中有三个要点，即：词的雅俗问题；词的音律问题；词“别是一家”的解说。“词别是一家”是其最核心的问题，关于这个问题，历代词评家褒贬不一。李清照指出，词是“歌词”，必须有别于诗，词在协音律、以及思想内容、艺术风格、表现形式等方面，都应保持自己的特色；她就词所区别于诗的种种特点，进行了认真的思考，并提出了自己的见解，总结起来不外要求词在高雅、协乐之外，做到典重、浑成，有故实，有铺叙。

这里我们只看“典重”这一条。《词论》中对众多词家提出了自己的意见，其中“贺苦少典重”一句，是李清照对贺铸词作的批评。典重，即典雅庄重，指不纤巧，不轻佻，沉着，典雅的艺术风格，此为词的传统风格，即所谓“落笔镇纸”。说一首词典重，就是说它有重大的境界、典雅庄重的风骨。清末四大词家王鹏运、朱祖谋、郑文焯、况周颐标榜的作词三要——重、拙、大，就是从李清照《词论》中的“典重”说发展而来的。贺铸乃宋代词人中卓有成就者，词主要收入《东山词》（又名《东山寓声乐府》、《贺方回词》），程俱《宋故朝奉郎贺公墓志铭》称其有“乐府辞五百首”。其词风格多样，张耒《东山词集序》云：“夫其盛丽如游金、张之堂，而妖冶如揽嫱、施之袪，幽洁如屈宋，悲壮如苏李，览者自知之，盖有不可胜言者矣。”吴梅在《词学通论》里说："北宋词以缜密之思，得遒炼之致者，惟方回与少游耳。"如此看来，贺铸词似无让人指摘之处。但仔细考察，亦不难发现，贺词中，铸情之词多，融景之词少；炼字虽极讲究，炼意也时有佳思，但炼意终觉不够，与唐、五代词中的名篇名句比较，"典重"似觉不足。王国维似乎也看到了贺词的这一缺憾，他在《人间词话》中评论说："北宋名家，以方回为最次。其词如历下，新城之诗，非不华赡，惜少真味。""少真味"的原因，恐怕就是"少典重"而后继乏力、不耐回味，不能"落笔镇纸"。而风格典雅、浑成、庄重，意境深远、委婉、曲折却是词的理想境界之一。

那么谁能达到这种"典重深曲"的境界呢?《词论》看似嘎然而止，却给后人留下了大大的疑问：为什么未提词人周邦彦？大多数研究者认为清照于北宋名家皆有微词，独于周邦彦只字未提，是因为她奉邦彦为楷模，对这精于词律的大词家没有微词，实在挑不出毛病。周邦彦，字美成，号清真居士，是北宋词坛上有数的几个大家之一。他的词被誉为"昆山之片珍"（陈元龙集注《片玉集》刘肃序)，备受后世推崇。清代常州词派尊周词，称他为"词之集大成者"，提倡学词的途径："问涂碧山，历稼轩、梦窗，以还清真之浑化。"并把"浑化"视为艺术最高境界。词发展到北宋末年，已有三四百年的历史，中间曾出现了各种风格流派的杰出词人。周邦彦生活的时期相对较晚，因此可以综合地吸取到各家之长。如花间派的富艳精工，晏、欧的清丽典雅，柳永的展衍铺叙，秦观的绵密细致等，进而形成了自己典重深曲、和雅浑厚的风格。这可以从几个方面来看：

首先，我们说，巧妙地运用典故成句，往往能造成典雅博厚的效果。周词的典重浑成，与他善于融化前人诗句密切相关。北宋人作诗，喜欢"以文字为诗"、"以才学为诗"，发展到江西诗派，形成"无一字无来历"的创作理论。宋人浸淫书本之中，仰慕前贤，喜融化前人语句以求博雅。如柳永词虽俚俗见长，却仍不乏化用前贤诗句的古雅篇章。如《凤栖梧》"对酒当歌，强乐还无味"化用曹操《短歌行》“对酒当歌，人生几何”；《玉蝴蝶》“指暮天，空识归航”化用谢朓《宣城郡出新林浦向板桥》“天际识归舟，云中辨江树”；《八声甘州》“是处红衰翠减”化用李商隐《赠荷花》“翠减红衰愁杀人”等。周邦彦在这方面更有突出的表现，沈义父更是将此推许为周邦彦作词的主要成就，说：“凡作词，当以清真为主。盖清真最为知音，且无一点市井气。下字运意，皆有法度，往往自唐宋诸贤诗句中来，而不用经史中生硬字面，此所以为冠绝也。”(《乐府指迷》)张炎也说：“美成负一代词名，所作之词，浑厚和雅，善于融化诗句。”又说：“美成词只当看他浑成处，于软媚中有气魄，采唐诗，融化如自己者，乃其所长。”(《词源》卷下）其他南宋人推崇周词，也特别注意这一点。陈振孙《直斋书录解题》卷二十一说：清真词“多用唐人诗隐括入律，浑然天成。”刘肃《陈元龙集注〈片玉集〉序》：“周美成以旁搜远绍之才，寄情长短句，缜密典丽，流风可仰，其征辞引类，推古夸今，或借字用意，言言皆有来历，真足冠冕词林。”我们举其为官溧水时写的《满庭芳》为例：

> 风老莺雏，雨肥梅子，午阴嘉树清圆。地卑山近，衣润费炉烟。人静乌鸢自乐，小桥外、新绿溅溅。凭栏久，黄芦苦竹，拟泛九江船。　　年年，如社燕，飘流瀚海，来寄修椽。且莫思身外，长近尊前。憔悴江南倦客，不堪听、急管繁弦。歌筵畔，先安簟枕，容我醉时眠。

词中化用唐诗的，如“风老”句来自杜牧“风蒲燕雏老”（《赴京初入汴口晓景即事》）；“雨肥梅子”用杜甫《陪郑广文遊何将军山林十首》之五“红绽雨肥梅”；“午阴嘉树清圆”用刘禹锡《昼居池上亭独吟》“日午树阴正”；“地卑山近”到“拟泛九江船”用白居易《琵琶行》“住近湓江地低湿，黄芦苦竹绕宅生”；“且莫思身外，长近尊前”用杜甫《绝句漫兴九首》之四“莫思身外无穷事，且尽尊前有限杯”。这首词不是简单地化用唐人诗句，而且结合唐人的遭遇、诗意，写己身流落之悲慨。上阕大段点化《琵琶行》诗意，使读者由白居易的遭遇反思词人的处境和心情，获得了“天涯沦落人”的丰厚的文化意蕴。陈廷焯评此词“说得虽哀怨，却不激烈，沉郁顿挫中别饶蕴藉。”（《白雨斋词话》卷一）此种特色之表现，正在于词人对唐诗语句、意境的化用。

其次是周词善于推敲章法结构以求精雅婉转。自柳永以后，拍缓调长的慢词形式越来越多地受到词人们的青睐。相对而言，柳永以来慢词的句法、章法结构比较平淡乏味。或以小令句法为之，缺少铺叙和变化；或多为平铺直叙，缺少波澜起伏之离合。近人夏敬观说：“耆卿多平铺直叙，清真特变其法，一篇之中，回环往复，一唱三叹。故慢词始盛于耆卿，大成于清真。”（《手评乐章集》）具体地说，柳永词多依据时间顺序作流水式的铺陈，如《雨霖铃》从“长亭”饮别写起，到“雨歇”催发、执手相看，再到别后想象。别后想象再依“今宵酒醒何处”到“此去经年”的顺序展开。从时间发展来看，是一个“线型”的连贯过程。周邦彦词则打乱时间顺序，多用“逆挽”手法，倒叙、插叙相结合，依据心灵情感的流动过程，有开有合，回环往复，是一个“环型结构”。唐圭璋《唐宋词简释》选清真词十六首，篇篇侧重于章法结构的分析，如分析《兰陵王·柳》说：“此首第一片，紧就柳上说出别恨。起句，写足题面。‘隋堤上’三句，写垂柳送行之态。‘登临’一句陡接。唤醒上文，再接‘谁识’一句，落到自身。‘长亭路’三句，与前路回应，弥见年来漂泊之苦。第二片写送别时情景。‘闲寻’，承上片‘登临’。‘又酒趁’三句，记目前之别筵。‘愁一箭’四句，是别去之设想。‘愁’字贯四句，所愁者即风快、舟快、途远、人远耳。第三片实写人。愈行愈远，愈远愈愁。别浦、津堠、斜阳冉冉，另开拓一绮丽悲壮之境界，振起全篇，‘念月榭’两句，忽又折入前事，极吞吐之妙。‘沉思’较‘念’字尤深，伤心之极，遂迸出热泪。文字亦如百川归海，一片苍茫。”词人先写

"送行之态"，再逆溯到"送别时情景"，照应到别后之事，结构上浑然一体。围绕咏柳抒别离之情的主题，词人采用"陡接"、"与前路回应"、"别去之设想"、"折入前事"、"吞吐"等复杂笔法，波澜顿挫。不仅吸取了柳永词章法结构上的优点，而且在艺术手法上也有所开拓。

再次是周词善于追求韵外之旨以示风雅深曲。宋词"雅化"的根本性要求是对题材内容、情感表达所提出的。周邦彦的词在善于体物言情的基础上，力求表现得含蓄化、深沉化，时而"将身世之感打并入艳情"（周济《宋四家词选》），触动文人骚客江湖流落、仕途不遇的愁苦之情，使歌词仿佛若有喻托，别具象外之意、韵外之旨。这种追求"韵外之旨"最具代表性的作品是咏物词。刘熙载说："昔人词咏古咏物，隐然只是咏怀，盖其中有我在也。"（《艺概》卷四）叶嘉莹先生全面回顾咏物篇什的发展历史，将"喻托性"列为其"两种重要特质"中之一种(《灵溪词说·论咏物词之发展及王沂孙之咏物词》)。咏物与咏怀表里两个层次，便构成喻托。周邦彦的《六丑·蔷薇谢后作》（原文见第八章第二节），据周密《浩然斋雅谈》卷下载：徽宗曾问"六丑"之义，周邦彦对曰："此犯六调，皆声之美者，然绝难歌。昔高阳氏有子六人，才而丑，故以比。"据此，《六丑》也是徽宗时的"新声"。词题标明是咏落花，全词惜花伤春，其深层注入自我身世不幸的感伤。首三句言明"客里"，伤春惜花情感之所由生。以下层层铺垫，从挽留春光无奈到风雨花落满地，到"蜂媒蝶使"多情，静绕东园珍丛，以"长条"三句收束，回到自身，照应开篇。人惜花，花亦怜人，结合"客里"、"行人"、"别情"，不难想象，"长条"或是怜惜词人流落他乡、终生困顿，或是同情词人与佳侣离别、旧情难觅等。这才是全词的主旨所在。故词尾便得以人事的嘱托为结。黄氏《蓼园词评》评说此词云："自叹年老远宦，意境落寞，借花起兴，以下是花是已，比兴无端。指与物化，奇情四溢，不可方物。人巧极而天工生矣。结处意致尤缠绵无已，耐人寻绎。”故而叶嘉莹概括周邦彦咏物词，言其表现了“言外寄慨的微意”(《灵溪词说·论咏物词之发展及王沂孙咏物词》)。

二、俚俗平易

李清照《词论》另一个重要的主张是要求高雅，故而不满于柳永的“虽协音律，而词语尘下”。北宋前期的柳永在宋词发展史上是一个重要的人物。他深谙词乐，其词集《乐章集》(《彊村丛书》本)，按宫调编排，凡十七宫调，近百个词牌，存词 194 阕，极大地丰富了宋词的词牌。由于他长期漂泊江湖，沉沦下僚，故而与市井的乐工歌伎等下层民众来往密切，深谙他们的情绪想法，作词也深受他们的影响。他的词，长于写才子歌妓恋情、羁旅行役之苦及离情别绪，委婉细腻，表现力很强。其情感抒写有明显的世俗化倾向，同时，也大量吸收当时民间乃至歌楼妓院流传的口语、俚语入词，词风俚俗平易，在促进宋词普及于民间的同时，亦不免文人们“词语尘下”之憾。

事实上，我们说，以柳永为代表的俚俗词派，其有意识地向民间词之俚俗回归的结果，是从反面刺激了宋词“雅化”的进程。正是有了柳永的俗词作参照物，众多词人们才意识到“雅化”的必要性。如晏殊、苏轼、李清照等词人，都发表了不满柳词的言论。这也是宋词发展史上第一次集体自觉的“复雅”呼声。北宋中期以后的众多词人，各以自己的方式对柳词的俚俗加以修正。周济评秦观词说：“将身世之感，打并入艳情。”(《宋四家词选》)。秦观词虽然仍囿于传统范围之内，但已不是纯粹应歌娱乐消遣之作。部分作品在凄艳的外壳背后，乃是伤心人别有怀抱。贺铸则以比兴入词，使词真正有了喻托之意，提高了词的品质。到了北宋后期，词的高雅气质和风貌已渐渐形成。在北宋词“雅化”进程中贡献最大、成就最高的是“大晟词人”，尤其是集大成的词家周邦彦。他们在前辈作家努力的基础上，将精力集中于歌词字面、句法、布局、修辞、音韵等诸多技巧方面的精雕细琢、“深加锻炼”

之上，将北宋词人创作以自然感发为主，转变为“以思索安排为写作之推动力”（叶嘉莹《灵溪词说·论周邦彦词》），为南宋雅词作家确立家法。可见，周邦彦词在某些方面虽有承继柳永之处，但更多的是对他的俚俗平易词风的一种反拨。我们在前面已经谈过了周邦彦词的典重深曲，那么，柳永的俚俗平易又表现在哪里呢？

平易，指的是诗词艺术风格的平白浅显、通俗易懂。这种风格向来有之，且名家辈出。如中唐的白居易，其新乐府诗大抵都通俗易懂，浅显明快。他在《新乐府序》中说：“其辞质而径，欲见之者易喻也；其言直而切，欲闻之者深诫也。”就是说，为了达到讽喻的目的，在文字上力求做到朴素浅显，直截了当，而不追求任何含蓄、曲折，当然更反对艰深晦涩。只有这样，才能让人容易明白并受到震撼。这种语言风格的缺陷是过于直露，有时颇为啰嗦，少了些精练和含蓄。但一些优秀之作，则不仅通俗平易，而且意绪流畅，节奏明快，形象生动。在当时，它是一种新的诗歌风格，也赢得了最广泛的读者。据说，当时“禁省、观寺、邮候、墙壁之上无不书，王公、妾妇、牛童、马走之口无不道……自篇章以来，未有如是流传之广者”（元稹《白氏长庆集序》）。柳永词便是善于运用口语俚句，不以典丽见长，大都写得比较直率明白，很少掩饰假借之处，如《昼夜乐》“早知恁地难拚，悔不当初留住”《忆帝京》，“万种思量，多方开解，只恁寂寞厌厌地，系我一生心，负你千行泪”等，虽有时失于粗糙，但也使词更平易流畅。就是指责柳词“词语尘下”的李清照自己，其词之语言风格也是浅俗平易，活泼动人的。特别在词的末句，李清照更喜欢用浅俗的、口语化的语言。像《临江仙》的“试灯无意思，踏雪没心情”，《声声慢》的“这次第，怎一个愁字了得”，《行香子》的“甚霎儿晴，霎儿雨，霎儿风”，以及《永遇乐》的“不如向、帘儿底下，听人笑语”等，都是如此。这使得一首词在结束时，不致于陷落在凝滞呆板的状态，而洋溢着一种活力，更多的显现出词在形成之初时的某些本色。

俚俗，则指的不仅仅是使用市井民间的俚语俗词，更意味着审美情趣上的市井化、世俗化，这一点，就是讲究雅正的文人们所极力避免的了。如南宋中期的著名诗人杨万里，其诗号称“诚斋体”，主要特点之一就是语言上不用典，不避俚俗，平易自然，幽默风趣。诚斋体诗歌中，杨万里逢人说笑、插科打诨式的风趣随处可见，而且作者也喜欢选择轻松活泼、细小琐屑的题材来写，所以他的诗非常口语化，有时还有意在诗作中大量采用民间俗语，但有时发展到矫枉过正的地步，以至出现了近乎游戏轻佻的诗句和浅薄、毫无意义的题材。可见，俚俗一语，往往是不够典雅、轻佻浅薄的代名词。在词史上，柳词的俚俗是受人诟病最多的一个方面，且这些指责不仅在于他的“词语尘下”，更多的是就其词中那种世俗化的浅薄情志而来的。我们且以他的一首《定风波》为例：

> 自春来，惨绿愁红，芳心是事可可。日上花梢，莺穿柳带，犹压香衾卧。暖酥消，腻云亸，终日厌厌倦梳裹。无那！恨薄情一去，音书无个。　　早知恁么，悔当初、不把雕鞍锁。向鸡窗只与，蛮笺象管，拘束教吟课。镇相随，莫抛躲，针线闲拈伴伊坐，和我，免使年少、光阴虚过。

此词以浅俗语言，抒写坦率爱情。闺中少妇独居，闲情难耐，而欲与丈夫厮守。感情浓烈，波澜曲折。开篇三句写春回大地，万紫千红，而女主人公却并不因此而感到任何欢快，相反，她见“绿”而心情惨淡，见“红”而频添忧愁。次三句写红日高照，燕舞莺歌，是难得的美景良辰，她却怕触景伤情，故而拥衾高卧。不仅如此，她还肌肤瘦损，懒于妆扮。上片末三句揭示真正原因：“恨薄情一去，音书无个。”下片承此，极写这位女主人公内心的悔恨之情和自我构筑的美好生活。她悔恨当初没有把“薄情”郎锁在家里；她悔恨没有让“薄情”郎手按“蛮笺象管”成天在窗下做功课；她悔恨光阴虚掷，没有同“薄情”郎整日形影不离，“针线闲拈伴伊坐”。对市井女性类似的心事，其他词中也有表达。《昼夜乐》说：“算前言，总轻负。早知恁地难拼，悔不当时留住。”与两人的相亲相爱相聚比较，一切的利禄功名都不在话下。她们盼望的不是“金榜题名时”、“洞房花烛夜”，而是非常现实的男女恩爱，只求“和我，免使年少、光阴虚过”也就足够了。她与“丈夫志四方”的男子或具有“停机德”的闺中贤妇截然不同。在古代社会，一个女性为了情爱，幻想能把所喜欢的人锁在家里，这无疑也是带有叛逆色彩的。张舜民《画墁录》言柳永曾拜访晏殊，晏殊问他：“贤俊作曲子么？”他回答：“只如相公亦作曲子。”晏殊认为他有意讥讽，便反讥道：“殊虽作曲子，不曾道：‘彩线慵拈伴伊坐。’”柳永遂无言退出。柳永仕途蹉跎，在当时日益繁华的大都市中与歌妓乐工厮混，这种境遇冲淡了他身上的士大夫气息，而较多地接受了城市平民的影响。虽说柳永词中有时也流露出市民阶层的庸俗气息，但这种市民意识总的来说是对封建士大夫意识的一种冲击，故而遭到他们的强烈反感。后来不少人批评他的词“格调卑下”，其实很大程度上是封建士大夫意识的流露。

这种市民意识的影响，还使柳永写出多篇描绘都市繁荣华丽景象的词作，这一题材是前人从未触及的。士大夫诗词中出现最多的是山野乡村、溪涧林泉。这既是他们在都市的仕宦生活的一种补偿，更是他们所着意强调的高雅旷逸的人生情趣的寄托，所以自然山水几乎成了士大夫文学的传统标志。而柳永则对都市生活表现出兴奋与迷恋，他写成都的有《一寸金》，写汴京的有《破阵乐》、《透碧宵》、《倾杯乐》，写苏州的有《木兰花慢》、《瑞鹧鸪》等。其中以写杭州城市景象和西湖风光的《望海潮》最为著名。这些词无不赞美繁华，渲染欢闹，期慕风流，乃至夸耀奢侈的消费，这与士大夫在享受城市生活的同时总不忘标榜淡泊清高、点明自己的社会身份与责任的意识显然大相径庭。然而正是在这类与传统士大夫文学标准相去甚远的词作中，潜藏了一种富有生命力的人生意识和审美情趣。

虽然士大夫阶层普遍贬低柳词之俚俗，但柳永在词史上的影响是巨大而又深远的。柳永词受到当时社会各阶层普遍的喜爱。王灼《碧鸡漫志》卷二称柳词“浅近卑俗，自成一体，不知书者尤好之。”陈师道《后山诗话》称柳词“作新乐府，骫骳从俗，天下咏之。遂传禁中，仁宗颇好其词，每对酒，必使侍妓歌之再三。”徐度在《却扫篇》中说：“故流俗人尤喜道之。”宋翔凤《乐府馀论》说：“耆卿失意无俚，流连坊曲，遂尽收俚俗语言，编入词中，以便伎人传习，一时动听，散播四方。”柳永词首先被民间下层以及边疆汉文化修养层次较低的少数民族所喜闻乐见是不容置疑的，叶梦得《避暑录话》卷下称“凡有井水饮处，皆能歌柳词”，就说明了其受欢迎的普遍程度。胡寅在《酒边词序》中也说：柳词“好之者以为无以复加”。即使是具有较高文化修养的文人士大夫和社会上层，虽然口头上和理智上表示反对，现实中也掩饰不住对柳词的喜爱。尤其值得注意的是，柳永这种在北宋词“雅化”进程中的逆向行为，保持了来自民间的“曲子词”的新鲜活跃的生命力，使其避免过早地走向案头化的僵死道路。南宋“雅词”就是在坚决反对柳永等“俗艳”的基础上发展起来的，其最终成为晦涩的案头文学而趋于衰败，这就可以从相反的角度说明柳永词所取得的成绩。

第五节　奇谲谐谑与豪肆泼辣

中国韵文中具有奇谲谐谑、豪肆泼辣风格的较少，这是受民族性格制约的。林语堂《中国人》一书归纳我们的民族性格为一个词：老成温厚。他分析说：

> 这是一种古老民族的古老文明，这个民族知道生活的意义，不奢求不可企及的东西。这种中国理性的崇高地位使中国人失去了自己对事物的希望与欲念。理性使他们意识到幸福是

无法获得的青鸟，于是便放弃了这种追逐——正如中国俗语所云“退一步海阔天空”——这时他们发现幸福之鸟原来已在他们自己手中，在方才对想象中的鸟影进行激烈追逐的过程中，它几乎被扼致死了。如此，便应了一位明代学者所言，“丢一卒而胜全局”。

但是，这并不是说，每个中国人都老成温厚。在中国文学中，处于非主流位置的奇谲谐谑的文字、豪肆泼辣的篇章，有着不可忽视的意义。

一、奇谲与谐谑

1. 奇谲

“奇谲”一词大概源自兵家，旧题吕望所著《六韬》卷三就有“权士三人：主行奇谲，设殊异，非人所识，行无穷之权”一条，后世文献中还屡有“奇谲之士”说，都包含“深有机变”之意。这个词转用于其他领域，如左思《三都赋》写三川周室而称“卓荦奇谲”，则仅仅指新奇怪异了。用这个词来描写文风，如叶梦得《石林诗话》称韩愈“冥搜奇谲”，辛文房《唐才子传·卢仝》云：“仝之所作特异，自成一家。语尚奇谲，读者难解，识者易知。”古代诗学中，并不否定奇谲的追求，但仅仅把它看做是“变”，要求虽变而不失正，如谢榛《四溟诗话》有云：

嘉靖间，有初学诗者，开口便多奇气。此虽天赋美质，其成之败之，则又在乎人矣。专尚奇者，乃盛唐之端，晚唐之渐也。譬游五岳，出门有伴引之，循乎大道而不失其正；否则歧路之间，又分歧路，愈失愈远，而流荡莫之返矣。正者，奇之根；奇者，正之标。二者自有重轻。若歧而又奇，则堕于长吉之下。惜乎！长吉不与陈拾遗同时，得一印正，则奇正相兼，造乎大家，无可议者矣。

谢氏并不反对“奇”，据初步统计，仅《四溟诗话》用“奇”字就达62次之多，但却要求“奇正相兼”、“奇正参伍”，主张用“变”与用“常”互相结合。

韵文中奇谲之风的开创者一般公认为屈原。屈原身处“放言无惮”的战国时代，《离骚》畅抒胸臆，言前人所不敢言，其中，“东一句西一句，天上一句地下一句，极开阖抑扬之变，而其中自有不变者存”（刘熙载《艺概·赋概》）。特别是诗的后半，飞腾想象，上天入地，驱灵使怪，上下求索，以奇幻的意境、瑰丽的文采成千古之奇文：

> 朝发轫于苍梧兮，夕余至乎县圃。欲少留此灵琐兮，日忽忽其将暮。吾令羲和弭节兮，望崦嵫而勿迫。路曼曼其修远兮，吾将上下而求索。饮余马于咸池兮，总余辔乎扶桑。折若木以拂日兮，聊逍遥以相羊。前望舒使先驱兮，后飞廉使奔属。鸾皇为余先戒兮，雷师告余以未具。吾令凤鸟飞腾兮，继之以日夜。飘风屯其相离兮，帅云霓而来御。纷总总其离合兮，斑陆离其上下。吾令帝阍开关兮，倚阊阖而望予。时暧暧其将罢兮，结幽兰而延伫。世溷浊而不分兮，好蔽美而嫉妒。

这一段写上天。一方面，诗人历经艰险，日夜兼程，来到帝都，结果却受阻于叩阍。另一方面，望舒先驱、飞廉奔属、凤凰承旂、蛟龙为梁，在这一辉煌壮丽的场面下，屈原高贵、伟岸的人格也格外光辉灿烂。后一段写下地求女，内容虽有现实生活的基础，但意境的荒诞奇谲，却是屈原所独有的。这次，结果仍然是以失败告终。马茂元认为这是“借求爱的炽热和失恋的苦痛来象征自己对理想的追求”，他深深的爱国情，是“发自内心不可抑制的强烈情感”，“惟有爱情的追求能仿佛其万一；因而就产生了以‘求女’为中心的幻想境界，并形成这种上天入地驰骋幻想的表现形式。”（《楚辞选》第40页）

屈原在《离骚》、《天问》、《招魂》等作品中奠定了奇谲之文的基本特色，这就是：（1）奇幻不经的想象；（2）荒诞怪奇的形象与意境；（3）奇诡、险急、铺陈的表达。后世文人有的侧重于某一方面，如鲍照就不以出奇的想象和意境为特色，但却以跳荡雄肆、酣畅淋漓的笔力，成浩宕激越、奇矫凌厉之文，诗风被目为"险急"；有的同备诸项、同为奇谲，但面貌大异，如韩愈、李贺诗分别以奇崛险怪、凄艳诡激著称（前者第一节已有例析）。且看韩愈，其诗设想之奇、形象之怪、诗法之变，神出鬼没，自是诗史的一大转变，但与屈《骚》浪漫奇幻的想象相比，有内在的诗心与外在的人力之别。如《陆浑山火一首和皇甫湜用其韵》，极写一场山火的强猛酷烈：

> 山狂谷很相吐吞，风怒不休何轩轩。摆磨出火以自燔，有声夜中惊莫原。天跳地踔颠乾坤，赫赫上照穷崖垠。截然高周烧四垣，神焦鬼烂无逃门，三光驰隳不复暾。虎熊麋猪逮猴猿，水龙鼍龟鱼与鼋，鸦鸱雕鹰雉鹄鹍，燖炰煨爊孰飞奔……

袁行霈主编本《中国文学史》分析道："风卷着火，火借着风，轰轰烈烈，漫山遍野地燃烧开来，直烧得天昏地暗、乾坤颠倒、神焦鬼烂、日月无光、水陆动物无处藏身。这里，诗人赋予山火一种狂野暴烈的力量，以泼墨法大笔渲染，巨细靡遗，极尽形容描绘之能事；与此同时，又创造出'山狂谷很'、'天跳地踔'等怪奇意象，使得诗意益发光怪陆离、狰狞震荡。这是一种超乎常情的创造，惟其超常，所以生新，惟其生新，所以怪奇。怪怪奇奇，戛戛独造，乃是韩愈在诗歌艺术上的主要追求目标。"

2. 谐谑

《庄子·天下篇》自称全书为"谬悠之说、荒唐之言、无端崖之辞"，又说："以天下为沈浊，不可与庄语，以卮言为曼衍，以重言为真，以寓言为广。"由此可见，历来的许多诙诡不经的言论大多属于不得已而为之，最终原因是天下的沉浊，不能以庄语为文。谐谑之文，有时就是如此。

谐谑即诙谐、滑稽，且带有嘲弄的意味。《庄子》中的很多寓言故事就是这样，如《则阳》篇中的触蛮之争以及《列御寇》篇中“舐痔者”、《徐无鬼》篇“豕虱”都包含有作者冷峻尖刻的讥刺之意。

诗词中一般忌讳插科打诨、滑稽调笑的色彩，许多诗评家都流露出对浅俗与谐谑的不屑之情，如清人朱庭珍对袁枚大加挞伐：“袁既以淫女狡童之性灵为宗，专法香山、诚斋之病，误以鄙俚浅滑为自然，尖酸佻巧为聪明，谐谑游戏为风趣，粗恶颓放为雄豪，轻薄卑靡为天真，淫秽浪荡为艳情，倡魔道妖言，以溃诗教之防。”对性灵派的赵翼朱氏也甚为不满，说：“赵翼诗比子才（袁枚）虽典较多，七律时工对偶，但诙谐戏谑，俚俗鄙恶，尤无所不至。”（《筱园诗话》卷二）

然而，“擅长谐笑的人在任何社会中都受欢迎。在极严肃的悲剧中有小丑，在极严肃的宫廷中有俳优”（朱光潜《诗论》第2章）。那么，谐语就不完全是一种被迫的选择，有时倒是文人的自觉主动地追求，性灵派的袁、赵就应当如此理解。袁枚受到当时广大青年的热烈崇拜，形成“袁枚现象”（刘世南《清诗流派史》），重要原因就是袁枚的诗“辞浅会俗，皆悦笑也”（刘勰《文心雕龙·谐隐》）。袁枚灵心妙舌，故所作诗往往妙趣横生。如画家沈南苹受日本国王之聘赴日教画，袁枚赠诗先有“东阳隐侯画笔好，声名太大九州小”，后又谓“眼惊红日初生处，画到中华以外天”。真可谓妙笔生花。再如《遣兴》其五：

爱好由来落笔难，一诗千改始心安。阿婆还是初笄女，头未梳成不许看。

赵执信评当代诗人王士禛、朱彝尊之诗云：“朱贪多，王爱好。”

(《谈龙录》)袁枚此诗引用这话来形容为求好而改诗的情状，妙在拿老太太先梳妆后见人的事来作比，读来令人不觉大笑。同为性灵派的赵翼，诗中也有很多妙笔：

种树　（其二）

胸中邱壑构何年？种树为园翠蔽天。看是豪奢却寒俭，省他六月搭棚钱。

四月十一二等日大寒，围炉就暖，偶书

五月披裘气自雄，我今四月拥炉红。天教寒士添佳话，不但冬烘夏亦烘。

两诗语尽意尽，但在笑声中体贴出寒儒生活的艰辛，实为含泪的搞笑，自嘲中有怨悱之意。

在袁、赵之前，诗涉谐谑的大诗人，也是有的。陶渊明、杜甫二人性格中即有幽默成分，胡适《白话文学史》说："陶潜与杜甫都是有诙谐风趣的人，诉穷说苦，都不肯抛弃这一点风趣。因为他们有这一点说笑话做打油诗的风趣，故虽在穷饿之中不至于发狂，也不至于堕落。"这是很精辟的。当然，陶杜风趣的诗不少，而近于打油的绝无，如陶渊明的《责子》："白发被两鬓，肌肤不复实，虽有五男儿，总不好纸笔……天命苟如此，且进杯中物。"幽默、自嘲中却显得很凝重，打油与此不啻天壤。

韩愈也是较突出的一位。韩愈有时很严正，有时却诙谐得很。张籍曾写信给韩愈，指出韩好为驳杂之说，韩愈答书谓"此吾所以为戏"，并引《诗经》"善戏谑兮，不为虐兮"，及《礼记》"张而不弛，文武不能"之言自解。在他的诗中，就常流露出诙谐之笔。近人程学恂的《韩诗臆说》卷一说："文与诗义各自别，故公于《原道》、《原性》诸作，皆正言以垂教也；而于诗则多谐言以写情也。"如《赠侯喜》有这样一段：

温水微茫绝又流，深如车辙阔容辀。虾蟆跳过雀儿浴，此纵有鱼何足求。我为侯生不能已，盘针擘粒投泥滓。晡时坚坐到黄昏，手倦目劳方一起。暂动还休未可期，虾行蛭渡似皆疑。举竿引线忽有得，一寸才分鳞与鬐。

此诗为韩愈参加礼部试，落第居洛阳时作。侯喜邀他赴温水（即洛水）垂钓，结果仅得小鱼，触动落第的悲感。所选一段写温水既浅又狭，虾蟆可以跳过，小雀敢去嬉戏，而垂钓经时很长，却只见虾子、蚂蟥渡过，以为是鱼结果不是，到最后终于有所得了，提竿却是一寸长的小鱼。一次很普通的生活小事，写得极有波澜，读去令人失笑。笑后寻思，却又感到诗人满腹的辛酸。

落 齿

去年落一牙，今年落一齿。俄然落六七，落势殊未已。馀存皆动摇，尽落应始止。忆初落一时，但念豁可耻。及至落二三，始忧衰即死。每一将落时，懔懔恒在己。叉牙妨食物，颠倒怯漱水。终焉舍我落，意与崩山比。今来落既熟，见落空相似。馀存二十馀，次第知落矣。倘常岁落一，自足支两纪。如其落并空，与渐亦同指。人言齿之落，寿命理难恃。我言生有涯，长短俱死尔。人言齿之豁，左右惊谛视。我言庄周云，木雁各有喜。语讹默固好，嚼废软还美。因歌遂成诗，持用诧妻子。

这是韩愈以文为诗、以议论为诗的代表作，所写为掉牙齿这样一件微末俗事，但韩愈却不惜笔墨形容尽致，胡守仁先生评云：“愈委悉愈有趣。”又说：“语言诙谐，胸怀开廓，所谓游戏于斯文者。”（《韩孟诗选》）然而，在委曲形容、妙语解颐的背后，诗人自嘲与自解之笔意，隐然可见。朱光潜在《诗论》第2章《诗与谐隐》

中指出："诗人的本领就在能谐，能谐所以能在丑中见出美，在失意中见出安慰，在哀怨中见出欢欣，谐是人类拿来轻松紧张情境和解脱悲哀与困难的一种清泻剂。"韩愈诗中的谐趣，往往就具有这样一种效用，它是诗人借以纾解、超越现实苦痛的有效方法。

韩愈之后的苏轼，一生坎坷，但作诗也是"杂以嘲戏，讽谏谐谑，庄语悟语，随事而发"（方东树《昭昧詹言》）。与前人相比，苏轼的诙谐更是他的本性，故此，在中国文学史上，"随事"以游戏笔墨自嘲自足而谐趣百出的诗人少见，但苏轼是一个。其中，山水景物中写出谐趣，应该是苏轼的创造。如《次韵参寥咏雪》篇有"朝来处处白毡帽，楼阁山川尽一如。总是烂银并白玉，不知奇货有谁居"，白毡帽的比喻很俗，烂银、白玉之比也平淡无奇，但把它们进一步落实，以"奇货可居"发想，则立即生出妙趣。再如《新城道中》写山野的新奇感，说："岭上晴云披絮帽，树头初日挂铜钲。"山上的云、树头的日，本为经见，但诗人把新鲜感转化为一种新颖奇妙的比喻，便立即化庸凡为妙笔。极富诗意的云团、光灿灿的红日，在诗人的眼里竟与厚棉帽、圆铜钲联系起来，联想之奇，令人发噱。发现这种不似之似，需要敏妙的心识。苏轼的幽默大多如此。

诗中的谐谑通常只是一种调剂，而不是诗的主体，谐趣也不会是诗人主要的追求，但庄语中夹以谐语，严肃中时露谐趣，辛酸时转以自嘲，愤恨时突杂调笑，都属于主题中的不谐和音，而有了这些不谐和，读诗才成为一种完全的审美愉悦。

总起来说，奇谲需要大本领，谐谑更要真情趣，如果说，这类型的诗基本处于非主流位置的话，那么在赋体中，铺排为本，博大与奇谲是此体的重要特色，人说"不读大赋，安知其气象阔大"（屈守元语，出自刘世南《在学术殿堂外》），就是这个意思。赋中俳谐、游戏为文的因素也很重，远的不说，且如元末杨维桢《骂虱赋》极写虱的可恶可恨：

使人胁不得以帖席，肱不得以曲几，追踪捕痕，若亡若存，遁影朽空，灭迹密纹，汤沐所不能攻，掌指所不能扪，但见肉斑□其成瘰，肤窒栗其生龟（皴），怒床几而欲剖，避衾褥而欲焚。

然后说到自己骂虱和“将上告司造，殄尔类”，但当晚梦中，“有被玄衮裹绛服而至者”，给他讲了一番道理：“亦知世有大毒大臭者乎？奸法窃防，妨化圮政，剥人及肤，残人至命，阚若豺虎，螫甚枭獍。”并责备作者骂虱毫无道理：“子试絜夫大毒者毒无已时，大臭者臭无穷期，孰为可詈不詈乎？子不穷南山之竹以为辞，而詈予琐琐，不已戏乎？”显然，作者在赋中借题发挥，以骂虱之文，为痛斥元末残暴统治的檄文，痛快淋漓而又庄谐两到。

清代小说家蒲松龄，有《屋漏赋》：

山居老屋，门以承尘，夏霖滴漏，丁丁夜闻。将呼灯而移案，限重门之巨津；及支枕而拥衾，任高卧于重茵。忽忽焉发峩舸之舟，蘧蘧焉泛鄱阳之浒。密树浮窗，惊涛震艟。已而浪恬波平，匡庐在睹，五老、香炉，蹲狮负虎。俄而箫管停声，回飙点鼓，阗阗鼕鼕，盈耳可数。或数时而一鸣，或援桴而四五。俨岑牟而单绞，将屏立而箕服。乍摊书而无言，倏操檛而欲怒。倘处仲之所撞几，而正平之所不取。无何，洒然惊觉，乃山堂漏雨也。异哉！岂主人之好游乎，乃梦不离乎南浦耶？于是崛起披衣，危坐而假寐，谯钟未发，邻鸡犹睡。俄闻扣门，有客投刺，或戴笠而蹑屩，亦叠乘而累骑，剥剥啄啄，举声四壁。将褦襶之杂沓，噬凿坏而逃避？或故人之登床，方携壶而问字？但闻马策间敲，或一或二，俄传鞭而弗前，聊掷瓦以相戏。怪侯门之无词，久逡巡而不至。已而绨帐梦回，重闼深闭，又屋漏如麻，声淋漓而尽致也。于是拂云启户，承盖曳屣，但见东池之朱鳞，游泳于西沼；南邻之碧树，低垂于北肆。笑伊庐之不宁，羌余梦之多悸。爰呼童以洗爵，且陶陶而取醉。

山居屋漏，平常事耳，作者却别出心裁，以小说笔法作赋，借两梦虚拟出两个生活场景。奇矫的笔势，迭起的波澜，与林嗣环《口技》可谓异曲同工，但诙谐风趣的意味又胜之。

二、豪肆泼辣

豪肆即豪放恣肆、痛快淋漓，这是诗词中所有。李白诗中批判现实、抒写悲愁，往往直截了当，倾泄而出。词中的豪放派更是“所谓粗块大脔，饱有馀而文不足者”（陈亮《龙川集》卷二十），如豪气纵横的陈亮，有词《水调歌头·送章德茂大卿使虏》：

不见南师久，谩说北群空。当场只手，毕竟还我万夫雄。自笑堂堂汉使，得似洋洋河水，依旧只流东。且复穹庐拜，会向藁街逢。　尧之都，舜之壤，禹之封。于中应有，一个半个耻臣戎。万里腥膻如许，千古英灵安在，磅礴几时通。胡运何须问，赫日自当中。

孝宗淳熙十三年（1186），南宋派章德茂使金贺万春节，作者感到愤怒，便借送行之机，写了此词。上阕开头两句，一写南宋王朝苟且偷安，不思恢复，一写金朝狂妄地宣称南宋无人，此下从德、才两个方面称赞章德茂为气压万夫的堂堂汉使，“且复”两句说使金的屈辱，并寄希望于最终的胜利。下阕三个短句回顾汉族文明历史，呼出“应有”之意。以下拿历史与现实互相对照，对未来前途充满信心。本篇词气慷慨，鼓舞斗志，是豪放词的风格。陈廷焯《白雨斋词话》卷一评云：“精警奇肆，几于握拳透爪，可作中兴露布读。就词论，则非高调。”陈廷焯一方面肯定他的思想意义，但同时又从词体的内涵来评价，认为它不是高境界的词，这是有一定道理的。这是因为，词，从它的文体优势来看，它最适合表现人的细微、幽眇的心理活动，委曲写景、款款抒情，是它的最佳方法，王国维《人间词话》“诗之境阔，词之言长”这一名言的真实意义即在此。

比较而言，诗就要丰富多了，诗中言志抒怀、写景状物都有质朴与深婉两路，李白式的自由驰骋、奔放激越，更是难以企及的诗中胜境，但第一，豪放出自性情，不是豪放之人，强为豪放之辞，往往画虎不成反类犬；第二，即便是李白，豪放而直露也仅仅是部分诗作的特色，他更多的诗则是把豪放与壮大、飘逸、旷达、清新等结合起来，并不粗豪。第三，含蓄、深婉是中国古典诗歌的基本性格，是大多数诗人的追求。

再说泼辣。泼辣本用以形容人的性格，指勇猛、凶悍而有魄力。如果作品写得急切、痛快、不留回旋、不容置疑，也可以称之为泼辣。中国古代主流话语中，几乎没有“泼辣”这个词，煌煌《四库全书》中就根本检索不到“泼辣”一词。接近的倒有“老辣”一词，但也可能晚至宋代才出现，刘克庄曾几次用“老辣”评他人的诗文，方回《瀛奎律髓》亦曾两次用这个词来评刘禹锡的诗。但“老辣”是指劲健老到，与“泼辣”在风味上有较大的区别。

晚出的曲，不是主流形态的文学，它正以豪肆、泼辣、戏谑为它的重要特色，任中敏《词曲通义·性质》说：“曲以说得急切透辟、极情尽致为尚，不但不宽弛、不含蓄，且多冲口而出，若不能待者；用意则全然暴露于辞面，用比兴者并所比所兴，亦说明无隐。此其态度为迫切、为坦率，恰与词处相反地位。”急切透辟、极情尽致，便是泼辣、豪肆。万云骏《诗词曲欣赏论稿》指出：“曲能容俗，曲尚显露，曲贵尖新，曲带戏谑，这四个方面构成了元曲的本色。或者简单地归纳为几条：口语化、通俗化、戏剧化（包括滑稽调笑、着重刻画动作等）。”

元代散曲中刺时愤世的作品很多，最能体现曲的特色。如查德卿【仙吕·寄生草】《感叹》：

姜太公贱卖了磻溪岸，韩元帅命博得拜将坛。羡傅说守定岩前版，叹灵辄吃了桑间饭，劝豫让吐出喉中炭。如今凌烟阁一层一个鬼门关，长安道一步一个连云栈。

作者查德卿生平失考，留存的散曲小令有22首。本篇题为“感叹”，叹的是知识人的人生价值。从古以来多少人怀才不遇，抱恨终生，总是艳羡傅说、姜太公、韩信等人的君臣际遇，感慨自己生不逢时，然而在查德卿看来，功名富贵完全没有意义，甚至还成为祸害和灾难。就拿姜太公、韩信、傅说、灵辄、豫让这些人来说吧，他们看上去很荣光，但傅说、姜尚结局还好，其他人都死不得其所，可见，出山为官不是好事，还是怀才不出的为好。说到当今，那就更险恶了，你若是想为图画凌烟阁而走马长安道，那么，随时都可能被魔鬼吃掉，随时可能失足掉下去粉身碎骨。换句话说，追求功名等于白白去送死。在此曲中，作者以横眉竖目、一脸冷笑的态度，把那时代人们公认的人生价值观彻底否定掉了，董乃斌先生说：“他是把功名富贵、甚至把忠君为国的所谓事业理想，都看透了”（名家配画诵读本《元曲三百首》）。此曲又是博喻，又是鼎足对，词意尖新，愤慨之情借奔腾动荡的词气表达，泼辣而且豪肆，令人惊心骇目。

同类的作品再如张养浩和张可久同调的【中吕·红绣鞋】：

那的是为官荣贵，止不过多吃些筵席，更不呵安插些旧相知。家庭中添些盖作，囊箧里攒些东西。教好人每看做甚的。（张养浩）

绝顶峰攒雪剑，悬崖水挂冰帘。倚树哀猿弄云尖。血华啼杜宇，阴洞吼飞廉。比人心山未险。（张可久）

前一曲仍然着眼人生出路，谈的是对做官的看法。前五句把做官的好处最直白地呈露出来，无非是本人多吃些筵席，家里钱财多了，安插相识容易了。当作者把做官的意义说得那么浅白之时，他冷冷的目光好像也透过字面，射向了一切热衷功名的人。于是，最后，"做官算个甚么"的一声冷语，不啻一口透心的清凉茶。后一曲题为"天台瀑布寺"，写浙江天台山方广寺周围的自然景观，山峰如雪剑，飞瀑似冰帘，古树入云天，还有猿猴哀鸣，杜鹃悲啼，幽深山洞里阴风拂拂，这一切无不阴森森、冷飕飕，然而最后一句，笔锋陡转，点出"人心险"的主题，真如当头棒喝，令人悚然惊惧。

写男女之情也是元曲常见的内容，这类篇章照样显示出与诗词不同的景观。如王实甫《西厢记》"长亭送别"一折中有一支曲子【朝天子】，云：

> 暖溶溶玉醅，白泠泠似水，多半是相思泪。眼面前茶饭怕不待要吃，恨塞满愁肠胃。蜗角虚名，蝇头微利，拆鸳鸯在两下里。一个这壁，一个那壁，一递一声长吁气。

这段分别场景的描写，如果与柳永词《雨霖铃》对读，就知柳词虽然也较为浅俗，但从饯行到分手就只"都门帐饮无绪，留恋处，兰舟催发。执手相看泪眼，竟无语凝噎"就转而写景，以景烘托，而此曲则完全从筵席间细腻地描摹人物的内心波澜，这里有比喻、有夸张，但这些手法与诗词中所用完全不同，更直白、更世俗化。而且"蜗角虚名，蝇头微利"以下几句，犀利透辟地揭示拆散他们幸福爱情的理由多么微不足道，其冷峻的批判态度正是曲的精神。

刘庭信的【双调·折桂令】《忆别》则与诗词中的爱情篇章有更大的差别：

> 想人生最苦离别，唱到《阳关》，休唱三叠。急煎煎抹泪

柔眵，意迟迟揉腮撧耳，呆答孩闭口藏舌。情儿分儿你心里记者，病儿痛儿我身上添些。家儿活儿既是抛撇，书儿信儿是必休绝，花儿草儿打听的风声，车儿马儿我亲自来也。

刘庭信是元代后期的著名散曲家，存曲 30 馀首，其中【折桂令】就有 12 首。本篇头三句写女主人公的心理，她想：离别时唱的《阳关曲》，只要不唱到第三叠，就还能多呆一会儿。这种情绪只有经历过爱情离别的人才最有感触。下面三句用一大批的口语、俗词、叠字来描绘别时的情态，细腻入微，而又生动传神。最后几句是嘱咐，第一是交代对方要多写信，第二是警告他在外面不可沾花惹草。曲中的女主人公既多情又泼辣，这个分别场面亦有很浓的市井风味、豪辣气息。

在典雅、蕴藉的诗词之外，曲因更接近普通人的生活与感情，别有天趣，而受到当代青年的喜爱。

第六章　中国韵文的鉴赏方法

韵文是中国古代文学的主要样式之一，它以高度集中的艺术概括、丰富的艺术想象，将生活中的事件、场景和诗人的特定感受融为一体，从而塑造形象、反映生活、表达情志。诗词曲赋，除了一些大赋之外，都具有篇幅短小、语言精练、意蕴丰富、富有节奏感和韵律美的特点。所以，鉴赏者应运用各种鉴赏方法，充分调动想象和联想，去捕捉其形象、意境，感受其情感、情趣，品鉴其形式结构，体味其内涵与艺术美。

文艺鉴赏是以文艺作品为审美对象的一种特殊的精神活动，它包括鉴别与欣赏两个方面，而且始终是以感情为中介，在形象思维的过程中进行的。因此它不但受到文艺作品本身的体裁样式及其所表达的思想情感的制约，同时，还要求鉴赏者具有必要的审美修养（包括文化素养、艺术修养、思想水平、知识储备、生活阅历、审美经验等）和鉴赏能力（对作品的分析与判断能力、解读与感悟能力、想象和联想能力等）。这种修养与能力，需要经过长期的积累、不断地实践才能逐渐培养起来，非一蹴而就、短期即能建功的，但可以通过努力学习而逐步达到。所以，这里仅介绍韵文的一些基本的鉴赏方法，以期对初学者提供帮助。

第一节　咬文嚼字　辨明词义　品评语言美

一、辨识词义

诗歌是语言的艺术，要解读它，首先必须从语言文字的训释入手；只有弄清了语词的含义，才能读懂作品。当然，训释词义，通常是借助于字典辞典之类的工具书，但仅此还不够。因为中国的文字是音形义三位一体的复杂的综合体，不仅文字本身具有多义性，有时读音的变化也会造成意义的不同，而且其中还包含着丰富的文化信息，要完全解读它，还要多阅读前人的笺注作品，运用各种知识进行综合分析，才能作出正确的判断和选择。

比如人们所熟知的《周易》，“周”字有两解：一指周普、周备，即普遍之意，谓易道广大，无所不包。郑玄《易赞》曰：“《周易》者，言易道周普，无所不备。”二指朝代名，即周代。孔颖达《周易正义》序文说：“《周易》称‘周’，取岐阳地名。”即是说，周代的“周”字本由地名演变而来。再说“易”字，也有三解：一为简易（执简驭繁），二为变易（穷究事物变化），三为不易（永恒不变）。郑玄《易赞》云：“易一名而三义：简易，一也；变易，二也；不易，三也。”从造字结构看，汉代学者有“日月为易”的说法。如许慎《说文解字》云：“日月为易，象阴阳也。”就是说，“易”字结构是上日下月的组合，以表示阴阳变化。再对《周易》文本内容进行分析，个中包含着丰富而深刻的变化思想。因此，“易”的变易之义，更符合客观实际。

又如屈原《离骚》，对此篇名的解释历来颇多不同。一是遭忧说。司马迁《史记·屈原列传》说：“《离骚》者，犹离忧也。”班固《离骚赞序》进一步解说道：“离，犹遭也；骚，忧也，明己遭忧作辞也。”其中还采用了同音假借的解释方法，离→罹（遭）。二为别愁说。王逸《楚辞章句》云：“离，别也；骚，愁也。”这是最直观解释。三是歌曲名。今人游国恩认为《离骚》与《楚辞·大招》所说的《劳商》为双声字，同实而异名，其含义相当于今语“牢骚”，这是采用了声训的方法。此外，还有30多种不同的解释，这里就不一一叙述了。由此可见，对文字的训释也并不是一件简单的事。

袁行霈在《中国诗歌艺术研究》一书中论述古典诗歌的多义

性时，曾提出了两个新概念：宣示义和启示义。宣示义是诗歌借助语言明确传达给读者的含义，其指向是明显的，没有半点含糊。一个词，固然会有多种意义，但在具体的语言环境中，它所显示的只是某一种意义而少有歧义。不过即便如此，我们在分析诗歌时，也可根据具体情况选取语词的某种含义，从而可以作出不同的解释。《离骚》："纷吾既有此内美兮，又重之以修能。"纷，众盛貌。内美，内在的美质，指先天具有的良好素质。重，加上。这些都无歧义。对于"修能"，则有不同的解释。一是"修"解为"长"，"能"释为能力，才干。修能，长于才，即富有才干。两句可译成：我既有众多的内在美质，又加上突出的能力才干。另一种是"修"解为"美"，"能"释为"态"，"态"字的繁体是"態"，其声部是"能"，古时两字可以相通。修能，即美好的姿态。两句可译为：我既有天赋的众多良好素质，又不断地加强外在美态的修养。两种解释虽有差别，但均能说得通，而且所表达的文意也差不多。可见对于词语的宣示义，也会因具体的取舍不同而有所区别。

至于启示义，则是诗歌以它的语言和意象启示给读者的意义。有些是诗人有意为之，有些则是诗人自己未必十分明确，而读者的理解也不尽相同。因此，对作品鉴赏水平的高低，在一定程度上取决于读者对启示义的体会能力。袁行霈将古典诗歌的启示义分为五类：双关义、情韵义、象征义、深层义、言外义。前四种或是诗歌语言蕴含的，或是诗歌语言所指代的，可以总称为言内义，本节将先就前三种意义逐一进行分析说明。至于深层义是指隐藏在字句表面意义之下耐人寻味的内含；而言外义则指寄托于言词之外的意义，是诗人未尝言传，但读者却可意会的意义，需要展开联想和想象去体味感悟，将在后面谈及。

1. 双关义

一般场合下，使用语言时，一个语词仅传达一个意义而排斥其他意义，以避免发生歧义。但双关义却是使两义并存，以此说彼，一显一隐，富有情趣。双关语可分为两种情况：一是谐声双关，即用同音词代本字，如丝——思，莲——怜，藕——（配）偶，芙蓉——夫容等。一是异义双关，即语词不变，却以甲义暗代乙义。如以布匹之“匹”暗代匹配之“匹”，以曲名之“散”及药名丹散之“散”暗指聚散之“散”，以药之味“苦”代相思之心“苦”。这种谐声双关和异义双关，既是汉语语言的特点，同时也基于活跃的联想和生动的比喻，它们往往取材于眼前习见的景物和寻常的事物，既明确却又含蓄委婉地表达了微妙的情感。这种根据汉语特点而形成的表现方式，在民间情歌中最为常见，文人学士偶尔学习之模仿之，便会显得新颖可喜，引人注目。

南朝乐府民歌《子夜歌》：“始欲识郎时，两心望如一。理丝入残机，何悟不成匹？”歌中以丝线之“丝”双关思念之“思”，布匹之“匹”双关配偶之“匹”。但丝线进入的是残缺的织机，究竟能不能织成布匹？不得而知。诗中既表达了女子获取精诚专一的爱情的渴望，同时也反映了难以得到真正的爱情和不知此情是否长久的复杂心理。

《子夜歌》：“今夕已欢别，合会在何时？明灯照空局，悠然未有期。”这首民歌的双关有些特别，是将原字隐去而直接写出双关所要显示的字来。“悠然未有期”，是“油燃未有棋”的双关，后者正与上句相关合，表达了情人幽会后临别时的惆怅心态。

又南朝乐府西曲歌《石城乐》：“闻欢远行去，相送方山亭。风吹黄蘗藩，恶闻苦篱声。”“欢”是南朝女子对情人的爱称。黄蘗是一种落叶乔木，茎可制染料，树皮中医可入药，味苦，有清热解毒的作用。这里以黄蘗味苦来表达情人远离相别之心中的痛苦，一语双关。

刘禹锡《竹枝词》：

杨柳青青江水平，闻郎江上唱歌声。东边日出西边雨，道是无晴却有晴。

这首诗写的是一位沉浸在初恋中的少女的心态。她爱着一位男士，但对方的态度却捉摸不透，正像这黄梅时节的天气，晴雨不定。"道是无晴（情）却有晴（情）"，通过双关语，将女子的眷恋、迷惘、内心的忐忑不安以及希望、等待等心理活动刻画得极其生动。

贺知章《咏柳》：

> 碧玉妆成一树高，万条垂下绿丝绦。不知细叶谁裁出，二月春风似剪刀。

这是一首咏物诗，写的是早春二月的杨柳。前两句以"碧玉"来形容柳树的鲜嫩新翠光鲜润泽，是比喻的手法。但"碧玉"还有另一层意思，南朝宋代汝南王小妾名叫碧玉，乐府吴声歌曲有古辞《碧玉歌》，萧绎《采莲赋》还有"碧玉小家女"之句，后世遂以"小家碧玉"指小户人家出身的年轻美貌的女子。以美女形象来写柳，这是拟人的手法。诗中"妆成"也透露出个中消息。"碧玉妆成一树高"，可以想象那婀娜多姿的柳树，宛如凝妆而立的少女，裙带飘飘，婷婷袅袅，风姿绰约。柳与少女，已融合为一体，分不出彼此，显示出春回大地的自然活力与景象，给人以美的享受。

2. 情韵义

古诗语言，经过历代诗人的提炼、加工和制造，使之除了本身具有的原来意义之外，还附着有某种诗化的感情和韵味。这种人为附着的情韵在诗歌中所起的作用，有时甚至比词语原有的意义更为重要。这是很难以训诂的方法加以解释的，也是一般辞典中难以包括的，需要联想与体味。

比如"南浦"。浦本是支流注入江海处。古人远行或乘舟，故常于浦口送别。"南浦"本意简单，无非是南面的一个浦口。屈原《九歌·河伯》："子交手兮东行，送美人兮南浦。"经此一用，"南浦"便染上了离愁别绪的情韵色彩。后世诗人写离别时语及浦口，便总是用“南浦”，似乎东浦、西浦、北浦都难以表达出这种情感。如江淹《别赋》：“春草碧色，春水渌波。送君南浦，伤如之何!”白居易《南浦别》：“南浦凄凄别，西风袅袅秋。一看肠一断，好去莫回头。”范成大《横塘》：“南浦春来绿一川，石桥朱塔两依然。年年送客横塘路，细雨垂杨系画船。”辛弃疾《祝英台近·晚春》：“宝钗分，桃叶渡，烟柳暗南浦。”

又如“丁香结”，本指丁香的花蕾，而唐宋诗人常用来比喻愁思固结不解，被赋予了很强的情韵意义。李商隐《代赠》：“芭蕉不展丁香结，同向春风各自愁。”牛峤《感恩多》：“自从南浦别，愁见丁香结。”李璟《摊破浣溪沙》：“青鸟不传云外信，丁香空结雨中愁。”上述诗词都是借“丁香结”来比喻自己的愁情郁结，难以释怀。而陆龟蒙有一首《丁香》：“江上悠悠人不问，十年云外醉中身。殷勤解却丁香结，纵放繁枝散诞春。”陆氏身处唐末动乱的年代，长期隐居于江南。表面上看，“解却丁香结”即是让丁香的花苞开放，以使春意更浓郁更热闹，实际上是解开忧愁郁闷的心结，表达了归隐后无牵无挂、悠然自得的心境。抒写的角度虽然转换，但赋予“丁香结”的情韵却一如既往。

3. 象征义

象征义是用象征手法派生出来的意义，有的附着在词语的宣示义上，有的表现在整句整篇之中。它有两个特点：一是用具体的可感知的事物来象征抽象的意义；二是用客观事物来象征主观的心理和情绪。自《诗》、《骚》以来，中国诗歌即形成了“香草美人”的象征传统。王逸《楚辞章句序》说：“《离骚》之文，依《诗》取兴，引类譬喻，故善鸟香草，以配忠贞；恶禽臭物，以比谗佞；灵修美人，以媲于君；宓妃佚女，以譬贤臣；虬龙鸾凤，以托君子；飘风云霓，以为小人。”屈原发展了《诗经》的比兴手法，寄情于物，托物言志，所取之物已不再是纯客观的独立之物，而是融合了主体情感、品格、理想的象征性意象，形成较为完整的象征系统，对后世诗文产生了深刻的影响。如屈原以高丘求女表示目标追求，以失恋被弃表示所求不遂和被谗见疏。而阮籍《咏怀》十九“西方有佳人，皎若白日光……悦怿未交接，晤言用感伤”，通过男女相悦却交接无由来寄托自己理想不能实现的忧伤。屈原《橘颂》，将咏物与抒情紧密结合，以颂橘的质地美来象征人的品质的高洁。“独立不迁”、“廓其无求”、“秉德无私”、“梗其有理”，这是橘的品质，更是诗人人格的象征。而张九龄《感遇》其七：“江南有丹橘，经冬犹绿林。岂伊地气暖，自有岁寒心……徒言树桃李，此木岂无阴?”也是以橘来象征自己的信仰和坚贞的品格。具体吟咏的角度虽有不同，其精神却是相贯通的。

中国古典诗词中，象征义是很常见的。有些象征义，由于深深地植根于民族传统文化之中，经反复使用，成为了固定的公认的象征义。比如松柏，《论语·子罕》：“岁寒，然后知松柏之后凋也。”以后松柏成了在严酷环境中保持节操、坚贞不屈的品格的象征。刘桢《赠从弟》其二：“岂不罹凝寒，松柏有本性。”又如杜鹃，传说是古蜀帝杜宇魂魄所化，其啼声凄苦，乃至于泣血，很多古文献都载有此事，如汉扬雄《蜀王本纪》、晋左思《蜀都赋》、常璩《华阳国志》、《太平御览》所引《十三州志》等，由此杜鹃便成了悲哀的象征。李商隐《锦瑟》：“庄生晓梦迷蝴蝶，望帝春心托杜鹃。”文天祥《金陵驿》：“从今别却江南路，化作啼鹃带血归。”宋末有人作《寄江南故人》云：“曾向钱塘住，闻鹃忆蜀乡。不知今夕梦，到蜀到钱塘?”这首诗写于出使元朝被扣留在燕京之时。巴蜀是他的故乡，临安（钱塘）是故都，诗中借用“闻鹃”事关合前后，将亡宋遗臣在羁留中执着强烈的家国之思表现得淋漓尽致。

有些象征义，本来是固定的公认的，但由于某个作家的运用，使其带上了浓郁的个性色彩，从而使象征义也发生了某些变化。比如菊花，通常象征美好的事物和高洁的品质，像屈原《离骚》：“朝饮木兰之坠露兮，夕餐秋菊之若英。”以撷芳餐鲜比喻品德的修养。而陶渊明也特别喜爱菊花，在诗中屡次咏菊，菊花几乎成了陶渊明的化身。由于陶渊明是一位著名的隐士，所以使菊花也成了隐士的象征，周敦颐《爱莲说》：“予谓菊，花之隐逸者也。”而且，因《饮酒》诗“采菊东篱下，悠然见南山”一句向来为人们所激赏，连带“篱”、“东篱”也具有了深厚的情韵义乃至象征义。如元稹《菊花》：“秋丛绕舍似陶家，遍绕篱边日渐斜。不是花中偏爱菊，此花开尽更无花。”郑思肖《画菊》：“花开不并百花丛，独立疏篱趣未穷。宁可枝头抱香死，何曾吹落北风中。”又如刘昚虚《九日送人》：“从来菊花节，早已醉东篱。”苏轼《戏章质夫寄酒不至》：“漫绕东篱嗅落英。”李清照《醉花阴·九日》：“东篱把酒黄昏后，有暗香盈袖。”

解析诗歌，除了通过声音训诂去分析语词，弄清文意外，还有一个比较困难的问题是对古代名物典章和民情风俗的了解。如果这方面有缺失，还不算真正读懂了作品。所以，我们解析古诗，还有必要阅读一些古人的笺注以及关于文化方面的书籍，以拓宽知识面。

《诗·郑风·溱洧》：

> 溱与洧，方涣涣兮。士与女，方秉蕑兮。女曰：“观乎?”士曰：“既且。”“且往观乎！洧之外，洵讦且乐。”维士与女，伊其相谑，赠之以勺药。

蕑，兰草，菊科，草本植物，秋季开红白花，但不是今日常见的兰花。这是一首爱情诗。春天风和日丽，郑国郊外河畔，游人如织，这正是青年男女极好的恋爱季节，故彼此相邀游玩，互赠鲜花香草，暗订终身之约。在这首诗中实际还包含有古代的风俗与祭典。《韩诗》说：“《溱洧》，说（悦）人也。郑国之俗，三月上巳之日，于两水上招魂续魄，拂除不祥。故诗人愿与所说者俱往观也。”这种风俗，源于古代祭祀生殖神“高禖”以祈求子孙的大祭典。在祭祀仪式上，有“桑林”、“万舞”之类的舞蹈来表演男女结合的内容。仪式结束后，男女便可自由交往，或谈婚论嫁，或密约幽会，所谓“仲春之月，令会男女，于是时也，奔者不禁”（《周礼·媒氏》）。《诗经》中反映这种习俗的，还有《郑风·出其东门》、《鄘风·桑中》等诸多诗篇。《汉书·地理志》说：“卫地有桑间濮上之阻，男女亦亟聚会，声色生焉，故俗称郑卫之音。”现代少数民族地区有“三月三”节日，有“跳月”、“歌墟”等男女欢会，大约也是这种古风习俗的馀韵。

《召南·野有死麇》：

野有死麇，白茅包之。有女怀春，吉士诱之。
林有朴樕，野有死鹿。白茅纯束，有女如玉。
舒而脱脱兮，无感（憾）我帨兮！无使尨也吠！

这也是一首婚恋诗。一青年男子在野外获得一头鹿，便带去向所爱的姑娘求婚，得到应允，便秘密约会。孔颖达《毛诗正义》云：“言死麇者，凶荒则杀礼，谓减杀其礼不如丰年也。礼虽杀，犹须有物以将之，故欲得用麇肉也。”《毛诗·卫风·有狐序》亦云：“古者国有凶荒，则杀礼而多昏（婚），会男女之无夫家者，所以育人民也。”古时在正常情况下，婚姻须经六道程序：纳采（提亲）、问名、纳吉、纳征（下聘礼定婚）、请期、亲迎（迎娶）。上述仪式中，每一道都要进献一些礼物，而纳征备礼最重，表示婚姻关系的正式确定。六礼全备，才是正式娶妻的标志。若“六礼不备，贞女守贞不往，以嫌于为妾也”（吕思勉《中国制度史》）。不过，如果遇上凶荒之年，民穷于兵革，困于饥馑，则可以适当减免某些仪式和减少一些礼物，目的是为了让那些“失时”的大龄男女早成婚配，以增加生殖。这种特殊情况下的权宜之计便叫做“凶荒杀礼”。可见，不了解古代的一些典礼仪式和风俗习惯，就难以完全读懂《诗经》中众多的爱情诗篇。

朱庆馀《近试上张水部》：

洞房昨夜停红烛，待晓堂前拜舅姑。妆罢低声问夫婿：画眉深浅入时无？

要解读这首诗，必须要了解古代的习俗与古诗一些表现手法。首先，唐代应进士科举的士子，有向名人行卷的风气，以希求其称扬和介绍于主持考试的礼部侍郎。朱庆馀此诗投赠的对象，是张籍，时任水部郎中，他既擅长文学又乐于提拔后进。其次，自《楚辞》开始，古诗就有以男女爱情关系比拟君臣、师生、朋友的传统，这首诗又题为《闺意上张水部》，可见其就是采用这种手法来写的。再次，古代婚俗，头天结婚，第二天早晨新妇要拜见公婆。所以这首诗以新妇自比，以新郎比张籍，以公婆比考官，借描写拜见之前的心理状态，来表达自己临近考试时不知自己的作品能否符合主考的要求，因而向张籍征求意见。朱庆馀平日里向张籍行卷，已经得到张的赏识。对于这首诗，张籍也给予了明确的回答，在《酬朱庆馀》一诗中写道：

越女新妆出镜心，自知明艳更沉吟。齐纨未足时人贵，一曲菱歌敌万金。

这首答诗采用同样手法，将朱庆馀比作一位采菱姑娘，说他相貌既美，歌喉又好，自然会受到人们的赞赏，不必浓妆艳抹去随从流俗，暗示他应保持自己的风格，不必为考试担心。这两首诗，一赠一答，巧妙风趣，珠联璧合，成为诗坛佳话。可见了解一些古代典制习俗，对解读诗歌内涵是很有帮助的。

二、从炼字炼句中品赏语言美

中国语言的丰富性主要是体现在两个方面，一是词的多义性，二是近义词、同义词的大量存在。在篇幅短小的诗词中用好每一个字，将对整首诗词的艺术性产生极大的影响，因此古人都十分讲究炼字炼句，可以说，因炼字而体现出的语言的精练美是古典诗歌重要的审美特征。

杜甫《江上值水如海势聊短述》云："为人性僻耽佳句，语不惊人死不休。"这已成为历代诗人努力追求的方向。卢延让《苦吟》说："吟安一个字，捻断数茎须。"道出了创作的辛苦。元刘秉忠《读遗山诗四首》写道："青云高兴入冥收，一字非工未肯休。直到雪消冰泮后，百川春水自东流。"诗中形象地描绘了创作中炼字的过程及炼得至当至隽的字之后的美好心情。

一般论炼字的，有炼实字、虚字之分，有的还进而分为单炼、双炼，又细分为半虚半实之炼、叠字之炼。这里不作理论阐述，只举一些例子略作说明。

1. 炼数量词

庾信《小园赋》有："一寸二寸之鱼，三竿两竿之竹"，前人就称颂曰："读之骚逸欲绝。"辛弃疾《西江月·夜行黄沙道中》"七八个星天外，两三点雨山前"，与庾赋有异曲同工之妙。唐代诗僧齐已《早梅》诗云，"前村深雪里，昨夜数枝开"；郑谷以为"数枝"非早，不如"一枝"为好，齐已听了，不觉拜伏，时人称郑谷为"一字师"（《唐诗纪事》）。张橘轩有诗云"半篙溪水夜来雨，一树早梅何处春"，元好问认为既已指明"一树"，就不能再言"何处"，且梅开一树也绝非"早"梅，于是改为"几点早梅何处春"（见《中州集》卷七四附《庶斋老学丛谈》）。将"一树"改为"几点"，看似平淡，实使全诗气韵更为流畅，也更符合生活的真实。

2. 炼形容词

诗歌是社会生活的主观化表现，少不了绘景摹状，化抽象为具体，变无形为有形，使人如闻其声，如见其人，如触其物，如历其境。这种任务，相当一部分是由形容词来承担的。我国古诗词中形容词的锤炼，有三种情况值得注意：一是形容词的叠用，这部分举例将在下文“叠字”中解说；二是表颜色衡度量的形容词的运用；三是形容词使动用法。先说形容词单用。吴文英《鹧鸪天》“乡梦窄，水天宽”，以具象的空间之“宽”来对比形容抽象的乡愁之“窄”，对照精妙而意韵深长。周密《高阳台·寄越中诸友》“梦魂欲渡苍茫去，怕梦轻还被愁遮”，以度量之“轻”描摹梦魂之细弱，化无形为有形，有通感的妙用。

炼形容词最为常见的，是以色彩相比对。如杜甫《后游》“野润烟光薄，沙暄日色迟”；《水槛遣心》其一“澄江平少岸，幽树晚多花”；《月夜忆舍弟》“露从今夜白，月是故乡明”；《晴二首》“碧知湖外草，红见海东云”。上述诗句中，有的色彩对比鲜明，有的色彩相近，有的则较为含蓄，如“烟光薄”与“日色迟”。

形容词用为动词，如王安石《泊船瓜洲》：“春风又绿江南岸，明月何时照我还”一联，向为人所称道，就因为“绿”字用得好。据洪迈《容斋随笔》云，这个字曾用过“到”、“过”、“入”、“满”等十馀字，都不理想，最后定为“绿”字，最为精警。前数字皆着眼于风之流动本身，而“绿”则开拓一层，从春风吹过后产生的效果着笔，从而引发鲜明的视觉形象联想，这就写出了春风的精神风貌，诗思更显深沉。而姚彦昭《程益言邀饮虎丘酒楼》中的一联“七里水环花市绿，一楼山向酒人青”，大约是得到了王安石诗的启迪。又如冯延巳《南乡子》：“细雨湿流光，芳草年年与恨长”，“细雨湿流光”一句，也为人所激赏，王国维《人间词话》认为这是“能摄春草之魂”者。或谓其语原有所本，如温庭筠《荷叶杯》有“朝雨湿愁红”、皇甫松《怨回纥》有“江路湿红蕉”之类。但皇甫词所湿者为具体事物，常人皆能道；而温词的对象是心理的愁、冯词的对象为抽象的流光，二者均更觉精妙新奇。孙光宪《浣溪沙》有“一庭疏雨湿春愁”句，以拟人化的手法来写闺中少妇“泪沾魂断轸离忧”的情状，亦觉绵渺深长。蒋捷《一剪梅》“流光容易把人抛，红了樱桃，绿了芭蕉”，形容词作使动词用，通过植物色彩变化的动态，抒写对时光流逝的惋惜；

如果“红”、“绿”仍作形容词解，将这句解说成“樱桃红、芭蕉绿”，就会味同嚼蜡，可见形容词用为动词，有时会有化寻常为精妙的作用。

3. 炼动词

动词的提炼，是古典诗词的主要内容。一首诗是由一些意象按照一定的艺术构思组合而成的，而能使这些意象表现出生动形态的，就是句中充当谓语的动词，离开了动词的锤炼，炼字艺术便会黯然失色。贾岛《题李凝幽居》：“鸟宿池边树，僧敲月下门。”据《刘公嘉话》说，贾岛初拟用“推”字，又思改为“敲”字，炼字未定，骑在驴上吟哦，时时用手作推敲之势，不觉冲撞了京兆尹韩愈的官驾，最后还是韩愈说“作敲字佳矣”方才确定。于是，汉语词汇中才有形容字斟句酌的“推敲”与表示拍板决定的“敲定”两词。古人还常用“吐”字来描写月出之状。梁吴均《登寿阳八公山诗》有“疏峰时吐月，密树不开天”。杜甫《月》诗“四更山吐月，残夜水明楼”，为苏轼击节赞赏，认为是“古今绝唱”(《百斛明珠》)。韦应物《同德寺雨后寄元侍御李博士》有一联“乔木生夏凉，流云吐华月”，也为后世所传诵，致使清代好些诗人作诗乃至科举考试，都以“流云吐华月”来命题。陈与义《巴丘书事》有一联是“四年风露侵游子，十年江湖吐乱洲”，以“吐”字形容水落洲出之状；清查慎行《移居道院纳凉》有一联是“满城钟磬初生月，隔山帘栊渐吐灯”，用“吐”来形容华灯初上灯月交辉的夜景，均很奇警。孟浩然《临洞庭上张丞相》也是一首为人传诵的名篇，其中“气蒸云梦泽，波撼岳阳城”一联，王士禛认为“蒸字，撼字，何等响，何等确，何等警拔也”（何世璂《然灯记闻》)。杜甫《旅夜书怀》：“星垂平野阔，月涌大江流”，历来为人所称道。垂与阔，涌与流，上下纵横，构成雄浑动感的境界，表现作者旷远的胸襟，足见锤炼之功。

4. 炼叠字

叠字重言，是我国古诗词传统的修辞手法，自《诗经》以来即已形成。刘勰《文心雕龙·物色》云："是以诗人感物，联类不穷。流连万象之际，沉吟视听之区；写气图貌，既随物以宛转；属采附声，亦与心而徘徊。故灼灼状桃花之鲜，依依尽杨柳之貌，杲杲为日出之容，瀌瀌拟雨雪之状，喈喈逐黄鸟之声，喓喓学草虫之韵……并以少总多，情貌无遗矣。"以叠字来状物写景，不仅能刻画出物态声貌，也更能抒发作者的情感。叠字多用于形容词，也有用于动词和名词者。

《古诗十九首》：

> 青青河畔草，郁郁园中柳。盈盈楼上女，皎皎当窗牖。娥娥红粉妆，纤纤出素手。

诗中以六叠字来形容女子的青春容貌，从而表达幽锁闺房，空闺难守的心绪。李清照《声声慢》起首三句"寻寻觅觅，冷冷清清，凄凄惨惨戚戚"，连用七叠字，表现了栖遑欲求、索寞空寂、凄惨悲苦三个层次的情感波澜，精练细腻，为人称道。《西青散记》载绡山女子《双卿词》十二首。双卿负绝世之才，秉绝代之貌，被恶姑暴夫虐待而死，时人怜之。十二首中，有一首题在竹叶上的《凤凰台上忆吹箫》：

> 寸寸微云，丝丝残照，有无明灭难消。正断魂魂断，闪闪摇摇，望望山山水水，人去去，隐隐迢迢。从今后，酸酸楚楚，只似今宵。　　遥遥，问天不应，看小小双卿，袅袅无聊。更见谁谁见，谁痛花娇？谁望欢欢喜喜，偷素粉写写描描？谁还管，生生世世，夜夜朝朝（见傅庚生《中国文学欣赏举隅》）。

陈廷焯《白雨斋词话》评"其旨幽深窈曲，怨而不怒，古今逸品也"，并认为"其情哀，其词苦，用双字至二十余叠，亦可谓广大神通矣，易安见之，亦当避席”。其他如王维《积雨辋川庄作》以“漠漠水田飞白鹭，阴阴夏木啭黄鹂”，来描绘积雨天气的山野之景；白居易《琵琶行》以“嘈嘈”、“切切”来形容琵琶的弹奏之声；黄庭坚《咏雪奉广平公》的“夜听疏疏还密密，晓看整整复斜斜”，从视听两种不同角度来写雪落的情景，都为人们所津津乐道。炼叠字，虽经锻炼而要归之自然。陈仅《竹林答问》论杜甫的炼叠字云：“若‘野日荒荒白，江流泯泯清’、‘山市戎戎暗，江雪淰淰寒’，戛戛生造，而景象神趣，全在数叠字内现出，巧夺天工矣。”但有人却认为这难免有《文心雕龙》所指出的“诡异”之病，远不及“雨洗娟娟静，风吹细细香”之平易得体（刘衍文、刘永翔《古典文学鉴赏论》）。至于乔吉《天净沙》，“莺莺燕燕春春，花花柳柳真真，事事风风韵韵，娇娇嫩嫩，停停当当人人”，则专意于堆砌叠字，似在玩文字游戏。

5. 炼虚词

通常认为，炼虚字要难于炼实字。之所以如此，是因为有实字撑住，语易劲健有力；虚字若斡旋不活，就会使文气凝滞；若锤炼恰当，可以化板滞为流动，使情韵活跃，文通气畅。所以罗大经《鹤林玉露》说：“作诗要健字撑拄，活字斡旋。撑拄如屋之有柱，斡旋如车之有轴。”王勃《滕王阁序》“落霞与孤鹜齐飞，秋水共长天一色”为传世名句，其中“与”和“共”，“齐”与“一”，皆锤炼至当，若去掉则会使之减色。叶梦得《石林诗话》卷中极为推崇杜甫的锤炼之功，说：

> 诗人以一字为工，世固知之，惟老杜变化开阖，出奇无穷，殆不可以形迹捕。如“江山有巴蜀，栋宇自齐梁”，远近数千里，上下数百年，只在“有”与“自”两字间；而吞纳山川之气，俯仰古今之怀，皆见于言外。

范晞文《对床夜话》卷二亦评杜甫诗“入天犹石色，穿水忽云根”

一联说：“‘犹’、‘忽’二字如浮云著风，闪烁无定，谁能迹其妙处?”但就整首诗来说，虚字不能太多，因其转换频繁会有伤诗之体格。刘长卿《长沙过贾谊宅》：“三年谪宦此栖迟，万古惟留楚客悲。秋草独寻人去后，寒林空见日斜时。汉文有道恩犹薄，湘水无情吊岂知?寂寞江山摇落处，怜君何事到天涯!”黄培芳《香石诗话》卷一记钱载评，就认为几乎每句皆有一虚字，全靠其周旋，故薄弱不可耐。

6. 说“诗眼”

唐代张彦远《历代名画记》卷七记载，梁代张僧繇画龙不点眼睛，每云“点睛即飞去”。后在金陵安乐寺画四条白龙，在众人盛请之下，点了两条龙的眼睛，果然乘云腾空上天。这就是成语“画龙点睛”的来历。诗词炼字，凡在节骨眼处炼得的好字，便是所谓的“诗眼”、“词眼”。“诗眼”一词，最早见于宋代。苏轼《次韵吴传正枯木歌》：“君虽不作丹青手，诗眼亦自工识拔。”这里的“诗眼”，原指诗人的观察力。范温的诗话题名为《潜溪诗眼》也是这个意思。后来人们便把一首诗或一句诗中最精练传神的一个字称之为“诗眼”，也叫做“句中眼”（见魏庆之《诗人玉屑》）。“词眼”一词，首见于元代陆友仁的《词旨》。这部书分八部分，其六专论“词眼”。虽然“诗眼”、“词眼”的称呼出现较晚，但都说明了炼字在诗歌表达中的重要作用。在宋词中有号称“张三影”的张先，其“三影”中最出色的当数《天仙子》“云破月来花弄影”一句，时人誉为“三影郎中”。而宋祁也因《玉楼春》“绿杨烟外晓寒轻，红杏枝头春意闹”一联，而被誉为“红杏尚书”。上述词中的“弄”字“闹”字就是“词眼”。王国维《人间词话》认为因这二字之炼，使其整首词“境界全出”。谢朓《之宣城出新林浦向板桥》“天际识归舟，云中辨江树”，《晚登三山还望京邑》“馀霞散成绮，澄江静如练”，两联中的“识”、“辨”、“散”、“静”，都是“诗眼”，此二联也因锤字炼句而神韵立见。杜甫有一首《曲江对雨》诗，宋代题于院壁之上，其中“林花着雨胭脂湿”句，“湿”字驳落，苏轼、黄庭坚、秦观、佛印尝分别以“润”、“老”、“嫩”、“落”为之补缺，但都不及“湿”字鲜明生动。可见炼字，尤其是诗眼的锻炼，对于表达作者的思想情感和展示诗词的境界，有着多么重要的作用。同时也为我们的赏析提供了一方可以深入的天地。

总之，阅读和鉴赏韵文，首先必须弄清词语的含义从而读懂它，这是最基本的要求。更为重要的是对其进行艺术分析和审美鉴赏，其中对于语言美的品鉴，就是一个必不可少的环节。

第二节　疏通文义　还原情境　体味意蕴美

诗歌是运用语言来写志抒情的艺术。诗人有时运用明确的语言，将自己的思想情感胸怀抱负直接地表达出来，使读者一目了然，这就是所谓“直抒胸臆”的写法。但有时诗人不敢或不愿明白说出自己的见解，而借用象征寄托的手法，隐晦曲折地透露给读者，像那些题为咏怀、咏史、感遇、感怀的作品，就多采用这种手法；有时为了使诗歌显得含蓄蕴藉，也常用其他事物来比兴。再者，人们的思想情感是丰富多彩的、复杂而微妙的，也难于为语言所曲折尽传，即所谓“言不尽意”。所以要鉴赏诗歌，应当透过表面的词句去揭示其中的深义，从有形的文字里去䌷绎其无形的情愫，“以意逆志”，还原情境，揣摩体味，领会其言外的别旨。

一、挖掘深层义与言外义

深层义是隐藏在字句表现意义之下较为迂回曲折的含义，但可以通过层层剖析将其逐步揭示出来。如欧阳修《蝶恋花》“庭院深深深几许”词，最后两句是“泪眼问花花不语，乱红飞过秋千去。”《古今词论》引毛先舒语，评论这两句是“层深而浑成”，云：“因花而有泪，此一层意也；因泪而问花，此一层意也；花竟不语，此一层意也；不但不语，且又乱落，飞过秋千，此一层意也。人愈伤心，花愈恼人，语愈浅而意欲入，又绝无刻画费力之迹，谓非层深而浑成耶?”正是通过对字句含义的逐层剖析，才使人对幽锁深院的少妇那惜春伤怀的情感，她的寂寞悲凉、苦闷惆怅的心境，有了进一步的领悟和体味。

又如杜甫《江南逢李龟年》：“岐王宅里寻常见，崔九堂前几度闻。正是江南好风景，落花时节又逢君。”这是杜甫绝句中非常有情韵而又含蓄蕴藉的一首，短短二十八字，寓藏着无限的身世之悲与社会变化的沧桑之感。从字面上看，前两句不过叙述当年的初见，后两句不过是写重逢的时间与地点。但细绎全诗，还有更深的含义。李龟年是开元时期“特承顾遇”的著名歌唱家，经常出入王公贵戚之门，红极一时。杜甫当年因才华早著而受到岐王李范和秘书监崔涤的延接，得以在他们的府邸欣赏李龟年的歌唱。所以在杜甫看来，李龟年是开元时代的标志与象征，又和自己充满幻想的青年时代紧紧联结在一起。几十年后，他们又在江南重逢。此时，李龟年流落江南，卖艺街头；杜甫也辗转漂泊潭州，晚景极为凄凉。所以一句“落花时节”，看似点明相逢时令的平常语，却包含着无限的人生感慨。其中既有对李龟年晚年沉沦落魄的不幸身世的同情惋惜，也是对自己病体缠身颠沛流离命运的悲戚感伤，更是对唐王朝经过“安史之乱”后由极盛走向衰颓局面的哀悼与喟叹，又似乎还流露出对开元盛世的眷恋与回味。只有透过字词表面的含义，通过层层剖析诗人的追忆感喟，才能感受那场社会大动乱带给人们的巨大灾难和心灵创伤，才可以说是真正读懂了这首诗，诚如蘅塘退士孙洙评语所说：“世运之治乱，华年之盛衰，彼此之凄凉流落，俱在其中。少陵七绝，此为压卷”(《唐诗三百首》)。

言外义是诗人未尝言传，而读者却可以意会的。诗人虽然没有诉诸言辞，但在字里行间却带有某种暗示，由此引发读者的联想和想象，寻思馀味而有所发现，从而获得艺术欣赏的满足。司马光《续诗话》云：“古人为诗贵于意在言外，使人思而得之，故言之者无罪，闻之者足以戒也。近世诗人惟杜子美最得诗人之体，如

‘国破山河在，城春草木深。感时花溅泪，恨别鸟惊心。’‘山河在’，明无馀物矣；‘草木深’，明无人矣。花鸟，平时可娱之物，见之而泣，闻之而悲，则时可知矣。他皆类此，不可遍举。”（《历代诗话》）又如崔颢《长干曲四首》（其一、其二）：

君家何处住，妾住在横塘。停舟暂借问，或恐是同乡。
家临九江水，来去九江侧。同是长干人，生小不相识。

这两首抒情诗每首只有短短二十字，却抓住了人生片断中富有戏剧的一刹那间，用白描手法，寥寥数笔，就使人物、场景跃然纸上，栩栩如生，同时也表现了其情感的复杂性。既有“声态并作”，亦有“不写之写”，达到了“应有尽有，应无尽无”的凝练集中的艺术高度。先看第一首，情节非常简单，一女子在泛舟时问邻船一位男子，你家住在何方？我们大概是同乡吧？“妾住横塘”，点明问话者的女性身份与居处；“停舟”二字表明水上偶然相遇；“君”指明对方是男性，这是字面的意思，文字之外的意义却非常丰富。首先，女子的发问，大约是听到对方的片言之语带有乡音，才有“或恐是同乡”的想法，这里省略了“因闻声而相问”的关节。其次，在男子尚未回答之前就自报居处，很自然地看出这是一位娇憨天真的小姑娘。最后，从她闻乡音而急于停舟相问，就可见她离井背乡、水宿风行的凄苦与孤独，也表现了她遇见故乡人的欣喜与快乐，乡情乡愁就这样无言地表露出来。

第二首是男子的答唱，这是民歌的传统特色。“家临九江水”，答复了“君家何处住”的问题；“来去九江侧”，说明自己也是风行水宿之人，否则不会有这次的萍水相逢，这里初步点明了两人的共同点。“同是长干人”，落实了姑娘“或恐是同乡”的想法，又把双方的共同点加深了一层。最后“生小不相识”一句，表面上惋惜当日未能青梅竹马、两小无猜，实质更突出了今日之相见恨晚，同命相怜，从而使这一次的邂逅相遇越发显得弥足珍贵。所以王夫之说它“墨气所射，四表无穷，无字处皆其意也”（《姜斋诗话》卷二《夕堂永日绪论·内篇》）。

二、捕捉形象美与意境美

鉴赏古代韵文，当然应该分析其思想情感，尤其要注意透过表面的词句揭示其中深层的含义。但是也必须从诗歌的形象出发，以形象带给人们的感受作为依据。如果离开形象和感受，随意地进行政治教化式的解释，就根本不可能理解其中的真意，更谈不上进行艺术鉴赏。所谓形象，是文学艺术区别于科学的一种反映现实的特殊手段，即作家根据现实生活中的各种现象加以选择、综合所创造出来的具有一定思想内容和审美意义的具体生动的图画，它包括人物形象、社会的自然的环境和景物。诗歌是语言的艺术。诗人们借助诗中生动而有立体真实感的语言和优美和谐富于节奏的声律，建构出形象或意境，从而唤起读者潜在的思想感情，进行自由的联想和想象，从而在审美过程中获得愉悦感和引起共鸣。

张继《枫桥夜泊》：

> 月落乌啼霜满天，江枫渔火对愁眠。姑苏城外寒山寺，夜半钟声到客船。

这首诗题名为“夜泊”，实际上只写了“夜半”时分的景象与感受。首句，月落写眼中所见，属视觉形象；乌啼写耳内所闻，属听觉形象；霜满天则是多种感觉的结合：月落夜深，惊乌啼鸣，繁霜寒凝，环境的幽寂清冷与羁旅者的孤孑清寥的感受和谐地统一起来。其下几句接着描绘“枫桥夜泊”的景象特征和旅人的感受。“江枫”，可能是对诗人视觉形象的描绘，因为夜色朦胧，江边的树只能隐约看到模糊的轮廓；或许是给读者以秋色秋意的暗示，使人联想起古人有“湛湛江水兮上有枫，目极千里兮伤春心”、“春枫浦上不胜愁”的诉说。再加上江面上闪烁的点点渔火，伴以幽远深沉的钟声，就更衬托出夜的静谧、幽深和清寥，而诗人种种难以言传的感受也就尽在不言之中了。这首诗不仅塑造了许多优美的形象，而且诗人将夜景的美和触景而生的愁情交织在一起，表达了淡淡的哀伤。尤其是第三句，点出钟声的出于“寒山寺”这座古刹，使枫桥的诗意美更带上了历史文化的色泽，渗透着宗教的情思，给人以一种古雅庄严之感，“枫桥夜泊”之神韵才得到最完美的表现，从而创造出了情景交融的典型化艺术境界。

谈到诗歌的形象美，有必要再谈谈意境美。所谓意境，是指作者的主观情意与客观物境互相交融而形成的艺术境界，它将生活之美提炼成艺术之美，使内情与外物融为一体。托名王昌龄的《诗格》说：“诗有三境：一曰物境。欲为山水诗，则张泉石云峰之境极丽艳秀者，神之于心，处身于境，视境于心，莹然掌中；然后用思，了然境象，故得形似。二曰情境。娱乐愁怨皆张于意而处于身，然后驰思，深得其情。三曰意境。亦张之于意而思之于心，则得其真矣。”（《文镜秘府论》）这里所说的三境，实际上都是意境，只不过将偏重于摹写山水的称为物境，偏重于抒情的称为情境，偏于言志的称为意境，三者都是情景和境界的结合。而抒情与达意也往往是相一致的，情中有志，志里含情，而写山水的诗也常是情与志的展现。

柳宗元《江雪》：

千山鸟飞绝，万径人踪灭。孤舟蓑笠翁，独钓寒江雪。

表面看来，这是一首写景诗，而且富有画意：大雪迷漫，天地奇寒，不见鸟影，人踪全无，一叶扁舟，一位老翁，一竿在手，江心独钓。环境是如此的纯洁而幽静，一尘不染，天籁俱寂，但这实际上是诗人创造出来的一个幻想境界，与尘世的纷杂喧嚣形成强烈对比。而渔翁却是那样的清高孤傲，悠然泰然，这也是被幻化美化了的形象，在他身上体现的遗世独立精神，正是作者思想情感的寄托和写照。

再看张志和笔下的《渔父歌》:“西塞山前白鹭飞，桃花流水鳜鱼肥。青箬笠，绿蓑衣，斜风细雨不须归。”这首诗色彩鲜明，景色优美，是一幅渔家乐的图画。诗中的渔父，闲适中带着潇洒，欢乐中透着满足。两首诗，两幅画面，表现了两位诗人不同的情感和生活态度。

袁行霈在《中国古典诗歌的意境》(《中国诗歌艺术研究》)一文中认为，意与境的交融有三种不同方式:

一是情随境生。诗人起先并没有自觉的情思意念，在生活中遇到某种物境，忽有所悟，思绪满怀，于是借着对物境的描写把自己的情意表达出来，达到意与境的交融。如孟浩然《秋登万山寄张五》:“相望始登高，心随雁飞天。愁因薄暮起，兴是清秋发”；崔颢《黄鹤楼》:“晴川历历汉阳树，芳草萋萋鹦鹉洲。日暮乡关何处是，烟波江上使人愁”。在这类诗里，诗人的情思意念都是客观物境所触发的，由境及意的脉络比较分明。

二是移情入境。诗人带着强烈的主观感情接触外界物境，把自己的感情注入其中又借着对物境的描写将它抒发出来，客观物境遂亦带上了诗人主观的情意。如李白《待酒不至》“山花向我笑，正好衔杯时”，杜甫《春望》“感时花溅泪，恨别鸟惊心”，杜牧《赠别》“蜡烛有心还惜别，替人垂泪到天明”，辛弃疾《鹧鸪天·鹅湖归病起作》“红莲相浑如醉，白鸟无言定自愁”，这些诗句所写物境都带有诗人的主观色彩，是以主观感染了客观，统一了客观，达到意与境的交融。

三是体贴物情，物我情融。上面所说的情都是诗人之情。其实，物也有情。山川草木，日月星辰，它们在形态色调上的差异，使人产生某种共同的印象，仿佛它们本身便具有性格和感情一样。这固然出自人的想象，但又是长期以来所公认的，带有一定的客观性，与诗人临时注入的感情不同，所以不妨把它们当成物境本身固有的性格和感情来看待。正如宋郭熙《林泉高致》所说:“身即山水而取之，则山水之意度见矣。春山淡冶而如笑，夏山苍翠而如滴，秋山明净而如妆，冬山惨澹而如睡。”有的诗人长于体贴物情，将物情与我情融合起来，构成诗的意境。如陶渊明《读山海经》：“众鸟欣有托，吾亦爱吾庐”，《饮酒》“山气日夕佳，飞鸟相与还”。鸟即陶渊明，陶渊明即鸟；二者在“心地高远”、在“性本爱丘山”上达到了完全的交融。又如杜甫《春夜喜雨》“随风潜入夜，润物细无声”，那春雨的有意“润物”，无意讨“好”，不就是诗人的高尚品格的写照吗？同时也是一切“好人”的高尚人格的概括。

意境的构成，具有个性化的特点。诗人独特的观察事物的角度及独特的性格和情趣，构成意境的个性特色。比如咏梅，林逋《山园小梅》“众芳摇落独暄妍，占尽风情向小园。疏影横斜水清浅，暗香浮动月黄昏”。这里的梅花，是他“弗趋荣利”、“趣向博远”的隐士思想性格的自我写照；苏轼在《书林逋诗后》说：“先生可是绝伦人，神清骨冷无尘俗。”而在陆游的笔下，则是《卜算子·咏梅》：

> 驿外断桥边，寂寞开无主。已是黄昏独自愁，更著风和雨。　　无意苦争春，一任群芳妒。零落成泥碾作尘，只有香如故。

这里的梅花，无人护理，无人欣赏，孤独寂寞，无意争春却依旧遭群芳嫉妒，乃至被践踏化为尘泥，但仍留存一缕清香在人间。这正是作者抗金的抱负不得实现而又遭受朝廷中妥协派排挤打击的命运的写照，也是其寂寞愁闷而又坚强不屈、孤芳自赏的性格的象征。

意境是中国古典美学的一个重要范畴，但却不能把有无意境当成衡量艺术高低的惟一标准。如屈原的《天问》、曹操的《龟虽寿》、李白的《扶风豪士歌》、杜甫的《北征》、文天祥的《正气歌》，很难说它们的意境如何，但都是第一流的作品。况且意境本身也有高下之分，这是我们鉴赏韵文时需要注意的。

三、领悟理趣禅意

一般来说，诗歌是形象的艺术，以抒情为主，但为了表达复杂的思想情感和反映社会生活的种种状况乃至矛盾，必然要将感情深化到理性的思考。但这种理性的表达，并不全是抽象的思维和概念化的表述，而是要有“趣”，即既要有理，又要保持诗歌的艺术特征，“情”与“理”相统一，相交融，使人从形象的审美中受到有益的启示，这就是“理趣”。宋包恢在《答曾子华论诗》一文中说：“古人于诗不苟作，不多作。而或一诗之出，必极天下之至精，状理则理趣浑然，状事则事情昭然，状物则物态宛然。”（《敝帚论稿》卷二）所谓“理趣浑然”，就是既要说“理”，又要有“趣”，二者水乳交融，“浑然”一体。

有些哲理诗，是意在说理，却通过一定的形象的描写来表达，这样使读者不仅容易理解，也能体会得更深刻。如苏轼《题西林壁》：

> 横看成岭侧成峰，远近高低各不同。不识庐山真面目，只缘身在此山中。

诗以庐山为喻，先写“看”山，横看侧看，高看低看，远看近看，呈现的景致各不相同。然后说明了一个深刻的道理：深居其中反难见其真相全貌。换言之，一个人如果陷在某一具体的环境或事件之中不能摆脱出来，那就无法全面客观地认清其真相，而容易产生片面性和主观性。这一哲理，包括了全体与部分、宏观与微观、分析与综合等耐人寻味概念，给人以诸多的启示。这样的诗还有朱熹的《观书有感》：

> 半亩方塘一鉴开，天光云影共徘徊。问渠那得清如许？为有源

头活水来。

从诗题可以看出，这是谈读书的体会，意在讲道理，发议论；但作者从自然界捕捉了形象，让形象本身来说话。这里，道理说得很明白：人的思想要不陈腐、不枯竭，就要有新的知识观念的不断输入，这就好像“源头活水”源源不绝地流入“方塘”一样，才能使它保持“清”与“明”。而且“天光云影”一齐徘徊在“方塘”之上的形象本身，就能给人以美感，能使人心情澄净，心胸开朗。

有些哲理诗，写的是诗人从具体的生活感受中所领悟出来的一些道理。沈德潜《说诗晬语》云：“杜诗‘江山如有待，花柳自无私’；‘水深鱼极乐，林茂鸟知归’；‘水流心不竞，云在意俱迟’，俱入理趣。邵子则云‘一阳初动处，万物未生时’，以理语成诗矣。”杜甫诗中所写的道理，都是从具体的生活感受中获得的。“江山”句出自《后游》，诗人再游新津修觉寺，从山水胜景、花柳倩影中体会到大自然对人的亲和与毫无私心，从而感慨世态的炎凉。“水深”句出自《秋野》，诗人从水深鱼乐、林茂鸟归体会到“荣华有是非”，从而不如归老林泉、知足常乐的人生真谛，其情感旨趣犹似陶渊明。“水流”句出自《江亭》，诗人从水之自流云之自在，认识到自然界的万物都有自己客观的运行规律，懂得这一道理，那么人的非分竞争的心思也自然消失。沈德潜认为杜甫的诗才是有“理趣”，而邵雍的诗则纯粹是在进行理学概念的演绎，说阳气初动、万物未生，必待阴阳二气之和合方能产生万物，因此这不过是以理学语言来写诗，徒有其形式而毫无美感。所以胡应麟在《诗薮》中批评说：“程、邵好谈理，而为理缚，理障也。”

有些写景诗，在描绘客观实景的同时，也会包含有很深刻的道理。如陆游《游山西村》，是一首纪游诗，诗中描写了丰收之年农村欢悦的气象，表达了诗人对淳朴民风的赞赏之情。而其中“山重水复疑无路，柳暗花明又一村”一联，既是实景真情的描绘，却又包含着很深刻的道理，与人生境遇的某种状态有着惊人的契合，从而成为流传千古的警策之语。又如苏轼《惠崇春江晓景》，本是一首题画诗。既是题画诗，顾名思义，自然要将画上的景致用语言描绘出来。但这首诗的高妙之处，是诗人通过想象和联想，不仅写出所见，而且一句“春江水暖鸭先知”，还写了凭触觉才能感到的水之“暖”，要运用思维才能想出的鸭之“知”，从而激活了画面，使画中景物变得生机勃发，情趣盎然。同时，也写出了一个很普通的客观真理：由于鸭常年在水中觅食嬉游，故能最先体会到水温的变化。它告诉我们：只有经常接触某种事物也最熟悉其特征的人，才能最敏锐地发现其任何细微的变化，并由此而推导或判断出某种结论。这种有景致情趣又富有哲理的诗，是最为人所赞赏的。

自佛教东传以后，特别是禅宗思想的广泛流行，使不少诗人常在诗作中表现禅理禅趣。如王维《终南别业》“行到水穷处，坐看云起时”，在赏景怡情、自得其乐时，还领悟到了万物生生灭灭，穷尽复通的禅理。王维是一位熟谙禅学的佛教徒，早年也曾积极从政，在奸相李林甫独揽朝政后，因对现实不满，故考虑隐遁，特别是“安史之乱”被迫署以伪职的污点，使他晚年更加摒弃世事，一心向佛，以求得精神的安慰与解脱。因此在他的诗中，不仅大量使用禅家之语，而且集中地表现出空与寂的境界。如《鹿柴》、《鸟鸣涧》、《辛夷坞》等，都表现出空寂的境界，致使胡应麟说：“读之身世两忘，万念皆寂。”（《诗薮》内编卷六）。正因为王维诗的大量的描写禅意禅趣，所以被人称为“诗佛”。不仅仅是王维，在很多诗人的诗作中也都体现出了禅意禅趣。沈德潜《虞山释律然息影斋诗钞序》说：

> 诗贵有禅理禅趣，不贵有禅语……韦苏州（应物）诗：“经声在深竹，高斋空掩扉”，“水性自云静，石中本无身。如何两相激，雷转空山惊”；柳仪曹（宗元）诗：“寒月上东岭，泠泠疏竹根”，“山花落幽户，中有忘机客”；皆能悟入上乘。

第三节　分析结构　熟悉手法

一切艺术之美，都是内容与形式达到了高度的完美的统一。如果没有内容，形式就无所依附；反之，没有一定的形式，内容也难以独存。所以，形式是否完美，在一定程度上决定着作品质量的优劣。

鉴赏韵文的形式美，首先要注意其不同的体式在结构上的不同特点。比如说，在古诗尤其是律诗中，由于字数、句式、押韵都有一定的规格，从而形成结构的整齐美。而在词、曲中，它本身就是长短句式的交错使用，押韵虽有规定，但其句子则往往参差错落而不如律诗那么整饬，所以在结构上形成错综美。

其次要注意诗歌的节奏美。语言合乎规律的重复便形成节奏。节奏能给人以快感和美感，可以使个体得到统一，差别达到协调，散漫趋向集中。节奏本身就具有一种魅力。节奏的舒缓或急促，对于内容的抒写、情感的表达起着非常重要的作用。和缓的节奏表现平静，急促的节奏表现激昂，轻快的节奏表现喜悦，低缓的节奏表现悲哀。如《九歌·湘夫人》：“帝子降兮北渚，目眇眇兮愁予。嫋嫋兮秋风，洞庭波兮木叶下。”这首诗写湘君对湘夫人的思念，舒缓的节奏、悠长的声情，与主人公那种盼望而不见、欲遇而无因的忧愁惆怅的心境相契合。而《九歌·国殇》：“操吴戈兮被犀甲，车错毂兮短兵接。旌蔽日兮敌若云，矢交坠兮士争先。”这首诗是追悼阵亡将士的挽诗，急促的节奏，突出了战场紧急、搏斗惨烈的景象。情感表达不同，节奏展示也就不同。总之，节奏是诗人思想感情的发展变化在诗中的体现，是诗人根据内容的需要对形式所作的精心安排。节奏是诗的最基本的力量之所在，它是外形，也是生命；诗若没有节奏，便不成其为诗。

诗歌的形式美，除格律和节奏外，还包括多种多样的修辞手段和艺术手法。为了避免与其他章节的重复，我们将有选择地对一些常用的手法作一些简略的介绍。

一、复沓

所谓复沓，就是一首由若干章节构成的诗歌，章与章之间的字句基本相同，只对应地变换少数字词，反复咏唱。它不仅起着便于记忆和易于传诵的作用，而且在艺术上还能使情感更充分地表达出来，使章节在齐整中又富有变化，从而达到一种回旋跌宕的艺术效果。这种手法在民间歌诗中最为常见，也为文人喜好而拟作。如《诗经》中就有大量的作品采用这种形式，仅举一二例便足以说明。《卫风·木瓜》："投我以木瓜，报之以琼琚。匪报也，永以为好也。"全诗三章，这是首章。其下两章，只将所投之物换作木桃、木李，将所报之物换成琼瑶、琼玖等字词。三章是并列关系，反复咏唱以强调相互赠物者之间美好笃实的情意和以结永好的愿望。两人之间可以是情侣，也可以是亲朋。《王风·采葛》："彼采葛兮，一日不见，如三月兮。"全诗三章，其下两章是采萧、采艾，以及如三秋，如三岁。三章是递进关系，表示怀人情绪的日久弥笃，绵邈深长。

二、叠句

在同一首诗词中，有两句完全相同或基本相同（有换字），这就称为叠句。其所起作用与复沓一样。有些叠句是词格的要求所致，如《调笑令》：韦应物《调啸词》（同调异名）："河汉，河汉，晓挂秋城漫漫。愁人起望相思，江南塞北别离。离别（二字承上而倒置），离别，河汉虽同路绝。"王建《宫中调笑》："杨柳，杨柳，日暮白沙渡口。船头江水茫茫，商人少妇断肠。肠断，肠断，鹧鸪夜飞失伴。"又如《长相思》，白居易之作是：

汴水流，泗水流。流到瓜洲古渡头，吴山点点愁。思悠悠，恨悠悠，恨到归时方始休，月明人倚楼。

叠句处有换字。晏几道之作是：

长相思，长相思。若问相思甚了期？除非相见时。长相思，长相思。欲把相思说与谁？浅情人不知。

上下两片前四句均完全相同。其他如《如梦令》、《忆秦娥》、《钗头凤》等都是词格要求有叠句。有些则是诗人根据情感抒发的需要而创作的，如第四章所引欧阳修（一作朱淑真）的《生查子》上下两阕首句既是相叠，更是对比，借以抒写在元宵佳节时引起的物是人非之感。又如李之仪《卜算子》：

我住长江头，君住长江尾。日日思君不见君，共饮长江水。　此水几时休？此恨何时已？只愿君心似我心，定不负相思意。

上阕相叠之句，是维系其情感的线索，借以写离别相思之恨，其情趣与崔颢《长干曲》有同工之妙。其他如曹组《忆少年》：

年时酒伴，年时去处，年时春色。清明又近也，却天涯为客。　念过眼光阴难再得，想前欢，尽成陈迹。登临恨如此，把阑干暗拍。

也是根据内容而采用叠句。

三、配置

所谓配置，指词与词之间的搭配，句与句之间的安排。若安置合理，搭配巧妙，对于整首诗的意境、结构、风格的表现都起着很大的作用。《唐诗归》卷三十五记钟惺评郑谷《送颜明经及第东归》中“树没春江气”句云：“‘没’字之妙，在‘气’字托出。”

又评吴融《书怀》中“滩响忽高何处雨”句云：“‘响’、‘高’奇，着‘雨’上，尤奇。”又如吴可《藏海诗话》论王安石《北山》诗云：“‘细数落花因久坐，缓寻芳草得归迟’。‘细数落花’、‘缓寻芳草’，其语清；‘因坐久’、‘得归迟’，则其语典重。以清配典重，所以不堕唐末人句法中，盖唐末人诗轻清耳。”

配置的合理，在善于调度。比如人名、地名之类，若在诗中并列叠用，按常规说来都是有碍于诗格的；但善于调度，巧妙搭配，则能化板滞为灵活而臻入化境。如刘禹锡《金陵怀古》：

> 潮满冶城渚，日斜征虏亭。蔡州新草绿，幕府旧烟青。兴废由人事，山川空地形。《后庭花》一曲，幽怨不堪听！

《瀛奎律髓》卷三纪昀评说：“叠用四地名，妙在安于前四句，如四峰相矗，特有奇气。若安于中二联，则重复碍格。”又云：“起四句似乎平对，实则以三句‘新草’剔出四句‘旧烟’，即从四句转出下半首，运法最密，毫无起承转合之痕。”又如李白《峨眉山月歌》：

> 峨眉山月半轮秋，影入平羌江水流。夜发清溪向三峡，思君不见下渝州。

王世懋《艺圃撷馀》评说：“作诗到神情传处，随分自佳，下得不觉痕迹；纵使一句两入，两句重犯，亦自无伤。如太白《峨眉山月歌》，四句入地名者五，然古今目为绝唱，殊不厌重。蜂腰、鹤膝、双声、叠韵，休文三尺法也，古今犯者不少，宁尽被汰耶?”

再看景物或意象的搭配。如温庭筠《商山早行》的颔联“鸡声茅店月，人迹板桥霜”，李东阳《怀麓堂诗话》评说：“二句中不用一二闲字，止提掇出紧关物色字样，而音韵之铿锵，意象具足，始为难得。若强排硬叠，不论其字面之情浓，音韵之谐解，而云我能写景用事，岂可哉!”所谓“闲字”，指的是名词以外的各种词；所谓“提掇紧关物色字样”，指的是代表典型景物的名词的选择和组合。诗中十个名词，有些结成偏正结构，共组成六种意象，构成一幅羁愁野况的意境，且音韵铿锵，达到“状难写之景如在目前，含不尽之意见于言外”的神奇效果，故深为人们所传诵赞赏。又如马致远的《天净沙·秋思》：

枯藤老树昏鸦，小桥流水人家，古道西风瘦马。夕阳西下，断肠人在天涯。

前三句以九个名词所显示的九种景物，组合成了鼎足对，加上夕阳和断肠人，展现了一幅令人黯然销魂的画面，感情完全通过景物的象征及其相互关系来表达。第二句与一三句风格迥异，这是反衬的写法，道傍村舍的古朴恬静，正好衬托出天涯羁客在秋风夕照下的孤独凄凉。末句以断肠人之情感管领前四句，使整首曲浑然一体。这首散曲前三句的排列组合，化寻常为神奇，堪称结构配置的精品。

四、倒装

通常写文作诗，要求文从字顺、层次井然。但有时为了出新出奇，故意地将文字语句颠倒，这就是倒装。刘勰《文心雕龙·定势》云：“效奇之法，必颠倒文句，上字而抑下，中辞而出外，回互不常，则新色耳。”

江淹《别赋》：“使人意夺神骇，心折骨惊。”照常理，应是“骨折心惊”，但如此便显得平庸无力。然“惊”而至于入“骨”，其心惊的程度已可不言而喻；“折”而至于及“心”，则骨折之痛苦更无法与之相比。“骨折心惊”，只属一般的现象；“心折骨惊”，就透辟入里，加倍深沉了。而且“心折”之痛，给人的感觉是一种猝不及防的突如其来的打击，也难以用常语“心碎”来替换。

这种反正其辞的倒装，其意可会，语更精警。其他如杜甫《秋兴八首》之八“香稻啄馀鹦鹉粒，碧梧栖老凤凰枝”，也是语词倒装的名例。

当然，在韵文的写作中，有时为了协律和音节的关系，也常运用倒装。如杜甫《秋兴八首》之七“织女机丝虚夜月，石鲸鳞甲动秋风”，即为“夜月虚织女机丝，秋风动石鲸鳞甲”的倒装，这是因平仄和对仗的关系而倒装的。又如吴文英《唐多令》“何处合成愁，离人心上秋，纵芭蕉不雨也飕飕。”将“纵不雨芭蕉也飕飕”的意思倒装一下以合词律。

语句的倒装，在时间观念上的倒叙排列，被称为“逆挽法”。李商隐《马嵬》颈联“此日六军同驻马，当时七夕笑牵牛”。便用了逆挽法。沈德潜《说诗晬语》卷上说：“诗中得此一联，便化板滞为跳脱。”朱庭珍《筱园诗话》卷三说：“用逆挽法，句法倍觉生动，故为名句。所谓逆挽者，倒拍本题，先入正位，叙现在事，写当下景，而后转溯从前，追叙以往，以反衬相形，因不用平笔顺拖，而用逆笔倒挽，故名。”又说诗能“于此联提笔振起，逆而不顺，遂倍精彩有力，通篇为之添色，是以传诵人口。”其他如温庭筠《苏武庙》颈联“回日楼台非甲帐，去时冠剑是丁年”，白居易《哭雀儿》颔联“岂料汝先为异物，常忧吾不见成人”，都用的是逆挽法。

但句子倒装并不限于时间的前后颠倒，如杜甫《登楼》首联“花近高楼伤客心，万方多难此登临”，是先写情景再用补笔作释，说明“花伤客心”的缘故是“万方多难”。而欧阳修《戏答元珍》首联“春风疑不到天涯，二月山城未见花”，则是突兀提出疑问而后点明其生疑之由，说明因“未见花”而怀疑“春风不到”。欧阳修自己也很欣赏，说：“若无下句，则上句何堪？既见下句，则上句颇工。”(《文忠集》卷一二九《笔说》)胡仔《苕溪渔隐丛话·前集》卷三十引《西清诗语》云：“若无下句，则上句不见佳处；并读之，便觉精神顿出。”

语句的倒装排列，还有一种更加奇妙的混装组合，如杜甫《朝二首》其一“清旭楚宫南，霜空万岭含”，若用直叙，应是“万岭楚宫南，霜空清旭含”，这种交互颠倒的上下相抱式的句式，如果不加梳理，是很难作解的。但由于排列组合得声律谐和又曲折多变，因而更显得语意深沉而耐人寻味。

倒装的排列，对于境界的体现也可以起到莫大的作用。元祝尧《古赋辩体》云：“《悲清秋赋》（李白），赋也。‘澄湖练明，遥海上月’，与《赤壁赋》（苏轼）‘人影在地，仰见明月’语意同，谓之倒句。若曰‘遥海上月，澄湖练明’、‘仰见明月，人影在地’，语意虽顺，意味便减。”这两句所表达的诗的境界，因有这种倒装排列的句式才得以充分地展现出来。

第四节　知人论世　以意逆志

关于文学的鉴赏方法的讨论，从先秦时代就开始了。其中孟子提出的“知人论世”、“以意逆志”说虽然都是就《诗经》的解说而言，但其鉴赏思想却超越了具体对象，对后世产生深远影响，直到今天，仍然有重要的借鉴意义。

一、以意逆志

《孟子·万章上》：“故说《诗》者，不以文害辞，不以辞害志；以意逆志，是为得之。”按照敏泽先生的解释，这段话的本意是：评论作品的人既不能从个别字句出发，曲解作品的中心意旨，也不能从辞句的表面意义去解释作品，从而曲解其思想，只有从作品的全局着眼，去探索作者的意图，从而分析作品的内容，才是正确的批评方法。（《中国文学理论批评史》第 55 ~ 56 页）比如，《诗经·云汉》中的“周馀黎民，靡有孑遗”，如果仅仅从字面上看，就会误解为：没有一人在这场旱灾中幸存下来。显然，这是错误的，因为原诗作者在这里用的是夸张手法，是为了突出旱灾所造成的巨大损失。

不过，孟子以上的话，后世大多数人都作出了以下两方面的解读和引申：（1）读者不可拘泥于字面，而应顾及全篇意旨；（2）因为人同此心，心同此理，故朱熹《孟子集注》云："当以己意迎取作者之志，乃可得之。"朱自清《诗言志辨》也说："'以意逆志'是以己意己志推作诗之志。"都是说读者应本着理性的原则、人心的普遍原则去推测作者的主观意图。如温庭筠的那首最著名的《菩萨蛮》：

> 小山重叠金明灭，鬓云欲度香腮雪。懒起画蛾眉，弄妆梳洗迟。　　照花前后镜，花面交相映。新贴绣罗襦，双双金鹧鸪。

从文本上看，是写一个女子早起晨妆。她懒懒的意态，打扮时认真的劲头，还有丝罗的短袄上面一对对的金线刺绣的鹧鸪鸟。这一形象非常生动。这位女子幽怨、期待的心理，也能从这形象背后，约摸领略到几分。这是从我们读者凭一般人心所作的推测。

再比如上章所举李白的《蜀道难》，读者从文本中可以看到：诗人调动各种神奇瑰丽的神话传说，充分发挥艺术想象，把蜀山、蜀道描写得异常奇险，令人目眩神惊。蜀道的开凿，极不容易，在"地崩山摧壮士死"的情况下，才最终完成。如今，这高峻雄奇、地势险要的剑阁，只要一个人把守，千军万马都休想攻入，由此，诗人自然提出了对入蜀者的劝戒和对凭险割据的忧虑。这是在通观全篇后直接在文本中能够感受到的内容。

然而，"人同此心，心同此理"，只是粗而言之，若深究下去，人有万殊，"己意己志"能否与作者之意、志相通，这毕竟很难说。每个读者都有自己的人生阅历、价值观念、文学思想、知识结构，这些因素决定了他的"意"、"志"是个人性的，因此，他对任何文本的把握都将带上个性化的色彩。同样一篇《蜀道难》，《新唐书·严武传》说严武"在蜀颇放肆"，对于故宰相房琯，"慢倨不为礼”，对于杜甫，更是“欲杀甫数矣”。因此，以为李白作《蜀道难》，“乃为房与杜危之也”。后来，顾炎武斥之为“宋人穿凿之论”。他认为：此诗写作时间“当在开元、天宝间”，又指出：“时人共言锦城之乐，而不知畏途之险、异地之虞，即事成篇，别无寓意”。（《日知录》卷二十六）顾炎武从文本出发，其理解便与我们普通读者更为相似，但因他学问湛深，他的理解又比我们普通读者多了一些历史感。不过，关于这首诗的解读没有停止，南京师大郁贤皓先生根据唐人孟棨《本事诗》、五代王定保《唐摭言》等材料，证明此诗为李白出蜀未几、初入长安时所作；又根据梁陈间诗人阴铿《蜀道难》中“蜀道难如此，功名岂可要”之句，结合唐人姚合《送李馀及第归蜀》“李白《蜀道难》，羞为无成归。子今称意行，所历安觉危”的说法，从而提出“此诗有寄寓功业无成之意”的新说(《李白丛考·李白两入长安及有关交游考辨》)。郁先生之所以能看出这种寓意，是因为全面阅读了六朝以迄唐五代各种相关文献。

上文所举温庭筠《菩萨蛮》，也同样有过争论。清代常州词派的张惠言（字皋文）在他所编的《词选》中评点道：“此感士不遇也。篇法仿佛《长门赋》，而节节逆叙。此章从梦晓后，领起‘懒起’二字，含后文情事；‘照花’四句，《离骚》初服之意。”他根据《离骚》以美人衣饰来象征才学品德的美好、司马相如《长门赋》通过感慨陈皇后的被冷落来暗示自己的不遇，以及由此形成的中国文学比兴象征传统，认定这首词也不是停留在写女子及其幽怨，而是别有士大夫怀才不遇的感慨。但是，王国维在《人间词话》中对此极为不满，他说：“固哉，皋文之为词也！飞卿（温庭筠）《菩萨蛮》、永叔（欧阳修）《蝶恋花》、子瞻（苏轼）《卜算子》，皆兴到之作，有何命意？皆被皋文深文罗织。”然而，批评张惠言“深文罗织”的王国维本人，还是在《人间词话》中，却对于南唐中主李璟《摊破浣溪沙》中“菡萏香销翠叶残，西风愁起绿波间”之句，评云：“大有‘众芳芜秽’、‘美人迟暮’之感。”又把李璟看做屈原一流的人物了。难怪叶嘉莹先生要讥讽他说：“固哉王国维之为词也！”（凤凰世纪大讲坛2004年12月27日讲授）其实，《离骚》中的香草美人这一类形象确有比喻象征意义，并因而形成了中国文学比兴象征的传统。但是，不能把这一传统绝对化、扩大化。

可见，“以意逆志”是不容易的。即使像张惠言、王国维这样内行的词家，也不免错会了一些作品的意义，他们的“己意己志”也有明显的牵强附会，不符合作者本人意图的地方，一般读者出现一些理解上的错误，也就必然更多了。

二、知人论世及其鉴赏应用

如何解决“以意逆志”所带来的主观臆断呢？孟子提出的“知人论世”说就是一个很好的办法。《孟子·万章下》：“以友天下之善士为未足，又尚论古之人。颂其诗，读其书，不知其人可乎？是以论世也，是尚友也。”就孟子的原意来说，是讲“尚友”之道，意谓令人结交天下优良善士为友犹感不足，便欲以古之贤人为友。如何跨世结交呢？一是要“颂其诗”、“读其书”，就是考察其言论；二是要“知其人”、“论其世”，就是通过历史记载来考察他的生活环境以及他的经历、思想等。后来，人们将其阐发为重要的文学批评原则，基本意思是：一个作家的作品，总是一个特定的人在一个特定的时代所作，因此，这个作品就必然打上这个“人”和这个“世”的印记。要读解准，就惟有“知其人”、“论其世”。而且，要“知人”，就必须“论世”，不知其世，就不能“知其人”（敏泽《中国文学理论批评史》第57页）。

孟子本人对“以意逆志”和“知人论世”是分别谈的，但运用到文学鉴赏与批评后，需要把二者联系起来，互为补充，这样可以形成更完整的理论。焦循《孟子正义》引清人顾镇《虞东学诗》说：“不论其世，欲知其人，不得也；不知其人，欲逆其志，亦不得也……故必论世知人，而后逆志之说可用之。”是说，要了解作品所表达的真实情感和意旨趣尚，则务必联系作者的生平、思想及所处的时代环境来加以综合考察，舍此就难以作出客观的评价。而王国维在《玉溪生年谱会笺序》中则说："是故由其世以知其人，由其人以逆其志，则古诗虽有不能解者，寡矣。"汪师韩《诗学纂闻》则是从另一个角度说："一人有一人之诗，一时有一时之诗，故诵其诗可以知其人论其世也。"

综合运用孟子提出的知人论世、以意逆志的理论，可以避免对一些意旨较为隐约的作品作出附会式的强解。上文讨论的"照花前后镜，花面交相映"，孤立地从文本出发，与屈原的"退而复修吾初服"确有几分相似；"懒起画蛾眉，弄妆梳洗迟"，这女子的慵懒即百无聊赖之心，与"贤人君子幽约怨悱、不能自言之情"(张惠言《词选序》)也有某种关联。粗粗了解一下温庭筠的生平经历，可知张惠言的"感士不遇也"之说，也并非毫无道理。温庭筠是初唐宰相温彦博的裔孙，少负才识，"颇有飞翔之志"（《上崔相公启》)，却屡试不第，潦倒终生。但是，温庭筠生活在"自南朝之宫体，扇北里之娼风"（欧阳炯《花间集序》)的晚唐时代，长期"狂游狭邪"，与下层歌妓舞女有很多很深的交往，为人又"不修边幅"、"罕拘细行"、"恃才傲物"，对晚唐政治非常失望，经常有尖锐的讥刺。因此，他词中流露出来的愁怨，首先应该是当时下层女子的真实情感，其次，即使里面包含有他人生不幸的某些怨悱之情，也与屈原《离骚》以及这一系统的忠君报国的怨愤无关。同样，李中主"菡萏香销"一首，明明已有"细雨梦回鸡塞远，小楼吹彻玉笙寒"之句，它作为念人怀远之作，应是很明显的，虽然整个词表达的衰残、凋零感与南唐进不可攻，退不可守，朝不保夕，此刻正处于风雨飘摇的国势有某种关联，王国维说他"大有众芳芜秽美人迟暮之感"并非毫无巴鼻，但二者的联系只是"些微的隐含"，更何况李璟的这种无奈，与屈原的忠愤之气，实有霄壤之别。

知人论世、以意逆志的方法运用得当，能对很多作家作品作出较为合理的解释。比如庾信，他曾是梁朝“宫体诗”的代表作家。这种风格绮艳流丽的诗文，又被称为“徐庾体”。后来，庾信历经侯景之乱，又被羁留于西魏、北周，虽官至骠骑大将军、开府仪同三司，“位望通显，常有乡关之思”（《周书·庾信传》）。他那些以乡关之思为主要内容的诗、赋，“不无危苦之辞，惟以悲哀为主”（《哀江南赋序》），蕴含着丰富的思想，充满深切的感情，笔调劲健苍凉。杜甫曾有诗称赞他说：“庾信文章老更成，凌云健笔意纵横”（《戏为六绝句》）、“庾信平生最萧瑟，暮年诗赋动江关”（《咏怀古迹》）。杜甫就是在了解庾信的平生遭际，特别是他经历的人生巨大变故后，理解了庾信的不幸和他晚年苍凉悲慨的诗赋。否则，同一个作家，艺术风格何以发生如此巨大的转变，形成如此巨大的反差，这是匪夷所思的事。

吴伟业（号梅村）有仿李商隐而作的《无题》四首，其四云：“钿雀金蝉笼臂纱，闹妆初不斗铅华。藏钩酒向刘郎赌，刻烛诗从谢女夸。天上异香须有种，春来飞絮恨无家。东风燕子知多少，珍重雕阑白玉花。”全诗无论用词还是情思，都明显胎息义山（李商隐字义山），但前四句用笔拙，不过是夸赞伊人天生风华，不待妆扮，而其才其艺，又为当世少有。“天上”两句，是吴梅村的名句。上句承前，但不再着眼于实处，而是从虚处称赞她如天上异香，人间所无；下句叹她命运如飞絮无着。这两句，刘衍文先生《雕虫诗话》卷二以为即“心比天高，命薄如纸”之意，“而出之赞扬、感叹与同情，斯其异耳。两句扬抑作对，亦令人歔欷欲绝，徒唤奈何矣”。然而，末联“东风燕子”、“珍重”却很难作解。好在梅村曾孙紫庭笺注引了王玉书《麟来志》所记此四诗本事，大略云：虞山瞿氏有女才色两佳，却嫁了一个有瘵疾的钱姓男子，瞿氏有意于梅村，扁舟相访，投诗为意，但梅村“以义自持，因设饮河干，赋诗谢之”。根据这个背景，那么此诗便豁然贯通了，从开头到“天上异香”是称赞瞿氏的才色与心地，飞絮句怜其命薄，又支持它另择佳婿。尾联“东风燕子知多少”，即“天涯何处无芳草”意，“珍重”则劝她自我珍重，等待机会。

鲁迅在《“题未定”草七》对知人论世的方法作了深刻地解析：“我总以为倘要论文，最好顾及全篇，并且顾及作者全人，以及他所处的社会状态，这才较为确凿。要不然，是很容易近乎说梦的。”应顾及全篇的反例很多，如柳永名句“今宵酒醒何处，杨柳岸、晓风残月”（《雨霖铃》），人们多肯定它抒离情别愫独步千古，可与苏轼“大江东去”之句并提，作为婉约与豪放词风的代表。然而，清人徐釚《词苑丛谈》不同意这个意见，说：“仆谓东坡词自由横槊气概，固是英雄本色。柳纤艳处亦丽以淫耳。况‘杨柳外’句，又本魏承班《渔歌子》‘窗外晓莺残月’，只改二字增一字，焉得独擅千古。”其道理一则以为不是原创，而是向魏承班盗来的；二则以为格调低俗而涉“淫”。事实上，如果柳永化用了魏句的话，也属于黄庭坚所说“夺胎换骨”，“今宵”云云与“窗外”云云，实在是两种完全不同的意境、情调。再说，柳句纯用白描，设想次日梦晓时凄清寂寥的景况，是景语亦是情语，恰好烘托了双方的孤寂无聊的心境，能够引起一切离别人的共鸣。徐釚根据其迂腐的词学观，运用摘句的方法，断章取义地进行批评是毫无道理的。

至于鲁迅说到的“顾及全人”，他本人倒是举例作了示范，例子是陶渊明的名句“采菊东篱下，悠然见南山”（《饮酒》）。下面我们在鲁迅的分析基础上，再作点补充和发挥：孤立地看“采菊东篱下，悠然见南山”，说陶渊明很飘逸、很冲淡，当然没错，进而指出“冲淡”正是陶诗本色，也没有大问题。但是，如果认为陶诗只是飘逸、冲淡，那就不对了。因为，第一，本篇起首“结庐在人境，而无车马喧。问君何能尔，心远地自偏”四句，在表白自己超逸、飘然的情怀外，应有一层不苟合“人境”、与世俗背离的意思。诗人作此诗时已弃官十数年，这期间他一再表达“固穷”之志，这与《饮酒》前四句意思相关。似乎可以看出：诗人经过心理挣扎后对归隐的坚持，以及终于归于平静的心路历程。第二，在同一时期所作的《读山海经》中，陶渊明依然有“精卫衔微木，将以填沧海；刑天舞干戚，猛志固常在”，这已是“金刚怒目”式的了。鲁迅说：“这‘猛志固常在’和‘悠然见南山’的是一个人，倘有取舍，即非全人，再加抑扬，更离真实。”（《“题未定”草六》）

诵诗可以知其人、其世，或者知人论世可以解诗，都是承认“文如其人”。不过，在运用知人论世的方法时，需要注意两句话：切忌简单化、不可绝对化。这是因为，人的生活经历可以有变化、人的思想情感也很复杂，很多人前后期作品会有明显的不同，如庾信、李煜、李清照；甚至在同一时期，面对不同的情境，其作品也会呈现出众多不同的面貌。如开创豪放词风的苏轼，既有气势磅礴、格调雄健的《念奴娇·赤壁怀古》，也有情意深挚、凄凉沉痛的悼亡之作《江城子》（十年生死两茫茫）；既有文风朴实、格调清新的农家词，如其出知徐州时所写的一组《浣溪沙》，也有幽怨缠绵、风格婉约的《水龙吟·杨花》。即使是同样表达旷达胸怀的词，《水调歌头》（明月几时有）于飘逸中还包含有因政治失意而不满现实，想逃避却又难以决裂的复杂心情和矛盾心理；而《定风波》（莫听穿林打叶声）则多了一种听任自然、随遇而安的洒脱。苏轼多样性的作品面貌告诉我们：“知人论世”就必须充分考虑到生活环境的变动性、作家思想和人格构成的复杂性，千万不可抓住一点不及其馀。

再就作品的总体特征而言，清尚镕《三家诗话·三家分论》说：“苕生（蒋士铨）性好诙谐，为诗则极严正；雪松（赵翼）褆躬以礼，而诗乃多滑稽之雄，使人失笑。”蒋、赵二例并非“文不似其人”之证，而适足以反证蒋性格中有好诙谐的一面，但也有很严正的一面，就像许多相声小品演员在舞台上或者插科打诨，或者只要一出场就让人笑，而平时在家里却不苟言笑一样；赵则通常恭谨小心，显得很紧张，但他也需要放松，写诗就是他的放松，写诗时他就要尽可能把轻松、滑稽的一面表现出来。关于这个道理，刘世南先生在《论诗书画的共性》一文中阐述极为精辟，抄录于下：

> 一般不同意“文如其人”之说者，往往举元遗山论诗绝句：“心画心声总失真，文章宁复见为人；高情千古《闲居赋》，争信安仁拜路尘？”其实潘岳虽利禄熏心，趋附贾谧，也有潦倒失意时，在失意时希望隐居，正是人情之常，《闲居赋》也是真情流露之作。试看严嵩的钤山堂诗，阮大铖的咏怀堂诗，其为后人所欣赏者，全是吟弄风月、抒写幽情之作，这也不算“心画心声总失真”。即使言忠言孝，只能说出小忠小孝，绝对写不出《正气歌》来，因为他们不可能见危授命，但小忠小孝之语不见得都是假话，在他们与君亲利益一致时，又何尝不真心效忠尽孝？人是复杂的，其思想感情也是变动不居的，我们知人论世，切忌机械。（见《大螺居诗存》附录，香港天马出版有限公司 2004 年）

第五节 诗无达诂 通圆为要

诗无达诂，语出董仲舒《春秋繁露·精华第五》：“《诗》无达诂，《易》无达占（吉），《春秋》无达辞，从变从义（宜）而一以奉人（天）。”原意大致是说：对《诗经》的解说阐释，对《周易》占卜所预示的吉凶祸福的判别，对《春秋》微言大义的理解，都是没有一种完全确定而统一的说法，往往会因人而异、因时而变，但只要通顺又合于自然之理即可。由此引申绌绎而出的“诗无达诂”，主要是强调诗歌在表达情志上的“复意”、“重旨”即多义性，非一种解释所能周全。

诗歌是语言的艺术，而且是语言最精粹的一种文学体裁。语言本身所具有的多义性在客观上必然会造成诗歌的多义，这是其一。其二，从作者方面来说，诗人写诗时，不仅要运用词语本身的各种意义来抒情状物，同时还会艺术地驱使词语以构成意象意境；通过部分地强调或改变着词语的意义，赋予它们以诗的情趣，使一个本来具有公认的、确定的意义的词语，带上复杂的意味和诗人主观的色彩。其三，从接受者方面来说，读者在阅读鉴赏诗歌时，他们的想象、联想和情感，以及呈现在其脑海里的形象，虽然离不开词义所规定的范围，但又会因人因时的不同而有所差别。每一位读者，因生活经验、思想境界、心理气质、文艺修养、学识才能乃至审美趣味的不同，对同一首诗、同一句诗甚至诗中同一词语的意义，都有可能产生不同的理解和体会。即使是同一读者，在不同时候不同心境的情况下读同一首诗，其体会也并不完全一样。可见，诗歌的多义带有一定程度的主观性和不确定性。“诗无达诂”，并不是说诗歌是不能解释、难以读懂的；相反，它正体现了诗歌的丰富性和含蓄性，可以进行多角度多层面的、或单一或综合的鉴赏。

汉乐府民歌《江南》：

江南可采莲，莲叶何田田！鱼戏莲叶间。鱼戏莲叶东，鱼戏莲叶西，鱼戏莲叶南，鱼戏莲叶北。

这首诗给人的第一感觉，是一首歌咏采莲的曲子。诗中描写了莲荷挺出、鲜碧劲秀、扁舟叶叶、穿梭往返的江南美景，表现采莲女的欢快愉悦之情。莲叶田田，言叶不言花，使人联想叶盛而花繁实茂，构想曲折而有味。后四句连叠，不写女而咏鱼，鱼即象征采莲女，含蓄而有馀韵。其欢快心情虽未明言，却也由繁忙轻快的劳动及紧凑明快的节奏体现出来。文情恣肆，活泼跳跃。而在南朝文人看来，这首诗是“美其芳晨丽景，嬉游得时也”（郭茂倩《乐府诗集》引郗昂《乐府解题》）。南朝文士尤其是齐梁宫廷文人，尤好游宴欢乐，尝将“良辰、美景、赏心、乐事”目为“四美”，反映在诗文上就是崇尚轻艳绮靡的风格。所以从这首民歌中体味出“嬉游得时”，及时行乐，也就不足为怪。梁武帝萧衍曾将《西曲》

改制成《江南弄》七曲，包括《江南弄》、《采莲曲》、《采菱曲》、《游女曲》等；其子简文帝萧纲，也写有《采莲曲》。现摘录两首，从中便可见出其审美情趣与《江南》的大相径庭。萧衍《采莲曲》："游戏五湖采莲归，发花田叶芳袭衣。为君侬歌世所希。世所希，有如玉。江南弄，采莲曲。（和云：采桑渚，窈窕舞佳人。）"萧纲《采莲曲》："桂楫兰桡浮碧水，江花玉面两相似。莲疏藕折香风起。香风起，白日低。采莲曲，使君迷。（和云：采莲归，绿水好沾衣。）"这二首歌，文辞绮艳，逸韵动心，风格纤秾，重声色之娱，与《江南》的简朴隽永、情感自然形成鲜明对照。其实，《江南》还是一首民间情歌。其中，"莲"双关"怜"，"鱼"是青年男女互称对方的隐语，常用以代替"情侣"或"配偶"（参见闻一多《神话与诗·说鱼》），"水"也多象征女性。这首歌曲表现了男女自由恋爱时那相悦欢愉的情感。此外还有多重阐释，我们就不一一演示了。

总之，解析诗义、鉴赏诗美，可以多方入手，能做到"圆通"便可以了。"通"指字句章节，流畅通达，稳健妥帖，无所隔碍。"圆"相对"涩"而言，指圆熟，本来是对创作的高要求，所谓"好诗圆美流转如弹丸"（谢朓语，见《王直方诗话》）。借用到赏析上，就是要求达到不仅言有所据，语有所出，而且要求宛转自如，自然浑成，所谓"必使心与理会弥缝莫见其隙"（《文心雕龙·论说》），"环情节调，宛转相腾；离合同异，以尽厥能"（《文心雕龙·章句》）。换言之，也就是做到能够"自圆其说"。

诗无达诂，既不是说诗不能解读，但也不是说诗可以随意解读，重要的是应当根据文本所反映的诸多信息（包括语言文字、章节句式，乃至作者的生平思想及作诗的时间地点等）进行综合的分析。脱离文本，率意妄测是要不得的，像汉人附会政治的解释，往往造成牵强附会，荒谬不通。比如《周南·关雎》，明明是一首情歌或者说是婚恋诗，《毛诗序》却认为是赞美"后妃之德"，申培《鲁诗故》认为是讽刺周康后的，而薛汉《韩诗章句》以为

“今时大人内倾于色，贤人见其萌，故咏关雎，说淑女，正仪容，以刺时也”。(均见马国翰《玉函山房辑佚书》)上述解说，显然是曲解，因为我们从文本的内容里很难寻绎出其说诗的依据来。有些诗，语意比较晦涩，主旨难以知晓，但只要解说得言之成理，易为读者所接受也就可以了，而不必过分地追求明晰，因为它本身就具有一种曲折多义、含蓄朦胧之美。如《诗·小雅·鹤鸣》:

> 鹤鸣于九皋，声闻于野。鱼潜在渊，或在于渚。乐彼之园，爰有树檀，其下维萚。它山之石，可以为错。
>
> 鹤鸣于九皋，声闻于天。鱼在于渚，或潜在渊。乐彼之园，爰有树檀，其下维谷。它山之石，可以攻玉。

毛传、郑笺谓此诗为诲宣王求贤；后儒更引申以为求访山林隐士。他们认为，鹤鸣，比喻有显德者身隐而美名远扬。鱼潜，比喻贤者去就不常。石之为错，喻贤者可为国之辅佐，又喻能助已改正之人。毛、郑之说，有迹可寻，但坐实于周宣王，则显得牵强。而朱熹《诗集传》说:“此诗之作，不可知其所由，然必陈善纳诲之辞也。盖鹤鸣于九皋而声闻于野，言诚之不可掩也。鱼潜在渊而或在于渚，言理之无定在也。园有树檀而其下维萚，言爱当知其恶也。他山之石而可以为错，言憎当知其善也。由是四者引而伸之，触类而长之，天下之理，其庶几乎?”“程子曰:玉之温润，天下之至美也。石之粗厉，天下之至恶也。然两玉相磨，不可以成器；以石磨之，然后玉之为器得以成焉。犹君子之与小人处也，横逆侵加，然后修省畏避，动心忍性，增益预防，而义理生焉，道德成焉。”汉儒说《诗》，好比附历史，牵合政教，千方百计在诗中寻找象征寄托之语，故此往往任意穿凿附会，深文周纳，造成曲解，窒碍难通。宋儒以意逆志，用义理说诗，往往蒙上一层道学迷雾。就本诗而言，诗的原意是否如此，朱熹已先行声明“不可知其所由”；但他的解释，于理可通，读者循其所言，也能理解领会，故可备一说。此诗之解，现今也众说纷纭，莫衷一是，或认为这仅是一首赞美园林池沼、鹤鱼树石各安其所的诗歌；或以为这是诗人借自然界之现象，隐喻人类天生有高下优劣之分，故应安分守己，不作非分之想，以此维系社会固有秩序。虽说解各异，但都能以文本为据，所以都能自成一说。读者可根据自身经验体会，或从某一说，或自创新见，总以通圆为务，而不必过分追求诗旨的明晰。

又如李商隐《锦瑟》：

> 锦瑟无端五十弦，一弦一柱思华年。庄生晓梦迷蝴蝶，望帝春心托杜鹃。沧海月明珠有泪，蓝田日暖玉生烟。此情可待成追忆？只是当时已惘然！

关于这首诗的意旨，自古以来就有很多不同的说法。有人认为“锦瑟”是令狐楚家的婢女名，这是一首爱情诗（见刘攽《中山诗话》）；有人认为这是追怀他死去的妻子王氏，是悼亡诗（见《玉溪生诗笺注》）；有人说瑟有适、怨、清、和四种声调，诗的中间四句每句各咏一调，这是一首描绘音乐的咏物诗；有人认为这是李商隐晚年追叙生平，自伤身世之辞（张采田《玉溪生年谱会笺》）。相比较而言，第四说要更合理一些，但并非是定解，因此就不必过分强求内容的指向。我们欣赏这首诗，既可以体味诗人那幽伤怅恨的痛苦情感，又可以分析其含蓄曲折的抒情方式以及用典、象征、比喻或单用或并举的表达方法，还可以品评其对仗工稳的结构、清丽凄美的境界、谐婉流转的声韵等，这些都是审美鉴赏的对象。对于其他的一些含蓄蕴藉的《无题》诗，“其旨渊放，归趣难求”的《咏怀》诗等，都应作如是观，因为内容朦胧的诗歌，并不妨碍其美形、美貌、美情、美趣。

第七章 韵文鉴赏实战（上）

学习以上各章，我们对中国韵文的内在精神、发展概况以及它的形式、方法、风格等各个层面都有了基本认识，对韵文鉴赏的一般性方法也有所了解。但这些认识只是原则性的，难免显得大而无当，难以操作，本章和下一章我们将对韵文鉴赏进行实战训练。

第一节 鉴赏训练的方法与步骤

在示范和训练之前，先要对训练前应持的态度、训练的方法和步骤作些说明。

可以肯定的是，中国韵文与其他种类的文学有相通的一面，都强调形象、情境、语言的感受。所以，大凡对白话新诗、当代散文有很强鉴赏力的人，也能较快地走近传统韵文，获得鉴赏技巧。如此说来，牢牢抓住形象、情境、语感的训练，应是韵文鉴赏的诀窍。但是，因为中国传统韵文来自于历史的深处，它作为古人物质生活、精神生活的一种反映，自然包含着古代社会的“全息”内涵。对于今人来说，它无限丰富的信息、美丽动人的神采既可能深深吸引着好奇的你，使你迷醉，又会无情地嘲笑你的渺小、无知和俗不可耐，在它面前，你也许常常感到困惑、迷茫甚至自卑。这是横亘在我们与那些美丽的中国韵文之间的最大障碍，其他种类的文学则更少这种障碍。要越过这道障碍，你要有以下几种思想准备：

（1）珍惜、保护面对陌生作品时的新鲜感、好奇心。因为这种新鲜感、好奇心，使你放弃了先入为主、自以为是的判断，你的心里更能容纳它的全部信息。

（2）放低姿态，虚心阅读一切与作品产生环境有关的文献材料，增加对作品背景的了解，不断积累语词和典故。

（3）流传到今天的那些古代作品，是中国文学典范，通过学习和训练，我们可以而且能够走近它们，但是，实际上，我们的鉴赏任何时候都只是暂时的，而不会是终极的解读。谜底永远都不会完全解开。

另外，鉴赏本是微妙的感知，需要直觉，这些是难以传授与训练的。而且，鉴赏的角度、方式是多样的，每人都应努力寻找个性化的鉴赏。但是，韵文鉴赏毕竟是一种实践活动，它跟知识有关，存在技巧、方法和经验，这里面有通用的规律，据此，完全可以总结出一些训练的方法技巧与步骤。

一、鉴赏训练的方法

很多书为读者推荐过一些方法，凡是一般人所熟知的，此处便略去。这里介绍的两种训练方法，别的谈论鉴赏的书籍往往都不涉及，而经验显示，它们是简单而实用的。一是诵读法，二是复述法。

1. 诵读法

读小说、读杂文笔记，完全可以用“一目十行”，甚至“一目一页”的扫描式阅读方法，这是现代阅读学提倡的高效阅读法。但是，学习中国韵文最主要的方法是诵读，有时要高声朗诵，有时则当低声密吟。俞平伯先生在《略谈诗词的欣赏》一文中说：“作者当日由情思而声音，而文字，及其刊布流传，已成陈迹。今之读者去古之遥，欲据此迹进而窥其所以迹，恐亦只有遵循原来轨道，逆溯上去之一法。当时之感既托在声音，今日凭借吟哦背诵，同声相应，还使感情再现。虽其生也至微，虚无缥缈，淡若轻烟，阅水成川，已非前水，读者此日之领会与作者当日之兴会不必尽同，甚或差异，而沿流讨源终归一本。”（见《俞平伯学术论著自选集》，北京师范大学出版社 1992 年，第 382 页）就是说，既然诗人写作时经历了“情思→声音→文字”的三部曲，那么，“去古已遥”的读者，当然就只有逆过来，以“文字→声音→情思”的方式还原诗人当时的本怀。尽管这“还原”既微妙难凭，还难免偏差、走样，但从单纯的“目治”到“目治”、“口治”、“耳治”的结合，却是与作者对话、共鸣的根本途径。

不过，传统韵文的诵读还不同于舞台表演的朗诵。朗诵表演时，表演者需要对原作进行再创造，然后通过声音、表情与体态等的手段，传达给观众，这一点，表演艺术家谢芳在《我如何表演朗诵》一文中说：“在朗诵者的前面不应是黑压压的观众，而应是诗中描写的情景，你要看得见，摸得着，设想得愈具体、愈细致、愈真实愈好。没有真实体验的朗诵，只能做到声音的机械化传送，或者是某种情绪的一般化表演，这是不能打动观众的。”（《银幕内外》，世界知识出版社 1986 年，第 197 页）显然，这样的朗诵不是鉴赏的手段，而是鉴赏的成果。作为鉴赏手段的诵读，不追求情感传达的完全到位，但一定要读出原作的节奏感、声音美。老一辈的诵读往往是用方音拿腔带调地读——准确地说是吟唱。之所以用方音读，是因为方言在一定程度上保留了古音，用方音读更为近古，更接近原作本来的声音特点；之所以有套“读书腔”，是因为要显示出作品的节律，体味节律美。今天，虽然在中小学不宜提倡用方音读诗词，但作为专业培训，或者自我训练，尝试用方音吟诵是完全可以的，确实会比用普通话读有更多的滋味。

具体来说，诵读时主要应把握以下三个方面：

（1）通过诵读体味韵文的节律

什么叫节律呢？罗常培和王均先生认为：“语言中声音的高低、轻重、长短、快慢、间歇和音色造成语言的节律。”（《普通语言学纲要》，科学出版社 1957 年，第 145 页）节律，罗、王二先生又称其为“节奏感”。一篇诗文如果只想了解它的一般内容，用眼睛看看也可以；可是若要把握住其中细微之处，尤其是情感、韵味方面的东西，光用眼睛看文字是不够的，“尽管文字中可用一些写情、状声等字眼，在现代语文中还可以用句、逗、问、叹等符号，来帮助读者领会或复述，但毕竟很有局限性，因为语句中的那些语调和重音、长短的断续等变化，（文字符号）就都无法表达”(吴宗济《汉语节律学·序》，语文出版社 2001 年)。这些没有反映在纸面上的东西，惟有通过诵读才能感受得到。

通过诵读，能够把握住各种不同类型作品的节律特点。本书第三章第二节介绍了诗词的节奏，但若仅从理论上学习，也许还不太能明了。这里，我们换一个角度看看。常规情况下，近体中的五言句节奏形式往往是二二一或二一二，七言为二二二一或二二一二。这里各句都有一个畸零的字单独一个节拍，其他都是两字一个节拍。这在近体律绝中最明显，很少有例外。简单的节奏形式在近体诗中之所以能显得那么动听，在诵读中就可以体会得到。举陆游《游山西村》为例，如果仔细诵读，可以感受到全诗节律很美，标注如下：

莫笑/农家/腊酒/浑，丰年/留客/足/鸡豚。
山重/水复/疑/无路，柳暗/花明/又/一村。
箫鼓/追随/春社/近，衣冠/简朴/古风/存。
从今/若许/闲/乘月，拄杖/无时/夜/叩门。

这是一首七律，中间对仗的四句上句与下句节奏相同，但颔联与颈联不同。而第一、二两句是散句，不对仗，上下句的节奏又有变化。这样，散句与偶句交错运用、两种不同的节奏形式更替出现，使诗歌产生了丰富、隽永的韵味。另外，过去讲五七言节奏时，人们会提到“三字尾”的概念，就是说，每句的末尾三字共两个节拍结合较紧，构成一个大的表意单元。读这首诗时是能体会到这点的。明白了这点，再读其他诗句，如果有差异，就能很敏锐地感觉到。如：

名//岂文章著，官//应老病休。（杜甫《旅夜书怀》）

永夜角声悲//自语，中天月色好//谁看（杜甫《宿府》）

有时//三点两点雨，到处//十枝五枝花。（李山甫《寒食》）

寻觅诗章//在，思量岁月//惊。（元稹《遣行》）

以上这些都是律诗中的句子，但滋味却与一般律句迥别，感觉起来觉得特别奇峭。这就是所谓的“拗句”，“拗”首先就拗在节奏的特异上。它们都打破了常规的节奏，故意使用一种违反“三字尾”规律的句子。再读陶渊明的《归园田居》其三：

种豆/南山/下，草盛/豆苗/稀。
晨兴/理/荒秽，带月/荷锄/归。
道狭/草木/长，夕露/沾/我衣。
衣沾/不足/惜，但使/愿/无违。

平淡自然是陶渊明诗歌的重要特点，其实在诗的节奏上就很明显地表现出来了，这里各句的节奏都在变化，完全没有偶句的铢两对称，每一句都像家常唠嗑的调子。

实际上，节律的细微之处不止于此，但惟有诵读出来才能具体感受得到。韵文的魅力多半在此。

（2）通过诵读感知作品中传达的情韵，把握作品的含义

读者读韵文当然希望了解作者写了什么事，但同时更想从中得到情感的感染、精神的愉悦，所以，除了感受节律的美之外，更追求作品内在的情韵美。诵读，就最能帮助我们感知作品所传达的那份情韵。陶渊明有首仿效《诗经》作的《时运》，写得非常好，让早就过时了的四言诗体得到了新生，诗分四段，是这样写的：

迈迈时运，穆穆良朝。袭我春服，薄言东郊。山涤馀霭，宇暧微霄。有风自南，翼彼新苗。

洋洋平泽，乃漱乃濯。邈邈遐景，载欣载瞩。称心而言，人亦易足。挥兹一觞，陶然自乐。

延目中流，悠想清沂。童冠齐业，闲咏以归。我爱其静，寤寐交挥。但恨殊世，邈不可追。

斯晨斯夕，言息其庐。花药分列，林竹翳如。清琴横床，浊酒半壶。黄唐莫逮，慨独在余。

在诗前，有个小序，云："时运，游暮春也。春服既成，景物斯和，偶景独游，欣慨交心。"很显然，从拟题方法到写小序的做法，是直接仿效《毛诗》，但意境却是从《论语》曾点的志愿中来："暮春者，春服既成，冠者五六人，童子六七人，浴乎沂，风乎舞雩，咏而归。"叶嘉莹先生以为：全诗所写是"雅人心中的胜概"，"那是一个具有美好修养的高雅之士对美好景物的反应，是美好心灵之中的一种美好境界"（《汉魏六朝诗讲录》，河北教育出版社 2000 年，第 242 页）。这真是再贴切不过了。但如此体贴入微的感受，是她反复讽诵品味，从文本信息和古朴的四言形式两者结合着获得的。

另有类诗，特别是民歌，文本信息很简单，但却又很吸引人，如《诗经》中的《月出》和《芣苡》：

月出皎兮，佼人僚兮。舒窈纠兮，劳心悄兮。
月出皓兮，佼人懰兮。舒懮受兮，劳心慅兮。
月出照兮，佼人燎兮。舒夭绍兮，劳心惨兮。

采采芣苡，薄言采之！采采芣苡，薄言有之！
采采芣苡，薄言掇之！采采芣苡，薄言捋之！
采采芣苡，薄言袺之！采采芣苡，薄言襭之！

两诗都三章，采用重叠复沓的方法，反复吟唱。前者写月色下的美人和诗人对她的爱慕之情。每章第一句写月光，第二句写美女的容貌，第三句写她的姿态美，末句写诗人的爱慕之情。反复诵读，慢慢能发现，此诗个别字眼变换后，各章意义保持不变，只是韵作了变化。不同的韵调反复咏唱，层层加深，使月光的美丽和人物的风姿得到突出，诗人劳心幽思的形象也神态毕现地得到再现，因而向来被推为《诗经》中情诗的杰作。后者《芣苡》与此类似，方玉润在《诗经原始》中描述自己的诵读感受，云："读者试平心静气，涵泳此诗，恍听田家妇女，三三五五，于平原绣野，风和日丽中，群歌互答，馀音袅袅，若远若近，忽断忽续，不知其情之何以移，而神之何以旷，则此诗可不必细绎而自得其妙焉。"

还有更奇妙的，梁启超的《中国韵文里所表现的情感》一文谈到李商隐的《锦瑟》、《碧城》、《燕台》等诗时说："这些诗，他讲的什么事，我理会不着；拆开一句一句的叫我解释，我连文义也解不出来。但我觉得他美，读起来令我精神上得到一种新鲜的愉快。"

其实，读书有得的学者知道，诵读还可以直接提高对作品文义的理解能力。这种作用还不仅在韵文，就是散文也适用。《三国志·魏志》卷十三《王肃传》注引《魏略》："有从学者，（董）遇不肯教，而云必当先读百遍；言读书百遍，而义自见。"清代桐城派古文名家姚鼐就特别看重诵读，云："大抵学古文者，必要放声疾读又缓读，久而自悟。若但能默看，即终身作外行也。"（《与陈硕士书》）这方面，在诗词中就显得更重要了，诵读少，语感必差，在理解上就很容易出问题。这样的例子太多了，如刘世南先生《谈诗的笺注》一文中就举清代诗人赵翼咏三国史事的一首七律之例，指出：有注释者不懂对仗，把"敌强终造三分国，士少能臣第一流"这一联的"能臣"注为"指诸葛亮"，不知原句中的"第一流"才指诸葛亮，而"臣"与"造"相对，是使动用法，这句是说：当时人才缺乏，但刘备却能使当时第一流人物诸葛亮成为自己的臣子。（见《大螺居诗存》附录，香港天马出版有限公司2004年）

又，杜甫七律《闻官军收河南河北》是老杜“平生第一快诗”，诗云：“剑外忽传收蓟北，初闻涕泪满衣裳。却看妻子愁何在，漫卷诗书喜欲狂。白日放歌须纵酒，青春作伴好还乡。即从巴峡穿巫峡，便下襄阳向洛阳”。粗略看，人人能解，但其中的“却看妻子愁何在”一句，却有几种读法，也即有两种理解。一种读成上四下三，是说诗人看到一家人平安无恙，愁也就消失了；另一种读成上二下五，则解为诗人看到妻子儿女都已心情开朗了。萧涤非先生在《怎样才能深入地理解杜诗》一文中指出，后一解明显错误，因为这句是七律中的对句。下句“漫卷诗书喜欲狂”只能读为上四下三，上句怎么可以读成上二下五呢？（见《文史知识》1993年第4期）

第五章所引韩愈的《落齿》是一首五古，写多次落齿的情况及自己的感受，以幽默诙谐的口气自嘲自宽，末尾有这样两句：“语讹默固好，嚼废软还美。”陈迩冬《韩愈诗选》注云：“软，指柔软的舌，牙齿没有了，舌头还是好的。”其实，仔细讽诵，可知这两句也是对举，应按胡守仁先生《韩孟诗选》解：说话漏风（“语讹”）正好不说话（“默”），不能咀嚼（“嚼废”）那就吃软食。

南宋陈善在《扪虱新话》中说：“读书须知出入法。始当求所以入，终当求所以出。见得亲切，此是入书法；用得透脱，此是出书法。盖不能入得书，则不知古人用心处；不知出得书，则又死在言下。惟知出知入，得尽读书之法。”这真是读书有得之言。用陈善的概念，那么，诵读就是“入”，通过它可以深入作品内里，其好处是“见得亲切”，也即感受得真、把握得细、理解得透。但光有这种方法还不够，你难以形成较高的判断和辨识力，“不识庐山真面目，只缘身在此山中”，要“识庐山真面目”，你就得有更超脱的角度，也就是要能从作品中“出”来。

2. 复述法

这种方法包括两个环节，一是“读”，较快地阅读原作；二是“述”，合起书进行复述。其中第一环节是一般性阅读，不死抠，不细嚼，速度较快。第二环节的复述表面是再现，实际是消化、激活的过程。复述法中“读”和“述”两方面，“述”其实不是最终目的，只是任务，但有了这一明确的任务，在它的刺激下，“读”的效率逼出来了。

常人都有这样的经验，当你的眼睛跟随着文字，从作品原文到注释，从到结尾，等眼睛落到末尾的时候，开头说的是什么已经模糊不清了。于是不得不再次读第二遍，可有时候第二遍还是一样，还是一笔糊涂账。不是每个人都这样，不是每次读书都这样，但这现象不是罕见的。追溯原因，无外是：第一作品较难，未知信息过多，而注释过繁，让人难以从细部中跳脱出来。这是客观因素。第二阅读时思维较慢、较消极、较被动，没有根据文本和注释提供的信息，迅速组织和贯通全文。这种阅读即为“死于句下”，这属于主观因素。

采用复述法，则可把你的思维逼得积极、主动和活跃起来，把你的注意力从细部逼到整体上。

复述法的训练可以分阶段进行：

第一阶段的训练方法是，阅读之后，掩卷回味，然后复述出作品的内容，尽可能按照原作的思路完整地复述出原作的各个细节，包括叙事、写景、议论、抒情的部分。此阶段的复述偏重于再现。

比如韩愈有《醉留东野》云：

昔年因读李白杜甫诗，长恨二人不相从。吾与东野生并世，如何复蹑二子踪。东野不得官，白首夸龙钟。韩子稍奸黠，自惭青蒿倚长松。低头拜东野，愿得终始如駏蛩。东野不回头，有如寸莛撞巨钟。吾愿身为云，东野变为龙。四方上下逐东野，虽有离别何由逢？

就这么十六句，但钱仲联先生《韩昌黎诗系年集释》中自第 58 页至第 63 页一共用了六个页码，从诗的写作时间、各种版本文字的异同、词义训释、典故考原到集评，应有尽有，功力极深。但是，初学者读去极容易迷失方向。其实，此类诗若像诸葛亮一样“观其大略”，不必多久便能基本明白。你甚至根本不必太在乎“駏蛩”、“蛙”这几个僻字怎么读、是何意，“白首夸龙钟”、“青蒿倚长松”具体指什么；结合上下文通看，能明白全诗就是表白自己对孟郊的推崇、拜伏，若再注意标题，还能知道诗是在他们二人分别时于饯行宴上所写，全诗的主旨乃是表达欲追随孟郊而不得的苦恼。在此基础上来复述，就是很容易的事了。复述之后，该诗的意思醒豁了，在心里留下的印象也较为深刻了。

很明显，复述法的训练关键其实在“读”这个环节。其指导思想，陶渊明《五柳先生传》中有说明：“好读书，不求甚解；每有会意，便欣然忘食。”马南村《燕山夜话·不求甚解》对陶渊明的这个说明发挥道：“一下子想完全读懂所有的书，特别是完全读懂重要的经典著作，那除了狂妄自大的人以外，谁也不敢这样自信。而读书的要诀，全在于会意。对于这一点，陶渊明尤其有独到的见解。所以，他每每遇到真正会意的时候，就高兴得连饭都忘记吃了。”按照这种思想，读时你要满怀兴致地读，“不要固执一点，咬文嚼字，而要前后贯通，了解大意”，遇到小疙瘩，尽可能绕过或跳过，不死抠，没法绕过的再去查考、研究。总原则是尽快前后贯通，把握全局。站在全局上，就较易于正确地复述。

第二阶段的训练则是在阅读与回味后，不按照原作的思路而是把原作的时空关系理顺，重新构建出原作的世界。这样的复述，不是再现，而是在吃透原作的基础上进行的重构。这样的重构式的复述，就是鉴赏，是较为高级的阅读。

且如纳兰性德的这首《鹧鸪天》：

> 五字诗中目乍成，尽教残福折书生。手挼裙带那时情。别后心期和梦杳，年来憔悴与愁并。夕阳依旧小窗明。

读词有素的人，这样的词一上手就懂，毫无问题。但若词读得少，初次接触这首词，也许会犯疑。不过，静静吟诵一两遍，不需借助任何注释，也能较快地注意到词中的几个时间词："那时"、"别后"、"依旧"。以此为纲，可知全词的立足点是"依旧"。今日窗外，依旧一片落日馀晖。想起古人曾说"夕阳如有意，长傍小窗明"，这斜阳也该是满怀情意的吧，要不然，它为何恋恋不能离去，要把这最后的一缕光辉温柔地洒在小窗上呢？夕阳之有情有意撩起人的一片相思情怀。于是，思绪便上溯，回到了"那时"，他深情地忆起初见的情景：自己的一首五言诗得到了她的欣赏，两人四目相对，目光中分明传递着欣喜爱慕之情。她手挼着裙带，含情脉脉，又娇又羞的模样，让人心中生出无限爱怜。然而，一别之后，音信全无，甚至连梦中也见不到她，只落得相思成疾，憔悴愁苦。夕阳依旧而伊人已杳，物事人非，此情何堪！

有了这样的训练，就能对其他作品进行复述重构了，再看晏几道的《临江仙》：

> 浅浅馀寒春半，雪消蕙草初长。烟迷柳岸旧池塘。风吹梅蕊闹，雨细杏花香。　　月堕枝头欢意，从前虚梦高唐，觉来何处放思量。如今不是梦，真个到伊行。

这首也隐藏着三个表示时间的词：旧、从前、如今。稍作梳理，便能明白：词中主人公曾有过美好的情事（高唐梦），后来一切化为虚无，留给自己的是无尽的追忆和梦寐。今日，在雪消草长、雨细杏香的柳岸，自己来到了当年的欢聚之地寻访旧踪，眼前的一切见证了当年的美好，可是盛事难再，留给自己的只有无边的空虚。

应该再次强调的是：这种对作品的重构是较高级的阅读，需要不断训练，不断提高阅读境界。上面两例只作了简单重构，这是刚开始尝试复述重构的做法。等艺术感觉很敏锐、艺术鉴赏力较高时，自然会进入更高的境界。比如闻一多先生的《匡斋尺牍》在阐释上引《诗经·芣苡》后，就作了下面一段重构：

> 现在请你再把诗读一遍，抓紧那节奏，然后合上眼睛，揣摩那是一个夏天，芣苡都结子了，满山谷是采芣苡的妇女，满山谷响着歌声。这边人群中有一个新嫁的少妇，正捻那希望的玑珠出神，羞涩忽然潮上她的靥辅，一个巧笑，急忙的把它揣在怀里了，然后她的手只是机械似的替她摘，替她往怀里装，她的喉咙只随着大家的歌声啭着歌声——一片不知名的欣慰，没遮拦的狂欢。不过，那边山坳里，你瞧，还有一个佝偻的背影。她许是一个中年的硗确的女性。她在寻求一粒真实的新生的种子，一个祯祥，她在给她的命运寻求救星，因为她急于要取得母的资格以稳固她的妻的地位。在那每一掇一捋之间，她用尽了全副的腕力和精诚，她的歌声也便在那“掇”、“捋”两个字上，用力的响应着两个顿挫，仿佛这样便可以帮助她摘来一颗真正灵验的种子。但是疑虑马上又警告她那都是枉然的。她不是又记起已往连年失望的经验了吗？悲哀和恐怖又回来了——失望的悲哀和失依的恐怖。动作，声音，一齐都凝住了。泪珠在她眼里。
>
> 采采芣苡，薄言采之！采采芣苡，薄言有之！
>
> 她听见山前那群少妇的歌声，像那回在梦中听到的天乐一般，美丽而辽远。（《闻一多全集》第1卷，三联书店1982年，第349~350页）

读闻先生的这段文字，我们仿佛在欣赏一段电影，情景是那样真切、人物是那样鲜明，这实在是新的创作！或者如苏轼所说的“三分诗七分读”（周密《齐东野语》卷二十），即诗中写出了三分，而闻先生又再创作了七分。闻先生既是诗人，又有很专业的文化人类学知识，所以，能挖掘出《芣苡》一诗的深刻内蕴，并在此基础上重构诗的意境。这告诉我们，要想提高阅读和鉴赏的境界，必须多方面提高自己。任何方法的本身，都不能直接保证让你成为一个优秀的鉴赏家。

二、鉴赏训练的步骤

训练鉴赏能力，可以有多种做法，但比较容易实行而又较为有效的，才能对初学者起指导作用。这里建议的步骤是：

1. 先易后难

《读书》杂志 2002 年第 2 期刊载了一篇题为《关于学术定量化的讨论》的稿子，黄平在讨论中谈到，当年贺麟指导一个研究生，读黑格尔的《小逻辑》，那时没有中译本，那研究生说读不懂，贺说再读，再读还是不懂，贺仍说再读。这个研究生也真有毅力，来来回回不知读了多少遍，后来终于成为研究黑格尔的高手。像这样的例子当然还有不少，“读书百遍，其义自见”这话不就是董遇给向他求教的人开的方子吗？这种方法的好处是很显然的，不用多说。但是，真能按此方法实行的实在太少，借用经济学的术语来说，是“成本太高”。常人多不愿付出那么艰巨的劳动来获得进步。那么，是否有成本更低但仍然很有收获的做法呢？

当然有。宋代理学家陆九渊说的做法就是先易后难，他说：“学者读书，先于易晓处沈涵熟复，切己致思，则他难晓者，涣然冰释矣。若先看难晓处，终不能达。举一学者诗云：‘读书切戒在荒忙，涵泳工夫兴味长。未晓莫妨权放过，切身须要急思量。自家主宰常精健，逐外精神徒损伤。寄语同游二三子，莫将言语坏天常。’”（《象山语录》卷上）陆九渊虽然是以理学家的立场谈读书修身，但道理也适用于韵文鉴赏。

根据先易后难的程序，读者可以根据自己的基础优先选择障碍最少的作品开始阅读和训练，如诗词曲比赋要容易点，那么就可以把赋放在学习计划的后半段。再如诗中，唐诗比宋诗、先秦诗容易，那么就可以先把唐诗拿来做鉴赏训练的起始；《唐诗三百首》比《唐诗品汇》选篇要更简易，也比各诗人的集子更少障碍，那么唐诗中还可以从《唐诗三百首》开始；唐诗中初盛唐比中晚唐要容易点，王维、孟浩然、李白等的诗最有亲和力，那么读《唐诗三百首》还可以从这几家的诗开始。读词，唐五代至北宋的好懂，南宋以来的词就宁愿晚点学；柳永、苏轼的词多半一读就懂，而周邦彦，尤其是他那些长调的词较难，那不妨暂时不去碰周邦彦的长调词。

2. 从一篇篇跟着老师、看着别人，尝试鉴赏，逐渐到以自己为主的鉴赏

缺乏鉴赏经验的人，往往拿到一篇作品无从下手，这很正常。这也便是鉴赏需要训练的原因所在。一般来说，应该先跟着有经验的人，看看老师或其他内行示范，并在他们的指导下，尝试着阅读和鉴赏。开头往往很困难，也很拘谨，思维放不开，但只要用心去感受、体会，只要从作品中受到了感动，心有所动了，那么，就逐渐能捕捉住自己的那份感受和理解，再在实践中不断提高自己的感受和理解力，进而过渡到自己独立鉴赏。

本章和下章设计的鉴赏顺序，就是先有鉴赏示范，然后给出相关的作品让读者去模仿着开始自己训练。如果一篇篇按照这个程序练下去，便可以大致摸到一点鉴赏的门道，基本能够放手独立鉴赏了。

3. 从单篇的阅读与鉴赏开始，慢慢学会通过联想和比较，进行综合的研究性鉴赏

应该知道，鉴赏有多个层次，对单个具体作品粗有所感、略有所知，这是最初级的鉴赏；以各种相关资料作参照，对某作品说得较透彻，这是一般要求的鉴赏；而在鉴赏了许多单篇作品的基础上，上下纵横，自如地进行联想和比较，得出某种具有原创性的研究结论，这是高级的鉴赏。

以上几个层次的鉴赏，必须从低级到高级慢慢地训练才行。不能指望稍能读懂作品，就能左右逢源、旁征博引，因为单篇作品的细致阅读是基础。进行单篇的阅读和鉴赏时，也应该知道还有更高的目标，这样才能不断提高阅读的境界。高级的阅读鉴赏，有一个较为重要的品质，即善于联想和比较，尽管联想与比较并非高级鉴赏所独具。为了促进阅读鉴赏提高层次，应早日培养自己的联想力，多进行比较。下面给出的是一个着眼于研究的联想、比较的实例。

诗歌的特点是小而精，在表达上应在尽可能少的字句中表达尽可能隽永的意蕴。但是，简约并不是诗歌的最高法则，诗人有时又不厌其烦地铺陈或唠叨，读了竟也能受到情感的冲击。举例来说，曹植《赠白马王彪》抒发兄弟分离之情时，说：

> 丈夫志四海，万里犹比邻。恩爱苟不亏，在远分日亲。何必同衾帱，然后展殷勤？忧思成疾疢，无乃儿女仁。仓卒骨肉情，能不怀苦辛？

王勃《送杜少府之任蜀州》后四句即化用了这一段诗，云：

> 海内存知己，天涯若比邻。无为在歧路，儿女共沾巾。

两相比较，可以发现，曹植造句铺陈，“在远分日亲”与“万里犹比邻”意重，“何必”两句的申述也显得啰嗦，另外还有“何必”、“然后”、“无乃”等用以连接和表示语气的词，从精练的角度看，显然逊于王。王句的确更加精粹，“海内”二句与曹诗“丈夫”六句比，句子少了，却显得格外含蓄蕴藉，意味深长，这是唐诗的境界。但如果据此而说，曹植上引写兄弟离情的十句比王勃送别的几句诗差，就未免有些唐突了。仔细诵读曹句，不难体会到：曹植在朴实的口气中，用略显啰嗦的话语，把他对兄弟亲情的珍惜和不得不离别的痛苦表达得非常深沉而尽致，同时，也对迫使他们兄弟分离的曹丕集团表现了深深的怨愤。这是典型的汉魏诗。

再如王维《杂诗》：

> 君自故乡来，应知故乡事，来日绮窗前，寒梅著花未？

诗的主旨是要表现自己对家人、家园的关切和思念，按说把交谈的背景作点叙述是必要的，交谈中自己的心情也是可以写的，但诗人没有这样做，他只用绝句的形式淡淡地写了自己的一句问话，而问话又似乎不着痛痒，是对一株小小寒梅的关切。可掩卷回味，我们仍能感受到在这淡、简、小的话语背后，藏着诗人浓浓的思乡之情。

有意思的是，在通行本的《陶渊明集》里有一首《问来使》，云："尔从山中来，早晚发天目。我屋南窗下，今生几丛菊。蔷薇叶已抽，秋兰气犹馥。归去来山中，山中酒应熟。"后来，王安石也写了一首《道人北山来》，云："道人北山来，问松我东冈。举手指屋脊，云今如此长。开田故岁收，种果今年尝。告叟去复来，耘锄尚康强。死狐正首丘，游子思故乡。嗟我行老矣，坟墓安可忘？"再检索《全唐诗》，还能看到在王维之前的初唐诗人王绩，也写过一首相关的诗，为《在京思故园见乡人问》，诗云：

> 旅泊多年岁，老去不知回。忽逢门前客，道发故乡来。敛眉俱握手，破涕共衔杯。殷勤访朋旧，屈曲问童孩。衰宗多弟侄，若个赏池台？旧园今在否？新树也应栽？柳行疏密布？茅斋宽窄裁？经移何处竹？别种几株梅？渠当无绝水？石计总生苔？院果谁先熟？林花那后开？羁心只欲问，为报不须猜。行当驱下泽，去剪故园莱。

当然，在以上这些材料之外，还可以从李白、杜甫等许多诗人集子中找到近似的例子，宋代的《西清诗话》、《容斋随笔》、《沧浪诗话》等典籍中还有对陶渊明《问来使》的真伪等与此有关的讨论文字。结合以上材料，反复比照着诵读各诗，应该可以感觉到：（1）从艺术境界看，王维《杂诗》最高；（2）就抒情效果看，另外各篇亦不劣，如王绩此篇从自己久居异乡，乡人突然造访写起，再通过“敛眉”、“破涕”、“屈曲”几个词表现自己喜、忧(怕听到不好消息)、急交并的复杂心理，然后再一一记下自己大串的问话，全篇在表现诗人细微而复杂的心理、再现诗人急切思乡的形象方面，有王维《杂诗》所难以取代的价值。

看来，诗歌创作固然有些一般原则，但这些原则不可死守。诗歌还是要以情感意蕴为中心，要根据情感意蕴的需要，选择最适合的方法。王勃几句诗，精警醒豁，不嫌其少；王维《杂诗》，留给读者很大的想象空间，可谓以少总多。但曹植、陶渊明、王安石和王绩各篇，文字虽多不乱，在情感表达的细腻程度上，更有明显的优势。从杜甫到韩孟诗派，再到宋诗，以文为诗，放笔骋辞，为诗国开辟了一片新天地，这都是因为他们看到了含蓄蕴藉、虚处传神之外，还可以正面交锋、因难见巧，委曲尽致地展现外在世界的多彩面貌和内在精神、心理的奇妙。

第二节　近体律绝鉴赏

唐代以来，诗分为古体、近体两大类。近体诗是一种有严格声韵要求的诗体，发源于南朝齐永明年间，至武则天时期基本定型。关于近体诗的具体形式规定，读者可参读本书第三章。近体诗由于篇幅的短小、形式的凝定，在内容和风格上便逐渐形成特点。明人陆时雍《诗镜总论》比较古、近体特点时，说：“古雄而浑，律精而微。”近体诗（特别是八句的律诗）“精而微”的特点可分开来说。它在选声、布色、用词、造句、构篇上要很讲究，要“笔笔不懈”，通过琢炼表现出和谐、整饰、均衡的效果，这叫“精”；诗人的用意往往表现在细部，他必须把自己独到的对生活的理解、在情感上的体验，转换成一颗颗珍珠，颗颗晶莹透亮，串联这些珍珠的丝线藏在暗处，这叫“微”。

近体诗包括绝句（四句）、律诗（八句）和排律（八句以上）。其中排律由于对仗过多，形式要求过高、过难，从古以来，只有杜甫、顾炎武等少数诗人精于此道，初学诗词时自应避难就易。

绝句源头在晋宋时期的吴歌、西曲，入唐以后形成两路，一为古体绝句，一为近体绝句。两种绝句在风味上当然有差异，但它们的共同点是主要的。它或者婉曲空灵，或者单纯明快，或者犀利透辟，展现的总是最小的角度、最小的瞬间，是一个点，但却是容量很大的“全息的点”，在这个点之外的广阔空间就留给读者去想象、去填充，因而它真正实现了“言近旨远”、“尺幅千里”、“不着一字，尽得风流”的审美境界。绝句拥有最广泛的读者，下自幼童，上至老苍，人人都能背诵一些绝句。历来的绝句名作众多，清人编《全唐诗》全部各体诗也不过网罗了约 5 万首，但号称《万首唐人绝句》的书，早在宋代就有鄱阳人洪迈编成。其他各代的绝句数量也非常庞大。

八句的律诗（有人称之为“四韵律诗”）有五律、七律之别，两者性格差异较大，前者在精严中显得更为古朴、沉静、温厚。被清人评为“逸品”的一些五律，往往都是形式上不太完美，但空灵、高华、飘逸的；宋代江西诗派的五律又走向简朴、古拙、峭硬。七律则极精严之能，往往能在虚写与实写、平叙与刻画之间见精神、显笔力，多在开合抑扬中表现出雄放、劲健之气，杜甫最善此体，他的沉郁顿挫之风在这一体式中得到了极好的表现。

鉴赏近体律绝，既要着眼于大者，在诗人的情感、精神上去把握，也要学会从声、韵、对、字、句等方面体味诗中情感的细腻和微妙。

【鉴赏示例】

辋川闲居赠裴秀才迪[1]

王　维

寒山转苍翠[2]，秋水日潺湲[3]。倚杖柴门外，临风听暮蝉。渡头馀落日，墟里上孤烟[4]。复值接舆醉[5]，狂歌五柳前[6]。

【注释】

［1］辋（wǎng）川：在陕西蓝田，原是宋之问别墅，后为王维购得。裴秀才迪：即裴迪，王维隐居辋川时，常与他赋诗唱和。

［2］苍翠：青绿色。

［3］潺湲（chán yuán）：水流缓慢的样子。

［4］墟里：村落。孤烟：直升的炊烟。

［5］接舆：春秋时楚国隐士，佯狂遁世，孔子到楚国时，他高唱“凤兮”歌以刺之。这里代指裴迪。

［6］五柳：即五柳先生陶渊明，曾在屋旁种五棵柳树，作《五柳先生传》，自称“五柳先生”。这是诗人自比。

【鉴赏】

王维（701~761），字摩诘，原籍太原祁州（今属山西祁县），父辈迁居于蒲州（今山西永济）。开元九年（721）及进士第，官至尚书右丞，世称王右丞。安、史乱后，得宋之问蓝田辋川，过着亦仕亦隐的生活。王维亦擅绘画，晓音律，故常以乐理、画理、禅理入诗。其诗多写田园山水之幽兴，澄淡明净，清新雅致，与孟浩然同为盛唐田园诗派的著名代表。

这首诗，是王维隐居蓝田辋川别墅时所作，以秋日傍晚时分的田园山水抒写闲适隐逸之情。前三联，主要写诗人的所见所闻。首联，点明时令，以苍翠的寒山与潺湲之秋水，营构出一幅平远而蕴藉的画面。其中，着一“转”字、“日”字，颇为新奇，化山水之静为动态之势，足见诗人体物之细微和描画之精妙。颔联，转为写人。在这秋色宜人、清新雅致的情景中，诗人徜徉门外，倚杖瞻眺，秋日山水，尽收眼底，而风中的蝉声亦反衬出无限之静谧。颈联，仍是诗人远眺之景，不过视线已从自然山水过渡到田园人家。该句明显化用陶渊明的“依依墟里烟”，然措语直白，线条简单，较之陶诗更觉闲淡和静穆，而这恰是诗人所追求的艺术和人生境界。王维之诗，历来被后人激赏为“诗中有画，画中有诗”，这三句在颜色的配置和线条的经营上，都别具匠心，深谙绘画之妙理，宛若一幅素淡、明净的水墨山水。最后一联，笔力忽转。友人大醉，狂歌五柳，其淋漓狂态，恰与前三句之静态，形成鲜明对比。诗人借此，既展现了隐士飞扬洒脱的形容神态，又流露出欲与朋友饮酒狂歌、萧然物外之意。

这首诗在艺术上颇有独造之处。第一、三联重在写景，第二、四联重在写人，作者有意间错而出，使水光山色，人物风神，相叠相映，形成了情景交融、浑然天成的艺术境界。从格律上看，律诗颔联一般都对仗工整，然此诗颔联之“柴门外”与“听暮蝉”绝不相对，似为不入格。前人有谓此为“蜂腰格”者。然喻守真《唐诗三百首详析》怀疑，此联与首联有“颠倒错乱之处”，以为颔联最好与首联对调，因为首联为工对，这样“平仄格律既不失粘”，在意义上也比较自然：“倚杖”句是看，接看“寒山”；“临风”句是听，接听“秋水”。此可为一说。

【实战训练1】

酬张少府

王　维

晚年惟好静，万事不关心。自顾无长策，空知返旧林。松风吹解带，山月照弹琴。君问穷通理，渔歌入浦深。

【实战训练2】

寻南溪常道士

刘长卿[1]

一路经行处，莓苔见屐痕[2]。白云依静渚[3]，芳草闭闲门，过雨看松色[4]，随山到水源。溪花与禅意，相对亦忘言。

【注释】

[1] 刘长卿（726? ~ 790?），字文房。天宝末登进士，性格刚直，两度遭贬，先贬南巴尉，后又贬睦州司马。后任随州刺史，晚年流寓江淮。诗众体皆工，其中五七言律诗，向来评价较高。

［2］莓苔：苔藓。屐（jī）痕：此处指足迹。本句说明人迹罕至。

［3］渚（zhǔ）：水中小洲。

［4］过雨：遇雨。

【鉴赏示例】

阁　夜[1]

杜　甫

岁暮阴阳催短景[2]，天涯霜雪霁寒宵[3]。五更鼓角声悲壮，三峡星河影动摇[4]。野哭千家闻战伐[5]，夷歌数处起渔樵[6]。卧龙跃马终黄土[7]，人事音书漫寂寥。

【注释】

［1］阁：指夔州西阁。

［2］阴阳：指日月。短景：指冬季日短。景：日光。此句叹冬日白昼之短促。

［3］霁（jì）：消歇，停止。

［4］三峡：指瞿塘峡、巫峡、西陵峡。星河影动摇：《史记·天官书》：“左旗九星在河鼓左，右旗九星在河鼓右，动摇则兵起。”

［5］“野哭”句：意谓从千家野哭中听到战争的杀伐之声。千家：一作“几家”。

［6］“夷歌句”：意谓渔人樵夫都唱着夷歌，此极言夔州之僻远，思长安之难回。夷：指当地少数民族。

［7］卧龙：指诸葛亮。《蜀书·诸葛亮传》：“（徐庶）谓先主曰：‘诸葛孔明者，卧龙也。’”跃马：指公孙述，西汉末乘乱据蜀，自称白帝。这里实用左思《蜀都赋》“公孙跃马而称帝”之意。诸葛、公孙在夔州皆有祠庙，故言之。

【鉴赏】

杜甫（712~770），字子美，河南巩县人，十三世祖杜预为京兆杜陵人，故又自称为“杜陵布衣”。虽曾官左拾遗，然仕途极不称意。安史乱中，流寓四川，漂泊江湘，潦倒终生。他是我国诗史上最伟大的现实主义诗人，写民生之疾苦、载历史之情状，皆真实深刻，体察细微，故有“诗史”之谓。他既能转益多师，汲取前代优秀诗人之精华，复能自铸一家，形成了雄浑苍劲、沉郁顿挫的风格，堪称古典诗歌的集大成者。此诗为杜甫于大历元年冬，流寓四川夔州西阁时所作，抒写了伤时悯乱，思乡怀人之志。

诗的起句略带急促，令人有不胜流年似水、光阴苦短之感；下句所见乃破晓雪景，说明作者寒宵辗转，一夜未眠。那么，令其忧心难安的是什么呢？中四句并未直写，而是通过作者的所见所闻，感发情怀。第三、四句，耳边鼓角之声悲壮，眼前星河之影摇动，气势伟丽，境界阔大，自有无穷俯仰之悲。颈联上句千家野哭，下句数处夷歌，一战伐、一承平，相互对看，明写所闻，暗含对时事的感伤。安史之乱后，杜甫寓居巴蜀，历经西川军阀连年征战，“野哭千家”正是生灵涂炭的真实写照。这样一个清冷的夜，这样的凄凄悲声入耳，心怀天下苍生的作者，怎不会闻声而动，感愤益深呢？结尾两句，作者之思转入沉郁，意态萧然，令人悲凉。他慨叹，纵有如卧龙诸葛亮、跃马公孙述那样的丰功伟绩，也不过为一抔黄土所掩。历史贤愚同尽，自己也只能将目前人事、远地音书，一起付之寂寥。当然，这不过是作者刹那间的心绪消沉，王嗣奭《杜臆》云：“总为自家才不得施，志不得展而发，非笑诸葛也。”杜甫之诗，向来推己及人及天下，诗人不能施展抱负，为苍生解忧，这才是他的意难平之处啊！

从艺术手法看，此诗也体现杜律变化无方、臻至化境之功力。全诗通篇由“阁夜”起发，怅触见闻，于历史与现实、天地与人世之间，顿挫承转，纵横自如，沉郁中不失阔大，悲愤间放敛有度，故胡应麟评曰：“气象雄盖宇宙，法律细入毫芒。”如第三句第一字，按律当用平声字，但此处却用了仄声字(“五”)，故第四句第一字就改仄为平(“三”)，以相救；又第七句第一字该平而仄(“卧”)，故第八句第一字就改用平声(“人”)。一般而言，律诗“一三五不论”，“二四六分明”，但在此诗中，杜甫对第一字亦殊讲究。此外，此诗对仗极工，前三联皆为工对，即若末联，粗看似为宽对，但细细品味，“卧龙”与“跃马”是以人名对人名，“人事”与“音书”又同属人事门，故此联既属自对又为相对，实为工对。

【实战训练】

秋兴八首（其六）[1]

杜　甫

瞿塘峡口曲江头，万里风烟接素秋[2]。花萼夹城通御气[3]，芙蓉小苑入边愁[4]。珠帘绣柱围黄鹄，锦缆牙樯起白鸥[5]。回首可怜歌舞地，秦中自古帝王州[6]。

【注释】

［1］《秋兴八首》是杜甫于唐代宗大历元年（766）秋旅居夔州时所作，是杜甫组诗中的代表作，集中体现了杜诗的思想和艺术境界。这八首诗扣住秋日自然景象，展开联想，抒发了深沉的故国之思和身世之感。全组诗前后衔接，脉络连贯，章法缜密，格律精严。这里所选的是第六首。

［2］“瞿塘”两句：身在瞿塘峡口，心在曲江头（代指长安）。

［3］“花萼”句：花萼楼有夹城御道通大明宫。花萼楼，在长安兴庆宫西南。通大明宫的御道，修筑于开元二十年（732），为玄宗游曲江的专用通道。御气，天子之气。

［4］芙蓉：指芙蓉园，又称南苑。边愁：指爆发安史乱。

［5］“珠帘”两句：繁华之地成为黄鹄、白鸥群集之处。珠帘绣柱，代指曲江边的行宫别院。珠帘，以珍珠编织为帘；绣柱，廊柱上刺以绣纹。锦缆牙樯，指当年贵族们在曲江游乐的情景。锦缆，锦绣装饰船缆；牙樯，桅杆上镶以象牙。

［6］回首：回顾。歌舞地：指曲江。帝王州：帝王建都的地方。这两句既对乱后长安的破败，对盛世的转衰，深表叹惋，又对唐王朝的中兴抱有信心，充满期待。

【鉴赏示例】

无　　题

李商隐

昨夜星辰昨夜风，画楼西畔桂堂东。身无彩凤双飞翼[1]，心有灵犀一点通[2]。隔座送钩春酒暖[3]，分曹射覆蜡灯红[4]。嗟余听鼓应官去[5]，走马兰台类转蓬[6]。

【注释】

[1]“身无”句：比喻自己与意中人相爱，阻隔重重，无缘再会，不能比翼双飞。

[2]“心有”句：谓相爱双方的心就像灵犀有一线相通，能互相感应对方的情意。灵犀：据《异物志》载，犀有神异，双角中央色白，通两头。

[3]送钩：古代的一种游戏，原为腊日饮祭之后，儿童叟妪为藏弓之戏，后演变为在一般宴饮时传送酒钩的游戏，以助酒兴。

[4]分曹：即分对，分批。宋玉《招魂赋》有“分曹并进”句。这里游戏之时，分为二曹，以校胜负。射覆：原为古代的一种占卜的游戏，后来演变为一种酒令，即用相连字句隐物为谜而使人猜测。

[5]嗟余：即余嗟。听鼓：《唐书·百官志》谓：“宫门局宫门郎二人掌宫门管籥，凡夜漏尽击漏鼓而开，漏上水一刻击漏鼓而闭。”百官闻鼓声而进朝。

[6]兰台：即秘书省，掌图籍秘书，李商隐尝为校书郎，故云。类转蓬：像转蓬一样，喻自身漂泊身世。

【鉴赏】

李商隐(813？~858？)，字义山，号玉溪生、樊南生，原籍怀州河内（今河南沁阳），祖迁郑州荥阳。开成二年（837）及进士第，官至秘书省正字。后卷入牛李党争，屡受迫害，郁郁不得志。其诗内容丰富，寄托遥深，缠绵深挚，秾丽沉郁，为中晚唐诗坛之职志。

《无题》之诗，乃义山首创，因其意不可明言，故多曲折深密，晦涩难懂。此首《无题》，有的说是写给王茂元的家妓，有的说是写给令狐绹的侍女，也有人说是婚前追慕妻子而作。其实，为谁而作并不重要，关键在于诗人是如何表达那种炽烈而苦涩、幽曲而伤感的情意。

首二句，写在一个星辰点点、清风徐徐之夜，诗人在画楼桂堂边邂逅了一位美丽的女子，爱情悄然撞击着他的心扉，如电光火石般闪耀。这里，诗人以极清新流丽之笔，不仅点明了相遇的时间、地点、氛围，而且叠用两个“昨夜”，又使用互文的手法，表达了他忆及此次相遇时甜美、幸福的感觉，同时也为全诗奠定了婉约、缠绵的基调。然而，现实充满了重重障碍，无情地阻隔了他与意中人的相会。诗人有些无奈，可并不绝望。次联，诗人用了两个精妙贴切、充满想像力的比喻，将两人虽身形相隔，却息息相通、心心相印的默契刻画出来。接下二句，诗人又陷入回忆，重笔描写了杯酒交觥、热闹喧嚣的宴会场面，用笔之浓烈与首联的清丽形成对比。可以想见，在众人忙于送钩、射覆的游戏时，一份脉脉温情，在诗人的眼波心底，默默传递，无声流动。这种曲笔幽情，令人思之，不禁怦然心动。正当诗人沉浸在爱情的巨大甜蜜中，更鼓声声，惊断了他的痴迷和流连，诗人不得不因应付官差，怀着遗憾、惆怅之情，中途离席。此时，喧闹远去，爱人亦远去，空留下诗人孤独的身影，他不禁伤叹身世如转蓬一样漂泊无依。尾联，以“嗟”字领起，深深表达了诗人心底的失落、落寞和无助。

义山《无题》诗，向来以晦涩难懂、幽约深曲而著称的。这首诗从意脉看似并不难理解，使典用事亦不深晦，但义山却能用贴切的比喻、强烈的对比等艺术手法，将自己难以言说的情意表达得缠绵婉约、不迫不露，令人思而咀之，感而契之。像义山这种被现实埋葬的爱情，凄美绝伦，古往今来不知引起多少人的共鸣，尤其“身无彩凤双飞翼，心有灵犀一点通”一联，历来成为传诵的名句。

【实战训练】

无　　题[1]

晏　殊

油壁香车不再逢[2]，峡云无迹任西东[3]。梨花院落溶溶月，柳絮池塘淡淡风[4]。几日寂寥伤酒后，一番萧瑟禁烟中[5]。鱼书欲寄何由达，水远山长处处同[6]。

【注释】

[1] 这是仿李商隐《无题》而作的一首七律。宋初诗人杨亿、刘筠、钱

惟演爱好李商隐诗，在馆阁修史之馀，互相酬唱，编成《西昆酬唱集》，形成声势，当时号称西昆体。晏殊（991～1055）字同叔，抚州临川（今江西抚州）人。累官至同中书门下平章事兼枢密使。词胜一时之擅，有“北宋倚声家初祖”之誉。诗的声名亦高，为西昆体后劲，本篇是其诗歌的代表作。

［2］油壁香车：涂有油漆的车子，是古代妇女所乘坐之车的专称。

［3］峡云：巫峡之云。因宋玉《高唐赋》有楚王梦与巫山神女相会。“旦为朝云，暮为行雨”之事，后把男女相会称为巫山、云雨。这两句的意思是指情人分散后，不知下落。

［4］“梨花”两句回忆当年花前月下的美好生活。溶溶：月光似水一般流动。

［5］萧瑟：寂寞凄凉。禁烟：古代风俗，清明前二日不生火，只吃冷食，这就是所谓的“禁烟”。

［6］鱼书：指书信。语出汉乐府诗《饮马长城窟行》：“客从远方来，遗我双鲤鱼。呼儿烹鲤鱼，中有尺素书。”

【鉴赏示例】

六月二十日夜渡海

苏　轼

参横斗转欲三更[1]，苦雨终风也解晴[2]。云散月明谁点缀？天容海色本澄清[3]。空馀鲁叟乘桴意[4]，粗识轩辕奏乐声[5]。九死南荒吾不恨[6]，兹游奇绝冠平生[7]。

【注释】

［1］参（shēn）横斗转：参星和斗星随季节和时辰的变化而移位，这里指夏季深夜时二星的位置。参：指参星。斗：斗星。

［2］苦雨：久雨。终风：吹不停的风。也解晴：谓“苦雨”、“终风”似乎也通人情，都停歇了。

［3］“云散”两句：王文诰《苏文忠公诗编注集成》卷四十三谓：“‘云散月明谁点缀’，问章惇也。‘天容海色本澄清’，公自谓也，凡此种联句，必不可傅会，典实注繁，则诗旨反为所晦。此诗，人皆知为北归作者。”云散月明：用《晋书·谢重传》之典。谢重与会稽王司马道子坐谈，“于时月夜明净，道子叹以为佳。重率尔曰：‘意谓乃不如微云点缀。’道子因戏重曰：‘卿居心不净，乃复强欲滓秽太清邪？’”

［4］鲁叟乘桴意：典出《论语·公冶长》："子曰：'道不行，乘桴桴于海。'"鲁叟：孔子。桴：船。

［5］轩辕奏乐声：典出《庄子·天运》："黄帝张咸池之乐于洞庭之野，北门成闻而惧惑，黄帝即以'道'解答之。"轩辕：黄帝。

［6］九死：谓多次差点死去。用屈原《离骚》"亦余心之所善兮，虽九死其犹未悔"之意。南荒：指海南岛，古代未能开发，属蛮荒之地。

［7］兹游：指此处贬谪海南之经历。奇绝：指海南岛上奇绝的风光。冠平生：意谓此生难得之事。

【鉴赏】

苏轼（1037～1101），字子瞻，自号东坡居士，眉山（今四川）人，嘉祐六年（1061）及进士第，但仕途几经沉浮，坎坷失意，始终处于党争的夹缝中。他才情极富，诗、词、文、书法、绘画等方面皆有极高造诣。其诗才学相兼，构思缜密，善于使典用事，议论新奇警策，充分代表了宋诗的特征。作为有宋一代最伟大的诗人，苏轼的可贵之处更在于他虽屡遭贬谪，却始终保持放达超旷、乐观向上的情怀，在诗中抒写天海风涛之胸襟和气魄。此诗作于元符三年（1100）六月，适值朝廷大赦，苏轼获准从海南琼州北归，结束了长达七年的、与世隔绝的贬谪生活。途中，夜渡琼州海峡，见月白云散，海天澄明，不禁触怀感言。

夜入三更，斗转星移，经历了多年的苦雨终风，人心望晴，这次北归无疑是诗人对孤岛生涯的永久告别。诗的首联，紧扣诗题，点明渡海的时间与缘由，"苦雨终风"句，一语双关，既是写景，亦为抒情，透显出诗人内心的无限波澜和万千感慨，这其中既有对困厄流放生涯的悲慨，也包含了对前程的企盼和憧憬。其后三联，作者旨在吐露心曲，一抒情怀。颔联，是对海上夜景的描绘，三更之后，云散月清，海天一色，意境尤为澄澈。诗人不禁自问：这样的景色究竟是谁人点缀而成的，还是它本来就是"澄清"的呢？对于这两句，过去曾有人说，前句是问曾迫害过苏轼的蔡京、章惇等人的，而后一句则是诗人自谓，表明自己的心灵就像是"天容海色"一样"本澄清"的。结合此诗的写作背景和诗人之心境，这种理解是有一定道理的。但这里，似乎还可有另一种理解：前句是属反问，且化用了晋谢重“微云点月”之典，意谓自己心胸坦荡，正如青天素月，未受微云纤尘的污滓。颈联，由景入情，直抒胸臆，巧妙化用典故，写自己如孔子一样，因道之不行，乘桴海上，隐居荒涯，“空馀”两字表明了诗人空有行道之志，但却没有建立实际政绩的惆怅和感慨。而用“黄帝张咸池之乐”之典，是喻此身此际所听到的天风海涛，表明已粗识不喜不惧不怠的道理。应该说，这体现了苏轼一贯的人生态度。正如其词写道：“回首向来萧瑟处，也无风雨也无晴。”一生风雨也好，晴朗也罢，早已处之淡然，不为所动。最后两句，更上一层，诗人意态昂扬地宣称，自己哪怕九死南荒，也无悔无恨，暮年的南渡琼州，真乃平生奇绝的第一游啊！结句之铿锵高昂，充分展现诗人旷达超脱、乐观幽默的形象。

无论从抒情格调还是艺术表现看，此诗都很能代表苏轼诗的特色。如前面四句中的前四字，皆属自对，但因笔势雄厚，气足神完，故丝毫不觉得堆垛、板滞。颈联所用两典，亦十分自然恰确，“乘桴”不仅切合诗题，且与其当时之心境十分关合。

【实战训练】

戏答元珍[1]

欧阳修

春风疑不到天涯，二月山城未见花[2]。残雪压枝犹有橘，冻雷惊笋欲抽芽。夜闻归雁生乡思，病入新年感物华[3]。曾是洛阳花下客[4]，野芳虽晚不须嗟。

【注释】

[1] 本诗为欧阳修于景祐四年（1037）春在夷陵作。上一年，欧阳修因积极支持范仲淹，反对朝廷守旧派，而被降职到峡州夷陵（今湖北宜昌市）为县令。元珍：丁宝臣，字元珍，当时是峡州判官，为欧阳修的朋友，生平事迹见欧阳修《集贤校理丁君墓表》。

[2] 山城：指夷陵。

[3] 归雁：入春后，随着气候的转暖，在南方过冬的雁开始逐渐北归。

物华：万物的精华。

［4］洛阳花下：欧阳修做过洛阳留守推官。北宋时期洛阳的花园最盛，“洛阳花福”列在当时所谓“天下九福”里。洛阳牡丹花最著名，欧阳修写有《洛阳牡丹花》和《洛阳牡丹图》等诗。

【鉴赏示例】

寄黄几复

黄庭坚

我居北海君南海[1]，寄雁传书谢不能[2]。桃李春风一杯酒，江湖夜雨十年灯。持家但有四立壁[3]，治病不蕲三折肱[4]。想得读书头已白，隔溪猿哭瘴溪藤[5]。

【注释】

［1］君：黄介，字几复，南昌人，作者少年时挚友。《左传·僖公四年》：“君处北海，寡人处南海，唯是风马牛不相及也。”

［2］寄雁传书：托鸿雁捎信，事源于《汉书·苏武传》。谢不能：三字连用，本于《汉书·项籍传》。谢，推辞。此句是说：想托鸿雁捎信，可鸿雁推辞，道：“我不能。”

［3］《史记·司马相如传》：“文君夜亡奔相如，相如乃与驰归成都。家居徒四壁立。”

［4］蕲（qí）：求。三折肱（gōng）：古谚语，《左传·定公十三年》：“齐高强曰：‘三折肱，知为良医。’”肱，手臂。

［5］瘴溪：一作“瘴烟”。瘴，湿热之气。

【鉴赏】

黄庭坚（1045~1105），字鲁直，自号山谷道人，晚号涪翁，洪州分宁（今江西修水县）人。北宋中期重要诗人，与苏轼并称“苏黄”，又与张耒、晁补之、秦观一起，合称“苏门四学士”，宋末方回奉为江西诗派“三宗”之首。于23岁中进士后，长期沉沦下僚。此诗作于元丰八年（1088），就职于德州（今山东德州）德平镇的作者孤寂无聊，想起了少年知交黄几复，当时黄几复为四会（今广东四会县）知县，两人各在南北，遥遥万里。为此作者以诗代书，写了这首诗。

读此诗，首先感受到的是诗人念友情深。你看，友人在岭南，靠近南海，自己在德州，比邻渤海，这不正像《左传》所说的“唯是风马牛不相及也”吗？替人传递书信的鸿雁就非常为难，因为据说每年冬天，大雁飞到衡阳的回雁峰就再不向南了，那么，此番寄诗能否到达，自是不敢奢望了。当然，地理的遥远隔断不了两人的感情，分隔时间的长久更没有让这对少年知交生分。此刻，作者的脑海中正叠映着往昔的一幕幕情景：春风拂拂，桃李花前，那是熙宁九年（1076），黄几复在京城应学究科试获中，两人在汴京把酒欢会的画面；孤灯夜雨，江湖飘零，这是两人别后十年来常有的怀人图。诗中的颔联造句一同温庭筠《商山早行》“鸡声茅店月，人迹板桥霜”，十四字并列了六个名词/名词性词组。这六个名词相互叠映，形成很大的张力，组合成两幅互相映衬的画面，一写当年欢聚之乐，一写别后思念之苦，友情的珍贵、人事的苦况，尽在其中，足供久久玩味。这一联在当时，就备受人们称叹，张耒赞为“奇语”，许多诗人竞相效仿。

诗的后半就以天涯羁旅、人事难料为背景来抒情，其情感是称赞与崇敬，又是同情与怜惜。治家是黄几复所不擅为也不屑为的，所以在作者想象中，友人一定如当年司马相如“家居徒四壁立”，他的全部心思都放在治政和读书吧。古语云：“三折肱，知为良医。”成为良医，需要的条件不过是见识广与经验多。然而，在作者看来，黄几复似乎天生就是一块为政医国的料，他早就政绩斐然，其治国之才早就为人所知。这样一位治国能手，如今却远处边陬，在荒僻的“蛮烟瘴雾”之地充当知县，致使生命衰残、白发萧萧。虽然如此，他一定仍然手不释卷、安贫乐道。其琅琅的读书声，与隔溪的猿猴哀鸣声互相呼应，构成一种怎样的景象？作者想象中的这一情景，包含有多少欲说还休的感慨！我们无法分清这是肯定、称赞、敬仰，还是同情、怜惜、悲伤。这里描绘的自是友人的形象，但其中难道没有作者自我的影子？怜人的意思中，不分明有自怜的意味吗？赞人的意思后，不也有自我的坚守吗？一首怀人念友之诗，竟包含有如此复杂深沉的人生内涵，其境界之高，确非凡手所能企及。

黄庭坚的七律多拗峭挺劲，又善于运用典故，化臭腐为神奇，扩大诗句的容量。本篇次句孤峭的节奏、第五句五个仄声字，夹杂在通篇较为和谐的声律之中，使全篇增加了几分奇峭的感觉。而首联、颈联中来自史部的几个典实，与颔联广泛吸取唐人诗语诗意，莫不大大加深了诗的内涵。至于这些典事的运用方法，则更是变化莫测、出奇制胜，首联及第五句是借用，第六句是反用和曲用，其他各句则是暗用。从艺术表现的角度看，在历代诗人中少有人能达到这个水准。

【实战训练】

怀天经智老因访之[1]

陈与义

今年二月冻初融，睡起苕溪绿向东[2]。客子光阴诗卷里，杏花消息雨声中。西庵禅伯方多病，北栅儒先只固穷[3]。忽忆轻舟寻二子，纶巾鹤氅试春风[4]。

【注释】

[1] 天经：叶懋，字天经，儒士，陈与义友人。智老：僧人，法名洪智，为陈与义知交。陈与义（1090~1138），字去非，号简斋，洛阳人。北宋末登第，因所作《水墨梅》而为徽宗所爱赏。靖康难起，饱尝战乱流离之苦，后官至参知政事。诗受黄庭坚、陈师道影响，宋末方回推其为江西诗派“三宗”之一。

[2] 苕溪：源出浙江省天目山，流经余杭、杭州、湖州等地，入太湖。

[3] 西庵：智老所居。北栅：天经所居。二地均在乌镇（今浙江湖州所辖）。禅伯：精于佛学的人，指智老。儒先：对儒者的敬称，指天经。固穷：安于穷困，语本《论语·卫灵公》：“君子固穷，小人穷斯滥矣。”

[4] 纶巾：以丝带制成的一种头巾。鹤氅：以鸟类羽毛做的外衣。纶巾、鹤氅是六朝以来名士爱穿的服装。

【鉴赏示例】

都门秋思

黄景仁

五剧车马隐若雷[1]，北邙惟见冢千堆[2]。夕阳劝客登楼去，山色将秋绕郭来[3]。寒甚更无修竹倚[4]，愁多思买白杨栽[5]。全家都在风声里，九月衣裳未剪裁。

【注释】

［1］五剧车马：指车马很多。剧：极、甚。隐若雷：言车马之声隐隐若雷声轰鸣。

［2］北邙（māng）：山名，又称芒山、北山，在今河南洛阳东北，汉魏以来，王侯公卿多葬于此，后以此泛称墓地。

［3］将：带着。

［4］"寒甚"句：化用杜甫《佳人》："天寒翠袖薄，日暮倚修竹。"

［5］白杨：古人多植于丘墓边，在古诗词中为悲伤之意象。如《古诗十九首》云："白杨多悲风，萧萧愁杀人。"

【鉴赏】

黄景仁（1749~1783），字汉镛、仲则，晚号鹿非子，江苏武进（今常州）人。乾隆四十一年，高宗东巡召试，名列第二，纳赀为县丞。然一生贫穷困厄，郁郁不得志。清代著名诗人。有《两当轩集》。仲则天分极高，无所不学，诗歌出入李白、韩愈、李商隐之间，所作多以真情感为素地，歌哭悲吟皆足以动人心魄。《都门秋思》共有四首，此选其一。乾隆四十年，黄景仁初至北京，自负才华，然而多年以来，却落落寡合，沉郁不畅，生活也贫困交加。此诗即作于他旅居京都的时期，可以说是个人悲苦生活的真实反映。

诗先从京都的繁华入笔，铺展出一幅街道纵横交错、车水马龙的喧嚣景象。可这样的景象对于忧思愁苦的诗人而言，却丝毫不能激起他的喜悦。他极目远望，惟见重重坟塚，堆叠山头。首两句将热闹与死寂对写，寄托了诗人之忧生忧世的无限感伤，令人想起唐代僧人王梵志诗："城外土馒头，馅草在城中，莫嫌没滋味，一人吃一个。"仲则作此诗时，不过三十馀岁，竟有如此关于生死之深沉忧虑，足见其纤细而敏锐之情感。颔联，因诗人深陷重重思虑中，以至茫然不知去处，忽然一抹斜阳打断了他的思路，似乎在劝说他登上层楼，这样或许能够消解一些客旅他乡、贫困凄苦的忧愁。然而，登楼远望，不仅没有减轻愁闷，反而随暮色低沉、秋意四合，周遭的情势显得愈发的深重，其心境则愈显悲沉。这里，诗人着“劝”、“将”字，使夕阳、山色人情化，足见其炼字之精工。颈联，顺势而下，深入到诗人之所感所想。上句写“寒”，所指显然不仅仅是天气之寒，更指自己之身寒、心寒。而其所遭受之“苦寒”较之同样穷困之杜甫，似乎更为严重，以至连可资倚靠修竹都没有了，此句乃极写其孤独无依。既然无法消除彻人肌肤的寒冷，故诗人又想买一些白杨种植。白杨，古人多植于丘墓边的。诗人此举，无疑是借此以消除悲苦，看淡生死，应是自作放达之言。然而，《古诗十九首》云：“白杨多悲风，萧萧愁杀人。”伴随着白杨的萧萧悲风，诗人恐怕意欲消愁，愁会更愁。最后一联，落笔现实，写出诗人一家在秋风瑟瑟中贫寒无衣的生活现状。

这首诗，仲则将客居京华之孤苦无依、家境之困厄穷愁、身心之悲寒焦虑，打并在一起，虽措语皆直白平淡，然深情苦恨，却力透纸背，读之很难不为唏嘘嗟叹。据《春芹录》载：“秋帆（毕沅）宫保初不识君，见《都门秋思》诗，谓值千金，姑先寄五百金，速其西游。好事惜才，亦佳话也。”这位青年寒士的带泪的沉吟，无疑深深撼动了人们的心灵，故留下了诗值千金的佳话，这足见此诗强烈的艺术魅力。

【实战训练】

又酬傅处士次韵[1]

顾炎武

清切频吹越石笳[2]，穷愁犹驾阮生车[3]。时当汉腊遗臣祭[4]，义激韩雠旧相家[5]。陵阙生哀回夕照[6]，河山垂泪发春花[7]。相将便是天涯侣，不用虚乘犯斗槎[8]。

【注释】

［1］傅处士：傅山（1607~1684），字青主，阳曲（今山西阳曲县）人。工诗文，擅书画，业医。入清以后，穿道士服，隐居土穴。与顾炎武交谊甚深。傅山有《晤言宁人先生还村途中叹息有诗》，顾炎武和韵二首，这里所选

为第一首。次韵：按原作者所用的韵脚作诗。顾炎武（1613~1682），本名继坤，更名绛，字忠清，入清后更名炎武，字宁人，号亭林。昆山（今江苏昆山）人。先为明末复社成员，明亡后，参加抗清斗争，失败后遍游河朔，不仕清室。顾炎武是明清之际杰出的学者，文学家。有《日知录》、《天下郡国利病书》、《音学五书》及《亭林诗文集》传世，为学术界所推重。

［2］“清切”句：据《晋书》载，晋阳被敌兵围，刘琨吹笳，激起帝兵思乡之情，因而得以解围。

［3］阮生车：阮籍在司马氏篡权后，经常驾车出游，往往痛苦而返。

［4］“时当”句：据《后汉书》载，陈咸位西汉尚书，后王莽篡位后，其孙陈宠仍用汉的祭祖仪式，而不用王莽的腊祭仪式。

［5］“义激”句：张良祖先为韩国宰相，韩国被秦灭后，他发誓为韩国和祖先报仇。

［6］陵阙：陵墓。隐指明朝社稷。回：使动词。

［7］此句化用杜甫《春望》“感时花溅泪，恨别鸟惊心”之意。

［8］相将：相随。天涯侣：唐人崔途《孤雁》：“不知天涯侣，何时下平芜？”犯斗槎：张华《博物志》有说天河与海相通，沿海有人年年八月乘槎浮海上天河。

【鉴赏示例】

玉　阶　怨[1]

李　白

玉阶生白露[2]，夜久侵罗袜[3]。却下水精帘[4]，玲珑望秋月[5]。

【注释】

［1］玉阶怨，《乐府诗集·相和歌辞》“楚调曲”有《玉阶怨》。

［2］玉阶：用玉石砌成的台阶。

［3］罗袜：用丝织品做的袜子，此化用曹植《洛神赋》“凌波微步，罗袜生尘”句。

［4］却下：还下，仍下。

［5］“玲珑”句：为“望玲珑秋月”之倒装。

【鉴赏】

李白（701~762），字太白，号青莲居士。祖籍陇西成纪（今甘肃天水)，出生于中亚碎叶镇。少有逸才。天宝初入长安，以贺知章、吴筠荐，任翰林院供奉。后浪迹江湖，游心仙道，纵情诗酒。诗名比肩杜甫，世称“李杜”。其诗诸体兼擅，风格多样。歌行古体，雄迈奔放；律体绝句，自然清新，含蓄隽永。玉阶怨，本为乐府古题，多写幽居深宫的女子之幽怨。李白这首五绝用此题，也描绘了一位幽居深闺的女子独自望月的情景，含蓄地表现出她内心的苦闷和哀怨。

首两句，点明时令，烘托氛围。“玉阶生白露”句，是说庭外的台阶铺上一层厚厚的露水，可见夜之深，秋之冷。然就是在这样一个霜寒露重的秋夜，一个穿着罗袜的女子却在庭院里，伫立了很久很久，以至于厚重的露水竟将她的袜子都打湿了。这里，诗人没有直接描写这女子的身份、神貌、心情，但又无一字不是为她而设的。“玉阶”，指用玉石砌成的台阶，乃宫府宅第中特有之物；“罗袜”，是指用丝织品织成的袜子，亦非寻常女子所有之穿戴，这表明了这女子身份之高贵。诗中言露之重、夜之深，则一方面比衬出女子的执着和急切，另一方面则显示了她的深锁空闺之孤独。至于她为何久久伫立于此呢？诗中没有详细交待，但既惟其独自一人，则她必定是在等待什么。至于等待对象是谁呢？诗人又留下了大段“空白”，我们可从不同角度去揣摩、品味：是那躲入云层中之秋月，还是久未驻幸于此的君王，抑或是与她相约好了的心上人……总之，这女子的等待是十分执着的，尤其“侵罗袜”三字，极贴切地传达出她伫立待人的急切之情和寂寞之态。

三、四句，紧承上两句。夜愈深了，寒气也更加袭人，女子的等待没有结果，只能回到屋里。可是明月斜照空房，愈发觉得清冷、落寞，因不堪此境，她便放下水晶帘子，准备入睡。“却下”可理解成“还是放下”或“仍然放下”，是经过几次反复而最终决定的动作。故此两字，看似无意，实则巧妙地显示出她内心的苦楚和无奈。然而，帘子放下后，内心难以挥去的寂苦、孤独使她仍旧难以成眠，故不时又透过窗帘，探头望望皎洁玲珑的秋月。这两句，通过“却下”、“望”这两个细微的动作，极写女子之怨情，婉转回环，令人回味无穷。

这首诗，仅有寥寥二十字，但情感的张力十分丰富，留给我们想象的空间也很广阔，达到了“绝句最贵含蓄”（胡应麟《诗薮·内编》卷六）的艺术效果。表面上看，它只是写女子“伫立”、“却下”、“望月”几个简单的细节，却很微妙地透显出她从盼望到失望再到哀怨的心理变化；而诗中玉阶、秋月、水晶帘等意象，又摹写出凄清、冷寂之氛围，更衬托出女子寂寞、孤独的内心。这首诗通篇没出现一个“怨”字，却无一句不是紧扣“怨”来写，其妙处正如萧士赟所说：“无一字言怨，而隐然幽怨之意见于言外。”（《分类补注李太白诗》）南朝诗人谢朓亦有一首《玉阶怨》云：“夕殿下珠帘，流萤飞复息。长夜缝罗衣，思君此何极。”也是写深宫女子之怨情的，尤其末句更直言思君之极。然其缺点亦在此，说得太透、太白，故此诗与李白这首相比，显然不够含蓄，亦不足动人。

【实战训练】

夜　月

刘方平[1]

更深月色半人家，北斗阑干南斗斜[2]。今夜偏知春气暖，虫声新透绿窗纱。

【注释】

［1］刘方平，中唐初诗人，隐居不仕，与李颀、皇甫冉、严维等人有过唱和。生平事迹不详。

［2］更深：即后半夜。半人家：指月影半照人家。阑干：横斜，与“斜”义近。

【鉴赏示例】

长信秋词（其一）[1]

王昌龄

金井梧桐秋叶黄[2]，珠帘不卷夜来霜[3]。薰笼玉枕无颜色[4]，卧听南宫清漏长[5]。

【注释】

[1] 长信秋词：据《三辅黄图》载："长信宫，汉太后常居之……后宫在西，秋之象也。秋主信，故宫殿皆以长信、长秋为名。"成帝时选班况女、班彪姑入宫为"婕妤"，史称"班婕妤"。婕妤，汉代女官名，武帝时设置。班婕妤失宠后，因惧赵飞燕的谗祸，主动请求到长信宫侍奉太后。乐府《婕妤怨》、《长信怨》均咏此事。王昌龄的《长信秋词》亦是与此有关的一组宫怨诗。

[2] 金井：饰有雕栏之井。

[3] 夜来霜：指夜晚的寒霜侵入户内。

[4] 薰笼：古人取暖、熏衣之具。

[5] 南宫：未央宫。清漏：漏是古代的计时器，利用滴水和刻度以指示时辰。清漏指深夜铜壶滴漏之声。

【鉴赏】

王昌龄（698? ~757），字少伯，京兆长安人，开元十五年（727）登进士第，补秘书郎。二十二年（734）中宏词科，调汜水尉，迁江宁丞，后贬为龙标尉。故又称"王江宁"或"王龙标"。诗名与高适、王之涣齐名，所作缜密而思清，深婉而隽永，尤长七绝，世称"七绝圣手"。长信秋词，又作"长信怨"，王昌龄以此为题的七绝共有五首，都是取班婕妤之事为一般失宠宫人而抒写内心的孤独、痛苦、怨悱之情。这首诗是其中的第一首，采取了以景托情的手法，刻画出一位深锁宫中的女子形单影只、卧听宫漏的凄凉境况。

前面三句，纯是写景，诗人选取几个极富表现力的意象，营构出萧瑟、清冷的氛围。秋天夜寒霜重，井边梧桐皆枝枯叶黄，凋零衰败，令人生悲；而珠帘绣户，薰笼玉枕，虽都是极豪奢之宫廷景物，但不是低垂沉寂，便暗淡无光，一切都显得那么凄凉、冷寂。这三句虽写景，但实在又是处处写人。在写法上，诗人亦独具匠心，巧妙地运用景物的变化，从室外写到室内，逐句深入，似有意将幽闭深宫中的女子逗引出来，最终逼出一句"卧听南宫清漏长"：这位女子正静静地卧在床上听着从南宫中传来的夜漏声。这一声声的清漏，既意味着长夜漫漫，也意味着她内心无边的孤独和哀怨。在这深宫中，她耗尽了自己的韶华、美丽。

这首七绝，艺术上最大的特色是以景写情，情含景中。诗中所写景物既是自然之景，亦是宫女眼中之景，心中之景。正因为这宫女的心情之孤苦，故"以我观物，物皆著我之色彩"，这些景物在她眼中都变得"无颜色"，长夜亦觉得漫漫没有尽头。同时，而也正是在对景物的描摹勾勒中，这宫女的内心世界也清晰展现在我们面前。王昌龄的七绝，在唐人中是写得最为出色的，有"七绝圣手"之谓。明人陆时雍《诗镜总论》评曰："王龙标七言绝句，自是唐人骚语。深情苦恨，襞积重重，使人测之无端，玩之无尽。"他的七绝还以精妙的构思见长的，如《长信秋词》之四："真成薄命久寻思，梦见君王觉后疑。火照西宫知夜饮，分明复道奉恩时。"此诗本是写宫女失宠之"薄命"，却不言当下处境，反而极写"西宫夜饮"之乐和自己当年奉恩得宠的情景，从这鲜明的对比中，不仅写出这宫女深情苦恨，亦写出所有宫女之悲哀，因为那些正侍宴承欢的宫女，保不定什么时候也会和她一样落得"真成薄命"的境地。通过这样巧妙的构思，封建宫廷制度之腐败和罪恶就被深刻地揭示出来了。

【实战训练】

宫　词

王　建[1]

往来旧院不堪修，教近宣徽别起楼[2]。闻有美人新进入，六宫未见一时愁。

【注释】

[1] 王建，字仲初，颍川（今河南许昌）人，中唐诗人。曾官昭应县丞、太府寺丞、秘书郎，出为陕州司马。其新乐府与张籍齐名，称"张王乐府"。所作《宫词》一百首，是作者从宦官王守澄私人交谈中所获信息的提炼，是唐代宫廷生活的重要历史文献，历来受到重视。这是其中的一首。

[2] "往来"两句：宣徽旧院破旧难修，要在边上另起新楼。

【鉴赏示例】

登乐游原[1]

杜 牧

长空澹澹孤鸟没[2]，万古销沉向此中[3]。看取汉家何事业，五陵无树起秋风[4]。

【注释】

[1] 乐游原：在长安城南（今陕西省西安市内大雁塔东北），地势高敞，四望空阔。《汉书·宣帝纪》："神爵三年春起乐游苑。"自汉代以来，乐游原即为游览之胜地。

[2] 澹澹：安静，寂静。没：消失。

[3] 销沉：形迹消失、沉没。此中：指乐游原四周。

[4] 五陵：汉代五个皇帝的陵墓，即长陵、安陵、阳陵、茂陵、平陵，在咸阳市附近。从乐游原向西可以远眺到五陵。

【鉴赏】

杜牧（803~852），字牧之，京兆万年（今陕西西安）人。宰相杜佑之孙。幼即有济世匡国之志，大中二年（828）登进士第，官至中书舍人。诗风俊爽豪宕，摇曳多姿，尤长于七律、七绝，为中晚唐著名诗人，与李商隐齐名，世称"小李杜"。杜牧谙通历史掌故，写了不少咏史、怀古之作，所发议论，亦多新奇警拔。他曾先后几次登临乐游原，留下几首脍炙人口的诗作，这首《登乐游原》就是其中一首。

首两句，托物起兴。由一只正向广漠、寥廓的长空飞去的孤鸟，而想起了同样已消歇在乐游原四周的历史人事。这两句，从大处着笔，笔致尤为豪宕，而所兴之怀，亦极雄浑。从广袤的空间写到亘古的历史，体现出诗人睥睨古今、俯仰乾坤的浓厚宇宙意识。乐游原上的可写之景殊多，但诗人独取"长空"、"孤鸟"入诗，"长空"乃大景，"孤鸟"小景也，两厢比照，愈加凸现出空间之广袤；"万古"乃已逝之人事，而乐游原犹在，人事之易变而空间之永恒，于此可以概见。

三、四两句，直接抒发盛衰兴亡之感，以汉帝陵阙之荒颓，来抒发对已消失在历史时空中的汉家霸业的悲慨。汉代皇帝每立一个陵寝，即在附近迁来官家、外戚，建立县镇，派专人负责供奉园陵，极享哀荣。但自东汉“丧乱以来，汉氏诸陵，无不发掘”（《三国志·魏志·文帝纪》），已不复有当年的气象。在诗人的眼中，这些陵寝上连裹夹在萧瑟秋风中的树木都没有了，只剩瑟瑟荒草和断碑颓垣，格调极悲慨，境界亦极苍凉。故清人沈德潜谓：“树树起秋风，已不堪回首，况于无树耶？”

咏史怀古之作，一般都是“借古人往事，抒自己怀抱”（袁枚《随园诗话》卷十四），杜牧这首七绝亦是如此。杜牧生活的时代，大唐帝国已积重难返，藩镇割据，党争酷烈，边境的土蕃、回鹘族又常兴兵作乱，国运实已步入黄昏。而杜牧从小即有经世报国之志，尝云：“平生五色线，愿补舜衣裳”（《郡斋独酌》），对唐王朝的国势始终予以深切关注，忧国忧民之情贯穿始终。若明了这些，则此诗之寓意亦已彰明，表面悲慨汉家霸业之消亡，实则寄予了诗人对大唐帝国之忧虑。

【实战训练】

台　城[1]

刘禹锡

台城六代竞豪华，结绮临春事最奢[2]。万户千门成野草，只缘一曲后庭花[3]。

【注释】

[1] 台城：南朝称禁省为台，禁城称台城。本诗是刘禹锡《金陵五题》之一，为作者怀古诗中的重要作品。刘禹锡（772~842），字梦得，贞元九年（793）登进士第，后又登博学宏词科，官至监察御史。参加永贞革新，失败后贬为朗州司马，历连、夔、和三州刺史，后入朝为主客郎中，以太子宾客分司东都，官终检校礼部尚书。刘禹锡诗雄豪苍劲，长于七言律绝，咏史怀古和学习民歌而作的《竹枝词》，很有特色。

[2] 结绮临春：结绮、临春和望仙，是陈后主及张、孔二妃所住的三座

阁，合成“三阁”。

［3］缘：因为。后庭花：即指《玉树后庭花》。

【鉴赏示例】

四时田园杂兴

范成大

采菱辛苦废犁锄[1]，血指流丹鬼质枯[2]。无力买田聊种水[3]，近来湖面亦催租[4]。

【注释】

［1］废：放弃。这句是说，因为干上了采菱这活，故只好不去耕田了。

［2］流丹：指采菱人整天劳作，双手被刺得鲜血淋淋。丹：红色，指血。鬼质枯：枯瘦得像鬼一样，不成人形了。

［3］聊：暂且。种水：指在水中种菱，菱是一种水生植物，故云。

［4］“近来”句：意谓近来官府连湖水也开始收租了。

【鉴赏】

范成大（1126~1193），字致能，号石湖居士，吴郡（今江苏吴县）人。绍兴二十四年（1154）进士，官至中书舍人、参政知事，晚年退职闲居。与陆游、杨万里、尤袤并称为“中兴四大诗人”。诗风清新隽伟，精工稳健。有《石湖集》传世。《四时田园杂兴》是他 57 岁时退职闲居苏州石湖，“野外即事，辄书一绝，终岁得六十篇”。这组诗又析为“春日”、“晚春”、“夏日”、“秋日”、“冬日”五组，各十二首。这里所选之诗，是“夏日田园杂兴”中一首。

首两句，采用白描的手法，极写采菱人的艰辛生活。在南宋的江南水乡泽国，有不少以采菱为生的农民，他们用双手去采摘锋利的菱角，故常被扎得鲜血淋漓；而终日的劳作和困厄的生活，又使他们的身形枯瘦得像鬼一样，简直不成人形。“鬼质枯”，为范成大的自造语，以此来比附采菱人的身形，不仅形象贴切，而且感染力尤深，令人触目惊心！范成大还有《采菱户》一诗，其中有句云：“采菱辛苦似天刑，刺手朱殷鬼质青。”将“采菱”比作“天刑”，足见这种劳作之悲苦。

三、四句，则揭示了采菱人悲苦的根源。原来，这些采菱人之所以“废犁锄”，是因为“无力买田”。在当时，江南的农民负担十分沉重，土地被大量兼并，苛捐杂税压得他们喘不过气来。范成大的《劳畬耕》、《催租行》等诗中就揭示了这一社会问题。然而，官府对于这些“无力买田”的采菱人，不仅不予以同情，反而继续向他们榨取苛捐杂税，封建剥削真是无孔不入。在这里，诗人用语质朴、平实，立意简明深刻，蕴含了他对官府的愤慨，对采菱人的深切同情。

在写法上，此诗亦深得绝句创作之精髓，第三句自然承转上两句，末句又如顺流之舟，水到渠成。这正如元代的杨载说：“绝句之法，要婉曲回环，删芜就简，句绝而意不绝，多以第三句为主，而第四句发之。”（《诗法家数》）

范成大《四时田园杂兴》都是以田园山水为题材，但它却不像陶渊明、孟浩然、王维等人的田园诗那样，只是借田园风物抒写个人闲情逸致，而是能真实地反映农家悲苦的生活、辛勤的劳作和朴质的风俗，这在古诗中是不多见。因此，这组诗也是他成名于诗史的主要原因，钱锺书《宋诗选注》甚至说，这些田园诗是“中国古代田园诗的集大成”。

【实战训练】

绝　　句

吴嘉纪[1]

白头灶户低草房，六月煎盐烈火旁[2]。走出门前炎日里，偷闲一刻是乘凉。

【注释】

[1] 吴嘉纪（1618~1684）字宾贤，号野人，泰州东淘（今江苏东台县）人。早年曾从事过盐场劳动，参加过抗清斗争，后隐居家乡。沈德潜在《国朝诗别裁》中称其诗：“以性情胜，不须典实，而胸无渣滓，故语语真朴，而愈见空灵。”

［2］白头灶户：煎盐老人。煎盐：生产食盐的方法，此指以海水煮盐。

【鉴赏示例】

过百家渡[1]

杨万里

园花落尽路花开，白白红红各自媒[2]。莫问早行奇绝处，四方八面野香来。

【注释】

［1］百家渡：在湖南零陵城西附近的湘江边上。

［2］各自媒：谓野花都似乎在向人们推介自己一样。

【鉴赏】

杨万里（1127～1206），字廷秀，自号诚斋，江西吉水人。绍兴二十四年（1154）进士及第，官漳州、常州知州、秘书少监等职，因得罪权臣韩侂胄而退职。南宋“中兴四大诗人”之一，其诗转益多师，又不落窠臼，能自成一格。严羽《沧浪诗话》即谓之“诚斋体”。这首诗也正形象地表明了“诚斋体”的一个重要特点，即善于捕捉生活中稍纵即逝的景物、动作、心情和感受，于“无诗”处觅得诗味。杨万里曾自述道：“每过午，吏散庭空，即携一便面，步后园，登古城，采撷杞菊，攀翻花竹，万象毕来，献予诗材，盖麾之不去，前者未雠，而后者已迫，涣然未觉作诗之难也。”（《诚斋荆溪集序》）这首诗即堪称代表之作。

此诗作于南宋孝宗隆兴元年（1163），当时杨万里正在湖南零陵任县丞。一个仲春的清晨，园里的花朵都已凋谢，诗人觉得兴味索然，便循着野径出行，只见路边白白红红的野花争奇斗艳，四面八方的花香又扑鼻而来。他陶醉在这样机趣盎然的野花丛中，原先的乏味感已荡然无存。按说，野径四周可入诗之景物还很多，但诗人却集中写野花，决不旁逸斜出，枝枝蔓蔓。而且，他还捕捉到了刹那间最深刻、最单纯的印象——白白红红的颜色、争奇斗艳的姿态以及浓郁扑鼻的香气。并且出之以极浅近、极明白语言，花之色、花之态、花之香，在这短短的二十八字中得到了传神的描绘，真可谓是以简单表现奇绝，读之兴味十足。清人宋荦认为绝句“词简而味长，正难率意措手”。这既是绝句之妙处，亦其创作之难处。杨万里的“诚斋体”，大多能做到这一点。

杨万里深受理学和禅学的影响，这使他常能以平和、超脱的眼光观察周边的事物，亦使其诗常带有“理趣”或“禅味”。此诗虽浅切自然，但仔细思量，又深含理趣。“莫问早行奇绝处”一句，即是他陶醉于野花丛中后所悟出之理：所谓的“机趣”、“兴味”、“诗味”，既不在花园之中，亦不在奇绝险僻之处，它其实就包蕴在最不起眼的寻常事物之中。

【实战训练】

八月十二日夜诚斋望月[1]

杨万里

才近中秋月已清，鸦青幕挂一团冰[2]。忽然觉得今宵月，元不黏天独自行[3]。

【注释】

[1] 诚斋：杨万里的书斋名。

[2] 幕：天幕。

[3] 元：同“原”。黏天：即附着、黏贴在天幕。黏，需要一个可附着的实体。独自行：指不附着在别的实体当中，而是在空无所依的空间中运行。

【鉴赏示例】

宫　女　图

高　启

女奴扶醉踏苍苔[1]，明月西园侍宴回。小犬隔花空吠影，夜深宫禁有谁来？[2]

【注释】

[1] 女奴：指宫人、宫女。扶醉：指喝醉了酒，摇摇晃晃地支持着身体。

[2] “夜深”句：故设疑问，意谓除了宫女之外，还有谁能来呢？

【鉴赏】

高启（1336~1374），字季迪，号槎轩，元末大乱，避难松江青丘，故又自号青丘子。长洲（江苏苏州）人。少即以诗名，与王行、徐贲、张羽等十人并称“北郭十才子”。洪武二年（1369），诏修《元史》，后授户部右侍郎，坚辞不就，归吴中，以授徒为业，又与杨基、张羽、徐贲诗酒唱和，并称为“吴中四杰”。其诗才富健，高逸超拔，为明初诗坛之巨擘，惜殒世过早，未尽展其才。有《高青丘集》传世。这首《宫女图》为一首题画诗。题画之属，虽当围绕画上之内容而作，但作者亦常措意其间，以抒写自家怀抱。此诗即因语含讥讽，竟引得杀身之祸。

诗中写一位宫女西园侍宴后扶醉归来的情景，含蓄地讽刺了宫中帝王荒淫无度的生活。一、二句是叙事，且为倒叙。月影婆娑中，这女子摇摇晃晃地踩着碧绿的苍苔，回到自己的寝宫，写法并不新奇。第三句是写女子的倩影惊动了小犬，隔着花儿汪汪叫个不停。设一“空”字，是为反衬出宫中之静和夜色之深。末句则故作疑问，言外之意是说，在深夜禁卫森严的宫中，除了那些侍奉君王欢乐的宫女之外，还有谁能进出呢？值得注意的是，高启还有一首《画犬》诗云：“猧儿初长尾茸茸，行响金铃西草中。莫向瑶阶吠人影，羊车半夜出深宫。”“羊车”是专指宫闱中所用之车，相传晋武帝因宠妃众多，经常乘车肆意出入她们的寝宫。可见，高启这两首诗，都是讽刺帝王之荒淫。

然两诗所刺之对象，历来又说法不一。据《明史·高启传》记载，因《宫女图》诗“有所讽刺，帝（朱元璋）嗛之未发也……见其作《上梁文》，因发怒，腰斩于市。”而清人吴乔《答万季埜诗问》中说得更详细：“‘小犬隔花空吠影’，意何所指？答曰：‘太祖破陈友谅，贮其妻妾于别室，李善长子弟有窥见者。故诗云然。李、高之得祸，皆以此也。’”若此说可信，则当叹高启之英才早逝，恨朱氏之暴敛天物。当然，此诗祸之真伪，亦有人提出质疑。朱彝尊《静志居诗话》卷三即认为，这两首诗所写“不类明初掖庭事”，而是讽刺元朝末代皇帝顺帝的，而所谓诗祸不过为“好事者因之附会也”。不管如何，明初文祸之酷烈，的确令人惊心，以朱元璋之多疑之生性和此诗之含蓄深婉，后人生发出诗祸之故实，亦在情理之中。

【实战训练】

古　　意[1]

吴伟业

玉颜憔悴几经秋，薄命无言只泪流。手把定情金合子，九原相见尚低头[2]。

【注释】

［1］这是拟古诗的习用之题。吴伟业（1609～1671），字骏公，号梅村，太仓（今江苏太仓县）人。崇祯四年进士，授翰林院编修，历任东宫讲读官、南京国子监司业等。南明弘光朝，任少詹事，与马士英、阮大铖不合，辞官。顺治十一年，被荐应征，为秘书院侍讲，迁国子监祭酒。十三年，丁母忧，不复出。吴伟业诗词兼擅，尤以七言歌行最得时誉，时号“梅村体”。《圆圆曲》为其名篇。

［2］金合子：即金盒子，以坚固而两面相合之物定情。九原：墓地。

第三节　古体诗鉴赏

古体诗有人称其为古风，是唐以来诗人依照晋宋以前诗的样子来写作的诗。晋宋以前的诗，除楚辞体之外，没有很明确的标准。这里有配乐的汉乐府、历代文人对这些乐府的拟作，也有完全没有音乐依傍的案头徒诗，其中还包括古体的绝句。唐以来的诗，要分辨出究竟怎样的叫古体，并非易事，不过，基本方法是有的，这就是“排除法”。因为近体诗的形式规定很明确，凡是不符合近体规则的（包括近体拗律的规则），就应划入古体。

从形式上划分，可参看本书第三章。实际上，粗略地从精神气质上，可以更快地加以判别。如第二节所述，近体诗的特点是“精而微”，古体正好与之相对，陆时雍概括为“雄而浑”并不十分准确。“浑”是对的，古体不注重细节的雕琢，用力处在于全局，它的整体感更突出。“浑”之外，五言古诗还讲究一个“朴”，这也是不重雕琢所产生的美感效果，也是写作时的表达原则。七言古诗才讲究“雄”，放笔骋辞，形成雄浑之美。此外，无论古体，还是七古，都显得极为自由。因为自由，五古就可以表现出这样两种风味：或者形式散漫，絮絮叨叨，如话家常，把精神都隐藏在不经意中；或者自然平淡，在不动声色的言谈中，显出深刻的意蕴。七古可以展示出自由变化、博大雄深的魅力。

根据以上这些不同，古体诗就有了各种形式上的特点，如用韵和对仗的自由灵活、篇幅的大小不一（长者千言万语，短者四句、六句便煞笔）。其中，七古甚至还可杂用长短不等的句子，短的一二字，长的十多字的句子都能容纳（这种句子长短变化较多的，有人也称之为“杂言诗”，但古代各种集子一般都把杂言看做是七言古诗）。

古体诗的鉴赏就应根据上述特点，感受和体会每首诗的具体表现，真正把握诗人的诗心。

【鉴赏示例】

伯兮　（诗经·卫风）

伯兮朅兮，邦之桀兮[1]。伯也执殳，为王前驱[2]。
自伯之东[3]，首如飞蓬。岂无膏沐，谁适为容[4]。
其雨其雨，杲杲出日[5]。愿言思伯，甘心首疾[6]！
焉得谖草，言树之背[7]。愿言思伯，使我心痗[8]！

【注释】

[1] 伯：女子对丈夫的爱称。朅（qiè）：威武雄壮的样子。邦：国。桀：通“杰”，优秀、出众。

[2] 殳（shū）：棍棒状兵器，长一丈二尺，用竹制成。前驱：先锋。

[3] 之东：前往卫国东部，即到东部前线参战。之，往。

[4] 膏沐：润泽头发的油脂类洗护品。谁适为容：意即“为容适谁”，修饰容貌为取悦谁呢？适（dí），取悦。

[5] 其：表示祈求的语助词。杲（gǎo）：会意字，即日从木（扶桑树）

出。杲杲：日出时光芒四射的样子。

［6］愿言：即“愿然”，思念的样子。言，语尾助词。首疾：头痛。

［7］谖（xuān）草：即萱草，俗称忘忧草。言：语助词。背：通“北”，指堂屋的北面。

［8］痗（mèi）：病痛。

【鉴赏】

《诗经》是我国第一部诗歌总集，现存诗歌305篇，分为风、雅、颂三部分，产生于西周初年到春秋中叶的五百年间。《诗经》内容广泛，全面反映了当时的社会生活，表现了人们内心情感世界的各个层面，堪称周代社会历史的形象画卷。以朴素的四言形式为主，采用赋、比、兴的艺术手法，写景抒情具有很强的感染力，对后世诗歌有深远的影响。其中的《国风》以民歌为主，是《诗经》中的精华。本篇作品出自《卫风》，通过主人公的自我倾诉，塑造了一个真挚感人的思妇形象，表现了一位饱尝着夫妻离散相思之苦的卫国女子细腻复杂的内心情感。

本诗分四章（即四段），首章一开头主人公就陷入了深情的回忆，英武超群的丈夫出征时肩上扛着武器担任先锋的形象，又一次呈现在自己的脑海里。她觉得丈夫是国家的栋梁，想到这里，她由衷地感到骄傲与自豪。可是，对于她本人来说，丈夫的出征，却意味着恩爱甜蜜的夫妻生活的中断。劳燕分飞，夫妻离散，这痛苦落在了她柔弱的肩膀上，她必须承担。她怎能不痛苦忧伤呢？第二章就写女子整日懒于梳妆打扮，一任头发如蓬草般在风中乱散。家里的发油，任随它在妆台上蒙尘，漂亮的衣服，无心再穿。懒散、憔悴的仪容，是相思、痛苦心理的反映，也是对爱情信守坚贞的表现。

第三章，主人公进入了更复杂的心理世界。天气干旱，人们急切地盼望下雨，可盼来的却总是天清日朗、阳光明媚。这是自然现象，本与主人公的内心情感无关，但与她日日盼望着丈夫归来，可丈夫却一直没有回来，两者又是多么相似。以自然现象引起诗的主要意思，这在艺术手法上叫“兴”；以自然现象比喻主人公的内心情感，这又是“比”。所以，这两句的用法古人称为“兴而比也”。事与愿违、主观的愿望得不到实现，这是常见的世事，但诗中运用比兴手法，把两者连接起来之后，却强化了希望破灭后极度失望的心情。这一章最细腻、最真实之处更在于，女主人公在饱受相思的煎熬与希望破灭的痛苦之馀，却突然坚定地表示：自己对丈夫的思念是真诚的，不可动摇的，纵然为此头痛，身体不舒服，她也心甘情愿！到这里，女主人公如痴似狂的伤心神态表现得淋漓尽致，产生了很强的艺术感染力。

诗的末章转而表现主人公对相思痛苦的排遣。传说中有一种植物对解除人的忧伤心理很有效，它叫忘忧草。此刻，陷入极度痛苦和忧伤的女主人公，感到自己心病难愈，便自然想到了药物，想到了忘忧草。她在幻想：要是能得到忘忧草，把它种在家里的后庭就好了，内心的痛苦也许就可以缓解了。这一章通过幻想来排遣心中的愁苦，愁苦并没有得到排遣，却以另一种形式展示了女主人公的相思之苦。

这首诗以质朴而明朗的语言，单纯而和谐的韵律，细腻地展示了一位卫国妇女因丈夫远役而产生的痛苦忧伤心理，成为古代思妇诗的样本。

【实战训练】

关雎　（诗经·召南）

关关雎鸠，在河之洲[1]。窈窕淑女，君子好逑[2]。

参差荇菜，左右流之[3]。窈窕淑女，寤寐求之[4]。求之不得，寤寐思服[5]。悠哉悠哉，辗转反侧[6]。

参差荇菜，左右采之。窈窕淑女，琴瑟友之[7]。参差荇菜，左右芼之[8]。窈窕淑女，钟鼓乐之[9]。

【注释】

[1] 关关：拟声词，鸟鸣声。雎（jū）鸠：一名王雎，雌雄有固定配偶。洲：水中陆地，此处指雎鸠栖息之地。

［2］窈窕（yāo tiǎo）：貌美的样子。君子：男子的美称。好逑（qiú）：美好的配偶。

［3］参差（cēn cī）：高低错落的样子。荇（xìng）菜：一种可供食用的水草。左右：指时而向左，时而向右。流：通“摎”（jiū），摘取。

［4］寤寐：寤为醒，寐为睡。

［5］服：思念。寤寐思服：形容日思夜想，难以忘怀。

［6］悠哉悠哉：形容思恋之情绵绵不断。辗转反侧：在床上翻来覆去、无法安睡的样子。

［7］友：亲近。琴瑟友之：此句写男子在想象中，与淑女弹琴击瑟、亲密地相处在一起。

［8］芼（mào）：拔取。钟鼓乐之：指敲钟击鼓以使女子快乐。

【鉴赏示例】

移居（其二）

陶渊明

春秋多佳日，登高赋新诗。过门更相呼，有酒斟酌之。农务各自归，闲暇辄相思。相思则披衣[1]，言笑无厌时。此理将不胜，无为忽去兹[2]。衣食当须纪，力耕不吾欺[3]。

【注释】

［1］披衣：披上衣服，表示出门访友。

［2］此理：这种生活乐趣。将：岂。胜：美妙。无为：不要。忽：轻忽，轻率。去兹：离开这里。

［3］纪：经营。不吾欺：即不欺我。

【鉴赏】

陶渊明（369~427），字元亮，入宋后更名潜，江州柴桑（故址在今九江市西南）人。中国古代最优秀的田园诗人。曾先后任江州祭酒、镇军参军、彭泽令等职，后弃官，归隐家乡田园。义熙四年（408）旧居失火，卜居南村（其地所在说法不一）。《移居》两首就是迁居初作，描写了诗人与邻里和乐相处的赏心乐事，典型地表现了陶诗平淡真淳的风格。

诗以自然简朴的语言、散漫随意的笔调，写出的是一种生活滋味。时节是春秋佳日，来往的是乡村邻里，生活是诗、酒、言笑、力耕。一切都是那么顺心随意，其乐陶陶。这些当然是农村生活的真相，但更是从官场回归田园的人主观的感觉。因为，与纷扰的都市、尔虞我诈的官场相比，乡村田园是那么宁静、安详、温馨，那么适合性情自然真朴的陶渊明。于是，苦雨终风、泥泞水潦、饥寒冻馁等，虽然经常相伴而来，但却并不构成什么问题，在他的田园诗中往往是被过滤掉了。

此时，在风和日丽的春秋佳日，三五邻里相约，登高远眺，即兴抒怀，一边徜徉于山中美丽的景色，一边共赏新作的诗赋。平常在家，也是随便串门，有了好酒，更是招朋引友，各自聚在一起慢慢分享，细细品味。邻人都得务农，但农事之馀，有的是闲暇，他们往往披上一件衣服，互相寻访，说说笑笑，其乐融融。诗人不禁发出一声感叹："此理将不胜!"这样和邻里快乐相处的生活多美啊！所以千万不要轻易放弃它，不要再卷入到红尘纷争中去了。诗的结尾，诗人甚至用议论的笔调写道：农村生活虽然辛劳，需要付出汗水去努力经营，但只要劳动，就会有收获，丰收的果实把握在自己手里。由于道理真切，出自生活实感，因而显得很有味。

总之，全诗语言质朴，感情自然，诗味隽永。

【实战训练】

咏怀诗（其七）

阮　籍[1]

一日复一夕，一夕复一朝。颜色改平常[2]，精神自损消。胸中怀汤火，变化故相招[3]。万事无穷极，知谋苦不饶[4]。但恐须臾间，魂气随风飘[5]。终身履薄冰，谁知我心焦[6]？

【注释】

[1] 阮籍（210~263），字嗣宗，陈留尉氏（今河南尉氏县）人。魏晋之际的名士，与嵇康、刘伶、向秀、山涛等人合称为"竹林七贤"。诗文兼擅，其《咏怀诗》共82首，多表现忧郁苦闷心情，意象玄远，意旨隐晦，开创了

中国诗歌的新境界。

［2］颜色：指容颜。

［3］汤火：热汤与烈火。怀汤火，形容内心躁动不平。变化：指上面所说的“颜色改平常”。

［4］无穷极：纷纭复杂，变幻不定。知：通“智”。饶：多。

［5］须臾间：短时内。魂气：古人认为人之存在除了物质性的形躯之外，还有一种非物质性的东西决定着，这就是“魂”，更根本的是“气”。魂气随风飘，即死亡。

［6］履薄冰：形容谨慎小心、战战兢兢的样子。语出《诗经·小雅·小宛》：“战战兢兢，如履薄冰。”

【鉴赏示例】

新婚别

杜甫

兔丝附蓬麻，引蔓故不长[1]。嫁女与征夫，不如弃路旁。结发为君妻[2]，席不暖君床。暮婚晨告别，无乃太匆忙[3]！君行虽不远，守边赴河阳[4]。妾身未分明，何以拜姑嫜[5]？父母养我时，日夜令我藏。生女有所归，鸡狗亦得将[6]。君今往死地，沉痛迫中肠。誓欲随君去，形势反苍黄[7]。勿为新婚念，努力事戎行[8]。妇人在军中，兵气恐不扬。自嗟贫家女，久致罗襦裳[9]。罗襦不复施，对君洗红妆[10]。仰视百鸟飞，大小必双翔。人事多错迕，与君永相望[11]。

【注释】

［1］兔丝：即菟丝子，是柔弱的蔓生植物，需依附在其他植物枝干上才能向上生长。这里喻指女子。蓬、麻：都是矮小脆弱植物，这里喻指征人。

［2］结发：即结婚。古代男二十岁，女十五岁，始用簪子束发，表示成年，可以结婚。君妻：一作“妻子”。

［3］无乃：岂不是。

［4］赴：一作“戍”。河阳：在今河南孟县西，郭子仪从邺城溃败后，退守于此。

[5] 未分明：按婚礼，新妇在婚后三日，才祭家庙、拜公婆，婚礼才最后结束，妻子的身份才确定。姑嫜：即公婆。

[6] 归：出嫁。将：相随。

[7] 苍黄：匆促，即紧张。

[8] 戎行（háng）：军队。这两句意谓新妇鼓励丈夫努力作战。

[9] 致：备办。襦：短袄。裳：下衣。

[10] 不复施：不再穿。

[11] 错迕（wǔ）：错乱，即难尽人意。望：古有平、去两读，此处读平声，押韵。

【鉴赏】

此诗是杜甫著名的“三吏”、“三别”中的一篇。这两组诗写作的背景是：自乾元元年（758）秋至次年春，唐朝九节度包围了安庆绪据守的邺城，最终却反而溃败，中原形势再次紧张起来。这六首诗写的都是杜甫由洛阳返回华州的路上亲见亲闻的事实。

“黯然销魂者，唯别而已。”更何况刚结婚，就要与丈夫离别！更何况丈夫这次是上战场！诗歌以心理独白的方式，塑造了一个既哀怨沉痛、又深明大义的新妇形象，感情真挚，具有很强的感染力，从中可见杜甫忧国忧民的复杂心情。

诗歌一开头用兔丝、蓬麻起兴，说菟丝子攀附在蓬麻之上，这多不牢靠！这当然是比喻，古代女子的命运不正像菟丝子一样吗？出嫁前依附父母，出嫁后依附丈夫。而嫁给征夫的女子，不正像菟丝子攀附着蓬麻吗？如今，这位新娘悲愤、幽怨地发起牢骚来了：早知如此，还不如当初刚生下来就被父母遗弃的好呢。你看，两人虽然已经成婚，可床还没睡暖呢，丈夫就得匆忙地离去。丈夫虽说走得不远，但毕竟是去河阳前线作战。以后会发生什么事且不说，眼前的她就因为婚礼还未完成，现在连身份都没有确定，这让她如何与公婆相见？

想起未嫁之时，父母百般疼爱。古时俗语说：“嫁鸡与之飞，嫁狗与之走。”（见《埤雅》）没有社会与经济地位的古代女子，命运只能如此。她原先最大的愿望就是嫁上一个好丈夫，她想：万一碰不上很好的人，嫁个平常人也罢，她都会心甘情愿地跟随。可是，如今丈夫要走了，前往的是一个“死地”！万一有个三长两短，将来还能依靠谁呢？想到这里，她怎不柔肠寸断？

怨也罢，愁也罢，分别的时刻已经到了。在诀别之际，诗中的情调突然一转，我们的女主人公强忍眼泪，收拾起百转柔肠，反过来劝丈夫不要缠绵于新婚，好好上前线去奋勇杀敌吧。又告诉丈夫说：本想一同上前线，要死也要死在一起。而转念一想，军中有妇女，据说会影响士气的。自己没法“跟随”呀！鼓励的话刚出口，柔情又生。不过，最后，她终于刚强起来，当着丈夫的面，她脱下了那套花了很长时间置办的美丽嫁衣，洗掉了脸上所有的脂粉。“岂无膏沐，谁适为容？”她告诉丈夫：从今往后，自己会在家静心等待夫君平安归来。

诗末，新妇追随着丈夫，最后喊出：天上的鸟儿都成双成对地飞，我们为什么不能呢？但是，我们虽然不能相守，却会永远相望的。这份情感的联系，将支撑着自己未来的日子。

这首诗新妇形象真实饱满，刻画细腻曲折。诗歌的情感由哀怨缠绵到慷慨激昂，曲折变化，非常感人，不愧是一首优秀的诗作。

【实战训练】

庐山谣寄卢侍御虚舟[1]

李 白

我本楚狂人，凤歌笑孔丘[2]。手持绿玉杖[3]，朝别黄鹤楼。五岳寻仙不辞远，一生好入名山游。庐山秀出南斗傍，屏风九叠云锦张[4]，影落明湖青黛光[5]。金阙前开二峰长，银河倒挂三石梁[6]。香炉瀑布遥相望，回崖沓嶂凌苍苍[7]。翠影红霞映朝日，鸟飞不到吴天长[8]。登高壮观天地间，大江茫茫去不还。黄云万里动风色，白波九道流雪山[9]。好为庐山谣，兴因庐山发。闲窥石镜清我心，谢公行处苍苔没[10]。早服还丹无世情，琴心三叠道初成[11]。遥见仙人彩云里，手把芙蓉朝玉京[12]。先期汗漫九垓上，愿接卢敖游太清[13]。

【注释】

[1] 卢侍御虚舟：卢虚舟，字幼直，范阳人。肃宗时任殿中侍御使，曾与李白同游庐山。

[2] 楚狂人：指春秋时隐士陆通（字接舆）。凤歌：《论语·微子》云："楚狂接舆歌而过孔子，曰：'凤兮，凤兮，何德之衰？往者不可谏，来者犹可追！已而，已而，今之从政者殆而。'"

[3] 绿玉杖：神仙用的手杖，上面镶有绿玉。

[4] 秀出：因秀丽而突出。南斗：二十八宿之一。庐山当南斗的分野，在其西北，故云。屏风九叠：即九叠云屏，亦称屏风叠，在五老峰东北，李白曾在此隐居。云锦张：云霞如锦绣般张开，这是形容屏风叠之美。

[5] 明湖：鄱阳湖。这句说，庐山的倒影在鄱阳湖中是一片青黑色。

[6] 金阙：指石门岩。慧远《庐山记》："西南有石门山，其形似双阙，壁立千馀仞，而瀑布流焉。"二峰：指香炉峰、双剑峰。银河：指瀑布。三石梁：《水经注》卷三九引《寻阳记》云："庐山上有三石梁，长数十丈，广不盈尺，杳然无底。"具体所指，历来众说纷纭。

[7] 回崖：曲折的山崖。沓（tà）嶂：重叠的山峰。

[8] 翠影：指苍翠的山色。吴天：庐山一带三国时属吴，故云。

[9] 黄云：昏暗的云色。九道：历代地理志均有长江流至浔阳（九江）分为九支之说。雪山：长江卷起的白浪。

[10] 谢公：指南朝谢灵运。他曾到庐山，其《入彭蠡湖口》诗有"攀崖照石镜"句。

[11] 还丹：道教丹鼎派术语。葛洪的金丹学说，以丹砂、水银的多次转化为还丹。晚唐以后的内丹学说，则以意念和呼吸为火候，以精气神的凝合体为还丹。无世情：摈弃世俗之情。琴心三叠：道教修炼身心的术语。琴，和也。叠，积也。修炼者心和气静，同时注想上、中、下三丹田，使三丹田合一，称为"琴心三叠"。这是学道初成的境界。

[12] 玉京：道教说元始天尊居住的地方名玉京山。

[13] 先期：预先约好。汗漫：传说中的神仙名。九垓（gāi）九天。卢敖：《淮南子·道应训》云：卢敖周游各地，至蒙榖山，见一形状古怪之士，方迎风而舞，卢敖邀他同游，那人笑着说："吾与汗漫期于九垓之外，吾不可

以久驻。”说完就纵身跳入云中。卢敖为燕人，秦始皇时的博士，这里借指卢虚舟。

【鉴赏示例】

金铜仙人辞汉歌（并序）

李贺

魏明帝青龙元年八月，诏宫官牵车西取汉孝武捧露盘仙人，欲立置前殿[1]。宫官既拆盘，仙人临载乃潸然泪下。唐诸王孙李长吉遂作《金铜仙人辞汉歌》。

茂陵刘郎秋风客[2]，夜闻马嘶晓无迹。画栏桂树悬秋香，三十六宫土花碧[3]。魏官牵车指千里，东关酸风射眸子[4]。空将汉月出宫门，忆君清泪如铅水[5]。衰兰送客咸阳道[6]，天若有情天亦老！携盘独出月荒凉，渭城已远波声小[7]。

【注释】

［1］青龙元年：即公元233年。根据《魏略》记载，拆铜盘事应在青龙五年，此处当是李贺误记。捧露盘仙人：即题中所称金铜仙人。汉武帝曾建神明台，其上用铜铸一仙人，铜仙人手托接露水的盘子，据说所承接的“云表之露”和着玉屑服食，可以长生。

［2］茂陵：汉武帝的寝陵。秋风客：因汉武帝曾赋《秋风辞》，故称。

［3］画栏：代指汉朝宫殿。三十六宫：西汉时长安的三十六所离宫别馆。土花：苔藓。

［4］指千里：即指向洛阳。东关：长安东门。酸风：刺眼的冷风。

［5］将：与。君：指汉武帝。

［6］客：指铜人。咸阳：代指长安。

［7］携盘：铜人携着承露盘。渭城：指长安。

【鉴赏】

李贺（790~816），字长吉，昌谷（今河南宜阳）人，唐皇室远裔。一生仅做过三年从九品上的奉礼郎，潦倒失意，郁郁而终。其诗辞采瑰丽，形象怪特，想象奇幻，诗境冷艳奇诡。这首诗是李贺元和八年（813），因病辞去奉礼郎的职务，离开京城后所作。

借金铜仙人拆离长安的历史故事，抒发了作者去国的悲思。

诗歌可分为三层。第一层写汉武帝的死，及他死后铜人的凄凉。当年赋写《秋风辞》、铸造铜仙人、梦想长生不老的汉武帝，在时间的长河中，也如秋风中的过客，留下的不过是荒芜的陵墓。晚上还能听到他坐骑的嘶叫声，白天却消失得无影无踪。此用夸张的手法，显示世事无常。历史变迁中，长安的三十六所宫殿，桂树虽然依旧花繁叶茂，香气袭人，但到处都是青色的苔藓，满目荒凉。这就是汉武帝死后铜仙人的所处环境，同样也是夸张，并非史实。

诗歌接下来第二层拟写铜人被魏明帝派来的官员强行拆离汉宫、离开长安时的凄凉心境。车马出长安东门时，霜风凄紧，直射眼眸，令人酸痛不已。“酸”既是风酸，又是眼酸，更是心酸。用通感的手法，点染出了金铜仙人离京时的“主观”感受。此时，汉武帝不在了，其他故旧也都早成尘土，它孤零零地被运出长安。陪伴它的，只有天上旧时的明月。这一轮明月，既惯看汉代的繁华，也见证了如今的凄婉。抚今忆昔，就是铁石心肠的金铜仙人，也不免潸然泪下。只是，它流的泪一定如铅水，分量既沉，又呈浓液状态。这句想象奇特，用以形容金铜仙人的悲痛到了极点。

诗歌的最后一层通过兰衰、天老、月荒凉来烘托离愁，又以越来越小的渭城波声来渲染铜人对长安的眷恋和无奈。金铜仙人在离京赴洛途中，送行的只有路边枯败的兰草。兰草的衰败，不是因为秋风的萧杀，而是忧愁让它变成这样的。这里不直言金铜仙人的愁，而以兰草的愁，衬托出金铜仙人的愁。见此情此景，诗人突发奇想，认为就是亘古不变的苍天，如果有感知的话，也要和兰草一样变得衰老啊。不想离去，却不得不离去，带着承接仙露的盘子，望着天空凄凉的月色，听着越来越小的渭河波声，金铜仙人离京城越来越远。

这首诗拟想金铜仙人离京赴洛时依依不舍的心情，非常真切。实际上，是作者当时出京心境的曲折反映。细细品味，还可以隐隐觉出其中的历史兴亡的悲慨，表现的是诗人对逐渐没落的唐王朝的忧思。

全诗以拟人的手法，奇特的幻觉，把金铜仙人与作者融为一体，抒发了凄凉的悲思。其中，“天若有情天亦老”早已成为人们传诵千古的名句。

【实战训练】

明　妃　曲[1]

王安石[2]

明妃初出汉宫时，泪湿春风鬓脚垂[3]。低徊顾影无颜色[4]，尚得君王不自持。归来却怪丹青手，入眼平生未曾有[5]。意态由来画不成，当时枉杀毛延寿[6]。一去心知更不归，可怜着尽汉宫衣。寄声欲问塞南事，只有年年鸿雁飞[7]。家人万里传消息，好在毡城莫相忆[8]。君不见咫尺长门闭阿娇，人生失意无南北[9]。

【注释】

[1] 本诗作于仁宗嘉祐四年（1059），原为二首，欧阳修、司马光等人有和作，这里所选是原作的第一首。明妃：即王昭君，因避晋司马昭讳，而改称，后人沿用。汉元帝时选入后宫，数年不得见帝。汉与匈奴和亲，元帝竟宁元年（前33年），昭君嫁于匈奴。入匈奴后，被封为宁胡阏氏。

[2] 王安石（1021～1068），字介甫，晚号半山，抚州临川（今江西东乡县,原临川辖境）人。神宗熙宁二年（1069）任参知政事，推行变法，后失败,辞相。晚年退居金陵（今南京）。北宋杰出的文学家，唐宋八大家之一。

[3] 春风：杜甫《咏怀古迹》五首中咏昭君一首有“画图省识春风面”之句。此即春风面的省称，喻女子面容之美。

[4] 低徊：低头徘徊。无颜色：面容惨淡，憔悴不堪。

[5] 丹青手：画师。入眼平生未曾有：设拟元帝的口吻，说：昭君之美，为平生所未见。未曾，一作“几曾”。

[6] 意态：神态。“当时”句：《西京杂记》载，元帝宫妃众多，遂命画师画像，召幸宫妃时都要先看她们的画像。王昭君不肯贿赂画师毛延寿，被

画得很丑，因此始终见不到元帝。后来昭君北行之时，元帝才见到了她，知道了上述情况，就杀了毛延寿。此事不载于正史，但为历来文人所乐道。

［7］塞南：此指汉朝、故国。“只有”句：是说入匈奴后的昭君年年只见雁飞，不见家乡的书信。

［8］毡城：指匈奴之地。游牧民族以毡为帐篷（现名蒙古包）。

［9］咫尺：极言其近。长门：汉别宫名。阿娇：汉武帝姑母大长公主之女。武帝小时很爱她，曾说：若得到阿娇，就要筑一金屋将她藏起。后来阿娇虽然做了皇后，却因年久失宠，退居长门宫。无南北：不分是南还是北。这两句是说，失意是没有南北之分的，昭君出塞入北，是失意；阿娇始终在汉宫，也同样失意。

【鉴赏示例】

五月十一日夜且半，梦从大驾亲征，尽复汉唐故地，见城邑人物繁丽，云：西凉府也。喜甚，马上作长句，未终篇而觉，乃足成之[1]

陆　游

天宝胡兵陷两京，北庭安西无汉营[2]。五百年间置不问[3]，圣主下诏初亲征。熊罴百万从銮驾，故地不劳传檄下[4]。筑城绝塞进新图，排仗行宫宣大赦[5]。冈峦极目汉山川，文书初用淳熙年[6]。驾前六军错锦绣[7]，秋风鼓角声满天。苜蓿峰前尽亭障，平安火在交河上[8]。凉州女儿满高楼，梳头已学京都样。

【注释】

［1］大驾：皇帝的车驾，此代指宋孝宗。西凉府：今甘肃武威，宋时被西夏占领。长句：七言诗的别名。

［2］两京：指唐朝东都洛阳和西都长安。北庭、安西：唐朝所设的两个都护府，前者是汉代乌孙国故地，后者是汉代龟兹国故地，地均在今新疆境内。贞元年间，两都护府先后被吐蕃占领。

［3］五百年：本诗作于淳熙七年（1180），上距天宝十四载（755），计426年，举其成数可称五百年。

［4］熊罴（pí）：两种猛兽，此借指武士。銮驾：皇帝的车驾。檄：用于晓谕、征召的政府文告。用檄文宣谕，不须作战，即获得某一地区，称为传檄而下。不劳传檄，是说人民心向朝廷，连传檄也用不着。

［5］绝塞：极远的边塞，此指唐北庭、安西两都护府原来的辖区。排仗：排列仪仗队。

［6］“冈峦”两句：意谓放眼天下，均是汉家山川，为大宋一统。

［7］六军：古制，天子有六军。错锦绣：指衣甲鲜明，错落有致。

［8］苜蓿峰：峰当做“烽”。故址当在于祝（今新疆乌什）境之胡芦河附近。亭障：国境上的碉堡、瞭望哨。亭，一作“停”。平安火：唐制，在边境上每三十里置一烽侯，每夜举烽一炬，作为平安的信号。交河：旧县名，在今新疆吐鲁番西北。唐安西都护府的治所在此。

【鉴赏】

陆游（1125~1210），字务观，号放翁，山阴（今浙江绍兴）人。南宋杰出诗人，与尤袤、杨万里、范成大合称“中兴四大家”。孝宗时赐进士出身，曾任镇江、隆兴、夔州通判，入王炎、范成大幕。官至朝议大夫、礼部郎中。其诗今存近万首，其中七言诸作最为后人推崇。其诗多抒发爱国情感，雄放豪迈，慷慨激昂。

陆游《剑南诗稿》中有不少记梦诗，本篇是其中很出色的篇章。从大的方面看，由于南宋统治集团贪图苟安，无意恢复。陆游则自小即坚决主张抗战，收复失地。他的爱国要求屡屡受到打击，在这种情况下，他收复失地的愿望只有通过诗歌来表达，而他诗中的记梦之作，就是他强烈的报国壮志的曲折反映。就本篇而言，此时距靖康之难已过半个世纪，南宋偏安局面基本稳定，朝廷上下沉迷于江南奢华的声色中。宋孝宗即位后，有志恢复，这使包括陆游在内的主战派看到了一线曙光。此诗的梦境表达的是诗人对民族复兴的急切心情和强烈渴望。

诗歌前半部分向我们展示了皇帝亲征时雄伟壮观的场景。自从唐安史之乱以来，西北地区就被完全从汉民族政权的版图中消失。五百年来，没有哪一朝敢动收复之念，甚至偏于江南一隅的南宋政权建立后，也不能形成同仇敌忾、誓报国仇的气氛，对此陆游始终耿耿于怀。现在朝廷主战的曙光已现，报国心切的诗人在梦中提前出征了：好消息传来，孝宗皇帝下达了亲征的诏令，顿时百万雄狮跟随圣驾，雄赳赳气昂昂地开赴失地，所向披靡。因为是汉唐旧地，原本就是血脉相连，所以当地百姓一听皇帝亲征，纷纷拿起武器拨乱反正，重新纳入到汉民族的版图中。

后半部分则描述了抗战胜利后的欢乐景象。皇帝在行宫中举行了大型的庆典仪式，同时宣布大赦天下的命令。放眼望去，不仅满眼尽是汉家山川，而且文书也开始用宋朝淳熙年号。在军营的雄壮的鼓角声中，六军身着彩色锦服，英姿飒爽地在接受检阅。再看西北各路边防，也都纷纷设置起了的守望亭和堡垒，夜间烽火则向人们传递着平安的信号。祖国统一和平的景象就是如此美好，如此令人心醉。如果说，上面所写是远景镜头的话，诗末两句则突然出现一个特写镜头：凉州地区妇女的梳头样式，都已与京都的时尚合拍。这个微末的细节，又是一幅美好的图景，它正是天下太平、祖国统一的缩影。它反映的是：祖国统一是民心之所向。

整首诗全部笔墨都在记述梦境，但形象真切，情调高亢，反映了诗人强烈的爱国主义热情。

【实战训练】

十月廿夜大风，不寐，起而书怀[1]

龚自珍[2]

西山风伯骄不仁，虓如醉虎驰如轮[3]；排关绝塞忽大至，一夕炭价高千缗[4]。城南有客夜兀兀[5]，不风尚且凄心神。家书前夕至，忆我人海之一鳞[6]。此时慈母拥灯坐，姑倡妇和双劳人[7]。寒鼓四下梦我至，谓我久不同艰辛[8]。书中隐约不尽道，惚恍悬揣如闻呻[9]。我方九流百氏谭宴罢，酒醒炯炯神明真[10]。贵人一夕下飞语，绝似风伯骄无垠[11]。平生进退两颠簸，诘屈内讼知缘因[12]。侧身天地本孤绝，矧乃气悍心肝淳[13]。欹斜谑浪震四座，既此难免群公瞋[14]。名高谤兴作勿自例，愿以自讼上慰平生亲[15]。纵有噫气自填咽，敢学大块舒轮囷[16]？起书此语灯焰死，狸奴瑟缩偎帱茵[17]。安得眼前可归竟归矣，风酥雨腻江南春。

【注释】

［1］指道光二年的十月二十日（1822年11月4日）。当时作者住在北京南郊。

［2］龚自珍（1792~1841），始字爱吾，又字尔玉，复改瑟人，号定庵，晚号羽琌山民。浙江仁和（今杭州）人。中国近代早期的启蒙思想家，杰出的文学家和诗人。

［3］西山：北京西郊群山的总名。风伯：传说中的风神，诗中有象征意义。虓（xiāo）：虎吼声，这里指风声。

［4］排关绝塞：推开关门，穿越边塞，形容风的威猛。缗（mín）：古时穿铜钱的绳子，此为铜钱的量，一缗即一串钱，为一千文。

［5］客：作者自指。兀兀：昏沉的样子。

［6］忆：想念。人海之一鳞：形容自己的孤独与不合时宜。

［7］姑倡妇和：婆媳一问一答。姑，媳妇称婆母。作者母段驯、妻何吉云此时居上海。

［8］寒鼓四下：即四更，泛指后半夜。同艰辛：即同甘苦、共患难。以上五句复述家书的内容。

［9］隐约：指家里的事写得隐隐约约。惚恍：即恍惚。悬揣：猜测，表示牵挂。如闻呻：看着家书，好像看到母亲与妻子因思念而悲愁呻吟的样子。

［10］九流百氏：众多的学者。九流：法、名、墨、儒、道、阴阳、纵横、杂、农。百氏：诸子百家。谭宴：谈天、说笑。炯（jiōng）炯：目光有神的样子。神明真：神志清爽。

［11］飞语：流言蜚语、谣言。骄无垠（yín）：极端骄横。无垠，无边。

［12］诘（jié）屈：曲折。内讼：自省。

［13］侧身：谨慎小心、心存戒惧的样子。孤绝：孤高绝俗。矧(shěn)：况且。气悍：性格耿直。

［14］欹（qī）斜：倾斜。谑（xuè）浪：戏谑放浪。震四座：惊动四座，语本《汉书·陈遵传》。

［15］名高谤兴：声名高了，各种毁谤也随之而来。作，起。自例：自比。自讼：自责。

[16] 噫气：郁塞不平之气。填咽：相当于今人所说的“骨鲠在喉”，为想一言为快的感觉。大块：大地。轮囷（qūn）：屈曲的样子，此指不平之气。《庄子·齐物论》：“夫大块噫气，其名为风。”成玄英疏：“大块之中，噫而出气，乃名此气而为风也。”两句反用《庄子》之意，说：尽管胸中积郁难平，需要释放，但哪敢似大地起风一般尽情舒泄呢？

[17] 狸奴：猫的别名。帱（chóu）茵：床帐、褥子。

第四节　辞赋鉴赏

辞赋是我国古代文学的一种特殊体裁。它兼有韵文与散文之长，既音节浏亮，又汪洋恣肆。其主要特色是不歌而诵，铺采摛文，体物写志。它勃兴于先秦，兴盛于两汉，丰富于魏晋南北朝，延续于唐宋以下。由于来源有别，加上又因时而变，所以形成了众多而复杂的体式。

骚赋，又称辞，由楚歌演变而来，是一种诗体赋式。祖述于屈原《离骚》、《招魂》，宋玉《九辩》，汉时有贾谊《吊屈原赋》、淮南小山《招隐士》、刘向《九叹》等，后世变化较少。

逞辞大赋，滥觞于屈原《卜居》、《远游》，宋玉《风赋》、《钓赋》，又受策士说辞的影响，形式上以主客问答为骨架，铺陈名物，排比辞藻，体制庞大。汉时枚乘《七发》、司马相如《子虚赋》、《上林赋》，扬雄《羽猎赋》、《河东赋》，班固《两都赋》，张衡《二京赋》，西晋左思《三都赋》，都是其代表。后世每当歌颂国势、润色鸿业时人们多取用这种体式。

东汉中后期，由散体大赋演变出一种抒情小赋。它变体物为写志，由逞辞夸饰转为直抒胸臆，如张衡《归田赋》，赵壹《刺世疾邪赋》等，均属此类，已向诗体赋接近。

骈赋，或称俳赋，孕育于汉而大盛于魏晋南北朝。其句式齐整，多对称排偶，渐变以四六字句为主。鲍照《芜城赋》，江淹《恨赋》、《别赋》，庾信《哀江南赋》、《小园赋》，均为典范之作。

律赋，在骈赋基础上形成，与唐代科举考试诗赋的制度相关联。篇幅短小，开头有破题，限字为韵，至晚唐限用八韵。此体延绵及宋，对后世八股文影响颇巨。如王起《延陵季子挂剑赋》、李程《日五色赋》、元稹《观兵部马射赋》、白居易《荷珠赋》、贾悚《太阿如秋水赋》等，皆有可观之处。

新文赋，这是伴随唐代古文运动而产生的一种赋体，风格与唐宋古文相似，成为“押韵之文”。如韩愈《吊田横墓文》，杜牧《阿房宫赋》，欧阳修《秋声赋》，苏轼的前、后《赤壁赋》，均为佳构。

此外还有一种俗赋，即用近似于白话的通俗语言而写成的赋。其体始于汉王褒的《僮约》。清末从敦煌石室发现几篇唐代俗赋，如《晏子赋》、《韩朋赋》、《燕子赋》等，或从故事而推衍，或似寓言而铺陈，语言通俗，活泼生动，唐以后此体式微，尚未发现有作品流传。

【鉴赏示例】

归　田　赋

张　衡

游都邑以永久，无明略以佐时[1]；徒临川以羡鱼，俟河清乎未期[2]。感蔡子之慷慨，从唐生以决疑[3]；谅天道之微昧，追渔父以同嬉[4]。超埃尘以遐逝，与世事乎长辞。

于是仲春令月，时和气清，原隰郁茂，百草滋荣。王雎鼓翼，仓庚哀鸣，交颈颉颃，关关嘤嘤[5]。于焉逍遥，聊以娱情。

尔乃龙吟方泽，虎啸山丘。仰飞纤缴，俯钓长流[6]。触矢而毙，贪饵吞钩。落云间之逸禽，悬渊沉之魦鰡[7]。

于时曜灵俄景，继以望舒，极般游之至乐，虽日夕而忘劬[8]。感老氏之遗诫，将回驾乎蓬庐[9]。弹五弦之妙指，咏周、孔之图书[10]。挥翰墨以奋藻，陈三皇之轨模。苟纵心于物外，安知荣辱之所如！[11]

【注释】

［1］都邑：指东汉京都洛阳。明略：明智的谋略。佐时：辅佐时君。

［2］临川以羡鱼：出自《淮南子·说林训》："临河而羡鱼，不如归家织网。"河清乎未期：见于《左传》襄公八年引周佚诗："俟河之清，人寿几何。"相传黄河千年才清一次，古人以河清比喻政治清明。

［3］蔡子：蔡泽。唐生：唐举。据《史记·蔡泽传》载，战国时燕人蔡泽，曾游历列国、干谒诸侯，却无人赏识，后请魏人唐举相面。唐举说，圣人是不相面的。蔡泽说，富贵靠我自己去努力争取，我所不知道的是还有多少年寿，是否来得及。唐举告诉他还有四十馀年。于是蔡泽发愤入秦游说昭王，终于代范雎为秦相。

［4］谅：即信、诚，实在。微昧：幽暗。渔父：古时隐居者的代名词。

［5］王雎：即雎鸠鸟。仓庚：即黄莺。颉（xié）颃（háng）：飞而上者为颉，飞而下者为颃。

［6］仰飞纤缴：用箭仰射高飞的鸟。缴（zhuó）：生丝缕，系在箭的尾部，用以弋射禽鸟。

［7］悬：此处指鱼在深渊被钓起。鲨（shā）、鰡（liú）：皆鱼名。

［8］曜灵：即太阳。俄：倾斜。景：同"影"，即日光。望舒：神话中是月亮驾车之神，这里代指月亮。般游：即周游。劬：辛劳。

［9］老氏之遗诫：即老子遗留下的训示，这里指《道德经》第十二章"驰骋畋猎，令人心狂"，意谓过分游乐会惑乱人的心性。

［10］五弦：指五弦琴，相传为舜所制。指：通"旨"，意趣。据《孔子家语》记载，舜弹五弦琴，歌《南风诗》，其辞有"南风之薰兮，可以解吾民之愠兮"，这里即取"南风解愠"之意，谓从纷杂的世事困扰中得以解脱。周孔：指周公、孔子。

［11］物外：世俗之外。如：往，引申为"归"。

【鉴赏】

张衡（公元78～139），字平子，南阳西鄂县（今河南南阳市北）人，家为著姓。张衡年少时便善属文章，曾任南阳主簿、太史令、侍中、河间相等职。他是世所公认的汉代的伟大的科学家，又是一位著名的史学家。他考察出《史记》、《汉书》有多处记事与典籍不符以及体例不当处；他多次要求到东观去撰写和补缀

《汉记》，但终因顺帝不准未如愿。他又是一位杰出的艺术家，尤其精于绘画，是东汉六大画家之一，相传曾用脚画潭中怪兽（唐朝张彦远《历代名画记》）。他更是一位颇有成就的文学家。据历代史志记载，其著作颇为丰富，却只有一小部分流传至今，所作以《二京赋》、《南都赋》、《思玄赋》、《归田赋》、《四愁赋》、《同声歌》等较为著名，明代张溥辑有《张河间集》。

《归田赋》收录于《昭明文选》，关于它的写作时间与动机，据唐代李善的注释是："张衡仕不得志，欲归于田，因作此赋。"考察《后汉书·张衡传》，张衡并没有归田隐居的经历。顺帝时，阉竖擅权，豪右骄横，张衡很难有所作为，因而"思图身后之事"，产生了辞官归隐而远祸全身之念，《归田赋》大约也写于此时。以《归田》名赋，不过是失意抒愤，借物写怀，表达了对黑暗现实的批判，抒写了作者对理想政治的追求和壮志难酬的苦闷，同时也表达了不愿同流合污的高洁品质和归返田园从事著述的愿望。

《归田赋》在结构上大致分为四部分：自开头至"与世事乎长辞"为第一部分，总写归隐田园的原因。"游都邑以永久，无明略以佐时"，说自己虽然长久游宦于京都，却没有高明的谋略去辅佐时君。出仕本为辅君，现却"无明略"，不堪胜任，这看起来是自谦自嘲之词，实则是反语，含有强烈的讥刺意味和隐含着一声无可奈何的叹息。据史书记载，张衡对名利非常淡薄，曾多次拒绝公府征召。直到永初五年（111），安帝"雅闻衡善术学"，用公车专门征召，张衡才应召入朝为郎中，后为太史令。于此可见，张衡本无意于仕进。然而一旦出山，他就尽力而为。他非常关心国事，希望朝廷整顿吏治，简选人材，推行礼制，抑制奢僭。但当时已"权移于下"，其主张难以实现，因而自嘲自叹。接着笔锋一转，冲出一股强烈的愤懑不平之气："徒临川以羡鱼，俟河清乎未期。"这里采用反讽手法，表达对时政的不满。古人认为黄河水清是政治清明的标志，有"圣人出，黄河清"的说法。现实却是统治者貌似有求贤之心，却没有礼贤之实，贤者自然不会到来。作者深感人命危浅，要等到政治清明、执政者真能礼贤之时恐难预期，故此慨叹自己生不逢世，怀才难遇。“感蔡子之慷慨，从唐生以决疑”，是借蔡泽失意之事来抒发自己壮志难酬的苦闷。这里是说自己现在的处境虽与当年未入秦的蔡泽一样，想用自己的才学效世但却不被君王赏识。蔡泽从唐生决疑后终于有所建树，而自己却仍是穷途失路，难以实现理想和抱负；思想及此，心中不由得郁闷万分。“谅天道之微昧，追渔父以同嬉”，由于天道实在幽暗，透不出一线的光明，因而作者表示要以渔父为榜样，“超埃尘以遐逝，与世事乎长辞”，即超越纷浊的社会现实，远离尘俗而隐居，这实际上是对现实的否定与批判。

接着，作者从三个方面设想和描绘了归隐生活的乐趣。从“于是仲春令月”至“聊以娱情”，描写的是在明丽春景中的逍遥游赏之乐；从“尔乃龙吟方泽”至“悬渊沉之魦鰡”，表达的是返归自然后的吟啸弋钓之乐；从“于时曜灵俄景”至最后，抒发的是追慕古圣贤，寄情于琴书、文章之乐。三者虽各有侧重，但却有明显的时空联系，而且都被一种厌弃现实、向往田园的感情统摄着，形成一个抒怀性整体。

这篇赋在写作上也很有特色。作者先是选取了一年四季中最富生机的春景来描写，而且抓住春景中极具特征的典型物象——气候清平、草木繁茂、百鸟和鸣，精心构织成一幅清新秀媚的风光图画，以与世俗社会的纷乱污浊相对照，使人倍觉田园生活的美好，从而引发欣然游观的情致。

接着，从空间上紧承上文的“逍遥娱情”，先用“龙吟方泽，虎啸山林”作一比喻性点染，再选用弋猎与垂钓两件典型的山泽生活情事进行铺陈，突出地表现了作者超脱世俗约束、追求悠游自得的个性自由的情趣，这与尘世之人受羁绊于名利场，甚至压抑个性的发展形成一个鲜明的对照。

然后，再从时间上承接上文。“曜灵俄景，继以望舒”，指夕阳西下星月将出之时。“极般（盘）游之至乐，虽日夕而忘劬。感老氏之遗诫，将回驾兮蓬庐”。作者悠游整日，乐不可支，忽感念于老子遗训，感到过分游乐会惑乱人的心性，消磨人的意志。因而驾车回返家中，转而寄情翰墨琴书，以抒发人生旨趣：“弹五弦之妙指，咏周、孔之图书。挥翰墨以奋藻，陈三皇之轨模”。三皇五帝，周公、孔子，都是儒家最为推崇的圣人。儒家讲究进德修业、修身齐家治国平天下，“达则兼济天下，穷则独善其身。”作者表示要以这些圣哲为楷模，与时进退，立志著述，宣扬古先王的遗法。其情志之闲逸高雅，态度之从容自然，与世俗之汲汲于荣禄的追求以致明争暗斗、尔虞我诈又形成鲜明对照。通过上述三方面的铺陈，充分体现了作者高洁的人格、对归隐生活的热烈向往和对现实生活的断然否定。最后两句是总结之语：“苟纵心于物外，安知荣辱之所如。”意谓“姑且放任自己的心性于世俗之外吧，何必去考虑荣辱誉毁之所归呢”。这既是苦于时政日非，自己却无力改变现状的自我宽解之辞；又表现了作者超尘绝俗，不以个人的荣辱得失为念的思想情怀；同时也隐含着对现实的批判。

《归田赋》是现存东汉第一篇以田园生活为题材、专抒作家个人情怀的完整的抒情小赋。它在体制和艺术上都有独创，对以后诗赋的发展都有深远的影响。

首先，它改变了汉大赋体制上的定格。在赋前，没有散文化的“述主客以首引”的序文，而是开门见山，直接揭示主题。赋后，没有“乱以理篇”的结尾，而是意尽便止，毫不拖沓。语言清畅明快，没有奢华虚浮之病；篇幅短小却情意尽宜。

其次，它改变了汉大赋以“体物”为主的写法而重在抒情。虽然，它仍采用了大赋铺排的手法，但却并不那么宏衍夸饰、巨细靡遗，而代之以清丽精练的文句、鲜明典型的物象来抒发深隐真挚的胸襟。它也有大段的景物描写，但不像大赋那样景情分离，“逸词过壮”，“假象过大”，而能做到寓情于景，即景抒情，借助想象创造出一个完整优美的意境。例如那段为人所津津乐道的妙文佳作："仲春令月，时和气清；原隰郁茂，百草滋荣；王雎鼓翼，仓庚哀鸣；交颈颉颃，关关嘤嘤，于焉逍遥，聊以娱情。"作者以诗人的敏锐和画家的感觉，只淡淡几笔便勾勒出一幅清闲素雅的山水画图，那花草、树木、鸟儿，无不显现出旺盛的生命力；尤其那鸟儿，上下翻飞，交颈和鸣，无所拘束，逍遥自在，更映衬出山野的宁谧。耽于此境，怎不令人心旷神怡宠辱皆忘呢？作者对归田生活的殷切向往之情就这样在写景之中自然地透出，而且带有理想主义色彩，充溢着浪漫情调。

再次，在语言艺术上，《归田赋》是通篇骈俪。其句式整饬平齐，而且多用四字与六字句式，其中四字句主要用于写景，六字句则用来叙事写情，具有一种形式美。其对仗精丽工稳，而且上下联非常协调，如："龙吟方泽，虎啸山丘"，"仰飞纤缴，俯钓长流"；如"落云间之逸禽，悬渊沈之魦鰡"，"弹五弦之妙指，咏周、孔之图书"，语调音节抑扬顿挫，具有一种音乐美。须知当时音韵之学还未兴起，张衡却能根据自己的创作经验进行调节配置，于此也可见其独到的艺术匠心。

总之，《归田赋》突破了汉大赋的讽颂传统和功利性目的的樊篱，冲决了宫苑、车马、田猎、游观等传统题材的牢笼，开始把眼光折向山野田园以表现人的主题，表现对时世、人事、苦乐、生死的咏叹，给僵化的汉代文坛吹进了一股清闲平畅之风。从此以后，抒情小赋便蔚然而兴了。因此可以说，《归田赋》不仅是汉魏六朝抒情小赋的先声，也是田园文学的开山之作。

【鉴赏示例】

别　赋

江　淹

黯然销魂者，唯别而已矣[1]！况秦吴兮绝国，复燕宋兮千里。或春苔兮始生，乍秋风兮暂起。是以行子肠断，百感凄恻。风萧萧而异响，云漫漫而奇色。舟凝滞于水滨，车逶迟于山侧，棹容与而讵前，马寒鸣而不息。掩金觞而谁御，横玉柱而沾轼[2]。居人愁卧，怳若有亡。日下壁而沈彩，月上轩而飞光。见红兰之受露，望青楸之离霜。巡曾楹而空掩，抚锦幕而虚凉。知离梦之踯躅，意别魂之飞扬。

故别虽一绪，事乃万族：

至若龙马银鞍，朱轩绣轴，帐饮东都，送客金谷[3]。琴羽张兮箫鼓陈，燕赵歌兮伤美人。珠与玉兮艳暮秋，罗与绮兮娇上春。惊驷马之仰秣，耸渊鱼之赤鳞[4]。造分手而衔涕，感寂寞而伤神。

乃有剑客惭恩，少年报士，韩国赵厕，吴宫燕市[5]。割慈忍爱，离邦去里，沥泣共诀，抆血相视。驱征马而不顾，见行尘之时起。方衔感于一剑，非买价于泉里。金石震而色变，骨肉悲而心死[6]。

或乃边郡未和，负羽从军。辽水无极，雁山参云。闺中风暖，陌上草薰。日出天而耀景，露下地而腾文。镜朱尘之照烂，袭青气之烟煴。攀桃李兮不忍别，送爱子兮沾罗裙。

至如一赴绝国，讵相见期。视乔木兮故里，决北梁兮永辞。左右兮魂动，亲宾兮泪滋。可班荆兮赠恨，惟樽酒兮叙悲[7]。值秋雁兮飞日，当白露兮下时。怨复怨兮远山曲，去复去兮长河湄。

又若君居淄右，妾家河阳。同琼佩之晨照，共金炉之夕香。君结绶兮千里，惜瑶草之徒芳。惭幽闺之琴瑟，晦高台之流黄。春宫闷此青苔色，秋帐含兹明月光。夏簟清兮昼不暮，冬釭凝兮夜何长！织锦曲兮泣已尽，回文诗兮影独伤[8]。

傥有华阴上士，服食还山[9]。术既妙而犹学，道已寂而未传。守丹灶而不顾，炼金鼎而方坚。驾鹤上汉，骖鸾腾天。暂游万里，少别千年。惟世间兮重别，谢主人兮依然[10]。

下有芍药之诗，佳人之歌[11]。桑中卫女，上宫陈娥[12]。春草碧色，春水渌波，送君南浦，伤如之何[13]！至乃秋露如珠，秋月如珪，明月白露，光阴往来。与子之别，思心徘徊。

是以别方不定，别理千名；有别必怨，有怨必盈；使人意夺神骇，心折骨惊。虽渊、云之墨妙，严、乐之笔精[14]，金闺之诸彦，兰台之群英[15]，赋有凌云之称，辩有雕龙之声[16]，谁能摹暂离之状，写永诀之情者乎！

【注释】

[1] 黯然：心神沮丧的样子。销魂：犹言丧魂。

[2] 掩：覆、盖。觞：酒杯。御：进。横：横放，搁置。玉柱：柱本琴瑟上用以系弦之木，这里借以代指琴瑟之类乐器。沾轼：眼泪洒落在车轼上。

[3] 帐饮东都：是说西汉的疏广、疏受告老还乡时，公卿大夫耆老故旧数百人在长安东都门外为其饯行，事见《汉书·疏广传》。送客金谷：是写晋代的石崇将出外做官时，大家聚集在其别墅金谷园中把酒送行，事见《晋书·石苞传》。

[4] 此二句本于《荀子·劝学》："昔者瓠巴鼓瑟而沉鱼出听，伯牙鼓琴而六马仰秣。"

[5] 韩国赵厕，吴宫燕市：是四个典故的连用。韩国，指战国时聂政替严仲子报仇，刺死韩国宰相侠累后又自尽之事。赵厕，指战国初豫让因自己主人智伯被赵襄子所灭，为了报仇，便埋伏在厕所里，想行刺赵襄子一事。吴宫，指春秋时专诸替吴公子光刺杀吴王僚一事，他把短剑藏在鱼腹里，乘献食之时终将吴王刺死。燕市，指荆轲与好友高渐离之事，他们常在燕国的街市上饮酒高歌。后来荆轲替燕太子丹谋刺秦王不成被害，而高渐离为替荆轲报仇又奋不顾身地谋刺秦王。以上均见《史记·刺客列传》。

[6] 金石震而色变：金石指钟、磬一类乐器。据《史记·刺客列传》记载，荆轲见秦王时，秦王使卫士持戟夹陛而立，既而钟鼓并发。荆轲面不改色，其副手秦舞阳却面如死灰。骨肉悲而心死：史载聂政既刺杀侠累，即自破面决眼剖腹而死。其姐聂嫈悲痛弟身死而名不扬，故前往认尸并随即自杀。

[7] 班荆：据《左传》襄公二十六年记载，楚人伍举与朋友声子在郑国郊外相遇，折荆铺地而同坐共食，并谈心话别，后世便因循而成"班荆道故"的成语，意为匆匆话别。樽酒兮叙悲：《文选》题苏子卿（武）《诗四首》有"我有一樽酒，欲以赠远人。愿子留斟酌，叙此平生亲"之句。

[8] 织绵曲、回文诗：传说前秦苻坚时，窦滔在外悦慕宠姬而冷落了妻

子苏蕙。苏蕙知道后便织了一匹锦送给窦滔，锦上织以回文诗，倾诉自己的思念与爱情，使窦滔深为感动，事见《晋书·列女传》。

［9］华阴上士：据《列仙传》说，魏人修芊在华阴山下石室中得道成仙。上士，指得道之人。

［10］“惟世间兮重别”二句：据《列仙传》载，周灵王太子王子晋吹笙作凤鸣，游于伊、洛间，被道士浮丘公接上嵩高山。三十多年后，遇见故人，相约七月七日与家人在缑氏山头见面。到期他果然乘鹤而至，举手与世人告别。

［11］芍药之诗：《诗经·郑风·溱洧》云：“维士与女，伊其相谑，赠之以芍药。”芍药，象征着男女双方的爱情。佳人之歌：即《汉书》所载汉武帝时李延年歌“北方有佳人，绝世而独立”，此指男女间的恋歌。

［12］桑中卫女，上宫陈娥：《诗经·鄘风·桑中》：“期我乎桑中，要我乎上宫，送我乎淇之上矣。”桑中，卫国地名，上宫，陈国地名；两地都是男女双方约会的所在。卫女、陈娥，泛指谈恋爱的少女。

［13］南浦：《楚辞·九歌·河伯》有“子交手兮东行，送美人兮南浦”，后因以南浦指代男女送别之地。

［14］渊：西汉王褒，字子渊；云：西汉扬雄，字子云；二人均为辞赋名家。严：严安；乐：徐乐；二人是汉武帝时的文章名士。

［15］金闺：长安金马门，汉时为著作之庭，文人常于此待诏。兰台：东汉宫中藏书之地。彦：美士。

［16］凌云：《史记·司马相如传》说，相如奏《大人赋》，汉武帝大悦，“飘飘然有凌云之气，似游天地之间”。雕龙：比喻文词美妙，好像雕镂龙文；战国时齐人称颂文采华美的驺奭为“雕龙奭”。

【鉴赏】

江淹（444~505），字文通，济阳考城（今河南兰考）人。历仕宋、齐、梁三朝，入梁官至金紫光禄大夫。江淹是南朝著名文学家，诗赋兼擅，《别赋》与《恨赋》是其代表作，为传颂千古的抒情名篇。《别赋》并非抒发一己之离情别绪，而是对人间种种别离作了类型化的处理，通过不同场面的描述和不同氛围的渲染，分别刻画出各自不同的心理状态和情感特征。

从结构上看，《别赋》采取由总到分的方式。第一段泛写别离的痛苦，是总述。首两句开宗明义，直截了当地指出：人世间最能使人悲痛伤心的事，莫过于离别。这两句又起到了领起全篇的作用。紧接着“况秦吴兮绝国”四句，突出地强调了不同地点和不同季节的别离。下面即从别离双方来分写。先写远行游子的断肠之苦：由于离别，倍觉哀伤，连风声、云彩都异乎寻常，车马舟楫都徘徊不前，喝酒奏琴都难以排解；只任别离的伤心泪水流淌不息。再写留处家中者的离愁别恨：日月交替时光飞逝，花草树木都遭受霜露的侵袭，空房独守无人相伴，只能手抚锦帐徒自悲凉。这两层写得情真意切，细腻感人，读后不禁使人潸然泪下。

然后以“故别虽一绪，事乃万族”九字来作一承转，既对上文进行概括，又开启下文。接下来便分别描述了七种不同的离别情况。

第一种写达官贵人的别离，而用疏广、石崇之事来指明。赋中主要是通过描写音乐的美妙、歌女的娇艳和歌喉的婉转，显出贵族别离场景的豪侈奢华。“惊驷马之仰秣，耸渊鱼之赤鳞”，极写送别时音乐的悲伤感人。最后两句写分手之时，眼眶溢满了泪水；想到别离后的寂寞，更增添了内心的痛苦。

第二种写游侠剑客的别离，而借古代著名的刺客的故事来点明。这些仗剑任侠之士，诀别亲人，背井离乡，义无反顾地踏上征途。“方衔感于一剑，非买价于泉里”，他们并不是要以一死来换取虚名，只是为报主人的知遇之恩而不惜以身相许，从而高度张扬了“士为知己者死”的侠义精神。“金石震而色变，骨肉悲而心死”，则进一步渲染出义士侠客死别的悲壮可以惊天地而泣鬼神。

第三种写戍边壮士的离别。当“边郡未和”之时，壮士们便“负羽从军”，前往荒凉无际的辽水雁山等边塞之地。“闺中风暖”以下六句写出征时家乡的景色：春风和煦，吹拂过深院，田野阡陌，充满着草香；春光明媚，光彩夺目，露珠闪耀，色彩美丽；春气氤氲，桃李芬芳。家乡这温暖明丽的春色，使即将前往的边塞地区更显得萧瑟凄凉，以致送子从军的母亲们不禁泪下沾裙。这段主要是采用以乐景写哀情的手法，来反衬从军离别的凄苦。

第四种写远赴绝国者之别。开始几句，点明这种别离是一种“无期之别”，甚至是“永诀之别”，今后与之相伴的将是无尽的乡关之思和故土之念。所以临行前游子心魄震动，送别的亲朋也泪满襟怀。“可班荆兮赠恨，惟樽酒兮叙悲”，这里借用了古代话别的故事，说明即便在他乡偶遇故人，也只有借酒来消解离愁的无可奈何，叙说心里的悲哀痛苦。然而在这匆匆话别之时却又正值秋雁南飞、白露为霜的寒凝时节，前路漫漫，怅恨萦绕，更使人增添了几分愁情。

第五种写夫妇之别。开头点明两人所居住的地点：“君居淄右，妾家河阳”。接着以“同琼佩之晨照，共今炉之夕香”，追述在一起共同生活的情景。“君结绶兮千里”以下侧重写闺中思妇的寂寞孤独和无穷尽的企盼。丈夫游宦远方，女子独守空房，面对芳草，无心游赏；面对琴瑟，无心弹奏；连高台上的黄锦帷幕，也失去了光彩。“春宫闷此青苔色”等四句，分别写春、夏、秋、冬四季独自在家的惆怅落寞与时光难捱。然后借苏蕙织回文诗的故事来表达女子思夫情感之殷切与盼归之急迫；似乎还杂有对丈夫长年在外，“浮云蔽白日，游子不顾反”的无可奈何之叹息。

第六种写服食求仙者与世间之别。那些有志于方外的上士们，通过服食仙丹修道炼身，告别了对人世的眷恋；既而成仙飞升，摆脱了人间的羁绊。随便一游便可飞行万里，天上少别人世间已是千年。他们是如此的超俗绝尘、逍遥自在。但是，难道他们真的没有离别之情吗？“惟世间兮重别，谢主人兮依然”。你看那王子晋，得道成仙后也仍然免不了要与家人相辞别。这说明那依依不舍、难分难解的离别之情并非只有世俗之人才十分看重，即便是对坚定的弃世求仙者来说也是概莫能外的。

第七种写情侣恋人之别。这段描写几乎完全是采用民歌抒情独白的形式，以春情秋思为依托。芍药之诗，佳人之歌，表达了少男少女对爱情的向往和眷恋；桑间、濮上，记录了情人幽会的欢乐。

这里采用《诗经》中的爱情篇章来写恋人间的离情别思。“春草碧色”四句，是写春日水边话别。“秋露如珠”六句，写别后秋夜相思。情借景出，缠绵悱恻。无论春秋，恋人间的离情别思都叫人心碎肠断，悲痛不已。

最后一段是总结。“别方不定，别理千名”，尽管别离的情形并不一样，别离的原因也各不相同；但“有别必怨，有怨必盈”，其悲苦忧伤都能使人“意夺神骇，心折骨惊”，即伤心动魄，深入骨髓。“虽渊、云”以下八句，作者在此不惜花费大量笔墨来描述了古代许多声誉卓著的文章家，其目的在于说明：即使才华横溢的大才名家也难将人世间的离情别绪之种种情状完全地摹写和表达出来；其言外之意是，别离的情状之广泛，其痛苦之深沉，不是笔墨文词所能叙写与形容的。

江淹的《别赋》，是抒情小赋中的一大创格。其最大的特点在于它选材的独特和构思的巧妙。它把人生最普通的情感之一的离别之情，作为本文的描写对象，并巧妙的加以归类分述。并且每一类中并不是泛泛而谈，而是突出描写某一些极具特点的典型事例与典型场景：如富贵者之别的珠光宝气，侠客死诀的悲壮慷慨，从军之别的环境对比，夫妻之别的侧重写闺妇的寂寞幽思等，无一不写出了离情别意的独特性。同时，又用离愁别绪这一情感线索贯穿始终，使整篇文章博大而不杂乱，具体而不空泛，结构严谨，脉络清晰，显示出作者高超的艺术匠心。

《别赋》的另一特色是感情真挚，描写细腻。作者把自己的全部情感都倾注到各种离情别绪之中，每字每句都浸透着作者的真情实感。譬如“知离梦之踯躅，意别魂之飞扬”、“怨复怨兮远山曲，去复去兮长河湄”、“春草碧色，春水渌波，送君南浦，伤如之何”等，都充满了作者诚挚真切的情感，读之使人回肠荡气，扼腕长叹。《别赋》之所以能成为千古名篇，这恐怕是一个重要原因。描写细腻的典型例子如“露下地而腾文，镜朱尘之照烂”，作者通过对细小的露珠和灰尘的描摹，实际写出了不同物体在光照下的斑斓色彩，真是细致到了极点。写景如此，抒情也是这样，无论哪种别离，都写得细致而委婉。

还有一点必须提及，那就是典故的大量运用。这篇赋的语言比较接近骈文，而用典是骈文的特点之一。可以说，几乎在每一段落中都包含古代的故事和古诗的意境。这样做，不但使语言精练、表达含蓄，同时也扩展了词语的内涵。此外，句式的平齐工整，辞藻的色彩绚丽，语言的生动丰富，都对以后的骈体赋产生了深刻的影响。

【鉴赏示例】

后赤壁赋

苏　轼

是岁十月之望，步自雪堂，将归于临皋[1]。二客从予过黄泥之坂。霜露既降，木叶尽脱。人影在地，仰见明月，顾而乐之，行歌相答。已而叹曰："有客无酒，有酒无肴，月白风清，如此良夜何?"客曰："今者薄暮，举网得鱼，巨口细鳞，状似松江之鲈。顾安所得酒乎?"归而谋诸妇。妇曰："我有斗酒，藏之久矣，以待子不时之须。"

于是携酒与鱼，复游于赤壁之下。江流有声，断岸千尺，山高月小，水落石出[2]。曾日月之几何，而江山不可复识矣!

予乃摄衣而上，履巉岩，披蒙茸，踞虎豹，登虬龙[3]；攀栖鹘之危巢，俯冯夷之幽宫[4]。盖二客不能从焉。划然长啸，草木震动，山鸣谷应，风起水涌。予亦悄然而悲，肃然而恐，凛乎其不可留也。反而登舟，放乎中流，听其所止而休焉。

时夜将半，四顾寂寥。适有孤鹤，横江东来。翅如车轮，玄裳缟衣[5]，戛然长鸣，掠予舟而西也。

须臾客去，予亦就睡。梦一道士，羽衣翩跹[6]，过临皋之下，揖予而言曰："赤壁之游乐乎?"问其姓名，俯而不答。

呜呼噫嘻，我知之矣！“畴昔之夜，飞鸣而过我者，非子也耶？”道士顾笑，予亦惊悟。开户视之，不见其处。

【注释】

［1］是岁：承《前赤壁赋》而言，指宋神宗元丰五年（1082）。十月之望：十月十五日。雪堂：苏轼在东坡建筑的住所，在黄冈县东。临皋：即临皋亭，在黄冈县南长江边，时苏轼寓居于此。

［2］水落石出：语出欧阳修《醉翁亭记》：“风霜高洁，水落而石出者。”

［3］摄衣：撩起衣袍。巉岩：高峻的山石。披：分开。蒙茸：草木茂盛貌。虎豹、虬龙：形容怪石、古树形状的奇异。

［4］栖鹘之危巢：《东坡志林·赤壁洞穴》：“断崖壁立，江水深碧，二鹘巢其上。”冯夷：传说中的水神名，即河伯。

［5］玄裳缟衣：黑裙白衣。丹顶鹤俗称仙鹤，身上纯白，羽尾黑色，故云。玄，一本作“元”。

［6］羽衣：《汉书·郊祀志上》“五利将军亦衣羽衣。”颜师古注：“羽衣，以鸟羽为衣，取其神仙飞翔之意也。”五利将军栾大是汉时的方士，故后世称道士为羽士，道服为羽衣。翩跹：一本作“翩仙”，盘旋而行，状如舞蹈。

【鉴赏】

苏轼因“乌台诗案”被贬黄州后，处境艰危，心情苦闷，因此常从佛老思想和自然山水中寻求、体悟宽解之道。元丰五年（1082），他先后于七月十六日、十月十五日两游赤鼻矶，分别写下了前、后《赤壁赋》。苏轼明知此赤鼻矶非三国赤壁鏖战之旧址，却有意借历史上周瑜破曹操之事来抒发自己抑郁的情怀。

两赋前后时间不同，景物各异，寄托也有别。前赋字字秋色，后赋句句冬景。前赋超然旷达，后赋寥落幽峭。前赋谈玄说理，后赋叙事写景。但情感上则一脉相承，都是作者被贬之后精神苦闷想寻找解脱的表现。因此，前后两赋，相辅相成，形成统一的艺术整体。不过相比较而言，前赋由游赏之欢乐转向凭吊之悲慨再归结到宽解后的超脱旷达，清楚地展示出了作者思想情感演变的全过程，写得较“实”；后赋主要表达作者超尘出世之想，写得较“虚”；

尤其是最后的遇鹤梦仙，更是神异诡谲，出人意表，所以更富有诗意妙趣，也更显得空灵奇幻。

与前赋开篇即写游观不同，后赋则宕开一笔，叙写之所以再起游兴的原因。先写出行的时间、人物及行程："是岁十月之望，步自雪堂，将归于临皋。二客从予过黄泥之坂。"再写初冬的景色："霜露既降，木叶尽脱。人影在地，仰见明月"，仅寥寥几笔，便显示出初冬景物之神韵，那样的空灵、清静。在这月白风清的良夜，作者感到无比的欣悦，"顾而乐之，行歌相答"，并由此萌生了复游之念。然而高兴之馀，却未免生出一丝遗憾：良辰美景，却无酒肴助兴。这时候，客人告诉作者有鱼，非但有鱼，而且是巨口细鳞的鲈鱼，佳肴的问题算是解决了。至于酒呢？也好解决，"归而谋诸妇"。妇亦善察人意，"我有斗酒，藏之久矣，以待子不时之须"。这一方面表现出了东坡夫妇相濡以沫共度危艰的深挚情感。而另一方面，至此诸事齐备，"于是携酒与鱼，复游于赤壁之下"，也就顺理成章了。经此一波三折地逐层推进，终于成行了，于此也益见出作者对"复游"心向往之的情态。

接下来，作者笔触便转而描写复游所见之景物："江流有声，断岸千尺，山高月小，水落石出。"其体物之简洁生动，与上文相同，皆自然而精妙。初冬时节，水势低浅，流急而有声。放眼望去，但见"断岸千尺"。秋天水满，江岸原来是与水相连成片的，而今仿佛被切断了似的。"千尺"，极言岸之高，更反衬出江水之浅；水浅，山就显得高。山高，而天更高，月亮自然就越发显得小了。水浅流急，天朗气清，平时淹藏在水下的石头都露出来了。初秋时那茫然万顷、浩浩荡荡、水天一色、云水相接的混沌景致已不复见。这种巨大的反差，使得作者不由自主地发出叹息："曾日月之几何，而江山不可复识矣！"作者于此借景寄情，通过时境的变迁更加深了对生命短暂的感慨和对人生价值的新思考。时间改变了景物的形态，也改变了作者的心态，当初被贬时那激动的心情在大自然的澡雪下已渐趋平静，而登临之游兴更增："予乃摄衣而上，履巉岩，披蒙茸，踞虎豹，登虬龙；攀栖鹘之危巢，俯冯夷之幽宫。盖二客不能从焉。”这一节叙写登赤壁的过程，节奏急促，动感强烈，与前文形成鲜明的对比。作者撩起衣袍，披开丛生的草木，穿行在怪石古树之间，登踞虎豹状的岩石，攀援虬龙形的树枝，履险临危，终于登上了飞鸟筑巢的绝壁，回首俯瞰水神居住的深宫。面对着大自然的山水，他不能自已，“划然长啸”，以异乎寻常的宣泄方式，表达内心的沉冤积愤，致使草木为之震动，山谷为之鸣应，风因之起，水为之涌。这虽然是夸张的手法，但却写得十分真实。在寂无人声之境突然长啸，确实会产生山鸣谷应的效果。由于“二客不能从焉”，作者一人站在岩壁之上，心中忽然生出孤独之感，“悄然而悲，肃然而恐，凛乎其不可留也。”这是他对时事无能为力的悲叹与远害避祸的自白。于是“反而登舟，放乎中流，听其所止而休焉”，重返大江的怀抱。这里由登临赤壁划然长啸，到恐然而退放舟中流，也许就是作者身世遭遇的写照吧；其对自身处境险恶的恐惧之感也跃然纸上。

接下来写夜半“四顾寂寥”之时，作者适然见一孤鹤，“横江东来，翅如车轮，玄裳缟衣，戛然长鸣，掠予舟而西也”。然后转而又写客去之后在梦中的一番奇遇，一位道士，“羽衣翩跹，过临皋之下，揖予而言曰：‘赤壁之游乐乎？’问其姓名，俯而不答。”这种仙鹤即道士、道士即仙鹤的写法，明显受了“庄生化蝶”的影响，又照应了前赋“飘飘乎如遗世独立，羽化而登仙”之意。这其实是苏轼超然于世俗之外的人生观的形象化表达。作者认为现实就如同梦境，而且比梦境还要不真实。文中的“孤鹤”不过是比兴寄托的载体，象征性的意象。作者在所追慕的理想不能实现却屡遭打击时，内心极度苦闷悲观，想超然物外却又坠入世俗尘嚣之中不能自拔，因此借具有神秘色彩的孤鹤、仙道来寄托自己的出世思想。然而作者亦知飞升之不可信也难以行得通，故用“开户视之，不见其处”作结，表达了进退维谷的矛盾心理。在黄州期间，这种进退两难的选择，始终萦绕在他胸中挥之不去，从他同时期的一些诗词中也可以看出。例如作者非常倾心于陶渊明，曾把东坡雪堂比作陶渊明的斜川，其《江城子》词云："梦中了了醉中醒，只渊明，是前生。走遍人间，依旧却躬耕。昨夜东坡春雨足，乌鹊喜，报新晴。雪堂西畔暗泉鸣，北山倾，小溪横。南望亭丘，孤秀耸层城。都是斜川当日境，吾老矣，寄馀龄。""梦中了了醉中醒，只渊明，是前生"，"都是斜川当日境，吾老矣，寄馀龄。"这种写法，不是与"孤鹤道仙"有异曲同工之妙吗？但苏轼毕竟不是陶渊明，时代、环境不同，气质、经历也不同，虽然有超尘绝俗之态，但只不过聊借以慰藉受伤害的心而已。说说可以，行却不能，因为他始终以儒家道义为己任。作此赋后的下一月，苏轼在给李公择的信中说："虽怀坎壈，于时遇事有可尊主泽民者，便忘躯为之，祸福得丧，付与造物。"所以，苏轼是不可能真正退隐的。不过正是这种矛盾的心理状态，却使其在被贬黄州期间所创作的前、后《赤壁赋》与《念奴娇·赤壁怀古》词，均达到了其历史的高峰，成为传颂千古的名作佳构。

【实战训练】

洛神赋（节）[1]

曹　植[2]

御者对曰[3]：臣闻河洛之神，名曰宓妃[4]。然则君王所见，无乃是乎？其状若何？臣愿闻之。

余告之曰：其形也，翩若惊鸿，婉若游龙[5]。荣曜秋菊，华茂春松[6]。髣髴兮若轻云之蔽月，飘飖兮若流风之回雪[7]。远而望之，皎若太阳升朝霞；迫而察之，灼若芙蕖出渌波[8]。秾纤得衷，修短合度[9]。肩若削成，腰如约素[10]。延颈秀项，皓质呈露[11]。芳泽无加，铅华弗御[12]。云髻峨峨，修眉联娟[13]。丹唇外朗，皓齿内鲜[14]。明眸善睐，靥辅承权[15]。瓌姿艳逸，仪静体闲[16]。柔情绰态，媚于语言[17]。奇服旷世，骨像应图[18]。披罗衣之璀粲兮，珥瑶碧之华琚[19]。戴金翠之首饰，缀明珠以耀躯。践远游之文履，曳雾绡之轻裾[20]。微幽兰之芳蔼兮，步踟蹰于山隅[21]。

【注释】

[1] 洛神赋，是魏文帝黄初四年（223）曹植到京师朝觐后，归途路过洛水时所写。这篇赋托神以寄意，抒发受猜忌被迫害的悲苦失望之情。本处节选的一段是描绘洛神的姿态容貌服饰动作的文字，词藻华美，想象丰富，比喻精妙，备受人们喜爱。

[2] 曹植（192~232），字子建，曹操第三子，曹丕之弟，沛国谯（今安徽亳县）人。封陈王，谥号思，世称陈思王。天资聪颖，才思敏捷，一度深受曹操的宠爱，几被立为太子。后因“任性而行，饮酒不节”而失宠。及曹丕、曹叡相继为帝，遭受猜忌，最后郁郁而终。曹植长于五言诗，被钟嵘《诗品》推为“建安之杰”；其赋也有很高成就，《洛神赋》为中国文学史上的不朽名篇。

[3] 御者：车夫，驾车者。

[4] 宓（fú）妃：传说伏羲氏女名为宓妃，溺死洛水，成为洛水女神。

[5] 翩：翩翩，鸟疾飞貌。婉：曲折蜿蜒。

[6] 曜（yào）：光明照耀。华：花。茂：繁郁，茂盛。

[7] 髣髴（fǎng fú）：仿佛。飘飖（yáo）：飘摇，动荡不定。回雪：旋转起来的雪花。

[8] 察：细看。灼：明丽貌。芙蕖（qú）：荷花的别名。渌（lù）：水清澈貌。

[9] 秾（nóng）：肥态。纤：细小。得衷：适中。此句形容体态的胖瘦恰到好处。

[10] 削成：刀削而成。古人美学观念认为女子肩膀以椭削状最美。约：缠束。素：白色绢帛。

[11] 延：长。秀：美。颈、项：人的脖子，前面称颈，后面叫项。

[12] 芳泽：芬芳的膏油。无加：不施用。铅华：脂粉。古人烧铅为粉，以之敷面。弗御：不使用。

[13] 峨峨：山势高峻貌。联娟：弯曲貌。

[14] 朗：明亮。鲜：洁美。

[15] 眸（moú）：瞳子。睐（lài）：本义为旁视，此谓顾盼之状。靥

（yè）辅：两颊上的酒窝。承权：接着颧骨。

［16］瓌（gūi）：瑰，美玉。艳：鲜丽。逸：高雅。闲：娴，闲雅。

［17］绰态：姿态绰约，婉秀。媚：妩媚。本义为女人美好之貌，此形容其语言婉转柔和动人。

［18］旷世：旷绝一代，举世无双。骨像：身躯的骨骼形态。应图：合于神仙的图像。

［19］罗衣：绫罗制成的衣裳。璀粲：光耀灿烂。珥（ěr）：珠玉耳饰。此处用为动词，佩戴。瑶碧：美玉。琚：透着花纹的美玉。

［20］践：踏。文履：绣花鞋。文，纹。曳：拖拉。雾绡（xiāo）：形容绡绢之轻薄。绡，生丝。裾（jū）：衣裳前襟，此指裙边。

［21］微：隐藏。芳蔼（ǎi）：香气。步：漫步。踟蹰（chī chū）：徘徊。山隅（yú）：山边。

【实战训练】

秋 兰 赋

袁　枚[1]

秋林空兮百草逝，若有香兮林中至。既萧曼以袭裾，复氤氲而绕鼻[2]。虽脉脉兮遥闻，觉熏熏然独异[3]。予心讶焉[4]，是乃芳兰。开非其时，宁不知寒？于焉步兰陔，循兰池，披条数萼[5]，凝目寻之。

果然兰言，称某在斯[6]。业经半谢，尚挺全枝[7]。啼露眼以有待[8]，喜采者之来迟。苟不因风而枨触[9]，虽幽人其犹未知。于是舁之萧斋[10]，置之明窗。朝焉与对，夕焉与双。虑其霜厚叶薄，党孤香瘦[11]，风影外逼，寒心内疚[12]。乃复玉几安置，金屏掩覆[13]。虽出入之馀闲，必褰帘而三嗅[14]。谁知朵止七花，开竟百日。晚景后凋，含章贞吉[15]。露以冷而未晞，茎以劲而难折[16]。瓣以敛而寿永，香以淡而味逸[17]。商飙为之减威，凉月为之增色[18]。留一穗之灵长，慰半生之萧瑟[19]。予不觉神心布覆，深情容与[20]。析佩表洁，浴汤孤处[21]。倚空谷以流思，静风琴而不语。歌曰：秋雁回空，秋江停波。兰独不然，芬芳弥多。秋兮秋兮，将如兰何！

【注释】

[1] 袁枚（1716~1797），字子才，号简斋，浙江钱塘（杭州）人。清代著名文学家、文评家，与赵翼、蒋士铨齐名，为乾隆三大家。有《小仓山房诗文集》、《随园诗话》等。

[2] 萧曼：香气清淡连绵不断。裾：衣袖。氤氲（yīn yūn）：香气飘荡貌。

[3] 脉脉：含情注视貌。熏熏：沁人心脾貌。

[4] 讶：惊奇，诧异。

[5] 步：行走。陔：田埂。披：拨开。萼：花萼，此指花叶。

[6] 言：开口说话。称某在斯：声言我在这里。

[7] 业经：已经。半谢：凋谢过半。挺：坚挺。

[8] 啼露眼：眼中含着啼泣的零露。

[9] 枨（chéng）触：感触。

[10] 舁（yú）：抬。萧斋：寂静的书斋。

[11] 党孤香瘦：枝茎孤单香气轻微。党：亲族或朋辈。瘦：瘠薄。

[12] 寒心内疚：寒气侵心内生病痛。疚：病。

[13] 金屏掩覆：设置屏风为之遮掩保护。覆：盖。

[14] 褰帘：揭起竹帘。嗅：闻。

[15] 晚景后凋：时近岁暮却最后凋谢。含章贞吉：文采包孕坚贞洁美。章：文采。贞：正。

[16] 晞（xī）：晒干，枯干。劲：此指僵直。

[17] 敛：收缩。永：长。逸：飘散。

[18] 商飙：秋风。戚：忧愁。减戚，一作“捐威”。

[19] 灵长：绵延久长。萧瑟：寂寞凄凉。

[20] 布：展开。覆：回转。布覆：指心神不宁，动荡徘徊。容与：迟缓不前貌。

[21] 析佩表洁：解开佩饰表示高洁。析：分开，离散，这里指解脱。汤：热水。孤处：幽居。

第八章　韵文鉴赏实战（下）

第一节　小令词鉴赏

词是文苑的一朵奇葩，其兴于唐，盛于宋，衍于元明，复盛于清。宋词与唐诗并峙，独擅一代之胜。

词是伴随着唐代燕乐繁盛而兴起的一种音乐文艺，兼有入乐歌词与新型抒情诗体两种性质，后逐渐脱离音乐，成为一种长短句的诗体。在一般文人的观念中，词和传统意义上的诗是有区别的，所谓“诗庄词媚”，“词别是一家”。词的出现，为诗坛创造了新鲜的诗歌语言，从句式到语法、词汇都出现了再度诗化的新鲜感。它唤起一片相思，创造了画桥、流水、秋千、院落、小楼、飞絮、细雨、梧桐等一系列敏感的意象，悲欢离情、羁愁闺怨、伤春惜时成为其反复咏叹的主题，风格多婉约柔美。

词的滥觞最早可追溯到隋唐之际的民间曲子词，中唐时渐有文人词出现，发展到晚唐五代，词风极盛，辑有《花间词》。早期的词完全是文人娱宾遣兴的工具，在酒筵歌席上由歌女演唱助兴。欧阳炯说得好：“绮筵公子，绣幌佳人，递叶叶之花笺，文抽丽锦；举纤纤之玉指，拍案香檀。”温庭筠被视为词的鼻祖，南唐的冯延巳与李煜，则开北宋一代风气。

词至北宋，始极其工，至南宋，始极其变。晏殊、欧阳修二人承花间馀绪，多写小令，然小令篇幅短小，不适合表现阔大题材和复杂情绪。柳永首开慢词兴盛的局面，但鄙薄词为“艳科”、“末技”的观念，到苏轼才有根本转变。苏轼及苏门诸学士提高词品，推重词体，词的题材得到了拓展，词与诗并立而共尊的地位才逐渐为士大夫接受。北宋后期，周邦彦被称为婉约词的集大成者，他的词富艳精工，南宋词家多有取法。女词人李清照本色填词，自成一格。南宋爱国词以大声鞺鞳的辛弃疾为旗帜，而姜夔的清空骚雅，吴文英的沉博绝丽，则又别立一宗。两宋以来，词家众多，流派纷呈，共同创造了词坛繁花似锦的时代。

词毕竟是合乐的歌词，由于和音乐的密切联系，这种文体呈现出鲜明的特点。当时的人们根据燕乐的繁复变化，从择腔分调到句式变化、字声以及用韵都加以精心安排，创制出数以千计的词调和体式，然后根据这种固定的格式来填词，即所谓的“倚声填词”。

词的句式以长短不齐为主要特点，格律比诗更严密复杂。不仅像诗一样遵守平仄、对律，有些还分四声和五音，因此它比诗更具音乐性、节奏感，但亦有灵活性，可通押、换韵甚至多次换韵。每首词都有表示音乐性的调名，如《念奴娇》、《青玉案》、《采桑子》，也称词牌。每一词牌的句式、字数、平仄及押韵的位置都与乐调相配合而有定规，不能随意改变。词大多分为数段，一段叫做一片。一般情况下每首词分为上下两片，单片的很少，三、四片的也不多见。词的上下片之间的关系要既有联系，又不混同。因此，最难作的是第二片开头，它有个专门的名称叫“过变”，也就是说，它是上下片音律过渡起变化的地方。在这里唱起来特别好听，所以要用精彩一点的句子。

从音乐快慢的节奏着眼，词可分为令、引、近、慢四种体式。令又称小令、令曲，一般调短字少；引本是古代乐曲的一种名称，在曲中有前奏曲、序曲之意，一般较小令长；近和引相近，也是乐曲的一种，唐代一般为六均拍或八均拍曲，南宋时变为六均拍曲。慢是慢曲子的简称，调长拍缓字多。除此之外，词调还有许多变格，如转调、犯调、偷声、减字、添字、摊破等。

从字数的多少来看，词又可分为长调、中调、小令。一般来说，五十八字内为小令，五十九字至九十字为中调，九十一字外为长调。当然，这种划分不能太绝对了。为何较短的词称小令？这个“令”字起源甚古。“令”是“酒令”的简称，是古代宴会中的一种风俗。唐代贵族宴客以歌女行酒令，她们唱曲劝酒，客人听了饮酒则表示欣赏她唱得好。在行酒令时所唱的曲子即是“小令”。晏几道的《鹧鸪天》说：“小令尊前见玉箫，银灯一曲太妖娆。歌中醉倒谁能恨？唱罢归来酒未消。”小令的性质和由来，在此可见一斑。当然，歌女的酒令是经文人加工的艺术品，或是文人代替她们设身处地想出来的作品。

【鉴赏示例】

鹊　踏　枝[1]

冯延巳

谁道闲情抛掷久，每到春来，惆怅还依旧。日日花前常病酒，不辞镜里朱颜瘦[2]。

河畔青芜堤上柳[3]，为问新愁，何事年年有？独立小桥风满袖，平林新月人归后[4]。

【注释】

[1] 鹊踏枝：一作“雀踏枝”，唐玄宗时教坊曲名，后用为词调，即《蝶恋花》。作者一作欧阳修，经考证当为五代时南唐人名臣冯延巳所作。冯延巳(903~960)，一名延嗣，字正中，广陵（今江苏扬州）人。是李璟宰相。多才艺，工诗词。有《阳春集》存词90馀首，其中《鹊踏枝》共14首。

[2] 不辞：一作“敢辞”。敢辞，即岂敢辞，与“不辞”义近。

[3] 青芜：形容草色碧青。

[4] 桥：一作“楼”。人：指游人。

【鉴赏】

冯延巳是五代时的重要词人。从表面看，其词似乎未曾脱除五代一般小令的风格，内容上也不过是闺阁池亭之景，伤春怨别之情，但意境上却较花间词人作了进一步开拓。这种特色对北宋初年的晏殊、欧阳修等人造成了一定的影响，使令词进入了一个含蓄蕴藉、意蕴丰美的境界。

此词开篇便以一反问提出“谁道闲情抛掷久”，表现内心深处欲说还休的感情在百转千折后仍盘旋郁结、挣扎不已的痛苦。自古文人伤春悲秋，春季乃万物萌生之时，正是生命与感情觉醒的季节，况且有闲愁萦绕在心，则更是年年春来愁如旧了。因为总有愁绪在怀，又有惜春伤春之心，所以每日对花饮酒，以致大醉伤身，仍不能排遣这难奈何的愁绪，只见得铜镜中的朱颜一天天消瘦下去。但作者却以“不辞”二字表达出为之“衣带渐宽终不悔”的情意。在冯延巳的词中，那种不拘于一情一事的愁绪和感伤经常出现，而此种顿挫沉郁的笔法，幽咽恍惚的情致，也正是其风格和特色。

下片转而写景。河边青草一片嫩绿，堤上柳条缕缕柔丝正随风飘拂，又是一年春光明媚的好景致。而下句却连以“为问新愁，何事年年有”，由气象更新的一片春景联想到年年萦绕心头的愁绪，似乎这闲愁也如春草和柳枝般随春风而生。这里又与首句“谁道闲情抛弃久”遥相呼应，强烈的反问表现了词人难以自拔的愁绪，以致于“独立小桥风满袖，平林新月人归后”。从白天到新月初升又到寂寥人定之时，时间之长可以想见，一人独立小桥，虽是风寒露冷亦无心顾及，任凭风露对身体的侵袭无疑透出主人公内心的凄苦悲凉。最后两句塑造出的抒情主人公的形象，使读者如见其人，如感其愁，达到了词人和读者之间的共鸣。尽管词中始终没说明词人所描写的“愁绪”具体何指，但读者感觉到的乃是一种心中常存永在的惆怅哀愁，充满了独自负荷的孤寂之感，不仅传达出一种感情的意境，而且表现出强烈而鲜明的个性。

【实战训练】

鹊 踏 枝

冯延巳

梅落繁枝千万片。犹自多情，学雪随风转。昨夜笙歌容易散。酒醒添得愁无限。

楼上春山寒四面。过尽征鸿，暮景烟深浅。一晌凭栏人不见[1]。鲛绡掩泪思量遍[2]。

【注释】

［1］一晌：张相《诗词曲语辞汇释》以为“指示时间之辞，有指多时看，有指暂时看。”此处指多时。

［2］鲛绡：一作“红绡”。据《述异记》，鲛绡乃南海鲛人所织之绡，而鲛人则眼中可以泣泪成珠者也。曰“鲛绡”，一可见其用于拭泪之巾帕之珍美，再则用泣泪之人所织之绡巾来拭泪，愈可见其泣泪之堪悲。

【鉴赏示例】

菩 萨 蛮[1]

温庭筠

玉楼明月长相忆[2]，柳丝袅娜春无力。门外草萋萋[3]，送君闻马嘶。　　画罗金翡翠[4]，香烛销成泪。花落子规啼[5]，绿窗残梦迷。

【注释】

［1］菩萨蛮：唐玄宗时期教坊曲。

［2］玉楼：装饰华美的楼阁。

［3］萋萋：形容草长得茂盛的样子。

［4］画罗：花罗帐。金翡翠：指蹙金点翠的锦被。翠鸟亦称为翡翠，雄赤曰翡，雌青曰翠。

［5］子规：即杜鹃。二三月间啼叫，声如“不如归去”。

【鉴赏】

温庭筠（813？~870？）本名岐，字飞卿，太原祁（今山西祁县）人。少有才名，放荡不检，又恃才傲物，故屡受排挤贬抑，抑郁不得志，官终国子助教。温庭筠诗名与李商隐齐，同时又是唐代诗人中较早致力于词的创作的，为花间词派鼻祖。受南朝宫体诗的影响，其词用语绮丽，多写女子日常生活，对主人公的生活环境、穿着修饰、所用的精美器皿及动作行为进行细致描写，从中体现其深刻隐微的情绪。因此，在艺术境界上又与宫体诗有所不同。

诗词讲究朦胧含蓄，语言的隐约模糊反而可以激发读者的各种想象，诗词的意境也因此获得无穷伸展。起句“玉楼明月长相忆”，就从字面上向读者展开了一幅弥漫着淡淡忧伤的画面：月光如水的夜晚，一个孤独的女子在楼阁上久久徘徊，仰望天上明月，思念远方情人。当然这句也可解释为女子在送别情人时，反复叮咛他记住在玉楼上、明月下的相会，不要忘记曾经的美好时光，“玉楼”、“明月”就是他们刻骨铭心的爱情见证。“柳丝袅娜春无力”透露出时间是暮春，柳丝低垂，随风轻摆。这样的季节是容易感时伤怀的，即便无事，对闭锁深闺的女子来说也易生愁心，何况是经历离别之后。“柳丝”正可比作那送走情人后在一片春意阑珊中无心赏景、情绪低落的女子，她站在楼上，看着门前青草一片葱茏，离恨恰似这满眼春草，更行更远还生啊。不禁又想起送别情人时的场景，想和他多说几句话，可马儿却不耐烦地嘶叫起来。

过片开始描述女子回房后的情景了。温庭筠惯于描写主人公的生活场景，以陈设的精美、物质的丰厚来反衬精神的空虚寂寞，这是温词的又一突出特色。这首词也不例外。女子回到房间，瞥见锦被上金线绣成的翡翠鸟，触景生情，悲从中来——鸟儿都能双栖双飞，长相厮守，人却要天各一方，相爱不能相守！桌上还有昨夜的红烛，彻夜未熄，即将燃尽，那烛油就像思妇的眼泪一样，不断向下滴。天一点点地亮了，又是一个春晨，窗外花落鸟啼，满地落花正如女子的命运。更有那恼人的杜鹃，不停地在耳边啼叫，凄厉之声更让人心绪烦乱。既然无事可作，就再去小憩一会吧，也许在碧罗窗下的迷梦中还能再见到他呢。

全词感情从低沉到强烈，完全寓于景物描写中，如同在读者面前展开了一幅幅画面：有“彻夜长引欢”的离宴；有“玉楼人独立”的忧伤；有“人烛皆垂泪”的幽怨；有“独眠梦所思”的无奈。这一切都由女主人公情感的线索贯穿，让人可以揣想出一次完整的离别场景，更可以推断出这是一个多么美好又多么让人忧伤的爱情故事。

【实战训练】

清　平　乐[1]

韦　庄

莺啼残月，绣阁香灯灭。门外马嘶郎欲别，正是落花时节。

妆成不画蛾眉，含愁独倚金扉。去路香尘莫扫，扫即郎去归迟[2]。

【注释】

[1] 清平乐：李白有《清平调》三首，或以为即“清平乐”词的来源。可信的本调词首见于温庭筠。本篇作者韦庄（836~910），字端己，长安杜陵（今陕西西安市东南）人。经历了唐末动乱，五代时仕蜀，为王建宰相。诗词兼工，词与温庭筠齐名，同为花间派代表词人。

[2] “去路”句：此民间习俗也。凡家中有人出门，是日忌扫除门户，否则行人将无归期，今吴越间犹有此习俗。

【鉴赏示例】

浣　溪　沙[1]

晏　殊

一向年光有限身[2]，等闲离别易销魂[3]。酒筵歌席莫辞频。　满目山河空念远，落花风雨更伤春。不如怜取眼前人[4]。

【注释】

[1] 浣溪沙：唐玄宗时教坊曲。一作“浣溪纱”。

[2] 一向：即一晌、一会儿。

[3] 等闲：平常。

[4] 怜取眼前人：《会真记》中崔莺莺诗：“还将旧来意，怜取眼前人。”

【鉴赏】

这是《珠玉词》中的别调。大晏的词作，用语明净，下笔修洁，自有一种富贵闲雅的气象。此词却笔力较重，格调遒劲，写伤春念远的情怀，深刻沉着，高健明快，但又能保持一种温婉的气象，使词意不显凄厉哀伤。

关于对流年似水的叹息，晏殊《珠玉词》中的其他作品一般是用含蓄蕴藉的笔调表达出来，但本词却出以强烈的直接慨叹，“一向年光有限身”，可见作者对时光易逝、韶华不再多么叹惋！是什么让他如此感慨？“黯然销魂者，唯别而已矣”！然并非重大的生离死别，不过寻常的别离而已。“等闲”二字与“易”字搭配，更见作者情深。人生短暂，离别伤感，惟有强自宽解“酒筵歌席莫辞频”，及时行乐，聊慰此有限之身。

换头两句，情感忽然变得强烈激越。词人登临高处，放眼辽阔河山，徒然怀念远别的亲友。面对暮春时节风雨吹落的繁花，感叹春光易逝，情绪转为低落伤感。但晏殊此时正是位极人臣的富贵宰相，仕途的显达与生活的优越让他不会刻意去伤春伤别，也不会沉湎于歌酒中不能自拔，他要“怜取眼前人”，好好爱怜眼前的歌女，追求眼前的欢娱。这也是作者对生活的一贯态度，正所谓“何须计较与安排，领取而今现在”。

本词所写的并非一时，所感的也非一事，而是反映了作者人生观的一个侧面：悲时光之有限，感世事之无常；慨叹空间和时间的距离难以逾越；慨叹对消逝的美好事物的追寻总是徒劳。短短一首小令，在山河风雨中寄寓的是对人生哲理的探索。

【实战训练】

浪 淘 沙[1]

欧阳修

把酒祝东风，且共从容[2]。垂杨紫陌洛城东[3]，总是当时携手处，游遍芳丛。　　聚散苦匆匆，此恨无穷。今年花胜去年红，可惜明年花更好，知与谁同？

【注释】

［1］浪淘沙：唐玄宗时教坊曲。唐人所作《浪淘沙》词，都是七绝形式，至李煜始为上下片长短句词。

［2］从容：流连。

［3］紫陌：有紫花之堤上。

【鉴赏示例】

玉　楼　春[1]

李　煜

晚妆初了明肌雪[2]。春殿嫔娥鱼贯列[3]。笙歌吹断水云间，重按霓裳歌遍彻[4]。　　临春谁更飘香屑。醉拍阑干情味切。归时休照烛花红[5]，待放马蹄清夜月。

【注释】

[1] 玉楼春：唐教坊曲，别名《木兰花令》。

[2] 明肌雪：肌肤光滑晶莹如雪。

[3] 嫔娥：宫女。一作“宫娥”。

[4] 笙歌：一作“笙箫”。霓裳：唐代著名舞曲《霓裳羽衣曲》的简称。遍：乐曲的段落。《新唐书·礼乐志》：“河西节度使杨敬忠献《霓裳羽衣曲》十二遍。”白居易《霓裳羽衣舞歌》自注：“《霓裳曲》十二遍而终。”彻：完毕，结束。

[5] 休照：一作“休放”。

【鉴赏】

唐五代词，多写愁苦忧郁之情，如温庭筠的《更漏子》写离情之凄迷：“一叶叶，一声声，空阶滴到明”；如李璟的《浣溪沙》写时光飞逝，人面憔悴：“菡萏香销翠叶残。西风愁起绿波间。还与韶光共憔悴，不堪看。”而这首词，充满了欢娱轻快之感，可以说是一曲“欢乐颂”。作者李煜（937~978），初名从嘉，字重光，号钟隐。李璟第六子，961 年嗣位，史称南唐后主。这首词就是李煜早期宫廷享乐生活的剪影，好比一台摄像机，实录了一场大型宫廷舞会的盛况。

词的上片选取了舞会中最闪光的两点来表现，一是宫廷舞女的表演，二是音乐的演奏。一排排宫女盛妆登场，载歌载舞。在这里，最吸引后主的不是她们婀娜多姿的舞步，而是她们的美貌。你看这些宫女个个冰肌雪肤，风姿妩媚。更何况席间弹奏的曲子是《霓裳羽衣曲》，这本是盛唐时的大曲，安史之乱后曲谱失传，后经李煜和他的王后周娥皇两人整理残谱，这首名曲才得以重现人间。听着这样的曲子，他怎能不心醉神迷呢？“重按霓裳”，听了一遍又一遍。这四句写出了一派皇家舞会的气象。

下片写舞会结束了，但后主却兴犹未尽，出宫赏月。这里的拍阑干，不是辛弃疾词中充满英雄失意之痛的“阑干拍遍，无人会，登临意”，而是“醉拍阑干”。此刻他不顾国主身份，放下矜持与威严，一副醉态狂劲。“醉”，不仅是酒后的轻狂，更有尽享欢娱的心醉神迷。而尾句“归时休照烛花红，待放马蹄清夜月”尤为人激赏，一笔宕开前六句的浓墨重彩，营造了一幅幽凉月色下踏马而归的清淡之景。全词一闹一静，活现出一个文人型国君的形象。

王国维曾说后主有一颗“赤子之心”，确实如此。后主的词总是那么纯真，那么率直，他快乐，就毫不遮掩，纵情开怀，可以“醉拍阑干”；他痛苦，就痛快地宣泄，真实地倾诉，比如“小楼昨夜又东风，故国不堪回首月明中”，充满了对故国深情的回忆、追思。和唐五代其他词人比起来，我们在后主的词里，更能触摸到一个真实的个体，一份赤子的情怀。当然，975 年，南唐被宋军所破，李煜被封违命侯，囚禁于汴京。对于他本人来说，这是人生的不幸，但此后他所作的词却以“血书”（王国维《人间词话》）般的形式，具有更高的成就。

【实战训练】

浣　溪　沙

李　煜

红日已高三丈透。金炉次第添香兽[1]。红锦地衣随步皱[2]。　佳人舞点金钗溜[3]。酒恶时拈花蕊嗅[4]。别殿遥闻箫鼓奏。

【注释】

[1] 次第：依次。香兽：用香料做成的兽形炭。

[2] 地衣：地毯。

[3] 舞点：狂舞到极致。溜：滑动。

[4] 酒恶：方言。指饮酒过量、似醉非醉的感受。宋·赵令畤《侯鲭

录》卷八："金陵人谓中酒曰酒恶，则知后主词曰'酒恶时拈花蕊嗅'，用乡人语也。"

【鉴赏示例】

清　平　乐

孙光宪[1]

愁肠欲断，正是青春半。连理分枝鸾失伴，又是一场离散。
掩镜无语眉低，思随芳草萋萋。凭仗东风吹梦[2]，与郎终日东西。

【注释】

［1］孙光宪：字孟文，自号葆光子，陵州贵平（今四川仁寿）人。生卒年为898~968。仕于前蜀，后事荆南。有文史著述数种传世，工词，为温、韦之外花间词派最重要的词人。

［2］凭仗：凭借、倚仗。

【鉴赏】

写思妇的离愁别恨是古典诗词中常见的题材，花间词的作家尤擅于此，在这首词里我们来看一下孙光宪是如何处理这种题材的。

起句直接写出了思妇的愁之深、之痛。这是为什么呢？原来春天已过半，这种暮春时节最易引起人的伤春惜春之情：年华逝去，红颜易老，让人不禁悲从中来。在古语里，"连理枝"是用来比喻恩爱夫妻的，白居易的《长恨歌》写唐明皇和杨玉环密誓，就用了"在天愿做比翼鸟，在地愿为连理枝"的句子。"鸾凤和鸣"也是表示婚姻的美满幸福。但在这里，"连理"却是"分枝"，"鸾"也失去了"伴"，如此比喻，进一步交代了让思妇愁肠欲断的原因是和丈夫的分离。一个"又"字，下语沉痛，情极哀婉。

转到下阕，则把这种愁绪进一步具体化、细节化了。"掩镜"、"无语"、"眉低"是三个动作。为何掩镜？所谓"女为悦己者容"，"悦己者"不在，又有什么心思来梳妆打扮呢？温庭筠词中的"懒起画娥眉"，李清照词中的"日晚倦梳头"表达的都是这样的意味。我们也可以想象这一面镜子，曾映照出夫妻二人共同生活的甜蜜和欢乐，而今人去镜在，徒惹悲伤，也只得掩镜，不忍照；

我们还可以想象，因为对丈夫的思念，以致于“人比黄花瘦”，这憔悴的容颜，亦不愿再照。“无语”不是无话可说，而是离愁别恨，千丝万缕，无从诉说。而往昔幸福的回忆与今日形单影只的凄凉之对比，更让这种孤寂之情不断地在心头翻滚撞击，以致于把“眉”都压低了。这三个小动作，细致入微地刻画了思妇的愁绪。而她一片思念之情，就像萋萋芳草一样，“更行更远还生”。最后两句更是设想奇谲，思路凄艳，想象着能凭借东风，在梦中跟随郎君到东到西，终日相伴，情感极是缠绵沉挚。

【实战训练】

虞　美　人[1]

顾　敻

深闺春色劳思想，恨共春芜长[2]。黄鹂娇啭泥芳妍[3]，杏枝如画倚轻烟，琐窗前。　　凭栏愁立双娥细，柳影斜摇砌[4]。玉郎还是不还家，教人魂梦逐杨花，绕天涯。

【注释】

[1] 虞美人：唐教坊曲。据考，本为古琴曲，咏项羽妃虞姬事，后衍为词调。作者顾敻，生卒年及字不详。花间派重要词人，其词存于《花间集》者多达55首，仅次于温庭筠。先后仕前蜀、后蜀。

[2] 深闺：指妇女所居之室。张正见《有所思》：“深闺久离别，积怨转生愁。”劳思想：犹勤思念。《尔雅·释诂》：“劳，勤也。”曹植《盘石篇》：“仰天长太息，思想怀故乡。”共：与。春芜：指春日之杂草。

[3]“黄鹂”两句：莺啭、杏枝皆是闺中所见，以喻闺人之孤独思远。

[4] 摇砌：摇动于台阶上。唐·张鼎《僧舍小池》：“冷光摇砌锡，疏影露枝猿。”

【鉴赏示例】

鹧　鸪　天[1]

晏几道

彩袖殷勤捧玉钟，当年拚却醉颜红[2]。舞低杨柳楼心月，歌尽桃花扇底风[3]。

从别后，忆相逢。几回魂梦与君同[4]？今宵剩把银釭照，犹恐相逢是梦中[5]。

【注释】

［1］鹧鸪天：词调不见于唐五代词，调名取义亦不详。

［2］彩袖：指歌舞女。玉钟：酒杯的美称。拚（pàn）：同“拼”，不顾惜。

［3］“舞低”两句：写尽情歌舞，通宵不倦。扇底：扇里。古代歌舞时多持扇。庾信《春赋》：“月入歌扇，花承节鼓。”扇底，一作“扇影”。

［4］同：指欢聚在一起。

［5］剩把：再三把。釭（gāng）：灯。上文的“相逢”指当年的聚会，此“相逢”谓重逢。

【鉴赏】

晏几道（生卒年不详），字叔原，抚州临川（今江西抚州）人。出身名门，为身居相位的著名词人晏殊的第七子，但他秉性耿介恬淡，不愿依靠父亲的馀荫和新贵们的关照，位沉下僚而仕途多舛。他又是地地道道的性情中人，作为一位多才多艺又多感的词人，常把自己的感情寄托于那些美慧有才的歌女。特殊的生活经历与生命体验，加之他一往情深的天性使得他的爱情词写得分外深婉动人。这首《鹧鸪天》就抒写了和情人久别重逢后的喜悦，在多写离愁别恨的宋词中是很少见的。此词一个重要特点是：它不是正面描写恋情，而是用别前的欢乐、别后的怀念、重逢的惊喜，将这种感情烘托出来，用意非常巧妙。

上片回首当年初逢时歌舞流连的欢娱。身着彩衣的女子，纤手捧着精致的玉钟，殷勤劝酒，不仅是履行侑酒之责，更是借此暗通情愫。面对如此美酒佳人，词人怎能不一醉方休？而舞筵歌席又是怎样的盛况呢？只见歌女不断地起舞，直到照着杨柳阴中的高楼上的月亮都低沉了，不断地唱歌，直到画着桃花的扇子底下回荡的歌声都消失了。这里不直言佳人舞姿曼妙、歌声婉转，而是巧借时间推移，写尽长夜歌舞、通宵欢宴的情景。

下片转而写相思之苦与重见之乐。初盟和分别等情事都略去未写，剪裁上颇见精思。分别后，是几多相思几多回忆，多少次曾在梦中相见啊，而今天夜里是真的见面了，却恍若梦境，只好举着银灯照了又照，才放下心来。从前是以梦为真，今天却将真疑梦。那种喜不自胜又疑真疑幻的恍惚之情，怎么就能表现得那样真切动人呢？杜甫有一句诗是“夜阑更秉烛，相对如梦寐”，写的是在战乱中和妻子的相逢。此情此景，也该是“相顾无言，惟有泪千行”吧。

全词在举灯犹照的情景中戛然而止。后事如何，留给我们的是无尽的柔情绮思。晏几道长于小令词，其词在书写人生聚散与爱情离合之悲欢方面有很高的成就，本篇是其中的代表。

【实战训练】

临　江　仙[1]

晏几道

梦后楼台高锁，酒醒帘幕低垂[2]。去年春恨却来时[3]，落花人独立，微雨燕双飞[4]。　　记得小蘋初见，两重心字罗衣[5]。琵琶弦上说相思，当时明月在，曾照彩云归[6]。

【注释】

[1] 临江仙：唐玄宗时教坊曲。本词调五代词人所作均与仙事有关。

[2] “梦后”两句：写梦觉酒醒时孤独愁闷的心情。楼台高锁、帘幕低垂，都是用以表示所想念的人已经远去。

[3] 却来：又来，再来。

[4] 五代翁宏《春残》诗云：“又是春残也，如何出翠帷？落花人独立，微雨燕双飞。”燕双飞，用以反衬人的孤独。

[5] 小蘋：歌女名。两重心字罗衣：指罗衣的领上绣有重叠的心字形图案。欧阳修《好女儿令》：“一身绣出，两同心字，浅浅金黄。”

[6] 这是说，当时映照小蘋归去的明月如今还在。彩云：喻指小蘋。李白《宫中行乐词》：“只愁歌舞散，化作彩云飞”。

【鉴赏示例】

凤　栖　梧[1]

柳　永

伫倚危楼风细细。望极春愁，黯黯生天际。草色烟光残照里，无言谁会凭栏意？　　拟把疏狂图一醉[2]。对酒当歌，强乐还无味[3]。衣带渐宽终不悔，为伊消得人憔悴[4]。

【注释】

[1] 凤栖梧：《蝶恋花》的别名。

[2] 拟把：打算。

[3] 强：读上声，勉强。

[4] 消得：值得。

【鉴赏】

柳永是宋仁宗时期重要词人，生卒年不详。原名三变，字景庄，后改名永，字耆卿。排行第七，人称“柳七”，祖籍河东（今山西永济），徙居崇安（今属福建）。他是北宋第一个专力作词的词人，制作有大量的慢词。《避暑录话》卷三记西夏归朝官语：“凡有井水饮处，即能歌柳词。”足见其影响之广。本篇是柳永的小令名作。

“黯然销魂者，唯别而已矣”。古人对离别总是分外在意。何日是归程？长亭更短亭！于是那江上的帆船，古道的老马，无不承载着悠悠的离情。登高望远，涌上心头的，也常常是这种剪不断、理还乱的离愁别恨。

柳永，这位怀才不遇而流连于舞榭歌台的词人，亦多有登高之作。如“陇首云飞，江边日晚，烟波满目凭栏久”（《曲玉管》），“江枫渐老，汀蕙半凋。满目败红衰翠。楚客登临，正是暮秋天气”（《卜算子慢》），“望处雨收云断，凭栏悄悄，目送秋光”《玉蝴蝶》），“对潇潇暮雨洒江天，一番洗清秋。渐霜风凄紧，关河冷落，残照当楼”（《八声甘州》），这首《凤栖梧》同样也是“伫倚危楼”之作。

在这首词里我们分明看到一个孤独寂寥的影子。独上高楼，微风细细，一眼望去的是漫无边际的春草。满眼春色勾起的却是满怀愁绪，这愁绪恰如漫天芳草，更行更远还生啊！何况又是在落日黄昏时，天涯芳草上笼罩着一层薄薄的烟雾，可谓景迷茫，心亦惘然。同是凭栏，可以抒发不同的感情。辛弃疾发出的是“阑干拍遍，无人会，登临意”（《水龙吟》）之叹，那是一个爱国志士空有一腔报国热情却无处施展的悲愤。而柳永，一个纯粹的词人艺术家，他的“凭栏意”又是为何呢？“无言谁会”，他的满腔心事又有谁来理解呢？

无从诉说啊。那就纵情醉酒吧。也许在醉里可以忘掉这些伤感的情绪。“拟把疏狂图一醉。对酒当歌，强乐还无味。”读着这样的句子，我们很容易想到晏几道的《阮郎归》“欲将沉醉换悲凉，清歌莫断肠”。都是多情之人，写出来的句子也是异曲同工。原来，酒醉又如何，放歌又如何，不过是暂时的安慰罢了。这份愁绪，这种断肠之痛，依然萦绕心头。那到底是怎样的愁绪啊？其实，五代牛希济的《生查子》早就说过了，“记得绿罗裙，处处怜芳草”。柳永也终于把个中原因说出了口，“衣带渐宽终不悔，为伊消得人憔悴”。那份坚定执着的爱恋，刻骨铭心的相思，都在这家常化的口语中道出。

这里“伊”的芳名香姓，我们已无从知晓。然而这种无怨无悔的爱慕之情、一往情深的思念之情，让千年后的我们仍为之怦然心动，一再回味。大学问家王国维对这两句妙语亦情有独钟，称之为“专作情语而绝妙者”，“求之古人词中，曾不多见”，并且将其喻为古今之成大事业者必经之第二境界，真是佳句流传，千古绝唱。

【实战训练】

浣 溪 沙

周邦彦[1]

楼上晴天碧四垂[2]，楼前芳草接天涯[3]。劝君莫上最高梯[4]。　新笋已成堂下竹[5]，落花都上燕巢泥[6]。忍听林表杜鹃啼[7]。

【注释】

[1] 周邦彦（1056~1121），字美成，号清真居士，钱塘（今浙江杭州）

人。精通音律，能自度曲，宋徽宗召为大晟府提举，词“负一代词名”（张炎《词源》卷下）。

［2］碧四垂：天空像青绿色的帷幕四面下垂。化用唐代韩偓《有忆》诗：“愁肠泥酒人千里，泪眼倚楼天四垂。”

［3］芳草：春草。古人常以芳草起兴，寄慨远游。《楚辞·招隐士》：“王孙游兮不归，春草生兮萋萋。”

［4］“劝君”句：唐代王之涣《登鹳雀楼》诗：“欲穷千里目，更上一层楼”。这里反用其意，说是莫上高楼，以免触景伤怀。

［5］“新笋”句：新笋已在堂下长成茂密的修竹。

［6］“落花”句：落花融进春泥，被燕子衔去垒窝。

［7］忍听：不忍听，怎忍听。林表：林外。杜鹃：鸟名。此鸟暮春鸣叫，其声像“不如归去”。

【鉴赏示例】

半 死 桐[1]

贺 铸

重过阊门万事非，同来何事不同归[2]？梧桐半死清霜后，头白鸳鸯失伴飞[3]。　原上草，露初晞，旧栖新垅两依依[4]。空床卧听南窗雨，谁复挑灯夜补衣？

【注释】

［1］半死桐：即《鹧鸪天》，为作者据内容所拟新名。

［2］阊门：苏州著名城门，借指苏州。同来不同归：作者夫妇曾在苏州寄寓一段时期，离苏州时妻子已死，故云不同归。

［3］“梧桐”二句：以树和鸟比喻失偶。枚乘《七发》中有“龙门之桐”，“其根半死半生”。孟郊《烈女操》：“梧桐相待老，鸳鸯会双死。”此处化用其意。

［4］“原上草”二句：以草上露水易干为喻，感叹人生短促。古乐府《薤露歌》有“薤上露，何易晞？露晞明朝更复落，人死一去何时归”之句。晞：干。旧棲：指过去同居的寓所。新垅：指亡妻的新坟。

【鉴赏】

贺铸（1052~1125），字方回，号庆湖遗老，卫州（今河南汲县）人，宋太祖孝惠后族孙。曾任泗州、太平州通判，晚年退居苏州。能诗文，尤工词，为北宋后期重要词家。本篇是一首悼亡词。

爱情是一座姹紫嫣红的花园，但花园也有凋零荒芜之时，失伴的鸳鸯是孤单的。当爱侣中的一方先离开人间，剩下的这一个便不胜悲凄。如果身为诗人，常会一发而为悼亡之作。宋词中虽有不少作品是描写死生异路的爱情悲剧的，但以词悼亡并写得震撼人心的，该算贺铸一个。这首词，就是贺铸悼念他的妻子赵氏的。

贺铸身怀文武奇才却一生屈沉下僚，郁郁不得志。妻子始终陪在他身边，任劳任怨，甘苦与共。他们本来是要牵手走完人生的长途，然而妻子却先他而去，留给他无尽的怀念。终于，在一个风雨潇潇的夜晚，词人将心中无限的追思之情，化为笔下这首千古绝唱——《半死桐》。

词调本名《鹧鸪天》，贺铸改题为《半死桐》，源于汉代枚乘的《七发》之文。枚乘说龙门之桐，其根半死半生，斫以为琴，声音为天下之至悲。男人的一半是女人，贺铸借用于此，既是比喻自己已是半死之身，也暗喻此词乃至悲之哀音。

起句直接抒怀，痛彻人心。阊门是苏州城西门，词人北行后重回苏州，想起相濡以沫的妻子长眠于此，不禁悲从中来。物是人非事事休啊！多少泪珠无限恨，郁积于心，发而为一句悲怆的呼号："同来何事不同归？"虽是极无理之辞，却是极有情之语。

"梧桐半死清霜后，头白鸳鸯失伴飞"，表面上写连理树的半死，双栖鸟的失伴，而这分明是他自己的境况——痛失爱妻的他就如经霜后半死的梧桐及白头失伴的鸳鸯。"清霜"和"头白"都是一语双关，透出岁之将暮，人之垂老之哀情，孤寂之状凄然跃于纸上。

下片写原上草露日出即干。为什么要写这个场景呢？这既是荒郊墓垅实景，又暗用汉乐府哀歌《薤露歌》："薤上露，何易晞？露晞明朝更复落，人死一去何时归"，沉痛之情蕴于其中。又因言"新垅"，顺势化用陶渊明《归田园居》："徘徊丘垅间，依依昔人居。”从而很自然地牵出“旧栖”。已居旧栖，妻眠新垅，纵是死生相隔，仍是两情相依。何其缠绵，何其沉挚！尾二句情景尤为凄凉。孑然一身，形影相吊，卧床听雨，一灯如豆，真是辗转难眠！不禁凄然相问，“谁复挑灯夜补衣？”

词人早年在河北供职时，曾作一首《问内》，写的就是妻子在炎炎夏日为他补衣的情景。如今雨打南窗，青灯独对，睹物思人，情何以堪？妻子挑灯补衣的情景回忆，极为温馨感人。读惯了柳永词中常见的那种“一日不思量，也攒眉千度”的浓烈之情，再来读这样的细节，愈觉这种夫妻之情，亲切家常，澹而弥久，久而弥笃。

《半死桐》以平实语言写夫妻至情，巨痛沉哀。那一句句，一声声，仿佛南窗的雨滴，敲打着我们的心房，湿润了我们的眼睛。本篇与苏轼《江城子》（十年生死两茫茫）一起，同为宋代悼亡词中的杰作。

【实战训练】

孤　雁　儿[1]

李清照

世人作梅词，下笔便俗。予试作一篇，乃知前言不妄耳。

藤床纸帐朝眠起[2]，说不尽，无佳思[3]。沉香烟断玉炉寒[4]，伴我情怀如水[5]。笛里三弄[6]，梅心惊破[7]，多少春情意。　　小风疏雨萧萧地[8]，又催下、千行泪。吹箫人去玉楼空[9]，肠断与谁同倚？一枝折得[10]，人间天上，没个人堪寄[11]。

【注释】

[1] 孤雁儿：词牌名，由无名氏词句“听孤雁声嘹唳”而得名。作者李清照（1084~1155?）号易安居士，济南人。出生于一个学者仕宦家庭，父亲李格非是苏门后四学士之一。十八岁嫁与赵明诚，夫妻恩爱，志同道合。晚年备尝国破家亡之苦。其《漱玉词》今存四十馀首，堪称字字珠玑。

[2] 藤床：清晨从藤床纸帐中起身。藤床：藤条编的床。纸帐：用藤皮

茧纸做成的帐子，纸上画有梅花、草、花卉，亦称梅花纸帐。朱敦儒《鹧鸪天》词：“道人还了鸳鸯债，纸帐梅花醉梦间”。

[3] 无佳思：没有好心情。

[4] 沉香：即沉水香，一种在熏炉中点燃的香料。以沉香木的木材与树脂制成，脂膏凝结为块，入水能沉，故名沉香。

[5] “伴我”句：只有断烟的寒炉和我这情怀冰冷如水的人为伴。

[6] 三弄：即古笛曲《梅花落》，因有三叠，故称《梅花三弄》。

[7] 梅心惊破：梅心因闻笛声而惊破，实指梅花开放，是拟人法。

[8] 萧萧地：形容风雨声。地：语助词，无义。

[9] 吹箫人去：春秋时秦穆公的女儿弄玉嫁给了善吹箫的箫史。秦穆公为他们筑了一座楼台，人称凤台。此处以箫史喻赵明诚。吹箫人去，喻赵已去世。

[10] 一枝折得：折了一枝梅花。折梅相赠乃古时风尚，用以表示浓情厚谊。南朝陆凯从江南遥寄一枝梅花给长安的故人范晔，并赠诗曰：“折梅逢驿使，寄与陇头人。江南无所有，聊赠一枝春。”

[11] 没个人堪寄：折得梅花也无人可以相赠。堪：可，能。

【鉴赏示例】

少 年 游[1]

周邦彦

并刀如水，吴盐胜雪[2]，纤手破新橙。锦幄初温，兽烟不断，相对坐调笙[3]。低声问：“向谁行宿[4]？城上已三更。马滑霜浓，不如休去，直是少人行[5]。”

【注释】

[1] 少年游：此调有数格，本篇与柳永、晏几道等人所作不同。

[2] 并刀：并州（今山西太原）出产的剪刀，以锋利著称。吴盐：指淮盐，一种颗粒细匀、晶莹如雪的优质盐。因橙味带酸，故古人吃橙时常以盐来中和。

[3] 锦幄（wò）：华丽的帷帐。兽烟：兽形香炉中冒出的香烟，一作“兽香”。调笙：调音吹笙。

[4] 谁行（háng）：哪边，何处。行，宋代口语，这里、那里的意思。

[5] 直是：正是。

【鉴赏】

清真居士周邦彦是北宋词的名家，在词的章法结构及音乐方面颇有贡献。其早期作品多为流连歌台舞榭之作，忧患中年后，他的词才面向较广阔的社会人生，风格由妩媚趋于沉郁。他二十六岁从钱塘远去京都为太学生，四年后擢为太学学正。风流倜傥的他常流连于青楼楚馆，其《少年游》真的是少年之游，所记乃年轻的词人与京城一位歌妓在冬夜一次温馨的交往。

上片写冬日闺房和暖温柔的气氛，全从静物入手。杜甫曾说“焉得并州快剪刀”，李白也说：“吴盐如花皎白雪”，周邦彦此处随手拈来，自是天成的偶句，且为女主人纤手破橙待客作了铺垫。在这里，如水的并刀与如雪的吴盐这两样至明至清的物象与新橙的甘凉反衬出闺中暖意：“锦幄初温，兽烟不断”。只见闺房暖暖，香烟袅袅，好一处温香暖玉、旖旎风流之地。相对而坐，转轴拨弦，真是未成曲调先有情。

上片均是男子眼中所见，下片则用女子口吻来传情。夜已深沉，人宿何处，女子的探问和自答，柔情似水而又婉曲浓至。不说留宿而说“向谁行宿”，不说“休去”而道“马滑霜浓，不如休去”。城上三更，马滑霜浓，全为虚写，暖意浓浓的闺房才是实景。这里虚景和实景的对比，让人感觉室内何其甘秾，室外何其凄苦，更觉这暖闺的难分难舍。

全词所述之事香艳至极，亲昵至极，却让人感觉不到一丁点庸俗猥亵，有的只是珠圆玉润，亲切温情。且小令中出现了符合人物身份的对话，更是显得别有一番风情。

【实战训练】

采　桑　子[1]

纳兰性德

谁翻乐府凄凉曲[2]？风也萧萧，雨也萧萧，瘦尽灯花又一宵。　　不知何事萦怀抱，醒也无聊，醉也无聊，梦也何曾到谢桥[3]。

【注释】

［1］采桑子：此调可能来自民间，首见于五代词人。作者纳兰性德(1655~1685)，清代杰出词人。原名成德，字容若，号楞伽山人。出身于满族正黄旗，为大学士明珠之子，官高位显，但所作词多感伤情调。本篇为悼亡之作，怀念的是早逝的妻子卢氏。

［2］乐府：汉武帝时定郊祀礼，立乐府，掌管宫廷、巡行、祭祀所用的音乐，兼采民歌配以乐曲。后来作为一种诗体的名称。翻：按旧曲制作新词。刘禹锡《杨柳枝》词："请君莫奏前朝曲，听唱新翻杨柳枝。"

［3］谢桥：旧诗词中常称所爱女子（或妓女）为"谢娘"，因而称其所居之处为"谢家"、"谢家庭院"、"谢家池阁"、"谢桥"。宋晏几道《鹧鸪天》词："梦魂惯得无拘检，又踏杨花过谢桥。"

【鉴赏示例】

鹧 鸪 天

姜 夔

正月十一日观灯

巷陌风光纵赏时，笼纱未出马先嘶[1]。白头居士无呵殿，只有乘肩小女随[2]。　花满市[3]，月侵衣。少年情事老来悲。沙河塘上春寒浅[4]，看了游人缓缓归。

【注释】

［1］纵赏：纵情观赏。这句是说大街小巷的人们都在纵情观灯。笼纱：用绢纱做的灯笼。《梦粱录》：元宵"公子王孙，五陵年少，更以纱笼喝道，将带佳人美女，遍地游赏。"这句是说，贵族子弟赏灯时，还未见其喝道的灯笼，已听到其马声嘶鸣。

［2］白头居士：作者是平民百姓，无乌纱帽，故自称"白头居士"。呵殿：古时做官者出行，前后有随从喝道，前称"呵"，后称"殿"。乘肩小女随：坐在肩头的小女孩。

［3］花：指花灯。

［4］沙河塘：当时杭州街巷名。在余杭门内，以其门外为沙河堰，故以沙河塘名街。当时是繁华街道。春寒浅：正月十一日，已经入春，不太寒冷，故说"春寒浅"。

【鉴赏】

姜夔（约1155～1221），字尧章，自号白石道人。饶州鄱阳（今属江西省）人。一生布衣，依人而居。精音律、善鉴赏、工书法，诗、词、文均有很高造诣，尤以词名。词风兼具清空、骚雅之长，影响颇大，他之下有“姜派”之目。

姜夔有四首《鹧鸪天》，都是在正月十五前后写的。正月十五是上元节，又称元宵节或灯节，在宋代是非常隆重和热闹的一个节日。“东风夜放花千树，更吹落，星如雨”，辛弃疾词中便记下了其华彩灿烂的场景。古时习俗是在元宵节前几天就开始举行花展和灯展，谓之预赏。这首词便是姜夔正月十一观灯后写下的。

姜夔此时已四十三岁，词名已盛而功名未立，官衣未得而仍是一介布衣。此时离元宵节虽还有几天，但大街上早已张灯结彩，鲜花满目，“笼纱未出马先嘶”，七个字写得一派华贵气象，那些公子佳人们信马由缰，随从们手举纱灯前呼后拥，一派莺歌燕舞之景。而白头诗人只是平民百姓，无人前后喝道，只有坐在肩上的小女相随，在热热闹闹的人群中显得分外寥落。

“花满市，月侵衣”，装点元宵的花灯满街都是，月光如水一般，仿佛浸透衣服。此情此景，油然生出“少年情事老来悲”的感慨。究竟是一段什么样的少年情事？原来姜夔年轻时在合肥遇到一位善弹筝琶的歌女，两情相悦，然有情人最终未成眷属。跟这位女子分别时是在灯节前后，多年过后，他依然眷眷不能忘情。如今花灯依旧，当年身边的那个女子又在哪里呢？一段少年情事的回忆，充满了惆怅无奈。

“沙河塘上春寒浅，看了游人缓缓归”，沙河塘是看花灯的地方，在早春正月浅浅的春寒里，他看着别的游人兴致盎然，听着少男少女的欢声笑语——而热闹是属于别人的，他什么也没有，只好孤独落寞地回去了。

来时巷陌马嘶，何其热闹，去时游人缓归，又何其冷清。全词以乐景衬哀情，悲寥之情自现。

【实战训练】

虞美人·听雨[1]

蒋 捷

少年听雨歌楼上，红烛昏罗帐。壮年听雨客舟中，江阔云低，断雁叫西风[2]。而今听雨僧庐下，鬓已星星也[3]。悲欢离合总无情，一任阶前，点滴到天明。

【注释】

[1] 听雨：本篇词题。词通常只标词调（即词牌）而无篇题，但亦有部分词人偶尔在词调之下标明词题者。本篇作者蒋捷（1245? ~1310?），字胜欲，号竹山，阳羡（今江苏宜兴）人。度宗咸淳十年（1274）进士，宋亡不仕，抱节终身。

[2] 断雁：失群的孤雁。

[3] 僧庐：僧房。星星：形容鬓发斑白。

第二节 慢词鉴赏

令、慢是词的两大类别。“慢”是慢曲子的简称，与急曲子相对而言。慢，古书上写作曼，即是延长引申的意思，因为歌声延长，唱就显得迟缓，称做“曼”，后由“曼”字演化成“慢”字。《词谱》卷十慢词云：“盖调长拍缓，即古曼声之意也。”属于慢曲子的词调，一般在调名上标明“慢”，以便与同名的急曲子区别，但是如果同名的急曲子不流行了，慢字也可不用加了。

由于慢词曲调变长、节奏放慢，与小令相比，在音乐上的变化更加繁多，也更加悠扬动听。张炎《词源》卷下说：“慢曲不过百馀字，中间抑扬高下，丁、抗、掣、曳，有大顿、小顿、大住、小住、打、掯等字。真所谓‘上如抗，下如坠，曲如折，止如槁木，倨中矩，句中钩，累累乎端如贯珠’之语，斯为难矣。”由于慢词在音乐上具有调长拍缓的特点，演唱一曲的时间很长，白居易《早发赴洞庭舟中》云：“出郭已行十五里，惟消一曲慢《霓裳》。”可见舟行十五里，才唱完这曲慢《霓裳》。所以慢词很适宜表达曲折婉转、复杂变化的个人情感。

慢词一般字多调长，一调少则八九十字，多则一两百字，柳永最长的慢词《戚氏》长达212字。但是慢词和长调还是有一定的区别，不能说长调都是慢词。因为小令、中调、长调是按字数来划分的，“慢”、“急”却是按音乐节拍的缓慢或急促来区分的，与字数没有必然联系。急曲子调长字多的也有，如敦煌琵琶谱中的急曲子，有的就不短于“慢曲子”；同时有些短调也可能是慢曲，如《高丽史·乐志》中所载的《太平年慢》双调则只有45字。由于慢词篇幅体制扩大，因此相应地扩充了词的内容涵量。

唐五代时期，词创作是以小令为主，但是在敦煌曲子词和《尊前集》中，已经出现了慢词。据吴熊和先生《唐宋词通论》讲，《尊前集》中的钟辐的《卜算子慢》是现在所能见到的最早标明“慢”的调名。北宋时期柳永创作了大量慢词，这从根本上改变了唐五代以来小令一统天下的格局，使得慢词与小令一起，成为宋代和后世词人最为常用的曲调样式。

【鉴赏示例】

玉 蝴 蝶[1]

柳 永

望处雨收云断[2]，凭阑悄悄，目送秋光。晚景萧疏，堪动宋玉悲凉[3]。水风轻、蘋花渐老[4]；月露冷、梧叶飘黄。遣情伤，故人何在？烟水茫茫。　难忘，文期酒会[5]。几孤风月，屡变星霜[6]。海阔山遥，未知何处是潇湘[7]？念双燕、难凭远信[8]；指暮天、空识归航[9]。黯相望，断鸿声里，立尽斜阳。

【注释】

［1］玉蝴蝶：唐曲，温庭筠本调词为小令，柳永始创为长调。

［2］雨收云断：一本作“云收雨断”。

［3］宋玉悲凉：宋玉《九辩》："悲哉秋之为气也。"

［4］蘋花：一种大的浮萍，夏秋间开白色小花，亦称白蘋。

［5］文期酒会：以诗酒歌乐的方式聚会。

［6］孤：一本作"辜"，辜负之意。屡变星霜：过了几年。星，指岁星，即木星。木星约十二年绕日一周，故古人以其经行之方位纪年，星变方位则岁移。

［7］潇湘：原是潇水和湘水之称，后泛指为所思之处。

［8］双燕二句：《开元天宝遗事》载，女子绍兰之夫数年不归，有双燕飞于其膝上，兰乃寄书封于燕足上。后其夫果得之。这里反用其意说纵有双燕也难以传寄书信。

［9］空识归航：用谢朓《之宣城郡出新林浦向板桥》"天际识归舟，云中辨江树"及刘采春《望夫歌》"朝朝江口望，错认几人船"诗意。

【鉴赏】

"忍把浮云，换了浅斟低唱"的柳永，一生郁郁不得志，他为我们留下的60多首羁旅行役词里，展示出一位追求功名利禄而"携书剑"浪迹天涯，四处干谒却屡屡失望的下层士大夫形象。在柳永的这些词里，他喜欢写秋天的季节，喜欢写日暮的景色。如《雪梅香》里"动悲秋情绪"、"楚天阔，浪浸斜阳"，《曲玉管》中"陇首云飞，江边日晚"、"萧索千里清秋，忍凝眸"，《八声甘州》里"对潇潇暮雨洒江天，一番洗清秋"、"关河冷落，残照当楼"，都是一色凄清萧疏的秋日晚景。

这首《玉蝴蝶》里的场景同样如此，仍然是登高望远。此时大雨初歇，独自凭阑，忧心忡忡。是什么撩起了这缕情思？这向晚黄昏的萧疏秋景，怕是要惹起宋玉那份悲秋的情怀，道出那声悠长的叹息："悲哉，秋之为气也，萧瑟兮草木摇落而变衰"，而词人眼前所见到的，正是一样凄清的画面：秋风轻拂着水面，白蘋花渐渐老了，月寒露冷的季节里，梧桐叶子黄了，片片飘零。这里，词人只用水风，蘋花，月露，梧叶四种景物，却交织出一片凄迷萧瑟的秋景。"轻"、"老"、"冷"、"黄"四字，细腻地传达出冷清孤寂的感觉。此情此景，很自然地引出情伤处，"故人何在？"可是无人应答，天地一片寂静，惟有烟水茫茫，映衬此刻心绪，怅然若失，迷茫伤感。

下片插入回忆，欢乐的往事历历在目，和故人一起把酒论诗，何其快哉！然而，聚散苦匆匆，分别之后，已是物换星移，几度秋光了。“海阔山遥”句，又从回忆中收回思绪，落到眼前之景。山水迢迢，故人何处？潇湘，指友人所在地，此暗用梁柳恽《江南曲》“洞庭有归客，潇湘逢故人”之意。相思之苦，何以慰藉？只见双双燕子，斜掠而过，剪断四溢的相思，却不能捎去音讯。“指暮天，空识归航”，这是在盼望故人归来，然而一次次望穿秋水，却只是美丽的错误。谢朓有诗：“天际识归舟，云中辨江树”，温庭筠有词《梦江南》：“过尽千帆皆不是，斜晖脉脉水悠悠，肠断白蘋洲”。这里用前人的诗词，化出新的意境，新的形象，把对故人的思念之情表现得深挚动人。尾三句以景结情，馀情袅袅。在萧瑟的秋光中，在断雁哀伤的叫声中，只有一个孤独的自己，伴着落日的馀晖，久久沉浸在回忆和思念里。“立尽斜阳”的身影，让我们想起了冯延巳《鹊踏枝》中的句子：“独立小桥风满袖，平林新月人归后”，一样是孤单、寂寥的情怀。

伤春悲秋，是古来文人的共同情怀，连杜甫都说过：“摇落深知宋玉悲”。悲秋，不仅是因为草木的摇落而悲哀，更因为草木的摇落会让人想到生命的短暂，生命的流逝，想到功名未就，壮志未酬。柳永就是这样一个失意的文人，没有机会实现理想抱负，过着动荡漂泊的生活，要忍受离别，忍受孤独，旁边连一个亲近的朋友都没有，就是这样的悲哀。所以在他的羁旅词里，登山、临水、秋月、晚景、落日、黄昏、冷雨这样的意象反复出现。他所要表达和倾诉的正是才人志士的失意之悲和相思离别之痛，这两种感情在他的词中完全融合了。

【实战训练】

望　海　潮[1]

柳　永

东南形胜，江吴都会[2]，钱塘自古繁华。烟柳画桥，风帘翠幕，参差十万人家[3]。云树绕堤沙，怒涛卷霜雪，天堑无涯[4]。市列珠玑，户盈罗绮，竞豪奢。　　重湖叠巘清嘉，有三秋桂子，十里荷花[5]。羌管弄晴，菱歌泛夜，嬉嬉钓叟莲娃[6]。千骑拥高牙，乘醉听箫鼓，吟赏烟霞[7]。异日图将好景，归去凤池夸[8]。

【注释】

[1] 望海潮：柳永自创词调。潮，指钱塘潮。

[2] 江吴：钱塘旧属吴国，隋唐时为杭州管辖地，五代吴越建都于此，故云江吴都会。一作“三吴”。

[3] 参（cēn）差（cī）：形容阁楼高低不齐。

[4] 天堑（qiàn）：天然的壕沟。堑：坑。《南史·孔范传》：“隋师将济江，群官请为备防。……范奏曰：‘长江天堑，古来限隔，虏军岂能飞渡？’”

[5] 重湖：西湖以白堤为界，分为外湖和内湖，故云。叠巘（yǎn）：重叠的山峰。清嘉：秀丽。三秋：秋季三个月。

[6] 羌管：笛子。笛子出自羌中，因此成为羌管。菱歌：采菱歌。嬉嬉：嬉戏。钓叟：渔翁。莲娃：采莲女。

[7] 牙：牙旗，将军用的旗帜，杆上用象牙装饰，故名牙旗。烟霞：山水，景色。

[8] 图：描绘。凤池：凤凰池。本指皇帝禁苑中的池沼。由于中书省在禁中，掌握政治机要，故以凤凰池代称之。后以凤凰池指代朝廷。

【鉴赏示例】

水龙吟　次韵章质夫杨花词[1]

苏　轼

似花还似非花，也无人惜从教坠[2]。抛家傍路，思量却是、无情有思。萦损柔肠[3]，困酣娇眼，欲开还闭[4]。梦随风万里，寻郎去处，又还被、莺呼起[5]。　　不恨此花飞尽，恨西园、落红难缀。晓来雨过，遗踪何在？一池萍碎[6]。春色三分，二分尘土，一分流水。细看来、不是杨花，点点是离人泪[7]。

【注释】

［1］水龙吟：此调首见于柳永。据说取义自李白《宫中行乐词》“笛奏龙吟水”句。次韵：用原韵而且依照其先后次序写诗词。章质夫：名楶（jié），浦城（今福建蒲城县）人。历仕哲宗、徽宗两朝，为苏轼好友，经常和苏轼诗词酬唱。

［2］从教：任随。

［3］萦：谓愁思萦迴。柔肠：杨柳枝条柔细，故以柔肠为喻。白居易《杨柳枝》：“人言柳叶似愁眉，更有愁肠如柳丝。”

［4］“困酣”两句：形容困倦之极。此以美人的娇眼比喻柳眼。古人诗赋中称初生的柳叶为柳眼。

［5］“梦随”三句：这里暗用唐人金昌绪《春怨》诗意：“打起黄莺儿，莫教枝上啼。啼时惊妾梦，不得到辽西。”

［6］萍碎：作者《再和曾仲锡荔枝》诗自注：“飞絮（即杨花）落水中，经宿即化为萍。”

［7］“细看来”三句：按苏轼虽为和韵，此三句与章质夫原词读法不同。如按原词句法，应标点为“细看来不是，杨花点点，是离人泪。”（万树《词律》卷十六采此句式）语意支离，不足取，后人已予驳正。

【鉴赏】

东坡在持铁板铜琶高歌“大江东去”之际，作的这首杨花词缠绵悱恻，婉转多姿，堪称咏物词中的“绝唱”。

词前有记“次韵章质夫杨花词”，章质夫曾与苏轼同官京师。他先作了一首杨花词，写杨花到处飘尘沾惹的动态，“命意用事，清丽可喜”，人称“曲尽杨花妙处”。面对如此佳作，苏轼惟有出奇才能制胜。那就是，跳出吟咏杨花本身，而从虚处着笔，化“无情”之花为“有思”之人，巧妙地嵌进一个闺中少妇的绮丽形象。

起句“似花还似非花”，马上就给人一种不即不离之感。从咏花本身言，可以说是准确地把握了杨花“似花非花”的独特性。说它“似花”，是因它色淡无香，形态碎小，隐身枝头，向不为人注目爱怜。它“非花”，却名“杨花”，与百花同开同落，装扮春光，又一起送走春天。落花是有人同情的，而柳絮似花而又非花，所以无人怜惜，任它飘来坠去。韩愈说柳絮是没有“才思”的：“杨花榆荚无才思，惟解漫天作雪飞。”（《晚春》）苏轼却反用其意，说它看似“无情”，实则“有思”。他不说杨花离枝，而说它“抛家”，拟人之意初露端倪。漫天柳絮，飘飘洒洒，流落路旁。为什么说杨花是有情有意呢？你看那柔软的柳枝，正像那被愁思萦绕的柔肠；那嫩绿的柳叶，正像那美人困极时欲开还闭的娇眼；那随风飘荡、时落时起的柳絮，正像那梦中万里寻夫却突然被黄莺啼声惊起的思妇。苏轼完全把柳絮当成了一个美人，写得轻灵飞动又缠绵哀怨。

下片“愈出愈奇”，奇在何处？奇在承上片“惜”字意脉，追踪杨花遗迹，抒发了一片惜春深情。

令人生恨的不仅仅是杨花落尽，而且是万花纷谢，片片落花再也回不到枝头上去了。花事已尽，春色将逝，眼见一片残花败柳，怎不让人深深叹息？一夜风雨过后，再寻杨花芳踪，无奈其已化为一池破碎的浮萍。春且尽，恨难消，于是继之以“春色三分，二分尘土，一分流水”，春色居然可分，实在是奇思妙想。当然，这也是有径可寻的。徐凝有诗曰：“天下三分明月夜，二分无赖是扬州。”（《忆扬州》）叶清臣有词云：“三分春色二分愁，更一份风雨。”（《贺圣朝》）在苏轼眼里，那漫天的杨花多数已委身尘土，少数随水飘零。仔细看来，这哪里是什么杨花，斑斑点点，简直是离人的泪痕啊。词人由眼前的流水，联想到思妇的清泪；又由思妇的点点泪珠，映衬纷纷的杨花。是离人泪似的杨花，还是杨花般的离人泪？真是镜花水月，虚实难分。

全词构思巧妙，不落窠臼。飘荡的杨花被作者赋予了思妇的化身，时而写花，时而写人，写花时又写人，写人时未曾离花，在一片不即不离之境中活画出一缕杨花之魂。明人沈际飞誉之有“只见精灵，不见文字”之妙。

【实战训练】

八　六　子[1]

秦　观

倚危亭，恨如芳草，萋萋刬尽还生[2]。念柳外青骢别后，水边红袂分时，怆然暗惊。

无端天与娉婷[3]。夜月一帘幽梦，春风十里柔情[4]。怎奈向、欢娱渐随流水[5]，素弦声断，翠绡香减，那堪片片飞花弄晚，濛濛残雨笼晴。正销凝[6]，黄鹂又啼数声。

【注释】

[1] 八六子：词调始见于《尊前集》所录杜牧词。宋人作此调词以秦观此篇最著名。秦观（1049～1100），字少游，一字太虚，号淮海居士，高邮（今江苏高邮）人。与黄庭坚、张耒、晁补之同为苏轼所赏识，合称为“苏门四学士”。屡遭贬谪。秦观工诗词。词多写男女情爱，也颇有感伤身世之作，风格委婉含蓄，清丽雅淡。

[2] 刬（chǎn）：铲除。

[3] 娉婷：美貌。

[4] “春风”句：杜牧《赠别》诗：“春风十里扬州路，卷上珠帘总不如。”

[5] 怎奈向：即怎奈、如何。宋人方言，“向”字为语尾助词。

[6] 销凝：销魂凝恨。

【鉴赏示例】

六丑　蔷薇谢后作

周邦彦

正单衣试酒，怅客里[1]，光阴虚掷。愿春暂留，春归如过翼，一去无迹。为问家何在[2]？夜来风雨，葬楚宫倾国[3]。钗钿堕处遗香泽，乱点桃蹊，轻翻柳陌。多情更谁追惜[4]？但蜂媒蝶使，时叩窗槅[5]。　　东园岑寂，渐蒙笼暗碧[6]。静绕珍丛底[7]，成叹息。长条故惹行客[8]，似牵衣待话[9]，别情无极。残英小，强簪巾帻。终不似、一朵钗头颤袅，向人欹侧。漂流处，莫趁潮汐[10]。恐断红、尚有相思字，何由见得[11]！

【注释】

[1] 怅：一本作“恨”。

[2] 家：一本作“花”。

[3]“夜来”两句：韩偓《哭花》诗：“夜来风雨葬西施。”此用其意。楚宫倾国：谓楚宫美人，用以喻蔷薇花。

[4] 多情更谁追惜：是“更谁多情追惜”的倒文。

[5] 蜂媒蝶使：蜂、蝶飞游于花丛中，故作为花的媒人和使者来说。裴说《牡丹》诗：“游蜂与蝴蝶，来往自多情。”窗槅（gé）：即窗子。一作“窗隔”。

[6] 蒙笼暗碧：谓暮春绿叶繁茂，景色显得幽暗。

[7] 珍丛：指蔷薇花丛。

[8]“长条”句：蔷薇有刺，会钩住人的衣服，故云。惹，挑逗。

[9]“似牵衣”两句：孟郊《古别离》：“欲别牵郎衣，郎今向何处？”

[10]“漂流”两句：劝落花不要随流水俱去。潮：早潮。汐：晚潮。

[11]“恐断红”两句：用唐宣宗时宫女红叶题诗的典故。据说唐宣宗时卢渥在京应举，偶然从皇宫御沟拾得红叶一片，上有诗云：“流水何太急，深宫尽日闲。殷勤谢红叶，好去到人间。”这里“断红”指蔷薇花瓣。

【鉴赏】

这是周邦彦自创的新词，据说曾唱给徽宗听，精通音律的徽宗亦不解“六丑”之义。周邦彦解释说：“此曲犯六调，皆声之美音，然绝难歌。”据说上古帝王高阳氏有六子，才智高却形貌丑，称之六丑。这个曲子就是把六个不同的调子结合在一起，声情极美，而不易唱，故名为《六丑》。

词牌下另有“蔷薇谢后作”几字。一般来说，表达光阴流逝之感，文人多通过伤春惜春来表现。写落花虽多，但以写落时为主，如晏殊《浣溪沙》“满目山河空念远，落花风雨更伤春”，温庭筠《更漏子》“兰露重，柳风斜，满院堆落花”。但这首词却选择了凋谢后的蔷薇来咏叹，显得别有新意。蔷薇花期为六七月，此时春天早已归去，连蔷薇都谢了，当然更让人感慨。

起句说正穿着单衣在喝酒，这本是非常闲适的情绪，谁知他是在举杯消愁——光阴虚掷，惆怅不已。不奢求春天永驻，只愿她能暂留，可是这小小的愿望都不能满足。春天像飞鸟一样急速掠过，消逝得无影无踪。词人心中的痛惜之情真是千回百转。蔷薇本可留下一些春意，然而，夜来风雨声，花落知多少？那一树娇柔的蔷薇，已被一夜的狂风骤雨埋葬了，仅有的一点春色也消逝了，更让人心寒心痛。这里以楚宫美人喻蔷薇花容，以遗落的钗钿喻坠落的花瓣，点染出蔷薇香消玉殒的惨淡之景。“乱点”“轻翻”活画出落花飘洒在桃蹊、柳陌的动态，它们仿佛在以最后一点馀香装点春色，真是多情。红消香断有谁怜啊？只有蜂媒蝶使时叩窗槅，它们是在为这倾国倾城的佳人哭泣送葬吗？

下片写寻找残花的落寞。经过一个风雨交加的夜晚后，繁花落尽，愈显草木茂盛、绿叶成阴。绕着无花的蔷薇，词人踽踽独行，沉寂的东园里惟有他清冷的叹息，幽怨不已。多情的蔷薇用它的柔条依依牵住了词人的衣袖，仿佛是不舍他的离去，有无限的别情要诉说。花恋人，人亦惜花。连长枝上残留的这一朵小花，也被词人万分爱怜地摘下来，插在自己的头巾上，一片爱花之情，让人感同身受。小小残花虽“终不似一朵，钗头颤袅，向人欹侧”，却可以让人追想花盛之景。这两句写花在钗头颤动摇曳，向人倾斜展示的风姿情态，画所不能到。结尾活用唐宣宗时宫人红叶题诗事，想到随水而去的落红恐怕尚有相思字，与长条残花的多情意脉相连，显得馀韵悠长，真是花多情，人亦痴情。

“惟草木之零落兮，恐美人之迟暮”，花草的凋零总是让人们感慨万千。这首《六丑》，亦在咏叹蔷薇中深寓怀抱——春天逝去，年华不再，残花凋零，身世漂泊，怀才不遇，壮志难酬。种种情怀，真是怎一个愁字了得！

【实战训练】

永遇乐[1]

李清照

落日镕金，暮云合璧[2]，人在何处？染柳烟浓，吹梅笛怨[3]，春意知几许！元宵佳节，融和天气，次第岂无风雨[4]？来相召，香车宝马，谢他酒朋诗侣。　　中州盛日[5]，闺门多暇，记得偏重三五[6]。铺翠冠儿，撚金雪柳，簇带争济楚[7]。如今憔悴，风鬟雾鬓，怕见夜间出去[8]。不如向帘儿底下，听人笑语[9]。

【注释】

[1] 永遇乐：词调始见于柳永，别名《消息》。

[2] 镕金：形容落日灿烂的颜色。暮云合璧：暮云弥漫，如璧之合。江淹《休上人怨别》："日暮碧云合，佳人殊未来。"

[3] 染柳二句：为"烟染柳浓，笛吹梅怨"倒文。梅：指《梅花落》曲调。

[4] 次第：口语，转眼间。

[5] 中州：今河南省为古豫州地，居九州之中，故称中州。宋朝东京（开封）、西京（洛阳）、南京（商丘）都在中州。这里指东京。

[6] 三五：十五。正月十五元宵节，是北宋时盛大的节日。

[7] 铺翠冠儿：镶翡翠珠子的头冠。撚（niǎn）金：金饰的一种。雪柳：古代妇女们元宵时插戴的装饰品。都是用丝绸或者纸扎的。簇带：满载。济楚：整齐、漂亮。《宣和遗事·亨集》："京师民有似云浪，尽头上戴着玉梅、雪柳、闹蛾儿，直到鳌山下看灯。"

[8] 风鬟雾鬓：头发三乱，不加修饰的样子。李朝威《柳毅传》描写洞庭龙女时有"风鬟雨鬓"之称。怕见：懒得。

[9] 向：在。听：读为去声，任随。

【鉴赏示例】

贺　新　郎[1]

辛弃疾

别茂嘉十二弟[2]。鹈鴂杜鹃实二种，见《离骚补注》。

绿树听鹈鴂，更那堪、鹧鸪声住，杜鹃声切[3]。啼到春归无寻处，苦恨芳菲都歇。算未抵、人间离别。马上琵琶关塞黑[4]，更长门、翠辇辞金阙[5]。看燕燕，送归妾[6]。

将军百战身名裂。向河梁、回头万里，故人长绝[7]。易水萧萧西风冷，满座衣冠似雪。正壮士、悲歌未彻。[8] 啼鸟还知如许恨，料不啼清泪长啼血。谁共我，醉明月？

【注释】

［1］贺新郎：词调首见于苏轼词。因苏词有“晚凉新浴”，疑词调原为“贺新凉”。调又别作《金缕歌》《金缕曲》等。

［2］茂嘉：词人族弟，生平不详。据刘过《沁园春·送辛稼轩弟赴桂林官》词意，茂嘉亦是勉力抗金之士，颇重忠义节气。时调官桂林，词人连续赋二词送别。

［3］“绿树”三句：借鸟声托意，言临别不堪绿阴深处鸟鸣悲切。鹈鴂（tí júe）、鹧鸪、杜鹃：三种鸟，鸣声皆悲。

［4］“马上琵琶”句：用昭君出塞典。王昭君名嫱，汉元帝后宫宫女，因和亲赐嫁匈奴王呼韩邪单于。马上琵琶：谓在琵琶声中远离故国。李商隐《王昭君》诗：“马上琵琶行万里，汉宫长有隔生春。”关塞黑：谓关塞边地沙尘漫卷，一片昏暗。

［5］“更长门”句：用陈皇后失宠长门宫事。长门：汉武帝曾废陈皇后于长门宫，后泛指失意后妃所在地。翠辇（niǎn）：用翠羽装饰的宫车。金阙：宫殿。

［6］“看燕燕”句：用庄姜送戴妫事。卫庄公之妻庄姜“美而无子”，其妾戴妫生子完，继庄公为君。州吁作乱，完被杀，戴妫被迫离卫。庄姜送别戴妫，痛哭流涕。

［7］“将军”句：用李陵诀别苏武事。李陵：汉武帝时名将。当年兵败匈奴，无奈降敌。故谓“将军百战声名裂”。苏武：亦为汉武帝时人。奉命出使匈奴，被扣留十九年，持节不屈，终得返汉。苏武南还时，李陵饯别河梁。长绝：永别。

［8］“易水”句：用易水送荆轲事。战国末年，荆轲奉太子丹之命出使秦国，相机刺杀秦王。行前，朋友们于易水边上白衣冠而送。易水：今河北省易县。衣冠似雪：指送行者皆白衣素服。壮士：指荆轲。悲歌：易水：《易水歌》。未彻：未唱完。谓声犹在耳。

【鉴赏】

辛弃疾（1140～1207），字幼安，号稼轩，历城（今山东济南）人。有将相之才。平生以气节自负，功业自许。青年时组织义兵2 000馀人，加入抗金义军，不久归南宋，历任湖北、江西、湖南、福建、浙东安抚使等职。屡受主和派排挤，长期落职闲居江西上饶、铅山一带。一个爱国英雄，一个本来准备驰骋沙场、马革裹尸的将相之才，在南归之后，手里的钢刀利刃却只能借传统小词的形式转化为奔腾夭矫的词笔，为历史留下一声声悲壮的叹息。昏聩无能的南宋小朝廷沉浸在“暖风熏得游人醉，直把杭州当汴州”的偏安之乐中，辛弃疾纵有一腔爱国志，又能向何处使呢？他的怀才不遇，他的壮志难酬，他的悲愤抑郁，种种感情在他心中盘旋激荡，落笔为词，为我们展示了一个复杂的个性形象和痛苦的内心世界，慷慨雄壮又悲凉激越。

这首《贺新郎》词题为别茂嘉十二弟，是为其族弟贬官而作。从内容上看来似乎抛开了对茂嘉的送别，而专门罗列古代之“恨事”，纷至沓来，声情悲咽。按说，辛弃疾是一个在战场上出生入死过的英雄啊，他少年时代便生活在沦陷区，亲眼目睹了铁蹄之下的惨痛现实，多少人在这场民族大难中饱受生离死别之痛。这血泪斑斑的悲恨他见得多了。如今，不过是兄弟之间的暂时分手，他何以如此伤痛欲绝？

词的开头以三种鸟鸣起兴。《离骚》曰“恐鹈鴂之先鸣兮，使夫百草为之不芳”，鹈鴂之鸣让人顿起时光飞逝，美人迟暮之感。而鹧鸪鸣声像“行不得也哥哥”，杜鹃传说中为蜀王望帝失国后魂魄所化，常悲啼出血，声如“不如归去”。这三种鸟鸣都是很凄厉的，一股浓烈的悲感气氛顿时笼罩全篇。这三种鸟儿不停地悲啼，此起彼伏，它们是在叹息春归无踪，百花凋谢吧，但它们哪里知道，人世间的离别是更让人悲痛的啊！

杜甫说：“恨别鸟惊心”，大抵是因为心中有恨有痛，那鸟鸣之声听起来才分外凄厉吧！那到底是什么样的恨事让人如此哀戚？“算未抵人间离别”一句，领起五个历史典故，请看这位满腔悲愤的词人，是怎样列举这人间恨事的：

“马上琵琶关塞黑”——这是昭君出塞。这个柔弱的女子远嫁匈奴，荒凉大漠中回荡着琵琶声，分明怨恨曲中论啊！

“更长门翠辇辞金阙”——这是陈皇后失宠。昔日万千宠爱在一身，如今离开紫阙金殿，独居长门，寂寞无人语，何等凄然！

“看燕燕，送归妾”——这是庄姜送戴妫，痛哭流涕。至今留下《燕燕》一诗：“之子于归，远送于野。瞻望弗及，泣涕如雨。”其情其景，催人泪下！

上片至此已完，然悲愤之情难抑，如波涛汹涌澎湃，宕于下片：

“将军百战身名裂。向河梁、回头万里，故人长绝。”——这是苏李诀别。李陵当年兵败匈奴，无奈降敌。后苏武南还，李陵相送，有“异域之人，一别长绝”之语，生离死别，其痛何哉！

“易水萧萧西风冷，满座衣冠似雪。正壮士、悲歌未彻。”这是易水送荆轲。荆轲刺秦王，行前，朋友们于易水边上白衣冠而送。“风萧萧兮易水寒，壮士一去兮不复还”，何其慷慨！

这五种离别悲剧，淋漓尽致地展现了人间别恨，熔铸成一幅惊心动魄的“人间离别图”，震撼人心。这决不是寻常的用典，每一个历史故事背后，都是战火纷飞的现实投影，都是饱含血泪的切肤之痛。他不能直说，也不忍直说啊！

汴京失守，二帝被俘，数以千计的嫔妃、公主被金人掠去，比起昭君出塞，她们该有多少泪水、多少悲愤？陈皇后只是失宠于皇上，较之后妃不受二帝庇护屈辱被逐，岂不更有锥心之痛？国破家亡，多少骨肉失散，挥泪而别，庄姜戴妫的故事，处处上演。中原沦陷，文武百官沦落异域，屈辱自知。他们也和李陵苏武一样，或是“百战身名裂”，或是“故人长绝”。仁人志士，不甘亡国，慷慨从军，比之荆轲刺秦王，更为壮烈。他们和亲友的告别，分明又是一阕易水哀歌！

谁能想到，这历史上种种恨事，竟会在当下一幕幕重演！“如许恨”三字力透纸背，悲痛之情喷薄而出。如果禽鸟也知现实惨痛，该也会声声啼血吧！更何况是万物之灵的人呢？至此，强弩近末，尚未见送别之意，有的只是满腔的悲愤。结句蹦出“谁共我，醉明月”六字，点明题旨，绾结全词，可谓大开大合。茂嘉弟走后，谁来陪我喝酒谈心，共醉明月呢？悲凉之情，馀音袅袅，如泣如诉。

离别之情，在文人词作中表现得太多了，但大多囿于儿女私情，是执手相看泪眼，此去经年，不知何日重逢的惆怅罢了。但在辛弃疾的时代，历史的风云为人间离别注入了汹涌澎湃的悲凉慷慨，于是，一阕平常的离歌也化而为血泪交织的壮士悲歌。

【实战训练】

沁园春[1]

辛弃疾

灵山齐庵赋[2]，时筑偃湖未成

叠嶂西驰[3]，万马回旋，众山欲东。正惊湍直下，跳珠倒溅；小桥横截，缺月初弓。老合投闲[4]，天教多事，检校长身十万松[5]。吾庐小，在龙蛇影外[6]，风雨声中。

争先见面重重，看爽气朝来三数峰。似谢家子弟，衣冠磊落[7]；相如庭户，车骑雍容[8]。我觉其间，雄深雅健，如对文章太史公[9]。新堤路，问偃湖何日，烟水濛濛？

【注释】

[1] 沁园春：宋人习用长调。首见于苏轼词。据考，此调原为唐曲。汉明帝之女沁水公主有园林名“沁园”，曾被外戚窦宪侵占，故后人咏之。此调别作《大圣乐》、《寿星明》、《洞庭春色》等。

[2] 灵山：在今江西省上饶县城北七十里。齐庵：今灵山已无此庵。

[3] 叠嶂：重叠的山峰。

[4] 投闲：置身于闲散之中。

[5] 检校（xiào）句：掌管十万株与人身高相当的松树。检校，是宋时的官衔。此处是作者的自我解嘲。

[6] 龙蛇：喻指苍劲屈曲的树木。

[7] 谢家子弟：东晋士族谢家子弟讲究举止风度，服饰端庄，落落大方。

[8] 相如：司马相如。《史记·司马相如列传》云：“相如之临邛，从车

骑。雍容闲雅甚都。”

[9] 太史公：司马迁，字子长，曾任太史令。所著《史记》不仅是成就极高，影响极大的历史著作，而且为历代文人推崇为不朽的散文作品。韩愈评柳宗元文云：“雄深雅健，似司马子长。”

【鉴赏示例】

长亭怨慢[1]

姜　夔

余颇喜自制曲。初率意为长短句，然后协以律，故前后阕多不同。桓大司马云：“昔年种柳，依依汉南；今看摇落，凄怆江潭；树犹如此，人何以堪？”此语余深爱之。

渐吹尽，枝头香絮。是处人家，绿深门户[2]。远浦萦回，暮帆零乱，向何许[3]？阅人多矣，谁得似长亭树？树若有情时，不会得青青如此！　　日暮，望高城不见，只见乱山无数。韦郎去也，怎忘得玉环分付[4]。第一是，早早归来，怕红萼[5]，无人为主。算空有并刀，难剪离愁千缕[6]。

【注释】

[1] 长亭怨慢：慢词，又称《长亭怨》。据此篇小序可知，此为姜夔自度曲。

[2] 绿深门户：门前种柳，门户在绿柳深处，故言。

[3] 远浦：指远去的河岸。萦回：指河流曲折。何许：何处。

[4] 韦郎：指唐朝韦皋。这里是作者自比。据说韦皋游江夏，与女子玉箫有情，别时留玉指环，约以少则五年，多则七载来娶。后韦皋八载不至，玉箫绝食而死。这两句是说，自己去后，怎么会忘记情人的反复叮咛呢？

[5] 红萼：犹言红花，代指情人。

[6] 并刀：陆游《对酒》诗之一：“闲愁剪不断，剩欲借并刀。”

【鉴赏】

姜夔虽才情极高却以布衣终老，功名未就的他只好在旅食依人中孤独地咀嚼时光流逝的悲哀，其所具有的强烈的生命意识又更强烈地融合到爱情中去。这种以生命意识表现爱情意识最突出的作品便是这首《长亭怨慢》。

姜夔是精通音律之人，此词牌亦其自创。序中所引之事乃当年桓温北征时种下柳树，归时昔日小树皆已十围。树之长成让人感慨人之老大，他不禁潸然泪下："树犹如此，人何以堪"！朴朴素素八个字，道尽了万千感慨。

尽管姜夔小序常乱以他辞，但此词上片却全从小序生发。那该是暮春季节吧，枝头柳絮已渐渐被风吹尽，处处人家门前都已柳阴绿浓。斜阳西下，浦口萦回的流水，暮色中零乱的帆船，这些景物的渲染和烘托，点出分明又是一场离别。"阅人多矣，谁得似长亭树"，完全是一往情深的语调，然而却是埋怨之情："树若有情时，不会得青青如此！"天若有情天亦老啊，年去岁来，柳树见证着一场又一场离别，目睹着离人的黯然消魂。但是，树似乎因司空见惯而无动于衷。树之青碧无情更是反衬出自己依依惜别的深情。而离人久别，暗伤老大之意也自在言外，此处用典而不滞于典，化出奇境。

为什么要写柳树呢？不仅仅是柳树关乎离情，像"长安陌上无穷树，唯有垂杨管离别"那样，更因为姜夔当年深爱的那个女子就住在合肥，他在《凄凉犯》序中云："合肥巷陌皆种柳"。原来柳树寄托了词人的一段情思，他因柳生情，从"柳色夹道，依依可怜"之浓密到柳之飘零，怎能不勾起他的满腔心事呢？昔日两情相悦，而今天各一方，岂不怆然？

下片转而写别后。因为留恋和不舍，离人在暮色四合中频频回望。但此刻高城已不见，况复城中人呢？所见惟有乱山重叠。如此迷茫凄凉之景，让人更添愁绪。秦观的《满庭芳》"伤情处，高城望断，灯火已黄昏"，勾勒过相似的画面，然姜词读来更觉凄迷。接下去化用唐韦皋玉环之典。在这场美丽动人的生死恋情中，词人突出的是玉环临别时的殷切吩咐，"第一是早早归来"，家常口语中满含期望，满含深情，其中正蕴藏着因怀时光流逝而"无人为主"的忧虑。这种时光易失之感和离愁别绪交织在一起，就算是有并州快剪刀，也是剪不断理还乱啊！这里写自己的惜别之情，情侣的嘱咐之意，极为凄怆缠绵。陈廷焯评曰“哀怨无端，无中生有，海枯石烂之情”。

伤春悲秋，感离伤别本是文人写滥了的题材，但姜夔的情词里却始终贯穿着“少年情事老来悲”的时间进程，爱情的失意中蕴涵着生命流逝的无奈，这使他表达的感情格外深挚动人。和传统恋情词的柔绮软媚相比，他的词着笔淡雅，咏梅咏柳，旁敲侧击，迂回曲折，从而使情词呈现出劲峭有力的风格面貌。所谓“健笔写柔情”是也。

【实战训练】

齐　天　乐[1]蝉

王沂孙

一襟馀恨宫魂断[2]，年年翠阴庭树。乍咽凉柯[3]，还移暗叶，重把离愁深诉。西窗过雨。怪瑶珮流空，玉筝调柱[4]。镜暗妆残[5]，为谁娇鬓尚如许[6]。　铜仙铅泪似洗[7]，叹携盘去远，难贮零露。病翼惊秋，枯形阅世[8]，消得斜阳几度。馀音更苦。甚独抱清高，顿成凄楚[9]。谩想熏风，柳丝千万缕[10]。

【注释】

[1] 齐天乐：此调首见于周邦彦词。又名《台城路》。本篇是咏蝉之作，故以“蝉”为题。作者王沂孙（1240～1290），字胜与，号碧山，又号中仙、玉笥山人，会稽（今浙江绍兴）人。与周密、张炎等交游，为宋末元初著名词人。词以咏物见长。

[2] 宫魂断：据马缟《中华古今注》记，齐王后怨忿而死，尸身变为蝉。后世因称蝉为“齐女”，此又称其为“宫魂”。

[3] 咽凉柯：秋天在枝头低声悲鸣。

[4] 瑶珮二句：以瑶珮、玉筝之声形容蝉声。调柱：调弄乐器弦柱，即弹奏。

[5] 镜暗妆残：即不梳洗打扮，同《诗经·伯兮》“自伯之东，首如飞蓬。岂无膏沐，谁适为容”意，此词直接化自徐幹《杂诗》“自君之出矣，明镜暗不治”句。

［6］娇鬓：崔豹《古今注》载魏文帝宫人莫琼枝做发型名为“蝉鬓”，其形缥缈如蝉翼。

［7］铜仙铅泪：指魏明帝拆迁托承露盘的铜人，铜人眼中流泪。参阅第七章李贺《金铜仙人辞汉歌》。

［8］枯形阅世：枯败的形骸还经历着人世的沧桑。

［9］清高：一作“清商”。

［10］谩：徒然。薰风：南风，夏风。蝉想念夏日，应为词人思念已亡南宋之喻。

第三节　散曲鉴赏

散曲，是源于民间的一种诗歌体裁。早在宋代，它的某些曲调就有传唱，至金元之际，散曲蔚为大观，成为继诗、词之后的一代新兴文体。

相对于剧曲而言，散曲是无科白、动作的清唱之曲，主要有小令、套数两种形式。燕南芝庵《唱论》云：“有尾声名套数，时行小令唤叶儿。”小令，又称“叶儿”，相当于词的单片，形制短小，自为片段。套数，是由若干曲子联缀而成的长篇大套，这些曲子既可以是同一宫调的不同曲子，也可以是同一支曲子重叠几次，后者称为“么篇”或“前腔”。不论哪种形式，所有曲子必须押同韵，有尾声，这是不可更移的。还有一种带过曲，一般由二支曲子连带而成，至多不超过三支，曲子之间的搭配也相对固定，元曲中大约有三十多支的带过曲，如【雁儿落带得胜令】、【骂玉郎过感皇恩采茶歌】等。一般认为，带过曲仍属于令曲的范畴，但实际上是小令和套数的中间形式。

散曲合乐可歌，是按照一定的曲调创制的。每支曲调的名称，称之为曲牌，而每个曲牌又归属一定的宫调，以确定它们在音乐上的调性。出于“字正腔圆”的曲唱需要，每支曲调对字的四声十分讲究，不但须平仄协调，有的还分清阴阳，特别曲子的末句要求尤为严格，往往注明平仄的格式。散曲押韵，可平可仄，且平仄互押，比起诗词来，用韵更为灵活。

由于按谱填词，曲子字句的长短也有一定的格式。不过在本格之外，还可以添加衬字。衬字可以加在句首，也可加在句中，一般南曲衬字有“衬不过三”的限制，而北曲可多可少，比较随意。明人王骥德《曲律》说：“古诗馀无衬字，衬字自南、北二曲始。”添加衬字，是曲区别于诗词的一个明显标志，它丰富了曲词的表现力，使曲子趋向口语化，体现了灵活和自由的创作风格。

散曲从民歌俚曲而来，其情采、语辞以自然率真为本色，尽意遣兴，自由疏放。正如任中敏《词曲通义·性质》所言：“曲以说得急切透辟、极情尽致为尚，不但不宽弛、不含蓄，且多冲口而出，若不能待者；用意则全然暴露于辞面，用比兴者并所比所兴，亦说明无隐。此其态度为迫切、为坦率，恰与词处相反地位。”元代散曲作家，如关汉卿、马致远、白朴等的作品，正是沿此尖新直露、自然本色之一路，而元代后期作家，如张可久、乔吉等，则以曲为词，趋向了典雅、委婉的创作风格。明清两代，散曲渐走下坡路，其整体创作成就和影响，终逊元人一筹。

【鉴赏示例】

【双调】沉醉东风　　送别

关汉卿

咫尺的天南地北[1]，霎时间月缺花飞[2]。手执着饯行杯，眼阁着别离泪[3]。刚道得声“保重将息”[4]，痛煞煞教人舍不得[5]，“好去者，望前程万里！”[6]

【注释】

［1］咫尺：指相聚很近。咫：古代量词，八寸。

［2］霎时间句：转眼间就要分离，仿佛月已残缺，花已飞落。黄庭坚《两同心》有：“霎时间，雨散云归，无处追寻。”

［3］阁：通“搁”，这里指含着眼泪的意思。

［4］将（jiāng）息：休息，调养。

［5］痛煞煞：极度痛苦的样子。煞煞：很，极。

［6］好去者：临别用语，有劝慰、保重的意思。是说，慢慢走好、好好去吧。者：通“着”，语气词。

【鉴赏】

关汉卿（1229？~1297？），名不详，以字行，号已斋叟，大都（今北京）人。生卒年不可确考。金遗民，入元不仕，做过大都医尹。博学能文，蕴藉风流，曾领导过“玉京书会”，创作、编演杂剧剧本。贾仲明赞他“驱梨园领袖，总编修帅首，捻杂剧班头”。他与马致远、郑光祖、白朴并为“元曲四大家”之一。今存杂剧18种，散曲66首，风格尖新爽利，自然本色。

这曲小令写送行人的离别情绪。大凡离别之作，多以外在景物的描写烘托内心的愁绪，含蓄缠绵，感人至深。比如，柳永《雨霖铃》“杨柳岸晓风残月”一句，意境何等凄美；王实甫《西厢记·长亭送别》“晓来谁染霜林醉”一句，又是何等悱恻动人。然而，关汉卿这曲小令，撇开周遭景物不写，着意于送行人的心理、情态、语言，刻画精细，使得这份离别情感的抒发，来得更加直接、浓烈。

首两句写送别之际，对离人的万千依恋和不舍，强烈地刺激着送行者的情感。依稀之间，似乎近在咫尺之身，已彼此悬望南北，月圆花好之景，亦顷刻间变做缺月残花。这里，以送行人刹那间的心理变化，凸显离别给双方带来的巨大痛苦。下句，从心中之情转移到眼前之人。女子持杯饯别，酒为离人而斟，泪为离人而流，千言万语无从诉说，不由凝结为一句“保重将息”。这四个字，寄托了多少珍重之意，爱惜之情！可话才刚刚说出口，万般的离别痛苦，顿时又涌上心头，自己如何能够忍受心上人的离去呢？“痛煞煞”三字下得真挚、爽利。最后一句，“好去者，望前程万里”是女子的殷切寄语。尽管刚才还百般不舍，可最终她还是跳出了儿女情长，收拾起万千愁绪，只深情地送上一句温馨美好的祝愿。无疑，女子是希望恋人不要有太多的牵挂，能走得轻松些，振奋些。曲子至此嘎然而止，惟有女子馀音绕梁。这种“欲扬实抑”的写法，令人回味再三。

此曲通篇一气呵成，真挚本色，“的”、“煞”、“得”、“者”等口语化的字，加强了曲子的“蒜酪味”。王国维指出：“元曲之佳处何在？一言以蔽之曰：自然而已矣。”（《宋元戏曲考》）这只小令正好体现了元曲的自然纯美。

【实战训练】

【双调】折桂令　　忆别

刘庭信[1]

想人生最苦离别，三个字细细分开，凄凄凉凉无了无歇。别字儿半晌痴呆，离字儿一时拆散，苦字儿两下里堆叠。他那里鞍儿马儿身子儿劣怯[2]，我这里眉儿眼儿脸脑儿乜斜[3]。侧着头叫一声“行者”，阁着泪说一句“听者”[4]，得官时先报期程，丢丢抹抹远远的迎接[5]。

【注释】

［1］刘庭信：一作刘廷信。原名廷玉，益都（今属山西）人，元后期著名散曲家，生卒年不详。长得又高又黑，排行第五，人称黑刘五。现存小令39首，套数7篇。

［2］劣怯：虚弱。

［3］乜（miē）斜：面容不整，失态。

［4］者：语气助词，相当于“吧”。

［5］丢丢抹抹：梳妆打扮。也可说丢抹、抹丢、抹抹丢丢。

【鉴赏示例】

【双调】水仙子　　寻梅

乔　吉

冬前冬后几村庄，溪北溪南两履霜，树头树底孤山上[1]。冷风来何处香？忽相逢缟袂绡裳[2]。酒醒寒惊梦[3]，笛凄春断肠[4]。淡月昏黄[5]。

【注释】

［1］孤山：在今杭州西湖之上，山上多梅花。

［2］缟袂：白绢做的衣袖。绡裳：薄绸做的裙子。这句把梅花比喻为一

位素衣淡妆的女子。

［3］酒醒句：柳宗元《龙城录》记载，一个冬日的黄昏，隋朝赵师雄经过罗浮山下，遇见一位素装女子，邀他饮酒，酒醒后发现自己睡在一棵梅花树底。

［4］笛凄句：古笛曲有《落梅花》。此化用李白“黄鹤楼前吹玉笛，江城五月落梅花”一句。

［5］淡月昏黄：化用宋代诗人林逋《山园小梅》“疏影横斜水清浅，暗香浮动月黄昏”的诗句。

【鉴赏】

乔吉（1280~1345），一名吉甫，字梦符，号笙鹤翁，又号惺惺道人，太原（今山西省太原市）人。一生潦倒不仕，流寓杭州。现存杂剧《两世姻缘》等三种，所作散曲尤为有名，有小令 209 首，套数 11 篇。其曲多寄傲山林、披风抹月之作，清丽雅致，潇洒隽永，后人与张可久并称“张乔”。

这曲小令，围绕“寻梅”二字展开。前三句以“寻”为线索，用一个鼎足对，将主人公寻找梅花的辛苦急切之情表现得淋漓尽致。从冬前到冬后，从溪北到溪南，从山底到山顶，主人公的足迹踏遍山间林中、村庄溪流，虽然霜寒风冷，也无所退却，始终坚定、执着地追寻着梅花的芳姿。忽然，一阵暗香随风飘来，循迹而去，梅花如一位白衣女子飘忽而至，与主人公相逢在无可寻觅的乍然间。曲子自此处，本为峰回路转，柳暗花明，但作者却将这份突见梅花的惊喜，嘎然止住，拓转一笔，极写梅花的神态风韵。那酒醉梦醒后，伊人不见的怅然孤独，那低回沉吟凄迷清幽的《落梅花》古笛曲，那浮动的暗香和冷淡的月色，无不勾染出梅花的淡雅、高洁、清冷、孤寂，这不正是主人公历经千辛万苦，始终不移地追寻的梅之精魂么？这里，作者借梅写人，实际映衬出高雅脱俗的自我形象和人格理想。在语言的运用上，本曲也比较有特色。前四句写寻梅人，纯为白语，自然晓畅，后四句则化用典故和前人诗句，全然勾染出梅花的形神风韵。通篇清丽质朴，雅俗兼备，达到了“遗形写神”之艺术境界。

【实战训练】

【越调】天净沙　　探梅

徐再思[1]

昨朝深雪前村[2]，今宵淡月黄昏[3]。春到南枝几分？水香冰晕，唤回逋老诗魂[4]。

【注释】

［1］徐再思：字德可，嘉兴（今属浙江）人。生卒年不详。平生好吃糖，号“甜斋”。曾做过嘉兴路吏，与贯云石（号酸斋）、张可久同时。现存散曲小令103首。

［2］昨朝句：化用唐代诗僧齐已《早梅》“前村深雪里，昨夜一枝开”句。

［3］今宵句：化用宋代诗人林逋《山园小梅》“暗香浮动月黄昏”一句。

［4］水香冰晕：意为水中浸润梅花的香气，冰上倒映出梅花的姿影。逋老：指宋诗人林逋。一生隐居在西湖孤山，不仕不娶，酷爱植梅养鹤，人称“梅妻鹤子”。

【鉴赏示例】

【南吕】四块玉　　风情

兰楚芳

我事事村[1]，他般般丑[2]，丑则丑村则村意相投。则为他丑心儿真，博得我村情儿厚。似这般丑眷属，村配偶，只除天上有[3]。

【注释】

［1］村：蠢。

［2］般般：样样。

［3］只除：除非。

【鉴赏】

兰楚芳，生卒年不详。西域人，“丰神秀英，才思敏捷”（贾仲明《录鬼簿续编》），与元散曲家刘庭信交好，时人将二人比作唐代的元缜、白居易。曾任江西元帅。今存散曲10馀首，本色风趣。这首小令写一对农村夫妻的真挚爱情，独具风情和魅力。

爱情，并不仅仅属于才子佳人的旖旎风情，郎才女貌的门当户对，下层百姓的质朴热烈的爱，同样也构成了爱情世界的美丽风景。这只曲子，首先描写了夫妻二人的丑陋外貌。这两人，一个是“事事村”，一个是“般般丑”，“村”对“丑”，构成了外在的强烈的滑稽效果。然而，这对在常人看来颇为可笑的搭配，却丝毫不能影响夫妻之间的真挚情感。他们对爱情有着自己质朴的认识和感受。丑就丑，村就村吧，难得的是彼此之间的情意相投。在丑陋的外表之下，他们有的是真诚的心、浓厚的情，像这样的“丑眷属”、“村配偶”，不也称得上是神仙眷侣吗？曲子以夫妻骄傲、自豪的爱情宣称而结束，不但否定了常人对爱情的俗见，而且也加深了人们对爱情的认识：意投、心真、情厚，才是爱情的基础，其他的外在一切都不重要。全曲采取了先抑后扬的手法，把村、丑之外貌与真、厚之内心对照来写，化丑为美，以丑衬美，突出了他们爱情的独特魅力。而第一人称的叙述手法，也极其生动地展现了主人公的热情浓烈的心理感受。

在语言上，该曲口语色彩极强，通篇用了十六个衬字，浑然一体，明朗爽快。“村”、“丑”二字的反复应用，也使得曲子别有一番泼辣、俚俗的风味，极具民歌小曲之特色。

【鉴赏示例】

【双调】夜行船　　秋思

马致远

百岁光阴一梦蝶[1]，重回首往事堪嗟[2]。今日春来，明朝花谢，急罚盏夜阑灯灭[3]。

【乔木查】想秦宫汉阙，都做了衰草牛羊野[4]。不恁么渔樵没话说[5]。纵荒坟横断碑，不辨龙蛇[6]。

【庆宣和】投至狐踪与兔穴[7]，多少豪杰。鼎足虽坚半腰里折。魏耶？晋耶[8]？

【落梅风】天教你富，莫太奢。没多时好天良夜。富家儿更做道你心似铁[9]，争辜负了锦堂风月[10]。

【风入松】眼前红日又西斜，疾似下坡车。不争镜里添白雪[11]，上床与鞋履相别[12]。休笑巢鸠计拙[13]，葫芦提一向装呆[14]。

【拨不断】利名竭，是非绝。红尘不向门前惹，绿树偏宜屋角遮，青山正补墙头缺[15]。更那堪竹篱茅舍。

【离亭宴煞】蛩吟罢一觉才宁贴[16]，鸡鸣时万事无休歇。何年是彻[17]？看密匝匝蚁排兵，乱纷纷蜂酿蜜，急攘攘蝇争血。裴公绿野堂[18]，陶令白莲社[19]，爱秋来时那些：和露摘黄花，带霜分紫蟹[20]，煮酒烧红叶。想人生有限杯，浑几个重阳节？人问我顽童记者[21]：便北海探吾来[22]，道东篱醉了也。

【注释】

[1] 梦蝶：用庄子梦中化蝶之典，比喻人生如一场幻梦。

[2] 堪嗟：足可嗟叹。

[3] 罚盏：指行令罚酒。夜阑：夜深。

[4] 衰草牛羊野：指宫阙荒芜，长满衰草，成为牛羊之地。

[5] “不恁么”句：意为，如果宫阙不荒芜，渔夫樵子就无话可谈。不恁么：不这样的话。

[6] 龙蛇：指碑上的字迹。秦汉时所用之篆文，字体似龙蛇之形，故以此代称。

[7] 投至：等到。

[8] “鼎足”三句：三国时魏、蜀、吴三分天下，这种形势半途中断，这是因为魏，还是因为晋呢？

[9] 更做道：即使是。心似铁：指吝啬。

[10] 争：怎。锦堂风月：指富家的生活享受。

[11] 不争：如果。白雪：白发。

[12] 与鞋履相别：指人的死亡。

[13] 巢鸠计拙：斑鸠不会做巢，只会占据喜鹊的巢，这里比喻不会生计。

[14] 葫芦提：糊涂。

[15]“青山”句：是说墙头的缺口恰好看见青山。

[16]蛩（qióng）：蟋蟀。宁贴：安稳舒适。

[17]彻：尽头。一本此句前有“争名利”三字。

[18]“裴公”句：唐朝宰相裴度，曾于洛阳筑绿野堂，隐居于此。

[19]“陶令”句：东晋僧人慧远在庐山结白莲社，经常邀陶渊明往来。

[20]分：一作“烹”。

[21]顽童：指身边的家童。记者：记住了。

[22]北海：指东汉北海相孔融，生性好客。

【鉴赏】

马致远（1250？~1321？），字千里，号东篱，大都（今北京）人。少年时曾参加元贞书会，被誉为“曲状元”，后任江浙行省务官，不久退出官场，隐居杭州附近。他是元曲四大家之一，今存杂剧《汉宫秋》等七种，多写神仙道化，人称“马神仙”。散曲有100多首，风格典雅清丽，意境优美，贾仲明称赞道：“战文场，曲状元，姓名香贯满梨园”（《录鬼簿续编》）。

此散曲长套，为马致远散曲之名篇。首曲开篇立意，概领了作者人生如梦、饮酒行乐的思想。接下来对这一思想加以细致的铺排和诠释。第二、三、四曲，依次展述了朝代兴亡的空幻，英雄豪杰的沦落，富贵浮云的变迁，指出争名夺利的处世方式，实在辜负了人生的美好时光。第五、六、七曲则交待自己超旷的人生态度。作者写道，光阴流转急速，人世幻如“梦蝶”。既如此，莫若得糊涂处且糊涂，跳出名利是非圈，在绿树青山、竹篱茅舍的环境中，及时行乐，饮酒赏花，逍遥自在。最后一曲，乃是全套的高潮，集中体现了作者对蜗名蝇利的否定和不屑，对旷达绝尘之生活的追求。末一句问答，以白描之手法，勾勒出一个内心抑郁，外表洒脱、放任的文人形象。这曲，思想格调虽有些消极，但相对于元代文人整体的失意和落魄而言，还是有其强烈的现实批判意义。

这套散曲叹古讽今，豪辣放旷，长嗟短叹，极情尽致。其中，用字秾丽，典故迭出，却仍不失散曲之本色明快、淋漓畅快的特色。如红、白、绿、青、黄、紫等色彩，富丽斐然；“密匝匝”、

“乱纷纷”、“急攘攘”等叠字，通畅而急切；“和露摘黄花，带霜分紫蟹，煮酒烧红叶”等对句，臻入妙境。该曲在用韵上，尤足称道，周德清评曰：“此方是乐府，不重韵，无衬字，韵险，语俊。谚曰百中无一，余曰万中无一。看他用蝶、穴、杰、别、竭、绝字，是入声作平声，阙、说、铁、雪、拙、缺、贴、歇、彻、血、节字是入声作上声；灭、月、叶是入声作去声，无一字不妥。”元人推为第一，可谓当之无愧。

【实战训练】

【南吕】一枝花　不伏老

关汉卿

【一枝花】攀出墙朵朵花[1]，折临路枝枝柳[2]。花攀红蕊嫩，柳折翠条柔。浪子风流。凭着我折柳攀花手，直煞得花残柳败休。半生来折柳攀花，一世里眠花卧柳。

【梁州】我是个普天下郎君领袖[3]，盖世界浪子班头[4]。愿朱颜不改常依旧，花中消遣，酒内忘忧。分茶擷竹[5]，打马藏阄[6]，通五音六律滑熟[7]，甚闲愁到我心头！伴的是银筝女银台前理银筝笑倚银屏，伴的是玉天仙携玉手并玉肩同登玉楼，伴的是金钗客歌《金缕》捧金樽满泛金瓯[8]。你道我老也，暂休！占排场风月功名首[9]，更玲珑又剔透[10]。我是个锦阵花营都帅头[11]，曾玩府游州。

【隔尾】子弟每是个茅草岗、沙土窝初生的兔羔儿乍向围场上走[12]，我是个经笼罩、受索网苍翎毛老野鸡蹅踏的阵马儿熟[13]。经了些窝弓冷箭蜡枪头[14]，不曾落人后。恰不道“人到中年万事休”，我怎肯虚度了春秋。

【尾】我是个蒸不烂、煮不熟、捶不匾、炒不爆响珰珰一粒铜豌豆，恁子弟每谁教你钻入他锄不断、斫不下、解不开、顿不脱慢腾腾千层锦套头[15]？我玩的是梁园月，饮的是东京酒，赏的是洛阳花，攀的是章台柳[16]。我也会围棋、会蹴踘、会打围、会插科[17]、会歌舞、会吹弹、会咽作、会吟诗、会双陆[18]。你便是落了我牙、歪了我嘴、瘸了我腿、折了我手，天赐与我这几般儿歹症候[19]。尚兀自不肯休[20]。则除是阎王亲自唤，神鬼自来勾，三魂归地府，七魄丧冥幽。天哪，那其间才不向烟花路儿上走[21]。

【注释】

［1］出墙朵朵花：语出叶绍翁《游园不值》："满园春色关不住，一枝红杏出墙来。"后人以"红杏出墙"比喻女子出轨，此用"出墙花"指代妓女。

［2］临路枝枝柳：敦煌曲子词有《望江南》："莫攀我，攀我太心偏。我是曲江临池柳，这人折了那人攀，恩爱一时间。"后人多以"曲江柳"、"临路柳"代指妓女。

［3］郎君：元曲中常指风流放浪的子弟。

［4］盖世界：全世界。班头：同一群人的头领。

［5］分茶：把茶均分待客。唐人旧习，煎茶用姜盐，分茶不用姜盐。宋杨万里《澹庵坐上观显上人分茶》："分茶何似煎茶好，煎茶不似分茶巧。"攧竹：画竹。品茶作画，都是妓院技艺之一。

［6］打马：即打双陆，古代的一种博戏。在圆牌上刻良马名，掷骰子以决胜负。藏阄：即藏钩，古代猜拳的一种游戏。饮酒时手握小物件，使人探猜，以决饮酒与否。

［7］五音六律：五音，宫商角徵羽。六律，古代以十二管的音阶高下，分为十二律。阳律为律，阴律为吕，这里六律指阳律。滑熟，十分熟悉。

［8］金缕：唐曲调名，即《金缕衣》。唐无名氏《杂诗十九首》之一："劝君莫惜金缕衣，劝君须惜少年时。"

［9］排场：剧场，娱乐之所。

［10］玲珑又剔透：心思聪明，各方面事务应对自如。

［11］锦阵花营：风月场所，青楼行院。都帅头，指领头为首的人。

［12］子弟：浮浪公子、嫖客的别称。每：们。围场：皇帝、贵族打猎之所，这里指妓院。

［13］蹅（chǎ）踏：踩踏，行走。阵马：战场，此指场面。这句是说作者早就经风惯月，场面娴熟了。

［14］窝弓：猎人藏在草丛内射杀猎物的弓弩。蜡枪头：当做"镴枪头"，元代俗语，《西厢记》也有"银样镴枪头"之语，是中看不中用之意。

镴，锡和铅的合金。原本“蠟”（“蜡”的繁体）因与“镴”形近而致误。

［15］恁：你们。斫（zhuó）：用刀斧劈砍。顿不脱：挣不开。慢腾腾：这里指软绵绵。锦套头：这里指妓女笼络子弟们的美丽的圈套。

［16］梁园月：梁园，为汉代梁孝王的花园，此代汴京。梁园月指勾栏美女。东京：北宋都城汴梁。洛阳花：指牡丹。洛阳盛产牡丹，宋欧阳修《洛阳牡丹记》专志之。章台柳：代指妓女。章台，汉长安章台下街名。《太平广记·柳氏传》载，唐韩翃与妓女柳氏有婚约，安史之乱，两人分离，韩赋诗以表思念：“章台柳，章台柳，昔日青青今在否？纵使长条似旧垂，也应攀折他人手。”

［17］蹴踘：古代军中习武之戏，类似今足球。打围：即打猎，猎时合围，故称打围。插科：戏曲表演中插入使人发笑的动作。一作“插科打诨”。

［18］咽作：指唱歌。吞子指嗓子，献斗指出色。双陆：古代的一种博戏，游戏之法现已失传。

［19］歹症候：恶疾。指上面提到的这么多不好的毛病。

［20］兀自：还，犹。元曲中常见方言。

［21］烟花路：指妓女、妓院。

第四节 戏曲曲文鉴赏

作为一门综合性的艺术形式，戏曲不同于诗、词、文、散曲等文体，它不仅仅属于文学文本范畴，更包含了唱念做打、角色部伍、舞台布设、音乐伴奏等各种复杂因素，故又属于舞台表演艺术。王国维为戏曲定义云：“以歌舞演故事”，准确把握了戏曲融歌、舞、故事演述为一体的艺术本质。

古代戏曲的形成、发展，经历漫长的演变过程。宋元以前，戏曲还处于泛戏曲表演的阶段，以歌舞戏、滑稽戏等小戏弄片断为主，没有一定的剧本。到了宋元之际，随着南戏、杂剧等艺术形态的出现，才具备了相对稳定的舞台表演和剧本体制，戏曲也由此进入到成熟时期。

元杂剧，演唱的是北曲，故又称为北杂剧。其表演形式是一人主唱，其馀角色只能说白和动作。杂剧角色有末、旦、净等，末为男角，旦为女角，净则为插科打诨的角色。其剧本体制为四折一楔子，按照主唱者的不同，分为末本戏和旦本戏。有元一代，杂剧堪称一代之文学，作家众多，成绩斐然，像关汉卿、马致远、王实甫、郑光祖等人，以自己独特的个性和才华，创作了许多不朽的篇章，如《西厢记》、《窦娥冤》、《赵氏孤儿》等，至今还在戏曲舞台上传唱。

南戏，也是活跃在元代舞台的重要戏曲形式之一。它演唱的是南曲，又称戏文、南戏文。南戏是七种角色制，其中，生、旦为男、女主角，外、贴为贴补生、旦的次要男、女角色，净、末、丑则是穿插、科诨的角色类型。与杂剧不同的是，南戏并非一人主唱，而是各个角色都能演唱，可对唱、轮唱、同唱，表演灵活，不拘形式。南戏剧本大多长篇巨制，常常多达五六十出，题材也多以家庭婚姻为主，如被称为四大南戏的“荆、刘、拜、杀”等剧，皆质朴淳厚，具有浓厚的民间气息。

明清两代，戏曲步入传奇时期。传奇是从南戏发展而来。与南戏相比，它的基本演剧体制没有发生多大变化。不过，由于文人阶层的加入，传奇雅化的特征十分明显，剧本形态、艺术表演形式均趋向完整化、规范化和精细化。此时，各种地方声腔纷纷兴起，如昆腔、弋阳腔、海盐腔、青阳腔等，不一而足。其中，昆腔因其优美典雅的曲唱，成为上流社会的嗜尚，推为众腔之尊。自此，戏曲吸引了社会各阶层的关注，走向了全面的繁荣。此期，文人创作的名剧争相斗艳，如汤显祖《牡丹亭》、洪昇《长生殿》、孔尚任《桃花扇》等，以鲜明的舞台人物、感人的故事情节、优美的曲文和诗意的表现方式，焕发出奇特的艺术魅力，它们代表了古典戏曲创作的巅峰。清中叶，地方花部戏曲蓬勃兴起，雅部昆曲传奇严重脱离民间，创作也就日渐衰落了。

从舞台形态而言，中国古代戏曲是一种形之于场上的表演艺术。然而作为文本，它又具有鲜明的诗化语体特征。曲文，主要指人物的唱词。一般来看，剧本每出或折主要由一组以上的套曲构成，或直抒胸臆，或烘托情境，或陈述情事，表现手法多种多样，均可做案头读、文字读。明代曲学大家王骥德说："诗不如词，词不如曲，故是渐近人情。"(《曲律》)由于曲文，兼具演故事、表人情之功能，一定程度上，比起传统诗词更能描写活现，近情动俗，发人歌泣，值得我们细绎其味。

【鉴赏示例】

《牡丹亭》第十出 惊梦

汤显祖

【绕池游】(旦上) 梦回莺啭[1]，乱煞年光遍[2]。人立小庭深院。(贴) 炷尽沉烟[3]，抛残绣线，恁今春关情似去年[4]？

[乌夜啼][5] (旦) 晓来望断梅关[6]，宿妆残。(贴) 你侧著宜春髻子[7]，恰凭栏。(旦) 剪不断，理还乱[8]，闷无端。(贴) 已分付催花莺燕借春看。(旦) 春香，可曾叫人扫除花径？(贴) 分付了。(旦) 取镜台衣服来。(贴取镜台衣服上)"云髻罢梳还对镜，罗衣欲换更添香。[9]"镜台衣服在此。

【步步娇】(旦) 袅晴丝[10]，吹来闲庭院，摇漾春如线。停半晌，整花钿[11]。没揣菱花[12]，偷人半面，迤逗的彩云偏[13]。(行介) 步香闺怎便把全身现！

(贴) 今日穿插的好。

【醉扶归】(旦) 你道翠生生出落的裙衫儿茜[14]，艳晶晶花簪八宝填[15]，可知我常一生儿爱好是天然[16]。恰三春好处无人见[17]。不提防沉鱼落雁鸟惊喧，则怕的羞花闭月花愁颤[18]。

(贴) 早茶时了，请行。(行介) 你看：画廊金粉半零星，池馆苍苔一片青。踏草怕泥新绣袜[19]，惜花疼煞小金铃[20]。(旦) 不到园林，怎知春色如许！

【皂罗袍】原来姹紫嫣红开遍，似这般都付与断井颓垣。良辰美景奈何天，赏心乐事谁家院[21]！恁般景致，我老爷和奶奶，再不提起。（合）朝飞暮卷[22]，云霞翠轩；雨丝风片，烟波画船。锦屏人忒看的这韶光贱[23]！

（贴）是花都放了，那牡丹还早。

【好姐姐】（旦）遍青山啼红了杜鹃[24]，荼蘼外烟丝醉软[25]。春香呵，牡丹虽好，他春归怎占的先[26]！（贴）成对儿莺燕呵！（合）闲凝眄，生生燕语明如翦[27]，呖呖莺歌溜的圆。

（旦）去罢。（贴）这园子委是观之不足也。（旦）提他怎的！（行介）

【隔尾】观之不足由他缱[28]，便赏遍了十二亭台是枉然。到不如兴尽回家闲过遣。

（作到介）（贴）开我西阁门，展我东阁床。瓶插映山紫[29]，炉添沉水香[30]。小姐，你歇息片时，俺瞧老夫人去也。（下）

【注释】

［1］梦回：梦醒。

［2］乱煞年光遍：春光到处都是，撩动人的春愁。

［3］沉烟：沉香燃烧的烟。这里代指沉香。

［4］恁（rèn）：为什么。这句是说，为什么今年的春情和去年一样呢。

［5］［乌夜啼］：这是杜丽娘、春香上场所念白的上场词。传奇剧本中，人物上场念上场诗或者词是一种通例。

［6］梅关：在今江西大庾岭上。剧中，杜丽娘的父亲杜宝任南安太守，家住南安（即今大庾县），故杜丽娘在家中能隐约眺见梅关。

［7］宜春髻子：《荆楚岁时记》载，立春日古代女子剪彩为燕，贴宜春字来装饰发髻。

［8］剪不断，理还乱：出自李煜《乌夜啼》词："剪不断，理还乱，是离愁，别有一番滋味在心头。"

［9］"云髻"二句：出自薛逢《宫词》："十二楼中尽晓妆，望仙楼上望

君王。锁衔金兽连环冷，水滴铜龙昼漏长。云髻罢梳还对镜，罗衣欲换更添香。遥窥正殿帘开处，袍绣宫人扫御床。”

［10］晴丝：在明朗的春光中飘荡的游丝。晴丝，语带双关，也包含情丝的意思。

［11］花钿：泛指女子金花珠宝的首饰。

［12］没揣：没料到。菱花：菱花镜。

［13］迤（yí）逗：牵引的意思。彩云：式样美好的发髻。

［14］翠生生：形容色泽艳丽的样子。出落：显得。茜（qiàn）：同“蒨”，鲜明。

［15］花簪：用珠花珍宝装饰的簪子。八宝：指各种各样的珍宝。

［16］爱好：爱美。好，这里指美。天然：天性。

［17］三春好处：比喻杜丽娘自己的美丽。

［18］不提防二句：都是形容杜丽娘的花容月貌。沉鱼落雁，庄子《齐物论》：“毛嫱、丽姬，人之所美者，鱼见之深入，鸟见之高飞。”闭月羞花，李白《西施》：“秀色掩古今，荷花羞玉颜。”曹植《洛神赋》：“髣髴兮若轻云之蔽月。”

［19］泥：沾污。

［20］惜花句：《开元天宝遗事》：“（宁王）于后园中纫红丝为绳，密缀金铃，系于花梢之上。每有鸟鹊翔集，则令园吏掣铃索以惊之。盖惜花之故也。”此句意为因怜惜花朵，不断掣动绳索，疼煞了绳上的小金铃。

［21］良辰两句：出自谢灵运《拟魏太子邺中集诗序》：“天下良辰美景、赏心乐事，四者难并。”

［22］朝飞暮卷：出自王勃《滕王阁诗》“画栋朝飞南浦云，珠帘暮卷西山雨”一句。

［23］锦屏人：幽居深闺，不能欣赏自然美景的人。忒：太。韶光：美好的春光。贱：低廉。

［24］遍青山句：漫山遍野开满了鲜艳的杜鹃花。

［25］荼蘼：花名，属蔷薇科。烟丝醉软：指垂柳丝丝飘荡，婀娜多姿。

［26］牡丹二句：是说牡丹虽好，但花开得迟，怎能占据春花的第一呢？出自皮日休《牡丹》“竟夸天下无双艳，独占人间第一春。”

［27］生生句：指脆生生的燕语，明快如剪。

［28］缱（qiǎn）：依依不舍。

［29］映山紫：映山红。

［30］沉水香：沉香的一种。

【鉴赏】

汤显祖（1550~1616），字义仍，号若士，又号海若，别署清远道人。江西临川人。万历十一年（1583）进士，历任南京太常寺博士、广东徐闻典吏、遂昌知县。汤显祖受王学左派和李贽的影响，思想比较进步，一生洁身自好，屡次遭贬，后被劾归乡，隐居著述，有《玉茗堂文集》等。他的戏曲成就很高，所作“临川四梦”——《紫钗记》、《牡丹亭》、《邯郸记》、《南柯记》，深刻揭露了晚明政治的黑暗，集中体现了他的社会理想和人性观念。

《牡丹亭》是汤显祖一生的得意之作，描写了杜丽娘因梦而亡，又因爱复生，最终与梦中人柳梦梅结为夫妇的故事。由于剧本热情歌颂了至真至性的爱情，抨击了封建礼教对人性的束缚，构思浪漫，语言绚美，人物鲜明，因此影响极广，流传极远。本段即节选自脍炙人口的《惊梦》一出。

少女杜丽娘幼承庭训，严守闺礼，从不敢轻下绣楼。一次，侍女春香无意发现了一座后花园，在自然天性的促使下，杜丽娘不顾礼教束缚，和春香大胆到后花园游玩赏春。本节首三曲，写的是游园之前。虽然人在小庭深院，但春天的气息扑面而来，撩乱了深闺少女的心。她们已耐不住“闷无端”的禁闭生活，抛去手中的针线，一欲投身到大自然的美好春色中。接下来，作者并没有急切切地将杜丽娘置身于园林之中，而是延宕一笔，生动刻画了她出闺前的一番精心打扮。对菱花，整花钿，身着翠生生裙衫儿，头戴艳晶晶八宝簪。尽管含羞带怯，喜惧参半，甚至连步出香闺，也怕把全身现，可她仍然要装扮得如此美丽整齐。这是为什么呢？［醉扶归］曲唱道，“可知我常一生儿爱好是天然。恰三春好处无人见”，原来她天性爱美，不愿意再冷落和埋没自己的青春和美丽。

当杜丽娘梳妆齐整，步入花园时，不禁由衷发出一声感叹：“不到园林，怎知春色如许！”这时，她仿佛走进了一个春的美丽的世界。园内姹紫嫣红、莺歌燕舞，园外青山杜鹃、垂柳成烟、烟波画船。自然的蓬勃浓郁的生命力，强烈地震撼着杜丽娘的心灵。她满怀酸楚、激荡之情，流连在园林春色中，赞一声良辰美景，哀一声蹉跎春光。她深深感到，自己的青春不也是如此的繁华和明丽，却一样地无人欣赏，被人遗弃么！此时此刻，对春色的哀叹，对青春的留恋，对自由情感的向往，交织在一起，使得杜丽娘在踏入后花园的前后，发生了质的改变，人性的自我意识开始觉醒，对美对爱的挚烈追求在内心萌动。剧情发展到后来，杜丽娘梦中遇见柳梦梅，相思成疾，为爱而亡，正是以游园的心理变化为滥觞的。

这整套曲，以深情委婉之笔，抉发出人物幽深精微之情，为我们展示了一个细致缠绵、丰富多感的心灵世界。作者典雅含蕴、意境丰美的语言，也很好地传达了杜丽娘人物形象的“意趣神色”。

【鉴赏示例】

《西厢记》第四本第三折　长亭送别

王实甫

（夫人、长老上，开[1]）今日送张生赴京，就十里长亭，安排下筵席。我和长老先行，不见张生、小姐来到。（旦、末、红同上）（旦云）今日送张生上朝取应去。早是离人伤感，况值那暮秋天气，好烦恼人也呵！“悲欢聚散一杯酒，南北东西万里程。”（旦唱）

【正宫】【端正好】碧云天，黄花地[2]，西风紧，北雁南飞。晓来谁染霜林醉？总是离人泪。

【滚绣球】恨相见得迟，怨归去得疾。柳丝长玉骢难系[3]，恨不得倩疏林挂住斜晖[4]。马儿迍迍行[5]，车儿快快随。却告了相思回避[6]，破题儿又早别离[7]。听得道一声“去也”，松了金钏；遥望见十里长亭，减了玉肌。此恨谁知？

（红云）姐姐今日不打扮？（旦云）红娘呵，你那里知道我的心哩！（旦唱）

【叨叨令】见安排着车儿、马儿，不由人熬熬煎煎的气；有甚么心情花儿、靥儿[8]，打扮得娇娇滴滴的媚；准备着被儿、枕儿，则索昏昏沉沉的睡[9]；从今后衫儿、袖儿，揾湿做重重叠叠的泪。兀的不闷杀人也么哥！兀的不闷杀人也么哥！久已后书儿、信儿，索与我恓恓惶惶的寄。

【注释】

[1] 开：元杂剧术语。表示人物上台，开始表演。

[2] 碧云天二句：化自宋范仲淹《苏幕遮》“碧云天，黄叶地，秋色连波，波上寒烟翠”。

[3] 玉骢：青白色的马。

[4] 倩：请，让。

[5] 迍（zhūn）迍：行动迟缓的样子。

[6] 却：恰。

[7] 破题儿：开始，头一次。唐宋诗赋，起首的几句点破题意，叫做破题。

[8] 靥（yè）儿：面颊上的酒涡，古代妇女常在这里施抹朱粉。

[9] 索：须，应。

【鉴赏】

王实甫，名德信，大都人。生卒年不详，约与关汉卿同时期，可能也是一位书会才人。他作有十四本杂剧，多为爱情题材，现存《西厢记》、《吕蒙正风雪破窑记》、《四大王歌舞丽春堂》等三种。《西厢记》是王实甫的代表作，也是戏曲史最伟大的作品之一。它抨击了封建包办的婚姻制度，歌颂了崔莺莺、张生一对青年男女争取自主婚姻的斗争，表达了“天下有情人终成眷属”的美好愿望。艺术上，《西厢记》体制完整，共有五本二十一折，形象鲜明，情节生动，文词华美，富有诗情画意，具有很高的造诣。贾仲明赞叹说：“作词章风韵美，士林中等辈伏低。新杂剧，旧传奇，西厢记天下夺魁。”（《录鬼簿续编》）

本段节选自《西厢记》“长亭送别”的一折。前折讲到，老夫人同意了崔张二人的婚事，但要求张生上京求取功名，得官回来才能与莺莺成婚。不得已之下，张生被迫前去应试，与崔莺莺面临分离。这里节选的三曲，就是从二人分别写起。

三曲均为莺莺主唱，描写了送别途中的情景。【端正好】曲写途中景色，直接脱化了范仲淹【苏幕遮】词中的名句“碧云天，黄叶地”，紧扣暮秋天气，离人心索，寓情于景，铺染出一幅萧条黯淡、意韵深远的秋郊景色。末句一问一答，以霜林染红，喻指离人血泪，字字悱恻，哀惋动人！【滚绣球】、【叨叨令】两曲，莺莺开始尽抒胸怀，唱出自己不尽的离愁。长亭在望，分别在即，她恨不能用柳丝挽住马儿，用疏林挂住夕阳。“松了金钗”、“减了玉肌”两句，生动反映了莺莺不堪离别的心理情态。此时，为悦己者容的心情早已没有，一看到车马将行，不禁心如煎熬，今后的日子只能在无奈的昏睡、相思的眼泪和彷徨的等待中度过了。曲子用一连串口语化的叠字、衬字，将莺莺在相思缠绕之下，无情无绪、失落烦闷的情态，细致传神地刻画出来，流转回环，似泣如鸣。而那两声“兀的不闷杀人也么哥”，更是莺莺一腔愁闷的迸发和宣泄。

这曲“长亭送别”，以其无限凄婉、感伤的情调，深深打动了无数读者的心灵。其艺术魅力在于：其一，真实地把握了莺莺离愁别绪的心理活动，对她那种不舍离别、留恋再三的情感煎熬，给予了淋漓尽致的展述。其二，在语言功力上，作者王实甫也显示出极高的造诣。既善于融化前人成句入曲，典雅清丽，又语出当行，活泼显豁，可谓极雅俗于一体，融庄谐于一格，意趣盎然，自然生动，不愧有“花间美人”的雅号。

【鉴赏示例】

《关大王独赴单刀会》第四折（选）

关汉卿

（正末关公引周仓上，云）周仓，将到那里也[1]？（周云）来到大江中流也。（正末云）看了这大江，是一派好水也呵！（唱）

【双调】【新水令】大江东去浪千叠[2]，引着这数十人，驾着这小舟一叶。又不比九重龙凤阙[3]，可正是千丈虎狼穴，大丈夫心别[4]。我觑这单刀会似赛村社[5]。

（云）好一派江景也呵！（唱）

【驻马听】水涌山叠，年少周郎何处也[6]？不觉的灰飞烟灭！可怜黄盖转伤嗟，破曹的樯橹一时绝[7]，鏖兵的江水犹然烈，好教我情惨切！（云）这也不是江水，（唱）二十年流不尽的英雄血！

【注释】

［1］正末：元杂剧男主角的行当名。

［2］大江东去：引自宋苏轼《念奴娇·赤壁怀古》“大江东去，浪淘尽、千古风流人物。”【新水令】【驻马听】两曲均是从此词化来。

［3］九重龙凤阙：指帝王的重重宫殿。

［4］心别：指心情豪迈，气概非凡。一作“心烈”。

［5］赛村社：农村一年农事完毕，自行组织仪仗、箫鼓、杂技等演出竞赛，以迎神娱乐。社，社火。

［6］年少周郎：指周瑜。

［7］破曹：指击败曹操大军。樯橹：代指舟船。樯，桅杆；橹：船桨。

【鉴赏】

关汉卿是元代著名的杂剧作家，共有杂剧 60 馀种，今存 18 种，以《窦娥冤》、《救风尘》最具代表性。他的作品题材广泛，接近社会底层生活，对人民的疾苦、妇女的地位和命运尤为关心，塑造出窦娥、赵盼儿、谭记儿等一系列光彩照人的艺术形象。《单刀会》是关汉卿一部历史题材的力作。它依据鲁肃追讨荆州的历史事件改编而成，大胆突破史实之囿限，集中围绕关、鲁的戏剧冲突，成功塑造出关羽的英雄气概和顽强的斗争精神。

选曲节自《单刀会》第四折。鲁肃居心险诈，伏下甲兵，约请关羽赴会。为了百姓免遭涂炭，稳定军事战局，也为了刘皇汉家事业，关羽决心不顾危险，不畏强敌，单刀赴会。途中，他看着大江东去，浪花千叠，想到此一去，深入龙潭虎穴，内心不禁激起万丈豪气，那“杀人的排场”，在大丈夫的眼里，顿时也变成了村社游戏的赛场。一个“觑”字，下得十分精准，显示出关羽蔑视对手的烈烈雄心。曲意至此，作一转折，关羽似乎不再关心即将面临的险境重重的单刀会，而是欣赏起眼前的“好一派江景”。滔滔江水，叠叠重山，激发了关羽对于昔日的无限感慨。山川淘尽了多少英雄人物、事迹风流，周郎、黄盖、赤壁鏖战，均已成为历史的昨天，二十多年的叱咤风云，随着江水奔腾而去。面对此景，关羽不由发出一声深沉的感慨：“这也不是江水”，是那“二十年流不尽的英雄血”！

这两曲明显化用了北宋苏东坡《念奴娇·赤壁怀古》一词，情景相生，艺术境界同样阔大深远。曲中，大江、关羽其实交融一体，江水之气势磅礴，辉映了关羽气冲云霄的英雄气概，江水之气象万千，也反映了关羽心底的无限波澜。他不仅仅是一个无畏无惧、心地恢弘的英雄；一个希望以个人的力量，消弭战争的勇士；更是一个思索和慨叹历史的豪迈诗人。两曲慷慨英发，顿挫有力，为我们奏响了一首沉雄壮丽的英雄史诗。

【实战训练】

《破幽梦孤雁汉宫秋》第三折[1]（选）

马致远

（尚书云）陛下，不必苦死留他，着他去了罢！（驾唱）[2]

【七兄弟】说甚么大王、不当、恋王嫱，兀良[3]，怎禁他临去也回头望！那堪这散风雪旌节影悠扬，动关山鼓角声悲壮。

【梅花酒】呀！俺向着这迥野悲凉。草已添黄，兔早迎霜。犬褪得毛苍，人搠起缨枪，马负着行装，车运着粮粮[4]，打猎起围场[5]。他、他、他，伤心辞汉主；我、我、我，携手上河梁[6]。他部从入穷荒，我銮舆返咸阳。返咸阳，过宫墙；过宫墙，绕回廊；绕回廊，近椒房[7]；近椒房，月昏黄；月昏黄，夜生凉；夜生凉，泣寒螿[8]；泣寒螿，绿纱窗；绿纱窗，不思量！

【收江南】呀！不思量，除是铁心肠；铁心肠，也愁泪滴千行。美人图今夜挂昭阳，我那里供养，便是我高烧银烛照红妆。

（尚书云）陛下回銮罢，娘娘去远了也。

【注释】

[1] 汉宫秋：以昭君出塞为主题的元杂剧名作。作者马致远（1250? ~1321?），号东篱，大都（今北京）人。少年时曾参加元贞书会，被誉为“曲状元”，后任江浙行省务官，不久退出官场，隐居杭州附近。他是元曲四大家之一，今存杂剧《汉宫秋》等七种，散曲 100 多首。

[2] 驾：杂剧角色名，专扮皇帝、君王。本剧指汉元帝。

[3] 兀良：衬字，无实义，这里有加强语气的作用。

[4] 糇（hóu）粮：干粮。

[5] 围场：围起来专供帝王、贵族打猎的场所。

[6] 河梁：桥梁。旧题汉李陵《与苏武》诗之三有：“携手上河梁，游子暮何之。”后世因用之代指送别之地。

[7] 椒房：皇后居地，据用香椒涂墙，故有此称。

[8] 寒螿（jiāng）：蝉的一种。

附录一　诗词曲赋重要学习书籍介绍

中国古代诗词曲赋典籍很多，简直是汗牛充栋，相关的研究著作与普及读物也已不少，初学者往往无所适从，为此，本附录择要介绍最值得学习而又较为常见的书目53种（50条）。这53种书目以选本为主。读者通过阅读这些选本可以较快了解中国诗词曲赋，在此基础上，根据自己的兴趣或需要，进而阅读全本，庶几可入诗歌的殿堂。欲深入学习中国各体韵文的读者，还希望能阅读一些相关的理论著作，这里也择要介绍了几种。

《诗经选》

当代著名学者余冠英编选并注译，为人民文学出版社“中国古典文学读本丛书”之一种。本书从《诗经》中选录“风”、“雅”、“颂”不同类型的篇什106首，基本上涵盖了《诗经》中的菁华。注释简明、浅易，适宜于一般读者阅读。

《楚辞选》

马茂元选注，人民文学出版社出版。此书亦为人民文学出版社推出的“中国古典文学读本丛书”中的一种。对自先秦以及汉时的“楚辞体”作品，此书均有选录。凡是署名为屈原的作品，全部选入。本书的注释吸收了此前的学术成果，比较详明。根据这个选本，读者能比较具体地了解楚辞的风貌与艺术特色。

《古诗笺》

清初著名诗人王士禛选，乾隆时闻人倓作注。这是一部五七言古诗读本。在这部诗歌选本中，所选古诗分为五言古诗与七言古诗两大类，五言古诗17卷，七言古诗15卷。在五言古诗这一部分中，两汉的五言古诗篇什几乎全都入选。魏晋以下，选录较严。唐代诗人中，只有陈子昂、张九龄、李白、韦应物、柳宗元五人有诗作入选。而七言古诗，所选范围较广。自先秦“古歌”以迄元代，都有诗歌篇什入选。此书所选的古诗，都是中国诗歌史上的经典之作，很具有代表性，为人们了解自先秦以降的古体诗提供了一个很好的选本。

《唐诗品汇》

明初高棅编选。此书编成于明洪武二十六年（1393），共90卷，入选作者630人，诗5 769首，分体编排。就所选各体诗歌来看，计五言古诗24卷，七言古诗13卷（附长短句），五言绝句8卷（附六言绝句），七言绝句10卷，五言律诗15卷，五言排律11卷，七言律诗9卷（附七言排律）。这部诗选在宋末严羽《沧浪诗话》的影响下，把唐诗分为初唐、盛唐、中唐、晚唐，以盛唐诗作为正宗。读者从这部诗选中，不难窥见唐诗的发展嬗变的轨迹。《唐诗品汇》在明代颇为流行，明人崇尚唐诗，倡“诗必盛唐”之说，这部诗选发挥了巨大的作用，深深地影响了明人的诗学观念。

《唐诗别裁集》、《明诗别裁集》、《清诗别裁集》

清沈德潜主编。沈德潜（1673～1769），字确士，号归愚，乾隆进士，历仕至内阁学士兼礼部侍郎。有《说诗晬语》，论诗力主“格调说”，即视诗歌之形式音律为创作关键，又主张诗歌要反映真实情感，不拘泥于古法。此三部诗集，取名源自杜甫《戏为六绝句》“别裁伪体亲风雅”之句，以儒家温柔敦厚的诗教为选诗标准，上自廊庙，下讫山林，旁及闺秀贤媛、方外异域，取材比较全面，分量比较适中，基本上反映了唐、明、清的诗歌发展概貌及其流派情况。书中附有作者小传，诗后间有评语，并不乏精要之论。三书现有1975年中华书局影印版，唐、清二书还有上海古籍出版社的整理排印本。

《唐诗别裁集》20卷，分体编排，共收诗1 928章。选诗以李白、杜甫为宗，二人诗选录400多首，显示了唐诗雄浑阔大的一面，别于诸家选本。作品有少量重出、误收、误属、错位等不足之处。有余昌汝的《唐诗别裁集引典备注》可作参考。《明诗别裁集》，沈德潜与周准合编，收340位作家各种体裁诗歌1 020馀首，合12卷。选诗以前后七子为主，何景明诗最多，共49首，次之李梦阳、王世贞、李攀龙等。《清诗别裁集》，沈德潜与翁照、周准等合编，原名《国朝诗别裁集》，36卷，收诗996家，诗歌3952首。此集坚持以诗存人的主旨，保存了不少无文集传世者的散佚零篇，对研究清代诗歌有一定资料价值。

《唐诗三百首》

清人蘅塘退士孙洙编选，成书于乾隆二十八年（1763），选入了唐代75位诗人（外加无名氏二人）的317首诗歌。选编者选录的方针是“就唐诗中脍炙人口之作，择其尤要者”。在这一方针的指导下，《唐诗三百首》的选录尤以李白、杜甫、王维等人的诗作为多。由于入选作品数量适中，又顾及到入选作品的经典性、代表性，因而自成书以来，此书是流传最为广泛、影响最大的一种唐诗选本，风行海内，历久不衰。自20世纪以来，《唐诗三百首》有许多注本，其中，喻守真的《唐诗三百首详析》在分析诗的艺术性方面有独到之处，对于读者深入理解诗意有很大帮助。

《唐诗选》

中国社会科学院文学研究所编选，人民文学出版社出版。此书“共选诗人130馀家，诗630馀首”，“本书有作家小传和作品注释”，作家小传“除扼要叙述作家的生平之外，也能扼要地说明他们的创作特点。”（《唐诗选》“前言”）透过该书入选的诗歌篇什，读者能比较具体地了解唐诗发展的概况。

《瀛奎律髓》

宋末元初方回编选。该书所选都是唐宋五、七言律诗，共2 881首。该书成书于元代至元二十年，方回时五十七岁。《瀛奎律髓》大致按照作品的题材，分为49类，共49卷，有评语与圈点。在《瀛奎律髓》中，方回以杜甫为诗家之祖，黄庭坚、陈师道、陈与义为三宗，倡一祖三宗之说。在这部诗选与批评合一的诗歌选本中，方回对入选的诗歌所作的评点，比较具体地分析了唐宋诗歌中各个流派和作家、作品的艺术风格及其特征，帮助读者理解与把握入选诗作的意蕴及诗人的艺术风格特点。

《宋诗选注》

钱锺书选注，人民文学出版社初版于1958年。该书共选宋诗355首，诗家80人。由于此书成书于1958年，未免受当时政治思想的干扰，有些不该选的诗入选了，有些该选录的诗没有选入。对此，钱锺书先生在本书的序中有所检讨。不过，该书的注释非常精当，受到学界一致推崇。而且，此书的序可以说是一篇非常优秀的研究宋代诗史的学术论文，对研究或诵习宋诗具有极为重要的参考价值。而为每位诗人所作的评传，能够精到地指出每位诗人创作的艺术特点，同样具有很重要的学术价值。

《宋诗精选》

程千帆编选，江苏古籍出版社出版2002年出版。此书选录诗人59人，诗作145篇。每位诗人有小传，入选诗作有注释，有品评。编选者对宋诗有较深的造诣，在品评诗作中有比较精到的见解。编选者在品评中对诗作所作的分析，有助于读者理解入选诗作的意蕴，提高古典诗学的艺术素养。

《唐宋诗举要》

高步瀛编选并注释，常见的刊本有上海古籍出版社的排印本。此书共8卷，按五、七言古体、律、绝分类编排，选诗816首。其中唐诗619首，计84家，宋诗（内附金诗）197首，计17家，以杜甫、李白入选的诗作最多。入选的每位诗人都有评传，并附有历代的有关评论。本书的注释很有特色，采用的是集注的方式，“在作家的评传、作品的题解和评注中，都较有选择地征用了许多资料和各家注本，在这些集注里面，作者有时加入了自己的见解，持论也时有创见，特别是历史事实、地理沿革、典章制度等方面，都引用了原始的材料，态度相当谨严，非但有助于一般读者，对古典文学研究者也颇有参考价值”（上海古籍出版社《唐宋诗举要》“出版说明”）。

《明诗选》

杜贵晨编选，人民文学出版社出版。选编者是本着“要把明人的好诗推荐给当代读者，并以略窥明诗盛衰嬗变之迹”（《明诗选》“前言”）。此书选入诗人 199 家，各体诗歌 589 首。被入选的诗作有注释，诗人都附有小传，这些小传揭示了入选诗人不同的艺术风貌。总之，编选者通过本书选录的诗歌，展示了明人诗歌的发展历程。

《清诗三百首》

钱仲联选，钱学曾注，岳麓书社 1985 年出版。此书选清人各体诗歌 311 首。选者钱仲联为著名清诗专家，所选入的作品具有广泛的代表性。在“前言”中，编选者对清诗作了一个鸟瞰，使人们能大致了解清诗的发展历程与艺术特色。编选者认为：“清诗总的倾向是学古而不是复古。”一语道出了清诗的艺术特色。可以说，此书的“前言”是简明的清诗史，能帮助读者认识清诗的风貌。

《诗品》

南朝萧梁时钟嵘著。此书是中国文学批评史上第一部论诗的专著。在这本书中，钟嵘品评了自汉魏至南朝萧梁时 122 位诗人。他把他们分为上中下三品，每品一卷，品评了这些诗人的文学成就、风格特点以及艺术渊源。钟嵘的品评，很能揭示每位诗人的风格特点。虽然其中不乏失当与牵强附会之处，但对汉魏至南朝萧梁这一段历史时期诗歌的发展作了一个全面而系统的总结。本书的正文前面，有序一篇，是全书的总论，钟嵘论述了诗的起源、作用，五言诗的源流以及当时诗坛的不良倾向，阐述了自己对诗歌的基本看法。《诗品》常见的版本有人民文学出版社刊行的陈延杰的注本。

《二十四诗品》

唐人司空图著，又简称为《诗品》。司空图的《诗品》一共是二十四则，每则是四言诗十二句。它是用诗体写成的诗论，用形象的手段来论诗，在中国文学批评史上很有特色。在《诗品》中，司空图把诗歌的风貌与美学形态分为二十四种："雄浑"、"冲淡"、"纤秾"、"沈著"、"高古"、"典雅"、"洗练"、"劲健"、"绮丽"、"自然"、"含蓄"、"豪放"、"精神"、"缜密"、"疏野"、"清奇"、"委曲"、"实境"、"悲慨"、"形容"、"超诣"、"飘逸"、"旷达"、"流动"，对"自然"、"冲淡"这一类风格特征与美学形态的诗歌尤为推重，尽管他把诗歌的风貌特征与美学形态分为二十四种，但其中的许多品目是可以归于这一类的。此外，他强调诗歌的意境。诗歌创作应该是"意象欲出，造化已奇"，力求做到情景交融。司空图在《诗品》中所表述的诗学理论，对我们认识中国古典诗歌的美学特征及其风貌是很有指导作用的。

《沧浪诗话》

宋人严羽著，是一部以禅喻诗、侧重于分析诗歌的形式与艺术性的诗学著作。全书由"诗辨"、"诗体"、"诗法"、"诗评"、"考证"五篇组成。在《沧浪诗话》中，严羽指出："诗有别材，非关书也；诗有别趣，非关理也。"主张诗歌创作应用形象思维，以"不涉理路，不落言筌"为诗的极致，反对"以文字为诗，以议论为诗，以才学为诗"。在他看来，"盛唐诗人惟在兴趣，羚羊挂角，无迹可求。故其妙处莹彻玲珑，不可凑泊，如空中之音，相中之色，水中之月，镜中之象，言有尽而意无穷。"因此，学诗应取法盛唐诗，不应以苏轼、黄庭坚以及江西诗派作为学习的对象。严羽对诗所持的这种看法，对明人的诗学观念与清初王士禛的"神韵"说影响极大。常见的版本有人民文学出版社刊行的由郭绍虞校释的《沧浪诗话校释》。

《诗薮》

明人胡应麟著，是一部比较系统地评论历代诗歌的诗话作品。全书 20 卷，其中内编 6 卷，讨论古、近体诗；外编 6 卷，评论自先秦、两汉以降以至元代的诗歌；杂编 6 卷，谈论亡佚的篇章、文献以及三国、五代、南宋和金代诗歌；续编 2 卷，评论明初以至嘉靖年间的诗歌作品。在《诗薮》中，胡应麟对诗歌所作的评论，虽然有许多很精辟的见解，但是，由于依附于当时文坛领袖王世贞并受其拟古主义文学思想的影响，他品评诗歌以王世贞《艺苑卮言》中的诗论思想为标准，因而他的有些诗论见解也有可议之处。不过，胡应麟在《诗薮》中提出的“诗之体以代变”、“诗之格以代降”的诗学思想，有助于我们中国古代诗歌的宏观认识。常见的版本有上海古籍出版社刊行的排印本。

《原诗》

清初人叶燮著。顾名思义，《原诗》是一部探讨诗歌艺术本源的诗论著作。全书分为内外两篇。内篇探讨中国“数千年诗之正变、盛衰之所以然”，而外篇分析诗歌创作中艺术形象的构成等一系列理论问题。叶燮认为：中国数千年诗歌的发展变化，不外乎“踵事增华，因时递变”八个字，这也是他对诗歌发展变化所作的解释。而诗歌艺术的本原，在叶燮看来，不外乎“理”、“事”、“情”三字。叶燮对诗歌所持的这些看法，深刻而独到，揭示了中国古代诗歌发展的艺术规律。在促进与加深我们对中国古代诗歌艺术认识方面，叶燮《原诗》一书具有极为重要的参考作用。《原诗》的常见版本有人民文学出版社刊行的与《一瓢诗话》、《说诗晬语》一起合刊的排印本。

《诗论》

朱光潜著，1943 年初版，后来中华书局、三联书店各有增补。此书是朱光潜先生代表作之一，也是学术界公认的二十世纪中国学术经典。在书中，朱先生从建立诗学的角度着眼，采用了比较文学的研究方法，既从历史的角度进行纵向比较，又对中外诗歌进行横向比较，即用西方诗论来解释中国古典诗歌，用中国诗论来印证西方诗论，对中国诗歌的起源、诗歌与音乐及舞蹈的关系、诗歌与赋及散文的关系、诗与画的关系、中国诗的音律、为什么中国诗最终走上了律诗的道路及现当代诗歌的发展趋向等作了深入的探讨和科学的分析，触类旁通，发人深省，是一部引导诗歌艺术爱好者登堂入室的诗学佳作。

《谈艺录》

钱锺书著，开明书店1948年初版，1965年作者在原版的基础上作了大篇幅的补订修正，中华书局1984年出版补订本。全书分上、下两编，上编为原书旧貌，仅稍有删改润色，计91条；下编为“补遗”，计18条。该书是一部以探讨我国古代诗歌艺术思想为主的说诗谈艺著作。它采用中国古代诗话札记的体例，熔古今中外广博的知识和作者对诗学问题的精审于一炉，不仅对宋以后诗歌的体裁别异、宗派判分、诗心文眼有诸多发掘，而且能广征博引，贯通中西，对中西诗论及美学中若干貌异实同或貌同实异的问题，作了精微的辨析、比较和阐发，是中国最后一部集传统诗话之大成的书，也是第一部广采西方人文、社科新学来论评中国古典诗学诗艺的著作。

《中国诗歌艺术研究》(增订本)

袁行霈著，1996年北京大学出版社在初版（1987年）基础上增订出版。全书分上下两编，共收录了作者关于中国诗歌艺术的研究论文24篇。上编为有关中国诗歌艺术理论的论文7篇。袁先生针对中国古典诗歌注重总体评赏而缺乏细致分析的弱点，从诗歌最直接的外壳——语言入手，通过语言深入到诗歌的意象、意境，并通过魏晋玄学、禅学、美学与诗歌的交融互动来进一步研究诗歌的特点，从而展现出中国古典诗歌的博大精深的艺术内涵。下编是有关中国诗歌艺术史的论文17篇，对屈原、陶渊明、谢灵运、王维、李白、杜甫等十馀位重要诗人的艺术特色、艺术风格、艺术成就进行分析评论。该书文风平易，思路清晰，分析透辟，使读者读后容易把握诗歌艺术的基本特征和诗歌发展的基本脉络，是一部适于文学爱好者及文学研究者学习参考的好书。

《中国诗史》

（日）吉川幸次郎著，章培恒等译，安徽文艺出版社1986年初版，2001年复旦大学出版社校订重版。这部《中国诗史》实际上是吉川幸次郎先生有关中国诗歌的35篇论文的结集。它通过对中国诗歌发展的重要时期和具有代表性的诗人、诗篇的论述，颇为清晰地勾勒出了作者所认为的中国诗歌演变的轮廓。与所常见的在文学史研究领域里的原则和方法不同，吉川幸次郎从更广阔的角度入手，运用“历史之研究的原则和方法”，在对各个时代的诗人、诗篇的分析论述以及对中国诗歌发展的脉络梳理中，提出了很多独到的见解。

《中国诗歌美学史》

张松如主编，吉林大学出版社1994年出版。张松如，笔名公木，著名诗人。曾任东北大学教育长、吉林大学教授、吉林省文联名誉主席。全书既从美学理论对中国传统的诗学体系进行了考察，又在中西比较中突出分析了我们传统诗学的特点和特色，并较好地处理了四个方面的关系：与中国古代哲学、与中国文艺和文艺学、与儒道骚禅四大思潮、与当代西方美学的关系。另外，紧紧抓住了两个主要点：即通过爬梳和整理，找出我国古典诗歌美学发展的基本线索；在传统与现代互补、历史与现实交融的基础上，经过比较和对照，将中西诗学和美学尽可能地联系和沟通起来，从而使本书始终贯穿了“史论结合”的原则。

《诗词格律》

王力著，中华书局1977年版。作者另有《汉语诗律学》专著，此书可视为该专著的普及本，该书先讲诗，后论词，有时也结合起来论述。全书共分四章，用简明扼要的语言，叙述了诗词格律的基本常识，如韵、四声、平仄、对仗等，以及一些具体的作诗填词的基本规律，如粘对、拗救、押韵等。全书把理论和实践相结合，通俗易懂，很适用于初学诗词的人学习。

《全宋词》

宋词总集，今人唐圭璋编。编者在综合前代诸家辑刻的基础上，广泛搜采，凡宋人文集中所附、宋人词选中所选、宋人笔记中所载词作，俱一并采录，更旁求类书、方志、金石、题跋、花木谱等诸书中所载之词，统汇于一处，编为《全宋词》。1940 年由商务印书馆在长沙出版线装本。新中国成立后，编者对此书进行重编，并经王仲闻订补加工，1965 年由中华书局重印出版。新版《全宋词》在材料和体例方面较旧版均有很大提高：以善本代替从前的底本，增补词人 240 馀家，词作 1 400 馀首。在体例上按词人年代先后排列。全书共计辑两宋词人 1 330 馀家，词作约 20 000 首，引用书目达 530 馀种。新版重考词人行实，改写小传。此后，编者又续作修订补正，写成《订补续记》，附于 1979 年重印本卷末。此书收录齐备，考订也比较精审，改正了不少前人的承谬踵误之处，为研究宋词的重要参考书。新版问世后，今人孔凡礼又从明抄本《诗渊》及其他书中辑录遗佚，编为《全宋词补辑》，收录作家 140 馀人（其中 41 人，已见《全宋词》），词作 430 馀首，1981 年由中华书局出版。

《彊村丛书》

词总集。清末朱孝臧（号彊村）编，共收唐宋金元 173 部，其中唐五代宋金元词总集有五种：《云谣集》、《尊前集》、《乐府补题》、《中州乐府》、《天下同文》。所收唐词别集只有一家，即温庭筠《金奁集》。宋词别集 112 家（北宋 27，南宋 85），金词别集 5 家，元词别集 50 家，共 260 卷。有 1917 年刻本。《彊村丛书》以网罗稀见善本为主，每种都注明版本来源，并加以校订，纠正或补充了原本错误及不足之处。凡过去已有较好刻本的，即不再收。此书所收各家词，也有不足不善和脱误之处。如《云谣集》原本 30 首，而此书仅从英国伦敦博物馆所藏写本收 18 首，而未收法国巴黎图书馆所藏《云谣集》另一写本。英法两馆所藏两种写本正可配成 30 首足数。但它仍不失为晚近辑刻词学丛书所收词人最多的一种。

《花庵词选》

词选本，属总集范畴。南宋黄昇编。黄昇又号花庵词客，故名。前后共 20 卷，收词 1 000 多首。前 10 卷是《唐宋诸贤绝妙词选》，卷一为唐五代词，收26家，其馀9卷是宋词，禅林、闺秀词亦入选，收108家，共134首。后10卷是《中兴以来绝妙词选》，收南宋词人89家（其中吴激一家，唐圭璋编入《全金元词》）。集后附有编者自作词38首。《花庵词选》搜罗丰富，所据材料都是黄昇家藏善本，有的早已散佚，故向为后人辑词者所重。明代毛晋刻《宋六十名家词》、清代朱彝尊纂《词综》，采撷尤多。书中所选名家，系以小传，间附评语，既可考见词人身世，亦可探究各家词风流派，为以前选本所无。其中有些评语，如评温庭筠“词极流丽，宜为《花间集》之冠”，又如选唐词下有概括性的评述，“凡看唐人词曲，当看其命意造语工致处，盖语简而意深”，对后人选词均有启发。清代周济《宋四家词选》“序论”，冯煦《宋六十一家词选》“例言”，均受其影响。此书选录宋词以苏轼、辛弃疾豪放词派为首位，其中苏轼词选31首，辛弃疾、刘克庄词各选42首，所选虽有误收，然大多精当。有明万历间桐源舒氏刻本、明汲古阁本，有《四部丛刊》影印明翻宋本。1958年中华书局上海编辑所用《四部丛刊》本断句排印。

《绝妙好词》

词选本，属总集范畴。南宋周密编成于宋亡后，分7卷，共132家，385首。只收南宋以来词，始自张孝祥，终于仇远。编选虽严，但选录标准偏重于格律形式，故只录清丽婉约的词作，而不选忠愤激昂的爱国词，如辛弃疾仅选3首，而姜夔词则选13首，吴文英词多至16首。此书选录了许多不见史传的宋末词人作品，零珠碎玉，赖此以传。其中不少词人与作者结为词社，互相唱和，从中可窥见当时词坛不同风格作品的流行情况，为研究宋词风格、流派的演变发展提供了参考资料。此书无宋、元、明刻本，清初始于常熟钱谦益家发现抄本。有明代汲古阁抄本，高士奇刊本。今传为清代查为仁、厉鹗合笺本，笺释本事，有疏通证明之功，收入《四库全书》。又有《四部备要》本，内附《绝妙词选续抄》1卷，《续抄》为仁和余集从周密《浩然斋雅谈》等书中辑出，由钱塘姚煌作注。中华书局曾据此本校订排印。

《唐宋名家词选》、《近三百年名家词选》

龙榆生选编，有 1980 年上海古籍出版社版。《唐宋名家词选》是唐宋词选本中最佳的一种，收录唐宋名家作品 700 馀首，其中唐五代词 25 家，作品 153 首，宋词 69 家，作品 555 首，比较全面地反映了词在不同阶段的创作情况。各人之下，系以小传，并精选各家评语若干则，既可考见仕履身世，亦见各家之别。编者对词的句读和韵位作了标注，可以帮助读者初步了解词的格律。《近三百年名家词选》，体例与《唐宋名家词选》同，选录明末陈子龙、李雯以来至吴梅、黄侃、吕碧城共计 67 家 518 首词，是学习明末以来至近代词的最佳选本。龙榆生是现代词学大家，有词集《忍寒词》问世，所编撰的《唐宋名家词选》、《近三百年名家词选》、《唐宋词格律》、《词曲概论》等书，均在词学界颇有影响。

《词源》

南宋末年张炎著，宋代重要词论著作。分上下两卷，上卷论词乐、音律，下卷论词的风格、音乐特征、创作方法等。他主张好词要意趣高远、雅正合律、意境清空，并以所作为论词的最高标准。其目的是推尊词体。以姜夔为宗，贬低质实的吴文英一派。但是他把辛弃疾、刘过的豪放词看做“非雅词”，则反映了他偏重形式的艺术观点。书中所论词的作法，包含着他个人的创作实践经验，某些论述至今仍有借鉴作用。有《词话丛编》本及人民文学出版社版夏承焘校注本。

《人间词话》

近人王国维著。作者是现代一位有多方面贡献的国学大师，诗词创作也有很高的水平。此书是作者接受了西洋美学思想和自然科学理论洗礼之后，以崭新的眼光对中国旧文学所作的评论，在认识论和方法论上都有开创之功。书中所提出的一系列新概念新命题，给中国古典文论注入了新鲜的血液。如“境界”说有明显的叔本华哲学的痕迹，“有我之境”和“无我之境”则脱胎于叔本华的抒情诗理论；诗人修养观体现出了叔本华天才论的色彩；文学发展观则是达尔文进化论在文学领域的运用。《人间词话》的版本较为复杂。1908年最初发表时为64则，后加上王国维未刊的删稿，其他词评等，增加到100多则。历来出版的《人间词话》版本多有不同，1940年徐调孚的《校注人间词话》（收137则）出版后，后来多以此版为基础，所作删改不多。

《宋词赏析》

今人沈祖棻著。沈祖棻，著名词人、学者。著有《涉江诗稿》、《涉江词稿》、《古诗今选》（与程千帆合作）、《宋词赏析》、《唐人七绝诗浅释》，另有新诗集《微波辞》。《宋词赏析》，上海古籍出版社1980年出版。此书分三个部分，第一部分《北宋名家词浅释》，收录了北宋名家45首作品，是一部针对性、目的性很明确的教材，侧重于宋词的艺术技巧的鉴赏。后两部分为姜夔、张炎两家词札记。书后还附录有关于苏轼等三篇专题论文。沈先生讲宋词既能把文字训诂、典故解释、史实考证和古代文化知识的介绍极其自然地融会在一起，又能站在历史的高度看待宋词在不同阶段的发展，进而对词人进行合理的评价。她更能细腻入微地梳理和体味作品中作家思想情绪变化的脉络，解析其所创造的形象、意境和种种艺术表现手法、修辞造句技巧，从不同角度把问题讲细、讲深、讲透。

《灵溪词说》

缪钺、叶嘉莹合撰，上海古籍出版社1987年出版。此书共39篇，涉及唐宋两代32位词人。每篇虽以“论”字命题，实质上是作者个人的“读词心得”。全书既有对词的起源的介绍，对词体特征的论述，又有对单个词人的评论和单篇名作的赏析，还有对前人词论的评价，使读者能在微观上了解有关词体、唐宋词人、词作及词论的知识。另外，此书按时间先后排序，涉及的都是最有代表性的作家，因此从某种程度上可视做一部唐宋词史，使读者能在宏观上把握唐宋时期词体的演变过程。缪钺先生既是一位历史学家、文学家，在诗词、书法领域亦是大手笔，所著《诗词散论》、《杜牧年谱》具有很高的学术价值。叶嘉莹教授毕生从事中国古典诗词的教研，词学方面有《迦陵论词丛稿》、《唐宋词名家论稿》、《清词丛论》等影响很大的著作。

《唐宋词通论》

今人吴熊和著。20 世纪 50 年代后最富于系统性的一部词学专著。它对词学研究迄今取得的成就作了总结性论述，建构了词学研究的整体框架。20 世纪 80 年代出版后备受海内外学人的推许，曾获全国优秀古籍图书一等奖。全书分词源、词体、词调、词派、词论、词籍、词学七章立论，差不多是一部集大成的著作，代表着传统词学“过去时”的完美结束。此书可以作为唐宋词研究的基本必备书目。有浙江古籍出版社 1985 年排印本。

《唐宋词史》

今人杨海明著。杨海明在唐宋词研究领域取得了较大的成就，他打破了传统的作家小传加作品点评式的词史研究模式，着重对唐宋词各种流派艺术风格的流变进行梳理和描述，撰述了《唐宋词风格论》一书。接着又在深入研究唐宋主要词人、词派、词风的基础上，全面、系统地撰写了《唐宋词史》。从社会、文化、心理等角度对词史上的现象进行挖掘，注重词史的理论深度和历史视野。全书共分 14 章，按词史发展历程纵论从唐民间词到宋末词坛的作家、作品、流派，同时又注重鸟瞰式的宏观性叙述，稳实厚重中时见新义，成为与《唐宋词通论》并提的两部具有代表意义的现代词学著作。有江苏古籍出版社 1987 年排印本，1998 年天津古籍出版社有再版本。

《唐宋词流派史》

今人刘扬忠著。该书为一部以流派演变为主的新型唐宋词史，因此不但打破了“豪放”、“婉约”二分法等传统词论，而且还打破传统词史按时代先后联缀单个词人词作的框架，注重从时代风会、文人心理、词学观念、社会审美习尚等等发展演变的角度，来全景式地把握唐宋词流变的过程。全书分关于建构唐宋词流派史的理论思考和基本设想、初显流派端倪的晚唐五代词、影响北宋词风格流派总体格局的多种社会文化因素、新体新派迭起的北宋中后期词坛 、两宋之交的词风巨变及南渡各词派、代表南宋前期审美主潮的稼轩词派、崇尚雅正和讲求词法的南宋中后期词坛及其主要流派等七章立论，作者牢牢把握唐宋词各重要流派形成的历史背景、文化条件及其兴衰流变的大致过程，展示了各流派之间的互相影响、互相渗透的错综复杂的关系和流变历史。重新建构流派理论与流派史体系，具有开拓精神。有福建人民出版社 1999 年排印本。

《全元散曲》

今人隋树森编，中华书局 1964 年出版。该书排勘收集，拾遗补阙，汇集了现存所有的元代散曲作品，是目前元散曲最为完备的一部总集。全书按照曲家的年代编序，共辑作者 213 人，收小令 3 853首，套数 457 套，残曲不计在内。每位曲家前附有小传，每曲均标明出处，曲末还注有较详细的校勘记，有助于专门研究。书后还附有《作家姓名别号索引》、《作品曲牌索引》，方便了读者的查阅。1981 年，该书再版，增加了补遗和续补遗，使元曲的收集更为完善。读者若欲了解元代散曲之全貌，此书不可不备读。另有《全元散曲简编》，亦隋树森编，是从《全元散曲》精选 129 位曲家和无名氏的作品加以汇编，计小令 1 080 首，套数 124 套。由于选录精良，体例清晰，大多作品的思想性和艺术性较高，足可反映元代散曲创作的菁华。

《元明清散曲三百首》

羊春秋选编，岳麓书社 1992 年出版。全书收集了各代散曲作品共三百馀首，其中元散曲作家 63 人，作品 187 首，无名氏 9 首，明散曲作家 17 人，作品 60 首，无名氏 5 首，清散曲作家 13 人，作品 39 首，无名氏 4 首，比较全面地展现了散曲在不同时代的创作面貌。书中简要介绍了每位散曲作家的生平和创作情况，对每首选曲的难解字词均有注释，并附以精到的评点和鉴赏，读者藉此可领会曲意，掌握该曲的创作特色。书的前言还描述了元明清散曲发展的历史概貌，对散曲的体制、作法、风格和流派，也作了简扼的评介，有助于读者了解散曲的基本知识。

《元曲选》

明臧懋循编，又名《元人百种曲》，共收元人杂剧94种，明初人杂剧6种，合为100种。它是迄今为止收录元人杂剧最多的一部总集，约占现存元杂剧的2/3，其题材丰富，作家众多，可以说是了解元代杂剧面貌的最为重要的典籍之一。该书卷首有臧懋循的二篇序文，并附录陶九成、涵虚子、丹丘生等人的曲论，为元杂剧研究提供了可贵的资料。由于为明人的选编本，全书经过整理，均为四折一楔子，角色、曲白也有所润色，科白俱全，体例完整，故后人以为未必尽合元杂剧的本来面目，对此批评不少。但是，不论《元曲选》对原剧的改编程度如何，它对于元杂剧的保存和流传之功，却是值得充分肯定的。1958年、1961年、1979年北京中华书局对《元曲选》分别三次重版，加以点校，以便读者阅读。

《中国十大古典悲剧集》、《中国十大古典喜剧集》

今人王季思主编，分由上海文艺出版社1982年、齐鲁书社1991年出版。两书分别选录元明清悲剧、喜剧作品各十种，悲剧有关汉卿《窦娥冤》、马致远《汉宫秋》、纪君祥《赵氏孤儿》、高则诚《琵琶记》、李梅实《精忠旗》、孟称舜《娇红记》、李玉《清忠谱》、洪昇《长生殿》、孔尚任《桃花扇》、方成培《雷峰塔》；喜剧有关汉卿《救风尘》、白朴《墙头马上》、王实甫《西厢记》、康进之《李逵负荆》、郑廷玉《看钱奴》、施君美《幽闺记》、康海《中山狼》、高濂《玉簪记》、吴炳《绿牡丹》、李渔《风筝误》。此二书选萃古典戏曲的经典之作，校勘精良，体例合理。每剧之后，均系有作者生平、作品的思想艺术特色和影响的介绍。书中眉批收录了前人一些较好的点评，以及编选者的评语，以便读者深入理解剧作的精髓。书的前言，还对中国古典悲剧、喜剧的发展历史和特点，做了总结和评述。对古典戏曲初学者，两书无疑是方便阅读、深度适中的入门性书籍。

《中国戏曲选》

今人王起主编，人民文学出版社 1985 年出版。全书分上、中、下三册，选录了元明清杂剧、南戏、传奇以及清花部戏曲剧作共 85 种。为全面反映古典戏曲发展之主流，该书既重视名家之手笔，也不遗漏无名氏流传甚广的佳作，力求做到选目的内容丰富，题材多样，风格不一。在选编方式上，采取了选出、选折的方法，从全本中析取代表性的一折或两折，一出或几出，以此管窥全剧之精华。本书校审精良，标点上兼顾文义和曲律，格式上曲白分明，科介另标，体例十分统一。该书笺注颇为详明，分有剧作家简介、剧本题解以及注释，特别是每位剧作家还附录了相关的文献资料，对读者进一步了解作家作品十分有益。

《词曲通义》

任讷著，1931 年上海商务印书馆出版。全书将词、曲合并研究，分九节，约万馀字，从源流、体制、牌调、音谱、意境、性质、派别等七个方面，疏通了词曲的源流，比较了词曲的异同，言简意赅，要论不繁，正如任先生在《大意》中言："但求通解，不涉及专论，且意取要而辞取约，俾学者于最短之时间，得最精之通义，是此篇之大旨也。"十分有助于读者打通词曲的发展，深入了解二者的体制特征。该书同《散曲概论》、《散曲丛刊》一起，将散曲系统地引入学术视野，成为"任氏散曲学"的代表著作，也是散曲研究者必读的学术经典。

《散曲通论》

羊春秋著，岳麓书社 1992 年出版。全书共分四个部分，十分完整系统地梳理了元明清散曲的发展史，是一部通史性的散曲研究专著。书中探究散曲产生之渊源及其原因，深入细致地分析了散曲的体制、声律、辞采等文体特征，梳理了元明清三代的散曲发展、创作思潮、散曲作家、流派风格等方面内容。该书是著者四十馀年的教学、研究和创作的结晶，材料翔实，论述详密，体大思周，写作手法上，则亦史亦论，述论结合。此外，书中还有专节谈及散曲鉴赏，对读者掌握鉴曲之关键和原则，十分有益。

《历代赋汇》

历代赋的总集，清陈元龙辑。元龙字广陵，号乾斋，浙江海宁人。康熙进士，授编修，后授文渊阁大学士，兼礼部尚书。此书撰成于康熙四十五年（1706），收录先秦至明代各类赋作 3 834 篇，以类编排，一类之中，以朝代为先后。正集 140 卷，专收叙事记物之作，内容广博，分 30 类，共 3 042 篇；外集 20 卷，皆为抒情言志之赋，分 8 类，计 423 篇。另有残文逸句 2 卷，补遗 22 卷，类别同于正集。《历代赋汇》是我国第一部、也是至今为止最好的一部搜集历代赋体文学作品较完备之总集，两千年间，叙事体物，抒情言志之名赋大体全备。不足之处在于，不少作品未能考出作者姓名；另因年代所限，清人赋作未能收录。有《四库全书》本，《摛藻堂四库全书荟要》本，光绪年间双梧书屋俞樾校本。1987 年江苏古籍出版社与上海书店据俞樾校本整理影印联合出版。

《汉魏六朝赋选》

瞿蜕园选注，中华书局 1964 年第 1 版，上海古籍出版社 1979 年、1983 年两次重印。该书在萧统《文选》所选赋作的基础上斟酌去取，并增加了其所未收录的新篇目，共择定贾谊、枚乘、司马相如、扬雄、张衡、王粲、曹植、陆机、左思、陶潜、鲍照、江淹、庾信等 20 位赋家的 20 篇代表性作品。每篇的注文，对于名物训诂，多采用前人较为肯定的旧说；至于字句注释，则既注重词藻的溯源，又兼顾词意的阐发。各赋前有“解题”，简略介绍作者生平、写赋背景及本篇思想内容与艺术特色。书首的“前言”，概述了历代赋体发展状况，说明该书选编、注释体例。该选本作品的题材、风格多样，繁简适中，行文简明扼要，使人一览而约略见出汉魏六朝八百年间的辞赋全貌。

《历代赋译释》

李晖、于非编选，黑龙江人民出版社 1984 年版。该书收录自楚宋玉，汉贾谊、司马相如，魏晋六朝王粲、曹植、陶潜、鲍照、庾信，唐宋韩愈、杜牧、欧阳修、苏轼直至明清刘基、袁枚、汪中共26位作家的各种赋体作品共26篇。每篇于注释第一条介绍作者生平及作品，其馀的或释词，或串句，以平白浅显为务。篇中依据内容而划分段落，每段后都有简要的解说文字；篇后有“译文”和“说明”。“译文”多用直译，偶尔采用意译。“说明”则解说该赋全篇的思想内容和艺术特色。书首有“前言”，简略叙述辞赋的特点及发展状况。该选本所选大多为名篇，注解通俗易懂，对于初学者了解辞赋的基本知识和阅读辞赋作品都有所裨益。

《赋史》

马积高著，上海古籍出版社1987年版。全书共12章。第一章“导言”，分别叙述赋的形成、流变并论述了赋在古代文学发展史上的地位。以下各章，以时代先后为序，分别叙述先秦至近代赋体文学的发展状况及其变化原因，介绍历代的赋家与主要作品并给予适当的评论。作者认为，赋因形成的途径不同而有三种体制：一是由楚歌演变而来的骚体赋；二是由诸子问答体和游士说辞演变而成的文赋；三是由《诗经》演变而来的诗体赋。其发展大体可分为四个阶段，即两汉的逞辞大赋，魏晋南北朝的骈赋或俳赋，唐代的律赋和新文赋。作者将赋放到与诗、词、文等其他文学样式的关系中去考察赋的地位，从文学史乃至文化史的深度与广度来探讨赋的发展变化及其原因。全书叙述与议论相结合，考源析流，脉络分明，是研治赋学者的重要参考著作。

《辞赋大辞典》

霍松林主编，江苏古籍出版社1996年版。该辞典由百馀名当代辞赋学专家集体编写，历经三年始克成功。全书“正编”分为九大部分，即辞赋作家、辞赋体类、辞赋典籍、辞赋名篇、辞赋理论、辞赋词语、辞赋人物、典故轶事、研究课题，总收约4 500辞条，上起先秦，下至当代。为备读者检用，辞典前有分类目录，按笔画多少为序编排；后附音序索引。同时还附录有辞赋研究论著索引。该辞典是一部兼融文献性和学术性的工具书，同时总结了国内外辞赋研究的最新成果，具备相当的信息量和使用价值，可以为辞赋研究者提供必备的参考资料，也可以帮助一般读者了解辞赋知识。

《赋学概论》

曹明纲著，上海古籍出版社 1998 年版。这是一本赋学专著。全书共分八章。第一章解说赋的特征，包括名称由来和形体要素等内容。第二章叙述赋的起源，包括传统赋学的“诗源说”、“辞源说”及近代的“赋出俳词”等说法。第三章讲赋的分类，列述几种分类方式并品评其得失。第四、五两章则是赋的演变，讲述各体赋的流变及特点。第六章讲述赋的作用。第七章介绍赋集和赋话。第八章谈赋的影响，包括题材、手法和形式。作者采用顺叙法与横截法相结合的方法，既对某类赋体从酝酿、初成、积渐、臻极、新变等各个阶段去反映和探究其体式演变，也从正名、体形、用韵、句式和流变诸方面去展示和研究其发展状况。全书在梳理、评骘前人有关见解的同时，对传统的赋学作了较有系统的理论性的阐述，因此是一部有参考价值的学术专著。

《中国历代文学作品选》

朱东润主编，中华书局上海编辑所 1962 年初版，上海古籍出版社 1979 年修订再版。它收录了自先秦到近代包括诗歌、散文、辞赋、小说、戏曲等文学体裁在内的代表性作品共计 1 015 篇。全书在编排上，根据历史时期共分三编（共六册），各时期作品大致体裁编排，有助于读者形成一个大致的文学史的发展轮廓。在具体作品选择上，该书以各时期各种体裁的重要作家代表作品为主，以思想性、艺术性统一为选择标准，同时注意到作品的广泛性和风格的多样性。书中对每位作家的生平和创作情况都有简要的介绍，每篇作品前有题解，后有注释。该书是目前为止古代作品最权威的选本，长期被全国高校中文系选作中国古代文学课程的教材。

《艺概》

晚清刘熙载撰，上海古籍出版社 1978 年整理出版。此书是一部综合性的文艺理论批评著作，评论文艺涉及范围甚为广泛，包括《文概》、《诗概》、《赋概》、《词曲概》、《书概》、《经义概》六部分。该书评论方法是“举此以概乎彼，举少以概乎多”，也就是用简练精确之语言，作突出重点之评论，通过“触类引申”来显示复杂丰富的内容。综观全书，尤其是论文、诗、词、赋的部分，其对作家作品的评定，对文学形式的流变，对艺术特征的阐发等，时有卓见确识，很有参考价值。

附录二 诗词写作指导

本附录专为想入门作诗词的读者提供点切实的指导。诗词写作入门类的书已经不少，但大多涉及面很广，而且每方面都讲得较细，作为诗词写作的参考都很有价值，但如直接按那类书进行实际的自我训练，却大多有问题。本书第三章已经对诗词曲赋的形式有很详细的讨论，在此基础上，本附录可以仅仅就诗词写作的入门，给出一些参考性的基本原则和训练方法，这样也许能更有针对性。

一、“五四”以来旧体诗词写作概貌

我国由于自古以来文、言分离，传统语文教育从幼儿开始，就一直把读书与笔头写作结合起来，写作走的又是识字→对对子→作五七言诗→写四六文的路。总之，写作，尤其是旧体诗的写作训练始终是传统语文教育的重心。因此，大凡接受过旧式教育的人，都会写旧体诗，而且大多写得像模像样，诗之成为中国文学的轴心，和中国传统语文教育显然有着不可分割的关系。

到了近代，黄遵宪为了启发民智，提倡“我手写我口”，强调诗歌的通俗化。“五四”新文化运动时期，反对文言，倡导白话。于是，新诗崛起，文言文、旧体诗词地盘迅速缩小，终于只成为少数人手中的玩意儿。这种流行了一千多年的诗歌形式，也便基本上退出了中国文学的舞台。这是时代的进步，是文学发展的必然。

然而，如果谁要宣布“五四”以后旧体诗词已经彻底完结，旧诗写作已毫无前途的话，那他就错了。其实，“五四”新文化运动的确带来了新文学的崛起和繁荣，传统文学的作者急剧减少也是事实，但包括旧体诗词在内的传统文学还顽强地生存着，一直到今天它也并没有消亡，而且可以肯定地说，它不会在很短的时间内消亡。可以预测，在将来的50~100年内，诗词还将在较小的范围内继续生存。

现在，我们简要勾勒一下“五四”以来旧体诗词的状况。

20世纪20年代在新文化运动的冲击下，旧体诗词陷入低谷。新文化运动的倡导者们认为：古典诗词，从性质上看，都是宫廷文学或山林文学，甚至是“桐城谬种”、“选学妖孽”；从形式上看，文、言的分离，使它必然沦为贵族文学，因此，在推翻封建帝制的同时，理所当然地也应该彻底抛弃旧文学。与此同时，胡适等人倡导白话新诗，在此影响下，郭沫若出版了新诗集《女神》，标志着新诗的胜利，开启了诗歌发展的全新道路。后来便出现了“新月诗派”、“创造社”、“湖畔诗社”、“现代派”、“七月诗派”、“抗战民歌体”等诗歌，新诗成为中国诗歌的主流。但是，在旧诗环境中成长的许多人，仍然对国学、对旧诗有很深的感情，以吴宓、梅光迪、胡先骕为代表的“学衡派”直接起而反对新文学、反对新诗，“新体白话之自由诗，其实并非诗，决不可作”（吴宓《论今日文学创造之正法》），从理论和创作上坚守旧诗，是文学保守派的一大堡垒。另外，一些热爱民族文化、却并不保守，如近代大诗人陈三立、南社诗人黄节，饱受世乱之苦、多少有些遗民意识，如国学大师王国维、清季四大词家的郑文焯、况周颐、朱祖谋，以及陈洵、汪东、张尔田等学人，都不仅继续写旧诗，而且拥有不少的追随者。

从新诗的发展看，“五四”新诗运动使人们看清了旧诗的缺点，新文学家周作人就明确表示：“我自己是不会做旧诗的，也反对别人的做旧诗；其理由是因为旧诗难做，不能自由的表现思想，又易于堕入窠臼。”（《做旧诗》）可是，20年代初，周作人就发现：“现在的新诗坛，真可以说消沉极了。几个老诗人不知怎的都像晚秋的蝉一样，不大作声，而且叫时声音也很微弱，仿佛在表明盛时过去，艺术生活的弹丸，已经向着老衰之坂了。”（《新诗》，见钟叔河《周作人文类编》三，湖南文艺出版社 1998 年）此后，虽有徐志摩、闻一多，再后朱湘、戴望舒等人给新诗注入新鲜的气息，但在新诗低迷的日子，钟爱李、杜、苏、陆的“学衡派”和他们的学生在窃笑；就在徐志摩、闻一多他们的新诗风靡之时，以新诗为幼稚、不足观的人也大有人在。30 年代以来，旧体诗又逐渐复苏。这次旧诗的复苏，除了旧式文人坚守、一批“保守”的青年学生加入之外，更耐人寻味的是，不少新文学家也转而大写旧诗，如闻一多在出版《红烛》后，“复理铅椠”，说：“六载观摩傍九夷，吟成鴂舌总猜疑；唐贤读破三千纸，勒马回缰作旧诗。”鲁迅、周作人、俞平伯、郭沫若、何其芳，以及后来的王统照、王礼锡等都纷纷用起了平平仄仄的旧形式。至于曾表示“我不会做诗，尤其不会做新诗”的郁达夫，则更是自青年时起毕生坚持做旧诗，郭沫若称赞他是旧体诗行家，认为“他的旧诗词比他的新小说更好”，“颇耐人寻味”（《郁达夫诗词抄序》）。

旧体诗词的势头到抗日战争时期又进一步得到催长，呈现出异常兴旺的景象。曾经认为旧诗代表腐朽一派的茅盾，在新形势下也发表了《大众化与利用旧形式》一文，阐述旧文学形式的价值，并亲自进行旧诗的实践。郭沫若也撰《民族形式商兑》一文说，“我觉得做旧诗也有做旧诗的好处”，因为“目前正宜于利用种种旧有的文学形式，以推动一般的大众”。一时间，在大江南北、在抗战的前后方，自国共两党许多能诗的领袖，如朱德、董必武、林伯渠、徐特立、谢觉哉、冯玉祥、何香凝、李烈均、于右任、王陆一、程潜、李济深等，著名民主人士黄炎培、陈叔通、沈钧儒等，到其他文艺界知名人士如叶圣陶、王统照、马君武、老舍，著名学者马一浮、汪辟疆、唐玉虬、钱仲联、徐天闵、刘永济、卢前、孙雨亭、沈祖棻、游国恩、霍松林等，用他们手中的笔，写出鼓舞国魂民气的诗词曲。抗战的形势唤醒了传统的韵文形式，使它勃发出新的生机。

新中国成立后讲“古为今用，洋为中用”，直到 1959 年茅盾还在《人民日报》发表《漫谈文学的民族形式》说：“我想，既然现在大家都承认新诗发展的正确方向是以古典诗歌和民歌为基础，那就应当不发生格律体与自由体孰为主流的问题。主流应当是以古典诗歌和民歌为基础的民族形式的新诗歌。”（1959 年 2 月 24 日）这期间，古典诗歌是老一辈革命家表达心声、互相酬唱的重要形式，这在一定意义上对旧诗词起了示范和引导作用。因此，在新中国成立后的头十年，全国旧诗写作仍然不断，歌唱新时代的主题，使旧诗词获得了生存的理由。但是，由于提倡大众文学，大搞新民歌运动，当时的旧诗除了通俗派、民歌派较有市场，真正注重艺术技巧、讲究文人气息的旧诗，是受到冷遇的。进入 60 年代以后，旧体诗词的阅读和写作作为“四旧”，列入禁区，旧体诗人被打倒，旧体诗词陷入绝境。不过，在这种风气中，却也有以杂文见长的聂绀弩，偶然操笔为旧体诗词，用他本人的话说：“我作诗只是一种文字游戏，说得漂亮一点，是一种不须惊动别人而自得其乐的文娱活动。”聂绀弩所用的形式是“打油体”，却自成别具滋味的“别调”和“新体”（《散宜生诗·后记》），为旧体诗创出了一条新路。

20 世纪 80 年代以来，思想解放以后，旧体诗词才再度出现繁荣景象。各地诗社林立，诗会不断，旧诗人重操中断数十年的诗笔，许多中青年也在这种风气感染下写起了旧诗。到了 90 年代中后期，不仅中老年人通过诗词活动得到陶冶，而且在新诗陷入低迷之时，需要诗歌来张扬性灵、抒发心志的许多青年学生，也在古典诗词的熏陶、感染下，热爱上了旧诗。世纪更替的时候，随着互联网的迅速发展，网上 BBS 等具有交互功能的信息发布方式，更是大大激发了人们诗词写作的热情，诗词成为人们很重要的一种文化需求。

回顾百年诗史，可以看出：诗歌，无论新诗还是旧诗，其道路都是非常曲折的。其中可以肯定的有三点，第一，新诗是中国诗歌的方向所在；第二，新诗无法也没有必要完全取代旧体诗，旧体诗的价值是不会因为新诗而磨灭的；第三，“中国诗坛的实践告诉我们，在新诗不断发展的同时，确实有人能掌握旧格律，写出融新入旧的诗篇。”（冯至《略说吴宓》，李继凯、刘瑞春选编《解析吴宓》，社会科学文献出版社 2001 年）

二、诗词写作的几个观念

现在，想写诗词的人不少，但其中很多人望门止步，以为诗词写作是多么高不可及的；另外，也有相反的，读了一些诗词之后，凭着自已的创作冲动，就按照心目中的原则实验起来了。为此，有必要给对诗词写作有兴趣的人，提供一点很必要的提示。

（一）诗词易学难精

许多人感觉诗词挺难，其实不然，学会诗词的基本规则只要几天时间就够了，诗词基本规则的运用也只要很短的时间就能完成。一个人只要愿意，从完全不懂到基本会写，大约有十天，顶多半月的时间就可以；要把诗词写得像点样，大约有半年时间就行。而从会写到写得很好，就很难说要多少时间了。一句话，诗词是易学而难精。如果想学，首先要有这个认识：既要有信心，谁都能学会，但又要充分认识到，学好，学到高境界，很不容易。

《庄子·天道》篇有一则很有名的寓言，说：“桓公读书于堂上，轮扁斫轮于堂下，释椎凿而上，问桓公曰：‘敢问公之所读者何言邪?’公曰：‘圣人之言也。’曰：‘圣人在乎?’公曰：‘已死矣。’曰：‘然则君之所读者，古人之糟魄已夫!’桓公曰：‘寡人读书，轮人安得议乎！有说则可，无说则死。’轮扁曰：‘臣也，以臣之事观之。斫轮，徐则甘而不固，疾则苦而不入。不徐不疾，得之于手而应于心，口不能言，有数存焉于其间。臣不能以喻臣之子，臣之子亦不能受之于臣，是以行年七十而老斫轮。古之人与其不可传也死矣，然则君之所读者，古人之糟魄已夫!’”显然，庄子通过轮扁斫轮的寓言，阐述的是语言有限性的道理。显然，人类智慧的最精微之处，是难以用明确的语言表现出来的；换言之，试图通过文本的阅读与理解去代替实践，是注定达不到目的的。

就诗词而言，它的形式规则很简单，这能说清楚，也存在训练的技巧。基本的表达技巧，大致的写作规范，也是可以在课堂上讲授得了的，但是，这些简单的形式、基本的技巧，应该怎么用，就如岳飞所说“阵而后战，兵法之常；运用之妙，存乎一心”（《宋史·岳飞传》）了。

（二）自模仿始，以创造为归

许多人都有这样的体会，读诗词多了、久了，自己在生活中的一些所见所闻、所思所想，便总觉得很有诗意、词韵，于是，手痒痒地，不免模仿古人来上几句。

这当然是极为自然的路径，符合人类掌握知识和技能的基本规律。只要放眼看看，就知道：学书法要临帖，学画也是要经过很长时间的模仿，而从古以来，所有的大诗人都是从学习、模仿前代诗人作品，逐渐走上艺术道路的。翻翻古代名家的集子，我们常常看到“效体”之作赫然保留着，如李白有“效古二首”，其他明显渊源于乐府、谢朓的诗作，更是处处都是。又，李商隐有“效徐庾体”、“效江南曲”；辛弃疾《稼轩词》有自标效花间体、朱希真体、李易安体、赵昌父体的。可见，仿效、模拟、化用都是创作中很常见、很通行的方法。

但是，很多学诗的人有一个观念，认为：诗是抒情性的，写诗就是要表达自己个人的情感，因此，最要讲个人创造。以为只要把自己心底的情绪尽情地宣泄、发挥出来，犹如天马行空，毫无羁绊，这才有真诗。这个观念，粗略地看，当然没错。然而，正如学衡派中坚、诗人胡先骕在《评尝试集》一文中所说：“人之技能智力，自语言以至于哲学，凡为后天之所得，皆须经若干时之模仿，始能逐渐而有创造。”情感的产生固然不需要模仿而自然产生，可是，把这种情感表达出来，变成文学作品，这存在一些技术性环节，涉及到语言运用等许多操作性、技能性的方面，这就是后天习得，即需要一个学习的过程。

总而言之，从来就不模仿、不学习，不要说成大诗人，通常连小诗人也成不了；而只会模仿、只会捡别人残羹剩饭的人，最多只能成为制造诗的小工匠。通观历代诗人的成长过程，可以发现两个共同性的现象：第一，诗人们一般都是从模仿和学习起步，这个阶段越艰苦、所花的功夫越深，往往后日的成就越大；第二，只有经历一定时段的模仿、学习之后，能把模仿、学习所得内化、融通，然后从中走出，有自己新的创造，并自成一家，才足以成为大诗人。

与此相关的是，在模仿、学习阶段，即学诗的起步阶段，要老实，强调一个“似”字。如学王维的五律，你得学得像王维风格的五律，不能写得像阮籍或鲍照；学李白的五古，就应该学到李白的自然、质朴和神采飞动，而不能写得奔放热烈。只有这样，才能得到各个诗人、各种形式的精髓，在此基础上才谈得上发展、变化和创造。

而到后来，当你学习而有得之后，就要有勇气，要敢于变化、敢于创造，讲究的一个“变”字、一个“新”字。这时要记住以学杜、韩著称的江西诗派领袖黄庭坚的话：“随人作计终后人，自成一家始逼真。”(《以右军书数种赠丘十四》)所有的规则都是给初学者制订的，死守规矩，不敢越雷池一步，就只能沦为规矩的奴隶。

(三)“取法乎上”与“转益多师”

写诗从模仿学习始，但模仿学习又从何起头？回答是“取法乎上”。这点，曹雪芹在《红楼梦》第四十八回中通过黛玉教香菱作诗，作了一段很精彩的阐述：

> 香菱笑道：“我只爱陆放翁的诗‘重帘不卷留香久，古砚微凹聚墨多’，说的真有趣！”黛玉道：“断不可看这样的诗。你们因不知诗，所以见了这浅近的就爱，一入了这个格局，再

> 学不出来的。你只听我说，你若真心要学，我这里有《王摩诘全集》，你且把他的五言律读一百首，细心揣摩透熟了，然后再读一二百首老杜的七言律，次再李青莲的七言绝句读一二百首。肚子里先有了这三个人作了底子，然后再把陶渊明、应玚，谢、阮、庾、鲍等人的一看。你又是一个极聪敏伶俐的人，不用一年的工夫，不愁不是诗翁了！”

香菱开始所爱的是陆游“重帘不卷留香久，古砚微凹聚墨多”这样的句子，这是“旧社会里无数客堂、书房和花园中挂的陆游诗联”中最常见的一类，其特点一是“闲适细腻，咀嚼出日常生活的深永的滋味，熨贴出当前景物的曲折情状”（钱锺书《宋诗选注》）；二是“浅近”。一般人很容易接受，没有什么障碍，但如果把它作为你诗的基础，或者说入了它的“格局”，你就缺乏更高的艺术鉴别能力，就难以向上走了。就如学外语口语，如果从洋泾浜启蒙，日后纠正，所费力气，比新学还要多。具体看，按照黛玉（实即曹雪芹本人）的经验，学作五律，应从五律最优秀、最本色的诗人王维入手；七律，则应首先学杜甫；七绝，以李白为始。

实际上，更通达一点，初学者还可以更宽些，在以下列表中选择：

就体式说，五律：王维、李白；七律：杜甫、李商隐、黄庭坚、陆游；七绝：王昌龄、李白、杜牧、李商隐、王安石、杨万里、陆游；五古：陶渊明、王维、李白、韦应物、孟郊、梅尧臣；七古：鲍照、李白、杜甫、韩愈、苏轼。小令词：冯延巳、李煜、晏殊、晏几道；中长调：柳永、周邦彦、辛弃疾。

就题材类型说，描写自然：王维、孟浩然、韦应物、柳宗元；抒怀言志：屈原、陶渊明、李白、苏轼、陆游、辛弃疾；反映社会问题：《诗经》、汉乐府、杜甫、白居易。

就方法技巧说，自然质朴：“国风”、“古诗十九首”、陶渊明、孟浩然；精工锤炼：杜甫、韩愈、黄庭坚、陈三立；清空灵动：王维、李白、姜夔。

这里需要说明的是，以上所列都是初学者可以效法的，各人可以根据自己的喜好与主客观条件加以选择。初学时宜“专”，选取一家之后，不旁骛，力学方能有得。久之，又应转益多师，扩大门径。

（四）“作诗固重学习，尤贵养心”

南社诗人、北大老学者黄节先生讲曹植诗时，郑重地说：“作诗固重学习，尤贵养心。”（萧涤非《读诗三札记》，作家出版社1957年）这实在是黄先生治学、作诗的经验之谈，也是所有爱诗的朋友应铭记的妙道要言。

如上所说，诗词有形式规则，需要通过揣摩名家诗作，并做到烂熟于胸，才能完全掌握，才能形成自己的技能。如节奏、平仄、用韵、对仗、章法等，是诗词的基本要素，如果不愿意认真学习、不向名家模仿，作出的诗词，根本就不像诗词；而尤其困难的是，诗词还有自己的一套词语系统，用现代汉语写，或者用明清白话小说的语言写，都会失去诗词的本味，这尤其要靠学习。正因为此，过去人们常说：“熟读《唐诗三百首》，不会吟诗也会吟。”

通过学习名家名作来掌握诗词的形式和方法，显然是作诗的首要路数。然而，除了形式和方法，诗词还有更重要的方面，这就是情感、思想、精神。诗词的价值主要表现在这。可以说，当诗词的形式、规范方面的东西基本掌握后，最重要的功夫就不在诗内，而是如陆游所说“工夫在诗外”了。这点沈德潜在《说诗晬语》中有很透彻的表述，他说：“有第一等襟抱，第一等学识，斯有第一等真诗。”

这第一等襟抱、第一等学识，怎么得来呢？当然来自于生活实践。但过去，人们片面地把生活实践与内心修养对立起来，结果使人不知门径。实际上，生活实践既包括社会活动，也包括日常生活和读书、修养。社会活动和读书的结合，可以培养第一等学识；而社会实践和内心修养的结合，则可以培养第一等襟抱。

黄节先生所说的“养心”，即精神修养，来源于明代理学。明儒陈献章有一句名言：“为学须从静中坐，养出个端倪来，方有商量处。”（《与贺克恭黄门》，《陈白沙集》卷二，四库全书本）说的是通过类似禅宗澄心静坐的方法，排除世俗杂念、唤醒良知、濡养道德。

事实上，社会实践、日常生活、读书和修养这几个方面都与人的精神境界有关。今天，静坐养心和读书长智，尤其显得重要，袁行霈先生在《陶渊明的哲学思考》一文的最后说：“在今天，当物欲几乎要统治人的精神使人成为它的奴隶时，曾经支持过陶渊明的那种智慧和力量也许能给当代人一点帮助，使人站立起来。”

三、近体律绝的写作训练

古体诗除了押韵几乎可以不受任何形式限制，一些人认为它最容易写，但除非是想另创新古体，否则古体不是更容易写，而是更难写。原因是古体需要用汉魏时期的诗歌语言来写作，那时期诗歌语言在用词、造句上都有自己的特点，古体要做像，在这方面特别需要琢磨。而今天没有了旧诗的语言环境，做好古体只有熟读汉魏诗，并在此基础上再读唐宋人古体诗这一途。

近体律绝的语句也与现代汉语语言不同，也需要在词汇上积累、句法上琢磨，但因为一般人从幼儿时起就读背过不少近体律绝，都有点感性的体认，加上近体有一套定型的形式规则，容易入手，近体会了，放而为古体，易于为功。

（一）近体绝句

绝句是传统诗歌中最小的体式，也是其他诗体的基础。因发源于六朝，一向有古、近二体。这里仅说近体绝句。近体绝句的形式，是容易掌握的。学诗想尽快入门，可以从这种体式开始。

先从押韵开始。先浏览本书第三章第一节的诗韵部分，了解诗韵的基本情况，接下来要看看附录三的韵字表，大致熟悉韵目。开头学作诗，手头上总要有这样一个韵字表（前辈用《诗韵合璧》、

《佩文诗韵》之类的书，我们建议用王力所撰的小册子《诗词格律》后的韵字表）。作诗的时候，根据要表达的意思，确定一个韵脚字，譬如想用“春”作韵脚，看看韵目知道这个字应该是十一真的韵，从这个韵部中，可以把这个韵中所有可能用到的字都抄出来。有人会问，每首诗都要这样做，限制那么厉害，怎么能写出好诗来呢？回答是：学作诗，就像童蒙学书、学琴，开头只是技术性的学习，这时不能好高骛远，不必求有特别高的艺术境界，从能作出第一首，到最后基本熟悉了诗的形式，才能进一步从必然王国进入自由王国，达到自由运用的程度。

还有个训练押韵的方法是，根据要表达的意思，和已确定的一个韵脚“春”字，找一首熟悉的用这个韵的古诗来读，如朱熹的名诗《春日》：“胜日寻芳泗水滨，无边光景一时新。等闲识得东风面，万紫千红总是春。”用的韵字分别是滨、新、春，如果你觉得合用就可以直接用，如不行，还可以参照其他人的同韵诗，如陆游的老师、赣县人曾几就写有一首不错的《立春》：“十载东都客，春盘种种春。翠看蔬甲小，黄爱韭苗新。流落成吾老，萧疏对此辰。睦邻如有使，传语大梁人。”则同韵的字尚有新、辰、人等字。

再说平仄。同样先阅读本书第三章第四节相关内容，要求是：第一，弄懂并记住五七言的四种平仄句型（先要弄懂即把粘对的概念搞清楚，然后再记，这样才能用好）；第二，弄懂“一、三、五不论，二、四、六分明”说法的含义及限制性条件，但暂不管限制条件，只记住最粗线条的规则就行。按这样一个原则来做，可以很快掌握平仄规则。作诗时，根据已确定好的意思、已准备好的待选韵脚字，开始组配各句。可以从第一句开始，一句句地往下写，也可以先写好任一句，然后再根据这句来组配其他三句；初步写出各句后，才对照平仄规则检查一下，看看是否有出入。

以上训练属于综合运用平仄规则，需时稍长，千万要耐得住性子，不可半途而废。等最粗的规则掌握好了，就可以再来依次逐渐掌握以下三个补充规则：（1）避免“三平调”；（2）避免“孤平”；（3）几条拗救规则。其中前二者是硬性规定，也不难，应学会；拗救规则稍宽，却更复杂，一时掌握不好，也不必走进死胡同，可以不理会它。

（二）五七言律诗

最典型的近体诗是五七言律诗，每首八句；八句以上的排律（又称长律），尤其是长篇排律，格律过严，从古至今并不常用，可以置而不学。

律诗训练比近体绝句稍难，有两个原因，首先是韵脚字至少要有四个，律句则多了一倍；其次，律诗还多了一条对仗的规则。八句的律诗，开头两句、结尾两句属于散句，上句和下句语法不要对称，节奏不要相同；开头一般为交待背景与缘起，结尾为全诗收束。中间两联必须对仗，语法要对称，节奏要相同，是全诗内容的展开部分。

训练对仗前，要阅读本书第三章第三节。训练时，要注意以下几点：

（1）对仗有宽有严。严是义类相同，如王安石得意的“一水护田将绿绕，两山排闼送青来”对得极工极严：①数字、颜色字相对；②水对山，同属地理类词；③护田、排闼都是动宾结构，字面上对得好，两个词都有出处，而且同出《汉书》。初学对仗，不必也不可能如此讲究。但工对并非不可企及，把思路打开，都能发现可用的对字很多，如疑问代词“谁”，初学者往往只知对“何”、“焉”，实际上，对“安”、“处”、“人”、“我”、“天”、“鬼”、“仙”、“神”、“佛”、“鸡”、“狗”等都工。宽对是初学者普遍喜爱的，但宽是有限度的，如“谁”对“门”、“海”等已经特别宽了，如果对“愁”、“恼”就不合适了，虽然这些字现代汉语也可作名词，但它们本身有动的性状，与“谁”所在的义类毫无关系。

（2）对仗最忌的是“合掌对”，即上下两句意思完全相同或几乎相同。本来，对仗的作用就在通过一组相似、相关或相反的内容的并置，表现出比这两个个别的内容简单相加更丰富的内涵，也即发挥 1+1>2 的效能；合掌对不仅没有实现 1+1>2，反而变成了 1+1=1 了。古人推崇的佳对，应是无关中发现相关。如黄庭坚的“头白眼花行作吏，儿婚女嫁望还山”（《次韵柳通叟寄王文通》），上句是说一行作吏，便疲惫憔悴、头白眼花，下句说希望儿女婚嫁之后，早早归隐。上下两句互相支撑，合成一联后，还包含了以下几层意思：①为官之辛苦；②为官不是柳通叟的本心，他只是迫于家庭责任才勉强为仕。

（3）对仗的两联节奏形式一般要有变化，如七律的颔联节奏句式为二二一二，那么颈联就应改为二二二一，这样才不致使全诗流于板滞。读者可以参阅本书第七章第一节，从吟诵几个实例中体味这种节奏变化所产生的美感。当然，这一要求不是硬性的绝对规定，初学时有这个概念就行，不要把它当做一个死要求来限制自己，增加初学的苦难。

四、小令词的写作训练

词分慢词和小令，前者篇幅较长，讲究很多，初学相对较困难，所以最好从小令开始学起。学词前，应先浏览本书第三章各节，大致了解词的各种形式因素。因为词有词牌，各个词牌都有自己的谱式规定（清人编成《钦定词谱》部头很大），作词通常称为填词，就是指要按谱来填写。学填词时，应参考今人龙榆生《唐宋词格律》（上海古籍出版社）或清人舒梦兰《白香词谱》（中华书局），不过，不要死记格式，最好的做法是：各词牌熟读几首词，把格式规定落实到具体作品中，这样才易于记住。

此处拣选最常用的 20 个词牌作一介绍，每一词牌都以一首典型的前人词为例。标记符号设定：

○平声；●仄声；⊙可平可仄；△平韵；▲仄韵

（一）平韵类

1. 长相思（以白居易词为例）

汴水流，泗水流，流到瓜州古渡头。吴山点点愁。

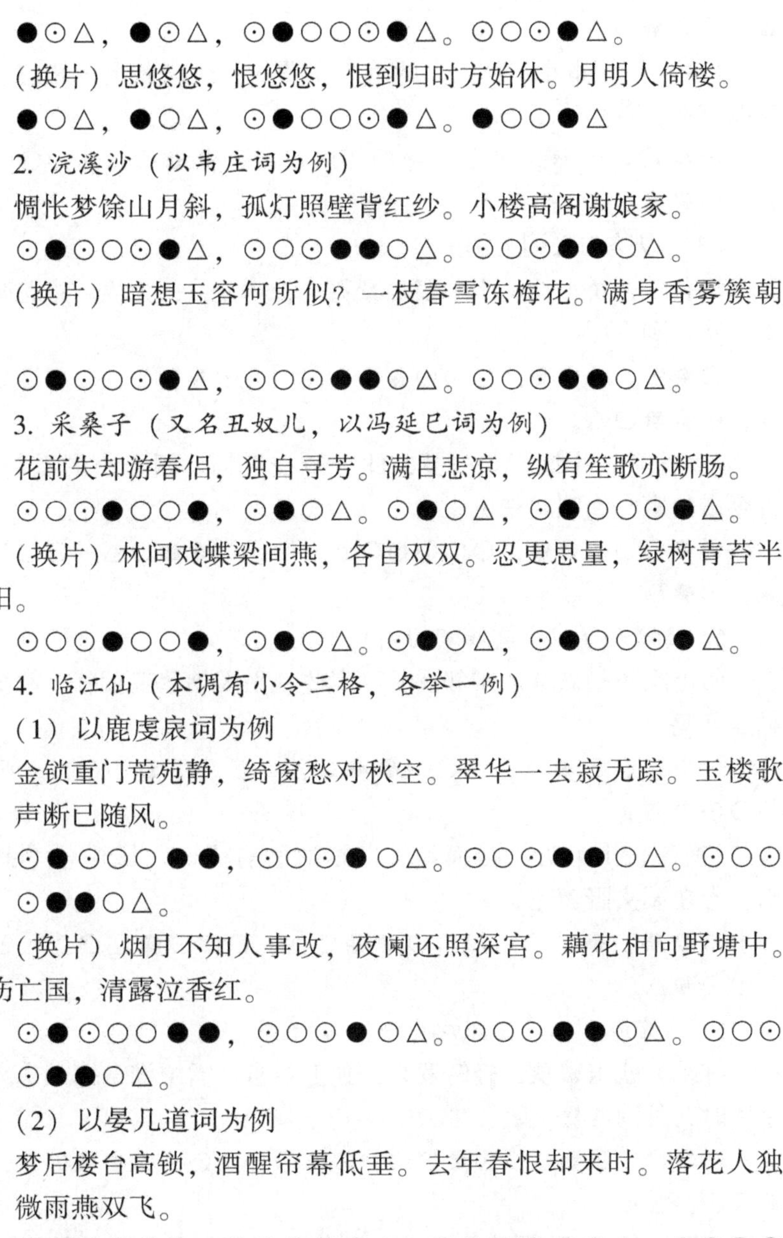

●⊙△，●⊙△，⊙●○○⊙●△。⊙○⊙●△。

（换片）思悠悠，恨悠悠，恨到归时方始休。月明人倚楼。

●○△，●○△，⊙●○○⊙●△。●○○●△

2. 浣溪沙（以韦庄词为例）

惆怅梦馀山月斜，孤灯照壁背红纱。小楼高阁谢娘家。

⊙●⊙○⊙●△，⊙○⊙●●○△。⊙○⊙●●○△。

（换片）暗想玉容何所似？一枝春雪冻梅花。满身香雾簇朝霞。

⊙●⊙○⊙●△，⊙○⊙●●○△。⊙○⊙●●○△。

3. 采桑子（又名丑奴儿，以冯延巳词为例）

花前失却游春侣，独自寻芳。满目悲凉，纵有笙歌亦断肠。

⊙○⊙●○○●，⊙●○△。⊙●○△，⊙●○○⊙●△。

（换片）林间戏蝶梁间燕，各自双双。忍更思量，绿树青苔半夕阳。

⊙○⊙●○○●，⊙●○△。⊙●○△，⊙●○○⊙●△。

4. 临江仙（本调有小令三格，各举一例）

（1）以鹿虔扆词为例

金锁重门荒苑静，绮窗愁对秋空。翠华一去寂无踪。玉楼歌吹，声断已随风。

⊙●⊙○○●●，⊙○⊙●○△。⊙○⊙●●○△。⊙○⊙▲，⊙●●○△。

（换片）烟月不知人事改，夜阑还照深宫。藕花相向野塘中。暗伤亡国，清露泣香红。

⊙●⊙○○●●，⊙○⊙●○△。⊙○⊙●●○△。⊙○⊙▲，⊙●●○△。

（2）以晏几道词为例

梦后楼台高锁，酒醒帘幕低垂。去年春恨却来时。落花人独立，微雨燕双飞。

⊙●⊙○○●，⊙○⊙●○△。⊙○⊙●●○△。⊙○○●

▲，⊙●●○△。

（换片）记得小苹初见，两重心字罗衣。琵琶弦上说相思。当时明月在，曾照彩云归。

⊙●⊙○○●，⊙○⊙●○△。⊙○⊙●●○△。⊙○○●▲，⊙●●○△。

（3）以陈与义词为例

忆昔午桥桥上饮，坐中多是豪英。长沟流月去无声。杏花疏影里，吹笛到天明。

⊙●⊙○○●●，⊙○⊙●○△。⊙○⊙●●○△。⊙○○●▲，⊙●●○△。

（换片）二十馀年如一梦，此身虽在堪惊。闲登小阁看新晴。古今多少事，渔唱起三更。

⊙●⊙○○●●，⊙○⊙●○△。⊙○⊙●●○△。⊙○○●▲，⊙●●○△。

5. 鹧鸪天（以辛弃疾词为例）

陌上柔条初破芽。东邻蚕种已生些。平冈细草鸣黄犊，斜日寒林点暮鸦。

⊙●○○⊙●△，⊙○⊙●●○△。⊙○⊙●○○△。⊙●○○⊙●△。

（换片）山远近，路横斜。青旗沽酒有人家。城中桃李愁风雨，春在溪头野荠花。

○●●，●○○。⊙○⊙●●○△。⊙○⊙●○○△。⊙●○○⊙●△。

6. 一剪梅（以李清照词为例）

红藕香残玉簟秋，轻解罗裳，独上兰舟。雪中谁寄锦书来，雁字回时，月满西楼。

⊙●○○⊙●△，⊙●○○，⊙●○○。⊙○⊙●●○△，⊙●○○，⊙●○△。

（换片）花自飘零水自流，一种相思，两处闲愁。此情无计可消除，才下眉头，却上心头。

⊙●○○⊙●△，⊙●○○，⊙●○○。⊙○⊙●●○△，⊙●○○，⊙●○△。

（二）仄韵类

7. 如梦令（以秦观词为例）

遥夜沉沉如水，风紧驿亭深闭。梦破鼠窥灯，霜送晓寒侵被。无寐，无寐，门外马嘶人起。

⊙●⊙○○▲，⊙●⊙○○▲。⊙●●○○，⊙●●○○▲。○▲，○▲，⊙●●○○▲。

8. 天仙子（有两格，此以张先词为例）

水调数声持酒听，午醉醒来愁未醒。送春春去几时回？临晚镜，伤流景，往事后期空记省。

⊙●●○○●▲，⊙●●○○●▲。⊙○○●●○○，○●▲，○●▲，⊙○○●●○○。

（换片）沙上并禽池上暝，云破月来花弄影。重重帘幕密遮灯，风不定，人初静，明日落红应满径。

⊙●●○○●▲，⊙●●○○●▲。⊙○○●●○○，○●▲，○●▲，⊙○○●●○○。

9. 点绛唇（以姜夔词为例）

燕雁无心，太湖西畔随云去。数峰清苦，商略黄昏雨。

⊙●○○，⊙○⊙●○○▲。●○○▲，⊙●○○▲。

（换片）第四桥边，拟共天随住。今何许，凭栏怀古，残柳参差舞。

⊙●○○，⊙●○○▲，○⊙▲，●○○▲，⊙●○○▲。

10. 玉楼春（以宋祁词为例）

东城渐觉风光好，縠皱波纹迎客棹。绿杨烟外晓寒轻，红杏枝头春意闹。

⊙○⊙●○○▲，⊙●⊙○○●▲。⊙○⊙●●○○，⊙●⊙○○●▲。

（换片）浮生长恨欢娱少，肯爱千金轻一笑。为君持酒劝斜阳，且向花间留晚照。

⊙○⊙●○○▲，⊙●⊙○○●▲。⊙○⊙●●○○，⊙●⊙○○●▲。

11. 踏莎行（以欧阳修词为例）

候馆梅残，溪桥柳细。草薰风暖摇征辔。离愁渐远渐无穷，迢迢不断如春水。

⊙●○○，⊙○●▲。⊙○⊙●○○▲，⊙○⊙●●○○，⊙○⊙●○○▲。

（换片）寸寸柔肠，盈盈粉泪。楼高莫近危栏倚。平芜尽处是春山，行人更在春山外。

⊙●○○，⊙○●▲。⊙○⊙●○○▲，⊙○⊙●●○○，⊙○⊙●○○▲。

12. 蝶恋花（又名鹊踏枝、凤栖梧，以柳永词为例）

伫倚危楼风细细。望极春愁，黯黯生天际。草色烟光残照里，无言谁会凭阑意。

⊙●⊙○○●▲。⊙●○○，⊙●○○▲。⊙●⊙○○●▲，⊙○⊙●○○▲。

（换片）拟把疏狂图一醉。对酒当歌，强乐还无味。衣带渐宽终不悔，为伊消得人憔悴。

⊙●⊙○○●▲。⊙●○○，⊙●○○▲。⊙●⊙○○●▲，⊙○⊙●○○▲。

13. 渔家傲（以范仲淹词为例）

塞下秋来风景异，衡阳雁去无留意。四面边声连角起。千嶂里，长烟落日孤城闭。

⊙●⊙○○●▲，⊙○⊙●○○▲。⊙○⊙○○●▲。○⊙▲，⊙○⊙●○○▲。

（换片）浊酒一杯家万里，燕然未勒归无计。羌管悠悠霜满地。人不寐，将军白发征夫泪。

⊙●⊙○○○●▲，⊙○⊙●○○▲。⊙○⊙○○○●▲。○⊙▲，⊙○○⊙●○○▲。

14. 苏幕遮（以周邦彦词为例）

燎沉香，消溽暑。鸟雀呼晴，侵晓窥檐语。叶上初阳干宿雨，水面清圆，一一风荷举。

●○○，○○▲。⊙●○○，⊙●○○▲。⊙●○○○●▲，⊙●○○，⊙●○○▲。

（换片）故乡遥，何日去？家住吴门，久作长安旅。五月渔郎相忆否？小楫轻舟，梦入芙蓉浦。

●○○，○○▲。⊙●○○，⊙●○○▲。⊙●○○○●▲，⊙●○○，⊙●○○▲。

（三）平仄韵转换类

15. 菩萨蛮（以李白词为例）

平林漠漠烟如织，寒山一带伤心碧。暝色入高楼，有人楼上愁。

⊙○⊙●○○▲，⊙○⊙●○○▲。⊙●⊙○△，⊙○○●△。

（换片）玉阶空伫立，宿鸟归飞急。何处是归程，长亭更短亭。

⊙○○●▲，⊙●⊙○▲。⊙●●○△，⊙○⊙●△。

16. 虞美人（以李煜词为例）

春花秋月何时了，往事知多少。小楼昨夜又东风，故国不堪回首月明中。

⊙○⊙●○○▲，⊙●○○▲。⊙○⊙●●○△，⊙●⊙○○●●○△。

（换片）雕栏玉砌应犹在，只是朱颜改。问君能有几多愁，恰似一江春水向东流。

⊙○⊙●○○▲，⊙●○○▲。⊙○⊙●●○△，⊙●⊙○○●●○△。

17. 相见欢（以李煜词为例）

林华谢了春红，太匆匆，无奈朝来寒雨晚来风。

⊙○⊙●○△，●○△，⊙●⊙○○●●○△。

（换片）胭脂泪，留人醉，几时重。自是人生长恨水长东。

●⊙▲，⊙○▲，●○△。⊙●⊙○○●●○△。

18. 更漏子（以温庭筠词为例）

玉炉香，红烛泪，偏照画堂秋思。眉翠薄，鬓云残，夜长衾枕寒。

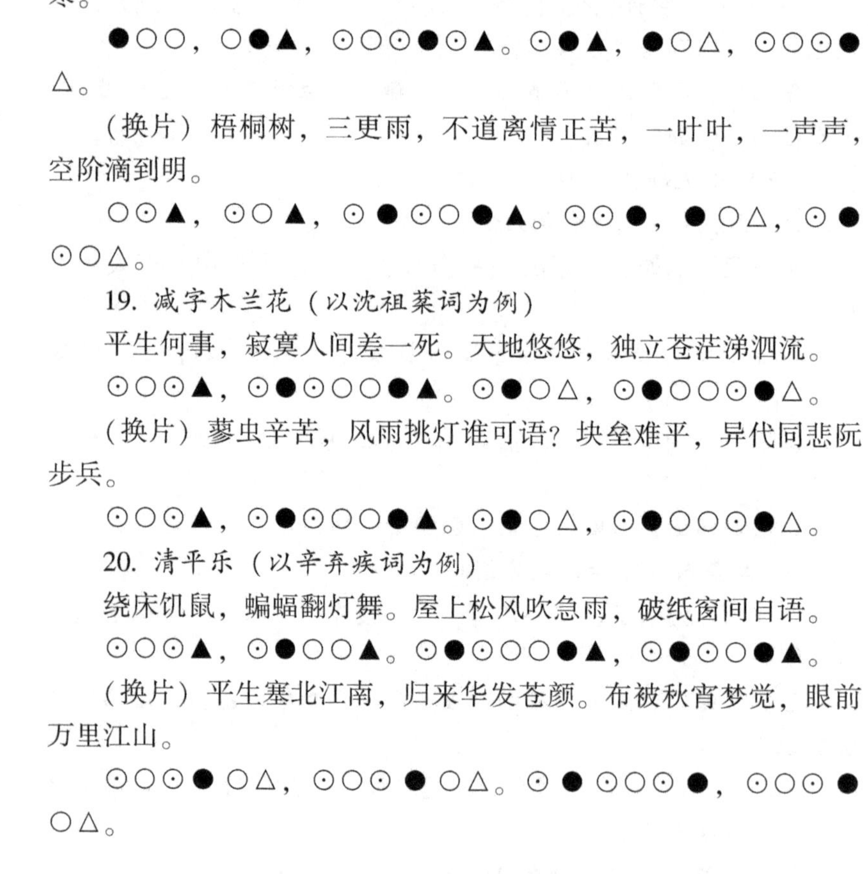

●○○，○●▲，⊙○⊙●⊙▲。⊙●▲，●○△，⊙○⊙●△。

（换片）梧桐树，三更雨，不道离情正苦，一叶叶，一声声，空阶滴到明。

○⊙▲，⊙○▲，⊙●⊙○●▲。⊙⊙●，●○△，⊙●⊙○△。

19. 减字木兰花（以沈祖棻词为例）

平生何事，寂寞人间差一死。天地悠悠，独立苍茫涕泗流。

⊙○⊙▲，⊙●⊙○○●▲。⊙●○△，⊙●○○⊙●△。

（换片）蓼虫辛苦，风雨挑灯谁可语？块垒难平，异代同悲阮步兵。

⊙○⊙▲，⊙●⊙○○●▲。⊙●○△，⊙●○○⊙●△。

20. 清平乐（以辛弃疾词为例）

绕床饥鼠，蝙蝠翻灯舞。屋上松风吹急雨，破纸窗间自语。

⊙○⊙▲，⊙●○○▲。⊙●⊙○○●▲，⊙●⊙○●▲。

（换片）平生塞北江南，归来华发苍颜。布被秋宵梦觉，眼前万里江山。

⊙○⊙●○△，⊙○⊙●○△。⊙●⊙○⊙●，⊙○⊙●○△。

后　记

本书的酝酿开始于2003年，从那时起，全国许多高校都在提倡加强大学生的人文教育，为此，我们以“诗词曲赋鉴赏课程建设”、“中国诗歌文化研究”的名称申报了学校和省教育厅教研课题，都先后获得通过。在课题申报的时候，我们就计划以集体之力编写一部有创意、有实效的教材。后来，我们申请开设的“诗词曲赋鉴赏”课程顺利通过，该课程列为校本通识课系列，经过专家的评定，2004年该课程还被评为学校精品建设课程。这样，编写教材就显得更加迫切了。经过反复讨论，多方征求意见，本教材的编写提纲于2004年夏最后确定，我教研室多位教师欣然接受了编写任务。

一部教材需要有个体例和基本思想。关于编写思想，这里要特别向读者说明的有三点：第一，本书面向的是普通大学生和广大的韵文爱好者，因此，我们有意识地淡化了理论色彩，深奥、僻涩、复杂的专业内容尽量避免，但是，我们又强调本书毕竟编写于21世纪，我们不可把过去评价传统的一些简单化的概念拿到这里低价贩卖，我们有责任在深入研究的基础上，把最前沿的一些思想成果运用到通俗的讲述中来。

第二，当今的出版还有一大条件可以利用，那就是网络。纸质的书一旦出版，就固定死了，篇幅、体例等多方面的限制，都是传统出版所无法解决的问题。本课程在江西师大校园网站上有专门的阵地，这个阵地依附于“江西师大古代文学课程网”（网址为：http：//210. 35. 160. 8/gdwxw/）。本书中许多相关的资源都可从这个阵地找到，如本书中有的作品因为篇幅过长，而只节选了一部分句段，要读到全篇，就可以登录这个网址。同样，如果读者在阅读本书中有什么问题，需要与撰写者交流，也可以在这个课程网上提交你的问题，如果你留下自己的E-mail，就能很快地得到作者的回复。另外，杜华平老师在新浪网还有专门的“博客”（http://blog.sina.com.cn/u/1400368884），欢迎各位读者到那里与他交流。

第三，作为集体项目，写作风格的不统一、内容详略的不平衡、举例的前后重复，都是难以避免的。全部书稿，我们两人都通读并作了必要的修改，其中部分问题得到改进，但以上问题无法根本解决。不过，我们认为，集体编著的优点恰恰在于这种不均衡中所表现的丰富，作者与其交给读者一个完善的体系和一些很局限的思路，还不如交给读者一个有些驳杂的体例和多方面的视角。

本书的体例和思路，最早由我们两人提出，然后一再征求了多方面的意见。体例确定之后，对于每位编写者来说，都意味着一方面需要发挥自己的所长，充分张扬自己的个性；另一方面，又必须仔细领会编写体例和思路，放弃自己个人的部分观点，牺牲自己的一些自由。我们非常感激写作队伍中的各位老师，他们都非常繁忙，但却克服一切困难，认真地完成了自己的任务，特别要感谢王以宪教授和李舜臣、尹蓉博士，他们在最后冲刺阶段，还非常爽快地接受了部分额外的任务。我们深知，是写作队伍中全体成员的共同努力，本书才终于在此刻最后完成。

本书在最后统稿阶段，请刘世南先生审阅了编写提纲和第一、五两章样稿，刘先生非常仔细地阅读，为我们纠正了不少错误。令我们感到欣慰的是，刘先生在给本书的赐序中，对书稿给予了充分的肯定。先生是一位真正的学者，自幼学习古典文学，至老不辍。如今已经八十二岁，但依然每日在学校样本书库勤奋学研，近年又连续出版了《在学术殿堂外》、《清诗流派史》（简体本）两种著作，旧体诗集《大螺居诗存》2004年底问世，《清文选》也已于2006年初梓行。先生的鼓励，是一种鞭策，我们一定要在今后的教、学、研三个方面好好向先生学习，真正做到先生一再告诫我们的“好学深思、厚积薄发”八个字。

在本书完成之际，还要感谢江西师范大学教务处的关心和支持，没有他们的支持，本书是难以顺利出版的。

本书得到了以下研究生的帮助：徐振平、刘景会、陈书芳、黎德亮、石吉梅、张小平等分别撰写了“附录一”中的一个或多个词条（徐振平撰写了7条），徐振平、张小平、刘景会、陈书芳还帮忙复核了文献，校对了不少文稿。谨向他们表示由衷的感谢。

书稿交付武汉大学出版社之后，责任编辑严红女士为本书付出了很多心血，为进一步提高本书的质量，提出了很多宝贵的意见，特此表示崇高的敬意和深深的谢意。

本书各章节主要作者如下：

前言　杜华平

第一章　杜华平

第二章　李金松

第三章　龚岚

第四章　戴训超

第五章　杜华平（第一、二、五节）、龚岚（第三、四节）

第六章　王以宪(第一、二、三、五节)、杜华平(第四节)

第七章　杜华平（第一节及第二、三节诗体介绍）、李舜臣（第二节鉴赏示例）、尹蓉（第三节及第二节实战训练）、王以宪（第四节）

第八章　王艺(第一节大部分及第二节鉴赏示例)、唐小薇(第一节之部分)、杜华平(第二节实战训练)、欧阳江琳(第三节)

附录一　李金松、龚岚、欧阳江琳、王以宪、尹蓉 等

附录二　杜华平

叶树发　杜华平

2006年5月16日

21世纪高等学校通识教育系列教材

简明世界史
简明中国史
▲大学语文
▲写作
▲演讲理论与欣赏
▲音乐的文化与审美
人文科学概论
▲伦理学简论
▲美学
逻辑学导论
社会心理学

....

▲法律理念
国际法与国际组织
▲社会转型与转型社会
▲人类学基础
▲中国经济改革与发展
▲电子商务与电子政务
中国禁书概览
当代中国政治制度
西方政治制度
当代国际关系与中国外交
当代中国社会问题透视
管理学
▲大学生健康

....

数学精神与方法
▲博弈论
化学与社会
生命科学导论
▲资源环境与可持续发展
20世纪物理学
▲宇宙新概念
材料科学
▲科学技术史

....

▲中国文化概论
中国文学简史
▲外国文学名著导读
西方发达国家文化
中国哲学智慧
西方哲学史
▲中国美术鉴赏
▲维纳斯巡礼
▲诗词曲赋鉴赏
▲唐诗宋词名篇精选精讲
▲明清小说名著导读

....

▲创业学
▲公共关系学通识教程
▲社交礼仪
领导学
建筑美学
科技革命与世界发展
▲《孙子兵法》鉴赏
▲性与社会
书法
▲大学生职业规划与就业实
▲女性学导论
▲西方近现代兵法导读

....

▲已出书